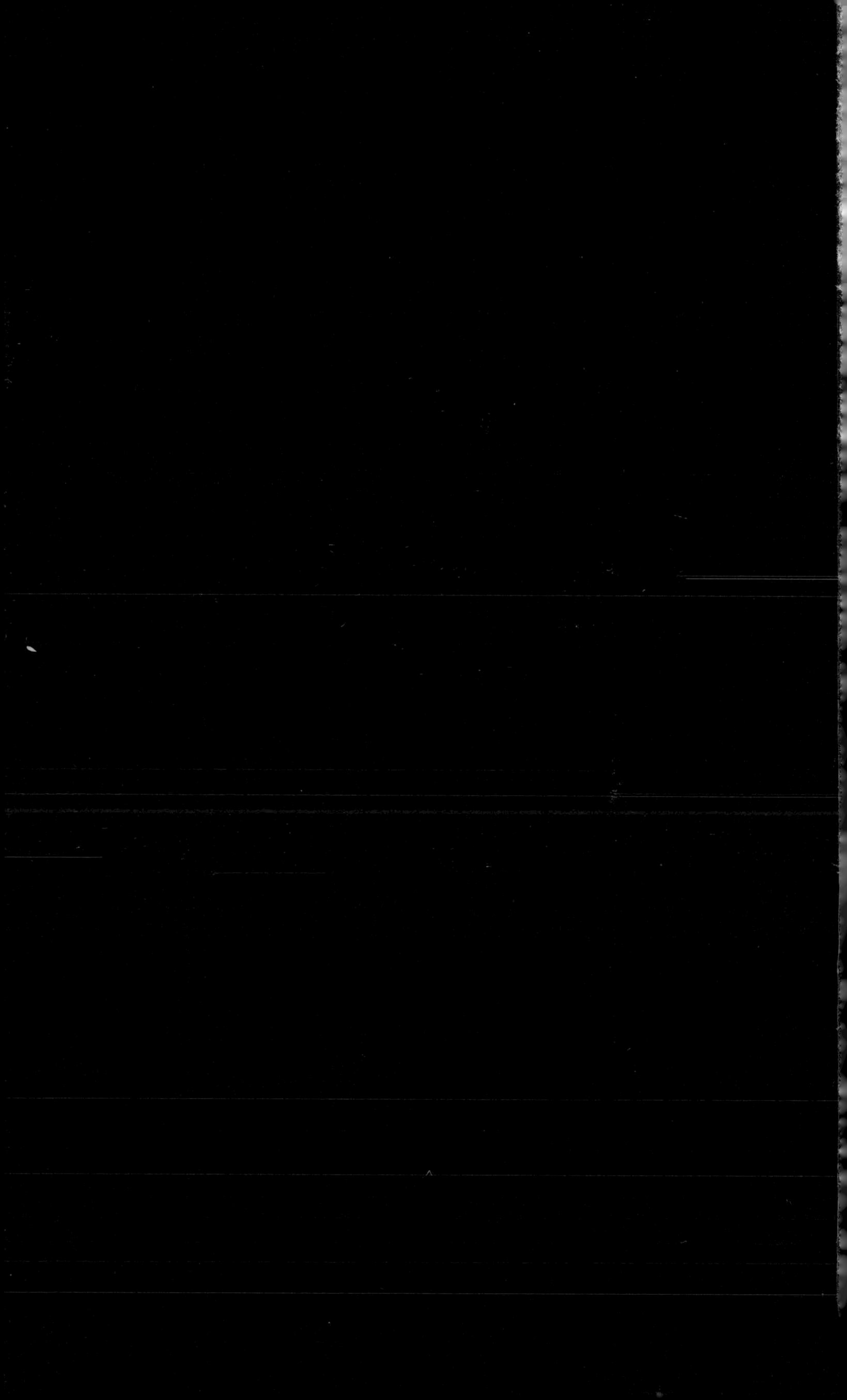

Los magos

Los magos

LEV GROSSMAN

Traducción de Francisco Pérez Navarro

Barcelona • Bogotá • Buenos Aires • Caracas • Madrid • México D.F. • Montevideo • Quito • Santiago de Chile

Título original: *The Magicians*

Traducción: Francisco Pérez Navarro

1.ª edición: noviembre 2009

Bailén, 84 - 08009 Barcelona (España)
www.edicionesb.com

Printed in Spain
ISBN: 978-84-666-3972-9
Depósito legal: B. 34.791-2009

Impreso por LIBERDÚPLEX, S.L.U.
Ctra. BV 2249 Km 7,4 Polígono Torrentfondo
08791 - Sant Llorenç d'Hortons (Barcelona)

Para Lily

Romperé mi vara,
la hundiré muchos pies en la tierra,
y allí donde jamás bajó la sonda,
ahogaré mi libro.

La tempestad,
WILLIAM SHAKESPEARE

LIBRO PRIMERO

Brooklyn

Quentin hizo un truco de magia, pero nadie se dio cuenta.

Caminaban juntos a lo largo de la fría e irregular acera: James, Julia y Quentin, los dos primeros cogidos de la mano. Así estaban las cosas ahora. Como la acera no era lo bastante ancha para los tres, Quentin iba tras la pareja con aspecto de niño enfurruñado. Hubiera preferido estar a solas con Julia, incluso hubiera preferido estar solo, pero no se puede tenerlo todo. Las pruebas conducían inexorablemente a esa conclusión.

—Bien, Q —dijo James por encima del hombro—. Hablemos de la estrategia.

James parecía tener un sexto sentido para saber cuándo empezaba Quentin a sentirse autocompasivo. Faltaban siete minutos para su entrevista, y James tendría la suya a continuación.

—Dale un apretón de manos firme y mantén el contacto visual. Después, cuando ya esté confiado, le atizas con una silla. Yo me encargo de averiguar su contraseña y de enviar un e-mail a Princeton en su nombre.

—Sé tú mismo, Q —le recomendó Julia.

Echó hacia atrás su melena de ondulados mechones oscuros. Quentin no sabía por qué, pero que se mostrase amable con él hacía que todo resultase peor.

—Es lo mismo que he dicho yo, ¿no?

Quentin repitió su truco. Era un truco de prestidigitación muy simple, con una moneda y una sola mano. Volvió a hacerlo dentro del bolsillo de su abrigo, donde nadie podía verlo, y después lo repitió al revés.

—Creo que sé cuál es su contraseña —anunció James—. «Contraseña».

—El tío tiene más de cincuenta años —apuntó Quentin—. Ergo, su contraseña sólo puede ser «contraseña».

Quentin pensó en lo mucho que hacía que duraba todo aquello. Sólo tenían diecisiete años, pero le daba la impresión de que conocía a James y a Julia desde hacía décadas. El sistema escolar de Brooklyn tendía a apartar a los alumnos más inteligentes y agruparlos; después separaba a los extraordinariamente inteligentes de los simplemente brillantes, y volvía a agruparlos. Como resultado, desde la escuela elemental habían estado compitiendo en los mismos concursos de gramática, los mismos exámenes regionales de latín y las mismas clases de matemáticas ultraavanzadas. Los más empollones entre los empollones. Ahora que estaban en su último año de secundaria, Quentin conocía a James y a Julia mejor que cualquier otra persona en el mundo, incluidos sus padres, al igual que ellos lo conocían a él. Sabían lo que uno de ellos iba a decir antes de que lo dijera, y quien podía acostarse con otro del grupo ya lo había hecho. Julia —pálida, pecosa, soñadora, que tocaba el oboe y sabía más de física que los dos— nunca se acostaría con él.

Quentin era alto y delgado, aunque habitualmente encorvaba los hombros en un vano intento de protegerse contra cualquier cosa que pudiera caer del cielo y que, lógicamente, golpearía primero al más alto. Su cabello, largo hasta los hombros, se estaba congelando; tendría que habérselo secado antes de salir del gimnasio, sobre todo teniendo en cuenta su entrevista, pero por alguna razón —quizá se estaba autosaboteando— no lo había hecho. Las nubes bajas y grises amenazaban nieve, y le daba la impresión de que el mundo ofrecía pequeñas muestras de desánimo dedicadas únicamente a él: cuervos posados en los cables eléctricos, cagadas de perro listas para ser pisadas, basura arrastrada por el viento, cadáveres de innumerables hojas de roble profanadas de innumerables formas por innumerables vehículos y peatones...

—Dios, estoy lleno —suspiró James—. He comido demasiado. ¿Por qué siempre como demasiado?

—¿Porque eres un cerdo glotón? —respondió Julia con una sonrisa—. ¿Porque estás harto de poder verte los pies? ¿Porque intentas que tu estómago te tape el pene?

Con su abrigo de cachemira abierto al frío de noviembre, James se llevó las manos a la nuca, metió los dedos entre su ondulado cabello castaño y eructó sonoramente. El frío nunca parecía afectarlo. En cambio, Quentin siempre estaba aterido, como atrapado en su propio invierno privado.

James canturreó, con una melodía entre *Good King Wenceslas* y *Bingo*:

En tiempos antiguos vivió un chico,
joven, fuerte y valiente.
Empuñaba una espada y cabalgaba un caballo,
y se llamaba Dave...

—¡Basta, por Dios! —aulló Julia.

James había escrito aquella canción hacía cinco años para un número del concurso escolar de talentos, y todavía le gustaba cantarla. Se la sabían de memoria. Julia lo empujó contra un cubo de basura y cuando vio que seguía cantando le quitó su gorra de marinero y lo golpeó en la cabeza con ella.

—¡Eh, mi peinado! —protestó James—. ¡Mi precioso peinado para la entrevista!

«El rey James», pensó Quentin. *Le roi s'amuse*.

—Siento estropearos la fiesta, pero sólo faltan dos minutos —advirtió a la pareja.

—¡Oh, cielos! ¡Oh, cielos! —canturreó Julia—. ¡La duquesa! ¡Llegaremos tarde!

Quentin pensó que debería sentirse feliz. Era joven, tenía buena salud, buenos amigos y dos padres razonablemente sanos —papá, un editor de textos médicos; y mamá, una ilustradora comercial con frustradas ambiciones de pintora—. Formaba parte de la clase media-media. Y el promedio de sus notas era tan alto, que la mayoría de la gente ni siquiera imaginaba que fuera posible.

Pero caminando por la Quinta Avenida de Brooklyn, vestido para la entrevista con su abrigo negro y su mejor traje gris, Quentin sabía que no era feliz. ¿Por qué? Había ido reuniendo lenta y dolorosamente todos los ingredientes de la felicidad, celebrado los rituales necesarios, recitado los conjuros, encendido las velas y consumado los sacrificios. Pero la felicidad, como un espíritu desobediente, se negaba a llegar. No imaginaba qué más podía hacer para alcanzarla.

Siguió a James y a Julia, pasando frente a bodegas, lavanderías automáticas, boutiques con ropa de última moda, tiendas de teléfonos móviles iluminadas por neones, un bar donde los adultos ya estaban bebiendo desde primeras horas de la tarde... Incluso dejaron atrás un edificio de ladrillos marrones con el rótulo VETERANOS DE LAS GUERRAS EN EL EXTRANJERO y muebles de plástico colocados en la acera frente a él. Todo aquello confirmaba su creencia de que la vida real, la que debería estar viviendo, se había extraviado debido a un error de la burocracia cósmica y desviado hacia algún otro lugar, hacia alguna otra persona, y que él había recibido esta falsa y deplorable sustituta.

Quizás en Princeton encontrara su verdadera vida. Volvió a hacer el truco de la moneda dentro de su bolsillo.

—¿Estás jugando con tu cosa, Quentin? —preguntó James.

Quentin se sonrojó.

—No estoy jugando con mi cosa.

—No tienes de qué avergonzarte. —James le dio una palmada en el hombro—. Despeja tu mente.

El viento se coló a través de la delgada tela del traje gris de Quentin, que se negó a abrocharse el abrigo. Dejó que el frío penetrase en él. No importaba, en realidad no estaba allí.

Estaba en Fillory.

Fillory y mucho más, de Christopher Plover, era una serie de novelas publicadas en Inglaterra durante los años treinta. En ellas se narraban las aventuras de los cinco hermanos Chatwin en un mundo mágico que descubrieron por casualidad durante unas vacaciones en el campo con su excéntrica y glamurosa tía. En realidad no eran unas vacaciones, por supuesto. Su padre estaba hundido hasta las caderas en el barro y la sangre del campo de batalla de Passchendaele, y su madre había sido hospitalizada a causa de una misteriosa enfermedad que nunca se explicaba claramente y que bien podía ser de naturaleza psíquica. Por eso fueron rápidamente enviados al campo, donde se suponía que estarían a salvo.

Sin embargo, toda esa infelicidad sólo era el telón de fondo. En primer plano, durante tres veranos seguidos, los niños dejaban sus diferentes colegios y volvían a Cornualles, desde donde siempre encontraban una forma de llegar hasta el mundo secreto de Fillory. Allí vivían aventuras explorando ese mundo mágico y defendiendo a sus amables criaturas de los enemigos que las amenazaban. El más diabólico y persistente de todos ellos era una velada figura conocida únicamente como la Relojera, cuyos encantamientos amenazaban con detener el tiempo, atrapando a todo Fillory a las cuatro en punto de un martes de finales de septiembre particularmente deprimente.

Quentin había leído las novelas de Fillory estando en primaria, como la mayoría de los niños; pero, a diferencia de esa mayoría —y a diferencia de James y Julia—, nunca los había arrinconado y recurría habitualmente a ellos cuando le costaba afrontar la vida real, algo que sucedía a menudo. (La serie de Fillory le servía de consuelo ante el desamor de Julia y, probablemente, también era una razón importante de que no lo amase.) Lo cierto era que desprendían un fuerte aroma a guardería inglesa, y él se avergonzaba en secreto al leer los pasajes donde aparecía el Caballo Confortable, una enorme y cariñosa criatura equina con cascos de terciopelo y un lomo tan amplio que podías dormir cómodamente sobre él mientras galopaba de noche por todo Fillory.

Pero en Fillory había una verdad más seductora, más peligrosa, de la que Quentin no podía prescindir. Era como si esas novelas —sobre todo la primera, *El mundo entre los muros*— versaran sobre la propia lectura. Cuando el mayor de los hermanos Chatwin, el melancólico Martin, abría la puerta del mecanismo del reloj de pared de su abuelo, situado en un estrecho y oscuro pasillo de la casa, y a través de ella penetraba en Fillory (Quentin siempre se lo imaginaba apartando el péndulo del reloj como si fuese la campanilla de una garganta monstruosa), era como si abriese un libro que contenía todo lo que los libros siempre prometen y nunca cumplen: arrancarte del lugar en el que estás para trasladarte a otro mejor.

El mundo que Martin descubría entre los muros de la casa era un mundo de mágica penumbra, un paisaje crepuscular en blanco y negro tan estéril como una página impresa, con campos llenos de rastrojos y colinas onduladas, entrecruzadas por viejos muros de piedra. En Fillory tenía lugar un eclipse cada mediodía y las estaciones podían durar cien años. Árboles desnudos arañaban el cielo, pálidos mares verdosos lamían playas estrechas, blanqueadas a causa de las infinitas conchas pulverizadas. En Fillory, las cosas importaban de una forma que no lo hacían en este mundo; en Fillory, cuando algo sucedía, sentías la emoción adecuada. La felicidad era una posibilidad real, actual, alcanzable. Cuando la llamabas, acudía. O no, porque para empezar nunca te abandonaba.

El trío se detuvo frente a una casa. El barrio parecía agradable, con amplias aceras y árboles añosos; y el edificio era de ladrillo visto, con la distinción de ser la única residencia independiente en medio de una comunidad de hileras de adosados color rojizo. Era localmente famoso por haber desempeñado un papel clave en la sangrienta batalla de Brooklyn, y parecía dirigir suaves reproches a los coches, las farolas y las casas que lo rodeaban gracias al recuerdo de su gentil pasado holandés.

«Si estuviéramos en una novela de Fillory —pensó Quentin—, la casa tendría una entrada secreta a otro mundo, y el anciano que vive en ella sería amable y excéntrico, dejaría caer comentarios crípticos constantemente y, al darle la espalda, tropezaríamos con un misterioso armario, un montaplatos encantado, o cualquier otra cosa a través de la que se pudiera contemplar con emocionada expectación las maravillas de otro mundo.»

Pero no estaban en una novela de Fillory.

—Dadles caña —dijo Julia. Llevaba un abrigo de sarga azul y cuello redondo que hacía que pareciese una escolar francesa, la *Madeline* de los libros infantiles.

—Te veré después, en la biblioteca.

—Ánimo.

Entrechocaron los puños, y ella bajó la mirada, avergonzada. Sabía cómo se sentía, él sabía que ella lo sabía, y no había nada más que decir. Quentin esperó, fingiendo contemplar con interés un coche aparcado, mientras Julia le daba un beso de despedida a James —le apoyó la mano en el pecho y entrechocó los talones como una *starlette* de los viejos tiempos—; después, James y él caminaron lentamente por el sendero de cemento hasta la puerta delantera de la casa.

James pasó el brazo por los hombros de Quentin.

—Sé lo que piensas —le aseguró. Quentin era más alto, pero James era más ancho de hombros, de construcción más sólida, y casi le hizo perder el equilibrio—. Crees que nadie te comprende, pero te equivocas. —Le apretó el hombro de una forma casi paternal—. Soy el único que te comprende.

Quentin no respondió. Podía envidiar a James, pero no odiarlo. Además de guapo e inteligente era amable y buen tío. James le recordaba a Martin Chatwin. Pero si James era Martin, ¿quién era Quentin? El verdadero problema de estar con James era que siempre resultaba ser el héroe. Entonces, ¿qué le quedaba? Sólo tenía dos opciones: ser el compañero o el villano.

Quentin llamó al timbre. Un suave y ligero repiqueteo resonó en las profundidades de la casa, un timbrazo antiguo, analógico. Hizo una rápida lista mental de sus metas personales, sus actividades extracurriculares, etc. Estaba absolutamente preparado para aquella entrevista, excepto quizá por su cabello todavía mojado, pero ahora que la fruta madurada por toda esa preparación colgaba jugosa frente a él, ya no la deseaba. No se sorprendió. Se había acostumbrado a esa sensación anticlimática en la que, cuando ya has hecho todo lo necesario para conseguir algo, descubres que ni siquiera lo deseas. Siempre le pasaba lo mismo. Era una de las pocas cosas fiables de su vida.

La puerta estaba protegida por una mosquitera deprimentemente vulgar. Zinnias púrpuras y anaranjadas seguían floreciendo al azar contra toda lógica hortícola, en lechos de tierra negra situados a ambos lados de la puerta. «Es extraño que sigan vivas en noviembre», pensó Quentin sin curiosidad. Metió sus manos sin guantes en las mangas del abrigo y las puntas de las mangas bajo los brazos. Aunque hacía suficiente frío como para nevar, comenzó a llover.

Cinco minutos después seguía lloviendo. Quentin volvió a llamar a la puerta, antes de empujarla ligeramente. Se abrió unos milímetros y una oleada de aire cálido surgió del interior. El cálido olor afrutado de la casa de un extraño.

—¿Hola? —gritó Quentin. James y él intercambiaron una mirada, antes de volver a empujar la puerta hasta abrirla del todo.

—Dale otro minuto —sugirió James.

—¿Quién hace entrevistas a domicilio en su tiempo libre? —preguntó Quentin—. A lo mejor es un pedófilo.

El vestíbulo estaba oscuro y silencioso, sembrado de alfombras orientales. Aún en la entrada, James volvió a pulsar el timbre. Nadie contestó.

—Creo que no hay nadie —sentenció Quentin.

El que James no se atreviera a entrar hizo que repentinamente sintiera ganas de adentrarse un poco más en la casa. Si aquel entrevistador resultaba ser el guardián del país mágico de Fillory, era una lástima que no llevara un calzado más práctico.

Frente a ellos, una escalera conducía al piso superior. A la izquierda se vislumbraba un comedor frío y polvoriento, con muestras de usarse poco; a la derecha, un acogedor estudio con sillones tapizados de cuero y un enorme armario de madera oscura del tamaño de un guardarropa encajado en un rincón. Interesante. Un viejo mapa náutico y una ornamentada brújula rosada decoraban media pared. Tanteó los muros buscando el interruptor de la luz, hasta que tropezó con el respaldo de una silla de mimbre, pero no se sentó.

Todas las persianas estaban echadas. La oscuridad era más parecida a la de una casa con las cortinas corridas que a la de la noche, como si el sol se hubiera ocultado en el mismo instante que cruzaron el umbral. Quentin se movió a cámara lenta por el estudio. Volvería al exterior y llamaría de nuevo al timbre. Sí, haría eso. Enseguida. Pero antes echaría otro vistazo. La oscuridad era como una picante nube eléctrica que lo rodeara por completo.

El armario era enorme, lo bastante grande para caber en él, y no parecía cerrado. Apoyó la mano en el pequeño y viejo tirador de bronce. Sus dedos temblaban. *Le roi s'amuse*. No podía evitarlo, sentía como si el mundo girase a su alrededor, como si toda su vida le hubiera guiado hasta aquel momento y aquel lugar.

Resultó ser un armario para los licores, tan grande que parecía contener las mismas botellas de un bar mediano. Quentin pasó la mano entre las hileras de botellas ligeramente tintineantes y sintió tras ellas la madera seca, rasposa, de la parte posterior del mueble. Sólida. No tenía nada de mágica. Cerró la puerta con la cara ardiendo de vergüenza. Fue entonces cuando miró alrededor para asegurarse de que nadie lo había visto, y descubrió el cadáver en el suelo.

Quince minutos después, el vestíbulo bullía de gente y actividad. Quentin estaba sentado en la silla de mimbre esperando, como el portador de un féretro en el funeral de alguien a quien no había conocido, y mantenía la coronilla firmemente presionada contra el frío y sólido muro, como si fuera su último punto de contacto con la realidad. James permanecía de pie junto a él, sin saber qué hacer con las manos. No se miraban entre sí.

El anciano seguía tumbado de espaldas en el suelo. Su estómago formaba un montículo redondo de tamaño considerable, y su pelo era una corona gris a lo Einstein. Lo rodeaban tres sanitarios, dos hombres y una mujer: ella era desarmante, inapropiadamente guapa... parecía fuera de lugar en medio de aquella sombría escena. Estaban ocupados, pero no con la típica prisa de una emergencia en la que está en juego una vida, sino de otro tipo, el de una resurrección fallida. Murmuraban en voz baja mientras recogían el material, arrancaban los parches adhesivos y arrojaban los instrumentos contaminados a un contenedor especial.

Con un movimiento que denotaba práctica, uno de los hombres desentubó el cadáver. La boca del anciano quedó abierta y Quentin pudo ver su grisácea lengua. Olió algo que no quiso admitir que fuera el hedor amargo de las heces.

—Esto es malo —susurró James. Y no era la primera vez.

—Sí, muy malo —admitió Quentin. Tenía los labios entumecidos.

Estaba convencido de que si no se movía, nadie podría involucrarlo en aquella situación, así que intentaba respirar lentamente y mantenerse inmóvil. Miraba al frente, negándose a enfocar lo que estaba sucediendo a su alrededor. Sabía que si miraba a James, sólo vería su propia tortura mental reflejada en un infinito laberinto de pánico que no llevaba a ninguna parte. Se preguntó cuándo sería adecuado marcharse. No podía evitar sentirse avergonzado por haber entrado en la casa sin invitación, como si eso hubiera provocado de alguna manera la muerte de aquel hombre.

—No tendría que haberlo llamado pedófilo —dijo en voz alta—. Estuvo mal.

—Muy mal —corroboró James.

Hablaban lentamente, como si fuera la primera vez que lo hicieran y todavía no se hubieran acostumbrado a aquella forma de comunicación.

Uno de los sanitarios en cuclillas junto al cadáver, la mujer, se puso en pie. Quentin la contempló mientras se desperezaba con las manos en los riñones y movía la cabeza de un lado a otro. Después se acercó a ellos quitándose los guantes de goma, que tiró entre la basura que ahora cubría casi todo el suelo de la habitación.

—Bien, está muerto —anunció alegremente. Por su acento, parecía inglesa.

Quentin se aclaró la garganta.

—¿Qué le ha pasado?

—Hemorragia cerebral. Una buena forma de morir rápidamente, si te ha llegado la hora. Y a él le había llegado. Debía de ser un gran bebedor. —Hizo el gesto típico de llevarse un vaso a los labios y vaciarlo.

Sus mejillas estaban sonrojadas de haber permanecido agachada sobre el cadáver. Tendría unos veinticinco años como máximo, y llevaba una camisa azul marino de manga corta y una talla menor de la que necesitaba: la perfecta azafata de un vuelo al Infierno. Quentin deseó que no fuera tan atractiva. Las mujeres poco atractivas eran más fáciles de tratar, no tenías que afrontar el dolor de su probable inaccesibilidad. Pero ella lo era: pálida, delgada e irrazonablemente adorable, con una boca amplia que denotaba buen humor.

—Bueno..., lo siento. —Quentin no sabía qué decir.

—¿Por qué lo sientes? —se extrañó la chica—. ¿Acaso lo has matado tú?

—Bueno, no. Sólo vinimos por una entrevista. Hacía entrevistas para Princeton.

—Entonces, ¿por qué lo sientes?

Quentin dudó, preguntándose si había malinterpretado la premisa de la conversación. Se puso en pie, algo que debería haber hecho cuando se acercó. Era mucho más alto que ella. Incluso en aquellas circunstancias, la chica parecía tener demasiada personalidad para ser una sanitaria. No es que fuera una doctora de verdad ni nada parecido. Quería dirigir la vista hacia su pecho para ver si llevaba una placa con su nombre, pero corría el riesgo de que creyera que sólo pretendía mirarle las tetas.

—En realidad, no es que lo sienta por él concretamente —aclaró Quentin con prudencia—, sino que le doy cierto valor a la vida humana en abstracto. Así que, aunque no lo conociera personalmente, lamento que haya muerto.

—¿Y si era un monstruo? Quizá fuese realmente un pedófilo.

Ella lo miró fijamente.
—Puede. Y puede que fuera una buena persona.
—Puede.
—Usted debe de pasar mucho tiempo entre muertos... —Con el rabillo del ojo vio que James seguía aquel intercambio de palabras con mudo desconcierto.
—No mucho, se supone que tengo que mantenerlos vivos, o eso es lo que nos recomiendan, y la mayor parte de las veces lo consigo.
—Tiene que ser duro.
—Los muertos causan muchos menos problemas.
—Son más callados.
—Exacto.
Su mirada no cuadraba con las palabras que pronunciaba. Estaba estudiándolo.
—Bueno, quizá deberíamos irnos —intervino James.
—¿Por qué tanta prisa? —preguntó ella, sin apartar los ojos de Quentin. A diferencia de la mayoría, parecía más interesada en él que en James—. Creo que ese tipo ha dejado algo para vosotros. —Cogió dos sobres de papel manila, tamaño folio, de una mesita de mármol.
Quentin frunció el ceño.
—No creo. Sólo vinimos para una entrevista.
—Deberíamos marcharnos —lo instó James.
—Te repites —soltó la sanitaria.
James abrió la puerta. El aire frío resultó agradable, real. Era lo que Quentin necesitaba: más realidad y menos de aquello, fuera lo que fuese.
—No, en serio —siguió la chica—. Creo que deberíais llevaros esto, puede que sea importante.
Sus ojos no se apartaban del rostro de Quentin. El día se estaba desvaneciendo alrededor de éste. Hacía frío, la humedad lo calaba hasta los huesos y se encontraba apenas a diez metros de un cadáver.
—Oye, tenemos que irnos —insistió James—. Gracias, estoy seguro de que hicieron cuanto pudieron.

La guapa sanitaria tenía el cabello recogido en dos gruesas trenzas y llevaba una especie de antiguo reloj plateado en la muñeca. La nariz y la barbilla eran pequeñas y afiladas, lo que le daba el aspecto de un pálido, delgado y hermoso ángel de la muerte. Sostenía los dos sobres de papel manila con sus nombres escritos con rotulador grueso. Probablemente fuesen transcripciones, recomendaciones personales... Por alguna razón, quizá porque sabía que James no quería, Quentin aceptó el que llevaba su nombre.

—Bueno, pues adiós —canturreó la chica. Giró sobre sus talones y cerró la puerta. Ellos se quedaron solos.

—Bien... —dijo James. Aspiró profundamente por la nariz y expiró con fuerza por la boca.

Quentin asintió, como si James hubiera dicho algo importante y él estuviera de acuerdo. Caminaron lentamente por el sendero hasta llegar a la acera. Seguía sintiéndose aturdido y no tenía ganas de hablar con su amigo.

—Oye... —dijo James—. Probablemente no deberías llevarte eso.

—Lo sé —reconoció Quentin.

—Todavía puedes devolverlo, ¿sabes? Quiero decir, ¿y si descubren que te lo has llevado?

—¿Cómo van a descubrirlo?

—No lo sé.

—¿Quién sabe lo que contiene? Podría sernos de utilidad.

—Sí, bueno, entonces tenemos suerte de que ese tipo se haya muerto, ¿no? —respondió James irritado.

Llegaron al extremo de la manzana sin añadir nada más, molestos el uno con el otro pero sin querer admitirlo. La acera estaba húmeda y el cielo, blanco por la lluvia. Quentin sabía que probablemente no tendría que haberse llevado el sobre, estaba enfadado consigo mismo por aceptarlo y enfadado con James por no coger el suyo.

—Oye, ya nos veremos —dijo James—. Voy a la biblioteca, a recoger a Julia.

—Vale.

Se estrecharon la mano con formalidad, una despedida extraña. Quentin se alejó lentamente hacia First Street. Un hombre había muerto en la casa que acababa de abandonar, le parecía estar soñando. Comprendió —más vergüenza— que parte de él se sentía aliviado por no tener su entrevista para Princeton.

Anochecía. El sol estaba desapareciendo tras la capa de nubes grises que cubría Brooklyn. Por primera vez en la última hora pensó en todas las cosas que le quedaban por hacer: los problemas de física, el trabajo de historia, responder e-mails, lavar los platos, ir a la lavandería... Todo aquello lo devolvió al reino de la realidad. Tendría que explicarle a sus padres lo que había ocurrido, y ellos, de alguna forma que nunca lograría comprender —y por lo tanto nunca podría refutar adecuadamente—, le harían sentir que era culpa suya. Pensó en el encuentro de James y Julia en la biblioteca. Ella estaría ocupada con su trabajo para el señor Karras sobre la civilización occidental, un proyecto de seis semanas que tenía obligatoriamente que terminar en dos días y dos noches sin dormir. Por intensamente que deseara que fuera suya y no de James, no se le ocurría cómo conseguirlo. En su fantasía más plausible, James moría de una forma inesperada e indolora, dejando que Julia sollozara suavemente en sus brazos.

Mientras caminaba, Quentin abrió el cierre del sobre de papel manila y se dio cuenta de inmediato de que no se trataba de una recomendación o un documento oficial de algún tipo. El sobre contenía un bloc de notas de aspecto antiguo, con las esquinas aplastadas, gastadas hasta dejarlas suaves y redondeadas, al igual que la cubierta.

En la primera página, escrita a mano y con tinta, se podía leer:

LOS MAGOS
Sexto libro de Fillory y Mucho Más

La tinta se había vuelto marrón con el tiempo. *Los magos* no era el título de ninguna novela de Christopher Plover que él conociera, y cualquier fan de la serie sabía que sólo existían cinco libros de Fillory.

Al pasar la página, una hoja doblada de papel blanco cayó

del cuaderno de notas y fue arrastrada por el viento. Por un instante quedó pegada contra una verja de hierro, antes de que el viento la arrastrara de nuevo.

Aquella manzana tenía un jardín comunitario, un triángulo de tierra demasiado estrecho y con una forma demasiado extraña para que un constructor pudiera aprovecharlo. Con los derechos sobre la propiedad perdidos en algún agujero negro de ambigüedad legal, hacía años que un colectivo de vecinos emprendedores había sustituido la típica arena ácida de Brooklyn por la fértil y rica tierra del estado. Durante cierto tiempo cultivaron calabazas, tomates y bulbos en primavera, creando pequeños jardines japoneses, pero al final lo abandonaron y las malas hierbas urbanas echaron raíces inmediatamente, ahogando poco a poco a sus exóticas competidoras, mucho más débiles. La nota revoloteó hasta esos espesos y enmarañados matorrales, y desapareció entre ellos.

En esa época del año, todas las plantas estaban muertas o moribundas, incluidas las malas hierbas, y Quentin se abrió paso entre ellas, con los secos tallos aferrándose a sus pantalones y crujiendo como cristal roto bajo sus zapatos de cuero. Por su mente cruzó la posibilidad de que en la nota estuviera escrito el número de teléfono de la sanitaria. El jardín era estrecho pero sorprendentemente alargado, y contaba con tres o cuatro árboles de buen tamaño. Cuanto más avanzaba, más oscuro y cubierto de maleza se volvía.

Vislumbró la nota por encima de él, aplastada contra un enrejado incrustado de parras muertas, pero podía volver a ser arrastrada por el viento antes de que pudiera alcanzarla. Sonó su teléfono móvil: era su padre. Quentin lo ignoró. Por el rabillo del ojo creyó ver algo revoloteando tras unos helechos largos y pálidos, pero cuando volvió la cabeza ya había desaparecido. Siguió adelante, pasando entre restos de gladiolos, petunias y girasoles que le llegaban al hombro, y rosales de tallos secos y quebradizos llenos de flores congeladas.

Supuso que había recorrido una distancia suficiente como para llegar hasta la Séptima Avenida, pero se adentró todavía más en la espesura, luchando contra lo que le parecía flora tóxica. Lo único que le faltaba, envenenarse con una maldita hiedra venenosa. Era extraño ver surgir tallos verdes aquí y allí, entre tanta planta muerta. A saber de dónde obtendrían su sustento. Percibió un aroma dulzón en el aire.

Se detuvo en seco. De repente, reinaba el silencio. Nada de bocinas de coches, ni estéreos, ni sirenas. Incluso su teléfono había dejado de sonar. Hacía mucho frío y tenía los dedos entumecidos. ¿Qué hacer? ¿Seguir adelante o volver atrás? Atravesó un seto, cerrando los ojos y empujando los tallos rasposos con la cara. Tropezó con algo, una piedra. Sintió unas ligeras náuseas. Estaba sudando.

Cuando abrió los ojos, se encontraba en el límite de una enorme extensión de prado verde, perfectamente llano y rodeado de árboles. El olor de la hierba fresca era muy intenso. El sol le calentaba la cara.

Pero el sol estaba en un ángulo equivocado y el cielo era de un añil cegador. ¿Dónde diablos se habían metido las nubes? Su oído interno zumbó enfermizamente. Contuvo la respiración unos segundos, antes de expeler el frío aire invernal y aspirar el cálido aire de aquel lugar. Estaba saturado de polen en suspensión. Estornudó.

A cierta distancia, más allá del amplio prado, se erguía un enorme conjunto de piedra color miel y pizarra gris, adornado con chimeneas, gabletes, torres, tejados y subtejados. En el centro, sobre la casa principal, podía distinguirse la alta y majestuosa torre de un reloj, que a Quentin le pareció ajena a lo que, por otra parte, parecía una residencia privada. El reloj era de estilo veneciano: un solo círculo con veinticuatro horas señalizadas con números romanos. Entre la casa y el prado se extendía toda una serie de terrazas, huertos, setos y fuentes.

Quentin estaba casi seguro de que, si se quedaba inmóvil unos segundos, todo volvería a la normalidad. Esperó esos segundos. Se preguntó si estaba sufriendo algún tipo de desorden neurológico. Miró cautelosamente por encima del hombro, pero tras él no vio el menor rastro del jardín, sólo unos grandes y frondosos robles, vanguardia de lo que semejaba un espeso bosque. Notó una gota de sudor deslizarse desde la axila izquierda. Hacía calor.

Quentin dejó la mochila en el suelo y se quitó el abrigo. Un pájaro trinó lánguidamente en medio del silencio. A unos veinte metros de distancia, un adolescente alto y delgado recostado contra un árbol se estaba fumando un cigarrillo.

Parecía de la misma edad de Quentin. Llevaba una camisa de cuello abotonado y rayas muy finas de un pálido color rosa. No lo miraba, sólo daba largas caladas a su cigarrillo y lanzaba el humo al aire del verano. El calor no parecía molestarlo.

—¡Hola! —gritó Quentin.

El chico le echó un vistazo y alzó el mentón a modo de saludo, pero no respondió.

Quentin se acercó, fingiendo tanta despreocupación como le era posible, no quería dar la impresión de alguien que no tenía ni idea de lo que estaba haciendo allí. Sudaba como un demonio incluso sin su abrigo. Se sentía como un explorador inglés con demasiada ropa encima, intentando impresionar a un escéptico nativo del trópico. Pero tenía que hacerle unas cuantas preguntas.

Se aclaró la garganta.

—¿Estamos... estamos en Fillory? —preguntó Quentin, entornando los ojos a causa del sol.

El joven miró muy serio a Quentin. Dio otra larga calada a su cigarrillo y sacudió lentamente la cabeza mientras exhalaba el humo.

—No —respondió—. Estamos en el estado de Nueva York.

Brakebills

El chico no se burló, algo que Quentin apreciaría más tarde.

—¿En qué parte del estado? —preguntó Quentin—. ¿En Vassar?

—Te he visto cruzar —respondió el joven—. Vamos, tienes que ir a la Casa.

Arrojó la colilla lejos y se adentró en el extenso prado. No se dignó mirar atrás para ver si Quentin lo seguía. Al principio éste no lo hizo, pero un repentino temor a quedarse solo lo impulsó a moverse, y trotó para alcanzar al otro.

El prado era enorme, del tamaño de media docena de campos de fútbol, y tardaron en cruzarlo lo que le pareció una eternidad. El sol caía implacable sobre la nuca de Quentin.

—¿Cómo te llamas? —preguntó el chico, con un tono que hizo que Quentin estuviera seguro de que no tenía el menor interés en la respuesta.

—Quentin.

—Encantador. ¿Y eres de...?

—Brooklyn.

—¿Edad?

—Diecisiete.

—Yo me llamo Eliot. No me digas nada más, no quiero saberlo. No quiero encariñarme contigo.

Quentin debía trotar para mantenerse a la altura del otro. Había algo raro en la cara de Eliot. Caminaba muy erguido pero tenía la boca torcida, en una especie de mueca permanente que revelaba un conjunto de dientes torcidos hacia dentro y hacia fuera en ángulos improbables. Parecía un niño que hubiera sufrido un mal parto, como si el médico hubiera manejado mal los fórceps.

A pesar de su extraño aspecto, Eliot desprendía un aire de tranquilo autocontrol que hacía que Quentin desease vehementemente ser su amigo, quizás incluso ser como él. Resultaba obvio que era una de esas personas que se sienten como en casa no importa dónde estén, optimista por naturaleza allí donde Quentin se veía obligado a bracear constante, agotadora, humillantemente para conseguir un sorbo de aire.

—¿Qué es este lugar? —preguntó Quentin—. ¿Vives aquí?

—¿En Brakebills? —respondió, despreocupadamente el otro—. Sí, supongo que sí... si puedes llamarlo vivir.

Llegaron por fin al extremo más alejado del prado, y Eliot guió a Quentin hasta un sombrío laberinto, atravesando una abertura en un seto alto. Los arbustos estaban podados con precisión, formando pasillos estrechos y ramificados que se abrían periódicamente a pequeños recintos sombreados. La vegetación era tan densa que la luz no penetraba a través de ella; pero, aquí y allí, un pesado rayo de sol caía desde lo alto sobre el sendero. En ocasiones pasaron por delante de fuentes de las que manaba agua o sombrías estatuas de piedra blanca castigadas por la lluvia y el tiempo.

Tardaron cinco minutos en salir del laberinto a través de una abertura flanqueada por las figuras, recortadas en los setos, de dos osos erguidos sobre sus patas traseras, y llegaron hasta una terraza con suelo de piedra situada a la sombra de la enorme casa que Quentin viera en la distancia.

—Seguro que el decano te recibirá enseguida —anunció Eliot—. Mi consejo es que te sientes... —Señaló un desgastado banco de piedra, como si se estuviera dirigiendo amigablemente a un perro—. Intenta dar la impresión de que eres de aquí. Y si le dices que me has visto fumar, te mandaré al círculo más horrible del Infierno. Nunca he estado allí, pero si la mitad de lo que dicen es cierto, es casi tan malo como Brooklyn.

Eliot desapareció, tragado de nuevo por el laberinto, y Quentin se sentó obedientemente en el banco, contemplando las losas de piedra gris de la terraza entre sus brillantes zapatos negros, con la mochila y el abrigo en el regazo. «Esto es imposible», pensó. Pero aquellas palabras no cuadraban con el mundo que lo rodeaba. Tenía la impresión de estar sufriendo una experiencia alucinógena poco agradable. Las losas del suelo estaban intrincadamente grabadas con una pauta doble de hojas de parra, o quizá fuera una elaborada caligrafía, pero tan desgastada que las palabras resultaban ininteligibles. Pequeñas motas de polvo y polen flotaban a su alrededor iluminadas por los rayos de sol. «Si esto es una alucinación —pensó—, es jodidamente minuciosa.»

Lo más raro era el silencio. Por mucho que aguzara el oído no percibía el ruido de un solo coche. Le parecía estar en una película a la que le hubieran quitado la banda de sonora.

Un par de puertas francesas traquetearon varias veces antes de abrirse. Un hombre alto y gordo, vestido con un ligero traje de algodón a rayas, entró en la terraza. Se movía a gran velocidad, costaba creer que estuviera simplemente caminando y no corriendo.

—Buenas tardes —saludó—. Tú debes de ser Quentin Coldwater.

Hablaba con mucha corrección, como si deseara expresarse con un perfecto acento inglés pero no fuera lo bastante pretencioso para fingirlo. Su rostro era afable y franco; su cabello, fino y rubio.

—Sí, señor. —Quentin nunca había llamado «señor» a un adulto (ni a nadie, ya puestos), pero de repente lo encontró apropiado.

—Bienvenido al Brakebills College —prosiguió el hombre—. Supongo que has oído hablar de nosotros...

—La verdad es que no —reconoció Quentin.

—Bien, te ofrecemos la oportunidad de presentarte a un Examen Preliminar. ¿Aceptas?

Quentin no sabía qué responder. No era una de esas preguntas que se preparan por la mañana.

—No lo sé —respondió por fin, parpadeando desconcertado—. Quiero decir, que no estoy seguro.

—Una respuesta perfectamente comprensible, pero me temo que inaceptable. Necesito un sí o un no. Es sólo un examen —añadió amablemente.

Quentin fue presa de la irracional pero poderosa intuición de que si respondía que no, todo aquello terminaría antes de que la última sílaba surgiera de su boca, y que volvería a encontrarse bajo la fría lluvia y las mierdas de perro de First Street, preguntándose por qué le había parecido sentir el calor del sol en la nuca un segundo antes. No estaba preparado para eso. Todavía.

—Bueno, de acuerdo —aceptó, sin querer parecer demasiado ansioso—. Sí.

—Espléndido. —El hombre era una de esas personas en apariencia joviales, pero cuya jovialidad no se reflejaba en los ojos—. Te llevaré hasta el Aula de Examen. Soy Henry Fogg (sin bromas, por favor, ya me las han hecho todas), y puedes llamarme decano. Sígueme. Creo que eres el último en llegar —añadió.

La verdad era que a Quentin no se le había ocurrido ninguna broma o juego de palabras con el apellido de aquel hombre. El interior de la casa era silencioso y fresco, y en el ambiente flotaba un rico aroma especiado de libros y alfombras orientales, madera vieja y tabaco. Quentin tardó un minuto en ajustar su visión a la penumbra. El decano lo precedió impaciente, mientras recorrían apresuradamente una sala de estar repleta de viejos y oscuros cuadros al óleo, un estrecho pasillo forrado con paneles de madera y varios tramos de escalera, hasta llegar a una pesada puerta también de madera.

En cuanto se abrió, cientos de ojos se centraron en Quentin. La sala era larga, espaciosa y llena de pupitres individuales ordenados en hileras. En cada pupitre se sentaba un adolescente de apariencia seria. Obviamente era una clase, pero no del tipo al que Quentin estaba acostumbrado, con las paredes pintadas de color ceniza, cubiertas de tablones de anuncios y pósteres con gatitos colgando de ramas, bajo la inscripción NO TE RINDAS, NENE escrita a mano. Las paredes de esta aula eran de piedra, la luz del sol entraba a raudales y daba la impresión de extenderla más, y más, y más. A primera vista parecía un truco hecho con espejos.

La mayoría de los presentes eran de la misma edad que Quentin, y parecían compartir un mismo tono general de sangre fría o falta de la misma. No, no todos. Pudo ver a unos cuantos con cortes de pelo al estilo mohicano o completamente rapados, y había un considerable contingente de góticos. Incluso uno de aquellos superjudíos, un *hasid*. Una chica demasiado alta, con gafas demasiado grandes de montura roja, contemplaba bobaliconamente a todos los demás. Algunas de las más jóvenes daban la impresión de haber llorado. Un chico no llevaba camisa ni camiseta, y su espalda estaba cubierta de tatuajes verdes y rojos. «Dios —pensó Quentin—, ¿qué padres le han dejado hacerse eso?» Otro iba en una silla de ruedas motorizada. A otro más le faltaba el brazo izquierdo y llevaba la manga de la camisa doblada sobre sí misma, sostenida por un imperdible plateado.

Todos los pupitres eran idénticos, y sobre cada uno habían dejado la típica libreta azul con las preguntas del Examen, pero sus páginas estaban en blanco; junto a ella, un delgado y afilado lápiz del n.º 3. Aquello era lo primero que le resultaba familiar a Quentin. Al fondo de la sala vio un pupitre vacío; se sentó y arrastró la silla hacia delante con un chirrido atronador. Creyó percibir el rostro de Julia entre la multitud, pero la chica desvió la mirada de inmediato y no pudo estar seguro. Además, ya no había tiempo. El decano Fogg se había situado frente a los pupitres y se aclaraba la garganta formalmente.

—Bien, primero unas cuantas observaciones —comenzó en un tono de voz lo bastante alto como para que se le pudiera escuchar en toda la sala—. Durante el examen guardaréis completo silencio. Sois libres de fisgar lo que escriben vuestros compañeros, pero descubriréis que las respuestas parecen estar en blanco. La punta de vuestros lápices no se romperá ni necesitará ser afilada de nuevo. Si queréis un poco de agua, levantad la mano así. —Hizo una demostración—. No os preocupéis por sentiros poco preparados para un Examen. No hay forma de hacerlo, aunque sería igualmente cierto decir que os habéis estado preparando durante toda vuestra vida. Sólo hay dos posibles notas: aprobado y suspenso. Si aprobáis, pasaréis al segundo nivel del Examen; si suspendéis, y la mayoría de vosotros lo hará, regresaréis a vuestras casas con una coartada aceptable y muy pocos recuerdos de esta experiencia.

»La duración del Examen es de dos horas y media. Podéis comenzar.

El decano se volvió hacia la pizarra que había detrás de él y dibujó el círculo de un reloj. Quentin bajó la vista hacia la libreta de su pupitre. Las páginas ya no estaban en blanco y, mientras miraba, más letras iban apareciendo literalmente de la nada.

Un susurro de papeles llenó la sala, como si una bandada de pájaros se elevara del suelo, y las cabezas de los chicos se inclinaron al unísono. Quentin reconoció el movimiento, era el movimiento de un montón de alumnos de primera fila dispuestos a realizar su maldito trabajo.

Y él era uno de ellos.

Quentin no había planeado pasarse el resto de aquella tarde —o de aquella mañana, o de lo que fuera— realizando un examen sobre un tema desconocido, en una institución educativa desconocida, en alguna zona desconocida donde todavía era verano. Se suponía que debía estar en Brooklyn congelándose el culo y siendo entrevistado por un adulto actualmente fallecido. Pero la lógica interna de su situación inmediata sobrepasaba otras preocupaciones, por muy bien fundadas que estuvieran. Nunca había sido bueno con la lógica.

Gran parte del Examen consistía en problemas de cálculo muy fáciles para Quentin, tan misteriosamente bueno en matemáticas que su instituto se había visto obligado a externalizar esa parte de su educación y confiarla al cercano Brooklyn College. Un poco de elaborada geometría diferencial y unos cuantos problemas de álgebra no le suponían ningún problema, pero allí había cuestiones más exóticas. Algunas completamente absurdas. Una de las páginas mostraba el dorso de una carta de la baraja —no la figura o el valor de la carta, sino su *dorso*—; en este caso, un dibujo estándar de dos angelitos montados en bicicletas, y tenía que responder de qué carta se trataba. Aquello no tenía sentido.

En otra página aparecía un pasaje de *La tempestad* de Shakespeare. Le pedían que inventara un idioma falso y que tradujera el texto a ese idioma. Después hacían varias preguntas sobre la gramática y la ortografía de ese idioma. Y por último —sinceramente, ¿para qué?—, más preguntas sobre la geografía, la cultura y la sociedad del país donde se hablaba fluidamente el idioma inventado. Entonces, tenía que traducir el texto del idioma inventado al inglés, prestando una especial atención a cualquier distorsión resultante en la gramática, la elección de palabras y su significado. Por norma, Quentin se esforzaba todo lo posible en los exámenes, pero en este caso no estaba completamente seguro de qué se suponía que debía hacer.

El Examen iba cambiando a medida que lo realizaba. La prueba de interpretación de textos contenía un párrafo que desapareció en cuanto terminó de leerlo; entonces, aparecieron preguntas sobre su contenido. Debía de ser un nuevo tipo de papel especial informatizado... ¿No había leído en alguna parte que alguien estaba trabajando en ello? ¿Tinta digital quizás? Eso sí, con una resolución sorprendente. Más tarde le pidieron que dibujara un conejo, pero el conejo no se estaba quieto mientras lo dibujaba; en cuanto terminó las patas, empezó a rascarse furiosamente y a saltar por toda la página, mordisqueando otras preguntas, y tuvo que perseguirlo con el lápiz para poder dibujarle el pelaje. Logró terminarlo tranquilamente, abocetando apresuradamente unas cuantas zanahorias y dibujando una cerca a su alrededor para contenerlo.

Pronto se olvidó de todo lo que no fuera responder una pregunta tras otra con su clara caligrafía, aplazando cualquier perversa exigencia que le pidiera el cuaderno. Pasó una hora antes de que levantase siquiera la vista del pupitre. Le dolía el culo, así que cambió de posición en la silla. Las manchas de luz que se colaban por las ventanas se habían movido ostensiblemente.

Algo más había cambiado. Cuando comenzó, todos los pupitres estaban ocupados, y ahora muchos de ellos se veían vacíos. No se había percatado de que nadie se levantara y se fuera. Una helada semilla de duda tomó forma en el estómago de Quentin. «¡Dios, eso es que han acabado antes que yo!» No estaba acostumbrado a que otros alumnos fueran más rápidos que él. ¿Quién era aquella gente? Las palmas de las manos le picaban por el sudor, y se las frotó contra las perneras de los pantalones.

Cuando Quentin pasó a la siguiente página de la libreta del Examen, vio que estaba en blanco a excepción de una sola palabra en el centro de la página: *FIN*, escrita en una elegante letra cursiva, como la que solía aparecer al final de las películas antiguas.

Se echó hacia atrás en la silla y apretó las palmas de sus doloridas manos contra sus doloridos ojos. Bueno, eran dos horas de su vida que jamás recuperaría. Quentin seguía sin ver que nadie se levantara y se marchase, pero la sala estaba considerablemente despoblada. Ahora sólo quedaban unos cincuenta chicos, y podía ver más pupitres vacíos que ocupados. Era como si, cada vez que agachaba o movía la cabeza, se deslizaran suave y silenciosamente fuera de la sala. El que tenía pinta de punk, el de los tatuajes y el torso desnudo, seguía allí. O había terminado o se había rendido, porque no hacía mas que pedir vasos y más vasos de agua. Su pupitre estaba cubierto de vasos. Quentin pasó los últimos veinte minutos mirando por la ventana y jugueteando con su lápiz.

El decano volvió y se dirigió a la clase.

—Me complace informaros de que todos vosotros pasáis a la siguiente fase del Examen —anunció—. Dicha fase será individual y la llevarán a cabo diversos miembros del profesorado de Brakebills. Entretanto, podéis refrescaros un poco y conversar entre vosotros.

Quentin contó veintidós pupitres ocupados, una décima parte del grupo original. Un mayordomo silencioso y de aspecto cómico con impecables guantes blancos entró y empezó a circular por la sala, entregándoles a cada uno una bandeja con un sándwich —de pan ácimo, con pimientos asados y mozzarella muy fresca—, una pera, y una porción de chocolate oscuro y amargo, además de un vaso de una bebida gaseosa servida de una botella sin etiqueta. Resultó ser gaseosa con sabor a uva.

Quentin tomó su bocadillo y se acercó a la primera fila de mesas, donde se estaba reuniendo la mayoría de los supervivientes del primer Examen. Se sintió patéticamente aliviado al haber llegado tan lejos, aunque no tuviera ni idea de por qué unos habían pasado la prueba y tantos otros habían fallado, o qué ganaban superándola. El mayordomo fue recogiendo pacientemente la tintineante colección de vasos de agua de la mesa del punk. Quentin buscó a Julia, pero, o no había pasado el corte o nunca había estado allí.

—Tendrían que haber puesto un tope —explicaba el punk, que dijo llamarse Penny. Tenía un rostro suavemente redondeado que contrastaba con su terrorífico aspecto—. Por ejemplo, un máximo de cinco vasos. Me encantan las mierdas como ésta, cuando el sistema se jode a sí mismo por culpa de sus propias reglas. —Se encogió de hombros—. De todas formas, estaba aburrido —añadió—. Sólo habían pasado veinte minutos cuando el test me dijo que había terminado.

—¿Veinte minutos? —Quentin estaba dividido entre la admiración y la venenosa envidia—. ¡Cristo, yo tardé dos horas!

El punk se encogió de hombros e hizo una mueca que significaba: ¿qué quieres que te diga?

Entre los supervivientes, la camaradería se mezclaba con la desconfianza. Algunos de los chicos intercambiaron nombres, ciudades de origen y cautelosos comentarios sobre el Examen, aunque, cuanto más comparaban, más cuenta se daban de que ninguno había hecho el mismo. Todos pertenecían al mismo país excepto dos, que resultaron ser de la misma reserva inuit de Saskatchevan. Pasearon por la sala explicándose mutuamente cómo habían llegado hasta allí, y todos los relatos eran distintos aunque con un cierto parecido: o bien buscaban una pelota perdida en un callejón, o una cabra descarriada en una cloaca, o seguían un cable inexplicablemente largo en la sala de ordenadores del instituto, que llevaba hasta el armario de un servidor que nunca había estado allí. Y después, para todos: hierba verde, calor y alguien que los guiaba hasta el Aula de Examen.

En cuanto terminaron de comer, varios profesores empezaron a llamar a los candidatos por su nombre siguiendo un orden alfabético, así que sólo pasaron un par de minutos antes de que una mujer de aspecto severo, ya en la cuarentena, y cuyo pelo oscuro le llegaba hasta los hombros, nombrase a Quentin Coldwater. Él la siguió hasta un cuarto estrecho revestido con paneles de madera y cuyas altas ventanas daban al prado que había cruzado horas antes, pero desde una altura desconcertantemente alta. Cuando la mujer cerró la puerta, la cháchara del Aula de Examen se interrumpió abruptamente. Dos sillas enfrentadas estaban separadas por una tosca y gastada mesa de madera. La mesa estaba vacía a excepción de una baraja de cartas y un montoncito de monedas.

Quentin se sintió un poco aturdido, como si estuviera viéndolo todo por televisión. El conjunto le parecía un poco ridículo, pero se obligó a prestar atención. Aquello era una competición, él dominaba las competiciones y sentía que las apuestas habían subido mucho.

—Creo que te gustan los trucos de magia, Quentin —dijo la mujer. Tenía un acento ligeramente europeo, pero ilocalizable. ¿Islandés quizá?—. ¿Por qué no haces uno?

La verdad era que sí, que le gustaban los trucos de magia. Su interés por la magia había nacido hacía tres años, en parte inspirado por sus hábitos de lectura, pero sobre todo como una forma de engordar sus créditos extracurriculares con una actividad que no le obligase a interactuar con otras personas. Quentin había pasado cientos de horas emocionalmente áridas con su iPod, jugando con monedas, barajando cartas y sacando hasta el aburrimiento falsas flores de delgados tubos de plástico. Había mirado y vuelto a mirar vídeos instructivos de un granulado similar al de las películas pornográficas, en los que hombres de mediana edad hacían demostraciones de magia cercana frente a un telón de fondo hecho con una sábana. Ahí descubrió que la magia no era algo romántico, sino algo serio, repetitivo y engañoso. Practicó y practicó hasta la extenuación, hasta ser muy bueno.

Cerca de su casa había una tienda que vendía artículos de magia, además de basura electrónica, polvorientos juegos de tablero, minerales y vómitos falsos. Ricky, el encargado de la tienda, que llevaba barba y patillas pero no bigote, como si fuera un granjero *amish*, aceptó a regañadientes darle algunas clases. El alumno no tardó en superar al maestro. A los diecisiete años ya conocía el truco llamado Dr. Jeckill y Mr. Hyde y el Corte de Charlie, que se realizaba con una sola mano, y también podía hacer malabarismos con tres pelotas, incluso con cuatro, aunque por un tiempo frustrantemente corto. Ganó cierta popularidad en el instituto mostrando su habilidad para lanzar una carta, con un movimiento de muñeca y una feroz puntería robótica, a una distancia de tres metros y clavarla de canto en una de las insípidas manzanas que solían servir en la cafetería.

Quentin cogió primero las cartas. Se vanagloriaba de su forma de barajar, así que comenzó con una mezcla Faro en lugar de la estándar, por si acaso —soñar es gratis— la mujer sentada frente a él conocía la diferencia y lo ridículamente difícil que era hacer una buena Faro.

Después siguió la rutina habitual, calculada para demostrar tantas habilidades distintas como fuera posible: falsos cortes, falsas barajadas, deslizamientos, trasposiciones, pases, adivinaciones, forzamientos... Entremedio, trucos de lanzamiento, cascadas y avalanchas pasando las cartas de una mano a la otra. Mantuvo la pauta regular, pero en aquella habitación tranquila, amplia y preciosa, frente a aquella digna y atractiva mujer, le pareció burda y vacía. Las palabras sobraban. Actuó en silencio.

Las cartas producían apagados y cortantes siseos en el silencio de la sala. La mujer lo contemplaba fijamente, obedeciendo cada vez que le pedía que escogiera una, sin mostrar ninguna sorpresa cuando él la recuperaba —¡milagrosamente!— de la mitad de un mazo barajado a conciencia, del bolsillo de su camisa o del mismísimo aire.

Cambió a las monedas. Eran monedas nuevas de cinco centavos, bien pulidas, con los bordes limpios. No tenía accesorios, ni copas, ni pañuelos que doblar, así que utilizó las palmas de las manos para hacer pases, transformaciones y multiplicaciones. La mujer lo observó en silencio durante un minuto, hasta que extendió la mano por encima de la mesa y le tocó el brazo.

—Haz ese truco otra vez —pidió.

Lo repitió obedientemente. Era un truco muy viejo llamado la Moneda Viajera, en el que la moneda (en realidad eran tres) viajaba misteriosamente de una mano a la otra. Se enseñaba la moneda al público y, descaradamente, se hacía desaparecer; entonces fingía haberla perdido, pero la recuperaba triunfalmente, tras lo cual volvía a desaparecer de su palma abierta a la vista de todos. En realidad no era más que una vulgar secuencia, aunque bien resuelta, de robos y caídas, con una retención de visión particularmente descarada.

—Vuelve a hacerlo.

Lo hizo de nuevo, pero ella lo detuvo a mitad del número.

—En esta parte cometes un error.

—¿Dónde? —Frunció el ceño—. Se hace así.

Ella torció la boca y sacudió la cabeza.

La mujer tomó tres monedas del montón y, sin un instante de vacilación ni movimientos ampulosos que evidenciaran que estaba haciendo algo extraordinario, realizó el truco de la Moneda Viajera a la perfección. Quentin no pudo dejar de contemplar sus pequeñas y ágiles manos. Sus movimientos eran más suaves y más precisos que los de cualquier profesional que él hubiera visto jamás.

Se detuvo a media actuación.

—Aquí, ¿ves? En el momento en el que la segunda moneda tiene que pasar de una mano a la otra. Necesitas un pase en reverso, manteniéndola así. Ponte a mi lado para que puedas verlo bien.

Obediente, rodeó la mesa y se situó tras ella, intentando no mirar el escote de su blusa. Las manos de la mujer eran más pequeñas que las suyas, pero la moneda desapareció entre sus dedos como un pájaro en un matorral. Hizo el movimiento lentamente, hacia atrás y hacia delante, desglosándolo paso a paso.

—Es lo mismo que he hecho yo —protestó Quentin.

—Muéstramelo. —La mujer sonreía abiertamente. Le sujetó la muñeca en mitad del truco para que se detuviera—. ¿Dónde está la segunda moneda ahora? —preguntó.

Quentin abrió las manos con las palmas hacia arriba. La moneda estaba en... No había moneda. Había desaparecido. Hizo girar las manos, movió los dedos, buscó en la mesa, en su regazo, en el suelo. Nada. Había desaparecido. ¿Se la había quitado mientras no miraba? Con aquellas manos tan rápidas y su sonrisa de Mona Lisa, no le extrañaría lo más mínimo.

—Sí, justo lo que pensaba —dijo ella, poniéndose en pie—. Gracias, Quentin, te enviaré al siguiente examinador.

Quentin la observó marcharse, palpándose todavía sus bolsillos en busca de la moneda perdida. Por primera vez en su vida no supo si había aprobado o suspendido un examen.

Toda la tarde fue parecida, con profesores que entraban por una puerta y salían por otra. Era como un sueño, un largo y laberíntico sueño sin un significado claro. Un anciano de cabeza temblorosa hurgó en los bolsillos de sus pantalones y extrajo un montón de deshilachadas cuerdas amarillas llenas de nudos que dejó sobre la mesa; entonces, se quedó allí plantado mientras Quentin deshacía los nudos. Una mujer guapa y tímida, que no parecía mucho mayor que él, le pidió que dibujara un mapa de la casa y de los terrenos circundantes que hubiera visto desde su llegada. Un tipo parlanchín de cabeza enorme, que no podía o no quería dejar de hablar, lo retó a una partida rápida de una extraña variante del ajedrez. Pasado cierto tiempo, ni siquiera podía tomarse en serio todo aquello, le daba la impresión de que intentaban poner a prueba su propia credulidad. Un hombre gordo, pelirrojo y con aire de engreído soltó un pequeño lagarto de enormes alas iridiscentes y ojos alerta; el hombre no dijo nada, sólo cruzó los brazos y se sentó en el borde de la mesa, que crujió como protesta por su peso.

A falta de una idea mejor, Quentin intentó pacientemente que el lagarto aterrizase en su dedo. El animal descendió y lo mordió en la mano, haciendo brotar una gota de sangre; entonces se alejó volando y zumbó contra la ventana igual que un abejorro. Sin pronunciar una sola palabra, el hombre le dio una tirita, recogió a su lagarto y se marchó.

Por fin, la puerta se cerró y no volvió a abrirse. Quentin soltó un profundo suspiro e hizo rotar sus hombros para liberar la tensión. Al parecer, aunque nadie se había molestado en comunicárselo, la procesión había terminado. Bueno, al menos tenía unos cuantos minutos para sí mismo. El sol ya estaba ocultándose. No podía verlo desde aquel cuarto, pero sí veía una fuente, y la luz que se reflejaba en el agua del estanque era de un ardiente color naranja. Un poco de niebla empezó a concentrarse entre los árboles. Todo el paisaje estaba desierto.

Se frotó la cara con las manos. Aunque mucho más tarde de lo debido, se le ocurrió preguntarse qué estarían pensando sus padres. Normalmente solían mostrarse indiferentes a sus idas y venidas, pero incluso ellos tenían sus límites. El instituto habría cerrado hacía horas. Quizá creyeran que la entrevista de Princeton se había alargado más de lo habitual, aunque las oportunidades de que recordasen que tenía una entrevista eran mínimas. O bien, dado que allí era verano, quizás el instituto ni siquiera había empezado las clases. La mareante bruma en la que se había perdido toda la tarde empezaba a disiparse. Se preguntó si realmente estaría a salvo en aquella casa. Si aquello era un sueño, lo mejor sería despertar de una vez por todas.

A través de la puerta cerrada oyó claramente el sonido de

un llanto. Era de un chico, de uno demasiado mayor para llorar delante de otras personas. Un profesor le hablaba con tranquilidad y firmeza, pero él no podía o no quería dejar de llorar. Intentó no hacer caso de aquel sonido, le parecía inapropiado, peligroso, un sonido que se aferraba a las capas exteriores de su sangre fría adolescente tan trabajosamente conseguida, y bajo aquel sonido se percibía algo semejante al miedo. Las voces se desvanecieron a medida que el chico se alejaba, y entonces oyó la voz del decano; su tono era gélido, como si de ese modo intentara no mostrarse furioso.

—No estoy seguro de que me importe ya una cosa u otra.

La respuesta fue prácticamente inaudible.

—Si no tenemos quórum, simplemente los enviaremos a todos a casa y nos saltaremos un año. —El ánimo de Fogg decaía—. Nada me haría más feliz. Podríamos reconstruir el observatorio o convertir la escuela en una guardería para profesores seniles, Dios sabe que tenemos unos cuantos.

Inaudible de nuevo.

—Sólo nos falta uno o una para tener los veinte, Melanie, cada año sucede lo mismo. Vaciaremos todas las escuelas, institutos y centros juveniles de detención hasta que lo encontremos. Y si no lo conseguimos, dimitiré y será tu problema, lo lamento. En estos momentos, no se me ocurre nada que me hiciera más feliz.

La puerta se abrió unos centímetros y, por un instante, un rostro lo miró con miopes ojos de preocupación. Era la primera examinadora, la europea de cabello oscuro y dedos ágiles. Quentin abrió la boca para pedirle un teléfono —a la carga de su móvil sólo le quedaba una inútil y parpadeante barra—, pero la puerta se cerró antes de que pudiera hacerlo. Qué fastidio. ¿Se había terminado todo? ¿Debería marcharse? Hizo una mueca de desagrado para sí. Dios sabía que le gustaban las aventuras, pero estaba harto. Aquello ya no tenía gracia.

El cuarto estaba casi a oscuras. Buscó el interruptor de la luz, pero no dio con ninguno. De hecho, durante todo el tiempo que llevaba allí no había visto un solo aparato eléctrico. Ni teléfonos ni luces ni relojes. Hacía mucho que Quentin había comido un sándwich y un trozo de chocolate, y volvía a tener hambre. Se levantó y se acercó a la ventana, donde había un poco más de luz.

Los paneles de cristal estaban algo sueltos debido a su antigüedad. ¿Sería el último que quedaba allí? ¿Por qué tardaban tanto en hablar con él? El cielo era una cúpula luminosa de un azul eléctrico, sembrada de enormes racimos de estrellas, estrellas como las de Van Gogh, invisibles en Brooklyn a causa de la contaminación lumínica. Se preguntó lo lejos que estarían de un núcleo urbano y qué habría pasado con la nota que persiguiera por todo aquel jardín y que al final no había podido encontrar. Había dejado el libro —y su mochila— en la primera aula de exámenes, y deseó habérselo llevado consigo. Imaginó a sus padres preparando la cena: algo cocinándose en el horno, su padre cantando un tema decididamente pasado de moda, dos vasos de vino tinto en la encimera... Casi los echó de menos.

La puerta volvió a abrirse sin previo aviso y el decano entró en la sala, hablando por encima del hombro con alguien que venía tras él.

—¿Un candidato? Estupendo —exclamó con sarcasmo—. Veamos a ese candidato. ¡Y tráeme unas malditas velas! —Se sentó frente a la mesa con la camisa manchada de sudor. A Quentin no le pareció descabellado que hubiera echado un trago entre la última vez que le viera y este momento—. Hola, Quentin. Toma asiento, por favor —indicó, señalándole la otra silla.

Quentin se sentó, mientras Fogg se abrochaba el botón superior de la camisa y sacaba rápida, irritadamente, una corbata del bolsillo.

La mujer de cabello oscuro entró en el cuarto y, tras ella, el anciano de las cuerdas anudadas, el gordo del lagarto y, uno tras otro, la docena aproximada de hombres y mujeres que habían desfilado aquella tarde por la habitación. Se situaron a lo largo de las paredes, estirando el cuello para mirarlo y susurrando unos con otros. El punk de los tatuajes también iba con el grupo y se deslizó al interior mientras la puerta se cerraba, sin que ninguno de los profesores reparara en ello.

—Vamos, vamos. —El decano hizo un ademán impaciente para que acabasen de entrar—. El año que viene deberíamos hacer esto en el conservatorio. Pearl, ponte aquí —le ordenó a la joven rubia que le había pedido a Quentin que dibujase un mapa—. Bien —añadió satisfecho cuando estuvieron todos—. Quentin, siéntate, por favor.

Como ya estaba sentado, Quentin se removió un poco en la silla.

El decano Fogg sacó de uno de sus bolsillos una baraja nueva, todavía envuelta en plástico y, de otro, un puñado de monedas de cinco centavos, aproximadamente un dólar, que soltó con demasiado énfasis, desparramándolas por la mesa. Ambos intentaron agruparlas de nuevo.

—Bien, empecemos. —Fogg dio una palmada y se frotó las manos—. ¡Veamos un poco de magia! —Se retrepó en su silla y cruzó los brazos.

¿No había pasado ya por eso? Quentin logró mantener su rostro estudiadamente en calma y despreocupado, pero su mente galopaba desbocada. Desenvolvió el mazo de cartas lentamente; el plástico crujía ensordecedor en el insoportable silencio. Desde lo que le parecía un kilómetro vio sus manos mezclar las cartas, cortar, mezclar, cortar. Buscó mentalmente un truco que no hubiera hecho la primera vez. Algo impactante.

Apenas había empezado la rutina, cuando Fogg lo detuvo.

—No, no, no —se burló Fogg, y no precisamente de forma amable—. Así no. Quiero ver magia de verdad.

Golpeó un par de veces la dura mesa con los nudillos y volvió a recostarse en el respaldo de su silla. Quentin aspiró profundamente y buscó en el rostro del decano el buen humor que había creído percibir antes, pero Fogg sólo parecía expectante. Sus ojos eran de un azul pálido lechoso, más de lo habitual.

—No entiendo lo que quiere decir —protestó Quentin en medio del silencio, como si hubiera olvidado su papel en la función escolar y tuviera que pedir un pie—. ¿Qué quiere decir con eso de «magia de verdad»?

—Bueno, no lo sé. —Fogg dirigió una mirada burlona a los demás profesores—. No sé lo que significa. Dímelo tú.

Quentin barajó un par de veces más para ganar tiempo. No sabía qué hacer. Si le dijeran qué esperaban concretamente de él, haría lo imposible por complacerlos. «Se acabó —pensó—. Aquí termina mi actuación. Ésta es la sensación del fracaso.» Miró alrededor, pero todas las caras parecían inexpresivas o evitaban su mirada. Nadie iba a ayudarlo y volvería a Brooklyn. Podía sentir que las lágrimas afloraban en sus ojos y se exasperó. Parpadeó repetidamente para contenerlas. Deseaba con desesperación que no le importase, pero estaba hundiéndose sin nada a lo que aferrarse. «Éste es el examen que suspenderé», pensó. No es que estuviera realmente sorprendido, sólo se preguntaba cuánto tardarían en darle la patada.

—¡Deja de jodernos, Quentin! —ladró Fogg, chasqueando los dedos—. ¡Vamos, despierta!

Se inclinó sobre la mesa y aferró las manos de Quentin. El contacto fue todo un shock para él. Sus dedos eran fuertes, extrañamente secos y calientes. Movió los dedos de Quentin, obligándole físicamente a adoptar posiciones que no querían adoptar.

—Así —dijo—. Así. Así.

—Vale, ya basta —protestó Quentin, intentando liberarse—. Basta.

Pero Fogg no se detuvo. Los presentes se removieron inquietos y alguien dijo algo. Fogg siguió manipulando las manos de Quentin, volvió a doblar los dedos de Quentin, a estirarlos, a separarlos hasta que los pulpejos le ardieron. Una luz pareció brillar entre sus manos.

—¡He dicho que basta! —Quentin apartó las manos de un tirón.

Se sorprendió de lo bien que le sentaba el estallido de rabia. Era algo a lo que aferrarse. En el sorprendido silencio que siguió, aspiró profundamente y expulsó el aire por la nariz. Y con el aire, sintió que había expulsado parte de su desesperación. Ya estaba harto de que lo juzgasen. Estaba acostumbrado a ser una víctima toda su vida, pero hasta él tenía sus límites.

Fogg hablaba de nuevo, pero Quentin no lo escuchaba. Estaba susurrando algo en voz baja, algo que le resultó familiar, y tardó un segundo en comprender que las palabras que murmuraba no eran inglesas, sino del idioma que se había inventado aquella tarde para una de las preguntas del Examen. Era un idioma oscuro, decidió, perteneciente a un archipiélago tropical, a una pintura de Gauguin, a un lánguido paraíso de aguas calientes bendecido con playas de arena negra, árboles frutales y fuentes de agua fresca, y maldito con un furioso e intenso volcán. Era una cultura oral rica en improperios y Fogg hablaba ese idioma de forma fluida, sin acento, como un nativo. Lo que estaba recitando ahora no era exactamente una plegaria, sino más bien un encantamiento.

Quentin dejó de barajar las cartas. Ya no había vuelta atrás. Todo iba a cámara lenta, muy lenta, como si la sala se hubiera llenado de un líquido viscoso pero completamente transparente en el que todo y todos flotaban suave y calmadamente. Todo y todos excepto Quentin, que podía moverse a una velocidad normal. Con las manos juntas, como si la baraja fuera una paloma que estuviera a punto de soltar, lanzó las cartas hacia el techo. El mazo se fragmentó, como un meteorito que perdiera su cohesión al contacto con la atmósfera, y las cartas aletearon de regreso a la mesa hasta apilarse sobre ella formando un castillo de naipes. Era un reconocible e impresionista modelo del edificio en el que se encontraban en aquellos momentos. Las cartas parecieron caer al azar, pero todas y cada una de ellas, una tras otra, encajaron precisa, casi magnéticamente, borde con borde. Las dos últimas, los ases de picas y de corazones, se inclinaron el uno hacia el otro hasta formar el tejado de la torre del reloj.

Nadie se movió en la estancia. El decano Fogg siguió sentado como si lo hubieran congelado. Quentin notaba que se le había erizado el vello de los brazos, pero sabía lo que hacía. Sus dedos, al moverse, dejaban un rastro fosforescente casi imperceptible en el aire. Definitivamente se sentía genial. Se inclinó hacia delante, sopló suavemente al castillo de naipes y éste se convirtió en un mazo perfectamente alineado. Le dio la vuelta y lo desplegó en forma de abanico sobre la mesa como un *croupier* de blackjack. Todas las cartas eran reinas... las reinas de los cuatro palos estándar, más otros que no existían, en diferentes colores, verde, amarillo y azul: la reina de cuernos, de abejas, de libros... Algunas iban vestidas, otras desvergonzadamente desnudas; unas tenían el rostro de Julia, otras la de la encantadora sanitaria.

Fogg miró a Quentin atentamente. Todo el mundo lo estaba mirando. Quentin rehízo la baraja de nuevo y sin esfuerzo apreciable la partió por la mitad, y después partió ambas mitades, y otra vez, y otra, hasta que lanzó los confetis resultantes contra todos los allí reunidos, que se estremecieron, a excepción de Fogg.

Se puso en pie, haciendo volcar su silla.

—Dígame dónde estoy —dijo Quentin suavemente—. Dígame qué estoy haciendo aquí. —Cogió las monedas con una mano y cerró el puño, pero ya no era un montón de monedas, sino la empuñadura de una brillante espada que fue surgiendo fácilmente de la mesa, como si hubiera estado todo el tiempo allí, clavada bajo la empuñadura—. Dígame qué está ocurriendo aquí —insistió, esta vez en voz más alta—. Si esto no es Fillory, ¿quiere alguien decirme dónde cojones estoy? —Hizo que la punta de la espada oscilara unos segundos bajo la nariz de Fogg. Entonces, le dio la vuelta y la clavó en la mesa. La punta se hundió en la madera como si fuera mantequilla, y allí se quedó.

Fogg no se movió, se limitó a contemplar cómo la espada oscilaba por la fuerza del impacto, mientras Quentin sorbía por la nariz involuntariamente. El último rastro de luz que entraba por la ventana se apagó. Ya era de noche.

—¡Vaya! —exclamó por fin el decano. Sacó un pañuelo impecablemente doblado de su bolsillo y se enjugó la frente con él—. Creo que todos estamos de acuerdo en que eso ha sido todo un pase.

Alguien —el anciano de las cuerdas anudadas— apoyó una

tranquilizadora mano en la espalda de Quentin y de forma suave, pero con una fuerza sorprendente, extrajo la espada de la mesa y la dejó a un lado. De los examinadores surgió una lenta salva de aplausos, que se transformó rápidamente en una ovación.

Eliot

Después, Quentin no pudo recordar mucho del resto de la velada, excepto que la pasó en la Casa. Estaba agotado y débil, como si lo hubieran drogado, y sentía un hueco en el pecho. Ni siquiera tenía hambre, sólo estaba desesperado por poder dormir, y resultaba embarazoso que a nadie pareciera importarle. La profesora Van der Weghe —así se llamaba la mujer de pelo oscuro— le dijo que su agotamiento era perfectamente normal porque había lanzado su primer Hechizo Menor, significara lo que significase aquello, y que eso agotaba a cualquiera. Le prometió que todo estaba arreglado con sus padres y que no se inquietarían por él. A esas alturas, a Quentin sus padres le preocupaban poco a nada. Sólo quería dormir.

Dejó que medio lo guiase, medio lo empujase por diez mil tramos de escaleras aproximadamente, hasta una pequeña y confortable habitación, donde había un muy, muy blando colchón de plumas con sábanas blancas y limpias. Se derrumbó sobre ellas sin quitarse los zapatos. La señorita Van der Weghe tuvo que hacerlo por él, lo que provocó que se sintiera como un niño inútil al que tienen que desatarle los cordones de los zapatos. La mujer lo tapó, y antes de que ella cerrase la puerta ya estaba dormido.

A la mañana siguiente tardó un largo minuto en recordar dónde se encontraba. Tumbado en la cama, fue reuniendo lentamente los recuerdos del día anterior. Era viernes y en esos momentos tendría que estar en su instituto, pero se había despertado en un dormitorio extraño y llevando la misma ropa del día anterior. Se sentía vagamente aturdido y arrepentido, como si tras beber demasiado en una fiesta con gente a la que apenas conocía, se hubiera dormido en la cama del anfitrión. Incluso tenía síntomas de lo que semejaba una resaca.

¿Qué había sucedido exactamente la noche anterior? ¿Qué había hecho? Sus recuerdos eran confusos. Los acontecimientos vividos le parecían un sueño —tenían que serlo—, pero no los sentía como un sueño. Un cuervo graznó en el exterior, aunque se detuvo de inmediato, como si se avergonzase de romper el silencio absoluto que reinaba en el lugar.

Miró alrededor sin levantarse de la cama. Las paredes se curvaban y conferían a la habitación la forma de un arco. Eran de piedra, pero estaban forradas con armarios y estanterías de una madera oscura. Podía ver un escritorio de aspecto victoriano, un tocador y un espejo, y la cama encajada en un armazón de madera. La pared frente a él estaba atestada de pequeñas ventanas verticales. Tenía que admitir que era un dormitorio muy satisfactorio, sin signos aparentes de peligro. Era hora de levantarse y descubrir qué estaba pasando allí.

Se levantó y caminó hasta la ventana. El suelo de piedra resultaba frío para sus pies desnudos y descubrió que se encontraba muy alto, más alto que las copas de los árboles. Habría dormido unas diez horas. Desvió la vista hacia el prado desierto y silencioso, y vio al cuervo que había oído un poco antes: planeaba por debajo de él, sustentado por sus brillantes alas negro azuladas.

Una nota dejada en el escritorio le informó que podía desayunar con el decano Fogg cuando estuviera dispuesto. Quentin descubrió un cuarto de baño comunitario en el piso inferior, con varios compartimentos de duchas, una hilera de lavabos de porcelana blanca y montones de toallas blancas pulcramente dobladas. Se duchó con agua caliente, cuya presión parecía adecuada a pesar de la altura, dejando que corriera sobre él hasta que se sintió limpio y relajado. Orinó en la ducha, un largo chorro de color amarillo ácido, que vio cómo desaparecía por el desagüe girando en espiral. Le pareció extraño no estar en su instituto, sino embarcado en una aventura, en un lugar nuevo aunque dudoso. Se sentía bien. Intentó calcular mentalmente el daño que su ausencia provocaría en su hogar de Brooklyn, pero creyó que de momento seguía dentro de unos límites aceptables. Se vistió con su traje de Princeton, con el que había dormido, se arregló para estar lo más presentable posible y bajó la escalera.

El lugar estaba completamente desierto. No es que hubiera esperado un recibimiento apoteósico, ni siquiera formal, pero tuvo que buscar durante veinte minutos por pasillos, salas, aulas, incluso terrazas, antes de encontrar al mayordomo de guantes blancos que el día anterior les sirviera el sándwich, para que lo guiase hasta el despacho del decano, una estancia sorprendentemente pequeña ocupada en su mayor parte por una mesa gigantesca del tamaño de un tanque Panzer. Las paredes estaban repletas de una cantidad incalculable de libros y viejos instrumentos de cobre.

El decano llegó un minuto después, vistiendo un traje de hilo verde y una corbata amarilla. Se mostró vital pero brusco, sin mostrar ningún signo de vergüenza o cualquier otra emoción por la escena de la noche anterior. Le dijo que ya había desayunado, pero que Quentin podía hacerlo mientras hablaban.

—Bien —se dio unas palmadas en los muslos y enarcó las cejas—. Lo primero es lo primero: la magia es real. Pero, probablemente, eso ya lo has deducido.

Quentin no respondió. Permaneció cuidadosamente inmóvil en la silla y se concentró en un punto situado sobre el hombro de Fogg. De acuerdo, era la explicación más sencilla para lo que había pasado. A una parte de él, la parte en la que menos confiaba, le apetecía abalanzarse sobre ese concepto como un cachorro sobre una pelotita. Pero, en vista de las experiencias vividas durante toda su vida, se contuvo. El mundo le había desilusionado demasiadas veces, y demasiados años había estado deseando que ocurriera algo como esto, una prueba de que el mundo real no era el único mundo posible, pero aceptando la abrumadora evidencia de que sí lo era. No estaba dispuesto a que lo engañaran tan fácilmente. Era como encontrar una pista de que alguien que habías enterrado y llorado no estaba realmente muerto.

Dejó que Fogg hablase.

—Para responder a tus preguntas sobre lo sucedido anoche: estás en la escuela Brakebills de Pedagogía Mágica. —El mayordomo llegó con una bandeja llena de platos cubiertos, que fue destapando uno a uno como el camarero de un hotel—. Basándonos en tu actuación de ayer en el Aula de Examen, hemos decidido ofrecerte una plaza aquí. Prueba el bacón, está muy bueno. La granja local cría a los cerdos con leche y bellotas.

—¿Quiere que asista a esta... facultad?

—Sí. Quiero que te matricules aquí en lugar de hacerlo en una universidad convencional. Si te gusta, puedes incluso quedarte con la habitación en la que has dormido esta noche.

—Pero, no puedo... —Quentin no sabía cómo expresar exactamente lo ridículo de aquella idea en una sola frase—. Lo siento, esto es un poco confuso. ¿Así que tendría que posponer mi entrada en la universidad?

—No, Quentin. No tendrías que posponer tu entrada en una universidad convencional, tendrías que abandonar la idea de ir a una universidad convencional. Brakebills sería tu única facultad. —Obviamente, el decano tenía mucha práctica en este tipo de entrevistas—. Para ti no existirá una universidad famosa. No podrás ir a ninguna, como tampoco lo hará el resto de tus compañeros de clase. Nunca serás un Pi Beta Kappa ni serás reclutado por una compañía de fondos de inversión o un consejo de administración. Esto no es una escuela de verano, Quentin. Esto es... —pronunció la frase cuidadosamente, con los ojos muy abiertos— el tinglado.

—Durante cuatro años...

—Cinco, en realidad.

—Y al final, ¿qué obtendré? ¿Una licenciatura en magia?

Muy divertido. —«No puedo creer que esté teniendo esta conversación», pensó.

—Al final serás un mago, Quentin. No es una elección muy normal, lo sé, y supongo que tu tutor no la aprobaría. Nadie sabrá lo que has estado haciendo aquí. Deberás abandonarlo todo: familia, amigos, cualquier plan de futuro que tengas, todo. Perderás un mundo, pero ganarás otro. Brakebills se convertirá en tu mundo. No es una decisión que pueda tomarse a la ligera.

No, no lo era.

Quentin alejó el plato del que había estado comiendo y cruzó los brazos.

—¿Cómo me encontraron?

—Oh, tenemos un instrumento para eso, una bola mágica. —Fogg indicó un estante lleno de ellas: bolas modernas, bolas llenas de agua, bolas de un blanco pálido, de un brillante azul celeste, negras, humeantes, con contenidos decididamente imprecisos—. Encuentra a jóvenes con aptitudes para la magia como tú. Resumiendo, siente la magia cuando la ejercen, a menudo inadvertidamente, brujos no registrados... como tú, por ejemplo. Supongo que detectó ese truco tuyo, la Moneda Viajera.

»También tenemos cazatalentos —añadió—. Tu viejo amigo Ricky, el de la barba y las patillas, es uno de ellos. —Se tocó la mandíbula, allí donde Ricky tenía su barba tipo *amish*.

—¿Y la mujer de las trenzas que conocí ayer, la sanitaria? ¿También es una cazatalentos?

—¿La de las trenzas? —Fogg frunció el ceño—. ¿La has visto?

—Sí, poco antes de llegar aquí. ¿No la enviaron ustedes?

El rostro del decano se volvió extrañamente inexpresivo.

—En cierto modo. Es un caso especial, trabaja de forma independiente. Digamos que es una *free lance*.

A Quentin le daba vueltas la cabeza. Quizá debería pedirle un folleto para informarse mejor. Además, nadie había hablado todavía de la matrícula. Ni sobre la supuesta oportunidad que aquello representaba. ¿Qué sabía realmente de aquel lugar? Suponiendo que realmente fuera una escuela de magia. Y suponiendo que fuera buena. ¿Y si había caído en una escuela de tercera por accidente? Tenía que ser práctico. No quería comprometerse con una vulgar escuela de tres al cuarto si podía asistir a la Harvard de la magia o como se llamara.

—¿No quiere ver mis notas académicas?

—Ya las he visto —respondió Fogg, paciente—. Y muchas más cosas, pero el Examen de ayer es cuanto necesito. Fue muy completo. Las plazas aquí están muy solicitadas, ¿sabes? Dudo que haya una escuela de ningún tipo más exclusiva que ésta en todo el continente. Este verano hemos realizado seis Exámenes para cubrir veinte plazas. Ayer sólo pasasteis dos, el otro chico es el de los tatuajes y ese corte de pelo tan extraño. Penny, ha dicho que se llama, pero puede que no sea su verdadero nombre. —Se echó hacia atrás antes de proseguir. Casi parecía disfrutar de la incomodidad de Quentin—. Ésta es la única facultad de magia en toda Norteamérica. Hay una en Inglaterra, dos en el continente europeo, cuatro en Asia... una de ellas en Nueva Zelanda, no sé por qué razón. La gente suele decir muchas tonterías sobre la magia norteamericana, pero te aseguro que estamos a un nivel internacional. En Zúrich todavía enseñan frenología, ¿puedes creértelo?

Algo pequeño pero pesado cayó desde la mesa de Fogg al suelo con un sonido sordo. El decano se agachó para recogerlo: era la figura de plata de un pájaro. Se movía ligeramente.

—Pobrecito —dijo, acariciándolo con sus largas manos—. Alguien intentó convertirlo en un pájaro de verdad, pero se quedó a medio camino. Cree que está vivo, pero es demasiado pesado para volar.

El pájaro pio débilmente, un ruido seco como el del percutor de una pistola descargada. Fogg suspiró y lo metió en un cajón.

—Siempre se lanza al vacío desde las ventanas, pero termina cayendo entre los setos. —El decano se inclinó hacia delante y entrecruzó los dedos—. Si decides matricularte aquí, tendremos que preparar algunas ilusiones menores para tus padres. No pueden saber nada de Brakebills, por supuesto, pero creerán que has sido aceptado en una institución privada muy exclusiva (lo que se acerca bastante a la verdad) y se sentirán muy orgullosos. Esas ilusiones son indoloras y muy efectivas, mientras no se te escape nada demasiado obvio.

»Oh, y empezarás enseguida. El semestre comienza dentro de dos semanas, así que perderás tu último año de instituto. Pero bueno, no debería contarte tantas cosas antes de haber cumplimentado el papeleo.

Fogg tomó una pluma y un grueso fajo de folios escritos a mano que más bien parecía un tratado entre dos ciudades-estado del siglo XVIII.

—Penny firmó ayer —dijo—. Ese chico acabó el Examen realmente rápido. ¿Y bien?

Ya estaba. El vendedor había terminado con su cháchara. Fogg soltó los papeles frente a él y le ofreció la pluma. Quentin la cogió, una pluma estilográfica tan gruesa como un puro habano, pero dejó la mano suspendida sobre la página. Aquello era ridículo. ¿Realmente iba a tirarlo todo por la borda? Todo: su familia, James y Julia, cualquier facultad a la que pudiera ir, cualquier carrera que pudiera escoger, todo por lo que hasta entonces había luchado. Todo por... ¿por esto? ¿Por una extraña charada, un sueño febril, un elaborado juego de rol?

Miró al exterior a través de la ventana. Fogg lo contempló impasible esperando su decisión. Si le preocupaba o no que firmase, no lo demostró. El tozudo pajarito metálico, tras escapar del cajón, se daba de cabezazos contra el revestimiento de la pared.

Y entonces, de repente, Quentin sintió que su pecho se liberaba de un enorme peso, como si durante toda su vida hubiera sido un albatros invisible al que un bloque de granito retuviera en el suelo. Ahora, ese bloque había desaparecido de golpe. Su pecho se expandió. Ascendería hasta el cielo como un globo. Sólo tenía que firmar aquellos papeles y se convertiría en un mago de verdad. ¡Dios, ¿por qué diablos se lo estaba pensando?! Claro que firmaría. Era todo lo que siempre había deseado, el sueño que anhelaba desde hacía años, y lo tenía frente a él. Por fin había cruzado al otro lado, descendido por la madriguera del conejo, atravesado el espejo. Firmaría y se convertiría en un puto mago. ¿Qué otra cosa podía hacer con su vida si no?

—Vale —dijo Quentin sin alterarse—. De acuerdo, pero con una condición: quiero empezar ya. Me quedaré con la habitación y no volveré a casa.

No lo hicieron volver a su casa. Sus cosas llegaron en una serie de bolsas y maletas hechas por sus padres, que, como le dijo Fogg, asimilaron sin problemas la idea de que su único hijo, en pleno semestre, se matriculase en una misteriosa facultad que nunca habían visto ni de la que habían oído hablar. Quentin sacó lentamente su ropa y sus libros, y lo guardó todo en los armarios y estantes de su cuarto curvo de la torre. De momento no quería tocar nada, formaba parte de su antiguo yo, de su antigua vida, la que había dejado atrás. Lo único que echaba de menos era el cuaderno de notas que le había dado la sanitaria. No pudo encontrarlo por ninguna parte. Lo dejó en la primera sala de exámenes, pero cuando fue a buscarlo había desaparecido. El decano Fogg y el mayordomo juraron que no lo habían visto.

Sentado a solas en su habitación, con la ropa bien plegada a su alrededor sobre la cama, pensó en James y en Julia. Sólo Dios sabía qué estarían pensando. ¿Lo echarían de menos? ¿Comprendería Julia, ahora que ya no estaba con ellos, que se había equivocado de hombre? Probablemente podría ponerse en contacto con ellos de alguna forma, pero ¿qué diablos iba a decirles? Se preguntó qué habría pasado si James también hubiera aceptado el sobre que le ofrecía la sanitaria. Quizá se hubiera examinado con él. O quizás eso formase parte del Examen.

Se relajó un poco. Sólo un poco. Por un segundo dejó de preocuparse por que cualquier cosa pudiera caerle encima desde el cielo y, por primera vez, pensó seriamente en que quizá jamás volvería a verlos.

Quentin se puso a deambular por la enorme casa sin nadie que lo vigilase o lo guiase. El decano y el resto de los profesores se comportaron de forma bastante amable cuando coincidió con ellos, pero tenían asuntos de los que ocuparse y problemas propios que solucionar. Era como estar en un club de vacaciones fuera de temporada, paseando por el hotel que alojaba a los turistas, pero sin turistas, sólo habitaciones y salas vacías lo bastante grandes como para tener eco. Comía solo en su cuarto, holgazaneaba en la biblioteca —naturalmente, tenían las obras completas de Christopher Plover— y repasaba por orden todos y cada uno de los problemas, proyectos y trabajos que nunca tendría o que podría terminar. Una vez descubrió el camino hasta la torre del reloj; pasó el resto de la tarde contemplando el enorme y herrumbroso péndulo de hierro bascular de un lado a otro, y siguiendo los masivos engranajes, palancas, ruedas dentadas y mecanismos que giraban o encajaban unos en otros, cumpliendo sus silogismos mecánicos, hasta el resplandor del sol poniente brillando a través de la cara interior del reloj.

A veces, se echaba a reír sin motivo. Jugaba cautelosamente con la idea de ser feliz. No era algo con lo que tuviera mucha práctica, pero era tan jodidamente divertido... ¡Iba a aprender magia! O era el mayor genio de todos los tiempos o el mayor idiota. Pero, al menos, ahora sentía curiosidad por lo que le pudiera deparar el futuro. La realidad de Brooklyn era vacía y sin sentido. No importaba de qué materia estuviera hecha, no tenía ningún significado. Brakebills era diferente. Sí importaba. Allí, el significado —¿eso era la magia?— podía encontrarse por todas partes, aquel lugar estaba plagado de significado. En Brooklyn bordeó la depresión profunda y algo peor, corrió peligro de aprender a odiar la realidad. Estuvo a punto de provocar esa clase de daño interior del que no te curas nunca. Pero ahora se sentía como Pinocho, un niño de madera que se había convertido en otro de carne y hueso. Quizá podía expresarlo de otra manera: era un niño de carne y hueso que se había convertido en algo más. Fuera lo que fuese, el cambio había sido para mejor. No estaba en Fillory, pero era como si estuviese.

No pasaba todo el tiempo solo. De vez en cuando veía a Eliot a lo lejos, trotando por el prado o sentado en el alféizar de una ventana contemplando el paisaje u hojeando distraídamente algún libro. Siempre tenía un aire de melancólica sofisticación, como si su lugar estuviera en otra parte infinitamente más irresistible incluso que Brakebills, y se viera confinado allí por un grotesco descuido divino que toleraba con tan buen humor como podía esperarse de él.

Un día, Quentin caminaba por el límite del prado cuando descubrió a Eliot apoyado contra un roble, fumando un cigarrillo y leyendo un libro. Más o menos en el mismo lugar que la primera vez que se encontraron. A causa de la extraña forma de su mandíbula, el cigarrillo le colgaba en un ángulo extraño.

—¿Quieres uno? —preguntó cortésmente Eliot. Dejó de leer y le ofreció un paquete blanco y azul de Merit Ultra Lights. No habían hablado desde el día que Quentin llegara a Brakebills—. Son de contrabando, Chambers los compra para mí. Una vez lo pillé en la bodega bebiéndose una muy exclusiva botella de la colección privada del decano, un Stags'Leap del noventa y seis, así que llegamos a un acuerdo. Es un buen tipo, no debería chantajearlo, pero... También es un buen pintor aficionado, aunque de un estilo realista tristemente pasado de moda. Una vez dejé que me pintase... vestido, claro, y sosteniendo un frisby. Se suponía que hacía de Jacinto. En el fondo, Chambers tiene alma de *pompier*. Para él, el impresionismo es algo que nunca ha existido.

Quentin jamás había conocido a nadie tan asombrosa y descaradamente afectado. Era difícil saber cómo responderle. Reunió toda la sabiduría acumulada durante su vida en Brooklyn y dijo:

—Los Merit son para maricas.

Eliot se lo quedó mirando valorativamente.

—Tienes razón, pero es la única marca que soporto. Un hábito asqueroso. Vamos, fuma uno conmigo.

Quentin aceptó el cigarrillo. Aquél era un territorio desconocido para él. No es que no hubiera tenido un cigarrillo antes en las manos —era un accesorio bastante común en los juegos de magia—, pero la verdad era que nunca se había llevado ninguno a los labios. Hizo que el cigarrillo desapareciera —un básico pulgar-palma— y chasqueó los dedos para hacerlo reaparecer.

—He dicho que te lo fumes, no que juegues con él —protestó Eliot con aspereza. Susurró y chasqueó los dedos. Una llama como las de un encendedor brotó del extremo de su índice.

Quentin se agachó con el cigarrillo en la boca y aspiró. Sintió que sus pulmones se desmenuzaban y después se incineraban. Tosió durante unos buenos cinco minutos sin poder detenerse. Eliot se rio tanto que tuvo que sentarse. La cara de Quentin bañada en lágrimas. Se obligó a sí mismo a dar otra calada y después vomitó junto a un seto.

Pasaron el resto de la tarde juntos. Quizás Eliot se sentía culpable por haberle dado el cigarrillo, o quizás había decidido que el tedio en solitario era ligeramente peor que el tedio en compañía de Quentin. Quizá sólo necesitaba compañía heterosexual. Guio a Quentin por el campus y le puso al día de los secretos de Brakebills.

—El novato con buen ojo ya habrá notado que el clima, para ser noviembre, es extrañamente benigno. Eso se debe a que aquí seguimos estando en verano. Sobre los terrenos de Brakebills se lanzaron unos cuantos hechizos muy antiguos para impedir que pueda vernos la gente que navega por el río o que llegue hasta aquí accidentalmente. Buenos viejos hechizos, sí señor. Unos clásicos. Pero con el tiempo se volvieron un poco excéntricos y, allá por los años cincuenta del siglo pasado, el tiempo en Brakebills empezó a girar sobre su eje dejándonos un poco atrasados respecto a la corriente temporal normal. Dos meses y veintiocho días para ser exactos, hora más hora menos.

Quentin no sabía si fingir asombro, mientras intentaba imitar el hastío de un hombre de mundo al que nada le afecta. Cambió de tema y le preguntó por las clases.

—El primer año no podrás elegir ni las clases ni el horario. Henry... —Eliot siempre llamaba al decano Fogg por su nombre de pila—. Henry quiere que todo el mundo estudie lo mismo. ¿Eres inteligente?

No había respuesta que no resultara embarazosa.

—Supongo.

—No te preocupes, aquí todo el mundo lo es. Si te han traído para que pases el Examen, es que eres la persona más inteligente de tu instituto, profesores incluidos. Todos aquí son los monitos más listos de su árbol particular. Lo que pasa es que ahora todos los monos están reunidos en el mismo árbol y no hay bastantes cocos para todos. Puede ser todo un shock. Por primera vez en tu vida estarás conviviendo con tus iguales, si no con tus mejores. No te gustará.

»Las clases también son distintas, pero no como te imaginas. No tendrás que agitar una varita y soltar unos cuantos latinajos. Existen razones para que la mayoría de la gente no pueda hacer magia.

—¿Por ejemplo? —se interesó Quentin.

—¿Las razones por las que la mayoría de la gente no puede hacer magia? Bueno... —Eliot extendió un dedo largo y delgado—. Primera, porque es muy difícil, y no son lo bastante inteligentes; segunda, porque es muy difícil, y no son lo bastante obsesivos y desgraciados para soportar todo el trabajo requerido para hacerla bien; tercera, porque es muy difícil, y les falta la guía y el tutelaje que proporciona el dedicado y carismático profesorado de la escuela Brakebills de Pedagogía Mágica, y cuarta, porque es muy difícil, y les falta la dureza, la fibra moral necesaria para dominar las increíbles energías mágicas de una forma tranquila y responsable.

»Ah, y quinta —levantó el pulgar—, hay gente que tiene todo lo necesario, pero sigue sin poder hacer magia. Nadie sabe por qué. Recitan las palabras, mueven los brazos... y no sucede nada. Pobres cabrones. Pero eso no nos pasa a nosotros, somos los afortunados. Nosotros, lo tenemos... sea lo que sea lo que tengamos.

—No sé si yo tengo la fibra moral necesaria.

—Yo tampoco. En realidad, creo que esa parte es opcional.

Caminaron un rato en silencio junto a una recta y exuberante hilera de árboles de vuelta al prado. Eliot encendió otro cigarrillo.

—Oye, no quisiera meterme en lo que no me importa —dijo por fin Quentin—, pero supongo que tienes alguna forma mágica secreta de contrarrestar los efectos negativos para tu salud de todos esos cigarrillos.

—Muy amable por preguntar. Sacrifico una virgen a la luz de la luna cada quince días, utilizando un bisturí de plata forjado por unos suizos albinos. También vírgenes, por cierto. Eso mantiene mis pulmones limpios.

Después de aquello, Quentin se reunía con Eliot casi a diario. Una vez, Eliot se pasó toda la tarde enseñándole cómo orientarse en el laberinto que separaba la Casa —«todo el mundo la llama así»— del prado, cuyo nombre oficial era el prado de Seagrave, en honor a un decano del siglo XVIII, aunque todos lo abreviaban como Sea, mar, y a veces Grave, tumba. Había seis fuentes diseminadas por todo el Laberinto y cada una de ellas tenía un nombre oficial, normalmente el de un decano ya fallecido, así como un apodo generado por el inconsciente colectivo de generaciones de alumnos braskebillianos. Los setos que formaban el Laberinto estaban recortados para dar forma a bestias de potentes muslos —osos, elefantes y otras criaturas mucho menos identificables—, sobre los que normalmente se sostenían o se erguían. A diferencia de los laberintos normales, dichas bestias se movían. Lenta, casi imperceptiblemente, emergían del oscuro follaje o se sumergían en él, como hipopótamos en algún río del África ecuatorial.

Un día antes de que las clases comenzaran, Eliot lo llevó hasta la parte frontal de la Casa, la que daba al Hudson. Entre la terraza y el río se extendía una arboleda, y en ella nacía una escalera de amplios escalones de piedra que descendía hasta un precioso muelle victoriano. Una vez allí decidieron que tenían que navegar, aunque ninguno de los dos tenía la mínima idea del tema. Como señaló Eliot, si ambos eran unos genios-brujos reconocidos, no les sería tan difícil manejar un maldito bote de remos.

Entre gruñidos y gritos, consiguieron descolgar de una viga un largo bote de madera de doble remo. Era un objeto fabuloso, extrañamente ligero, como el cascarón de un insecto colosal, cubierto de telarañas y exhalando el embriagador aroma de la madera barnizada. Consiguieron darle la vuelta —por pura suerte, sobre todo— y depositarlo en el agua sin destrozarlo ni enfadarse lo suficiente como para abandonar el proyecto. Tras unos cuantos gritos y discusiones más lo encararon en una dirección conveniente e imprimieron un ritmo de palada lento y vacilante, dificultado por su incompetencia y por el hecho de que Quentin estaba desesperadamente fuera de forma; Eliot no sólo estaba desesperadamente fuera de forma, sino que además era un fumador compulsivo.

Remaron río arriba todo un kilómetro, antes de que el ambiente veraniego desapareciera abruptamente y todo se volviera frío y gris. Quentin pensó que se debería a una tormenta veraniega, hasta que Eliot le explicó que habían cruzado los límites del hechizo de contención que afectaba a Brakebills y sus terrenos circundantes. Para ellos volvía a ser noviembre. Pasaron veinte minutos cruzando la frontera del hechizo y rehaciendo el camino, viendo cómo el cielo cambiaba una y otra vez de color, sintiendo cómo la temperatura caía bruscamente, volvía a elevarse y caía de nuevo.

Estaban demasiado cansados para remar de vuelta al embarcadero, así que se dejaron arrastrar por la corriente. Eliot se tumbó en el casco y fumó y habló. Debido a su aire de infalibilidad, Quentin supuso que se habría criado entre los mandarines más ricos de Manhattan, pero resultó que en realidad creció en una granja del este de Oregón.

—Mis padres no crían inútiles —explicó Eliot—. Tengo tres hermanos mayores, magníficos especímenes humanos, buenos tipos, musculosos, deportistas, que beben cerveza y sienten lástima de mí. Mi padre no sabe lo que pudo pasar, sospecha que comió demasiada salsa antes de concebirme y por eso no salí como debiera. —Apagó su Merit en un cenicero de cristal, colocado en precario equilibrio sobre el casco de la barca y encendió otro—. Creen que estoy en una escuela especial para locos por los ordenadores y homosexuales. Por eso no voy a casa durante las vacaciones. A Henry no le importa, y no he vuelto desde que empecé a estudiar aquí. Seguro que también te doy lástima a ti —comentó despreocupadamente. Llevaba un albornoz sobre su ropa normal, lo que le daba un aspecto principescamente raído—. Pues no deberías, ¿sabes? Aquí me siento muy feliz. Hay gente que necesita a su familia para convertirse en aquello que quiere ser. Y no tiene nada de malo, no me malinterpretes, pero existen otros caminos.

Quentin no había comprendido lo mucho que debía de luchar Eliot para mantener su aire de ridícula, exagerada despreocupación. Su fachada de altiva indiferencia escondía problemas reales. A él le gustaba creer que era un campeón regional de la infelicidad, pero se preguntó si Eliot también lo superaría en ese aspecto.

Mientras se acercaban a Brakebills, fueron sobrepasados por otros botes, barcos de vela y lanchas motoras, incluso por otra barca con ocho remeras procedente de West Point, que pasaba unos cuantos kilómetros río arriba. Las chicas parecían serias y combatían el frío con sus chándales grises, no podían disfrutar del calor veraniego como Quentin y Eliot. Ellos se sentían secos, y ni siquiera se daban cuenta. La frontera del hechizo los mantenía encerrados.

Magia

—El estudio de la magia no es una ciencia ni un arte ni una religión. La magia es una habilidad. Cuando hacemos magia, no expresamos un deseo y tampoco rezamos. Nos basamos en nuestra voluntad, nuestro conocimiento y nuestra habilidad para provocar un cambio concreto en el mundo.

»Eso no significa que comprendamos la magia del mismo modo que los físicos comprenden el motivo por el que las partículas subatómicas hacen lo que quiera que hagan. O quizá no lo comprenden todavía, nunca me acuerdo. En todo caso, ni comprendemos ni podemos comprender qué es la magia o de dónde procede, igual que un carpintero no comprende cómo crecen los árboles. No tiene por qué comprenderlo, sencillamente trabaja con lo que tiene en las manos.

»Pero os advierto que ser mago es mucho más difícil, mucho más peligroso y mucho más interesante que ser carpintero.

Quien pronunciaba estas edificantes palabras era el profesor March, al que Quentin había conocido durante su Examen, el hombre pelirrojo con el lagarto hambriento. Al ser regordete y de cutis sonrosado, daba la impresión de que también sería alegre y agradable, pero en realidad era severo, un hueso duro de roer.

Cuando Quentin despertó una mañana, la enorme y vacía Casa estaba llena de gente, gente gritona, apresurada, ruidosa, que arrastraba baúles atronadoramente por las escaleras y que en ocasiones abrían con estrépito la puerta de su dormitorio, lo miraban y volvían a cerrarla de un portazo. Fue un duro despertar. Estaba acostumbrado a vagar por la Casa como su indiscutible amo y señor; o por lo menos, después de Eliot, su primer ministro. De pronto resultaba que en Brakebills había otros noventa y nueve alumnos más divididos en cinco grupos, desde los novatos de primer curso hasta los que cursaban el quinto y último. Esa mañana habían llegado en masa para el primer día del semestre y reclamaban sus derechos.

Aparecían en grupos de diez, materializándose en la terraza trasera, cada grupo con una montaña de baúles, maletas y bolsas de todo tipo. Todo el mundo, excepto Quentin, llevaba uniforme: chaquetón a rayas y corbata para los chicos, y una oscura falda de tartán para las chicas. Aquello podía ser una facultad, pero a él le daba la impresión de que se trataba de una escuela primaria.

—Siempre chaqueta y corbata, excepto en tu habitación —le explicó Fogg—. Hay otras reglas, los demás te las explicarán. La mayoría de los chicos elige su propia corbata, en ese aspecto soy más bien indulgente, pero no me pongas a prueba. Si te pones algo demasiado llamativo, será confiscado y estarás obligado a llevar la corbata oficial de la escuela. No entiendo demasiado de esas cosas, pero me han dicho que está cruelmente pasada de moda.

Cuando Quentin volvió a su cuarto, encontró un juego de uniformes idénticos al de los demás colgando de su armario: azul oscuro y marrón chocolate, con anchas rayas de un par de centímetros, a juego con elegantes camisas blancas. La mayoría de las prendas parecían nuevas, pero alguna mostraba signos de un brillo incipiente en los codos y olía a una mezcla no del todo desagradable de antipolillas, tabaco y sus anteriores propietarios. Se cambió con cautela y se contempló en el espejo. Se suponía que debía odiar el uniforme, pero le gustaba. Todavía no se sentía como un mago, pero al menos podía parecerlo.

Cada chaqueta tenía bordado un escudo de armas: una abeja y una llave doradas sobre fondo negro tachonado de pequeñas estrellas plateadas. Una vez que empezó a fijarse, lo descubrió en todas partes: en alfombras y cortinas, en dinteles de piedra, en rincones del parquet...

Quentin estaba sentado en una enorme aula cuadrada, con altas y elevadas ventanas a ambos lados. Tenía cuatro filas de elegantes mesas de madera colocadas sobre escalones, como en un anfiteatro, de cara a una enorme pizarra y a una enorme mesa de piedra para las prácticas, que había sido quemada, arañada, cortada y maltratada en todos y cada uno de sus centímetros. En el aire flotaban partículas de tiza. La clase contaba con veinte alumnos, todos de uniforme, con aspecto de adolescentes muy normales intentando con todas sus fuerzas parecer duros e inteligentes ante los demás. Quentin sabía que, probablemente, la mitad de los ganadores en la Búsqueda de Talentos Científicos y la mitad de los campeones nacionales de deletreo del país estaban en aquella habitación. Basándose en los rumores, uno de sus compañeros de clase había quedado segundo en la Competición de Matemáticas Putnam. Y sabía que una de las chicas había ganado el Premio Nacional Interescolar de Debates al presentar una moción que prohibía el uso de armas nucleares para proteger una especie en peligro de tortugas marinas.

Nada de todo aquello importaba ahora, pero se palpaban nervios en el ambiente. Sentado allí, con su camisa y su chaqueta, Quentin deseó estar en el río con Eliot.

El profesor March volvió a la carga tras una pausa.

—Quentin Coldwater, ¿quieres acercarte? ¿Por qué no haces un poco de magia para nosotros? —March lo miraba fijamente. Su actitud era cálida y animosa, como si le estuviera ofreciendo un premio a Quentin—. Aquí, por favor. —Indicó un lugar a su lado—. Te proporcionaré un accesorio.

El profesor March hurgó en sus bolsillos y extrajo una canica de cristal con un poco de pelusa. La dejó sobre la mesa, por la que rodó unos centímetros hasta encontrar un hueco en el que se asentó.

La clase quedó en absoluto silencio. Quentin sabía que no era una verdadera prueba, sino una especie de ritual, una tradición más del viejo Brakebills, pero sus piernas parecían de madera mientras avanzaba hasta el frente del aula. Los demás estudiantes lo contemplaban con la fría indiferencia de los que han tenido más suerte.

Se colocó junto a March. La canica parecía normal, una esfera de cristal con unas cuantas burbujas de aire atrapadas en su interior, más o menos de la misma circunferencia que una moneda de cinco centavos. Probablemente sería fácil de ocultar en la palma de la mano. Con la nueva chaqueta del uniforme también podía utilizar los puños y las mangas sin demasiados problemas. «Bien —pensó—, si quieren magia, magia tendrán.» La sangre rugía en sus oídos, mientras se la pasaba de una mano a otra, la hacía desaparecer y la recuperaba sacándola de su boca o de su nariz. Fue recompensado con dispersas risitas del público.

La tensión se rompió. Lanzó la canica al aire, dejando que casi rozase el techo, se inclinó hacia delante y la recogió en el hueco de su nuca. La sala estalló.

Para su gran final, Quentin fingió aplastar la canica con un pesado pisapapeles de hierro, sustituyéndola en la última fracción de segundo por una chocolatina de chocolate blanco y menta que llevaba en el bolsillo, y que produjo un sonoro crujido al tiempo que esparcía un convincente chorro de polvo blanquecino. Se disculpó ampliamente ante el profesor March, mientras guiñaba repetidamente un ojo al público y le preguntó si podía prestarle su pañuelo. Cuando fue a cogerlo, March descubrió la canica en el bolsillo de su propia chaqueta.

Cuando Quentin ejecutó un swing de golf con un palo imaginario, el saludo típico de Johnny Carson en su programa, los alumnos de primer año aplaudieron enloquecidos. Hizo una reverencia. «No está mal —pensó—. Media hora de la primera clase del primer semestre y ya soy un héroe de leyenda.»

—Gracias, Quentin —dijo el profesor March empalagosamente, aplaudiendo con las puntas de los dedos—. Gracias, ha sido muy ilustrativo. Puedes regresar a tu asiento. Alice, ¿te atreves? ¿Por qué no nos muestras un poco de tu magia?

Su petición iba dirigida a una chica pequeña acurrucada en la última fila, de aspecto huraño y cabello rubio y liso. No mostró sorpresa por haber sido elegida, parecía la clase de persona que siempre espera lo peor, ¿por qué ese día iba a ser diferente? Descendió los anchos escalones del aula hasta el frente de la sala —con los ojos fijos como si estuviera ascendiendo hacia el cadalso, horriblemente incómoda en su recién estrenado uniforme—, y aceptó sin pronunciar palabra la canica que le ofreció March. Se colocó tras la mesa de prácticas, que le llegaba hasta el pecho, y suspiró profundamente.

De inmediato realizó una serie de ademanes rápidos sobre el mármol. Parecía que estuviera hablando en un lenguaje de signos o haciendo la cuna con un hilo invisible. Sus gestos descontrolados eran lo opuesto al estilo ingenioso y presumido de Quentin. Alice contempló la canica de una forma intensa, expectante, incluso bizqueando un poco. Sus labios se movieron, aunque desde donde estaba sentado Quentin no pudo oír sus palabras.

La canica empezó a brillar con un color rojo, luego blanco, hasta que se volvió opaca, como un ojo nublado por una catarata lechosa. Un delgado rizo de humo gris se alzó desde el punto donde la bola tocaba la mesa. La sonrisa petulante y triunfadora de Quentin se le congeló en el rostro. Aquella chica sabía magia de verdad. «Dios mío, me supera de largo.»

—Mis dedos tardan un minuto en volverse insensibles —comentó Alice mientras se frotaba las manos.

Con precaución, como si fuera a sacar una bandeja del horno, Alice tanteó la canica con la punta de los dedos. Estaba casi fundida por el calor y parecía moldeable. Con cuatro rápidos y seguros movimientos dotó a la canica de cuatro piernas y le añadió una cabeza. Cuando separó las manos, la canica se agitó un poco y se mantuvo en pie, convertido en un pequeño y rollizo animalito. Y empezó a caminar sobre la mesa.

Esta vez nadie aplaudió. La tensión en la sala podía palparse. Quentin sintió cómo se le erizaba el pelo de la nuca. El único sonido era el que producían las patitas de cristal sobre la mesa de piedra.

—¡Gracias, Alice! —exclamó el profesor March, volviendo a la tarima—. Para los que se lo estén preguntando, Alice sólo ha realizado tres hechizos básicos. —Alzó un dedo por cada uno, a medida que los iba mencionando—. La Termogénesis Silenciosa de Dempsey, la animación menor del Cavalieri y una especie de conjuro protector que parece de cosecha propia, así que quizá tendríamos que darle tu nombre, Alice.

La chica miró a March impasible, esperando una indicación para poder regresar a su asiento. Ni siquiera sonreía, sólo esperaba impaciente. Olvidada, la figurita de cristal llegó al extremo de la mesa. Alice hizo un intento de cogerla, pero llegó tarde, cayó y se hizo añicos contra el suelo. Ella se agachó afligida, pero el profesor March ya estaba redondeando su charla.

Quentin contempló aquel pequeño drama con una mezcla de compasión y envidiosa rivalidad. Veía a la chica como a un alma sensible, pero también como una enemiga a la que batir.

—Esta noche, por favor, lean el primer capítulo de la traducción que Lloyd ha hecho de la *Magikal Histoire* de Le Goff —comentó March—. Y los dos primeros capítulos de los *Ejercicios prácticos para jóvenes magos* de Amelia Popper, un libro que pronto aborreceréis con toda la fuerza de vuestro joven e inocente corazón. Os invito a que intentéis reproducir los cuatro primeros ejercicios. Mañana, cada uno de vosotros hará uno de ellos en clase.

»Y si encontráis difícil el pintoresco inglés del siglo XVIII de la señora Popper, pensad que el mes que viene empezaremos con el inglés medieval, el latín y el holandés medieval. Por entonces, estoy seguro que miraréis el inglés de la señora Popper con nostalgia.

Los alumnos se movieron y empezaron a reunir sus libros. Quentin miró al cuaderno de notas que tenía delante; estaba vacío a excepción de una ansiosa línea en zigzag.

—Una última cosa antes de que os vayáis —dijo March, alzando la voz por encima del rumor—. Insisto en que penséis en esta asignatura como un curso puramente práctico con un mínimo de teoría. Si sentís curiosidad por los orígenes y la naturaleza de los poderes mágicos que vais a desarrollar lenta y muy, muy dolorosamente, recordad la famosa anécdota del filósofo inglés Bertrand Russell.

»En cierta ocasión, Russell dio una conferencia pública sobre la estructura del universo. Cuando terminó, se le acercó una mujer que le dijo que era un chico muy listo, pero que se equivocaba porque todo el mundo sabía que el mundo era plano y se sostenía sobre el caparazón de una tortuga.

»Cuando Russell le preguntó dónde se sostenía la tortuga, ella replicó: "Es usted muy listo, jovencito, muy listo, pero la tortuga se sostiene sobre otra tortuga y así hasta el infinito."

»La mujer se equivocaba, claro, pero si hubiera estado hablando de magia, habría tenido razón. Muchos grandes magos han desperdiciado su vida intentando llegar a las raíces de la magia. Es un empeño fútil, no muy divertido y en ocasiones peligroso. Porque cuanto más profundicéis, más grandes y más malignas serán las tortugas, y más y más afilados serán sus picos, hasta que llegue el momento en que os empezarán a parecer más dragones que tortugas.

»Por favor, que cada uno coja una canica antes de salir del aula.

La tarde siguiente, March les enseñó un cántico que debían recitar a sus canicas en un idioma extraño que Quentin no reconoció —más tarde, Alice le dijo que era estonio—, acompañado por difíciles gestos de los dedos medio y meñique de ambas manos independientemente, algo mucho más difícil de lo que parece. Aquellos que lo completaban con éxito podían salir antes, el resto tenía que quedarse hasta que lo hicieran bien. ¿Cómo sabrían que lo habían hecho bien? Lo sabrían, sencillamente.

Quentin se quedó hasta que enronqueció y le ardieron los dedos, hasta que la luz que entraba por las ventanas cambió de color primero y desapareció por completo después, hasta que el estómago le dolió de hambre, y la cena fue servida y consumida en el lejano comedor. Se quedó hasta que su rostro enrojeció de vergüenza y todos los estudiantes, excepto los cuatro que seguían con él —alguno incluso llegó a levantar el puño en alto, gritando: «*¡Síii!*»— se hubieron marchado. Alice fue la primera, apenas tardó veinte minutos. Al fin Quentin cantó con el tono adecuado y realizó los movimientos precisos —ni siquiera él supo cuál había sido la diferencia esta vez—, y fue recompensado con la visión de su canica bamboleándose, ligera pero incontestablemente, por voluntad propia.

No dijo nada, sólo apoyó la cabeza en la mesa, escondió el rostro en el hueco del brazo y dejó que la sangre de su cabeza pulsara en la oscuridad. Sintió la madera de la mesa contra su mejilla. No había sido chiripa, truco o broma. Lo había hecho. La magia era real y él podía hacerla.

Y ahora que podía, Dios mío, le quedaba tanto por hacer. Aquella canica de cristal iba a ser su constante compañera durante el resto del semestre, pues así era el frío e implacable enfoque a la pedagogía mágica del profesor March. Cada lección, cada ejercicio, cada demostración, iban dirigidas a la manipulación y la transformación mediante la magia. Durante los siguientes cuatro meses, Quentin fue instado a llevar la canica consigo a todas partes. La guardaba en el bolsillo interior de su chaqueta de Brakebills y jugueteaba con ella por debajo de la mesa mientras comía. Cuando se duchaba, la dejaba en la jabonera. Incluso se acostaba con ella y en las raras ocasiones en que podía dormir, soñaba con ella.

Quentin aprendió cómo enfriar su canica hasta congelarla y hacer que rodase por la mesa por medios invisibles. Descubrió cómo hacerla flotar en el aire y que su interior brillase resplandeciente. Al ser transparente resultaba fácil volverla invisible. Una vez la perdió, y el profesor March tuvo que rematerializarla por él. Quentin logró que su canica flotase en el agua, traspasase una barrera de madera, volara en una carrera de obstáculos y se quedara pegada a los archivadores de hierro como si fuera un imán. Eran trabajos prácticos, básicos. Según le contaron, la dramática demostración con las cartas que hiciera Quentin durante su Examen, aunque vistosa y satisfactoria, era una anomalía bienintencionada, un estallido de poder acumulado que se manifestaba a menudo durante la primera actuación de un hechicero. Tardaría años antes de volver a hacer nada comparable.

Entretanto, también estudiaba la historia de la magia, tema sobre el que los magos sabían mucho menos de lo que había pensado. Resultó que los magos siempre habían vivido entre la sociedad, pero apartados de ella y pasando prácticamente desapercibidos. Las principales figuras de la historia mágica no eran conocidas en la sociedad mundana y los candidatos obvios no lo eran tanto. Leonardo, Roger Bacon, Nostradamus, John Dee, Newton... Sí, de acuerdo, todos eran magos de diferentes especialidades, pero de una habilidad relativamente modesta. El hecho de que fueran famosos en los círculos convencionales sólo redundó en su perjuicio. Para los estándares de la sociedad mágica habían tropezado en la primera valla: no habían tenido el sentido común básico de guardar su mierda para ellos mismos.

El otro deber de Quentin, los *Ejercicios prácticos para jóvenes magos* de Popper, resultó ser un libro delgado pero de gran tamaño, que contenía una serie de ejercicios horriblemente complejos de dedos y voz, organizados en un orden creciente de dificultad y tortura. La mayor parte del lanzamiento de hechizos consistía en realizar gestos muy precisos con las manos acompañados por encantamientos recitados, susurrados, gritados o cantados. Cualquier mínimo error en el movimiento o las palabras podía debilitar, negar o pervertir el hechizo.

Aquello no era Fillory. En cada una de las novelas de Fillory, uno o dos de los hermanos Chatwin eran amparados bajo el ala de un amable mentor filloriano que les enseñaba un arte o una habilidad. En *El mundo entre los muros*, Martin se convertía en un jinete experto y Helen se entrenaba como exploradora; en *El bosque volante*, Rupert se volvía un arquero infalible; en *Un mar secreto*, Fiona se entrenaba con un maestro de esgrima, y así siempre. El proceso de aprendizaje era una orgía interminable de asombro y maravilla.

Aprender magia no era nada parecido. Resultaba todo lo tedioso que podía ser el estudio de fuerzas poderosas, misteriosas y sobrenaturales. Al igual que un verbo ha de concordar con el sujeto, incluso el hechizo más simple tenía que ser modificado, retorcido y declinado para que concordase con la hora del día, la fase de la luna, la intención, el propósito, las circunstancias exactas del lanzamiento del hechizo y cien factores más, todos los cuales estaban registrados en volúmenes y más volúmenes de tablas, gráficos y diagramas, impresos con una tipografía minúscula en enormes páginas amarillas de tamaño folio. Y en la mitad de las páginas, unas notas a pie de página listaban las excepciones, irregularidades y casos especiales, todos los cuales tenían que ser también memorizados. La magia era mucho más aburrida de lo que Quentin había supuesto.

Pero había algo más, algo más allá de la práctica y la memorización, más allá de los puntos y las cruces, algo que nunca surgía en las clases de March. Quentin sólo lo sentía, y era incapaz de hablar de ello. Se necesitaba algo más para que un hechizo tuviese algún efecto en el mundo circundante. Cuando intentaba pensar en ello, se perdía en abstracciones. Era algo similar a una fuerza de voluntad, una cierta intensidad de concentración, una visión clara, quizás un poco de brío artístico. Si un hechizo tenía que funcionar, debía implicar un cierto instinto visceral.

Aunque no pudiera explicarlo con palabras, Quentin sabía cuándo funcionaba un hechizo. Podía sentir que sus palabras y sus gestos tiraban del misterioso sustrato mágico del universo, podía sentirlo físicamente. Las puntas de sus dedos se calentaban y parecían dejar un leve rastro en el aire. Advertía una ligera resistencia, como si el aire se tornara viscoso a su alrededor y presionara contra sus manos, incluso contra sus labios y su lengua. Se encontraba en el corazón de un sistema grande y poderoso, era su corazón. Cuando funcionaba, lo sabía. Y le gustaba.

Ahora que sus amigos habían vuelto de las vacaciones, Eliot se sentaba con ellos en las clases y en el comedor. Formaban una camarilla muy visible, siempre ansiosos por hablar unos con otros, sufriendo llamativos ataques de risa, visiblemente enamorados de sí mismos y completamente desinteresados por el resto de los habitantes de Brakebills. Tenían algo diferente, pero difícil de definir. No eran más atractivos o inteligentes que el resto, sólo parecían saber quiénes eran. No miraban constantemente a los demás, como esperando que alguno se lo aclarara.

A Quentin le dolió que Eliot lo abandonase en el mismo segundo que le convino, pero tenía diecinueve novatos más en los que pensar y de los que preocuparse. Aunque no fueran un grupo demasiado social, los alumnos de primero eran tranquilos e intensos, y siempre estaban evaluando al otro, como intentando descubrir —por si llegara el momento— quién podía derrotar a quién en un debate a muerte intelectual. No se reunían demasiado, siempre corteses pero raramente cariñosos. Estaban acostumbrados a competir y acostumbrados a ganar. En otras palabras, eran como Quentin, y Quentin no estaba acostumbrado a estar rodeado de gente como él mismo.

La única estudiante con la que se obsesionó —como todos los demás alumnos de primero en Brakebills— fue la pequeña Alice, la de la figurita de cristal; pero rápidamente quedó patente que, a pesar de estar mucho más adelantada que sus condiscípulos, era enfermizamente tímida, hasta el punto que no valía la pena intentar hablar con ella. Cuando lo hacían en las comidas, respondía a las preguntas con monosílabos susurrados y bajaba la mirada al mantel como si la abrumara una infinita vergüenza interior. Era patológicamente incapaz de sostener una mirada, y la forma que tenía de ocultar el rostro tras el pelo dejaba claro lo duro que le resultaba ser objeto de la atención de los demás.

Quentin se preguntó quién o qué había logrado convencer a alguien tan obviamente dotada para la magia para que sintiera terror de los demás. Él pretendía mantener un adecuado tono de presión competitiva, pero con la pobre chica se sentía casi protector. La única vez que vio a Alice sinceramente feliz fue cuando, estando sola e inconsciente de que él la observaba, logró que un guijarro saltase de una fuente pasando entre las piernas de una ninfa de piedra.

La vida en Brakebills solía tener un tono formal, silencioso, casi teatral, pero durante las comidas esa formalidad se elevaba a categoría de rito. Se servían puntualmente a las seis y media; y los que llegaban tarde perdían el privilegio de sentarse y tenían que comer de pie. Los profesores y los alumnos se sentaban juntos a una mesa interminable, cubierta por un mantel de mística blancura y sembrada por una pesada cubertería de plata que no combinaba. La iluminación provenía de batallones de horribles candelabros. Y la comida en sí, contrariamente a la tradición de las escuelas privadas, era excelente al viejo estilo francés; los platos principales de los menús solían ser clásicos de mediados de siglo, como el estofado de buey o la langosta Thermidor. Los novatos tenían el privilegio de servir como camareros a los demás alumnos, siempre bajo la severa mirada de Chambers, y sólo podían comer después, cuando todos los otros habían terminado. A los de tercero y cuarto se les permitía beber un vaso de vino; los de quinto (los «finlandeses», tal como los llamaban sin razón aparente) podían beber dos vasos. Lo extraño era que el cuarto curso sólo contaba con diez alumnos, la mitad de lo normal, y nadie podía explicar el motivo. Preguntarlo significaba poner fin a la conversación.

Todo esto lo aprendió Quentin a la velocidad de un marinero que naufraga frente a las costas de un continente salvaje y no tiene más elección que aprender el idioma local o ser devorado por quienes lo hablan. Sus primeros dos meses en Brakebills pasaron en un suspiro, y pronto las hojas rojas y amarillas salpicaron todo el Mar, como empujadas por escobas invisibles —¿y quién dice que no era así?—, y los flancos de las bestias del Laberinto mostraron vetas de color.

Después de clase, Quentin dedicaba media hora todos los días a explorar el campus a pie. Una tarde borrascosa se dio de bruces con un viñedo en miniatura, un sello de correos roturado en líneas rectas y plantado con hileras de vides enrolladas con alambre herrumbroso, que les daban extrañas formas de candelabros viticulturales. Las uvas ya habían sido cosechadas, y las que no, se habían secado y convertido en pequeñas y fragantes pasas.

Más allá, al internarse medio kilómetro en los bosques, al final de un estrecho sendero, Quentin descubrió un pequeño campo formado por un conjunto de cuadrados. Algunos de esos cuadrados eran de hierba y otros de piedra, pero también podían verse de arena y de agua, y dos de ellos eran de un metal plateado, pulido pero ennegrecido, y elaboradamente inscrito.

No había cerca o muro que marcase los límites del terreno, y de haberlo, Quentin no lo encontró. A un lado estaba el río y el bosque lo rodeaba por los otros tres. A pesar de todo, el profesorado parecía emplear una exorbitante cantidad de tiempo en mantener los hechizos que volvían a la escuela invisible e impenetrable para el mundo exterior. Paseaban constantemente por el perímetro estudiando cosas que Quentin era incapaz de ver y sacando a otros profesores de sus clases para consultarles algo al respecto.

Nieve

Una tarde, a finales de octubre, el profesor March le pidió a Quentin que se quedase después de la clase de Aplicaciones Prácticas —A.P., como las llamaba todo el mundo—, donde los alumnos experimentaban un poco con los hechizos. El nivel en el que se movían sólo les permitía intentar la magia básica, y aun eso bajo una supervisión asfixiante. Era una pequeña recompensa por todos los océanos de teoría en los que tenían que navegar.

Aquella clase, concretamente, no había sido precisamente un éxito para Quentin. Las A.P. se celebraban en un aula parecida a un laboratorio de química universitario: mesas indestructibles de piedra gris, encimeras moteadas con viejas e indescriptibles manchas, fregaderos profundos y de gran capacidad... El aire estaba cargado de conjuros y fetiches permanentes, instalados por generaciones de profesores de Brakebills para impedir que los alumnos dañaran a sus compañeros o a sí mismos. Olía ligeramente a ozono.

Quentin vio que Surendra, su compañero de laboratorio, se empolvaba las manos con una mezcla de polvo blanco (partes iguales de harina y ceniza de haya) y trazaba signos invisibles en el aire con una elegante varita de sauce; después tocó con ella su canica (apodada *Rakshasa*), partiéndola limpiamente por la mitad al primer intento, de un solo golpe. Pero cuando Quentin hizo lo propio con su canica (apodada *Martin*), ésta estalló con un sordo *pop*, como una bombilla moribunda, lanzando una rociada de polvo blanco y fragmentos de cristal. Soltó la varita y volvió la cabeza para protegerse los ojos; los demás volvieron las suyas para mirar. La atmósfera en la A.P. no era especialmente solidaria.

Por eso Quentin estaba de pésimo humor cuando le pidieron que se quedara después de clase. March charlaba con algunos rezagados y Quentin esperaba sentado en una de las indestructibles mesas de piedra, balanceando las piernas y pensando en su fallo. Estaba seguro de que a Alice también le habían pedido que se quedase, ya que estaba sentada junto a la ventana, contemplando soñadoramente el manso río Hudson. Su canica flotaba, describiendo lentos círculos alrededor de su cabeza como un perezoso satélite en miniatura, repiqueteando contra el cristal cuando la chica se inclinaba hacia él. «¿Por qué la magia le cuesta tan poco esfuerzo?», se preguntó. ¿Realmente era tan fácil para ella? No podía creer que le costara tanto como a él. Penny también estaba allí, pálido, tenso y con la misma cara de luna de siempre. Llevaba el uniforme de Brakebills, pero le habían permitido conservar su corte de pelo mohicano.

El profesor March volvió acompañado de la profesora Van der Weghe. No se anduvo con rodeos.

—Os hemos pedido a los tres que os quedéis porque en primavera hemos pensado pasaros a segundo curso —informó—. Tendréis que hacer algún trabajo extra para aprobar los exámenes de primero en diciembre y poneros a la altura de los de segundo, pero creo que lo conseguiréis, ¿me equivoco?

Los miró de forma alentadora. No era una consulta, sino el anuncio de una decisión ya tomada. Los tres chicos se miraron inquietos. Quentin tenía cierta experiencia en que valorasen sus habilidades intelectuales por encima de las de los demás, y ese trato de favor erradicó, con intereses, la pesadilla de su canica pulverizada. Pero le parecía demasiado trabajo para saltarse un año en Brakebills, lo que de todas formas no estaba seguro que querer hacer. Sus dos compañeros se lo tomaron de una forma muy seria y solemne.

—¿Por qué? —preguntó Penny—. ¿Por qué pasar a segundo? ¿Van a adelantar a tercero a otros alumnos para hacernos un hueco?

Buena pregunta. Un hecho inmutable de la vida en Brakebills era que las clases siempre contaban con veinte alumnos, ni uno más ni uno menos.

—No todos los estudiantes aprenden al mismo ritmo, Penny —fue lo único que aclaró Van der Weghe—. Queremos que todo el mundo se sienta lo más cómodo posible.

No hicieron más preguntas. Tras una pausa, la profesora Van der Weghe tomó su silencio como consentimiento.

—Muy bien, buena suerte a todos —sentenció.

Aquellas palabras sumieron a Quentin en una nueva y oscura fase de su vida en Brakebills, cuando por fin había conseguido que la anterior le resultase cómoda. Hasta entonces siempre trabajaba de firme, pero también tenía sus momentos de descanso, como todo el mundo. Paseaba por el campus y mataba el tiempo con sus compañeros en la sala de estar de primero, un cuarto acogedor, con una chimenea, un surtido de desvencijados sofás y sillones, y unos «educativos» juegos de tablero vergonzosamente simples, básicamente versiones mágicas del Trivial Pursuit, MUY gastados, llenos de manchas y a los que les faltaban piezas cruciales, ya fueran cartas, fichas o dados. Incluso habían colado de contrabando una consola de videojuegos que guardaban en un armario, una caja con tres años de antigüedad que se conectaba a un televisor todavía más viejo y se desconectaba cada vez que alguien lanzaba un hechizo en un radio de doscientos metros, algo muy frecuente.

Todo eso se había terminado. Ya no disponía de tiempo libre. A pesar de que Eliot le avisó en su momento de lo que le esperaba, y su experiencia posterior se lo había corroborado, de algún modo se imaginó que aprender magia sería un encantador paseo por un jardín secreto, donde podría arrancar alegremente los frutos del árbol del conocimiento de unas ramas convenientemente bajas. En vez de eso, cada tarde, tras la clase de A.P., Quentin se dirigía directamente a su habitación para hacer los deberes habituales y ganar tiempo porque, después de cenar, tenía que acudir a la biblioteca, donde le esperaba su tutora.

Ésta era la profesora Sunderland, la joven guapa que en su Examen de ingreso le pidiera que dibujara mapas de su país imaginario. No se parecía en nada a la idea preconcebida de cómo tiene que ser un mago: rubia, con hoyuelos y lo bastante curvilínea como para que costara Dios y ayuda apartar la mirada de ella y centrar tu atención en la materia a estudiar. La profesora Sunderland daba clases a los cursos superiores, sobre todo a cuarto y quinto, y no tenía mucha paciencia con los aficionados. Los presionaba implacablemente con los gestos y los encantamientos, con las tablas y los gráficos, y cuando todo parecía perfecto resultaba que para ella sólo estaban comenzando. Les hacía repetir los estudios de Popper números 7 y 13 otra vez, por favor, lentamente, hacia delante y hacia atrás, sólo para estar seguros. Sus manos hacían cosas que Quentin consideraba imposibles de imitar. La situación habría sido intolerable para Quentin si no hubiese estado ferozmente enamorado de ella.

Al principio le parecía estar traicionando a Julia. Pero ¿acaso le debía algo? Quentin nunca parecía haberle importado. En cambio, la profesora Sunderland estaba allí, formaba parte de su nuevo mundo. Julia tuvo su oportunidad y la desperdició.

Quentin pasaba la mayor parte del tiempo con Alice y Penny. La política de Brakebills en primer curso era que las luces se apagaran a las once de la noche, pero con tanto trabajo acumulado tenían que encontrar una forma de ganar tiempo. Por suerte encontraron un pequeño estudio en una de las alas de estudiantes que, según la tradición de Brakebills, quedaba exenta de todos los hechizos de control que el profesorado utilizaba para asegurar el toque de queda, probablemente una excepción para situaciones como aquélla. Era un espacio de forma trapezoidal, húmedo y sin ventanas, pero disponía de sofá y una mesa con sillas, y los profesores nunca lo vigilaban. Allí acudían Quentin, Alice y Penny cuando el resto de los alumnos de primero se iban a la cama.

Se convirtieron en una pequeña tribu de lo más extraña: Alice se sentaba y clavaba los codos en la mesa; Quentin se desparramaba en el sofá y Penny paseaba en círculos por la sala. Los odiosos libros de Popper estaban embrujados y te decían cuándo te equivocabas tintándose de verde (bien) o de rojo (mal), aunque lamentablemente nunca explicaban cómo la habías pifiado.

Alice siempre lo sabía. Era el prodigio del trío, con unas manos y unas muñecas extraordinariamente flexibles y una memoria increíble. Con los idiomas era omnívora e insaciable. Mientras sus compañeros se peleaban con los escollos del inglés medieval, ella ya se sumergía en el árabe y el arameo, más el holandés medieval y el esloveno antiguo. Seguía siendo enfermizamente tímida, pero las noches pasadas con Quentin y Penny en el estudio habían logrado que perdiera parte de su reserva, hasta el punto de que a veces intercambiaba notas y sugerencias con los chicos. Una vez, una sola vez, demostró incluso cierto sentido del humor, aunque lo más común era que soltara sus bromas en esloveno antiguo.

De todas formas, lo más probable era que Penny no las entendiera, ya que no tenía el mínimo sentido del humor. Siempre practicaba en susurros y estudiando el movimiento de sus pálidas manos en un enorme espejo barroco de marco dorado apoyado contra una de las paredes. El espejo tenía un viejo y olvidado hechizo, y el reflejo de Penny era sustituido a veces por la imagen de una colina verde desprovista de árboles, que se curvaba suavemente bajo un cielo nublado. Era como una televisión que siempre emitiera la misma imagen de otro mundo.

En vez de tomarse un descanso, Penny esperaba frente al espejo silenciosa e impasiblemente a que la imagen cambiase. Aquello ponía nervioso a Quentin, como si de un momento a otro fuera a surgir algo horrible procedente del lado opuesto de la colina o que estuviera enterrado debajo de ésta.

—¿Dónde estará esa colina? —preguntó Alice—. En la vida real, quiero decir.

—No lo sé —confesó Quentin—. Quizás en Fillory.

—Podrías subir y mirar. En los libros siempre funciona.

—¿No sería genial? Piénsalo: podríamos entrar en el espejo y estudiar todo un mes antes de que aquí hubiera pasado un segundo.

—Por favor, no me digas que vas a ir a Fillory sólo para tener más tiempo de hacer los deberes —comentó Alice—. Es lo más patético que he oído en mi vida.

—Calma, chicos —intervino Penny.

Para ser punk, Penny podía resultar un rollo increíble.

Llegó diciembre, un diciembre intenso y glacial en el valle del Hudson. Las fuentes se congelaron y todo el Laberinto se cubrió de nieve, excepto en aquellos puntos donde los setos en forma de animales se estremecían y tiritaban. El trío se encontró segregado por sus compañeros de clase, que los trataban con una envidia y un resentimiento que Quentin no tenía ni tiempo ni energías para combatir. Habían formado un club propio y exclusivo, dentro del ya exclusivo club de Brakebills.

Quentin volvía a descubrir su amor por el trabajo. Lo que lo mantenía en marcha no era exactamente la sed de conocimientos, ni el deseo de demostrarle a la profesora Van der Wegue que realmente podía estar a la altura de los alumnos de segundo; era, sobre todo, la familiar y perversa satisfacción de un trabajo repetitivo y agotador, el mismo placer masoquista que le había permitido dominar la pauta del Mill's Mess, y la mezcla Faro, y el Corte de Charlie, y estudiar cálculo cuando sólo estaba en octavo.

Algunos de los mayores sentían lástima por los tres pobres empollones y los adoptaron como mascotas, igual que una clase de párvulos adoptaría a una familia de hámsters. Los incitaban y les suministraban comida y bebida tras las horas lectivas. Incluso Eliot condescendió a visitarlos, llevando consigo toda una serie de talismanes y encantamientos ilegales que les permitirían seguir despiertos o leer más rápidamente, aunque era difícil decir si realmente funcionaban. Según él, los había conseguido de una especie de buhonero que visitaba Brakebills una o dos veces al año con una vieja camioneta atiborrada de mercancía.

Diciembre pasó entre silenciosas carreras de un lado a otro y noches sin dormir de trabajo constante, un trabajo que incluso había perdido toda conexión con el objetivo al que se suponía que debía servir. Hasta las sesiones de Quentin con la profesora

Sunderland perdieron toda emoción. En una ocasión se descubrió contemplando las radiantes pendientes superiores de sus senos dolorosamente llenos y palpables, cuando se suponía que debería estar concentrado en el perfeccionamiento de técnicas como la correcta posición de los pulgares. Su enamoramiento pasó de la excitación a la depresión, como si aquélla hubiera desaparecido, transformándose en la nostalgia que se siente por un antiguo amor, pero sin el alivio temporal de una relación real aunque corta.

Ahora seguía las lecciones del profesor March desde la última fila, sintiendo un altivo desprecio por sus compañeros de clase, encallados en el estudio n.º 27 de Popper, mientras que él ya había escalado hasta las gloriosas alturas del n.º 51, y los veía como bebés dando sus primeros e inseguros pasos. Odiaba el olor amargo y recalentado del café que bebían, hasta el punto que se sintió tentado de probar el *speed* de segunda que Penny tomaba como alternativa. Empezó a reconocer la persona irritable, desagradable e infeliz en que se había convertido: se parecía extrañamente al Quentin que creía haber dejado atrás, en Brooklyn.

Quentin no estudiaba únicamente en la sala trapezoidal. Como en los fines de semana podía estudiar donde quisiera, al menos durante las horas lectivas, solía quedarse en su propia habitación. Pero, a veces, ascendía por una larga escalera en espiral que llevaba hasta el observatorio de Brakebills, una instalación antigua y respetable que remataba una de las torres. Contenía un enorme telescopio de finales del siglo XIX, del tamaño de un poste de teléfonos, que asomaba a través de la bruñida cúpula de cobre. Alguno de los profesores debía de estar profundamente enamorado de aquel obsoleto instrumento, porque parecía flotar en un conjunto exquisitamente complicado de engranajes de bronce bien aceitados y pulidos.

Le gustaba estudiar en el observatorio porque estaba muy alto, disfrutaba de una buena calefacción y era relativamente poco frecuentado; no sólo era difícil acceder a él, sino que el telescopio resultaba inútil durante el día. Eso bastaba para asegurarle tardes de sublime e invernal soledad.

Cierto sábado de finales de noviembre descubrió que no era el único al que le gustaba el observatorio. Cuando Quentin llegó a lo alto de la escalera, la trampilla de acceso ya estaba abierta. Metió la cabeza por ella para echarle un vistazo a la sala circular iluminada de ámbar. Fue como si hubiera metido la cabeza en otro mundo, en un planeta alienígena que se parecía extraordinariamente al suyo, pero diferente. El intruso era Eliot. Estaba arrodillado, como un suplicante, frente a un viejo sillón color naranja con el tapizado rasgado, colocado en medio de la sala, en el centro del círculo que trazaba el telescopio. Quentin siempre se preguntaba quién habría subido aquel sillón hasta allí y por qué se habría molestado en hacerlo. Obviamente, tenía que haber utilizado la magia, ya que no cabía por la trampilla de acceso ni por ninguna de las pequeñas ventanas.

Eliot no estaba solo, alguien se hallaba sentado en el sillón. El ángulo desde el que contemplaba la escena no era el mejor, pero le pareció un alumno de segundo, un chico nada excepcional, de mejillas tersas y un cabello liso del color del óxido. Quentin apenas lo conocía, pero creía que se llamaba Eric.

—No —estaba diciendo en aquel momento—. ¡No! ¡Definitivamente no! —Sonreía. Eliot empezó a levantarse, pero el chico lo detuvo juguetonamente apoyando las manos en sus hombros. No era especialmente grande ni fuerte, así que la autoridad que ejercía sobre Eliot no era sólo física—. Conoces las reglas —le recriminó, como si estuviera hablando con un niño.

—Por favor. Sólo una vez. —Quentin nunca había oído a Eliot hablar en ese tono de súplica, persuasivo, casi infantil—. Por favor —insistió. No era el tono que esperaba oír en labios de Eliot.

—Definitivamente, no. —Eric tocó la punta de la larga y pálida nariz de Eliot con su dedo—. Al menos hasta que termines tu tarea. Toda ella. Y quítate esa estúpida camisa; es patética.

Quentin tuvo la impresión de que no era la primera vez que

jugaban a aquel juego. Estaba contemplando un ritual muy privado.

—Está bien —accedió Eliot a regañadientes—. Y mi camisa no tiene nada de malo —añadió en un susurro.

Eric lo hizo callar con una sola mirada. Entonces lanzó un escupitajo a la camisa de Eliot. Quentin vio un relámpago de terror cruzar por los ojos de Eric, como si por un segundo creyera que había ido demasiado lejos. Desde el ángulo de Quentin, el sillón bloqueaba en parte la escena, pero no tanto como para no ver cómo Eliot desabrochaba torpemente la hebilla del cinturón de Eric, le bajaba la cremallera de la bragueta y después los pantalones, dejando al descubierto sus pálidos y delgados muslos.

—Con cuidado, putita —advirtió Eric. No parecía haber mucho afecto en aquella representación, si es que era una representación—. Ya conoces las reglas.

Quentin no supo exactamente por qué se quedó un minuto más, antes de descender de nuevo por las escaleras de vuelta a su aburrido y predecible universo, pero no podía dejar de mirar. Estaba viendo directamente el expuesto cableado de la maquinaria emocional de Eliot. ¿Cómo no se había dado cuenta antes? Se preguntó si era un ritual al que Eliot sometía a uno o dos chicos al año, ungiéndolos y después descartándolos cuando ya no le interesaban. ¿Realmente tenía que ocultarse así? ¿Incluso en Brakebills? Se sintió dolido hasta cierto punto. Si eso era lo que quería Eliot, ¿por qué no se lo había propuesto a él? Aunque por mucho que deseara recibir más atención por parte de Eliot, no sabía si hubiera accedido. Era mejor así. Eliot jamás le perdonaría un rechazo.

El ansia desesperada con la que Eliot miraba el objeto sobre el que iba a realizar su «tarea», era distinta de todo lo que Quentin hubiera visto antes. Estaba justo en la línea de visión de Eliot, pero no le había dirigido ni una sola mirada.

Quentin decidió estudiar en otra parte.

Un día antes del examen, el domingo a medianoche, terminó con el primer volumen de los *Ejercicios prácticos para jóvenes magos*, de Amelia Popper. Cerró cuidadosamente el libro y contempló la cubierta unos segundos. Le temblaban las manos y la cabeza le daba vueltas ingrávida, aunque su cuerpo le pareciera antinaturalmente pesado. No podía quedarse allí, pero estaba demasiado tenso para irse a dormir. Se puso de pie y anunció a sus dos compañeros que salía a dar un paseo.

Para su sorpresa, Alice quiso acompañarlo. Penny siguió mirando la verde colina del espejo, esperando que reapareciera su pálida y estoica cara para seguir practicando. Cuando se marcharon, ni siquiera les dedicó una mirada.

La idea de Quentin había sido cruzar el Laberinto y el Mar nevado hasta el límite exterior, hasta el lugar por el que llegara hasta Brakebills. Así podría contemplar la silenciosa masa de la Casa y meditar acerca de por qué todo aquello resultaba mucho menos divertido de lo que debiera e intentar calmarse lo suficiente y poder dormir sin problemas. Supuso que también podría hacerlo con Alice a su lado. Se dirigió a las altas puertas francesas que se abrían a la terraza posterior.

—Por ahí no —le advirtió Alice.

Fuera de las horas lectivas, aquellas puertas disparaban una alerta mágica en el dormitorio del profesor que estuviera de guardia, le explicó la infalible Alice, para descorazonar a los alumnos que rompieran el toque de queda. Lo guió hasta una puerta lateral que Quentin jamás había visto, una puerta sin alarmas oculta tras un tapiz, y que se abría a un seto cubierto de nieve. Se deslizaron a través de él hacia una oscuridad helada.

Quentin era veinte centímetros más alto que Alice, sobre todo debido a sus largas piernas, pero la chica mantuvo su ritmo obstinadamente. Se adentraron en el Laberinto, bañado por la luz de la luna, y atravesaron el Mar helado. La capa de nieve tenía unos quince centímetros de profundidad y levantaban pequeñas erupciones blancas a cada paso.

—Vengo aquí todas las noches —comentó Alice, rompiendo el silencio.

En su estado meditativo, Quentin casi se había olvidado que estaba allí.

—¿Todas las noches? —repitió estúpidamente—. ¿Por qué?

—Es que... ya sabes... —Suspiró, y el aliento surgió de su boca como una nube blanca—. Bueno, para despejarme. La torre de las chicas es bastante ruidosa, en ella no puedes pensar. Aquí fuera se está más tranquilo.

—Pero hace mucho frío. ¿Crees que saben que te saltas el toque de queda? —Resultaba extraño lo normal que le parecía estar a solas con la habitualmente antisocial Alice.

—Oh, por supuesto. Fogg por lo menos, seguro.

—Si lo sabe, ¿por qué molestarse en...?

—¿Por qué molestarse en salir por la puerta lateral? —El Mar era como una suave sábana blanca que los rodeaba. Excepto unos cuantos cuervos y algunos gansos silvestres nadie más la había pisado desde la última nevada—. No creo que le importe mucho el que nos escabullamos. Aprecia que hagas el esfuerzo.

Llegaron al límite del enorme prado y dieron media vuelta para quedar frente a la Casa. Se veía una luz encendida, la del dormitorio de un profesor de la planta baja. Un búho ululó. Una luna brumosa blanqueaba las nubes que flotaban sobre el contorno del techo. La escena era como la de una bola de nieve.

Quentin recordó un pasaje de las novelas de Fillory, concretamente de *El mundo entre los muros*, cuando Martin y Fiona vagaban a través de bosques helados buscando los árboles encantados por la Relojera, a los que había incrustado en el tronco un reloj analógico redondo. Los villanos de la serie creían que la Relojera era un espécimen extraño, dado que rara vez hacía nada específicamente malvado; por lo menos, no donde alguien pudiera certificarlo. Normalmente se la veía de lejos, siempre apresurada, con un libro en una mano y un elaborado reloj en la otra; a veces conducía un elaborado carruaje-reloj de bronce, que emitía un pesado tictac. Siempre llevaba un velo ocultando su rostro, y allí por donde pasaba dejaba su firma en forma de árboles-reloj.

Quentin se dio cuenta de que estaba aguzando el oído en busca de un tictac, pero no se oía nada excepto algún ocasional crujido de origen desconocido en la espesura del bosque.

—La primera vez que llegué aquí fue por ahí —confesó Quentin—. Fue en verano y ni siquiera sabía que era Brakebills. Creí que estaba en Fillory.

Alice rio. Un sonido hilarante, sorprendente. Quentin nunca había pensado que pudiera ser divertida.

—Perdona —se disculpó la chica—. Dios, cuando era pequeña me encantaban esos libros.

—¿Por dónde llegaste tú a Brakebills?

—Por allí. —Y señaló otro grupo idéntico de árboles—. Pero yo no tuve que cruzar como tú. Un portal, quiero decir.

«Seguro que deben de tener una forma de transporte especial y supermágica para la Infalible Alice», pensó. Era difícil no sentir envidia. Una cabina de peaje fantasma o un carro de fuego, probablemente tirado por thestrals, los caballos alados.

—¿Llegué aquí caminando? ¿Acaso no fui invitada? —Alice hacía esas preguntas con exagerada naturalidad, pero su voz se había vuelto repentinamente temblorosa—. Tenía un hermano que estudiaba aquí, en Brakebills. Siempre quise venir, pero nunca me invitaron. Pasó el tiempo y me iba haciendo demasiado mayor, así que me fugué de casa. Estuve esperando y esperando una invitación que nunca llegó, y ya me había perdido el primer curso. Soy un año mayor que tú, ¿sabes?

No lo sabía. Parecía más joven.

—Un autobús me llevó de Urbana a Poughkeepsie, y después cogí un taxi hasta donde pude. ¿Te has fijado que aquí no hay carreteras? Ni siquiera caminos. Lo más cercano es la autopista estatal. —Era la frase más larga que jamás le hubiera escuchado a Alice—. Me dejó en medio de la nada y tuve que caminar los últimos diez kilómetros. Me perdí y dormí en el bosque.

—¿Dormiste en el bosque? ¿En el suelo?

—Sé que tendría que haberme traído una tienda, o un saco, o algo. No sé en qué estaría pensando. Estaba histérica.

—¿Y tu hermano? ¿No pudo hacer que entraras?

—Murió.

Lo dijo con un tono de voz neutro, información pura, pero Quentin se quedó de piedra. Jamás imaginó que Alice pudiera tener un hermano, y menos que hubiera muerto. O que ella hubiera vivido una vida que no fuera encantadora.

—Alice, eso no tiene sentido —dijo, desconcertado—. ¿Sabes que eres la persona más lista de nuestra clase? —Ella se encogió de hombros ante el piropo sin dejar de mirar fijamente hacia la Casa—. ¿Así que te presentaste aquí por las buenas? ¿Cómo reaccionaron?

—No podían creérselo. Se suponía que nadie era capaz de encontrar la Casa por sí solo. Dijeron que fue un accidente, pero era obvio que había mucha magia implicada, toneladas de magia. Todo este lugar está empapado de ella. Si lanzas los hechizos adecuados, reluce como un bosque ardiendo.

»Debieron de pensar que era una vagabunda. Tenía paja en el pelo y había estado llorando toda la noche. La profesora Van der Wegue se apiadó de mí, me ofreció café y me dejó hacer el Examen. Fogg no quería admitirme, pero ella lo obligó.

—Y aprobaste.

La chica volvió a encogerse de hombros.

—Aún no lo entiendo —insistió Quentin—. ¿Por qué no te invitaron como a todos los demás?

Ella no respondió, sólo contempló con rabia la neblinosa luna. Las lágrimas surcaban sus mejillas. Quentin comprendió que, casualmente, había expresado con palabras la pregunta capital sobre la permanencia de Alice en Brakebills. Mucho más tarde de lo debido, se le ocurrió que él no era la única persona con problemas y se sintió como un intruso. Alice no estaba allí solamente por la competición, su único propósito en la vida no era tener éxito y hacer de éste el fundamento de su felicidad. Tenía sueños y esperanzas propios, y sentimientos, y pasado, y pesadillas. A su estilo, estaba tan perdida como él.

Se quedaron allí, a la sombra de un enorme árbol, un enmarañado monstruo gris azulado, quejoso por la nieve que tenía que soportar. Eso hizo que Quentin pensara en la Navidad, hasta que comprendió que se la había perdido, que estaba en el tiempo de Brakebills. La verdadera Navidad en el resto del mundo se había celebrado dos meses atrás y ni siquiera había pensado en ello. Algo sugirieron sus padres por teléfono pero no cayó en la cuenta, resultaba divertido la forma en que ciertas cosas dejan de tener importancia. Se preguntó qué habrían hecho James y Julia durante las vacaciones navideñas. Habían planeado ir juntos a Lake Placid, donde sus padres tenían una cabaña.

¿Qué importaba ahora? Empezaba a nevar de nuevo y finos copos se posaban en sus pestañas. ¿Qué diablos había ahí fuera que mereciera semejante trabajo? ¿Para qué se esforzaban tanto? Por poder o conocimiento, suponía. Pero todo resultaba ridículamente abstracto. La respuesta tenía que ser obvia, pero él no la sabía.

A su lado, Alice se estremeció de frío y se abrazó a sí misma intentando retener el calor.

—Bueno, me alegro de que estés aquí... como sea que lo hayas conseguido. Todos nos alegramos —dijo Quentin, incómodo. Pasó un brazo por los hombros de la chica. Ella no se apoyó contra él ni mostró ningún signo de sentirse confortada, pero tampoco lo rechazó, algo que había temido que hiciera—. Vamos, regresemos antes de que Fogg se enfade de verdad. Piensa que mañana tenemos un examen, no querrás estar demasiado cansada para disfrutarlo, ¿verdad?

Se examinaron a la mañana siguiente, el lunes de la tercera semana de diciembre: dos horas de ensayos y dos más de ejercicios prácticos que no incluyeron muchos hechizos. La mayor parte del tiempo la pasó Quentin sentado en un aula mientras tres examinadores, dos de Brakebills y uno externo (era una mujer de acento alemán, quizá suizo), le escucharon recitar encantamientos en inglés medieval e identificar hechizos, y vieron cómo intentaba trazar en el aire círculos perfectos de distintos tamaños, en diferentes direcciones o con diferentes dedos, mientras del blanquecino cielo caía silenciosamente más nieve en polvo. Fue casi anticlimático.

Los resultados los deslizaron por debajo de sus puertas al día siguiente, escritos en un pedazo de papel color crema y que, una vez desplegado, parecía una invitación de boda. Quentin había aprobado, Alice también, pero Penny había suspendido.

El chico perdido

Brakebills los dejó salir las dos últimas semanas de diciembre. Al principio, Quentin no estaba muy seguro de por qué le aterrorizaba tanto ir a su casa, hasta que comprendió que no era exactamente la casa lo que le preocupaba. Lo que en realidad le preocupaba era abandonar Brakebills. ¿Y si no lo dejaban volver? No podría encontrar el camino de vuelta —estaba seguro de que cerrarían la puerta secreta del jardín, echarían la llave y su silueta se perdería para siempre entre vides y mampostería— y se encontraría atrapado para siempre en el mundo exterior.

Al final, fue cinco días a casa de sus padres. Y, por un instante, mientras ascendía los escalones del porche y el viejo y familiar olor descendía sobre él, un letal hechizo compuesto de aromas de cocina, pintura, alfombras orientales y polvo, al ver la dentuda sonrisa de su madre y el sano buen humor de su padre, se convirtió en la persona que había sido cuando vivía con ellos; sintió el tirón gravitacional del niño que fue y que en algún recóndito rincón de su alma siempre quiso ser. Tuvo la vieja ilusión de que cometió una equivocación al marcharse, que aquélla era la vida que debería estar viviendo.

El hechizo no resistió mucho tiempo, sin embargo. Era imposible. Algo en casa de sus padres le resultaba ya insoportable. ¿Cómo podía volver a aquel lúgubre cuarto de Brooklyn con su desconchada pintura blanca, sus barrotes de hierro en las ventanas y su vista a una sucia pared, después de su dormitorio curvo en lo alto de la torre? No tenía nada que decirles a sus corteses, curiosos y bienintencionados padres. Tanto su atención como su desinterés le resultaban igualmente intolerables. Su mundo se había vuelto complicado, interesante y mágico; el de sus padres era mundano y doméstico. No entendían, y jamás lo harían, que el mundo que podían ver no era el que importaba.

Llegó a casa un jueves, el viernes le envió un mensaje a James, y el sábado por la mañana se encontró con James y Julia en una abandonada caseta para botes de Gowanus. Era difícil saber por qué les gustaba aquel lugar, descontando que estaba equidistante de sus respectivas casas y bastante aislado, al final de una calle sin salida que terminaba en el canal. Había que escalar una valla de metal ondulado para acceder a él y así disfrutar del silencio y la tranquilidad de todo recinto acuático cerrado, por muy estancada y contaminada que estuviese el agua. Podías sentarte en una especie de barricada de cemento, mientras perforabas la viscosa superficie del canal con puñados de grava. Un almacén quemado de ladrillos con ventanas arqueadas dominaba la escena desde la orilla opuesta. El futuro condominio de lujo de alguien.

Fue agradable volver a ver a James y a Julia, pero fue todavía mejor verse a sí mismo a través de sus ojos y darse cuenta de lo mucho que había cambiado. Brakebills lo había rescatado. Ya no era el mierda que bajaba la vista y se miraba los zapatos como el día que se marchó, el compañero de aventuras de James, el incómodo pretendiente de Julia. Mientras James y él intercambiaban bruscos saludos y rápidos apretones de manos, ya no sintió aquella instintiva deferencia hacia él, como si James fuera el héroe de la aventura y no Quentin. Y cuando vio a Julia, buscó en su interior el viejo amor que solía sentir por ella; no había desaparecido, pero sí convertido en un dolor distante, apagado. Seguía sin curarse, persistía la metralla que no podía extraer.

A Quentin nunca se le habría ocurrido que no se alegraran al verlo. Sabía que desapareció repentinamente y sin ninguna explicación, pero no tenía ni idea de lo dolidos y traicionados que se sintieron los dos. Se sentaron juntos, tres en raya, contemplando el agua, mientras Quentin improvisaba un rápido recuento de la poco conocida pero muy selecta institución académica a la que acudía por alguna razón no explicitada. Mantuvo su currículo tan vago como le fue posible, concentrándose en los detalles arquitectónicos de la facultad. James y Julia se apretujaban el uno contra el otro para protegerse del frío de marzo (era marzo en Brooklyn), como un viejo matrimonio en un banco del parque. Cuando les llegó el turno, James parloteó sobre sus proyectos de fin de carrera, de la fiesta de fin de curso y de los profesores en los que Quentin no pensaba desde hacía seis meses. Le resultaba increíble que todo continuara más o menos igual, y que a James le siguieran importando tanto aquellas trivialidades que no fuera capaz de ver que todo había cambiado. Una vez que la magia era real, todo lo demás parecía simplemente irreal.

Y Julia... Algo le había pasado a la delicada y pecosa Julia. ¿Acaso ya no sentía amor por ella? ¿La estaba viendo claramente por primera vez? No. Ahora llevaba el pelo más largo y parecía más lacio —de alguna forma se había planchado las ondulaciones—, y tenía semicírculos oscuros debajo de los ojos que antes no estaban allí. Solía fumar únicamente en las fiestas, pero ahora encendía un cigarrillo tras otro y los apagaba contra una valla de acero. Incluso James parecía nervioso con ella, comportándose de una forma tensa y protectora. Julia los observaba fríamente; después no pudo asegurar que hubiera pronunciado una sola palabra.

Esa noche, echando ya de menos el mundo mágico que acababa de dejar, Quentin rebuscó entre sus viejos libros una novela de Fillory y se quedó hasta las tres de la mañana releyendo *El bosque volante*, una de las menos importantes y menos satisfactorias de la serie, protagonizada sobre todo por Rupert, el bobalicón e irresponsable hermano Chatwin. La adorable Fiona y él encontraban la forma de llegar a Fillory a través de las ramas más altas del árbol favorito de Rupert, y se pasaban la novela buscando el origen de un extraño tictac que impedía dormir a su amigo Sir Manchas Peligrosas, un leopardo con un oído excepcionalmente agudo.

Los culpables resultaban ser una tribu de enanos que habían vaciado toda una montaña de mineral de cobre y diseñado un enorme ingenio para medir el tiempo (Quentin nunca se había dado cuenta de lo obsesionado que parecía estar Plover con los relojes). Al final, Rupert y Fiona recibían la ayuda de un amistoso gigante que simplemente enterraba el reloj con su gran azadón, amortiguando su monstruoso ruido y contentando de esa manera a Sir Manchas Peligrosas y a los enanos, que, como moradores del subsuelo, quedaron encantados de tener que vivir bajo tierra. Después restauraron la residencia real, el castillo Torresblancas, una elegante fortaleza astutamente construida como el mecanismo de un gigantesco reloj. Movido por la fuerza de unos molinos, un descomunal muelle de bronce oculto bajo el castillo hacía rotar las torres en una danza lenta y majestuosa.

Ahora que estaba en Brakebills y sabía lo que era la auténtica magia, podía leer a Plover con ojo crítico. Quería saber los detalles técnicos de los hechizos. Además, para empezar, ¿por qué iban los enanos a construir un reloj gigantesco? Y el desenlace no le impactó tanto como la primera vez, le recordaba demasiado al de *El corazón delator*. Nada quedaba enterrado para siempre. ¿Y por qué se llamaba *El bosque volante* si no aparecía ningún bosque que volara? ¿Dónde estaban Ember y Umber, los carneros gemelos que patrullaban por todo Fillory intentando mantener el orden? Normalmente aparecían una vez que los Chatwin se habían encargado de todos los problemas, y su verdadera función parecía consistir en asegurarse de que los hermanos no se quedasen más tiempo de la cuenta; eran Ember y Umber los que al final de cada novela terminaban echándolos de Fillory, de vuelta a la vieja Inglaterra. Esa parte era la que menos le gustaba a Quentin. ¿Por qué no los dejaban quedarse? ¿Qué tenía de malo?

Era obvio que Christopher Plover no conocía la auténtica magia. Es más, ni siquiera era inglés. Según la solapa de los libros, era un norteamericano que amasó una fortuna en el mercado de los alimentos no perecederos durante los años veinte, trasladándose a Cornualles poco antes del famoso crack bursátil. Soltero empedernido, seguía diciendo la solapa, se hizo anglófilo y pronunciaba su nombre al estilo inglés («Pluvver»). Se instaló en el campo, en una enorme casa atestada de empleados. (Sólo un anglófilo norteamericano podría haber creado un mundo tan definitivamente inglés como Fillory, más inglés que la propia Inglaterra). La leyenda decía que realmente existió una familia Chatwin, y que era vecina de Plover. Éste siempre sostuvo que los hermanos Chatwin acudían a su casa y le contaban historias sobre Fillory, y que él se limitaba a transcribirlas.

Pero el verdadero misterio de *El bosque volante*, analizado hasta la saciedad por fans entusiastas y académicos de segunda, se hallaba en las páginas finales. Una vez solucionado el problema del reloj gigante de los enanos, Rupert y Fiona estaban celebrando un festín con Sir Manchas Peligrosas y su familia —que incluía una atractiva esposa leopardo y una camada de adorables cachorros—, cuando entraba en liza Martin, el mayor de los Chatwin y el que primero había descubierto Fillory dos novelas atrás, en *El mundo entre los muros*.

En ese momento Martin tiene trece años, un adolescente casi demasiado mayor para aventurarse en Fillory. En las primeras novelas es un personaje tornadizo, cuyo humor pasa sin previo aviso de la alegría desmesurada al pesimismo exacerbado. Por desgracia, en *El bosque volante* está en su fase depresiva y no tarda mucho en enzarzarse en una pelea con el más joven y alegre Rupert. Siguen unos cuantos gritos y riñas muy inglesas. El clan Manchas Peligrosas lo observa todo con una distinción tan felina como divertida. Por fin, con su camisa desecha y habiendo perdido más de un botón, Martin les grita a sus hermanos que fue él quien descubrió Fillory, y que tendría que haber sido él y no ellos, quien viviera aquella aventura. Y que no es justo. ¿Por qué siempre tienen que volver a casa? En Fillory, él es un héroe, mientras que en casa no es nada. Fiona, fríamente, le pide que no se comporte como un crío, y Martin se interna en los densos Bosques Oscuros, llorando como un cobarde colegial inglés.

Y nunca más regresa. Fillory se lo traga. Martin no aparece en los siguientes dos tomos —*Un mar secreto* y el último de la serie, *La duna errante*—, y aunque sus hermanos lo buscan diligentemente, no logran encontrarlo. (Aquello hizo que Quentin pensara en el pobre hermano de Alice.) Como la mayoría de los fans, Quentin suponía que Plover pensaba recuperar a Martin en el último volumen de la serie, ya restablecido y arrepentido, pero el autor murió inesperadamente a los cincuenta años, cuando *La duna errante* ni siquiera se había publicado, y no encontraron nada entre sus papeles que diera —o sugiriese siquiera— una solución al enigma. Era un misterio literario irresoluble, como la inacabada *El misterio de Edwin Drood* de Dickens. Martin sería por siempre el chico que desapareció en Fillory y nunca volvió.

Quentin pensó que la respuesta podría estar en *Los magos*, el libro que tan brevemente poseyera, pero había desaparecido. Revolvió el colegio de arriba abajo y preguntó a todo el mundo, hasta que no le quedó más remedio que rendirse. Alguien en Brakebills lo habría recogido, quedado o perdido. Pero ¿quién y por qué? Quizá ni siquiera había existido.

El domingo por la mañana, Quentin despertó temprano y dispuesto a emprender el vuelo. No tenía nada más que hacer allí y sí una nueva vida que retomar. Sintiendo apenas un mínimo de culpabilidad, improvisó una mentira para sus padres: compañero de estudios rico, chalet en New Hampshire, nieve, esquí, es muy repentino, lo sé, pero, por favor... Más mentiras, pero ¿qué podía hacer? Así son las cosas cuando eres un mago secreto adolescente. Hizo las maletas rápidamente —de todas formas, la mayoría de su ropa estaba en la escuela— y media hora después ya corría por las calles de Brooklyn en dirección al pequeño jardín comunitario. Una vez allí, se dirigió a la parte más espesa.

Terminó junto a la verja, mirando el parque al otro lado. ¿De verdad era tan pequeño? Recordaba el jardín casi como un bosque, pero ahora le parecía ralo y desaliñado. Durante varios minutos caminó entre escombros, hierbajos y helados cadáveres de calabazas, sintiéndose cada vez más nervioso y avergonzado. ¿Qué había hecho en la última ocasión? ¿Acaso necesitaba llevar consigo el libro? Estaba olvidándose de algo, pero no se le ocurría qué. La magia había desaparecido. Intentó seguir exactamente los mismos pasos. Quizá fuese la hora equivocada.

Quentin fue a una pizzería y pidió un trozo de pizza, rezando para que nadie lo viera allí cuando tendría que estar de camino a su coartada de New Hampshire. No sabía qué hacer, el truco no funcionaba. Todo se desmoronaba. Se sentó a una mesa con las maletas junto a él, contemplando su reflejo en los típicos espejos del suelo al techo —¿por qué todas las pizzerías tenían espejos como ésos?— y leyendo el semanario gratuito de la policía de Park Slope. Las paredes se reflejaban una en otra, espejos dentro de espejos en una galería infinita. Y mientras estaba allí sentado, en la larga, estrecha y atestada sala se fue haciendo el silencio casi sin que se diera cuenta, los espejos se oscurecieron, la luz cambió, las desnudas baldosas se convirtieron en parquet pulido y, cuando levantó la vista del papel, advirtió que se encontraba solo, comiendo su pizza en el comedor común de Brakebills.

Abruptamente, sin aplausos ni fanfarrias, Alice y Quentin se encontraron en segundo curso. Recibían clases en una sala semicircular, situada en la esquina trasera de la Casa. Era soleada pero terriblemente fría, y el interior de las altas ventanas estaba permanentemente cubierto de hielo. Por las mañanas tenían a la profesora Petitpoids, una anciana hawaiana ligeramente chiflada que llevaba un puntiagudo sombrero negro y los animaba a llamarla «bruja» en vez de «profesora». Cuando alguien le hacía una pregunta, la mitad de las veces solía responder: «Mientras nadie resulte herido, haz lo que quieras.» Pero cuando llegaban a los ejercicios prácticos para invocar la magia, sus dedos llenos de bultos como nueces eran incluso más competentes técnicamente que los de la profesora Sunderland. Por las tardes, en las A.P., se las veían con el profesor Heckler, un alemán de pelo largo y mandíbula azulada que medía más de dos metros de estatura.

Nadie recibió con particular entusiasmo a los dos recién llegados. Prácticamente, el ascenso había convertido a Quentin y a Alice en una clase de dos personas: los alumnos de primero los miraban con resentimiento por haberlos abandonado, y los de segundo los ignoraban porque no pertenecían al grupo. Además, Alice ya no era la estrella del curso. Los de segundo tenían estrellas propias, sobre todo una chica enérgica, directa y de anchos hombros llamada Amanda Orloff, cuyo cabello siempre parecía lavado con agua de fregar los platos, y que solía salir al estrado durante las demostraciones técnicas. Hija de un general de cinco estrellas, su estilo era brusco, poco espectacular y devastadoramente competente gracias a sus manos grandes y macizas, que movía como si estuviera resolviendo un invisible cubo de Rubick. Sus gruesos dedos parecían extraer magia del aire por mera fuerza bruta.

Los otros estudiantes de segundo asumieron que Quentin y Alice eran amigos y probablemente pareja, lo cual tuvo el efecto de forjar un lazo entre ellos que en realidad aún no habían tenido tiempo de crear. Desde que ella le había contado el doloroso secreto de su llegada a Brakebills, se sentían más cómodos el uno con el otro. Su confesión parecía haberla liberado y ya no era tan frágil como antes, no hablaba con aquel tono de voz susurrante. Ya se atrevía a burlarse de ella y, si la animaba un poco, también ella se atrevía a reírse de él. Se sentía como un ladrón de cajas fuertes que, por pura suerte, hubiera descubierto el primer dígito de una larga y difícil combinación.

Un domingo por la tarde, harto de verse marginado, fue en busca de Surendra, su antiguo compañero de laboratorio, y le invitó a dar un paseo por los alrededores de la mansión. Se encaminaron al Laberinto embutidos en sus abrigos, sin un propósito concreto ni mucho entusiasmo. El sol todavía se dejaba ver en el cielo, pero el frío resultaba hasta doloroso. Los setos estaban cubiertos de hielo y la nieve seguía apilada en los rincones más oscuros. Surendra era el hijo de un ejecutivo de origen bengalí de San Diego, especializado en ordenadores e inmensamente rico. Su cara redonda, beatífica, ocultaba el hecho de que era la persona más brutalmente sarcástica que Quentin jamás hubiera conocido.

No sabían cómo, pero en su camino hasta el Mar se les había unido una chica de segundo llamada Gretchen. Rubia, delgada y de largas piernas, cualquiera la hubiera tomado por una *prima ballerina*, de no ser porque padecía una grave cojera —algo congénito que tenía que ver con los ligamentos de la rodilla— y caminaba apoyándose en un bastón.

—Hola, chicos.

—Es la coja —susurró Quentin.

Ella no se avergonzaba de su cojera. Le contaba a todo el que quisiera escucharla que su poder procedía de ella, y que si se operaba ya no sería capaz de hacer magia. Nadie sabía si era verdad o no.

Los tres caminaron juntos hasta el límite del prado y se detuvieron. «Esto ha sido un error», pensó Quentin. Ninguno parecía saber dónde ir o qué hacer. Gretchen y Surendra apenas se conocían. Durante unos cuantos minutos hablaron de banalidades —chismes, exámenes, profesores—, pero Surendra no captaba ninguna de las referencias de segundo curso y cada vez que se perdía una, se enfurruñaba. La tarde basculó sobre su eje. Quentin recogió una húmeda piedra del suelo y la lanzó todo lo lejos que pudo. Rebotó silenciosamente en la hierba. La humedad hizo que sintiera todavía más frío en su mano sin guantes.

—Vamos por allí —dijo Gretchen al fin, y se internó en el Mar con su extraño y ondulante modo de caminar. Quentin no estaba seguro de si podía reírse o no; de todas formas, a pesar de su torpeza, cubría un montón de terreno. Caminaron por un estrecho sendero de grava y cruzaron una estrecha alameda, hasta un pequeño claro situado en el límite de los terrenos de la escuela.

Quentin ya había estado allí. Buscaban un tablero a lo *Alicia en el país de las maravillas*, dividido en cuadrados y un amplio margen de césped rodeándolo. Los cuadrados tenían aproximadamente un metro de lado, como si fueran casillas de un ajedrez gigante, aunque el campo de juego más largo que ancho y las casillas eran de distintos materiales: agua, piedra, hierba y arena, con dos de ellas de un metal plateado.

La hierba de algunos cuadrados estaba perfectamente recortada, como en el *green* de un campo de golf; el agua de otros era oscura, charcos brillantes que reflejaban el cielo azul que pendía sobre sus cabezas.

—¿Qué es este lugar? —preguntó a los demás.

—¿Qué quieres decir con eso de qué es? —replicó Surendra.

—¿Quieres jugar? —Gretchen rodeó el tablero hasta llegar al lado opuesto. Una altísima silla de madera, pintada de blanco, se erguía en medio del tablero como la de un salvavidas o la de un juez en un partido de tenis.

—¿Esto es un juego?

Surendra lo fulminó con la mirada, entornando los ojos.

—Te juro que a veces no te entiendo —aseguró.

Estaba claro que sabía algo que Quentin desconocía. Gretchen dirigió a Surendra una mirada de lástima compartida, era una de esas personas que asumían una actitud de instantánea intimidad con gente a la que apenas conocía.

—¡Esto es un welters! —exclamó, grandilocuente.

—Un juego, vale —aceptó Quentin, resignado a morirse de desdén.

—Oh, es mucho más que un juego —rectificó Gretchen.

—Es una pasión —añadió Surendra.

—Un estilo de vida.

—Un estado mental.

—Si te sobran diez años, puedo explicártelo. —Gretchen dio una palmada—. Básicamente, un equipo se coloca a un lado, otro se sitúa enfrente y ambos intentan capturar las casillas.

—¿Y cómo capturas una casilla?

Gretchen agitó los dedos en el aire misteriosamente.

—¡Con maaagia!

—¿Dónde están las escobas? —Quentin sólo bromeaba a medias.

—No hay escobas. El welters se parece al ajedrez. Lo inventaron hace... ¡buf!, cincuenta millones de años por lo menos. Creo que, originalmente, era para ayudar a la enseñanza, y algunos dicen que suponía una alternativa al duelo. Los alumnos se mataban entre ellos, así que les ofrecieron una alternativa, el welters.

—Ah, qué tiempos aquéllos.

Surendra intentó saltar por encima de una de las casillas llenas de agua, pero resbaló, se quedó corto y metió un talón dentro del agua.

—¡Mierda! —Miró al helado cielo azul—. ¡Odio el welters!

Un cuervo alzó el vuelo desde la copa de un olmo. El sol ya empezaba a desaparecer tras los árboles en un remolino helado de cirros rosas.

—No puedo sentir los dedos. Vámonos —dijo Surendra, saliendo del tablero y agitando los brazos.

Volvieron hacia el Mar sin hablar, golpeándose los costados y frotándose las manos. A medida que el sol se ocultaba, el frío se acentuaba más y más. Tendrían que darse prisa para cambiarse antes de la cena. Un poderoso sentimiento de futilidad fue apoderándose de Quentin. Una bandada de gansos silvestres patrullaba el límite del bosque, erguidos y alertas como extraños y amenazantes saurios, como un escuadrón perdido de velocirraptores.

Mientras cruzaban el prado, empezaron a interrogar sutilmente a Quentin acerca de Eliot.

—Así que realmente eres amigo de ese tipo... —comentó Surendra.

—Sí. ¿Cómo es que lo conoces? —dijo Gretchen.

—En realidad no lo conozco, casi siempre va con su propia pandilla. —Estaba secretamente orgulloso de que lo conectaran con Eliot, aunque apenas hablaran ya entre ellos.

—Sí, ya lo sé —dijo Surendra—. ¡Los Físicos! ¡Menuda panda de perdedores!

—¿Qué quiere decir eso de los Físicos?

—Ya sabes, toda su camarilla: Janet Way, el gordo Josh Honerman, todos esos. Todos han elegido la magia física como especialización.

En el Laberinto, su blanco aliento contrastaba con la negrura de los setos. Surendra le explicó que, a partir de tercero, los alumnos podían elegir un tipo concreto de magia para especializarse; o, más exactamente, la escogían los profesores por ellos. Entonces, los alumnos se dividían en grupos según sus especialidades.

—No es que importe demasiado —siguió Surendra—, excepto que las disciplinas nos dividen en grupos sociales, la gente tiende a codearse con los de su propia clase. Se supone que los Físicos son los más raros. No son muy esnobs, supongo. Y de todas formas, Eliot... bueno, ya lo conoces.

Gretchen enarcó las cejas y lo miró con malicia. Tenía la nariz roja a causa del frío. Llegaron a la terraza cuando el rosado atardecer se reflejaba en el ondulado cristal de las puertas francesas.

—No, creo que no lo conozco bien —apuntó Quentin con frialdad—. ¿Por qué no me lo contáis?

—¿No lo sabes?

—¡Oh, Dios mío! —Gretchen, extasiada, apoyó su mano en el brazo de Surendra—. Seguro que es como Eliot...

En ese momento las puertas francesas se abrieron, y Penny se dirigió hacia ellos caminando rígidamente, con la camisa desabrochada, sin chaqueta ni abrigo. Su rostro era pálido e inexpresivo, su andar parecía animado por una loca energía. Cuando ya estuvo lo bastante cerca, echó su brazo hacia atrás y le soltó un puñetazo a Quentin en pleno rostro.

Las peleas eran casi insólitas en Brakebills. Los alumnos chismorreaban y saboteaban los experimentos A.P. de los demás, pero la violencia física era sorprendentemente escasa. Quentin había visto muchas peleas en Brooklyn, pero nunca se inmiscuía en ellas. No era un matón, y su estatura disuadía a quienes sí lo eran de meterse con él. No tenía hermanos y no le habían dado una paliza desde la escuela elemental.

Por un momento vio el puño de Penny en primerísimo primer plano, enorme, congelado en medio del movimiento, como un cometa que pasara peligrosamente cerca de la Tierra; después, un fogonazo estalló en su ojo derecho. Fue un golpe directo que lo hizo girar, mientras se llevaba la mano al lugar del impacto. Intentaba tomar conciencia de lo que había sucedido, cuando Penny volvió a pegarle. Esta vez, Quentin tuvo tiempo de agacharse lo suficiente para recibir el puñetazo en la oreja.

—¡Ouch! —se quejó, trastabillando hacia atrás—. ¿Qué diablos?

Docenas de ventanas se abrieron en la Casa, y Quentin tuvo la borrosa impresión de una multitud de caras fascinadas que se asomaban por ellas.

Surendra y Gretchen lo contemplaron con el horror reflejado en sus pálidos rostros y sus mudas bocas abiertas de par en par, como si lo que estuviera pasando fuera culpa suya. Penny tenía una visión teatral de cómo debían ser las peleas, porque estaba dando saltitos a su alrededor, lanzando falsos *jabs* y moviendo la cabeza como los boxeadores en las películas.

—¿Qué cojones estás haciendo? —le gritó Quentin, más sorprendido que herido.

Penny apretaba la mandíbula y el aliento siseaba entre sus dientes. Un hilo de saliva se deslizaba por su barbilla y sus ojos tenían un aspecto extraño —la frase «fijos y dilatados» cruzó por la mente de Quentin—. Lanzó un golpe a la cabeza de Quentin, quien se estremeció violentamente, agachándose y protegiéndose con los brazos. Se recuperó lo suficiente como para aferrarse a la cintura de Penny, mientras éste aún estaba desequilibrado por la potencia de su ataque.

Daban saltitos como un par de bailarines borrachos, apoyándose el uno en el otro, hasta que chocaron contra un arbusto situado al borde de la terraza, que descargó sobre ellos la nieve que lo cubría. Quentin era unos cuantos centímetros más alto que Penny y tenía los brazos más largos, pero el otro era de constitución más sólida y empujaba con más fuerza. Se golpearon las rodillas con un banco de piedra y cayeron sobre él.

Quentin golpeó con la nuca contra el suelo de piedra de la terraza. Un relámpago estalló ante sus ojos. Le dolía, pero al mismo tiempo borró todo su miedo y la mayoría de sus pensamientos coherentes, como si alguien barriera los platos de una mesa con los brazos movido por una rabia cegadora.

Rodaron por el suelo, intentando al mismo tiempo lanzar puñetazos e inmovilizar al rival. Penny se había abierto una brecha en la frente y la sangre le corría por la cara. Quentin intentó levantarse, quería tumbar a Penny, golpearlo hasta dejarlo inconsciente. Una enrabietada Gretchen intentaba pegar a Penny con su bastón, pero la mayoría de los golpes los recibía él.

Había conseguido sentarse sobre Penny y liberado un puño para lanzar un buen golpe, cuando sintió que unos fuertes brazos se cerraban en torno a su pecho, casi con ternura, y lo levantaban en el aire.

Libre del peso de Quentin, Penny recuperó la vertical como un tentempié, respirando pesadamente, el rostro enrojecido, pero no sólo algunos alumnos ya se habían interpuesto entre los dos, sino que una multitud los rodeaba. Quentin estaba siendo arrastrado hacia atrás. El hechizo se había roto. La pelea había terminado.

La hora siguiente transcurrió entre habitaciones poco familiares y personas inclinándose sobre él, hablándole y aplicándole paños húmedos en el ojo. Una anciana de senos enormes y que no había visto hasta entonces lanzó un hechizo con cedro y timo que hizo que la cara le doliera menos. También le puso algo frío que no llegó a ver en la nuca, allí donde se había golpeado al dar contra el suelo, mientras susurraba en un idioma asiático desconocido. Los latidos de su cabeza fueron calmándose poco a poco.

Todavía se sentía un poco ido. No le dolía nada, pero le parecía ir equipado con un equipo de submarinismo mientras recorría los pasillos a cámara lenta, pesado e ingrávido al mismo tiempo, pasando por delante de peces extraños que lo observaban un instante para dar media vuelta y desaparecer rápidamente. Los chicos de su edad y los más jóvenes escrutaban con incredulidad su machacado rostro: tenía una oreja hinchada y un ojo monstruosamente ennegrecido. Los mayores, en cambio, encontraban la situación muy divertida. Quentin optó por la diversión. Hizo todo cuanto pudo por transmitir tranquilidad y buen humor. Por un segundo, el rostro de Eliot apareció frente a él con una mirada de simpatía que hizo que los ojos de Quentin se llenaran de lágrimas que logró contener apelando a su hombría. Resultó que habían sido Eliot y el grupo de los Físicos los que habían interrumpido la pelea. Los brazos poderosos y al mismo tiempo amables que lo separaron de Penny habían sido los del amigo de Eliot, Josh Hoberman... el gordo.

Se había perdido casi toda la cena, así que se sentó mientras repartían el postre, que parecía tan infame como siempre. No podía librarse de la sensación de estar mirando el mundo a través de unos prismáticos y de escuchar a través de un vaso apoyado en la pared. Todavía no comprendía a santo de qué se había producido la pelea. ¿Por qué lo había atacado Penny? ¿Por qué ir hasta Brakebills para estropearlo todo comportándose como un gilipollas?

Supuso que podría comer algo, pero el primer bocado que le dio al pastel de chocolate se convirtió dentro de su boca en un espeso pegamento, y tuvo que correr hasta el lavabo y escupirlo. En ese momento, se vio atrapado por un campo gravitacional monstruoso que lo atrajo irremediablemente hacia el suelo del cuarto de baño, como si un gigante lo aplastara con su poderosa mano. Y cuando hubo descendido lo suficiente, el gigante se inclinó sobre él con todo su peso, aplastándolo contra las frías y sucias baldosas.

Quentin despertó en la oscuridad. Estaba en la cama, pero no en su cama. Le dolía la cabeza.

Quizá su despertar fuera demasiado enérgico, porque se mareó. No podía enfocar la mirada y su cerebro no estaba del todo seguro de que su integridad no se viese comprometida. Quentin sabía que Brakebills tenía una enfermería, pero nunca había estado en ella, ni siquiera sabía dónde se encontraba. Había cruzado otro umbral, esta vez al mundo de los enfermos y los heridos.

Una mujer estaba de pie a su lado; era preciosa. No podía ver lo que estaba haciendo, pero sentía las frías y blandas puntas de sus dedos moviéndose por su cráneo.

Se aclaró la garganta y saboreó algo amargo.

—Tú eres la enfermera.

—Ajá —confirmó—. Pero habla en pasado, fue una actuación única... aunque no puedo decir que no la disfrutase.

—Estabas allí. El día que llegué a Brakebills.

—Estaba allí —dijo ella—. Quería asegurarme de que no te perdieras el Examen.

—¿Y qué haces aquí?

—Vengo a veces.

—No te había visto hasta ahora.

—Procuro que no me vean.

Una larga pausa, durante la cual puede que Quentin se durmiera. Cuando volvió a abrir los ojos, ella seguía allí.

—Me gusta tu pelo —dijo él.

Ella ya no llevaba su uniforme y se había hecho un moño en la coronilla, que mantenía gracias a unos palillos y que revelaba más de su pequeño rostro parecido a una joya. En Brooklyn le pareció muy joven y ahora también, pero tenía la gravedad de una mujer mucho mayor.

—Esas trenzas eran un poco excesivas —comentó ella.

—El hombre que murió... ¿qué le pasó? ¿De qué murió?

—De nada especial. —La mujer frunció el ceño—. No se suponía que muriera, pero murió. La gente suele hacerlo.

—Creo que podría tener algo que ver con que yo esté aquí.

—Bueno, no hay nada malo en ser engreído. Vuélvete sobre tu estómago.

Quentin lo hizo y ella le frotó suavemente la nuca con un líquido que tenía un olor ácido y picante.

—¿Así que ambas cosas no están relacionadas?

—La muerte siempre está relacionada con algo. Pero no, nada aparte de lo normal. Bien, ya está. Tienes que cuidarte, Quentin. Te necesitamos en forma.

Quentin se volvió a tumbar de espaldas. La almohada se había enfriado mientras ella lo curaba, y cerró los ojos agradecido. Sabía que de haber estado más alerta habría insistido en averiguar quién era la enfermera y qué papel desempeñaba en su historia, o él en la de ella. Pero ahora no podía.

—El libro que me diste... creo que lo he perdido. No tuve oportunidad de leerlo.

En su estado de agotamiento y semiinconsciencia, la pérdida del libro de Fillory le parecía de repente algo muy triste, una tragedia más allá de toda posibilidad de redención. Una lágrima rodó por su mejilla hasta la oreja.

—Chist —dijo ella—. No era el momento. Si lo buscas lo suficiente, terminarás por encontrarlo. Te lo prometo.

Era el tipo de cosas que la gente decía siempre sobre Fillory. Ella colocó algo fresco sobre su abrasadora frente y él perdió la consciencia.

Cuando volvió a despertar, la mujer había desaparecido. Pero no estaba solo.

—Tienes una contusión —dijo alguien.

Pudo ser la voz lo que terminó de despertarlo, estaba seguro de que lo había llamado varias veces. La reconocía, pero no podía situarla. Era tranquila y familiar de una forma reconfortante.

—Oye, Q. ¿Q? ¿Estás despierto? El profesor Moretti dice que tienes una contusión.

Era la voz de Penny. Pudo ver el pálido óvalo de su rostro recostado contra las almohadas al otro lado del pasillo.

—Por eso vomitaste. Debió de ser cuando nos caímos sobre ese banco. Te golpeaste la cabeza contra el suelo.

Toda la rabia asesina de Penny había desaparecido. Ahora estaba charlatán.

—Sí, sé que me golpeé la cabeza —dijo Quentin lenta, trabajosamente—. Era mi cabeza.

—No afectará a tu funcionamiento mental, por si te lo estás preguntando. Al menos es lo que dijo Moretti. Se lo pregunté.

—Bueno, es un alivio.

Siguió un largo silencio, sólo se oía un reloj en alguna parte. La última novela de Fillory, *La duna errante*, contenía una adorable secuencia donde la pequeña Jane, la Chatwin más joven, pillaba un resfriado y se pasaba una semana en la cama hablando con el Maestro Velero a bordo de la nave *Cazavientos*, atendida por sus suaves y simpáticos conejitos. A Quentin siempre le había gustado Jane. Era distinta de los demás Chatwin: más atenta, con un sentido del humor impredecible y más agudo que el ligeramente edulcorado de sus hermanos.

Se preguntó qué hora sería.

—¿Y tú? —preguntó. No estaba seguro de estar dispuesto a hacer las paces todavía—. ¿Estás herido?

—Me hiciste un corte en la frente con los dientes y me rompiste la nariz de un cabezazo, pero me la arreglaron con un Remiendo de Pulaski. Nunca lo había visto antes, al menos en un ser humano. Usaron leche de cabra.

—Ni siquiera sabía que te hubiera dado un cabezazo.

Penny volvía a estar tranquilo. Quentin contó treinta tictacs de reloj.

—¿Tienes un ojo morado? —se interesó Penny—. No puedo verte.

—Un morado enorme.

—Eso pensaba.

Había un vaso de agua en la mesita, junto a su cama. Quentin se lo bebió agradecido de un trago y volvió a recostarse en su almohada. Ardientes vetas de dolor surcaron su cabeza. Fuera lo que fuese lo que le hizo la enfermera, o quienquiera que fuese, aún tenía cosas que curar.

—Penny, ¿por qué diablos me atacaste de esa forma?

—Bueno, tenía que hacerlo —contestó Penny. Parecía un poco sorprendido de que Quentin lo preguntara siquiera.

—Tenías que hacerlo. —Después de todo, quizá no estaba demasiado cansado—. Pero yo no te he hecho nada.

—No me has hecho nada, es verdad. No me has hecho nada. —Penny dejó escapar una risita ronca. Su voz sonaba extrañamente fría, como si hubiera ensayado muchas veces esas palabras, su argumento final—. Podías haber hablado conmigo, Quentin. Podías haberme mostrado un poco de respeto. Tu amiguita y tú.

Oh, Dios. ¿En serio iba a ser así?

—¿De quién estás hablando, Penny? ¿Te refieres a Alice?

—Oh, vamos, Quentin. Estabais sentados allí, echándoos miraditas, riéndoos de mí. Y en mi propia cara. ¿Creíais que lo encontraba divertido? ¿Que íbamos a trabajar todos juntos? ¿De verdad creíais que iba a tragármelo?

Quentin reconoció el tono ofendido de Penny. Cierta vez, sus padres alquilaron el salón de casa a un hombrecito aparentemente normal, un vendedor de seguros. Con el paso del tiempo, les fue dejando notas escritas a mano, cada vez más abundantes y frecuentes, pidiéndoles que dejaran de grabarlo cuando sacaba la basura.

—No seas imbécil —replicó Quentin. ¿Se levantaría Penny y lo atacaría de nuevo?—. ¿Sabes siquiera lo que le parecías al resto del mundo? ¿Te sientas ahí con tu actitud de punk imbécil, y esperas que la gente te suplique que colabores con ella?

Penny se sentó en la cama.

—Aquella noche, cuando Alice y tú os marchasteis juntos —explicó— no os disculpasteis, no me preguntasteis nada, no os despedisteis, sólo os marchasteis juntitos sin abrir la boca. Y entonces... *entonces*... —terminó triunfalmente—, ¿resulta que vosotros habéis aprobado y yo no? ¿Es justo? ¿Por qué es justo? ¿Qué esperabais que hiciera?

De modo que era eso.

—Vale, Penny —respondió—. Tenías todo el derecho a darme un puñetazo en la cara porque suspendiste un examen. ¿Por qué no le atizas otro a la profesora Van der Weghe?

—No podía quedarme cruzado de brazos, Quentin. —La voz de Penny resonaba en la enfermería—. No quiero problemas, pero si me buscas, te juro que volveré a romperte la cara. Las cosas funcionan así. ¿Te crees que esto es tu mundo privado de fantasía? ¿Crees que puedes hacer lo que te dé la gana? Intenta pisotearme y te devolveré los pisotones multiplicados.

Hablaban en un tono tan alto que ni siquiera se dieron cuenta de que la puerta de la enfermería se había abierto y el decano Fogg los estaba observando, vestido con un exquisito quimono de seda y un gorro de dormir dickensiano. Por un segundo, Quentin creyó que llevaba una vela, antes de advertir que el dedo índice de Fogg brillaba suavemente.

—Ya basta —advirtió tranquilamente.

—Decano Fogg... —comenzó Penny como si allí, por fin, hubiera una voz de la razón a la que apelar.

—He dicho que basta —insistió el decano. Quentin nunca lo había visto levantar la voz, y tampoco lo hizo ahora. Fogg siempre presentaba una figura ligeramente ridícula durante el día; de noche, embutido en su quimono, en los extraños confines de la enfermería, parecía lleno de poder. Extraterrestre. Mágico—. No volváis a hablar excepto para contestar a mis preguntas. ¿Ha quedado claro?

¿Contaba eso como pregunta? Por si acaso, Quentin asintió con la cabeza. El dolor empeoró.

—Sí, señor —respondió Penny de inmediato.

—¿Quién provocó ese horrible incidente?

—Fui yo, señor —admitió Penny—. Quentin no hizo nada, no tuvo nada que ver.

Quentin permaneció en silencio. Era lo divertido de Penny. Estaba loco, pero tenía sus principios y los mantenía.

—Y a pesar de eso —dijo Fogg—, encontraste la manera de golpear a Quentin. ¿Volverá a pasar?

—No, señor.

—No.

—Muy bien. —El decano se sentó en una cama vacía—. Sólo hay una cosa del altercado de esta tarde que me complace, y es que ninguno de vosotros recurrió a la magia para atacar al otro. No estáis lo bastante avanzados en vuestros estudios para comprenderlo, pero con el tiempo comprenderéis que utilizar la magia significa manipular energías enormemente poderosas. Y controlar esas energías requiere calma y una mente desapasionada.

»Usa la magia estando furioso y te harás daño a ti mismo, mucho más rápidamente de lo que dañarás a tu adversario. Hay ciertos hechizos que... si pierdes su control, te cambiarán. Te consumirán. Te transformarán en algo no humano, en un *niffin*, un espíritu lleno de rabia, de energía mágica descontrolada.

Fogg los miró con severidad, con dramatismo. Quentin siguió contemplando testarudamente el techo. Su consciencia estaba desapareciendo, apagándose como una vela. ¿Dónde había quedado la parte en la que Fogg le decía a Penny que dejara de ser tan capullo?

—Escuchadme atentamente —prosiguió el decano—. La mayoría de las personas son ciegas a la magia y se mueven por un mundo vacío. Se aburren de sus vidas, pero no pueden hacer nada al respecto. Se devoran vivas de deseo y están muertas antes de morir. Pero vosotros vivís en un mundo mágico, y eso es un gran regalo. Y si aquí sentís deseos de morir, no os preocupéis, encontraréis muchas oportunidades sin tener que mataros mutuamente. —Se puso en pie dispuesto a irse.

—¿Seremos castigados, señor? —preguntó Penny.

¿Castigados? Debía de creerse que estaban en el instituto. El decano hizo una pausa en la puerta. La luz de su dedo casi se había extinguido.

—Sí, Penny, tú serás castigado. Seis semanas lavando todos los platos de la comida y de la cena. Si vuelve a pasar algo similar, serás expulsado. Quentin —se detuvo un segundo, pensativo—, aprende a comportarte mejor. No quiero más problemas.

La puerta se cerró a sus espaldas y Quentin soltó de golpe todo el aire retenido en sus pulmones. Cerró los ojos, y la enfermería se soltó silenciosamente de sus amarres internándose en alta mar. Se preguntó, sin un interés especial, si Penny estaría enamorado de Alice.

—¡Guau! —exclamó Penny, nada desconcertado ante la perspectiva de pasarse el próximo mes y medio con las yemas de los dedos permanentemente arrugadas. Parecía un niño pequeño—. ¿Has oído lo que ha dicho? Eso de que la magia te consume. No lo sabía. ¿Tú sabías algo de eso?

—Penny —dijo Quentin—. Uno, tu corte de pelo es una estupidez. Y dos, no sé de dónde provienes, pero si por tu culpa tengo que volver a Brooklyn, no sólo te romperé la nariz. Te mataré, grandísimo hijo de puta.

Los Físicos

Seis meses después, en septiembre, Quentin y Alice pasaron el primer día de su tercer curso en Brakebills sentados frente a una pequeña casita victoriana a un kilómetro de la Casa. Era una extraña pieza arquitectónica, una miniatura blanca de techo gris, con ventanas y tejado inclinado que en tiempos quizá sirvió de residencia para los criados, alojamiento de invitados o cabaña del jardinero.

Disponía de una veleta forjada en hierro con forma de cerdo, que siempre señalaba en cualquier lugar hacia donde no soplara el viento.

Quentin no pudo ver nada del interior a través de las ventanas, pero creyó oír retazos de conversación. La casita se erigía al borde de un henar.

Era media tarde. El sol otoñal aún estaba alto en el cielo brillante y azul. El aire estaba silencioso y calmado. Un herrumbroso cortacésped yacía semicubierto por la misma hierba que solía segar.

—Esto es una gilipollez. Vuelve a llamar.

—Llama tú —respondió Alice, antes de soltar un estornudo convulsivo—. He estado llamando veinte... veinte... —Volvió a estornudar. Era alérgica al polen.

—Salud.

—... Minutos. Gracias. —Se sonó la nariz—. Están dentro, pero no quieren abrir la puerta.

—¿Qué crees que deberíamos hacer?

Quentin reflexionó durante todo un minuto.

—No lo sé —respondió—. Quizá sea una prueba.

En junio, tras los exámenes finales, los alumnos de segundo tuvieron que pasar por la sala de Aplicaciones Prácticas, uno a uno, para que les asignaran sus disciplinas. Las sesiones estaban programadas con intervalos de dos horas, aunque a veces alguno tardó más; todo el proceso duró tres días en medio de una atmósfera circense. La mayoría de los estudiantes, y seguramente del profesorado, era ambivalente sobre la idea de las disciplinas. La teoría que la sostenía era débil, la práctica los dividía socialmente; y, de todas formas, todo el mundo terminaba estudiando un temario similar, así que, ¿de qué servían? Pero era tradición que todos los alumnos tuvieran una, así que... Alice la llamaba su *bat mitzvah* mágico.

Para la ocasión transformaron el laboratorio de Aplicaciones Prácticas. Abrieron todos los armarios, y tanto las encimeras como las mesas quedaron cubiertas hasta el último centímetro de viejos instrumentos de madera, plata, bronce y vidrio. Podían verse calibradores, redomas y vasos de precipitados, y relojes, y básculas, y lupas, y polvorientas redomas de vidrio llenas de mercurio y otras sustancias menos fácilmente identificables. Brakebills era muy dependiente de la tecnología victoriana. No era por pose, o no del todo. Decían que la electrónica se comportaba de forma impredecible en presencia de la magia.

La profesora Sunderland ejercía como maestra de ceremonias en aquel circo. Quentin la evitaba todo lo posible, desde aquel período horrible en que fuera su tutora durante el primer semestre. Su cuelgue por ella había desaparecido convirtiéndose en un débil eco de lo que fue, hasta el punto que podía mirarla sin desear acariciarle el pelo.

—Estaré contigo enseguida —le dijo animadamente, ocupada en guardar en un maletín una serie de finos y afilados instrumentos de plata.

»Bien. —Cerró el maletín—. Todo el mundo en Brakebills tiene aptitud para la magia, pero hay pequeñas diferencias individuales, la gente tiende a sentir afinidad por una rama específica. —Soltó aquel discurso de memoria, como una azafata haciendo una demostración de las medidas de seguridad en un avión—. Es algo muy personal. Tiene que ver con el lugar en el que naces, qué posición ocupa la Luna en ese momento, qué tiempo hace, qué tipo de persona eres y un montón de detalles técnicos que ahora no vienen al caso. Hay unos doscientos factores aproximadamente que el profesor March te puede enumerar gustosamente, es una de sus especialidades. De hecho, creo que su disciplina son las disciplinas.

—¿Cuál es la suya?

—Está relacionada con la metalurgia. ¿Alguna otra pregunta personal?

—Sí. ¿Por qué tenemos que pasar por tantas pruebas? ¿No pueden deducir nuestra disciplina de la fecha de nacimiento y todo eso que ha mencionado?

—Podríamos. En teoría. En la práctica es como un grano en el culo. —Sonrió, recogió su mata de pelo y la sujetó con un pasador. Una astilla de su pasado enamoramiento por ella atravesó el corazón de Quentin—. Es mucho más fácil deducirla, ir de fuera hacia dentro hasta encontrarla.

Colocó sendos escarabajos de bronce en sus manos y le pidió que recitase el alfabeto, primero en griego y después en hebreo, idioma del que a esas alturas tenía ciertas nociones, mientras ella lo estudiaba a través de lo que parecía un telescopio plegable. Quentin podía sentir que los escarabajos crujían y zumbaban con antiguos hechizos, y lo asaltó un miedo terrible a que sus patitas empezaran a agitarse de repente. A veces ella le pedía que se detuviera y repitiera una letra mientras ajustaba el instrumento por medio de protuberantes tornillos.

—Mmm —susurraba—. Ajá.

Sacó un pequeño bonsái, un minúsculo abeto, y le pidió que lo contemplara desde distintos ángulos, mientras alborotaba sus diminutas agujas como respuesta a un viento que no existía.

Poco después apartó el árbol a un lado y consultó con él en privado.

—Bueno, no eres un herbalista —sentenció por fin.

Durante la hora siguiente lo sometió a dos docenas de pruebas diferentes, de las cuales sólo comprendió el significado de unas pocas. Lanzó todos los hechizos básicos de primer curso, mientras ella estudiaba y comprobaba su efectividad con toda una batería de instrumentos. Le hizo leer un encantamiento situado frente a un enorme reloj de bronce con siete manecillas, una de las cuales giraba hacia atrás a una velocidad desconcertante. La mujer suspiró. Varias veces bajó inmensos volúmenes de altos y combados estantes, y los consultó durante largos e incómodos intervalos de tiempo.

—Eres un caso interesante —concluyó.

Quentin pensó que las pequeñas humillaciones de la vida eran interminables.

Clasificó botones de varios tamaños y colores en diferentes montones, mientras ella estudiaba su reflejo en un espejo plateado. Intentó que durmiera una siesta para poder penetrar en sus sueños, pero Quentin estaba demasiado nervioso, así que le ofreció un sorbo de una poción mentolada efervescente.

Aparentemente, sus sueños no le dijeron nada que ella no supiera ya. Se quedó mirando a Quentin todo un minuto con las manos apoyadas en las caderas.

—Probemos un experimento —exclamó al fin, con forzada vivacidad. Esbozó una sonrisa y se colocó un mechón de pelo tras la oreja. Recorrió la sala, cerrando los polvorientos postigos de las ventanas hasta quedarse prácticamente a oscuras. Entonces, despejó una mesa de color gris pizarra y dio un saltito para sentarse sobre ella. Tiró de su falda hasta dejarla por encima de las rodillas e invitó a Quentin a sentarse frente a ella, en la mesa opuesta—. Haz esto —ordenó, levantando las manos como si estuviera a punto de dirigir una orquesta invisible. Unas muy poco decorosas manchas de sudor florecieron bajo las mangas de su blusa.

Le hizo imitar una serie de gestos familiares basados en Popper, aunque nunca los había realizado en aquella combinación concreta. Susurró algunas palabras que él no llegó a captar.

—Ahora, haz esto. —Y movió las manos por encima de su cabeza.

Cuando ella lo hizo, no pasó nada. Pero cuando Quentin la imitó, chorros de chispas blancas surgieron de las puntas de sus dedos. Era asombroso, como si hubieran estado en su interior durante toda su vida, esperando el momento en que moviera las manos de la manera correcta. Se desparramaron alegremente por el oscuro techo y cayeron flotando a su alrededor, rebotando unas cuantas veces contra el suelo para luego parpadear y desaparecer. Sentía las manos calientes, hormigueantes.

El suspiro de alivio fue inaguantable. Repitió los gestos y brotaron unas cuantas chispas más, aunque más débiles. Las contempló absorto mientras caían en torno a él. Al tercer intento sólo brotó una.

—¿Qué significa? —preguntó.

—No tengo ni idea —confesó la profesora Sunderland—. Te calificaré como Indeterminado. Volveremos a probar el año que viene.

—¿El año que viene? —repitió Quentin, incrédulo y decepcionado, mientras ella bajaba de la mesa y abría de nuevo los postigos ventana a ventana. Parpadeó repetidamente ante los repentinos chorros de luz—. ¿Qué quiere decir? ¿Qué haré hasta entonces?

—Tranquilo, puede pasar —intentó calmarlo ella—. La gente le da demasiada importancia a esas cosas. Ahora, sé amable y envíame al siguiente, ¿quieres? Sólo es mediodía y ya vamos con retraso.

El verano se arrastraba a cámara lenta. En el mundo exterior a Brakebills era otoño, por supuesto, y el Brooklyn al que Quentin había viajado durante las vacaciones de verano era frío y gris, con las calles sembradas de hojas húmedas y marrones, y muchas oliendo a vómito.

En su vieja casa se sintió como un fantasma. Se esforzaba por hacerse visible ante sus padres, que siempre parecían vagamente sorprendidos cuando su fantasmal hijo solicitaba su atención. James y Julia estaban en la universidad, así que Quentin solía dar largos paseos junto al canal Gowanus, con su agua contaminada semejante a un fluido verde, o jugaba solitarios partidos de baloncesto en canchas desiertas, sin redes en los aros y charcos de agua sucia en las esquinas. El frío otoñal le daba a la pelota un tacto inerte, muerto. Aquél ya no era su mundo, el suyo estaba en otro lugar. Intercambió desganados e-mails con amigos de Brakebills —Alice, Eliot, Surendra, Gretchen...— y se sumergió con indiferencia en sus deberes vacacionales, la lectura de una *Historia de la magia* escrita en el siglo XVIII, cuyo aspecto exterior daba la impresión de tener pocas páginas pero que, debido a una sutil magia bibliográfica, resultó que contaba con 1.832 páginas.

En noviembre encontró un sobre de color crema, dejado por manos invisibles entre las páginas de la *Historia de la magia*. Contenía una tarjeta cubierta por una letra apretada y elegantemente rubricada con el sello de Brakebills, invitándole a regresar a la facultad a las seis de la tarde, a través de un estrecho callejón apenas utilizado junto a la Primera Iglesia Luterana, que se encontraba a diez manzanas de su casa.

Se presentó a la hora señalada en la dirección indicada. Esa tarde, el sol se había puesto a las cuatro y media de la tarde, pero el tiempo era razonablemente suave, casi cálido. Se quedó de pie en la entrada del callejón mirando a su alrededor, buscando algún sacristán encargado de hacerle cruzar —o peor, de ofrecerle guía espiritual—; los coches circulaban por la calle tras él y nunca se había sentido tan absolutamente seguro de que se llevaría una desilusión, de que Brooklyn era la única realidad existente y de que todo lo que le había pasado el último año no era más que una alucinación, una prueba de que el aburrimiento del mundo real lo había vuelto total e irreversiblemente loco. El callejón era tan estrecho que prácticamente tuvo que entrar de lado, con sus dos sobrecargadas maletas de Brakebills —de un azul medianoche y un elegante marrón oscuro, los colores de la escuela— raspando contra las húmedas paredes de piedra de los edificios. Estaba absolutamente seguro de que, en medio minuto, se encontraría de pie contemplando absorto la pared del fondo del callejón.

En ese momento, una imposible ráfaga de cálido y dulce aire veraniego llegó hasta él desde el fondo del callejón, acompañada del chirrido de los grillos, y pudo ver la verde extensión del Mar. Sin importarle el peso de sus maletas, corrió hacia él.

El primer día del semestre, Quentin y Alice estaban en un cálido prado junto a una preciosa casita victoriana. Allí, los jueves por la tarde, se reunían aquellos alumnos que practicaban la Magia Física para su seminario semanal.

Al examinarla, Alice había mostrado aptitudes para una disciplina técnica que consistía en la manipulación de la luz —dijo que la llamaban fosforomancia—, lo que la situaba en el terreno de la Magia Física. Quentin estaba con ella porque ese grupo contaba con menor número de estudiantes, así que le pareció el mejor lugar para practicar mientras no tuviera una disciplina propia. La primera clase del seminario era a las doce y media. Quentin y Alice llegaron antes de la hora, pero ya eran casi las cinco y habían pasado allí prácticamente toda la tarde. Estaban acalorados, cansados, sedientos y enfadados, pero no iban a rendirse y volver a la Casa. Si querían ser alumnos físicos, aparentemente tenían que demostrarlo abriendo la puerta de la casita.

Se sentaron bajo una enorme haya, indiferente a sus problemas. Se recostaron contra el tronco, con una enorme y grisácea raíz entre ellos.

—¿Qué quieres hacer? —preguntó Quentin, aburrido. Pequeñas motas de polvo flotaban en los rayos de sol del atardecer.

—No lo sé. —Alice volvió a estornudar—. ¿Qué quieres hacer tú?

Quentin arrancó un puñado de hierba. Un estallido de risas le llegó desde el interior de la casita. Si existía una contraseña tenían que encontrarla. Alice y él habían pasado una hora buscando palabras ocultas en la puerta empleando todos los espectros que se les ocurrieron: visibles e invisibles, del infrarrojo al ultravioleta pasando por el gamma, incluso intentaron raspar la pintura para atisbar debajo de ella, pero nada funcionó. Alice probó algunos encantamientos grafológicos avanzados en el mismísimo grano de la madera, pero la puerta siguió sin desvelar ningún secreto. Lanzaron corrientes de fuerza a la cerradura, golpearon los tablones, sin éxito. Buscaron un sendero cuatridimensional alrededor de la puerta. Reunieron ánimos para conjurar una especie de hacha fantasmal —lo cual no iba explícitamente contra ninguna regla que recordasen—, pero ni siquiera arañó la entrada. Alice llegó a convencerse de que la puerta era una ilusión, que ni siquiera existía, pero parecía muy real a la vista y al tacto, y ninguno fue capaz de encontrar encantamientos o hechizos que disipar.

—Fíjate bien, es como la estúpida cabaña de Hansel y Gretel —dijo Quentin—. Suponía que los Físicos molaban.

—La cena se sirve dentro de una hora —le recordó Alice.

—Me la saltaré.

—Esta noche tenemos cordero con romero y patatas *au dauphin*. —La eidética memoria de Alice retenía extraños detalles.

—Quizá deberíamos organizar nuestro propio seminario aquí fuera.

—Sí, así aprenderían —convino ella.

La haya crecía en el límite de un campo segado hacía poco. Los gigantescos rollos de heno color canela puntuaban el campo y proyectaban largas sombras.

—¿Qué dijiste que eras? ¿Una fotomante?

—Fosforomante.

—¿Y qué puedes hacer?

—Aún no estoy muy segura, pero he practicado algo durante el verano. Puedo enfocar la luz, refractarla, curvarla. Si la curvas alrededor de un objeto, consigues que éste se vuelva invisible. Pero antes quiero comprender la teoría.

—Hazme una demostración.

Alicia se ruborizó. No era muy difícil.

—Apenas puedo hacer nada.

—Oye, yo ni siquiera tengo una disciplina. Soy un nadamante, un ceromante.

—Aún no saben lo que eres, pero provocas chispitas.

—No te burles de mis chispitas. Ahora, curva la luz.

Ella hizo una mueca, pero se arrodilló sobre la hierba y levantó una mano con los dedos extendidos. Estaban frente a frente, y Quentin fue repentinamente consciente de los generosos senos que se ocultaban bajo la delgada blusa de cuello alto de Alice.

—Mira la sombra —advirtió ella.

Hizo algo con los dedos y la sombra que proyectaba su mano desapareció, dejando unos cuantos fantasmales reflejos irisados.

—Precioso.

—Qué va —Alice movió la mano—. Se supone que es toda mi mano la que debería volverse invisible, pero sólo puedo hacerlo con su sombra.

Allí había algo. Quentin sintió que su enfado empezaba a disiparse. Era una prueba. Magia Física. No estaban hablando de bailar con los espíritus; aquello era un problema de fuerza bruta.

—¿Y al revés? —preguntó lentamente—. ¿Eres capaz de focalizar la luz como una lupa?

Ella no respondió de inmediato, pero Quentin advirtió que comprendía el asunto y empezaba a darle vueltas.

—Quizá si... mmm, creo que hablan de eso en el Culhwch & Owen. Aunque necesitaré que tú estabilices el efecto. Y lo focalices.

Alice hizo un círculo con el pulgar y el índice, y recitó cinco palabras. Quentin comprobó que la luz se curvaba dentro del círculo, distorsionando las hojas y la hierba que veía a través de él. Entonces, la estabilizó y la enfocó hasta formar un punto blanco que ardió en su retina. Tuvo que apartar la vista. Ella se inclinó un poco más y la hierba que había bajo el círculo de sus dedos empezó a humear.

—Si me expulsan de Brakebills, te mataré, ¿me entiendes? No estoy bromeando. Sé cómo hacerlo. Te mataré. Literalmente.

—Muy divertido. Es lo mismo que le dije a Penny después de que me pegara —respondió Quentin.

—Excepto que yo lo haré de verdad.

Habían decidido abrirse camino quemando la puerta. Si era una prueba, razonó Quentin, no importaba mucho cómo la resolvieran sino que lo hicieran. No tenían ninguna regla que seguir, de modo que no podían quebrantar ninguna. Y si terminaban quemando toda la casa, con Eliot y sus petulantes amiguitos dentro, les estaría bien empleado.

Tenían que trabajar deprisa, pues la luz se iba por momentos. En pocos minutos más el sol tocaría las copas de los árboles del lado opuesto del henar. Luces amarillas se encendieron en el interior de la casa. En el aire podían percibirse ya los primeros fríos del otoño. Quentin oyó —¿o sólo lo imaginó?— el sonido de un corcho al ser extraído de la botella.

Manteniendo los brazos ligeramente curvados por encima de la cabeza, como si sostuviera una cesta invisible, Alice creó el equivalente mágico de una lupa de unos doce metros de circunferencia. La curva de sus brazos definía una pequeña sección de la circunferencia total de una lente, cuyo arco superior superaba incluso la copa de la haya y era más alta que la chimenea de la pequeña casita victoriana. Quentin sólo distinguía el borde de la lente como una distorsión curva en el aire. El punto focal era demasiado brillante para poder mirarlo.

Alice se acercó hasta quedar a unos quince metros de la puerta. Quentin se situó junto a ella alzando una mano para escudar sus ojos, y gritando instrucciones:

—¡Arriba! ¡Bien, despacio! ¡Un poco más! ¡Sigue avanzando! ¡Vale, ahora! ¡Ya está!

Quentin sentía el calor de la luz del sol contra su rostro y olía el dulce aroma de la madera humeante, junto a la penetrante acidez de la pintura abrasada. Estaba claro que la puerta era vulnerable al calor. Antes se habían preocupado por si no tenían suficiente luz solar, pero el hechizo de Alice estaba trazando un surco calcinado en la madera. Lo único que se les ocurrió fue cortar la puerta por la mitad, y si el surco no estaba perforándola de parte a parte, poco le faltaba. El problema era la puntería de Alice, bastante mala; incluso se pasó de la puerta y abrió un pequeño surco en la pared.

—¡Me siento estúpida! —gritó Alice—. ¿Cómo lo estamos haciendo?

—¡Bien!

—¡Me duele la espalda! ¿Falta mucho?

—¡Casi hemos acabado! —mintió él.

Alice expandió el radio del hechizo para compensar la falta de luz. Susurró algo, pero él no estaba seguro de si era un encantamiento o sólo una ristra de obscenidades. Quentin se dio cuenta de que estaban siendo observados: uno de los profesores más ancianos, un hombre de pelo blanco llamado Brzezinski, especializado en pociones y cuyos pantalones siempre estaban cubiertos de horrorosas manchas, había interrumpido su paseo vespertino para contemplarlos. En otra vida, durante su primer Examen, le había propuesto la prueba de los nudos. Llevaba un jersey, fumaba en pipa y parecía un ingeniero de IBM de los años cincuenta.

«Mierda», pensó Quentin. Los habían pillado.

Pero el profesor Brzezinski sólo dejó de chupar la pipa un segundo para exclamar ásperamente:

—Adelante. Seguid.

Dio media vuelta y se dirigió hacia la Casa.

Alice sólo tardó diez minutos en completar el surco lateral para después volver sobre sus pasos. El surco emitió un brillo rojo.

Cuando terminó, Quentin se acercó a ella.

—Tienes ceniza en la cara —le advirtió ella.

Él se frotó la frente con los dedos.

—Quizá deberíamos repetirlo... ya sabes, para asegurarnos. —Si aquello no funcionaba, se había quedado sin ideas y no estaba dispuesto a pasar la noche a la intemperie. Tampoco estaba dispuesto a regresar derrotado a la Casa.

—No hay suficiente luz. —Alice parecía agotada—. Al final, la lente tenía casi un cuarto de kilómetro. Más allá de eso pierde coherencia, se deshace.

«¿Un cuarto de kilómetro?», repitió Quentin para sí. ¿Cuán poderosa era?

Su estómago gruñó. El cielo era de un azul oscuro. Contemplaron la chamuscada y ennegrecida puerta; tenía peor aspecto de lo que él había esperado. La puntería de Alice había fallado durante el segundo barrido, así que en algunos puntos se veían dos surcos separados. Si no funcionaba, Eliot iba a matarlo.

—¿Le doy una patada?

Alice hizo una mueca.

—¿Y si hay alguien detrás?

—¿Qué sugieres entonces?

—No lo sé. —Alice tocó una de las partes quemadas y que ya se había enfriado—. Creo que casi la hemos atravesado...

La puerta tenía una vieja aldaba de hierro con forma de mano sosteniendo una bola de hierro. Estaba atornillada.

—Bien, apártate —dijo Quentin.

«Dios, por favor, que funcione», pensó. Aferró la mano de hierro, apoyando un pie en la puerta. Lanzó un largo grito a imitación de los practicantes de artes marciales y tiró hacia atrás. La mitad superior de la puerta cedió sin oponer ninguna resistencia, apenas debía colgar de un hilo. Él cayó de espaldas sobre el sendero.

Una chica, que Quentin reconoció como alumna de cuarto, apareció en el umbral llevando un vaso de vino tinto en la mano y lo contempló descaradamente. Alice tuvo que apoyarse contra la pared, riendo tan escandalosamente que no emitía ningún sonido.

—La cena está casi lista —anunció la chica—. Eliot ha hecho salsa amatriciana. No teníamos panceta, pero creo que el bacón servirá, ¿verdad?

A pesar del calor, un fuego ardía en la chimenea.

—Seis horas, veinte minutos —dijo un chico gordo de cabello ondulado, sentado en un sillón de cuero—. Entráis más o menos en la media.

—Dile cuánto tardaste tú, Josh —intervino la chica que los había saludado en la puerta. Quentin creía que se llamaba Janet.

—Veinticuatro horas, treinta y un minutos. La noche más larga de mi vida. No es un récord, pero casi.

—Creímos que intentaba matarnos de hambre. —Janet vertió el resto de la botella de vino tinto en dos vasos y se los pasó a Quentin y a Alice. En el suelo se veían dos botellas más vacías, aunque ninguno de los ocupantes de la casa parecía especialmente borracho.

Se encontraban en una cómoda biblioteca con chimenea, llena de alfombras e iluminada con velas. Quentin se dio cuenta de que la casita debía de ser mucho más grande por dentro de lo que parecía por fuera, y también mucho más fría... La atmósfera reinante era la de una fresca tarde de otoño. Los libros desbordaban los estantes y se acumulaban en temblorosos montones diseminados por todas partes, incluso sobre la repisa de la chimenea. El mobiliario poseía cierta distinción pero estaba mal combinado y, en algunos casos, bastante maltrecho. Entre las estanterías, las paredes aparecían repletas de esa clase de artefactos normalmente inexplicables que suelen acumular en los clubes privados: máscaras africanas, cuadros con aburridos paisajes, dagas ceremoniales, estuches llenos de mapas y medallas, y los deteriorados cadáveres de mariposas exóticas que presumiblemente habían sido capturadas tras muchos gastos y esfuerzo. Quentin se sentía acalorado y era muy consciente de que vestía de forma inapropiada, pero se sentía muy aliviado de estar dentro por fin.

Sólo eran cinco, incluidos Alice y Quentin. Eliot también estaba allí, revisando una de las estanterías y comportándose como si no fuera consciente de la presencia de los recién llegados. Parecía discutir seriamente con alguien sobre teoría de la magia, aunque nadie lo escuchaba.

—Eh, Campanilla, tenemos invitados —anunció Janet—. Por favor, vuélvete y hazles un poco de caso.

Era delgada y animosa, con un corte de pelo a lo paje, serio y un poco anacrónico. También parecía enérgica, Quentin la había visto regañando a los demás mientras paseaba por el Laberinto o soltando encendidos discursos en el comedor durante la cena. Eliot dejó su monólogo y dio media vuelta. Llevaba delantal.

—Hola —saludó sin perder comba—. Me alegro de que lo consiguierais. Creo que has quemado la mitad de nuestra puerta, Alice.

—Quentin me ayudó.

—Os vimos por la ventana —explicó Josh—. Tuvisteis mucha suerte de que Brzezinski no os pillara con esa hacha.

—¿Cuál era la solución correcta? —preguntó Alice—. Quiero decir, lo que hemos hecho ha funcionado, vale, pero seguro que hay una forma mejor de entrar. —Tomó un tímido sorbo de vino, seguido de otro menos tímido.

—No hay una solución correcta —aclaró Janet—. O no hay una solución que se pueda decir que es la correcta. Esto es Magia Física, y por tanto es sucia, es brusca. Mientras no tires abajo el edificio, vale todo. Y aunque lo tiraras, seguramente también valdría.

—¿Qué hiciste tú? —se interesó Alice—. Quiero decir, cuando fue tu turno.

—La congelé y la hice pedazos. Tengo una afinidad especial con la magia fría, es mi disciplina. Tardé sesenta y tres minutos. Y eso sí es todo un récord.

—Antes bastaba con decir «amigo» en élfico y la puerta te dejaba pasar —apuntó Josh—. Pero hoy demasiada gente ha leído a Tolkien.

—Eliot, cariño, creo que la cena ya debe de estar lista —señaló Janet. Su actitud hacia Eliot era una extraña combinación de desprecio y ternura. Dio una palmada—. Josh, quizá deberíamos hacer algo con ella... —Indicó la casi demolida puerta—. Están entrando mosquitos.

Todavía aturdido, Quentin siguió a Eliot hasta la cocina, que también parecía mucho más grande y acogedora de lo que podría suponerse desde el exterior, con sus armarios blancos hasta el techo, encimas de esteatita y un frigorífico aerodinámico estilo años cincuenta. Eliot vertió un poco del contenido de su vaso en una sartén con salsa rojiza colocada sobre la cocina.

—Nunca cocines con un vino que no puedas beber —dijo alegremente—. Suponiendo que exista un vino que yo no sea capaz de beberme.

No parecía avergonzado de haber ignorado a Quentin casi todo un año lectivo. Era como si nunca hubiera pasado.

—¿Y toda esta casa es para vosotros? —Quentin no quería que se notara lo mucho que le apetecía formar parte de aquel grupo, aunque extraoficialmente ya perteneciera a él.

—Sí. Y ahora también es vuestra.

—¿Todas las disciplinas tienen un club propio?

—No es un club —aclaró Eliot con aspereza. Dejó caer varios puñados de pasta fresca en una olla de agua hirviendo y los revolvió con una cuchara—. No tardará ni un minuto.

—Entonces, ¿qué es?

—Bueno, es una especie de club, vale, pero no lo llames así. Nosotros lo llamamos la Casita. Aquí impartimos los seminarios y la biblioteca no está nada mal. A veces, Janet pinta en el dormitorio de arriba. Sólo nosotros podemos entrar aquí, ¿sabes?

—¿Y Fogg?

—Oh, Fogg también, pero nunca nos molesta. Y Bigby. Conoces a Bigby, ¿no?

Quentin negó con la cabeza.

—No me puedo creer que no conozcas a Bigby —exclamó Eliot entre risitas—. Dios, Bigby te va a encantar.

Probó la salsa, añadió un par de cucharadas de nata espesa y lo removió todo en círculos amplios. La salsa palideció y se espesó. Eliot tenía una gran confianza con la cocina.

—Todos los grupos disponen de un lugar de reunión similar. Los Naturales tienen esa lamentable choza en un árbol del bosque. Los Ilusionistas se han agenciado una casa como ésta, pero sólo ellos saben dónde se encuentra; para entrar tienes que encontrarla. Los de Conocimiento, pobres idiotas, sólo disponen de la biblioteca. Y los Curativos utilizan la clínica...

—¡Eliot, nos estamos muriendo de hambre! —El grito de Janet les llegó desde el salón. Quentin se preguntó cómo se las estaría arreglando Alice con los otros dos.

—¡Vale, vale! ¡Ya casi está! Espero que no te importe comer pasta —añadió para Quentin—. Ahí fuera hay *bruschettas*... o las había. Bueno, por lo menos tenemos montones de vino. —Vertió la pasta en un colador situado en el fregadero, levantando una enorme nube de vapor, y después la mezcló en la sartén con la salsa—. Dios, me encanta cocinar. Creo que si no fuera mago, sería chef. Es un descanso después de tanta chorrada invisible e intangible, ¿no crees?

»El cocinero oficial del grupo era Richard, pero se graduó el año pasado. No sé si lo conocías, un tipo alto, muy serio y estudioso. Nos hacía quedar mal delante de Bigby, pero al menos sabía cocinar. Coge esas dos botellas de ahí, ¿quieres? Y el sacacorchos.

Janet improvisó un truco para acortar la larga mesa de los seminarios —Quentin no estuvo seguro de si era de magia o sólo mecánico— hasta convertirla en una de comedor. Con un mantel blanco, dos pesados candelabros de plata y un ecléctico surtido de cubiertos de plata, algunos de los cuales semejaban armas de combate, la mesa terminó pareciendo algo sobre lo que podías comer con cierta comodidad. La comida era sencilla, pero no estaba mal. Quentin se había olvidado de lo famélico que se sentía.

Janet, Josh y Eliot charlotearon sobre las clases y los profesores, sobre quién dormía con quién y quién quería dormir con quién, y especularon infinitamente sobre el relativo potencial de los demás estudiantes como lanzadores de hechizos. Hablaban de todo el mundo con la confianza absoluta de los que han pasado mucho tiempo juntos, que se quieren y confían en ellos, de los que saben cómo no dar ventaja al otro y cómo frenar sus hábitos molestos. Quentin dejó que la cháchara lo empapara. Estar comiendo en su propio comedor privado hacía que se sintiera muy adulto. «Por fin», pensó. Siempre había sido un marginado, pero ahora realmente había conseguido entrar en la vida interna de la escuela. Aquél era el verdadero Brakebills. Se encontraba en el cálido corazón secreto de un mundo secreto.

Volvió a prestar atención cuando discutieron qué harían cuando se graduaran.

—Supongo que me retiraré a la cumbre de una montaña solitaria —confesó Eliot despreocupadamente—. Me convertiré en eremita durante una temporada, me dejaré crecer la barba y la gente acudirá a mí en busca de consejo, como en los dibujos animados.

—¿Pedirte consejo a ti? ¿Sobre qué? —se burló Josh—. ¿Sobre si una corbata negra combina con un traje oscuro?

—Me gustaría ver cómo intentas dejarte crecer la barba —apuntó Janet—. Dios, qué egocéntrico eres. ¿No intentarás ayudar a la gente?

Eliot parecía desconcertado.

—¿Gente? ¿Qué gente?

—Los pobres, los hambrientos, los enfermos... ¡la gente que no es capaz de hacer magia!

—¿Qué ha hecho esa gente por mí? Cuando estaba en quinto, esa «gente» tuya me llamaba maricón y me arrojaba los contenedores de basura por llevar pantalones ajustados.

—Bueno, espero por tu bien que esa montaña tenga una bodega —cortó Janet, enfadada—. O un bar bien surtido. No durarás ni ocho horas sin echar un trago.

—Yo mismo me fabricaré una bebida potente con jugo de moras y otras hierbas locales.

—O puedes dejar de beber.

—Bueno, eso sería un problema. Podría utilizar magia, pero no es lo mismo. Quizá viva en el Plaza, como Eloise.

—¡Me aburro! —gritó Josh—. Practiquemos las Formas Ígneas de Harper.

Se acercaron a un enorme armario provisto de docenas de cajoncitos, estrechos y profundos, que resultó ser una especie de biblioteca de ramitas en miniatura. Cada cajón tenía una pequeña etiqueta escrita a mano: la primera era Ailanthus, en la esquina superior izquierda, y la última, Zelkova japonesa, en la inferior derecha. Las Formas Ígneas de Harper era un ejercicio inútil pero muy entretenido para estirar y transformar una llama en elaboradas formas caligráficas que resplandecían un segundo en el aire para después desaparecer. Para ello había que empuñar una ramita de álamo a modo de varita mágica. Pasaron el resto de la velada intentando formar palabras obscenas y figuras progresivamente más elaboradas con las llamas de las velas, pero terminaron por prender fuego a las cortinas (aparentemente no era la primera vez) y tuvieron que esforzarse en sofocarlo.

Se imponía un descanso y Eliot sacó una estilizada botella de grappa, de aspecto peligroso. Sólo dos de las velas sobrevivían al hechizo, pero nadie se preocupó de sustituir las otras. Ya era tarde, pasaba de la una de la mañana, y permanecieron en completo silencio en la semioscuridad. Janet estaba tumbada de espaldas sobre la alfombra, mirando al techo, con los pies apoyados en el regazo de Eliot. Quentin pensó que la intimidad física que compartían resultaba bastante rara, sobre todo considerando que él conocía los intereses sexuales de Eliot.

—¿Ya está? ¿Ya somos miembros de pleno derecho de los Físicos? —La grappa era como una abrasadora semilla que se hubiera deslizado hasta el pecho de Quentin y enraizado allí. La semilla dio nacimiento a una planta cálida y brillante que creció, se extendió y se desplegó en forma de árbol lleno de hojas de buenas sensaciones—. ¿No tenemos que ser humillados, o marcados, o... no sé, rapados o algo así?

—No, a menos que te apetezca —respondió Josh.

—No sé, creí que seríais más... que seríamos más... —rectificó Quentin.

—Éramos más —confirmó Eliot—, pero Richard e Isabel se graduaron, y nadie los ha sustituido. Ahora no tenemos ninguno de quinto. Si no conseguimos más este año, Fogg dice que tendremos que fusionarnos con los Naturales.

Josh se estremeció teatralmente.

—¿Cómo eran? —preguntó Alice—. Me refiero a Richard e Isabel.

—Como el fuego y el hielo —contestó Josh—. Como el chocolate y el mazapán.

—Todo es diferente sin ellos —reconoció Eliot.

—Que les vaya bien —sentenció Janet.

—Oh, no eran tan malos —protestó Josh—. ¿Te acuerdas cuando Richard pensó que podía conseguir que la veleta cobrase vida? Quería que se moviera por sí sola. Se pasó por lo menos tres días frotándola con aceite de hígado de bacalao, no pensaba en otra cosa.

—No fue intencionadamente divertido —observó Janet—. No cuenta.

—Nunca comprendiste a Richard.

Janet resopló.

—Me harté de Richard —confesó con una sorprendente amargura.

Se produjo un incómodo silencio. Fue la primera nota falsa de la velada.

—Ahora volvemos a tener quórum, un quórum respetable —exclamó Eliot rápidamente—. La Magia Física siempre es la mejor.

—Por los mejores —propuso Josh, alzando su vaso.

Quentin lo imitó. Estaba encaramado en las ramas más altas de su árbol abrasador, meciéndose en una cálida brisa alcohólica.

—Por los mejores.

Todos bebieron.

La Bestia

Todo el tiempo pasado en Brakebills —el primer curso, los exámenes, le pelea con Penny y así sucesivamente, hasta la noche en que se unió a los Físicos— Quentin no había sido consciente de estar conteniendo el aliento. Sólo ahora comprendía que había esperado ver cómo Brakebills se desvanecía a su alrededor como un sueño. Dejando aparte las muchas y variadas leyes de la termodinámica, todo aquello era demasiado bueno para ser verdad. Era como Fillory. Fillory nunca duraba eternamente. Al final de cada novela, Ember y Umber se apresuraban a devolver a los Chatwin al mundo normal. En el fondo, Quentin se sentía como un turista que, al terminar el día, sería conducido hasta un sucio y traqueteante autobús —con asientos de vinilo destrozados, minitelevisores y un apestoso lavabo— que lo devolvería a casa, firmemente agarrado a una postal de recuerdo y viendo las torres y los tejados, las cumbres y los gabletes de Brakebills desaparecer en el retrovisor.

Pero eso no había pasado. Y ahora comprendía, realmente, que no iba a pasar. Había malgastado mucho tiempo pensando que todo era un sueño, que aquello tenía que haberle pasado a otro o que nada dura eternamente. Había llegado la hora de empezar a actuar como lo que era: un alumno de diecinueve años inscrito en una escuela secreta donde estaba aprendiendo magia de verdad.

Desde que formaba parte de los Físicos tenía tiempo libre

para observarlos de cerca. La primera vez que vio a Eliot, Quentin supuso que todos en Brakebills serían como él, pero se equivocaba. Por un lado, lo que marginaba a Eliot eran sus extrañas costumbres personales, y eso contando que aquel ambiente no era precisamente normal; por otro, en clase resultaba ser notablemente brillante. Quizá no tanto como Alice, pero ésta se esforzaba al máximo y Eliot ni siquiera lo intentaba; o, si lo hacía, lo disimulaba muy bien. Por lo que Quentin sabía, nunca estudiaba. De lo único que se preocupaba era de su aspecto, especialmente de sus carísimas camisas, que siempre adornaba con gemelos, aunque eso le costara constantes castigos por violar el código de la escuela.

Josh siempre llevaba el uniforme reglamentario, pero lograba que no lo pareciera: la chaqueta nunca le sentaba bien, nunca se le ajustaba al cuerpo; siempre parecía torcida, arrugada y demasiado estrecha para sus hombros. Toda su personalidad era una especie de elaborada broma que repitiera constantemente. Quentin tardó tiempo en darse cuenta de que Josh esperaba que la gente no lo tomara en serio y que disfrutaba —no siempre de forma amable— del momento en que comprendían, demasiado tarde, que lo habían subestimado. Como no era tan egoísta como Eliot o Janet, resultaba el observador más agudo del grupo y se perdía muy pocos detalles de cuanto lo rodeaba.

Un día le dijo a Quentin que hacía semanas que esperaba que Penny estallara.

—¿Estás de broma? Ese tío es un misterio envuelto en un enigma y, básicamente, una maldita bomba de relojería. O destroza a alguien o abre un blog para desahogarse. Para serte sincero, me alegra que fueras tú el que recibió la paliza.

A diferencia de los otros Físicos, Josh era un alumno mediocre. Aunque si lograba dominar una habilidad, se convertía en un lanzador de hechizos excepcionalmente poderoso. Durante su primer año de Brakebills tardó seis semanas en mover mágicamente su canica; cuando finalmente lo consiguió —según explicó Eliot— la lanzó como un obús a través de la ventana de la clase clavándola unos quince centímetros en el tronco de un arce, donde probablemente seguía.

Los padres de Janet eran unos abogados asquerosamente ricos y pertenecían a una prestigiosa firma de Hollywood especializada en artistas de todo tipo. La chica creció en Los Ángeles, entre gente famosa pero cuyos nombres no quería revelar como no fuera bajo coacción... aunque tampoco mucha. Quentin supuso que de ahí venía la vena teatral de su comportamiento. Era la más visible de los Físicos, enérgica y brusca, la que siempre proponía los brindis en las cenas. Tenía un gusto horrible para los hombres, y lo mejor que podía decirse de su infinita serie de novios era que ninguno le duraba demasiado. Más atractiva que guapa, su figura era plana, pero sabía sacarle el máximo partido —enviaba sus uniformes a casa para que se los ajustaran— y tenía algo vibrantemente sexy en su mirada hambrienta, incluso demasiado explícita. Querías perderte en ella, ser devorado por ella.

Janet podía enfadarse con alguien, y aun así seguir siendo su amiga, Quentin nunca se aburría con ella. Era apasionadamente leal, y si podía llegar a ser detestable, era por la excesiva ternura de su corazón. Eso la hacía muy vulnerable, y al sentirse herida, contraatacaba, torturando a cuantos estuvieran a su alrededor, pero únicamente porque era la que más se torturaba de todos.

Aunque ahora formase parte de los Físicos, Quentin pasaba la mayor parte del tiempo con otros alumnos de tercero: recibía clases con ellos y con ellos trabajaba las A. P., preparaba los exámenes y se sentaba a comer. Habían rehecho y rediseñado el Laberinto durante el verano —como cada verano, de hecho— y pasaron las tardes de toda una semana aprendiendo su nueva configuración, gritándose los unos a los otros por encima de los altos setos cuando se perdían o descubrían un atajo especialmente interesante.

Organizaron una fiesta para celebrar el equinoccio de otoño.

En Brakebills existía una subyacente pero vigorosa corriente de sentimiento pagano, aunque nadie se la tomaba en serio excepto los Naturales. Prepararon un fuego de campamento y música, y un muñeco de paja, y un espectáculo de luces, cortesía de los Ilusionistas, y todo el mundo se quedó hasta muy tarde, con la nariz goteando a causa del frío aire otoñal y la cara ardiendo a causa de la hoguera. Alice y Quentin enseñaron a los demás el hechizo de las Formas Ígneas, que resultó todo un éxito, y Amanda Orloff reveló que estaba destilando aguamiel desde hacía un par de meses. Todos bebieron demasiado, y al día siguiente desearon estar muertos.

Los estudios de Quentin volvieron a cambiar ese otoño: menos aprendizaje memorístico de gestos e idiomas arcanos —aunque Dios sabía que seguían teniendo más que suficiente—, y más lanzamiento de hechizos. Pasaron todo un mes ensayando arquitectura mágica de bajo nivel, hechizos que reforzaban cimientos, impermeabilizaban techos o mantenían los desagües libres de hojas caídas, todos los cuales practicaron en un cobertizo penosamente pequeño, apenas mayor que una caseta de perro. Quentin tardó tres días en memorizar un solo hechizo, el que hacía los tejados resistentes a los rayos, puliendo los gestos en un espejo para replicarlos con exactitud, a la velocidad adecuada, y con los ángulos y el énfasis correctos. Además, el encantamiento tenía que ser lanzado en un árabe beduino tan corrompido como delicado. El profesor March conjuró una pequeña tormenta que emitió un solo rayo y que destrozó el techo en un instante cegador para la vista y demoledor para el ego, mientras Quentin permanecía de pie empapándose hasta la médula.

En martes alternativos Quentin trabajaba con Bigby, el consejero no oficial de los Físicos. Éste resultó ser un hombrecito de enormes ojos acuosos y cabello gris cortado casi al rape, que solía vestir un guardapolvo de aspecto victoriano. Daba la impresión de ser un tanto atildado, por no decir extremadamente afectado. Caminaba encorvado, pero no parecía frágil o lisiado. Quentin sospechaba que Bigby era un refugiado político, siempre andaba murmurando sobre la conspiración que lo había enviado al exilio y lo que haría tras su inevitable retorno al poder. Tenía la dignidad rígida, herida, del gobernante depuesto.

Cierta tarde, durante uno de los seminarios —Bigby estaba especializado en encantamientos ridículamente difíciles, que transmutaban elementos manipulando su estructura a nivel cuántico—, hizo una pausa y realizó unos gestos extraños: se tocó la espalda por debajo de un hombro, después del otro y se desabotonó algo. A Quentin el movimiento le recordó el que hacían las mujeres al desabotonarse el sujetador. Cuando Bigby terminó, cuatro magníficas alas semejantes a las de una libélula emergieron de su espalda, dos a cada lado. Las flexionó con un profundo y satisfecho suspiro.

Las alas eran iridiscentes y parecían de gasa. Desaparecieron por un segundo en medio de un zumbido, para después reaparecer y permanecer inmóviles.

—Lo siento —exclamó—. No podía resistirlo ni un segundo más.

En aquel lugar, lo extraño nunca cesaba. Seguía y seguía...

—Profesor Bigby, ¿es un...? —Quentin se detuvo, indeciso—. ¿Un qué? ¿Un elfo? ¿Un ángel? —Estaba siendo grosero, pero no podía evitarlo—. ¿Un duende?

Bigby esbozó una sonrisa dolorida. Sus alas emitieron una vibración quitinosa.

—Técnicamente, soy un pixie —aclaró.

Parecía un poco sensible al respecto.

Una mañana, muy temprano, el profesor March estaba dando clase de magia climática e invocando ciertas pautas de viento ciclónico. Para ser un hombre corpulento, resultaba sorprendentemente dinámico. Al verlo dar saltitos sobre la punta de los pies, con su rojiza cola de caballo y su rojizo rostro, a Quentin le entraban ganas de volver a la cama. Por las mañanas, Chambers les servía un café expreso que tenía la consistencia del alquitrán que aromatizaba en un delicado aparato turco de cristal dorado. Pero aquel día, cuando Quentin bajó a las clases, ya no quedaba ni una sola gota.

El profesor March parecía dirigirse directamente a él.

Cerró los ojos. Cuando volvió a abrirlos...

—¿... Entre un ciclón subtropical y uno extratropical...? ¿Quentin? En francés si puedes, por favor.

Quentin parpadeó. Se había adormilado.

—¿Cuál es la diferencia? —preguntó al azar—. ¿Hay diferencia?

Se produjo una larga e incómoda pausa, durante la que Quentin balbuceó algunas palabras en un vano intento por descubrir qué había preguntado el profesor, y repitiendo «zonas baroclínicas» tantas veces como le fue posible por si fuera relevante. Los demás alumnos se removieron en sus sillas. March, captando el delicioso aroma de la humillación, se mostró dispuesto a esperar. Quentin también esperó. Había algo en la bibliografía referente a aquello. Y hasta lo había leído, ahí estaba la injusticia.

El momento se alargó, mientras su rostro ardía de vergüenza. Aquello ni siquiera era magia, sino meteorología.

—No lo entiendo... —dijo una voz desde el fondo de la clase.

—Se lo he preguntado a Quentin, Amanda.

—Pero quizá pueda aclararnos una cosa a los demás —insistió Amanda Orloff. Lo hizo con la falsa amabilidad de quien espera conseguir un título académico—. ¿Son ciclones barotrópicos o no? Lo encuentro algo confuso.

—Todos son barotrópicos, Amanda —respondió March, exasperado—. Es irrelevante. Todos los ciclones tropicales son barotrópicos.

—Pero creí que uno era barotrópico y el otro baroclínico —precisó Alice.

La discusión se fue extendiendo al resto de la clase, y la confusión resultó tan inane y generalizada que March se vio obligado a elegir: o soltaba la presa de Quentin y seguía adelante, o perdía al grueso de la clase. De poder hacerlo discretamente, Quentin habría corrido hasta Amanda y la habría besado en su amplia y seca frente. Pero se limitó a lanzarle un beso con la mano cuando el profesor no miraba.

March se concentró en un largo hechizo, que implicaba trazar en la pizarra un elaborado símbolo semejante a un mandala. Cada treinta segundos se detenía y retrocedía hasta el borde de la tarima con las manos en las caderas, murmurando para sí antes de regresar al dibujo. El objetivo del hechizo era bastante trivial: garantizar algo o impedirlo, una cosa o la otra. Quentin no prestaba mucha atención, de todas formas el principio era el mismo.

Sea como fuere, el profesor March estaba luchando con él. El hechizo tenía que lanzarse en un holandés medieval muy preciso, idioma que evidentemente no era su fuerte. A Quentin se le ocurrió que sería divertido fastidiarlo un poco. No le había sentado precisamente bien ser ridiculizado tan temprano esa mañana, así que decidió gastarle una pequeña broma.

Las clases de Brakebills eran a prueba de travesuras, la mayor parte por lo menos, pero también se sabía que el estrado era el talón de Aquiles de cualquier profesor. No se podía hacer mucho al respecto, pero las protecciones tampoco eran infranqueables; con mucho esfuerzo y algo de inglés básico se las podía sacudir un poco. Quizás eso bastara para desconcertar al profesor March (los alumnos lo llamaban *Muerte* March) y sacarlo del juego. Quentin hizo unos pequeños gestos bajo su pupitre, entre las rodillas. La tarima tembló ligeramente, como si la hubieran sacudido un poco y soltado de golpe. Éxito.

March estaba en pleno recitado de su holandés medieval. Se desconcentró al sentir que se movía el estrado y vaciló, pero se recuperó rápidamente y siguió adelante. Era eso o volver a empezar el hechizo desde el principio.

Quentin se sintió defraudado, pero la Infalible Alice se inclinó hacia él.

—Es un idiota —susurró—. Se ha saltado la segunda sílaba. Tendría que haber dicho...

Entonces, por un instante, la diapositiva de la realidad pareció resbalar de su ranura en el carro del proyector. Todo se difuminó ligeramente para después volver a enfocarse, como si nada hubiera pasado. Excepto que, como si se tratase de un error de continuidad en una película, tras el profesor March había aparecido alguien.

Era un hombre pequeño, vestido de forma conservadora con un traje gris y una corbata marrón que mantenía sujeta con una aguja de plata en forma de media luna. March seguía hablando sin que aparentemente se percatara de su presencia, mientras el recién llegado miraba a los alumnos de tercero socarronamente, como si compartiera una broma con ellos a expensas del profesor. Quentin no podía verle bien la cara, pero había algo extraño en el aspecto de aquel hombre. Por un segundo no logró descubrir el qué, hasta que de repente comprendió que una rama llena de hojas ocultaba parcialmente sus rasgos. La rama parecía surgir de la nada. Sólo colgaba allí, frente a la cara del hombre.

Entonces, el profesor March dejó de hablar y pareció quedar congelado.

La sala quedó en silencio. Una silla crujió, pero Quentin tampoco podía moverse. Nada físico se lo impedía, simplemente algo había cortado la conexión entre su cerebro y su cuerpo. ¿Sería obra de aquel hombre? ¿Quién era? Alice seguía ligeramente inclinada hacia él, y un lacio mechón de su pelo colgaba dentro de su campo de visión. No podía verle los ojos, no tenía ángulo suficiente. Todos y todo permanecía inmóvil, lo único que seguía moviéndose era el hombre de la tarima.

El corazón de Quentin empezó a retumbar. El hombre ladeó la cabeza y frunció el ceño como si pudiera oírlo. Quentin no entendía lo que estaba pasando, pero sabía que algo iba mal. La adrenalina inundó su torrente sanguíneo, pero no tenía manera de liberarla. Su cerebro empezó a cocerse en sus propios jugos mientras el hombre se desplazaba por la tarima, explorando su nuevo entorno. Su conducta era la de un aeróstata que hubiera caído por accidente en una tierra exótica, inquisitiva y divertida. Con la rama tapándole constantemente la cara era imposible leer sus intenciones.

El recién llegado dio una vuelta en torno al profesor March. Se movía de una forma extraña, demasiado fluida. Cuando se acercó más a la luz, Quentin descubrió que no era del todo humano o que, si alguna vez lo había sido, ya no lo era. Bajo los puños de la camisa sus manos tenían tres o cuatro dedos más de lo normal.

Pasaron quince minutos. Media hora. Quentin seguía sin poder girar la cabeza, y el hombre entraba y salía constantemente de su campo de visión. Curioseó el equipo del profesor March, estudió el auditorio, incluso tomó un cuchillo y se limpio las uñas con él. Los objetos temblaban o cambiaban de lugar cuando se acercaba demasiado a ellos. Cogió una vara de hierro de la mesa de March y la dobló como si fuera un trozo de regaliz. En cierto momento lanzó un hechizo —habló demasiado rápido para que Quentin entendiera las palabras— que hizo que todo el polvo de la habitación se elevara y girase alocadamente en el aire, antes de volver a asentarse sin otro efecto aparente. Mientras lanzaba el hechizo, los dedos de más de sus manos se doblaron hacia los lados y hacia atrás.

Pasó una hora, y otra. El miedo que Quentin sentía se fue tal como llegó, para regresar poco después en enormes y angustiantes oleadas. Estaba seguro de que ocurría algo muy malo, aunque no supiera exactamente qué, y ese algo tenía que ver con la broma que le había gastado a March. ¿Cómo había podido ser tan estúpido? Se alegraba, no sin cierta cobardía, de no poder moverse, lo cual le impedía realizar cualquier intento por mostrarse valiente.

El hombre parecía apenas consciente de que la sala estaba repleta de gente. Había algo grotescamente cómico en él, su silencio era como el de un mimo. Se acercó al reloj que colgaba tras el podio y, lentamente, apretó el puño contra él. No lo golpeó, sólo presionó contra la esfera, rompió el cristal, partió las manecillas y aplastó el mecanismo interior hasta que se sintió satisfecho viéndolo destrozado. Fue como si pensara que lo había destruido más allá de lo aparente.

La clase había terminado hacía siglos, alguien del exterior tendría que haberse dado cuenta. ¿Dónde estaban? ¿Dónde estaba Fogg? ¿Dónde diablos estaba la enfermera cuando realmente se la necesitaba? Deseó saber qué pensaba Alice, haber vuelto la cabeza unos cuantos grados más antes de quedarse inmóvil; de haberlo hecho, ahora podría verle la cara.

La voz de Amanda Orloff rompió el silencio. Se había liberado de alguna forma y estaba lanzando un hechizo rítmica y rápidamente, pero con aparente calma. Aquel hechizo no se parecía a ninguno que Quentin hubiera oído jamás, era una magia poderosa, furiosa, llena de salvajes consonantes fricativas. Era magia ofensiva, magia de combate destinada a despedazar literalmente a un contrincante. Quentin se preguntó dónde la habría aprendido. Conocer un hechizo como aquél estaba más allá de los límites de Brakebills, y lanzarlo, ni hablar. Pero, antes de que Amanda pudiera terminarlo, su voz se apagó. El tono había ido subiendo y subiendo, acelerando y acelerando, como una cinta que pasara a más velocidad de la adecuada pero que se hubiera roto antes de llegar al final. El silencio volvió a reinar en la sala.

La mañana se convirtió en tarde, un sueño febril de pánico y aburrimiento. Quentin se sentía entumecido. Podía oír signos de actividad en el exterior, pero sólo veía una ventana y, aun así, sólo con el rabillo del ojo. Algo sucedía allí fuera, algo bloqueaba la luz. Oía que alguien martillaba y, muy débilmente, seis o siete voces canturreando al unísono. Tras la puerta que daba al pasillo se produjo un silencioso estallido de luz, tan potente que la gruesa madera se volvió translúcida por un instante. A continuación un golpeteo sordo, amortiguado, como si alguien intentara abrirse camino desde el sótano a través del suelo. Nada de esto pareció importarle al hombre del traje gris.

En la ventana, una única hoja de color rojo, que había resistido al otoño más que cualquiera de sus hermanas, se agitaba enloquecida a causa del viento en el extremo de una rama desnuda. Se combaba a derecha e izquierda, y a Quentin le pareció lo más hermoso que hubiera visto jamás. Todo cuanto deseaba era seguir contemplándola un segundo, un minuto más, daría lo que fuera por poder hacerlo, sólo quería pasar un minuto más con su pequeña hoja roja.

Debió de dormirse o caer en una especie de trance, no lo recordaba. Lo despertó el suave cántico del hombre de la tarima. Su voz era sorprendentemente tierna.

Adios, pequeño mío,
papá se va a cazar.
Traerá la piel de un conejo,
para que no pases frío...

La voz se convirtió en un susurro. Entonces, sin previo aviso, se esfumó.

Sucedió tan repentinamente que, al principio, Quentin no se dio cuenta de que se había ido. En todo caso, su partida fue eclipsada por el profesor March, que había permanecido todas aquellas horas en la tarima con la boca abierta. En el mismo instante que el hombre se desvaneció, March se desplomó hacia delante desmadejado, estrellándose contra el suelo.

Quentin intentó levantarse, pero sólo consiguió resbalar de su silla y caer entre las filas de asientos. Sus brazos, piernas y espalda estaban espantosamente acalambrados, y le fallaban las fuerzas. Mientras yacía en el suelo, con una mezcla de sufrimiento y alivio, intentó estirar lentamente las piernas. Deliciosas burbujas de dolor se liberaron en sus rodillas, como si finalmente pudiera flexionarlas tras un vuelo transcontinental, y lágrimas de alegría brotaron de sus ojos. Por fin se había ido aquel hombre sin que sucediera nada terrible. Tenía un par de zapatos frente a sus ojos, probablemente los de Alice, a la que oía refunfuñar. Toda la sala se estremecía con múltiples quejidos y sollozos.

Más tarde, Quentin se enteró de que cuando el hombre hizo su aparición, Fogg movilizó casi instantáneamente a todo el personal de la facultad. Los hechizos defensivos del edificio lo habían detectado, aunque se mostraran incapaces de impedir su entrada. Según contaban, Fogg actuó como un comandante de campo sorprendentemente competente: tranquilo, organizado, rápido y eficaz a la hora de evaluar la situación, y habilidoso en el despliegue de los recursos a su disposición.

A lo largo de la mañana instalaron un andamio en torno a la torre. El profesor Heckler, que llevaba una máscara de soldador para protegerse los ojos, casi la había incendiado con sus ataques pirotécnicos; la profesora Sunderland intentó heroicamente penetrar los muros, pero fracasó —de todas formas, no estaba claro qué habría podido hacer de conseguirlo—; incluso Bigby intervino, desplegando una brujería no humana que —Quentin tuvo la impresión— hizo que todos en la escuela se sintieran un tanto incómodos.

Esa noche, tras la cena —después de atender hosca y desganadamente a los habituales anuncios de clubes, eventos y actividades—, el decano Fogg se dirigió al conjunto de los estudiantes para intentar explicarles lo que había sucedido.

Permaneció de pie en la cabecera de la larga mesa, pareciendo más viejo de lo normal, mientras las velas se consumían y los alumnos de primero retiraban los platos. Se arregló los puños de la camisa y se pasó las manos por las sienes, allí donde estaba perdiendo su fino cabello rubio.

—Para muchos de vosotros no será ninguna sorpresa que existen otros mundos además del nuestro. No es una conjetura, es un hecho. Yo nunca he visto esos mundos y vosotros nunca viajaréis hasta ellos. El arte de viajar entre mundos es una parte de la magia sobre la que sabemos muy poco. Lo que sí sabemos es que esos mundos están habitados.

»Probablemente, la Bestia que hemos visto hoy era físicamente bastante grande. —Fogg había llamado a aquella cosa vestida con traje gris "la Bestia", y después nadie la llamó de otra forma—. Lo que hemos visto sólo era una pequeña parte, una extremidad que eligió introducir en nuestro mundo, igual que un niño pequeño metería la mano en un estanque. Fenómenos similares han sido observados antes. En la literatura al respecto se consignan como Excrecencias.

Suspiró pesadamente antes de proseguir.

—Sus motivaciones son difíciles de deducir. Para tales seres somos como nadadores que chapotean tímidamente por la superficie de su mundo, silueteados contra la luz que nos baña desde lo alto, sumergiéndonos a veces pero nunca a mucha profundidad. Normalmente no nos prestan atención. Por desgracia, algo en el encantamiento de hoy del profesor March captó la atención de la Bestia. Quizá fue interrumpida o corrompida de alguna forma. Ese error le dio la oportunidad de entrar en nuestro mundo.

Quentin tembló ligeramente al oír aquello, pero consiguió mantener la compostura. Había sido él. Él había provocado aquello.

—La Bestia ascendió en espiral desde las profundidades —prosiguió Fogg—, como un tiburón que intentara atacar a un nadador desde abajo. Sus motivaciones son imposibles de imaginar para nosotros, pero parece que buscaba algo... o a alguien. No sé si lo encontró, y puede que nunca lo sepamos.

Normalmente, Fogg proyectaba un aura de seguridad y confianza, atemperada por su natural y su ridículo aspecto, pero ahora parecía desorientado. Perdió el hilo de su discurso y toqueteó su corbata mientras intentaba recuperarlo.

—El incidente ha terminado. Los alumnos que lo presenciaron serán examinados mágica y médicamente, y limpiados en caso de que la Bestia los haya marcado, etiquetado o contaminado. Las clases de mañana han sido anuladas.

Dejó de hablar y salió del comedor bruscamente. Todo el mundo había pensado que diría algo más. Las clases del día siguiente fueron anuladas.

Todo eso pasó mucho después. Mientras yacía en el suelo tras el ataque, mientras el dolor de sus brazos, piernas y espalda desaparecía, Quentin sólo tuvo buenas sensaciones. Se sintió aliviado por seguir vivo y haber evitado un desastre. Había cometido un terrible error, pero todo se arreglaría. Sintió una profunda gratitud hacia la vieja y astillada madera de la silla que podía ver desde su posición. Era fascinante y hermosa, podría pasarse una eternidad contemplándola. Incluso se emocionó por tener la oportunidad de vivir algo como aquello y haber sobrevivido para contarlo. En cierta forma, era un héroe. Aspiró profundamente, sintiendo el viejo y sólido suelo bajo su espalda. Comprendió que lo primero que quería hacer era tocar con su mano el tobillo blando y cálido de Alice junto a su cabeza.

¡Estaba tan agradecido de ser capaz de volver a mirarla! Aún no sabía que Amanda Orloff estaba muerta. La Bestia la había devorado viva.

Lovelady

El resto del tercer curso de Quentin en Brakebills transcurrió bajo una pátina gris de vigilancia casi militar. En las semanas siguientes al ataque, la escuela fue clausurada física y mágicamente. Los miembros del profesorado recorrieron los terrenos volviendo a trazar sus viejos hechizos defensivos, renovándolos y reforzándolos, y lanzando otros nuevos. La profesora Sunderland pasó todo un día caminando hacia atrás por todo el perímetro de la escuela, con sus rollizas mejillas rosadas por el frío y esparciendo polvos de colores sobre la nieve en trazos cuidadosamente trenzados; la seguía la profesora Van der Weghe, que revisaba su trabajo, precedidas por un pelotón de alumnos que desbrozaban el camino, apartaban los troncos caídos, y suministraban el material a medida que se agotaba. Tenía que formarse un circuito ininterrumpido.

Para limpiar el auditorio bastó con hacer sonar unas cuantas campanas y quemar salvia en los rincones, pero las principales aulas de la escuela necesitaron una semana entera; según un rumor estudiantil, todo estaba ligado a un enorme tótem de hierro oculto en una cámara secreta, situada en el mismo centro geográfico del campus, pero que nadie había visto. El profesor March, que desde su terrible experiencia no conseguía librarse de una cierta ansiedad, de una cierta sensación de sentirse acosado, entró y salió de sótanos y subsótanos, de bodegas y catacumbas, donde lanzó hechizos para reforzar los cimientos que aseguraran la escuela contra ataques procedentes del subsuelo. Los de tercero habían preparado una hoguera para la fiesta del equinoccio; ahora, los profesores organizaron una hoguera de verdad, que alimentaban con leños de cedro especialmente tratados, secados, pelados y tan rectos como traviesas de ferrocarril. Fueron colocados formando una figura arcana que recordaba un gigantesco rompecabezas chino y que el profesor Heckler tardó todo un día en preparar. Cuando llegó el momento de prenderlos, utilizó un trozo de papel con palabras garabateadas en ruso, y ardieron como si fueran de magnesio. A los alumnos les aconsejaron que no miraran directamente al fuego.

En cierta forma fue toda una lección en sí misma, una oportunidad de ver cómo funcionaba la magia real, con objetivos reales en juego. Pero no resultó divertido. En las cenas reinaba el silencio, una rabia contenida e inútil, una nueva sensación de terror. Una mañana encontraron la habitación de un alumno de primero completamente vacía, había abandonado, huido a casa durante la noche. No era raro ver cónclaves de tres o cuatro chicas —chicas que, semanas antes, incluso evitaban sentarse al lado de Amanda en el comedor— abrazadas junto a una fuente del Laberinto, llorando e intentando consolarse mutuamente. Estallaron dos peleas más. En cuanto se sintió satisfecho del estado de los cimientos, el profesor March se tomó un descanso sabático y aquellos que aseguraban conocerlo —Eliot, por ejemplo— estaban convencidos de que sus posibilidades de regresar eran prácticamente nulas.

A veces, Quentin también deseaba huir. Supuso que lo expulsarían por la pequeña broma que le gastó a March en el estrado, pero lo extraño es que nadie volvió a hablar del asunto y él casi deseaba que lo hicieran. No sabía si había cometido el crimen perfecto o un crimen tan público e incalificable que nadie se atrevía a afrontarlo a plena luz del día. Estaba atrapado: no podía llorar adecuadamente a Amanda porque sentía como si la hubiera matado, y no encontraba el modo de expiar su culpa porque no podía confesárselo a nadie, ni siquiera a Alice. No sabía cómo. Así que guardó su parcela de culpa para sí mismo, allí donde pudiera ulcerarse y volverse infecciosa.

Era el tipo de catástrofe que Quentin creía haber dejado atrás el día que penetró en aquel jardín de Brooklyn, cosas como aquélla no pasaban en Fillory. Allí estallaban conflictos, sí, incluso violentos, pero siempre heroicos y nobles; y nadie que fuera realmente bueno e importante terminaba muerto al final del libro. Ahora, en una de las esquinas de su mundo perfecto había aparecido una grieta, y el miedo y la tristeza se vertían por ella como agua sucia a través de una presa rota. Brakebills ya no le parecía tanto un jardín secreto como un campamento fortificado. No era una novela, donde las maldades se corregían automáticamente; volvía a ser parte del mundo real, donde las cosas malas, las cosas amargas sucedían sin razón aparente y la gente pagaba por hechos que no eran culpa suya.

Una semana después del incidente, los padres de Amanda Orloff fueron a recoger las pertenencias de su hija. Pidieron que no se organizara ningún acto especial, pero Quentin los vio una tarde mientras se despedían del decano. Todas las pertenencias de Amanda cupieron en un maletero y una maleta patéticamente pequeña forrada de cachemira.

Quentin sintió que se le paraba el corazón al verlos. Estaba seguro de que podrían captar su culpabilidad, se sentía bañado por ella, apestaba a ella, pero sencillamente lo ignoraron. El matrimonio Orloff parecía más una pareja de hermanos que marido y mujer: ambos medían dos metros de altura, tenían los hombros anchos y el cabello lavado con agua de fregar los platos. Parecían aturdidos —Frogg los guiaba sujetándolos por los codos, alrededor de algo que Quentin no podía ver— y tardó más de un minuto en comprender que habían sido encantados; ni siquiera ahora se daban cuenta de la verdadera naturaleza de la escuela a la que había asistido su hija.

Ese agosto, el grupo de los Físicos volvió pronto de las vacaciones veraniegas, y pasó la semana anterior al comienzo de las clases encerrado en la Casita sin estudiar, jugando al billar y dispuesto a vaciar, pelotazo a pelotazo, un viejo, viscoso y repugnante decantador lleno de oporto que Eliot había encontrado en el fondo de un armario de la cocina. Pero su humor era sobrio y apagado. Por increíble que pareciera, Quentin asistiría al cuarto curso de Brakebills.

—Deberíamos organizar un equipo de welters —anunció un día Janet.

—No, no deberíamos —corroboró Eliot, desconcertado.

Estaba tumbado sobre un viejo sofá de cuero, con un brazo tapándose la cara. Se habían reunido en la biblioteca de la Casita, exhaustos de no hacer nada en todo el día.

—Sí, Eliot, en realidad sí —insistió ella, dándole unas amistosas pataditas en las costillas—. Me lo ha dicho Bigby. Van a organizar un campeonato y todo el mundo está obligado a jugar; lo que pasa es que todavía no lo han anunciado oficialmente.

—Mierda —exclamaron todos al unísono.

—Yo me encargo del equipamiento —añadió Alice.

—¿Por qué? —se quejó Josh—. ¿Por qué nos hacen esto? ¡Dios, ¿por qué?!

—Para reforzar la moral —explicó Janet—. Fogg dice que, después de lo que pasó el año pasado, tenemos que animarnos, que levantar la moral. Un campeonato de welters forma parte de su «vuelta a la normalidad».

—Mi moral estaba estupenda hasta hace un minuto. Joder, no aguanto ese juego, es una perversión de la buena magia... ¡una perversión! —protestó Josh, a nadie en particular.

—Lástima, es obligatorio. Cada disciplina debe organizar un equipo, así que somos un equipo. Incluido Quentin «el que no tiene ninguna».

—Gracias por eso.

—Voto a Janet para capitana —propuso Eliot.

—Por supuesto que seré la capitana. Y como capitana, mi deber es informaros de que nuestro primer entrenamiento tendrá lugar dentro de quince minutos.

Todos gruñeron y se movieron inquietos en sus asientos.

—Yo nunca he jugado a welters —dijo Alice—. No conozco las reglas.

Estaba estirada sobre la alfombra, hojeando un viejo atlas lleno de antiguos mapas, cuyos mares parecían llenos de monstruos adorablemente dibujados aunque con las proporciones invertidas; los monstruos eran más grandes y numerosos que los continentes. Durante el verano, Alice había adquirido un par de gafas con unos extraños cristales rectangulares.

—Oh, las aprenderás enseguida —le dijo Eliot—. El welters es divertido... y educativo.

—No te preocupes. —Janet se inclinó hacia ella y le dio un maternal beso en la cabeza—. La verdad es que nadie se sabe las reglas.

—Excepto Janet —aclaró Josh.

—Excepto yo. Os quiero a los tres ahí fuera inmediatamente.

Y salió alegremente de la sala.

Al final, llegaron a la conclusión de que ninguno de los tres tenía nada mejor que hacer, algo con lo que Janet ya contaba. Se reunieron en el tablero de welters bajo el agobiante calor veraniego, con aspecto desaliñado y poco entusiasta. El sol era tan brillante que apenas podías mirar fijamente la hierba. Eliot sujetaba con firmeza el decantador de oporto con las mangas de la camisa enrolladas. Sólo verlo hacía que Quentin se sintiera deshidratado. El luminoso cielo azul se reflejaba en las casillas de agua. Un saltamontes chocó contra los pantalones de Quentin y se quedó allí enganchado.

Janet subió la escalera de madera con su peligrosa falda corta para sentarse en la silla del juez.

—Bien, ¿quién sabe cómo empezar?

El comienzo, al parecer, consistía en escoger una casilla y lanzar en ella una piedra llamada globo. La piedra era de mármol sin pulir, de color azulado —de hecho se parecía un poco a un globo terráqueo— y del tamaño de una pelota de pimpón, aunque mucho más pesada. Quentin resultó ser extremadamente habilidoso en esa tarea, que repitió varias veces a lo largo del juego. El truco consistía en no caer dentro de una casilla de agua, pues en ese caso perdías la partida. Además, recuperar el globo era un verdadero incordio.

Alice y Eliot formaron equipo contra Quentin y Josh; Janet haría de árbitro. No es que fuera la alumna más diligente de los Físicos —ésa era Alice— ni la que tenía más dones naturales —ése era Eliot—, pero resultaba ferozmente competitiva y muy dispuesta a dominar por completo las complejidades técnicas del welters, que en verdad era un juego sorprendentemente complicado. «¡Sin mí, estaríais perdidos!», solía exclamar Janet. Y era verdad.

El juego era mitad estrategia, mitad lanzamiento de hechizos. Capturabas casillas mediante magia, después las protegías o las recuperabas superando un hechizo de tu contrincante. Las casillas acuáticas eran las más fáciles y las metálicas, las más difíciles, para éstas se reservaban las invocaciones y otros encantamientos igualmente exóticos. Se suponía que, al final, un jugador tenía que pisar físicamente el tablero, convirtiéndose en una pieza más del juego y, por lo tanto, haciéndose vulnerable a los ataques personales directos.

Cuanto más se aproximaba al borde del terreno de juego, el prado que rodeaba a Quentin parecía encogerse y el tablero expandirse, como si se encontrara en el centro de una lente «ojo de pez». Los árboles también perdían parte de su color, tornándose plateados y algo borrosos.

El juego transcurrió con rapidez durante los primeros turnos, y ambos equipos conquistaron casillas libres apropiándose de ellas. Como en el ajedrez, existían una serie de aperturas convencionales que hacía mucho tiempo que se practicaban y optimizaban constantemente. Pero, una vez agotadas las casillas libres, tenían que empezar a batallar por ellas una a una. Cayó la tarde entre largas interrupciones para las muy técnicas explicaciones de Janet. Eliot desapareció durante veinte minutos y volvió con seis finas botellas de un Finger Lakes Eiesling muy seco, sumergidas en dos cubos llenos de hielo picado y que aparentemente había guardado para emergencias como aquélla. No pensó en traer también vasos, así que bebieron directamente de las botellas.

Quentin no soportaba muy bien el alcohol y cuanto más

vino bebía menos lograba concentrarse en los detalles de aquel juego diabólicamente complejo; resultaba que era legal transmutar casillas de un tipo en otro, incluso moverlas de lugar e intercambiarlas por otras del tablero. Para cuando los jugadores entraron físicamente en el tablero, todos estaban tan borrachos y confusos que Janet tuvo que indicarles dónde se encontraban, algo que hizo con una condescendencia impresionante, aunque no le importase mucho a ninguno.

El sol empezaba a ocultarse tras los árboles, cubriendo la hierba de sombras, y el cielo se oscureció hasta alcanzar un luminoso verde-azulado. John se durmió en una casilla, que se suponía que debía defender, y se tumbó ocupando casi toda una hilera. Eliot hizo una imitación de Janet y ésta fingió enfurecerse. Alice se quitó los zapatos y sumergió sus pies en una casilla de agua que no pertenecía a nadie. Sus gritos se elevaron y perdieron entre las hojas del verano. El vino casi se había terminado y las botellas vacías flotaban en los cubos, ahora llenos de agua, en los que se había ahogado una avispa.

Todos fingieron estar muertos de aburrimiento —quizá lo estaban realmente—, excepto Quentin. Se sentía inexplicablemente feliz, aunque de forma instintiva lo mantenía en secreto; de hecho, se sentía tan alegre que apenas podía respirar. Como un glaciar que se desliza lentamente, la terrible experiencia de la Bestia había dejado tras ella un mundo cambiado, áspero y hecho pedazos, pero la tierra por fin volvía a renacer con nuevos brotes verdes. El estúpido plan de Fogg parecía funcionar, la gris oscuridad que la Bestia había lanzado sobre la escuela estaba en franca retirada. Podían volver a ser adolescentes por un poco más de tiempo al menos. Quentin se sentía perdonado, aunque ni siquiera supiera por quién.

Se imaginó lo que parecerían vistos desde las alturas. Si alguien los contemplase desde un avión que volase bajo o desde un dirigible, vería a cinco chicos diseminados por un tablero de welters en los terrenos de un exclusivo enclave secreto, gritando con voces apagadas e ininteligibles a causa de la distancia, y tan satisfechos con ellos mismos como el observador quisiera creer.

Y en realidad era cierto, de modo que el observador tendría razón. Todo era real.

—Sin mí estaríais perdidos... —repitió Janet, secándose lágrimas de risa con el dorso de la mano.

Si el welters restableció parte del perdido equilibrio de Quentin, para Josh representó un nuevo tipo de problema. Siguieron practicando durante todo el primer mes del semestre, y Quentin fue cogiendo poco a poco el tranquillo del juego. En realidad no se trataba de dominar los hechizos o la estrategia, aunque también necesitaras hacerlo, sino que era más importante lanzar los hechizos correctamente cuando te tocaba el turno, y era mucho más importante la sensación de poder que sentías en el pecho al utilizar un hechizo potente y vital. Cualquiera que fuese, tenías que lanzarlo cuando lo necesitabas.

Josh nunca sabía qué esperar. En uno de los entrenamientos, Quentin lo observó atentamente mientras competía con Eliot por una de las dos casillas de metal del juego. Éstas eran de un material pulido semejante a la plata —una era realmente de plata y la otra de paladio, lo que quiera que esto fuese— con finas líneas ondulantes y pequeñas palabras grabadas en ellas.

Eliot escogió un encantamiento bastante básico, que creaba un globo pequeño, suave y brillante. Josh intentó un contrahechizo, susurrando con cierta desgana mientras hacía unos cuantos gestos rápidos con sus dedos regordetes. Siempre parecía avergonzado cuando lanzaba hechizos, como si no creyera que fuesen a funcionar.

Pero cuando terminó, el día adquirió un tono sepia ligeramente difuminado, como si una nube se interpusiera entre ellos y el sol, o como si estuvieran asistiendo a los primeros instantes de un eclipse.

—¿Qué diablos...? —exclamó Janet, mirando hacia el cielo y bizqueando.

Josh había conseguido defender con éxito la casilla —anulando la reluciente esfera de Eliot—, pero había ido demasiado lejos.

De algún modo había creado su inverso, un agujero negro, y la luz estaba siendo aspirada por él. Los cinco Físicos se reunieron en torno a aquel agujero, contemplándolo como si fuera un insecto extraño y potencialmente venenoso. Quentin nunca había visto nada semejante. Era como si un aparato de uso industrial hubiera sido enchufado en alguna parte y estuviera absorbiendo la energía necesaria para iluminar el mundo, provocando una bajada de tensión local.

Josh era el único que no parecía preocupado por aquello.

—¿Qué os parezco ahora? ¿Eh? —dijo, bailando una danza de la victoria—. ¿Qué os parece Josh ahora?

—¡Guau! —exclamó Quentin, retrocediendo un paso—. Josh, ¿qué es esa cosa?

—Ni idea. Sólo he movido mis deditos y... —Los movió frente al rostro de Eliot, levantando una cálida brisa.

—Vale, Josh, me has derrotado —admitió Eliot—. Ahora, apágalo.

—¿Te rindes? ¿Es demasiado para ti, mago de pacotilla?

—En serio, Josh —intervino Alice—. Deshazte de esa cosa. Nos está poniendo nerviosos.

A esas alturas, todo el campo parecía sumido en el crepúsculo a pesar de que sólo eran las dos de la tarde. Quentin no podía mirar directamente al espacio situado sobre la casilla de metal. El aire a su alrededor parecía ondulante y distorsionado; la hierba, a sus espaldas, distante y borrosa. Debajo, formando un círculo tan perfecto que parecía trazado con un compás, la hierba estaba completamente rígida, como astillas de cristal verde. El vórtice derivó con lentitud hacia un lado, hacia el borde del tablero, y un roble cercano se inclinó hacia él con un monstruoso crujido.

—Josh, no seas idiota —masculló Eliot.

Josh había dejado de bailar y contemplaba nervioso su propia creación. El árbol gruñó y se escoró ominosamente hacia el agujero negro. Las raíces surgieron del suelo con un sonido similar a ahogados disparos de rifle.

—¡Josh! ¡Josh! —gritó Janet.

—¡Está bien! ¡Vale, está bien!

Josh deshizo el hechizo y el agujero desapareció.

Estaba pálido, arrepentido, pero también resentido: le habían estropeado su fiesta. Permanecieron silenciosos en semicírculo alrededor del roble. Una de las ramas más largas casi tocaba el suelo.

El decano Fogg programó un campeonato de welters, cuyos partidos se celebrarían los fines de semana, y que culminaría en una gran final a finales de semestre. Ante su propia sorpresa, los Físicos fueron ganando todos sus partidos; incluso derrotaron al equipo distante y snob de los Psíquicos, quienes compensaban cualquier déficit en su habilidad para lanzar hechizos con sus increíbles instintos estratégicos de presciencia. La racha de éxitos duró hasta octubre y su único rival serio fue el equipo de Magia Natural, que a pesar de su proclamado y pacifista ethos resultaban molestamente hipercompetitivos jugando al welters.

Poco a poco, a medida que las tardes se hacían más cortas y más frías, y las exigencias del juego empezaron a entrar en conflicto con el ya aplastante trabajo académico, la atmósfera veraniega de suave afabilidad se evaporó. Tras un tiempo, el welters se convirtió en una tarea más, sólo que con menos sentido. Mientras que a Quentin y a los demás miembros de los Físicos les fallaba el entusiasmo, Janet se volvía más chillona y exigente con el juego, y su agresividad dejó de ser simpática; ella no podía evitarlo, teniendo en cuenta su neurótica necesidad de controlarlo todo, pero seguía siendo un verdadero grano en el culo. Teóricamente podrían librarse de todo aquello dejándose ganar un partido —con uno bastaría—, pero no lo hicieron. Nadie tenía corazón... o agallas para hacerlo.

La inconsistencia de Josh seguía siendo un problema, y en la mañana del último partido de la temporada no se presentó.

Era un sábado de primeros de noviembre, y jugaban por el campeonato escolar que Fogg había bautizado pomposamente como la Copa Brakebills, aunque de momento no existiera ningún objeto físico que respondiera a ese nombre. La hierba que rodeaba el terreno de juego estaba ocupada por dos filas de tribunas de madera, que parecían salidas de los viejos noticiarios deportivos y que, probablemente, habían permanecido desmontadas en algún inimaginable almacén durante décadas. Contaban incluso con un palco VIP, ocupado por el decano Fogg y la profesora Van der Weghe, que aferraba una taza de café humeante entre sus manos enguantadas.

El cielo era gris y un fuerte viento azotaba las hojas de los árboles. Los estandartes alineados tras las tribunas (con el azul y marrón de Brakebills) ondeaban y chasqueaban, la hierba crujía bajo el rocío helado.

—¿Dónde mierda se ha metido? —Quentin daba saltitos para entrar en calor.

—*No* lo sé. —Janet tenía los brazos alrededor del cuello de Eliot, aferrándose a él en busca de calor, lo que irritaba al chico.

—Que se joda. Empecemos sin él —dijo—. Quiero acabar con esto de una puñetera vez.

—No podemos empezar sin Josh —protestó Alice con firmeza.

—¿Quién lo dice? —retó Eliot, mientras intentaba zafarse de Janet sin lograrlo—. Al fin y al cabo, somos mejores sin él.

—Prefiero perder con él que ganar sin él —aseguró Alice—. De todas formas no es que haya muerto, lo he visto después del desayuno.

—Si no aparece pronto, nos moriremos de frío. Será el último de nosotros que quede vivo para proseguir nuestro glorioso combate.

La ausencia de Josh preocupaba a Quentin.

—Iré a buscarlo.

—No seas ridículo. Seguramente...

En ese momento, uno de los profesores, un hombre fuerte como un roble y de rostro pétreo llamado Foxtree, corrió hacia ellos envuelto en una parka que le llegaba hasta los tobillos. Los alumnos lo respetaban a causa de su buen humor y porque era un nativo-americano.

—¿Por qué el retraso?

—Nos falta un jugador, señor —explicó Janet—. Josh Hoberman.

—¿Y? —El profesor Foxtree se abrazó a sí mismo y se dio vigorosas palmadas en los costados. De la punta de su larga nariz ganchuda colgaba una gota—. Pongámonos en marcha, me gustaría volver con los del último curso antes de la hora de comer. ¿Cuántos sois ahora?

—Cuatro, señor.

—Tendrá que bastar.

—En realidad, sólo somos tres —explicó Quentin—. Lo siento, señor, pero tengo que encontrar a Josh. Debería estar aquí.

No esperó respuesta, sino que se dirigió a la Casa corriendo, con las manos metidas en los bolsillos y el cuello de su abrigo levantado para protegerse las orejas del frío.

—¡Vamos, Q! —oyó que gritaba Janet. Y después, cuando era obvio que no iba a volver, agregó—: ¡Mierda!

Quentin no sabía si enfadarse con Josh o preocuparse por él, así que hizo ambas cosas. Foxtree tenía razón, no es que realmente importase el juego. Quizás el muy cabrón sólo se había quedado dormido, pensó mientras recorría el helado Mar. Al menos, ese gordo cabrón tenía su grasa para protegerlo del frío.

Pero Josh no estaba en su cama. Su dormitorio era un caos de libros, papeles y ropa sucia, como siempre, parte de todo ello flotando libremente en el aire. Se dirigió al solárium, pero su único ocupante era el anciano profesor Brzezinski, el experto en pociones, que se encontraba sentado en una de las ventanas bañadas por el sol, con los ojos cerrados y la barba blanca extendida sobre su viejo y manchado delantal. Una enorme mosca rebotaba una y otra vez contra uno de los cristales de la ventana. Parecía dormido, pero cuando Quentin dio media vuelta para marcharse, le preguntó:

—¿Buscas a alguien?

Quentin se detuvo en seco.

—Sí, señor. A Josh Hoberman. Llega tarde al partido de welters.

—¿Hoberman? ¿El gordito?

El anciano metió una mano llena de protuberantes venas azules en uno de sus bolsillos, y extrajo un lápiz y una fina hoja de papel. Brzezinski bosquejó un somero plano del campus de Brakebills con trazos rápidos y seguros, musitó unas cuantas palabras en francés e hizo un signo sobre él con la mano, como si sujetase una brújula.

Se lo tendió a Quentin.

—¿Qué te dice?

Él había esperado un efecto mágico de algún tipo, pero allí no había nada. Un rincón del mapa estaba manchado de café.

—No mucho, señor.

—¿En serio? —El anciano estudió el papel por sí mismo y pareció desconcertado. Olía a ozono, como si recientemente hubiera caído un rayo—. Es un hechizo localizador muy bueno. Míralo otra vez.

—Sigo sin ver nada.

—Exacto. ¿En qué lugar del campus no funciona un hechizo localizador muy bueno?

—No tengo ni idea. —Admitir ignorancia era la forma más rápida de conseguir información de un profesor de Brakebills.

—Prueba en la biblioteca. —El profesor Brzezinsky volvió a cerrar los ojos, como una vieja morsa en su soleada roca—. Hay muchos viejos hechizos flotando por esa sala, y sin embargo, nunca puedes encontrar nada.

Quentin había pasado muy poco tiempo en la biblioteca de Brakebills; casi nadie lo hacía si podía evitarlo. A lo largo de los siglos, muchos de sus usuarios más eruditos fueron tan agresivos con los hechizos localizadores para encontrar los libros que buscaban, y con los hechizos de ocultación para esconder esos mismos libros de eruditos rivales, que toda la zona era más o menos opaca a la magia, como un palimpsesto que hubiera sido escrito una y otra vez hasta cruzar el punto de la legibilidad.

Para empeorar las cosas, algunos de los libros se habían vuelto migratorios. En el siglo XIX, Brakebills contrató a un bibliotecario que poseía una imaginación muy romántica y que proyectó una biblioteca móvil, en la que los libros revolotearan de un estante a otro como pájaros, reorganizándose espontáneamente en respuesta a las búsquedas de los usuarios. Durante los primeros meses el efecto fue bastante espectacular. Incluso sobrevive una pintura de la escena en forma de mural, tras el mostrador de recepción, en la que pueden verse enormes atlas sobrevolando el lugar como cóndores.

Pero el sistema resultó absolutamente impracticable a largo plazo. El desgaste de los lomos, de tanto abrirse y cerrarse, era demasiado costoso y los libros se volvieron terriblemente desobedientes. El bibliotecario imaginó que podría convocar un libro para que acudiera hasta su mano gritando su número de referencia, pero algunos resultaron ser demasiado tercos y otros incluso activamente depredadores. El bibliotecario fue rápidamente depuesto de su cargo, y su sucesor tuvo que volver a domesticar los libros. En la actualidad todavía quedaban algunos rebeldes, sobre todo *Historia de Suiza* y *Arquitectura 300-1399*, que seguían revoloteando tozudamente cerca del techo. Algún día, toda una subsubcategoría que se creía segura y a salvo, alzaría el vuelo entre un indescriptible susurro de papel.

Así que la biblioteca solía estar casi siempre vacía, y no le fue difícil localizar a Josh en un rincón del segundo piso, sentado ante una pequeña mesa cuadrada. Frente a él se hallaba un hombre delgado, casi cadavérico. Los pómulos parecían cincelados y llevaba bigote. Su traje negro era demasiado holgado. Parecía un sepulturero.

Quentin reconoció al hombre, era un vendedor de baratijas que llegaba a Brakebills una o dos veces al año en su carromato de madera, cargado con una bizarra colección de amuletos, fetiches y reliquias de todo tipo. No le gustaba particularmente a nadie pero todos lo toleraban, aunque sólo fuera porque resultaba involuntariamente divertido y porque hacía enfadar a los profesores, que siempre estaban a punto de prohibir sus ventas de forma permanente. No era un mago, y tampoco capaz de distinguir la diferencia entre lo genuino y la basura, pero se tomaba a sí mismo —y a su mercancía— muy en serio. O eso pensaba Quentin.

—Hola —saludó Quentin. Pero mientras se acercaba a ellos, chocó contra una barrera invisible.

Fuera lo que fuese, resultaba frío como el cristal. Y a prueba de sonidos. Podía ver a los otros mover los labios, pero todo seguía en silencio.

Josh advirtió su presencia e intercambió unas cuantas frases rápidas con Lovelady, que miró hacia Quentin por encima de su hombro. El buhonero no pareció precisamente feliz, pero cogió de la mesa lo que parecía un vaso boca abajo de cristal normal y le dio la vuelta. La barrera desapareció.

—Hola —dijo Josh, huraño—. ¿Qué sucede?

Tenía los ojos enrojecidos y unas profundas ojeras. Tampoco parecía especialmente feliz de ver allí a Quentin.

—¿Que qué sucede? —Quentin ignoró a Lovelady—. Sabes que esta mañana tenemos un partido, ¿no?

—Oh, tío, es verdad. El partido. —Josh se frotó el ojo derecho con el dorso de la mano. Lovelady los miró a los dos, procurando conservar su dignidad—. ¿Cuánto tiempo tenemos?

—Ya llegamos media hora tarde.

—Oh, tío —repitió Josh. Apoyó la frente en la mesa y miró repentinamente a Lovelady—. ¿Tiene algo para viajar a través del tiempo, que me haga retroceder o algo así?

—Esta vez no —respondió Lovelady con gravedad—. Pero preguntaré por ahí.

—Sí, claro. Estupendo. —Josh se puso en pie y lo saludó con elegancia—. Envíame un búho si encuentras algo, ¿vale?

—Vamos, nos están esperando. A Fogg se le está helando el culo ahí fuera.

—Que se aguante. Ese tío tiene demasiado culo.

Quentin sacó a Josh de la biblioteca y logró llevarlo hasta la parte trasera de la Casa, aunque éste se movía con lentitud y tenía una preocupante tendencia a chocar contra los marcos de las puertas, incluso contra Quentin.

Hasta que frenó de repente.

—Espera, tengo que ir a buscar mi disfraz de quidditch. Quiero decir, mi uniforme. Quiero decir, de welters.

—No tenemos uniformes.

—Ya lo sé —dijo Josh—. Estoy borracho, no es que vea visiones. Pero igualmente necesito mi abrigo.

—Tío, ni siquiera son las diez. —Quentin no podía creer que se hubiera preocupado por él. ¿Ése era el gran misterio?

—Experimento. Ya me relajaré después del gran partido.

—¿Ah, sí? ¿De verdad? ¿Y te funciona?

—¡Sólo he bebido un poco de whisky, por el amor de Dios! Mis padres me enviaron una botella de Lagavulin por mi cumpleaños. El alcohólico es Eliot, no yo. —Josh lo miró con su astuta y barbuda cara de mono—. Tranquilo, no es nada que no pueda manejar.

—Sí, ya lo veo. Lo estás manejando de cojones.

—¡Oh, ¿a quién le importa una mierda?! —Josh se estaba volviendo desagradable. Si Quentin se había enfadado, él podía enfadarse todavía más—. Probablemente esperabas que no me presentara y estropease tu precioso partido. Ojalá tuvieras huevos para admitirlo. Dios, deberías saber lo que dice Eliot de ti a tus espaldas. Eres una especie de animadora como Janet, sólo que ella es más adecuada. Tiene tetas.

—Si sólo quisiera ganar te habría dejado en la biblioteca —dijo Quentin fríamente—. Otro lo hubiera hecho.

Esperó furioso en la puerta, con los brazos cruzados, mientras Josh recogía su abrigo del respaldo de una silla, con la suficiente violencia como para volcarla. La dejó allí tirada. Quentin se preguntó si sería verdad lo que había dicho sobre Eliot. Si Josh pretendía herirlo, sabía dónde clavar el cuchillo.

Salieron de la biblioteca en silencio.

—Está bien —aceptó finalmente Josh, suspirando—. Oye, sabes que soy un capullo, ¿verdad?

Quentin no dijo nada. No tenía ganas de seguirle el juego y entrar ahora en sus dramas personales.

—Bueno, pues lo soy —continuó Josh—. Y no me vengas con el rollo de la autoestima, no cuela. Estoy más jodido de lo que te imaginas. Siempre he sido un listillo, pero un listillo de andar por casa, incapaz de pasar unos exámenes exigentes. Si no fuera por Fogg, me habrían echado a patadas el semestre pasado.

—Vale.

—Mira, vosotros podéis jugar a ser Míster y Miss Perfectos, por mí vale, pero yo tengo que partirme el culo para seguir aquí. Si vieras mis notas... Vosotros ni siquiera sabéis cuántos números existen que valen menos de cero.

—Todos tenemos que esforzarnos —apuntó Quentin, un poco a la defensiva—. Todos menos Eliot.

—Sí, bueno, vale. Pero para vosotros es divertido, lo pasáis bien. Es lo vuestro. —Josh se abrió camino a través de las puertas francesas para salir a aquella mañana otoñal, intentando ponerse el abrigo al mismo tiempo—. Joder, qué frío. Mira, me encanta esto, pero no lo conseguiré sin ayuda. No sé qué hacer.

Sin previo aviso, cogió a Quentin de las solapas del abrigo y lo empujó contra los muros de la Casa.

—¿No lo entiendes? ¡No sé qué hacer! ¡Cuando lanzo un hechizo, nunca sé si funcionará! —Su expresión, normalmente plácida, se había convertido en una máscara de furia—. Tú buscas el poder y ya está, ahí lo tienes. Yo nunca lo sé, nunca sé si estará ahí cuando lo necesito. ¡Viene y se va, y ni siquiera sé por qué!

—Vale, está bien. —Quentin puso sus manos en los hombros de Josh, intentando calmarlo—. Cristo, me haces daño en mis tetas de animadora.

Josh lo soltó y se encaminó hacia el Laberinto. Quentin lo siguió.

—¿Y crees que Lovelady te puede ayudar?

—Creí que podría... —Se encogió de hombros desalentado—. No sé, darme algo que me estimulara un poco, que me hiciera marcar la diferencia.

—Comprando esa basura que saca de e-Bay...

—Tiene contactos interesantes, ¿sabes? —Al parecer Josh empezaba a recuperar su sentido del humor. Siempre lo hacía—. Cuando los alumnos estamos delante, a los profesores les gusta mostrarse superiores, pero por detrás también le compran cosas a

Lovelady. Dicen que, hace un par de años, Van der Weghe le compró una vieja aldaba de bronce que resultó ser una Mano de Oberón. Chambers la utiliza para podar árboles alrededor del Mar.

«Creí que podría venderme un amuleto, algo que me ayudara a subir un poco las notas. Sé que hago ver que no me importa, pero quiero seguir aquí, Quentin. ¡No quiero volver al mundo exterior!

Señaló vagamente a la lejanía, en dirección al mundo que había más allá de Brakebills. La hierba estaba húmeda y semicongelada, y el Mar aparecía cubierto de niebla.

—Yo también quiero quedarme —reconoció Quentin. Su rabia también se había aplacado—. Pero, Lovelady... ¡Dios, a veces pareces idiota! ¿Por qué no le has pedido ayuda a Eliot?

—¿Eliot? Ja. Es el último al que se la pediría. ¿No has visto cómo me mira en clase? Un tipo así... Vale, es duro en muchos aspectos, pero no puede comprender este tipo de cosas.

—¿Qué te intentó vender Lovelady?

—Un montón de viejos huesos de conejo pulverizados. El muy cabrón me dijo que eran las cenizas de Aleister Crowley.

—¿Y qué pensabas hacer con ellas? ¿Esnifártelas?

Se abrieron camino a través del telón de árboles que bordeaban el campo de juego. Eliot y Janet estaban acurrucados en un extremo del tablero con aspecto desaliñado y aterido. La pobre Alice estaba en una casilla de piedra, abrazándose a sí misma para conservar todo el calor posible. El equipo de Magia Natural, a pesar del déficit de jugadores de los Físicos, había colocado a sus cinco jugadores, algo muy poco deportivo. Costaba distinguir sus caras, pues, en un intento de intimidar a sus contrincantes, llevaban túnicas druídicas con la capucha puesta, confeccionadas a partir de unas cortinas de terciopelo verdes. No estaban pensadas para un ambiente húmedo.

Cuando aparecieron Quentin y Josh, los Físicos irrumpieron en vítores y aplausos.

—¡Mis héroes! —exclamó sarcásticamente Janet—. ¿Dónde lo has encontrado?

—En un lugar cálido y seco —se limitó a responder Josh.

Estaban siendo vapuleados, pero la sorpresiva aparición de Josh revivió su espíritu combativo. Durante su primer turno, Josh cayó en una casilla plateada y, tras cinco minutos de sólidos cantos gregorianos, invocó imprevistamente a un potente elemental, una salamandra gruesa como un árbol, que parecía creada a partir de una brillante ascua anaranjada y que ocupó dos casillas adyacentes gracias a su enorme tamaño. Se asentó sobre sus seis patas y ardió sin llama. Siguió el resto de la partida dejando caer babas siseantes y desprendiendo escamas chamuscadas.

La llegada de los dos Físicos tuvo el desafortunado efecto de alargar el juego más allá de toda posibilidad de disfrute. No sólo resultó ser la partida más larga que jamás hubieran jugado en toda la temporada, sino la más larga que nadie recordaba. Por fin, tras otra hora de juego, el capitán de los Naturales —un guaperas de aspecto escandinavo con el que, creía Quentin, estaba saliendo Janet— pisó el borde de la casilla de arena donde se encontraba, recogió su húmeda capa de terciopelo con gesto regio y creó un elegante y retorcido olivo, que ocupó una casilla de hierba en la hilera de partida de los Físicos.

—¡Chupaos ésa! —gritó.

—Es un movimiento ganador —anunció el profesor Foxtree desde la silla del juez de pista. Estaba prácticamente catatónico de aburrimiento—. A menos que los Físicos podáis igualarlo. Si no, este maldito partido ha terminado. Que alguien lance la bola.

—Vamos, Q —lo animó Eliot—. Tengo las puntas de los dedos azules. Y probablemente los labios.

—No te olvides de tus pelotas —apuntó Quentin, recogiendo la pesada bola de mármol de la casilla de piedra donde se hallaba, en el límite del tablero.

Miró a su alrededor, a la extraña escena en cuyo centro se encontraba. Estaban en desventaja, pero casi todo el partido lo habían estado y él apenas fallaba con la bola. Afortunadamente no había viento, pero la niebla se estaba espesando y era difícil ver el extremo más alejado del terreno de juego. No se oía ningún ruido, excepto el de las gotas de agua que caían de los árboles.

—¡Quentin! —le llegó una voz de ánimo desde las tribunas—. ¡Quentin!

El decano seguía en su palco VIP, gesticulando con entusiasmo. Se sonó la nariz ruidosamente con un pañuelo de seda. El sol era un recuerdo lejano.

De repente, una sensación agradable de luz y calidez bañó a Quentin... era tan vívida, tan extraña en aquella atmósfera gélida, que se preguntó si alguien habría lanzado un hechizo subrepticiamente. Miró de reojo a la fundente salamandra, pero ésta lo ignoró. Tuvo la familiar sensación de que el mundo se estrechaba hasta los límites del tablero, de que los árboles y la gente de su alrededor se encogían y curvaban, volviéndose plateados, solarizados. La mirada de Quentin pasó del pobre Josh, en el límite del tablero y respirando agitadamente, a Janet, que lo contemplaba feroz, ansiosamente, con las mandíbulas encajadas y un brazo por encima de los hombros de Eliot, cuyos ojos parecían fijos en algún otro escenario invisible situado más allá del terreno de juego.

Se sintió lejos de allí, nada de todo aquello importaba. Y eso era lo más divertido, resultaba increíble que nadie lo hubiera visto antes. Quizá pudiera intentar explicárselo a Josh. El día de la muerte de Amanda Orloff hizo algo terrible en clase que aún no había superado, aunque sí aprendido a vivir con ello. Sólo tenías que descubrir lo que importaba y lo que no, e intentar no vivir atemorizado por lo que no. O algo parecido. Si no, ¿de qué servía? No estaba seguro de poder explicárselo a Josh, pero quizá podría mostrárselo.

Quentin se quitó el abrigo, como si se desembarazara de una piel demasiado pequeña, e hizo rodar sus hombros. Sabía que no tardaría ni un minuto en congelarse, pero de momento le resultaba refrescante. Se centró en el jugador rubio del equipo Natural con su estúpida túnica, se inclinó a un lado y lanzó la bola apuntando a su rodilla. Ésta dio contra el pesado terciopelo con un golpe sordo.

—¡Ay! —El capitán de los Naturales se llevó las manos a la rodilla y contempló a Quentin con expresión ultrajada. Le había dolido—. ¡Falta!

—¡Chúpate ésa! —exclamó Quentin.

Se quitó la camisa por encima de la cabeza. Ignorando los cada vez más numerosos gritos de consternación que surgían de todas partes —es tan fácil ignorarlos cuando sabes el poco poder que tienen sobre ti—, caminó hasta la posición de Alice sin pronunciar palabra. Más tarde probablemente lo lamentaría, pero, ¡Dios, a veces era estupendo ser mago! Se cargó la chica al hombro, al estilo bombero, y saltó con ella al agua helada y purificadora.

La Tierra de Marie Byrd

Quentin llevaba preguntándose por el misterio del cuarto curso desde que había llegado a Brakebills. Todo el mundo lo hacía. Los hechos básicos eran de conocimiento común: cada año, por septiembre, la mitad de los alumnos de cuarto desaparecía rápida y misteriosamente de la Casa en mitad de la noche. Los desaparecidos reaparecían a finales de diciembre mucho más delgados, agotados y meditabundos, sin dar la menor explicación sobre su ausencia. Se consideraba de mal gusto comentar nada al respecto. Volvían a mezclarse con los residentes de Brakebills y eso era todo. El resto del cuarto curso desaparecía en enero y regresaba a finales de abril.

El primer semestre del cuarto curso llegaba a su fin, y Quentin no había conseguido descubrir absolutamente nada de lo que ocurría durante esa ausencia. El secreto del lugar al que iban y de lo que hacían allí —o de lo que les hacían a ellos— se mantenía increíblemente bien guardado. Incluso los alumnos que no se tomaban en serio Brakebills se mostraban apasionadamente firmes en ese punto: «Tío, no pienso hacer una sola broma al respecto, así que no quiero que me preguntes nada de ese tema...»

El desastre de la Bestia había alterado la planificación del año anterior. El contingente regular de alumnos de cuarto se marchó durante el primer semestre, pero el grupo del segundo semestre —que incluía a Eliot, Janet y Josh— terminó el año en Brakebills como si fuera un curso normal. Cuando especulaban sobre el tema, se llamaban a sí mismos los Perdonados. Aparentemente, fuera lo que fuese lo que el profesorado les reservaba durante esa desaparición, ya era bastante malo sin tener que añadir la amenaza de un carnívoro interdimensional.

Ahora, todo había vuelto a la normalidad. Ese año la mitad del cuarto curso había partido en las fechas señaladas junto a un puñado de estudiantes de quinto. Los diez Perdonados se dividieron en dos grupos de cinco. Ya fuera accidental o calculadamente, los Físicos partirían todos juntos en enero.

Ése era un tema habitual de conversación en torno a la maltrecha mesa de billar de la Casita.

—Te hago una apuesta —propuso Josh un domingo de diciembre por la tarde. Estaban combatiendo la resaca con vasos de Coca-Cola y enormes cantidades de bacón—. Te apuesto lo que quieras a que nos llevan a un colegio normal, a alguna escuela estatal elegida al azar, en la que tendremos que leernos *Cannery Row*, de Steinbeck, y debatir sobre la Ley del Timbre. Y al segundo día, Eliot estará en el cuarto de baño llorando, suplicando que le devuelvan su *foie-gras* y su vino francés mientras algún cachas lo sodomiza con un *stick* de hockey.

—Mmm, ¿ésa es tu fantasía gay? —preguntó Janet.

—Lo sé de buena fuente. —Eliot intentó que la bola blanca saltara por encima de la 8, pero falló y embocó las dos, lo que tampoco pareció importarle demasiado—. Yo creo que el enigma de cuarto es una tapadera, una patraña para asustar a los pusilánimes. Nos pasaremos todo el semestre en la isla privada que tiene Fogg en las Malvinas, contemplando la infinitud del multiverso en finos granos de arena blanquísima mientras sus *coolies* nos sirven ron y tónicas.

—No creo que tengan *coolies* en las Malvinas —observó Alice tranquilamente—. Ha sido una república independiente desde 1965.

—Entonces, ¿por qué todo el mundo vuelve tan delgado? —preguntó Quentin.

Janet y Eliot jugaban al billar, mientras el resto estaba tumbado en los sofás victorianos. El salón era lo bastante pequeño como para que, de vez en cuando, tuvieran que apartarse a un lado para evitar el extremo de los tacos de billar.

—Eso es por culpa de bañarse en pelotas.

—Oh, oh, oh —se burló Janet.

—Seguro que Quentin es bueno en eso —apuntó Josh.

—A tu gordo culo le iría bien que te bañases en pelotas.

—Yo no quiero ir —se empeñó Alice—. ¿No puedo conseguir una dispensa médica o algo así, como cuando permiten que los jóvenes cristianos no acudan a las clases de educación sexual? ¿A nadie más le preocupa?

—Oh, yo estoy aterrorizado. —Si Eliot bromeaba, no mostraba el menor signo de ello. Le colocó la bola blanca a Janet. Estaba decorada con cráteres lunares *trompe-l'oeil* para que pareciera la luna—. No soy tan fuerte como vosotros. Soy débil. Soy una delicada florecilla.

—No te preocupes, delicada florecilla —dijo Janet entre risas. Lanzó su bola sin apartar la mirada—. Sufrir curte.

Fueron por Quentin una noche de enero.

Sabía que sería de noche, siempre advertían la desaparición de los de cuarto durante el desayuno. Debían de ser las dos o las tres de la mañana, pero cuando la profesora Van der Weghe llamó a su puerta, se despertó instantáneamente. El sonido de su ronca voz europea resonando en la oscuridad le recordó su primera noche en Brakebills, cuando lo acompañó hasta su cama tras el Examen.

—Ha llegado la hora, Quentin —informó—. Vamos al tejado. No traigas nada.

Se puso las zapatillas y salió de su cuarto. En las escaleras se topó con una fila de alumnos silenciosos y somnolientos.

Nadie pronunció una palabra cuando la profesora Van der Weghe los condujo a través de una puerta abierta en un muro —que Quentin habría jurado que el día anterior era sólido—, situada entre un par de óleos de tres metros de altura mostrando veleros del siglo XIX navegando entre tormentas. Eran quince alumnos —los diez de cuarto y cinco de quinto— que arrastraban los pies sobre los oscuros escalones de madera, todos con el pijama azul marino de Brakebills. A pesar de las órdenes de Van de Weghe, Gretchen se aferraba a un osito de peluche negro además de a su bastón. La profesora mantuvo abierta una trampilla de madera para que salieran al tejado.

Éste formaba una larga, estrecha y ventosa franja que por ambos lados caía abruptamente al vacío. Tenía un borde extraño, recorrido por una pequeña verja de hierro que no ofrecía la menor protección o seguridad; es más, si pretendías apoyarte en ella tenía la altura perfecta para destrozarte las rodillas. El frío era cortante y las rachas de viento no ayudaban en nada. Hasta el cielo parecía congelado, iluminado por una luna casi llena y cubierto de nubes altas que el viento arrastraba velozmente.

Quentin se estremeció. Nadie había abierto la boca todavía, ni siquiera cruzado miradas. Era como si aún estuviesen medio dormidos y una sola palabra pudiera destrozar aquel delicado sueño. Incluso los otros Físicos eran como extraños.

—Quitaos los pijamas —ordenó la profesora Van der Weghe.

Obedecieron sin rechistar. Todo era tan surrealista, que tenía perfecto sentido que chicos y chicas se desnudaran a la vez en medio de aquel frío glacial sin un ápice de vergüenza. Más tarde, Quentin recordaría que Alice incluso apoyó una cálida mano en su hombro desnudo para no perder el equilibrio mientras se quitaba los pantalones del pijama. No tardaron en estar desnudos y tiritando. Las luces del campus titilaban bajo ellos con la negrura del bosque como telón de fondo.

Algunos de los alumnos seguían aferrando sus pijamas con ambas manos, pero Van der Weghe ordenó que los tiraran al suelo. Quentin lanzó el suyo con violencia y desapareció más allá del borde, pero ella no intentó impedirlo. No importaba. Recorrió la fila, aplicándoles con el pulgar una generosa cantidad de una pasta blanca en la frente y en los hombros a medida que pasaba frente a ellos. Cuando hubo terminado, volvió a recorrer la fila en sentido contrario revisando su trabajo, asegurándose de que se mantuvieran firmes. Finalmente, soltó una sola y áspera sílaba.

Al instante, un enorme peso cayó sobre los hombros de Quentin, obligándolo a inclinarse hacia delante. Se agachó, intentando resistirse, luchar contra él, erguirse de nuevo. ¡Lo estaba aplastando! Un aguijonazo de pánico recorrió todo su cerebro —¡la Bestia había vuelto!—, pero no, esto era distinto. Mientras se doblaba, sintió que sus rodillas se plegaban contra su vientre, se fundían con él. ¿Por qué no los ayudaba la profesora Van der Weghe? Quentin estiró más y más el cuello hacia delante sin poder evitarlo. Era un sueño grotesco, horrible. Quería vomitar, pero no podía. Los dedos de los pies se fundían y fluían, los de las manos se alargaban y extendían enormemente, y algo blando y cálido surgía de sus brazos y de su pecho recubriéndolo por completo. Sus labios se alargaron grotescamente y se endurecieron. La estrecha cinta del tejado se alzó a su encuentro.

De repente, el peso desapareció. Seguía agachado en el tejado gris, respirando pesadamente, pero ya no sentía frío. Miró a Alice y Alice lo miró a él. Pero ya no era Alice. Se había convertido en un enorme ganso gris. Y él también.

Van der Weghe volvió a recorrer la fila. Cogió a cada alumno por turno con ambas manos y lo lanzó al aire desde el tejado. Todos ellos, a pesar del shock —o quizás a causa de él—, abrieron las alas por reflejo y capturaron el aire antes de estrellarse contra las copas de los árboles de abajo. Uno a uno alzaron el vuelo en la noche.

Cuando llegó su turno, Quentin graznó para protestar. Las manos de Van der Weghe le resultaban duras, temibles y ardientes a pesar de la protección de sus plumas. Se cagó encima de pánico. Pero, de repente, se encontró en el aire y cayendo. Extendió las alas y las batió intentando recuperar altitud, hasta que el aire lo sostuvo. Era imposible que no lo hiciera.

El nuevo cerebro de ganso de Quentin no era dado a la reflexión. Sus sentidos sólo captaban un puñado de estímulos clave, pero muy, muy agudamente. Aquel cuerpo estaba hecho para sentarse o volar, no mucho más, y Quentin estaba de humor para volar. Para ser sincero, deseaba volar más que ninguna otra cosa que hubiera deseado jamás.

Sin consciencia o esfuerzo aparente, sus compañeros y él adoptaron la clásica formación en forma de uve irregular, con una alumna de cuarto llamada Georgia ocupando el vértice. Georgia era hija del recepcionista de un vendedor de coches de Michigan, y estaba en Brakebills en contra de la voluntad de su familia. A diferencia de Quentin, le había confesado a sus padres la verdadera naturaleza de Brakebills y, como recompensa por su honestidad, esos padres intentaron llevársela de la escuela. Gracias a un sutil hechizo de Fogg, los padres de Georgia terminaron creyendo que su hija acudía a un instituto vocacional para adultos problemáticos. Ahora, Georgia —cuya disciplina era una oscura rama de Curación, análoga en cierta forma a la endocrinología—, que solía llevar su rizada melena negra recogida con un pasador en forma de caparazón de tortuga, los guiaba hacia el sur, batiendo vigorosamente sus recientemente adquiridas alas.

Cualquiera hubiera podido liderar la bandada. Quentin era vagamente consciente de que, aunque había perdido la mayor parte de su capacidad cognitiva en la transformación, había descubierto un par de sentidos nuevos. Uno tenía que ver con el aire: podía percibir la dirección y velocidad del viento, así como la temperatura ambiental, tan nítidamente como un torbellino de humo en un túnel de viento. Ahora, el cielo le parecía un mapa tridimensional de corrientes y remolinos: los cálidos lo alzaban amistosamente, mientras que los fríos provocaban peligrosas zambullidas. Podía captar el picor de los distantes cúmulos intercambiando estallidos de cargas eléctricas positivas y negativas. El sentido direccional de Quentin también se había agudizado, hasta el punto que le parecía tener una brújula perfectamente calibrada flotando en aceite dentro de su cerebro.

Podía captar caminos y raíles invisibles extendiéndose en la lejanía y en todas direcciones. Eran las líneas de fuerza magnética de la Tierra, y Georgia los guiaba a lo largo de uno de esos raíles en dirección sur. Al amanecer, volaban a un kilómetro y medio de altura, y a una velocidad de noventa kilómetros por hora, adelantando a los coches que circulaban bajo ellos por la autopista Hudson.

Atravesaron el cielo de Nueva York, una pétrea incrustación chisporroteante de calor y chispazos eléctricos, exudando una flatulencia tóxica. Siguieron la costa durante todo el día, pasando por Trenton y Filadelfia. En unas ocasiones sobrevolaban el mar, en otras, campos helados, deslizándose siempre entre los gradientes de temperatura, aguijoneados por las corrientes ascendentes, cambiando de corriente en corriente cuando una se agotaba para seguir impulsándose con la siguiente. Se sentía fantástico. Quentin ni siquiera pensaba en detenerse. No podía creerse lo fuerte que era y cuántos aleteos almacenaba en los músculos de su pecho. No podía contenerse. Tenía que hablar de ello.

—*Honk* —graznó—. *Honk, honk, honk, honk, honk, honk, honk*.

Sus compañeros asintieron.

Quentin se veía arrastrado adelante y atrás dentro de la uve de una manera ordenada, más o menos como la rotación de un equipo de voleibol. A veces descendían y descansaban, alimentándose en un embalse, en la mediana de una autopista o en un terreno mal drenado de un parque de oficinas del extrarradio de cualquier ciudad (los errores de paisaje eran oro puro para los gansos). Con cierta frecuencia compartían aquellos inapreciables pedacitos de naturaleza con otros gansos que, sintiendo su transformada naturaleza, los miraban con cortés diversión.

Quentin no podía asegurar cuánta distancia habían cubierto. Cierta vez captó una formación de tierra que le pareció familiar, e intentó calcular el tiempo y la distancia. Si volaban a tal y tal velocidad, y la bahía de Chesapeake estaba a tantos kilómetros al sur de Nueva York, entonces los días que debían de haber pasado desde... ¿desde cuándo exactamente? Su cerebro se negaba tercamente a completar las operaciones matemáticas que le indicarían el tiempo o la distancia. No bailaban a su ritmo. El cerebro avícola de Quentin no tenía el *hardware* necesario para manejar números, ni estaba interesado en el resultado que podían dar esos números.

Volaron hacia el sur lo suficiente como para que el clima se tornara perceptiblemente más cálido. Siguieron viajando sobre los cayos de Florida; pequeños pedazos de tierra seca y dura que apenas emergían del incesante regazo turquesa; después cruzaron el Caribe, pasando por Cuba más al sur de lo que se atrevería cualquier ganso cuerdo; sobrevolaron el canal de Panamá, provocando sin duda que algún estudioso ornitólogo agitara su cabeza incrédulo al contemplar la pequeña uve mientras anotaba ceremoniosamente el dato en su cuaderno de campo.

Pasaron días y semanas, quizá meses y años. ¿Quién sabe? ¿A quién le importa? Quentin nunca había experimentado una paz y una satisfacción como aquélla. Olvidó su pasado humano, olvidó Brakebills, y Brooklyn, y a James, y a Julia, y a Penny, y al decano Fogg. ¿Para qué recordarlos? Él ni siquiera tenía ya un nombre, ni identidad individual, y tampoco los quería. ¿De qué servían los artefactos humanos? Era un animal. Su trabajo consistía en convertir plantas e insectos en músculo, grasa y plumas, y volar y volar devorando kilómetro tras kilómetro. Sólo servía a sus compañeros de bandada, al viento, y a las leyes darwinianas. Y servía a cualquier fuerza que le permitiera planear a lo largo de los invisibles raíles magnéticos, siempre hacia el sur, sobre las pedregosas costas de Brasil, sobre los picos más altos de los Andes y más tarde sobre el extenso océano Pacífico. Jamás había sido tan feliz.

Aunque cada vez resultaba más duro. Amerizaban cada vez menos y en lugares más exóticos, amplios parajes que debían de haber sido previamente elegidos para ellos. Cuando volaba a más de dos kilómetros y medio de altura sobre los rocosos Andes, sintiendo su estómago vacío y el dolor de sus músculos pectorales, si algo centelleaba en un bosque a ciento cincuenta kilómetros de distancia, estaba seguro de que pasarían por encima de un campo de fútbol recién regado o de una piscina abandonada en alguna mansión abandonada de un señor de la guerra sudamericano, donde el agua de lluvia había disuelto el picante olor químico del cloro hasta hacerlo casi desaparecer.

Tras el largo interludio tropical volvía a hacer frío. Brasil dio paso a Chile y sus pampas patagónicas batidas por el viento. Ahora formaban una bandada flaca, con sus reservas de grasa prácticamente agotadas, pero ninguno de ellos se rindió o dudó un solo segundo mientras seguían avanzando de forma suicida hacia el sur, del cabo de Hornos al terrible caos azulado del estrecho de Magallanes. La invisible autopista que seguían no giraba de forma brusca.

Ya no era una bandada pletórica y ruidosa. Quentin miró una vez hacia el ala opuesta de la uve y vio el negro ojo de Janet ardiendo con furiosa determinación. Pasaron la noche en una milagrosa barcaza a la deriva en las profundas aguas del pasaje de Drake, cargada de sabrosos manjares: berros, alfalfa y tréboles. Cuando la inhóspita orilla gris de la Antártida apareció en el horizonte, no la vieron con alivio sino con una colectiva resignación. No existía un nombre en el lenguaje ganso para aquel país, porque los gansos nunca llegaban hasta allí o, si lo hacían, jamás regresaban. Podía ver cómo las líneas magnéticas convergían en un punto, como los trazos que indican la longitud en un mapa convencional del globo terráqueo. La uve de Brakebills volaba alta, con las olas grises meridianamente claras extendiéndose a través de tres kilómetros de aire seco y salado.

En lugar de playa, vieron una costa de peñascos desmenuzados, atestados de extraños e ininteligibles pingüinos; después, hielo blanco, el cráneo congelado de la Tierra. Quentin estaba agotado. El frío desgarraba su cuerpecito, colándose entre su chaqueta de plumas. Ya no sabía qué lo mantenía en movimiento; sólo que si uno de ellos caía, todos se rendirían, plegarían sus alas y se zambullirían en la blanca nieve que los devoraría felizmente.

Entonces, el raíl que seguían se dobló como la varita de un zahorí, se anguló hacia abajo y ellos lo agradecieron, aceptaron perder altitud a cambio de mayor velocidad y el bendito alivio de no tener que esforzarse en mantener la altura con sus alas doloridas. Quentin vio una casa de piedra erigida en medio de la nieve, una anomalía extraña en aquella monótona llanura. Era un lugar construido por el hombre, y normalmente Quentin lo hubiera temido, se hubiera cagado sobre él, y después alejado y olvidado.

Esta vez, no. El sendero terminaba allí, enterrándose en uno de los muchos tejados nevados de la casa de piedra. Ya estaban lo bastante cerca como para que Quentin pudiera ver a un hombre de pie en uno de ellos sosteniendo un largo báculo, esperándolos. El instinto de alejarse de él era fuerte, pero el cansancio y por encima de todo la lógica magnética del sendero resultaban todavía más fuertes.

En el último segundo ahuecó las doloridas alas, captando el aire como una vela, agotando los últimos restos de energía cinética y amortiguando su caída. Rebotó ligeramente contra el tejado nevado y permaneció allí, boqueando en la tenue atmósfera. Sus ojos estaban apagados. El humano no se había movido. Bueno, que le dieran. Podía hacer lo que quisiera con ellos: desplumarlos, limpiarlos, rellenarlos y asarlos. A Quentin ya no le importaba nada, excepto disfrutar de uno de los benditos y escasos momentos de descanso para sus doloridas alas.

El hombre pronunció una extraña sílaba con sus labios pálidos y sin pico, y golpeó el tejado con la base de su báculo. Quince adolescentes pálidos y desnudos aparecieron en la nieve bajo el blanco sol polar.

Quentin despertó en un dormitorio, sin ser consciente de que había estado durmiendo casi veinticuatro horas seguidas. Sentía el pecho y los brazos magullados y doloridos; se miró las manos rosadas, humanas, con rechonchos dedos sin plumas, y se tocó la cara con ellos. Suspiró y se resignó a ser de nuevo humano.

La habitación estaba escasamente amueblada y todo en ella era blanco: las sábanas, las paredes, el basto pijama que llevaba puesto, la cabecera metálica de la cama, las zapatillas que le esperaban en el frío suelo de piedra... Gracias a una pequeña ventana cuadrada, Quentin comprobó que se encontraba en un segundo piso. La vista era de campos nevados bajo un cielo blanco que se extendía hasta el horizonte, una abstracta línea blanca sin sentido a una distancia imposible de calcular. Dios mío, ¿dónde se había metido?

Se aventuró por el pasillo, todavía con el pijama y una delgada bata que encontró colgada de un gancho tras la puerta del dormitorio. En la planta baja descubrió un salón tranquilo y espacioso con techo de madera, idéntico al comedor de Brakebills, pero con un aire diferente, más similar a un refugio alpino. Una larga mesa con bancos ocupaba la mayor parte de la longitud del salón.

Quentin se acomodó en uno de los bancos. Un hombre estaba sentado en uno de los extremos de la mesa y contemplaba sombrío los restos de un desayuno espléndido. Era alto pero cargado de espaldas, con un cabello rubio rojizo, unos ojos de un azul pálido y acuoso, una fina mandíbula y un poco de estómago. Su ropa parecía mucho más blanca y suave que la de Quentin.

—Te he dejado dormir —le dijo—. La mayoría de los otros se despertó hace rato.

—Gracias.

Quentin cambió de posición en el banco para quedar frente a él. Buscó un tenedor limpio entre los platos y las fuentes.

—Estás en Brakebills Sur. —La voz del hombre era extrañamente átona pero con un ligero acento ruso, y no miraba directamente a Quentin mientras hablaba—. Estamos a ochocientos kilómetros del polo Sur. Volasteis sobre el mar de Bellinghausen desde Chile, atravesando una región llamada Tierra de Ellsworth. A esta parte de la Antártida la llaman la Tierra de Marie Byrd. El almirante Byrd le puso el nombre de su esposa.

Se rascó la despeinada melena casi inconscientemente.

—¿Dónde están los demás? —preguntó Quentin. No creyó necesario ser formal, dado que ambos iban en pijama. Y las croquetas frías de patata estaban increíblemente deliciosas. No se había dado cuenta de que estuviera tan hambriento.

—Les he dado la mañana libre. Comenzaremos las clases por la tarde.

Quentin, con la boca llena, asintió.

—¿Qué tipo de clases? —logró mascullar.

—¿Qué tipo de clases? —repitió el hombre—. Aquí, en Brakebills Sur aprenderéis magia. ¿O creías que ya lo estabas haciendo con el profesor Fogg?

Preguntas como aquélla confundían a Quentin, así que decidió ser sincero.

—Sí, lo creía.

—Estáis aquí para interiorizar los mecanismos esenciales de la magia. Creías... —su acento lo convirtió en *greías*— que estabas aprendiendo magia. *Medzhik*. Sólo has estado practicando a Popper y memorizando sus conjugaciones, declinaciones y modificaciones. ¿Cuáles son las cinco Circunstancias Terciarias?

—Altitud, Era, Posición de las Pléyades, Fase de la Luna y Estanque de Agua más cercano.

—Muy bien —dijo el otro en tono sarcástico—. Magnífico. Eres un genio.

Quentin decidió no dejarse provocar, aunque para ello tuvo que esforzarse al máximo. Aún disfrutaba de la emoción de haber sido un ganso. Y de las croquetas.

—Gracias.

—Has estado estudiando magia igual que un loro recita a Shakespeare, como si recitases el juramento a la bandera... pero sin comprender lo que decías.

—¿Ah, no?

—No. Para convertirte en mago tendrás que hacer algo muy distinto —explicó el hombre. Se notaba que dominaba aquel discurso—. No puedes estudiar magia, no puedes aprenderla. Debes ingerirla, digerirla. Debes fundirte con ella. Y ella contigo.

»Cuando un mago lanza un hechizo, no revisa mentalmente las Circunstancias Mayores, Menores, Terciarias y Cuaternarias. No mira su alma para determinar la fase de la Luna, y el agua más cercana, y la última vez que se limpió el culo. Cuando desea lanzar un hechizo, simplemente lo lanza. Cuando desea volar, simplemente vuela. Cuando quiere lavar los platos, simplemente los lava.

El hombre susurró algo, dio unos rítmicos golpecitos en la mesa, y los platos sucios comenzaron a apilarse ruidosamente movidos por una fuerza invisible.

—Necesitas algo más que memorizar, Quentin. Debes aprender los principios de la magia con algo más que tu cerebro. Debes aprenderlos con tu sangre, con tu hígado, con tu polla. —Se cogió el escroto con una mano por encima del pijama y lo sacudió una vez—. Enterraremos el mecanismo del lanzamiento de hechizos tan profundamente en tu ser que siempre lo tendrás, dondequiera que te encuentres y siempre que lo necesites, no sólo cuando lo hayas estudiado para un examen.

»Esto no va a ser una aventura mística, Quentin. El proceso será largo y doloroso, y humillante, y muy, muy aburrido. —Prácticamente gritó las últimas palabras—. Es una tarea que necesita silencio y aislamiento. Ésa es la razón de vuestra presencia aquí. No disfrutaréis del tiempo que paséis en Brakebills Sur, ni os animaré a que lo intentéis.

Quentin escuchó en silencio. No le gustaba especialmente aquel hombre que hablaba con demasiada libertad de su pene y cuyo nombre aún no sabía. Apartó ese detalle de su mente, y se concentró en su envarado y agotado cuerpo.

—¿Y cómo hago eso? —murmuró Quentin—. Aprender cosas con mi hígado o con lo que sea.

—Es muy duro. No todo el mundo lo hace. No todo el mundo puede hacerlo.

—Ajá. ¿Qué pasará si no lo consigo?

—Nada. Volverás a Brakebills, te graduarás y serás un mago de segunda fila el resto de tu vida. Muchos lo hacen. Probablemente nunca te darás cuenta. Incluso el hecho de que hayas fallado aquí estará más allá de tu comprensión.

Quentin no tenía intención de dejar que eso le pasara, aunque se le ocurrió que probablemente nadie querría que le pasara y, hablando estadísticamente, tenía que pasarle a alguien. Las croquetas ya no sabían tan deliciosas. Dejó el tenedor.

—Fogg me dijo que eres bueno con las manos —comentó el hombre, transigiendo un poco—. Hazme una demostración.

Quentin todavía sentía los dedos rígidos y doloridos tras haberse convertido en alas, pero cogió un cuchillo afilado que parecía decentemente equilibrado, lo limpió cuidadosamente con una servilleta y lo sostuvo entre el anular y el meñique de la mano izquierda. Lo hizo girar entre ellos, dedo tras dedo hasta el pulgar, y lo lanzó hasta casi tocar el techo —todavía girando, dejando que pasara cuidadosamente entre dos vigas— con la intención de que al caer se clavara en la mesa, entre los dedos corazón y anular de su abierta mano izquierda. Lo hizo sin mirar, manteniendo contacto visual con su «público» para conseguir el máximo efecto.

El compañero de mesa de Quentin cogió una barra de pan y tendió el brazo para que el cuchillo se clavara en ella al caer. Lanzó el pan y el cuchillo despectivamente sobre la mesa.

—Corres riesgos estúpidos —dijo el hombre, gélidamente—. Ve a reunirte con tus amigos. Creo —*greo*— que los encontrarás en el tejado de la torre oeste —señaló una puerta—. Empezaremos al atardecer.

«Vale, míster Alegrías —pensó Quentin—. Tú eres el jefe.»

Se levantó. El extraño hizo lo mismo y se dirigió en otra dirección. Tenía el aspecto de alguien defraudado.

Brakebills Sur era exactamente igual a la Casa de Brakebills, piedra a piedra, tablón a tablón. En cierto modo resultaba tranquilizador, aunque también incongruente, encontrar una casa de campo inglesa del siglo XVIII en medio de la desierta inmensidad de la Antártida. El tejado de la torre oeste era amplio, redondeado y pavimentado con pulidas losas de piedra, un muro también de piedra rodeaba el borde. Estaba expuesto a los elementos, pero algún tipo de hechizo mantenía el recinto cálido, húmedo y protegido del viento... o casi protegido. Quentin pudo sentir un profundo frío anidando bajo la calidez, en alguna parte. El aire era tibio, pero el suelo, el mobiliario, todo lo que tocaba, parecía frío y húmedo. Era como estar en un cálido invernadero en pleno invierno.

Tal como le habían prometido, todo el grupo de Brakebills se encontraba allí dividido en grupitos de tres o cuatro alumnos, bañados por la espectral luz antártica, contemplando el paisaje nevado y hablando en voz baja. Parecían distintos. Su cintura era más estrecha, y sus hombros y pecho más sólidos, más anchos. Durante su viaje al sur habían perdido grasa y creado músculo. Su mandíbula y sus pómulos eran mucho más definidos. Alice parecía más adorable, más demacrada... y más perdida que nunca.

—*Honk honk honkonk honk honk* —graznó Janet al verlo. Los demás rieron y Quentin tuvo la impresión de que no era la primera vez que hacía la misma broma.

—Eh, tío —lo llamó Josh, intentando parecer despreocupado—. ¿Este lugar te ha agilipollado o qué?

—No parece tan malo —respondió Quentin—. ¿Es hora de bañarse desnudos?

—Eso sería pasarse de la raya —dijo Eliot pesimista, tampoco probablemente por primera vez—. De todas formas, ya estuvimos todos desnudos.

Llevaban pijamas idénticos. Quentin se sintió como el interno de un manicomio. Se preguntó si Eliot echaba de menos a su pareja secreta, quienquiera que fuese entonces.

—Abajo me he encontrado con la enfermera Ratched —dijo—. Los pijamas no tenían bolsillos y Quentin buscó dónde meter las manos—. Me soltó todo un discurso sobre lo estúpido que soy y lo desgraciado que me hará sentir aquí.

—Estabas dormido durante nuestra pequeña charla de bienvenida. Es el profesor Mayakovsky.

—¿Mayakovsky? ¿Como el decano Mayakovski?

—Es su hijo —aclaró Eliot—. Siempre me pregunté qué le había pasado. Ahora ya lo sabemos.

El Mayakovsky original había sido el mejor mago de todo un grupo de profesores internacionales que llegaron a Brakebills durante los años treinta y cuarenta. Hasta entonces, allí se había impartido casi exclusivamente magia inglesa y norteamericana; pero, en los años treinta, una ola de moda «multicultural» barrió la escuela e importaron profesores de todo el mundo a un precio enorme, y cuanto más remotos, mejor: chamanes de Micronesia con faldita, magos enjutos y fumadores de pipas de agua de las cafeterías de El Cairo, nigromantes tuaregs de rostro azul del sur de Marruecos... La leyenda decía que Mayakovsky padre había sido reclutado en alguna remota aldea siberiana, un puñado de congeladas casitas soviéticas donde las tradiciones chamánicas locales se habían fusionado con sofisticadas prácticas moscovitas, llevadas hasta allí por los desterrados al Gulag.

—Me pregunto qué habrá hecho de malo para enviarlo aquí —susurró Josh.

—Quizá pidió el puesto —replicó Quentin—. Quizá le gusta estar aquí. El tipo parece a sus anchas en este escalofriante paraíso de soledad.

—Creo que tiene razón, y también creo que seré el primero en fallar —apuntó Eliot, como si estuviera teniendo una conversación distinta. En su mejilla sentía el suave picor de una incipiente barba—. Esto no me gusta nada. Me produce sarpullido. —Señaló el material de los pijamas de Brakebills Sur—. Creo que el mío tiene una mancha y todo.

—Estarás bien —lo consoló Janet, frotándole el brazo amistosamente—. Sobreviviste a Oregón. ¿Te parece esto peor que Oregón?

—Si se lo pido amablemente, puede que vuelva a convertirme en ganso.

—¡Oh, Dios mío! —exclamó Alice—. Nunca más. ¿Os dais cuenta de que comimos insectos? ¡Comimos insectos!

—¿Qué quieres decir con eso de «nunca más»? ¿Cómo crees que volveremos a Brakebills?

—¿Sabéis lo que me gustaba de ser ganso? —preguntó Josh—. Ser capaz de cagarme donde quisiera.

—Yo no volveré. —Eliot lanzó un guijarro blanco hacia la desolación blanca. Se volvió invisible antes de caer en ella—. Cruzaré el polo Sur y llegaré hasta Australia. O hasta Nueva Zelanda, los viñedos deben de estar madurando ahora. Algún criador de ovejas me adoptará, me alimentará con Sauvignon blanco y convertirá mi hígado en un *foie-gras* maravilloso.

—Quizás el profesor Mayakovsky te convierta en un kiwi —apuntó Josh animosamente.

—Los kiwis no pueden volar.

—Pues vale. El caso es que no me parece que esté dispuesto a hacernos un montón de favores —replicó Alice.

—Debe de pasar mucho tiempo solo —dijo Quentin—. Quizá deberíamos sentir lástima por él.

Janet resopló.

—*¡Honk honk honk honk honk!*

En Brakebills Sur no tenían manera de medir el tiempo. No había relojes y el sol era una fosforescencia blanca permanentemente colgada unos centímetros por encima del horizonte. Eso hacía que Quentin pensara en la Relojera y en cómo intentaba siempre detener el tiempo. Aquel lugar le hubiera encantado.

Esa primera tarde charlaron en el tejado de la torre oeste durante lo que les parecieron horas, apiñándose para afrontar unidos el extraño ambiente. Nadie pensó en descender a la planta baja, ni siquiera después de hartarse de esperar y agotar los temas de conversación, así que se sentaron en el suelo, con la espalda contra el muro de piedra, y se limitaron a contemplar la pálida y brumosa distancia, bañada por la extraña luz blanca que se reflejaba en la nieve.

Quentin apoyó la espalda contra la fría piedra y cerró los ojos. Sintió cómo Alice apoyaba la cabeza en su hombro. Podía confiar en ella. Aunque todo cambiase, siempre sería la misma. Descansaron juntos.

Más tarde —pudieron ser minutos, horas o días—, él abrió los ojos, intentó decir algo y descubrió que no podía hablar.

Algunos ya estaban en pie. El profesor Mayakovsky había aparecido en lo alto de las escaleras, con el cinturón de su albornoz blanco atado sobre su barriga. Se aclaró la garganta.

—Me he tomado la libertad de privaros del habla —anunció. Se tocó con un dedo la nuez de Adán—. En Brakebills Sur no se necesita hablar. Es lo más difícil a lo que tendréis que acostumbraros, y he descubierto que si evito que habléis durante la primera semana, eso facilita la transición. Podréis vocalizar para lanzar hechizos, pero nada más.

Los alumnos de cuarto lo contemplaron mudos. Mayakovsky parecía más cómodo, ahora que nadie podía responderle.

—Venid abajo conmigo, es hora de vuestra primera lección.

Una cosa sobre la magia que siempre había confundido a Quentin cuando leía novelas era que nunca parecía particularmente difícil. Encontrabas montones de cejas fruncidas, y libros gruesos, y largas barbas blancas, y todo ese rollo, pero cuando llegaba el momento de lanzar un hechizo —leyéndolo en un manuscrito o en la página de un libro si era demasiado complicado—, recolectabas las hierbas, movías la varita mágica, frotabas la lámpara, mezclabas los ingredientes de la poción, recitabas el hechizo y las fuerzas del más allá se encargaban del resto. Era como aliñar una ensalada o montar un mueble de Ikea: una habilidad que podías aprender. Necesitabas tiempo y esfuerzo, pero comparado con... el cálculo, por ejemplo, o con tocar el oboe... bueno, realmente no había comparación. Cualquier idiota podía hacer magia.

Quentin se sintió perversamente aliviado al descubrir que la verdadera magia era más que eso. Hacía falta talento —ese silencioso e invisible esfuerzo que sentía en su pecho cada vez que un hechizo salía bien—, pero también trabajo, mucho trabajo y muy duro. Cada hechizo tenía que ajustarse y modificarse de cien maneras según las Circunstancias —en Brakebills adornaban la palabra con una «C» mayúscula— bajo las que se lanzaba. Esas Circunstancias podían referirse a cualquier cosa: la magia era un instrumento complejo y complicado, que tenía que ser calibrado con exactitud en el contexto donde operaba. Quentin se sabía de memoria docenas de páginas de tablas y diagramas de las Circunstancias Mayores y cómo afectaban a los encantamientos. Y después, una vez que podías recitarlas de carrerilla, tenías que memorizar cientos de Corolarios y Excepciones.

Lo más parecido a la magia era un idioma. Y, al igual que un idioma, los profesores y los libros de texto trataban de sistematizarlo para poder enseñarlo, pero en realidad era algo complejo, caótico y orgánico. Obedecía a unas reglas, únicamente mientras tú te atuvieras a ellas, pero existían tantos casos especiales y tantas variaciones como reglas. Esas Excepciones estaban indicadas en filas y filas de asteriscos, dagas y demás fauna tipográfica que invitaban al lector a examinar detenidamente las muchas notas a pie de página que atestaban los márgenes de los libros de referencia, como ocurre con los comentarios talmúdicos.

La intención de Mayakovsky era que memorizasen todas aquellas minucias. Y no sólo que las memorizasen, sino que las absorbieran y las interiorizasen. Los mejores magos tenían talento, explicaba a su público cautivo y silencioso, pero también algo fuera de lo común bajo la maquinaria mental, la delicada pero poderosa correlación y verificación necesarias para acceder, manipular y manejar ese vasto cuerpo de información.

Esa primera tarde, Quentin esperaba una conferencia en toda regla; pero, en vez de eso, cuando Mayakovsky terminó de maldecir sus inútiles laringes, les mostró a cada uno de ellos lo más parecido a la celda de un monje, una pequeña habitación de piedra con una sola ventana en lo alto y llena de barrotes, una simple silla, una mesa cuadrada de madera y un estante lleno de libros de magia de referencia atornillado a un muro. Tenía el aspecto limpio e industrial de un cuarto que acabara de ser vigorosamente barrido con una escoba de mango de abedul.

—Siéntate —ordenó Mayakovsky.

Quentin obedeció. El profesor se situó frente a él como ante un tablero de ajedrez. Entre los dos había un martillo, un pedazo de madera, una caja de clavos, una hoja de papel y una cajita envuelta en una pálida vitela.

Mayakovsky le dio unos golpecitos al papel.

—El hechizo Martillo de Legrand —le dijo—. ¿Lo conoces?

Todo el mundo lo conocía, era un hechizo estándar. Aunque simple en teoría —sólo tenías que asegurarte de que el clavo atravesara la madera de un solo golpe— era extraordinariamente delicado. Existían literalmente miles de permutaciones que dependían de las Circunstancias. Lanzar un Legrand era, probablemente, más difícil que clavar el maldito clavo al estilo tradicional, pero resultaba muy útil para propósitos didácticos.

Mayakovsky le dio unos golpecitos al libro con un dedo.

—Cada página de libro describe conjunto diferente de Circunstancias. ¿Entendido? Lugar, clima, estrellas, estación... en fin, tú ya sabes. Giras página y lanzas hechizo según conjunto de Circunstancias que indique. Buena práctica. Volveré cuando termines con última página de libro. *Khorosho?*

A medida que el día avanzaba, el acento ruso de Mayakovsky se hacía más y más marcado, empezando por despreciar las contracciones y los artículos determinados, y terminando por comerse palabras enteras.

El profesor se marchó cerrando la puerta tras él, y Quentin abrió el libro. Alguien no muy creativo había escrito en la primera página: QUE ABANDONE TODA ESPERANZA AQUEL QUE ENTRE AQUÍ. Algo le dijo que Mayakovsky estaba al corriente de aquella inscripción, pero que no se molestaba en borrarla.

Quentin no tardó en conocer el hechizo del Martillo de Legrand mejor de lo que conociera nunca hechizo alguno. Página tras página, las Circunstancias listadas en el libro eran más y más esotéricas y rebuscadas. Lanzó el hechizo a mediodía y a medianoche, en verano y en invierno, sobre picos montañosos y a mil metros bajo la superficie de la Tierra, bajo el agua y sobre la superficie de la Luna, y a primeras horas de la tarde en medio de una ventisca que azotaba una playa de la isla de Mangareva... algo que nunca sucedería, ya que Mangareva formaba parte de la Polinesia francesa en el sur del Pacífico. Lanzó el hechizo como hombre, como mujer y una vez —¿era realmente tan importante?— como hermafrodita. Lo lanzó enfurecido, ambivalente y con amargo arrepentimiento.

Para entonces, Quentin tenía la boca completamente seca y las puntas de los dedos entumecidas. Se había golpeado el pulgar con el martillo cuatro veces, y el bloque de madera estaba atestado de clavos machacados. El chico gruñó y apoyó la cabeza contra el duro respaldo de la silla. La puerta se abrió y el profesor Mayakovsky entró, llevando en las manos una tintineante bandeja.

Dejó la bandeja sobre la mesa. En ella traía una taza de té caliente, un vaso de agua, un plato con una porción de mantequilla y una gruesa rebanada de pan, más otro vaso conteniendo dos dedos de lo que resultó ser vodka con pimienta, la mitad del cual se bebió el propio profesor antes de dejar el vaso sobre la mesa.

Cuando terminó, le soltó una bofetada a Quentin.

—Eso por dudar de ti mismo —sentenció.

Quentin se quedó contemplándolo, entre asombrado y dolorido. Levantó la mano hasta su mejilla pensando: «Este tío está completamente loco. Puede hacer con nosotros lo que le dé la gana.»

Mayakovsky abrió el libro por la primera página. La pasó y señaló el reverso. En él estaba escrito otro hechizo: la Extracción de Clavos de Bujold.

—Vuelve a empezar, por favor.

Dar cera, pulir.

Cuando Mayakovsky se marchó, Quentin se levantó desperezándose. Las rodillas le crujieron. En lugar de volver a empezar, como le habían ordenado, se dirigió a la pequeña ventana para contemplar aquella especie de paisaje lunar nevado. Su monocromatismo hizo que empezase a alucinar en colores. El sol seguía inmóvil en el cielo.

Así pasó Quentin su primer mes en Brakebills Sur. Los hechizos cambiaban y las Circunstancias diferían, pero la habitación seguía siendo la misma y los días eran siempre, siempre, siempre iguales: vacíos e implacables, con interminables eriales de repeticiones. La ominosa advertencia de Mayakovsky resultaba plenamente justificada y, comprensiblemente, un tanto subestimada. Incluso durante sus peores momentos en Brakebills, Quentin tuvo la sospecha de que no se perdía nada estando allí, que los sacrificios que le exigían sus instructores, aunque grandes, palidecían si los comparaba con las recompensas de su posterior vida como mago. En Brakebills Sur, por primera vez, sentía que se estaba ganando a pulso cualquier recompensa futura.

Y comprendió el motivo de que los enviaran allí. Lo que Mayakovsky les pedía era imposible. El cerebro humano no estaba preparado para absorber aquellas ingentes cantidades de información. Si Fogg hubiera intentado imponer aquel régimen de estudios en Brakebills, se hubiera encontrado con una insurrección entre las manos.

Era difícil calcular cómo lo llevaban los demás. Se veían a las horas de comer, pero a causa de la prohibición de hablar no intercambiaban experiencias, sólo miradas y encogimientos de hombros. Nada más. Sus ojos se encontraban por encima de la mesa durante los desayunos, pero los apartaban rápidamente; los de Eliot parecían vacíos, y Quentin suponía que los suyos probablemente tenían el mismo aspecto. Incluso los rasgos de Janet, normalmente animados, ahora eran rígidos, como congelados. Ni siquiera intercambiaban notas. El encantamiento que les impedía hablar era general: sus bolígrafos tampoco podían escribir.

De todas formas, Quentin había perdido todo interés en comunicarse con los demás. En teoría, tendría que estar ansioso por cualquier contacto humano, pero la verdad es que se distanciaba cada vez más de los otros. Arrastraba los pies por los pasillos de piedra como un prisionero, de su cuarto al comedor y de allí a la solitaria aula, bajo la tediosa e imperturbable mirada del sol blanquecino. Una vez subió al tejado de la torre oeste y se encontró con uno de los otros, un chico extrovertido llamado Dale, haciendo de mimo para un público indiferente, pero ni siquiera volvió la cabeza para seguir sus movimientos. Su sentido del humor había muerto en aquella vastedad blanca.

El profesor Mayakovski estaba seguro de lo que ocurriría. Tras las primeras tres semanas, anunció la anulación del hechizo que les impedía hablar, pero la noticia fue recibida en silencio. Nadie se había dado cuenta.

Entonces, Mayakovski varió la rutina. La mayor parte de los días seguían peleándose con las Circunstancias y sus interminables Excepciones, pero de vez en cuando introducía otros ejercicios. En una sala vacía creó un laberinto tridimensional con anillos de alambre: los alumnos tenían que hacer levitar objetos y moverlos a través de ellos, cada vez a mayor velocidad, para agudizar sus poderes de concentración y control. Al principio utilizaron canicas, pero después pasaron a bolas de acero apenas más pequeñas que la circunferencia de los anillos. Cuando una de las bolas rozaba un anillo, saltaba una chispa, y el lanzador del hechizo recibía una sacudida eléctrica.

Más tarde tuvieron que guiar luciérnagas a través del mismo laberinto, valiéndose para ello de su propia fuerza de voluntad. Se observaban unos a otros en silencio, sintiendo envidia por los éxitos ajenos y desprecio por los fallos. El régimen los había dividido y enemistado. Janet era particularmente mala en aquellos ejercicios, ya que tendía a sobrecargar a sus luciérnagas, hasta el punto que empezaban a crepitar en pleno vuelo y se consumían en una nube de humo y cenizas. Mayakovski le indicaba mediante un gesto casi imperceptible que volviera a comenzar, mientras lágrimas de muda frustración recorrían el rostro de la chica. Aquella tortura podía durar horas, nadie abandonaba la sala hasta que todos y cada uno completaba el ejercicio. Más de una vez durmieron allí.

A medida que pasaban las semanas, fueron profundizando cada vez más en ciertas áreas mágicas para las que Quentin nunca creyó tener suficientes agallas. Transformaciones, por ejemplo. Aprendieron a desmontar y a analizar sintácticamente el hechizo que los convirtiera en gansos (gran parte del truco consistía en prescindir de parte de su masa, almacenarla y después restaurarla de nuevo). Pasaron una tarde hilarante convertidos en osos polares recubiertos de capas y más capas de piel y grasa, trotando torpemente en manada sobre la compacta nieve y azuzándose inofensivamente con gigantescas zarpas amarillentas. Sentían el cuerpo torpe y demasiado pesado, lo que provocaba constantes encontronazos accidentales. Más hilaridad.

Mayakovski no le gustaba a nadie, pero era evidente que no se trataba de ningún fraude. Podía hacer cosas que Quentin jamás habría soñado en Brakebills, cosas que no creía que se hicieran en el mundo real desde hacía siglos. Una tarde les mostró un hechizo —aunque no les permitió practicarlo— que revertía el flujo de la entropía. Destrozó una esfera de cristal y la restauró, como si rebobinara una película. Hizo estallar un globo de helio y después lo reconstruyó con los mismos átomos de helio en su interior, extrayéndolos incluso del interior de los pulmones de los espectadores que los habían inhalado. Utilizó alcanfor para asfixiar a una araña —sin mostrar ningún remordimiento— y después, frunciendo el ceño por el esfuerzo, la resucitó. Quentin miró cómo aquella cosita se movía en círculos sobre la mesa, traumatizada, realizando aturdidas maniobras, para terminar retirándose a un rincón, encorvada y nerviosa, mientras Mayakovski simplemente cambiaba de tema.

Cierto día, más o menos a mitad del semestre, Mayakovski anunció que por la tarde tendrían que transformarse en zorros árticos. Era una elección extraña; ya que habían probado con diversos mamíferos y no era más complicado que convertirse en gansos. Pero ¿por qué discutir? Ser un zorro ártico podía ser divertido. En cuanto cambiaron, Quentin salió disparado sobre sus cuatro ágiles patas. Su cuerpecito de zorro era tan veloz y sus ojos estaban tan cerca de la nieve, que era como volar en un avión a ras del suelo. Las pequeñas crestas de nieve eran como montañas y peñascos. Saltaba por encima de ellas, las rodeaba o directamente las atravesaba. A veces, aunque intentase esquivarlas, su velocidad hacía que resbalase y se estrellase contra ellas, convirtiéndolas en enormes penachos de nieve. Entonces, el resto de los alumnos se lanzaba sobre él, gañando, aullando y chasqueando.

Resultó ser un sorprendente estallido de alegría colectiva. Quentin había olvidado que fuera capaz de sentir tal emoción, de la misma forma que un espeleólogo perdido cree que nunca más verá un rayo de sol, que es una ficción cruel. Se persiguieron mutuamente en círculos, jadeando, correteando y comportándose como idiotas. Sí, fue muy divertido. A pesar de su estúpido cerebro en miniatura, Quentin estaba seguro de reconocerlos a todos en sus nuevas formas. Aquel con los dientes torcidos era Eliot, el blanco azulado más gordito tenía que ser Josh, y el espécimen pequeño y sedoso de grandes ojos era Alice.

En un momento dado el juego evolucionó espontáneamente. Empujar un pedazo de hielo con las garras y el hocico lo más rápido posible tenía algo de irresistible. La función del juego no estaba muy clara aparte de eso, pero lo empujaron frenéticamente o empujaron al que lo estaba empujando antes que ellos, y seguían empujando hasta que otro les empujaba a ellos.

Pero los zorros árticos no sólo podían fanfarronear por la agudeza de sus ojos, su hocico también era increíble. La nueva nariz de Quentin era una obra maestra del arte sensorial. Era capaz de reconocer a sus compañeros por el olor de su piel, incluso en medio de la refriega; y poco a poco un olor se fue imponiendo por encima de los demás, un olor acre, almizcleño, que probablemente se parecía más al de la orina de gato que al de un ser humano, pero que para un zorro era como una droga. En medio de la refriega captaba sus destellos cada pocos minutos, y cada vez atraía toda su atención, sacudiéndolo como un pez atrapado en un anzuelo.

De repente, el juego perdió cohesión. Quentin seguía, pero cada vez menos compañeros jugaban con él. Eliot desapareció entre las dunas de nieve en un santiamén. La manada se redujo a diez ejemplares, después a ocho. ¿Dónde se metían? El cerebro zorruno de Quentin aulló. ¿Qué diablos era aquel aroma tan jodidamente increíble que seguía embriagándolo? Ahí estaba otra vez. Logró localizar la fuente del olor y enterró su sensible hocico en aquella piel porque, por supuesto, la poca consciencia que le quedaba había sabido todo el tiempo que quien exhalaba aquel aroma era Alice.

Aquello iba contra las reglas, pero quebrantar las reglas era mucho más divertido que seguirlas fielmente. ¿Cómo no se había dado cuenta antes? Los otros jugaban de una forma cada vez más violenta e incontrolada —ya ni siquiera le hacían caso al pedazo de hielo— y el juego se desintegraba en pequeñas parejas de zorros peleándose, de la misma forma que él con Alice. Sus instintos y sus hormonas estaban dominándolo, apoderándose de él, ahogando lo poco que quedaba de su mente humana racional.

Clavó sus colmillos en la gruesa piel del cuello de Alice. No pareció hacerle daño o, por lo menos, no en una forma fácilmente distinguible del placer. Una urgencia demente se apoderó de él y no tenía forma de controlarla; o probablemente sí, pero ¿para qué? No tenía sentido controlarse, era como intentar controlar los impulsos humanos hacia los que su pequeño cerebro de zorro no sentía sino desprecio.

Captó un chispazo de terror en los oscuros ojos de Alice, antes de que los entrecerrara de placer. Sus alientos se expandían en el aire como nubecillas blancas para desaparecer a continuación rápidamente. El blanco pelaje de Alice era suave y áspero al mismo tiempo, y emitía pequeños gañidos cada vez que se introducía más profundamente dentro de ella. Quentin no quería controlarse.

La nieve ardió bajo ellos, brillando como un lecho de ascuas. Estaban ardiendo y dejaron que el fuego los consumiera.

A un observador imparcial, el desayuno del día siguiente no le hubiera parecido distinto del de otros días. Todos volvían a arrastrar los pies, embutidos en sus blancos y holgados uniformes de Brakebills Sur, volvían a sentarse sin mirarse o hablar entre ellos y volvían a comerse lo que les servían. Pero a Quentin le daba la impresión de caminar sobre la Luna, de dar pasos gigantescos a cámara lenta en medio de un silencio ensordecedor, con el vacío rodeándolo y un público televisivo de millones de espectadores. No se atrevía a mirar a nadie. Y menos que a nadie, a Alice.

Ella se sentaba frente a él, tres lugares a la izquierda, impasible e imperturbable, tranquilamente concentrada en su comida. No podía ni imaginarse lo que pasaba por su cabeza, pero sí por la cabeza de todos los demás. Estaba seguro de que todos sabían lo que había pasado. ¡Por el amor de Dios, había ocurrido a campo abierto, a la vista de todos! ¿O tal vez todos estaban haciendo lo mismo? ¿Todos habrían buscado pareja? Notó que se ruborizaba. Ni siquiera sabía si ella era virgen cuando... O si, de haberlo sido, seguiría siéndolo en su forma humana.

Todo resultaría mucho más sencillo si comprendiera lo ocurrido, pero no era así. ¿Estaba enamorado de Alice? Intentó comparar lo que sentía por ella con lo que había sentido por Julia, pero las dos emociones eran mundos aparte. Las cosas se habían desmadrado, eso era todo. No fueron ellos, sino sus cuerpos de zorro. Nadie tenía que tomárselo demasiado en serio.

Mayakovski se sentó en la cabecera de la mesa con aspecto petulante. «Sabía lo que pasaría», pensó Quentin, furioso, apuñalando su pedazo de queso con el tenedor. Encierra a un puñado de adolescentes en la Fortaleza de la Soledad durante un par de meses, mételos de repente en los cuerpos de unos mamíferos estúpidamente cachondos y suéltalos. Era lógico que se volvieran locos.

Cualquiera que fuese la pervertida satisfacción personal que Mayakovski obtuviera de lo sucedido, durante la semana siguiente resultó obvio que también había sido una lección práctica de cómo manejar al personal, porque Quentin volvió a aplicarse en sus estudios mágicos con la concentración de alguien desesperado por evitar encontrarse con los ojos de otro o pensar en lo realmente importante: sus sentimientos por Alice. ¿Quién había tenido realmente sexo con ella sobre el hielo, el zorro o él? De vuelta a la trituradora, tuvo que luchar contra Circunstancias y Excepciones, y mil mnemotecnias diseñadas para obligar a que el blando tejido de su sobresaturado cerebro se empapase de mil triviales tablas de datos.

Cuando la reducida paleta cromática del mundo antártico terminó por hipnotizarlos, todos cayeron en una especie de trance colectivo tribal. La nieve del exterior reveló brevemente una baja cadena de pizarra oscura, el único rasgo topográfico distintivo en un mundo inacabablemente llano y monótono, y los alumnos la contemplaron como si fuera un espectáculo televisivo. A Quentin le recordó el desierto de la Duna Errante —¡Dios, no pensaba en Fillory desde hacía siglos!—, y se preguntó si el resto del mundo, de su vida anterior, había sido solamente un sueño morboso. Cuando intentaba imaginarse el mundo, siempre resultaba ser enteramente antártico, una esfera en la que aquel continente monocromático se había metastatizado como un cáncer helado.

Se volvió un poco loco. Todos lo hicieron, aunque en formas diferentes. Algunos se obsesionaron con el sexo. Sus funciones cerebrales más altas estaban tan entumecidas y agotadas, que se convirtieron en animales desesperados por cualquier clase de contacto, de comunicación que no implicara la palabra. Quentin se topó con ese grupo un par de veces; se unían en combinaciones aparentemente arbitrarias, en un aula vacía o en el dormitorio de alguien, formando cadenas semianónimas con sus blancos uniformes a medio quitar o amontonados en el suelo, los ojos vidriosos y aburridos mientras empujaban, se agitaban o bombeaban, pero siempre en silencio. Vio a Janet tomar parte en una de aquellas reuniones. Las fiestas eran tanto para ellos como para todo el que quisiera sumarse, pero Quentin nunca se unió a ningún grupo, ni siquiera se quedaba a contemplar el espectáculo, sólo daba media vuelta y se marchaba sintiéndose superior, y también extrañamente furioso. Quizá sólo se enfurecía porque algo en su interior le impedía participar, pero se sintió desproporcionadamente aliviado al no ver nunca a Alice.

Pasó el tiempo, o eso le pareció a Quentin ateniéndose a la teoría más que a la práctica, porque no vio muchos signos de ello, a menos que contase la extraña parafernalia de bigotes y barbas en los rostros de sus compañeros, incluso en el suyo. Adelgazaba más y más por mucho que comiera, y su estado mental evolucionó de un estado hipnótico a otro alucinado. Cosas pequeñas, minúsculas se sobrecargaban de significado —un guijarro, una escoba, una mancha oscura en una pared blanca...— para minutos después disiparse como si nunca hubiera existido. En ciertas ocasiones, estando en clase, llegó a ver criaturas fantásticas entremezcladas con los demás —un enorme y elegante insecto-palo que sobresalía por encima del respaldo de una silla, un gigantesco lagarto de piel callosa y acento alemán cuya cabeza ardía con un fuego blanquecino...—, aunque después nunca estaba seguro de si sólo los había imaginado. Una vez creyó ver al hombre cuya cara ocultaba la rama, la Bestia en persona.. No resistiría mucho más.

Una mañana, tras el desayuno, Mayakovski anunció que al semestre le quedaban dos semanas y que ya era hora de que pensaran seriamente en el examen final. La prueba era simple: tendrían que ir caminando de Brakebills Sur al polo Sur. La distancia era de unos ochocientos kilómetros. No les daría ni comida, ni mapa, ni ropa. Deberían protegerse y alimentarse por sí mismos mediante la magia. Volar estaba fuera de cuestión, era obligatorio viajar a pie y con la forma de seres humanos, no valía transformarse en osos, pingüinos o algún animal que tuviera una resistencia natural al frío. La cooperación entre estudiantes estaba prohibida. Podían tomárselo como una carrera, si les apetecía, aunque no tenían un tiempo límite mínimo. Eso sí, el examen no era obligatorio.

Dos semanas no era tiempo suficiente para prepararse adecuadamente, pero bastaba para que la decisión pendiera sobre ellos como una espada de Damocles. ¿Sí o no? ¿Dentro o fuera? Mayakovski les advirtió que las medidas de seguridad serían mínimas. Él haría lo que pudiera para seguirles el rastro, pero no podía garantizar que, si fallaban, llegara a tiempo de rescatar sus lamentables e hipotérmicos culos.

Había mucho que tener en cuenta. ¿Sería un problema las quemaduras solares? ¿La ceguera de la nieve? ¿Debían endurecer la planta de sus pies o intentar crear alguna especie de zapatilla deportiva mágica? ¿Había alguna forma de conseguir de la cocina la grasa de cordero que necesitaban para lanzar el Calor Envolvente de Chkhartishvili? Y si la prueba no era obligatoria, ¿por qué presentarse? ¿Y si no la superaban? Sonaba más a un ritual que a un examen final.

La última mañana antes de la prueba, Quentin se levantó temprano con la idea de infiltrarse en la cocina y reunir algunos componentes para sus hechizos. Había decidido competir, quería saber si era capaz de sobrevivir al reto. Así de sencillo.

La mayoría de los armarios de las vajillas estaban cerrados —seguro que no era el primer alumno que había pensado en ello—, pero consiguió llenarse los bolsillos con harina, un tenedor de plata y unos brotes de ajo que de algo le servirían, aunque en ese momento no sabía exactamente de qué. Bajó las escaleras.

Alice le estaba esperando en el rellano entre dos pisos.

—Tengo que preguntarte algo —anunció, con un tono de seca determinación—. ¿Estás enamorado de mí? Si no lo estás, no importa... pero quiero saberlo.

Soltó todo su discurso de corrido, pero no pudo evitar que la última frase se convirtiera en un simple susurro.

Ni siquiera le había mirado a los ojos desde la tarde en que se convirtieran en zorros. Tres semanas por lo menos. Ahora estaban juntos, abyectamente humanos, pisando el suave pero helado suelo de piedra. ¿Cómo podía una persona que no se había lavado o cortado el pelo en cinco meses parecer tan hermosa?

—No lo sé —respondió. Su voz sonó rasposa por la falta de uso. Las palabras eran más terroríficas que cualquier hechizo que hubiera lanzado—. Quiero decir, que se supone que debería saberlo, pero no lo sé. Sinceramente, no lo sé.

Intentó adoptar un tono más frívolo, más ligero, pero no pudo. Todo él se sentía pesado. En ese momento, cuando más lúcido debiera estar, no tenía ni idea de si estaba mintiendo o diciendo la verdad. Todo el tiempo que había pasado estudiando allí, todo lo que había aprendido, ¿y ni siquiera sabía eso? Les fallaba a los dos, a Alice y a sí mismo.

—Está bien —dijo ella, con una rápida sonrisa que tensó los ligamentos que sostenían el corazón de Quentin en su pecho—. No creo que lo estés, pero me preguntaba si me mentirías.

Él se sentía perdido.

—¿Se supone que debía mentir?

—Está bien, Quentin. Estuvo bien. El sexo, quiero decir. Cuando pasan cosas como ésa, te das cuenta de que a veces tienes derecho a disfrutar de algo bonito, ¿no crees?

Ella lo salvó de tener que responder al ponerse de puntillas y besarlo suavemente en los labios. Los tenía secos y rasposos, pero la punta de su lengua era blanda y cálida. Creyó que era lo más cálido del mundo.

—Intenta no morir —le advirtió.

Alice le dio unas palmaditas en la mejilla y desapareció por las escaleras en la penumbra del anterior amanecer.

Tras aquella terrible experiencia, el examen resultó casi frustrante. Partieron por separado y a intervalos regulares para desalentar la colaboración. Mayakovski hizo que Quentin se quitase toda la ropa —adiós a la harina, al ajo y al tenedor de plata— y que después caminara desnudo hasta más allá de los hechizos protectores que mantenían a un nivel soportable la temperatura de Brakebills Sur. Al traspasar el invisible perímetro, el frío le golpeó con una crudeza más allá de lo imaginable. Todo el cuerpo de Quentin se contrajo espasmódicamente como si hubiera sido arrojado a un charco de queroseno ardiendo. El aire le desgarró los pulmones. Se dobló sobre sí mismo con las manos en las axilas.

—Feliz viaje —dijo Mayakovski, lanzándole una bolsa llena de algo gris y grasiento. Grasa de cordero. *Bog s'vami.*

Lo que fuera. Quentin era consciente de que apenas tenía unos segundos antes de que sus dedos se embotaran lo suficiente como para impedirle lanzar hechizos. Abrió la bolsa, metió las manos en ella y tartamudeó el Calor Envolvente de Chkhartishvili. En cuanto surtió efecto, lo demás fue más fácil. Lanzó el resto de los hechizos por turno: protección del viento y del sol, velocidad, piernas fuertes y resistentes, y pies endurecidos. Después le tocó el turno al hechizo de navegación y una enorme brújula luminosa, que sólo él podía ver, apareció en el cielo blanco.

Quentin conocía la teoría de los hechizos, pero nunca los había probado todos juntos y a toda potencia. Se sintió como un superhéroe. Se sintió biónico. Estaba en marcha.

Giró hasta encarar la *S* de la brújula y, tras rodear el edificio que acababa de abandonar, trotó hacia el horizonte a toda velocidad, con sus pies descalzos hundiéndose silenciosamente en aquel polvo blanco. Gracias a los hechizos de fuerza y resistencia, sus muslos parecían pistones neumáticos; sus pantorrillas, puro acero; sus pies, unos zapatos de kevlar tan duros como insensibles.

Después no recordaría casi nada de la semana que siguió. Todo fue muy frío, muy desapasionado. Reducido a su esencia técnica, el examen consistió en un problema de administración de recursos: alimentación, vigilancia, protección y mantenimiento de la pequeña llama vital y la consciencia dentro de su cuerpo, mientras todo el continente antártico intentaba absorberle el calor, el azúcar y el agua que lo mantenía en funcionamiento.

Durmió muy poco y muy ligeramente. Su orina se transformó en un líquido de color ámbar oscuro antes de cesar de fluir. La monotonía del paisaje era implacable. Cada vez que coronaba una pequeña cresta, veía un paisaje idéntico al que acababa de dejar atrás, ordenado en una pauta de infinito retorno. Sus pensamientos vagaban en círculos y perdió la noción del tiempo. Canturreó el tema de la serie de Los Simpson. Habló con James y Julia. La grasa desapareció de su cuerpo y las costillas se hicieron más prominentes, como si intentaran abrirse paso a través de su piel. Debía tener cuidado, su margen de error era muy pequeño. Los hechizos que utilizaba eran potentes y muy duraderos, prácticamente tenían vida propia. Podía morir, y seguramente su cadáver seguiría corriendo hacia el polo por su cuenta.

Una o dos veces al día, a veces incluso más, una grieta azul se abría bajo sus pies y tenía que rodearla o cruzarla de un salto ayudado por la magia. En una ocasión reaccionó demasiado tarde y cayó quince metros hacia una oscuridad teñida de azul. Los hechizos protectores que circundaban su cuerpo pálido y desnudo eran tan espesos que apenas notó la caída. Se limitó a permanecer unos segundos recuperando el aliento entre dos muros helados, y después ascendió de nuevo como el Lorax, el personaje del doctor Seuss, para seguir corriendo.

Cuando su fuerza física empezó a agotarse, se apoyó en la confianza mágica lograda durante sus estudios con el profesor Mayakovsky. Ahora ya no creía que la magia funcionara por chiripa. Los mundos mágicos y físicos eran igualmente reales y presentes para él, e invocaba hechizos sencillos sin apenas ser consciente de ello. Sabía recurrir a su fuerza mágica interna de forma tan natural como recurría al salero en las comidas. Incluso había aprendido a improvisar un poco, a intuir las Circunstancias mágicas aun cuando no supiera todos los detalles. Las implicaciones eran asombrosas: la magia no era algo librado al azar, tenía forma; era una forma fractal, caótica, pero subconscientemente, tanteando a ciegas, las puntas de sus dedos mentales habían comenzado a analizarla.

Recordó una clase que les diera Mayakovsky semanas atrás y a la que, en aquellos momentos, no prestó mucha atención. En cambio ahora, mientras corría interminablemente hacia el sur por aquellas llanuras heladas, la recordó palabra por palabra.

—Sé que no os gusto. Sé que estáis hartos de verme, *skraelings*. —Así los llamaba, *skraelings*. Era una palabra vikinga que más o menos significaba «desgraciados»—. Pero si tuvierais que escucharme una vez, una sola vez en vuestras vidas, hacedlo ahora. Una vez que lleguéis a cierto nivel de fluidez como magos, empezaréis a manipular la realidad. No todos vosotros lo conseguiréis... Creo que tú, Dale, nunca lograrás cruzar ese Rubicón. Pero, para algunos de vosotros, llegará el día en que los hechizos os resulten fáciles, casi automáticos, sin apenas esfuerzo consciente.

»Cuando llegue ese cambio, sólo os pediré que sepáis a qué se debe y que seáis conscientes de ello. Para el verdadero mago no existe una línea muy marcada entre lo que sucede en el interior y el exterior de su mente. Si deseas algo, ese algo se materializa; si lo desprecias, lo destruyes. A ese respecto, un mago experto no es muy distinto de un niño o un loco. Se necesita una mente muy clara y una voluntad muy fuerte. Y muy pronto descubriréis si tenéis esa claridad y esa fuerza.

Mayakovsky contempló fijamente los rostros de sus alumnos con un nada disimulado disgusto, y después retrocedió un paso en su tarima.

—La edad —oyó Quentin que susurraba—. Se malgasta con los jóvenes. Igual que la juventud.

Cuando por fin cayó la noche, las estrellas ardieron salvajemente sobre él con una ferocidad y una belleza imposibles. Quentin siguió corriendo con la cabeza erguida, alzando las rodillas, sin sentir nada por debajo de la cintura, gloriosamente aislado, perdido en el majestuoso espectáculo. Se convirtió en nada, en un fantasma corredor, en una espiral de carne cálida en medio de un universo silencioso de noche helada.

Esa misma noche, durante unos cuantos minutos, la oscuridad se vio perturbada por un parpadeo de luz cerca del horizonte. Comprendió que debía de tratarse de otro alumno, de otro *skraeling* como él, que avanzaba en paralelo aunque mucho más al este, unos treinta o cuarenta kilómetros, y un poco por delante de él. Incluso pensó variar el rumbo para acudir a su encuentro, pero ¿para qué? ¿Debía arriesgarse a ser castigado sólo por saludar a alguien? ¿Para qué necesitaba él, un fantasma, una espiral de carne cálida, a nadie más?

Quienquiera que fuera, pensó desapasionadamente, estaba utilizando un conjunto de hechizos diferente al suyo. A aquella distancia no podía saber cuáles eran, pero despedían una pálida luz rosada.

Ineficaz, pensó. Poco elegante.

Cuando salió el sol perdió de vista aquella luz.

Un incalculable período de tiempo más tarde, Quentin parpadeó. Había perdido la costumbre de cerrar los ojos, mágicamente escudados de las inclemencias del clima, pero ahora algo lo molestaba. Se sentía inquieto, pero no podía concretar el motivo de forma consciente, coherente. Era como un agujero negro en su campo de visión.

El paisaje se había vuelto más monótono todavía, si eso era posible. Muy por detrás de él, hubo momentos en los que vetas de oscuro esquisto congelado manchaban ocasionalmente la blancura de la nieve. Cierta vez pasó junto a lo que seguramente eran los restos de un meteorito, un montón de algo negro, un pedazo perdido de briqueta. Pero de eso hacía mucho tiempo.

Había llegado muy lejos. Tras días y días sin dormir, era una máquina que vigilaba los hechizos y movía las piernas, nada más. Mientras buscaba alguna falla en sus defensas, notó algo extraño en su brújula mágica. La aguja se movía erráticamente y parecía distorsionada. La *N* de norte se había hinchado y ocupaba cinco sextas partes del círculo, mientras que las demás habían ido encogiendo hasta casi desaparecer. La *S* que suponía estar siguiendo apenas era un diminuto garabato en aquella joya microscópica.

La mancha negra era más alta que ancha, y aparecía y desaparecía al ritmo de sus zancadas tal como haría un objeto externo. Al menos no se trataba de una herida en la córnea, pero seguía creciendo más y más. Se trataba de Mayakovsky, erguido en medio de la polvorienta nada con una manta en los brazos, marcando el punto exacto del polo Sur. Quentin había olvidado completamente hacia dónde se dirigía o por qué lo hacía.

Cuando llegó junto a él, Mayakovsky lo sujetó. El profesor gruñó, rodeándolo con la pesada y áspera manta, y lo obligó a tumbarse sobre la nieve. Quentin siguió moviendo las piernas unos cuantos segundos hasta quedar inmóvil, boqueando nerviosamente como un pez atrapado en una red. Era la primera vez en nueve días que dejaba de correr. Vio el cielo dar vueltas a su alrededor y sintió arcadas, pero en el estómago no tenía nada que vomitar.

Mayakovsky se irguió junto a él.

—*Molodyetz*, Quentin. Buen chico. Buen chico. Lo conseguiste. Volverás a casa.

La voz de Mayakovsky tenía algo extraño. El desdén había desaparecido, reemplazado por una extraña emoción. Una sonrisa retorcida reveló por un instante sus amarillentos dientes. Sujetó a Quentin con una mano, y efectuó un floreo en el aire con la otra. Un portal apareció en medio de la nada, y el profesor empujó bruscamente a Quentin para que pasara a través de él.

Quentin, anonadado, cayó en medio de un psicodélico derroche de verde que lo asaltó con tan violencia, que al principio no reconoció la terraza trasera de Brakebills en un cálido día veraniego. Tras la interminable blancura del hielo polar, el campus era un torbellino alucinante de sonido, color y calidez. Cerró los ojos con fuerza. Estaba en casa.

Rodó sobre la suave piedra caliente hasta quedar tumbado de espaldas. El canto de los pájaros era ensordecedor. Volvió a abrir los ojos para encontrarse con una visión todavía más extraña que los árboles y la hierba: mirando a través del portal, que seguía abierto, pudo ver al enorme mago entre él y el fondo antártico, con la nieve arremolinándose a su alrededor. Unos cuantos copos cruzaron el portal y se evaporaron antes de llegar al suelo. Parecía un cuadro pintado en un lienzo ovalado y colgado en el aire. No obstante, aquella ventana mágica ya se estaba cerrando. «Debe de estar preparándose para regresar a su solitaria mansión polar», pensó Quentin. Alzó la mano para despedirse de él, pero Mayakovsky no se dio cuenta: contemplaba el Laberinto y el resto del campus de Brakebills. La inequívoca añoranza de su rostro era tan espantosa que Quentin tuvo que apartar la mirada.

Entonces, el portal se cerró. Se había acabado. Era finales de mayo y el aire estaba lleno de polen. Tras la rarificada atmósfera de la Antártida, aquélla parecía tan caliente y espesa como una sopa, muy parecida a la del primer día que llegara a Brakebills desde una fría tarde otoñal. El sol era de justicia. Estornudó sin poder evitarlo.

Todos los demás estaban esperándolo. O casi todos: Eliot, Josh y Janet al menos, vistiendo sus viejos uniformes escolares, con un aspecto saludable, feliz y relajado, como si durante los últimos seis meses no hubieran hecho más que permanecer sentados sobre sus culos, devorando bocadillos de queso fundido.

—Bienvenido —saludó Eliot. Estaba comiéndose una pera amarilla—. Hace diez minutos nos avisaron de que volvías.

—Uauh, tío, estás en los huesos —exclamó Josh, con los ojos muy abiertos—. Este mago necesita comer algo enseguida. Y una buena ducha.

Quentin era consciente de que sólo le quedaban un par de minutos antes de estallar en lágrimas y desmayarse. Todavía envuelto en la áspera manta de Mayakovsky, miró sus pies pálidos y helados. No parecían sufrir síntomas de congelación; uno de sus dedos estaba en un ángulo equivocado, pero no le dolía.

Estaba muy, muy cómodo, deliciosamente cómodo, con la espalda contra la cálida piedra y los demás contemplándolo desde su altura. Sabía que probablemente debería levantarse, aunque sólo fuera por cortesía, pero no tenía ganas de moverse. Decidió quedarse allí tumbado otro minuto más. Se merecía un descanso.

—¿Te encuentras bien? —se interesó Josh—. ¿Cómo te ha ido?

—Alice te ha dado una buena patada en el culo —rio Janet—. Volvió hace dos días. Ya se ha ido a casa.

—Tú has tardado una semana y media —le informó Eliot—. Ya estábamos preocupados.

¿Por qué seguían hablando y hablando? Si pudiera quedarse allí contemplándolos en silencio sería perfecto. Sólo mirarlos, escuchar el gorjeo de los pájaros y sentir cómo las cálidas losas del suelo sostenían su cuerpo. Quizás alguien pudiera traerle un vaso de agua, estaba desesperadamente sediento. Intentó transmitir este último pensamiento en forma de palabras, pero tenía la garganta seca y agrietada. Sólo consiguió articular un sonido chirriante.

—Oh, creo que quiere que le contemos cómo nos fue a nosotros —dijo Janet, dándole un mordisco a la pera de Eliot—. Sí, no falta nadie más. Vosotros erais los últimos. ¿Qué? ¿Pensabas que éramos estúpidos?

Alice

Quentin no pasó mucho tiempo en Brooklyn aquel verano, sus padres ya no vivían allí. De repente, y sin consultar con él, habían vendido su casa de Park Slope por una suma colosal y se habían mudado a una falsa mansión colonial situada en un plácido barrio de Boston llamado Chesterton, donde su madre podría dedicarse a la pintura y su padre a Dios sabía qué.

Lo más sorprendente es que no sufrió ningún trauma por verse arrancado del lugar en el que creció. Quentin buscó aquella parte de él que debía añorar su viejo barrio, pero no la encontró. Supuso que había ido renunciando a su vieja identidad y a su antigua vida poco a poco, sin darse cuenta. Gracias a eso, el corte ahora resultaba limpio y claro, y probablemente era mejor así.

La casa de Chesterton era amarilla con postigos verdes, y contaba con media hectárea de terreno tan paisajística y perfecta, que parecía una representación virtual de sí mismo. Aunque elegante y llena de detalles vagamente coloniales, la casa era tan enorme —parecía que la hubieran construido en todas direcciones, con alas adicionales, gabletes y tejados—, que parecía más hinchada que construida. Los aparatos de aire acondicionado zumbaban noche y día. El conjunto parecía más irreal de lo que ya solía parecer el mundo real.

Cuando Quentin llegó a la nueva casa para pasar las vacaciones de verano —verano en Brakebills, septiembre en el resto del mundo—, sus padres se alarmaron ante su aspecto demacrado, sus ojos vacíos y traumatizados, y su conducta angustiada. Pero su preocupación resultó ser, como siempre, lo bastante superficial como para poder manejarla fácilmente y pronto empezó a recuperar peso, gracias al gigantesco y siempre repleto frigorífico.

Al principio resultó un alivio no sentir frío, dormir todos los días y librarse de Mayakovsky, las Circunstancias y la implacable luz blanca del invierno. Pasadas setenta y dos horas, Quentin ya estaba aburrido. En la Antártida fantaseaba sobre no tener nada que hacer, excepto estar tumbado en su cama, dormir y contemplar el techo de su habitación; ahora que ya podía disfrutar de eso todo el tiempo que quisiera, se hartaba increíblemente rápido. Acostumbrado a los largos silencios de Brakebills Sur, ni tenía paciencia para las conversaciones banales ni sentía ningún interés por la televisión, para él un mero espectáculo electrónico de marionetas, una versión artificial de un mundo que ya no significaba nada. Lo que le importaba era la vida real de Brakebills —¿o era de fantasía?—, y esa vida no estaba allí.

Como hacía normalmente cuando estaba enclaustrado en casa, recurrió a Fillory. Las viejas cubiertas de las novelas, realizadas en los años setenta con su paleta psicodélica a lo *Submarino amarillo*, parecían más y más antiguas cada vez que las veía, y a un par de los tomos se le habían caído por lo que las utilizaba como puntos de lectura. Pero el mundo que presentaban seguía tan fresco, vital y colorista como siempre. Quentin jamás había apreciado realmente la habilidad que demostraba Plover en la segunda novela de la saga, *La chica que le habló al tiempo*, en la que Rupert y Helen eran abruptamente trasladados a Fillory desde sus respectivas escuelas, la única vez que los Chatwin cruzaban la frontera mágica en invierno y no en verano. Al final terminaban llegando a una época ligeramente anterior y el argumento se solapaba en parte con el de la primera entrega. Como ya conocía todo lo ocurrido en la primera novela por boca de Martin, el hermano mayor, Rupert seguía los pasos de éste y de Helen —de la primera Helen—, repitiendo los mismos pasos de *El mundo entre los muros* punto por punto. El chico siempre se mantenía oculto y dejaba pistas a sus hermanos, ayudándolos sin que lo supieran (el misterioso personaje conocido como el Leño resultaba ser Rupert disfrazado). Quentin se preguntó si Plover escribió *La chica que le habló al tiempo* únicamente para rellenar los agujeros en el argumento de *El mundo entre los muros*.

Entretanto, Helen se embarcaba en la búsqueda de la misteriosa Bestia Buscada de Fillory que, según la leyenda, no podía ser capturada. Si la atrapabas —dejando de lado toda lógica—, se suponía que podía concederte aquello que tu corazón más anhelase. La Bestia Buscada la arrastraba a una cacería complicada que, de algún modo, la hacía entrar y salir constantemente de los tapices encantados que adornaban la biblioteca del castillo Torresblancas, pero sólo conseguía vislumbrarla brevemente detrás de un arbusto bordado, antes de desaparecer en un parpadeo de pezuñas hendidas.

Al final, como siempre, aparecían los gemelos Ember y Umber, un par de siniestros policías rumiantes. Formaban parte de las fuerzas del bien, por supuesto, pero con una cualidad ligeramente orwelliana en su ansia por proteger Fillory: sabían todo lo que pasaba y sus poderes no tenían limites obvios, aunque raramente intervenían activamente para beneficiar a las criaturas a su cargo. En la mayoría de ocasiones se limitaban a regañar a todos los involucrados en los desastres, terminando uno las frases del otro y obligando a que todo el mundo renovase sus juramentos de fidelidad, antes de marcharse a cosechar los campos de alfalfa de algún desafortunado granjero. También devolvían a Rupert y a Helen al mundo real, a las aulas húmedas y frías de sus respectivas escuelas como si nunca las hubieran abandonado.

Quentin incluso volvió a leerse *La duna errante*, el quinto y último volumen de la serie (último para todo el mundo, excepto para Quentin), no precisamente su preferido. Era mucho más largo que cualquiera de los otros y tenía de protagonistas a Helen y a la menor de los Chatwin, la inteligente aunque introvertida Jane. El tono de *La duna errante* era distinto del de las primeras novelas: tras pasar los dos últimos tomos buscando sin éxito a su perdido hermano Martin, el habitual e indomable entusiasmo inglés de los Chatwin se veía atemperado por la melancolía. Al llegar a Fillory, las dos chicas se topaban con una misteriosa duna de arena capaz de moverse por sí misma. Ascendían por la duna y viajaban en ella por el verde paisaje filloriano hasta llegar a un desértico erial en el lejano sur, donde pasaban casi todo el resto de la novela.

En realidad no pasaba casi nada. Jane y Helen llenaban las páginas con interminables conversaciones sobre el bien y el mal, metafísica cristiana adolescente, y sobre si sus verdaderos deberes eran con la Tierra o con Fillory. Jane estaba desesperadamente preocupada por Martin, pero, como Quentin, también un poco celosa: cualquiera que fuera la ley que impedía a los Chatwin quedarse en Fillory, Martin parecía haber encontrado una forma de eludirla o bien la forma lo había encontrado a él. Vivo o muerto, había conseguido quedarse más tiempo del que le permitía su visado de turista.

Pero Helen era una rencorosa y sentía mucho desdén hacia Martin. Creía que se ocultaba en Fillory para no tener que volver a casa. Era el niño que no quería dejar el recreo o irse a la cama. Era Peter Pan. ¿Por qué no podía crecer y enfrentarse al mundo real? A ella le parecía un egoísta demasiado indulgente consigo mismo, «el más infantil de todos ellos».

Al final, las hermanas eran recogidas por un majestuoso clíper que navegaba por la arena como si fuera agua. La tripulación de la nave estaba compuesta por conejitos de gran tamaño, abiertamente adorables (los que odiaban *La duna errante* siempre los comparaban con los ewoks de *La guerra de las galaxias*) de no ser por su obsesiva y agobiante atención a los detalles técnicos que permitían la manipulación de su complejo navío.

Los conejitos les ofrecían a Helen y Jane un regalo, un conjunto de botones mágicos que podían utilizar para transportarse de la Tierra a Fillory y viceversa. Al volver a Inglaterra, Helen, en un arranque de santurronería, escondía los botones sin decirle a Jane dónde, por lo cual la pequeña la denigraba durante casi todo un verano, mientras revolvía la casa de arriba abajo sin conseguir encontrar los botones. Y con esa nota tan poco gratificante, el libro —y toda la serie— concluía.

Aunque no resultara ser el último tomo, Quentin se preguntó qué argumento habría planteado Plover en *Los magos*. Por una parte, se había quedado sin los Chatwin: las primeras novelas siempre presentaban dos hermanos, uno mayor, que ya había aparecido en el volumen previo, y otro más joven, nuevo para los lectores. Pero la morena y guapa Jane era la última Chatwin, la más joven. ¿La enviaría sola a Fillory? Eso rompería la pauta. Por otra, la mitad de la diversión de las novelas era descubrir cómo y cuándo llegaban los Chatwin a Fillory, porque la puerta mágica se abría única y exclusivamente para ellos. Sabías que lo conseguirían, pero siempre te sorprendías cuando lo lograban. Ahora, con los botones, podrían ir y volver a voluntad. ¿Dónde estaba lo maravilloso? Quizás Helen los había escondido por eso. Ya puestos, Plover bien podría haber creado un metro hasta Fillory.

Las conversaciones de Quentin con sus padres eran tan circulares y contradictorias que parecían teatro experimental. Por las mañanas prefería quedarse todo el tiempo posible en la cama para no desayunar con ellos, pero siempre lo esperaban. No había forma de ganar, ellos aún tenían menos cosas que hacer que él. A veces se preguntaba si llevaban a cabo un juego perverso del que sólo ellos conocían las reglas.

Cuando bajaba, los encontraba sentados ante una mesa cubierta de migas de pan, pieles de naranja y cajas de cereales. Mientras fingía interesarse por lo que decían en el *Chesterton Chestnut*, buscaba desesperadamente algún tema de conversación por remotamente plausible que fuera.

—¿Seguís pensando hacer un viaje a Sudamérica?

—¿Sudamérica? —Su padre lo miró sorprendido, como si hubiera olvidado que Quentin estaba allí.

—¿No ibais a viajar a Sudamérica?

—A España. Íbamos a ir a España y Portugal.

—Oh, a Portugal. Sí, claro. No sé por qué, había pensado en Perú.

—España y Portugal. Por tu madre. Hay un intercambio de artistas con la Universidad de Lisboa. Desde allí navegaremos en barco por el Tigris.

—El Tajo, querido —lo corrigió la madre de Quentin con cierto retintín—. El Tajo. El Tigris está en Iraq.

Metió una tostada con uva entre sus enormes incisivos.

—Bueno, hijo, ya lo ves. No creo que naveguemos por el Tigris en un futuro próximo. —El padre de Quentin rio a carcajadas, como si aquella idea fuera muy divertida; después hizo una pausa, para añadir, pensativo—: Cariño, ¿recuerdas aquella semana que pasamos en una casa junto al Volga?

Siguió un largo intercambio de recuerdos rusos, un dueto puntuado por significativos silencios, que Quentin interpretó como mudos recuerdos de ciertas actividades sexuales sobre las que prefería no saber nada. Aquello era más que suficiente para envidiar a los Chatwin, ellos tenían a su padre en el ejército y a su madre en el manicomio. Mayakovsky habría sabido qué hacer con aquel tipo de conversación, habría sabido qué hacer para que se callaran. Se preguntó si aquel hechizo de silencio sería difícil de aprender.

Cada mañana, alrededor de las once, la paciencia de Quentin llegaba a su límite y huía de casa para refugiarse en la relativa seguridad de Chesterton, que se negaba tozudamente a albergar el más mínimo atisbo de misterio o intriga bajo su exterior verde y autosuficiente. Nunca había aprendido a conducir, así que utilizaba la bicicleta blanca de su padre, un armatoste de los años setenta que pesaba aproximadamente una tonelada, para ir hasta el centro de la ciudad. Sin deferencia a su glorioso pasado colonial, la ciudad se regía por un conjunto de leyes draconianas que lo mantenían todo en un estado pintoresco, tan permanente como antinatural.

Como no conocía a nadie, ni tenía predilección por nada en particular, Quentin se dio una vuelta por la residencia de techos bajos y madera de alguna luminaria revolucionaria, inspeccionó una iglesia Unitaria pintada de blanco y erigida en 1766, y visitó las praderas en las que los irregulares ejércitos continentales se enfrentaron contra los bien pertrechados y bien instruidos Chaquetas Rojas, con resultados más que predecibles. Detrás de la iglesia topó con una agradable sorpresa: un adorable y semioculto cementerio del siglo XVII, un pequeño terreno cuadrado de hierba ultraverde, salpicado de húmedas hojas color azafrán y rodeado por una verja de hierro. En él se podía estar fresco y relajado.

Las lápidas estaban adornadas con cráneos alados y dedicatorias en forma de cuartetas sobre familias enteras destrozadas por la fiebre, algunas tan erosionadas que resultaban casi ilegibles. Quentin se puso en cuclillas para intentar descifrar los versos de una muy antigua, un rectángulo de pizarra azulada rajada por la mitad y semihundida en la hierba.

—Quentin...

Se irguió de inmediato. Una chica de su edad había entrado en el cementerio.

—¿Sí? —dijo con cautela. ¿Cómo sabía su nombre?

—Supongo que no creías que pudiera llegar a encontrarte —respondió insegura—. No lo creías, ¿verdad?

Ella se le acercó. En el último momento, demasiado tarde para reaccionar, comprendió que la chica no guardaría las distancias. Y no lo hizo. Lo sujetó por las solapas de su parka y lo empujó hacia atrás, hasta que su espalda chocó contra las aromáticas ramas de un ciprés. Su rostro, peligrosamente cerca del de Quentin, era una máscara de furia. Había estado lloviendo toda la noche y los árboles estaban empapados de agua.

Él resistió el impulso de resistir la embestida. No ganaría nada peleándose con una chica en pleno cementerio.

—¡Eh, eh, eh! —protestó—. Calma. Cálmate.

—Pues bien, aquí estoy —exclamó ella, intentando recuperar la compostura—. Aquí estoy y vas a tener que hablar conmigo. Vas a tener que escucharme.

Ahora que la tenía muy cerca podía ver las señales de alarma. Todo su cuerpo gritaba desequilibrio. Estaba demasiado pálida y demasiado delgada, sus ojos demasiado abiertos desesperados, y su largo cabello oscuro y lacio olía a suciedad. Llevaba un traje de estilo gótico, con los brazos envueltos en lo que parecía cinta aislante negra. También pudo ver arañazos enrojecidos en el dorso de sus manos.

Casi no la reconocía.

—Yo estuve allí y tú también —gruñó la chica, mirándolo directamente a los ojos—. Estuviste, ¿verdad? En aquel lugar. En aquella escuela o lo que fuera. Te admitieron, ¿verdad?

Entonces, recordó. Así que después de todo había estado en el Examen, como creyó en su momento, pero no había pasado el corte. La habían elegido para la primera ronda, para el examen escrito de selección.

Algo había salido mal. Se suponía que esto no debía pasar y se tomaban medidas para evitarlo, se suponía que cualquiera que hubiera suspendido el Examen, vería su mente suave y delicadamente nublada por un miembro del profesorado, y después reescrita con una coartada plausible. No era fácil, ni especialmente ético, pero los hechizos eran humanitarios y se aceptaba su necesidad. Y siempre funcionaban, excepto en este caso... o no habían funcionado del todo.

—¡Julia! —exclamó por fin. Sus rostros estaban muy próximos y pudo oler la nicotina en su aliento—. Julia, ¿qué haces aquí?

—¡No finjas conmigo! ¡No te atrevas a fingir conmigo! Estás en esa escuela, en esa escuela mágica, ¿verdad?

Quentin mantuvo una expresión neutra. Era una regla básica de Brakebills no hablar de la escuela con gente del mundo exterior, podía significar la expulsión. Pero si los hechizos de Fogg habían fallado, no era culpa suya. Y era evidente que habían fallado. La adorable cara pecosa de Julia, tan cerca de la suya, parecía mucho más vieja y su piel estaba llena de manchas. Vivía una agonía.

—Está bien, vale —aceptó a regañadientes—. Sí, estudio en esa escuela.

—¡Lo sabía! —aulló Julia triunfante, lanzando una patada contra la hierba del cementerio. Por su reacción, supo que no había estado del todo segura—. ¡Sabía que fue real, sabía que fue real! —repitió, más que nada para sí—. ¡Sabía que no fue un sueño! —añadió entre sollozos.

Quentin aspiró profundamente, ajustándose la parka.

—Escúchame, Julia —dijo amablemente, mientras ella seguía sollozando—. Se supone que no deberías recordar nada de todo eso. Se supone que si no te admiten, hacen que te olvides de todo.

—¡Pero tendrían que haberme admitido! —Lo miró con los ojos enrojecidos y la seriedad de una demente—. Se suponía que debía entrar, lo sé. Seguro que fue un error. Lo fue, créeme. —Taladró a Quentin con la mirada—. Soy como tú, puedo hacer magia de verdad. Soy como tú. Por eso no han logrado que me olvide, ¿no lo ves?

Quentin lo veía. Lo veía todo. No era extraño que estuviera tan alterada. Ese simple vistazo tras la cortina del mundo bastó para sacarla de sus casillas, ya no podía prescindir de él. Brakebills la había destrozado.

Hubo un tiempo en el que habría hecho cualquier cosa por ella. Y quizá aún deseaba hacerlo, pero no sabía qué. ¿Por qué se sentía tan culpable? Aspiró profundamente.

—No es así como funcionan las cosas. Aunque puedas hacer magia, no significa que seas más resistente a los hechizos de memoria que cualquier otro.

Ella lo contemplaba con ansiedad. Todo lo que estaba diciendo confirmaba lo que creía, lo que quería creer, que la magia era real. Él retrocedió para poner algo de distancia entre ellos, pero Julia lo sujetó por la manga.

—Oh, no, no, no, no, no —negó con una tensa sonrisa—. Quentin, no, por favor. Espera. No. Tienes que ayudarme. Por eso he venido aquí.

Alice se había teñido el pelo. Ahora tenía un aspecto seco, quemado.

—Me gustaría, Julia, pero no sé qué puedo hacer.

—Mira esto. Mira.

Ella le soltó el brazo a regañadientes, como si temiera que fuese a desaparecer o a huir en cualquier momento. Por increíble que fuera, Julia lanzó una versión bastante correcta de un hechizo óptico vasco llamado Espray Prismático de Ugarte.

Lo habría sacado de internet. En el mundo «normal» circulaba alguna información mágica genuina, sobre todo en internet, aunque enterrada entre tanta basura que difícilmente podía extraerse aunque sí utilizarse. Quentin había visto en e-Bay hasta ofertas de chaquetones de Brakebills. Era muy raro, pero no insólito, que la gente normal lograra dominar uno o dos hechizos, nada importante por lo que sabía Quentin. Los verdaderos magos los llamaban brujos encubiertos. Unos cuantos se habían forjado una carrera como magos de salón o fundado cultos que los trataban como semidioses y reuniendo congregaciones de seguidores, satanistas o bichos raros cristianos.

Julia recitó las palabras del hechizo de una forma teatral, sobreactuando, como una aficionada en una representación veraniega de Shakespeare. No tenía ni idea de lo que estaba haciendo. Quentin miró nerviosamente la puerta del pequeño cementerio.

—¡Mira! —gritó Julia.

Mantuvo su mano alzada en actitud desafiante. El hechizo había funcionado, más o menos. Las puntas de sus dedos dejaban un rastro multicolor en el aire. Los movió como una bailarina, haciendo supuestos gestos místicos. El Espray Prismático de Ugarte era un hechizo completamente inútil. Quentin sintió una punzada cuando pensó en los meses, incluso años, que le habría costado dominarlo.

—¿Lo ves? ¡¿Lo ves?! —exigió, al borde de las lágrimas—. Lo estás viendo, ¿verdad? No es demasiado tarde para mí. No pienso ir a una universidad normal. Díselo. Diles que estoy dispuesta a ir a su escuela.

—¿Lo sabe James?

Ella negó con la cabeza.

—No lo entendería. Ya no salgo con él.

Quentin quería ayudarla, pero no podía hacerlo. Era demasiado tarde. Era mejor ser directo. «Podría haber sido yo», pensó. Casi fui yo.

—No creo que pueda hacer nada por ti —confesó—. No depende de mí. Que yo sepa, nunca han cambiado de opinión... no conozco a nadie que haya accedido a un segundo Examen.

Pero Alice había ido a uno sin ser invitada.

—Puedes hablar con ellos. Sé que no tienes poder de decisión, pero al menos puedes hablar con ellos. Puedes decirles que sigo aquí, ¿vale?, que estoy dispuesta a intentarlo otra vez. ¿Puedes decirles eso al menos?

Volvió a sujetarlo del brazo y él tuvo que musitar un rápido contrahechizo para deshacer el Espray Prismático, podía terminar devorando el tejido de la realidad.

—Diles que me has visto —insistió ansiosa, con los ojos llenos de esperanza—. Por favor, díselo. He estado practicando. Y tú puedes enseñarme, seré tu aprendiza. Haré todo lo que me pidas. Tengo una tía en Winchester y puedo irme a vivir con ella. ¿Qué necesitas, Quentin? —Se acercó un poco a él y sus rodillas se tocaron. A su pesar, volvió a sentir que la electricidad surgía entre ellos. Julia intentó una sonrisa insinuante y dejó que él se imaginase el resto—. Quizá podamos ayudarnos mutuamente, solías querer que te ayudase...

Quentin se enfureció consigo mismo por sentirse tentado y se enfureció con el mundo por ser como era. Tenía ganas de gritar obscenidades. Ya era bastante horrible ver a una persona tocar fondo de aquella manera, pero precisamente a ella... Podía ser cualquiera, pero no ella. «Ha visto más infelicidad de la que yo veré en toda mi vida», pensó amargamente.

—Mira, Julia... —terminó diciendo—. Si les hablo de ti, te buscarán y te borrarán la memoria. Y esta vez no fallarán.

—Que lo intenten —replicó la chica ferozmente—. ¡Ya lo intentaron antes!

Resoplaba agitadamente por la nariz.

—Al menos dime dónde está la escuela. Dime dónde estuvimos. La he estado buscando, pero no la he encontrado. Dime dónde está la escuela y te dejaré en paz.

Quentin no podía ni imaginar el lío en el que se metería, si Julia aparecía en la Casa para matricularse y decía que él la había ayudado a encontrarlos.

—Está en el estado de Nueva York, en algún lugar a orillas del Hudson, pero no sé dónde exactamente. En serio. Sólo que está cerca de West Point. Tiene un hechizo de invisibilidad y ni siquiera yo sé dónde buscarla. Pero si eso es lo que quieres, les hablaré de ti.

Sólo estaba empeorando las cosas. Quizá debería haberlo negado todo, mentir desde el principio. Demasiado tarde.

Ella lo rodeó con sus brazos, como si estuviera demasiado agotada por la desesperación para seguir de pie, y él la sostuvo. Hubo un tiempo en que aquel gesto era todo cuanto ansiaba.

—No consiguieron que me olvidara —susurró Julia en su pecho—. ¿No lo comprendes? No pudieron hacer que me olvidara, eso tiene que significar algo.

Sentía el corazón de la chica latiendo contra su pecho, y cada latido parecía decir: «Dolor, dolor, dolor.» Se preguntó por qué no la habrían elegido. Si alguien debió entrar en Brakebills era ella, no él. «Esta vez le borrarán la memoria de verdad», pensó. Fogg se aseguraría de ello. En el fondo, así sería más feliz. Podría volver a su vida, a la universidad, a James. Era lo mejor.

A la mañana siguiente regresó a Brakebills. Los otros ya estaban allí y hasta se sorprendieron de que hubiera tardado tanto. La mayoría apenas aguantó cuarenta y ocho horas en sus casas. Eliot, como siempre, ni siquiera se había movido de la escuela.

En la Casita se sentían a gusto y tranquilos, y Quentin volvía a sentirse seguro. Había vuelto al lugar al que pertenecía. Eliot se encontraba en la cocina con una docena de huevos y una botella de brandy, intentando preparar unos batidos que nadie quería, pero él insistió en preparar. Josh y Janet jugaban a un estúpido juego de cartas llamado Ofensiva —el equivalente mágico del póquer—, increíblemente popular en Brakebills. Quentin solía aprovecharlo para demostrar su habilidad con los naipes y nadie quería jugar con él.

Janet aprovechó para narrar la terrible odisea de Alice en la Antártida, a pesar de que todo el mundo —excepto Quentin— ya la conocía y que la propia Alice estaba sentada junto a la ventana, leyendo un viejo herbario. Quentin había estado preocupado tras el desastre de su última conversación en Brakebills Sur, poco antes del Examen final. Pero, a pesar de que todo indicaba lo contrario, no se sintió en absoluto extraño. Su corazón se llenó de silenciosa felicidad al verla y todo fue perfecto.

—Y entonces, cuando Mayakovsky intentó darle la bolsa con grasa de oveja... ¡ella se la arrojó a la cara!

—Sólo quería devolvérsela —aclaró Alice tranquilamente desde la ventana—. Lo que pasa es que tenía tanto frío y temblaba tanto, que prácticamente me saltó de las manos. Se quedó *chyort vozmi!*

—¿Por qué no la querías?

—No lo sé. —Cerró el libro—. Ya tenía hechos mis planes sin contar con ella. Además, estaba desnuda y quería que dejara de mirarme. De todas formas, no sabía que nos iba a dar la grasa. Ni siquiera me había preparado el Chkhartishvili.

Eso era una mentira piadosa. Quentin se dio cuenta de cuánto la había echado de menos.

—Entonces, ¿qué hiciste para mantenerte caliente? —le preguntó.

—Intenté usar algunos de esos hechizos termogenéticos alemanes, pero desaparecían cada vez que me dormía. La segunda noche me despertaba cada cuarto de hora para asegurarme de que seguía viva. Al tercer día me estaba volviendo loca, así que terminé utilizando la Bengala Miller.

—No lo entiendo —la interrumpió Josh, frunciendo el ceño—. ¿Cómo se supone que eso ayuda?

—Si la potencias un poco deja de ser eficaz, pero la energía extra que desprende no es lumínica sino calorífica.

—¿Sabes que podías haberte incinerado accidentalmente? —preguntó Janet.

—Sí. Pero cuando me di cuenta de que los hechizos alemanes no iban a funcionar, no se me ocurrió otra cosa.

—Creo que una vez te vi —apuntó Quentin—. Era de noche.

—No me extraña. Parecía la farola de una autopista.

—Una farola desnuda —apuntó Josh.

Eliot volvió de la cocina con una sopera llena de un líquido viscoso y de aspecto nada apetecible que empezó a verter en unas tazas. Alice recogió su libro y se encaminó a las escaleras.

—Espera, que ahora traigo más —le gritó Eliot, ocupado en desmenuzar un poco de nuez moscada.

Quentin no esperó. Siguió a Alice.

Al principio creyó que todo sería distinto entre Alice y él, y después que todo volvería a la normalidad. Ahora se daba cuenta de que no quería volver a la normalidad. No podía dejar de mirarla, a pesar de que ella se diera cuenta y tuviera que apartar la mirada avergonzado. Era como si se hubiera cargado eléctricamente y lo atrajera de forma incontrolable. Podía sentir su cuerpo desnudo dentro de su vestido, la olía como un vampiro huele la sangre. Quizá Mayakovsky no había conseguido eliminar todo rastro de zorro en él.

La encontró en uno de los dormitorios del piso superior. Estaba leyendo, tumbada en una de las camas gemelas. El cuarto estaba lleno de un mobiliario antiguo y extraño —una silla de mimbre con el asiento roto, un tocador con un cajón atrancado—, empapelado de un rojo oscuro que no combinaba con ninguna de las otras habitaciones de la Casa, y el techo se inclinaba en un ángulo extraño. Hacía calor y Quentin intentó abrir la ventana hasta que emitió un chirrido indignado. Se dejó caer en la otra cama.

—¿Puedes creerte que estaban aquí? La colección completa. Dentro de una caja en el lavabo. —Sostuvo en alto el libro que estaba leyendo. Increíble. Era un ejemplar de *El mundo entre los muros*—. Yo tenía esta misma edición. —La cubierta mostraba a Martin Chatwin entre dos mundos entrando en el reloj de su abuelo, con los pies todavía en la Tierra y su sorprendida cabeza ya en Fillory, que parecía una discoteca de los años setenta—. No había visto uno de éstos desde hacía años. Dios, ¿te acuerdas del Caballo Confortable, ese caballo de terciopelo que te podía llevar a todas partes? Cuando era pequeña, me moría por tener uno. ¿Los has leído?

Quentin no estaba seguro de si debía revelar su obsesión por Fillory.

—Puede que les echara un vistazo...

—¿Por qué sigues creyendo que puedes guardarme un secreto? —Alice sonrió, y volvió a centrarse en el libro.

Quentin cruzó las manos detrás de la cabeza, la apoyó en la almohada y contempló el techo bajo e inclinado. Aquello no iba bien. Entre ellos flotaba una sensación de hermano y hermana.

—Espera. Muévete un poco.

Cambió de cama y se acostó junto a Alice, empujándola un poco con la cadera para hacerse sitio en la estrecha cama. Leyeron unas cuantas páginas del libro juntos, con sus hombros y sus antebrazos tocándose. Quentin sentía que la cama era un tren lanzado a toda velocidad, y estaba seguro de que si miraba por la ventana vería pasar velozmente el paisaje. Ambos intentaban controlar su respiración.

—Nunca me gustó demasiado el Caballo Confortable —comentó Quentin—. Para empezar, sólo había uno. ¿Por qué no una manada en alguna parte? Además, resultaba demasiado conveniente. Es de suponer que alguien se hubiera propuesto domesticarlo, ¿no?

Ella le golpeó la cabeza con el lomo del libro. Poco delicadamente.

—Alguien malvado. No puedes domesticar al Caballo Confortable, es un espíritu libre. Además, es demasiado grande. Siempre pensé que era mecánico... que alguien lo construyó.

—¿Alguien como quién?

—No lo sé. Un mago. De todas formas, el Caballo Confortable es una cosa de chicas.

Janet se asomó a la habitación. Aparentemente, el éxodo era general abajo.

—¡Ja! —rio Janet—. No puedo creer que estéis leyendo eso.

Quentin no se movió, pero Alice se apartó unos centímetros de él instintivamente.

—¡Como si tú no lo hubieras hecho! —replicó Quentin.

—¡Claro que sí! Cuando tenía nueve años obligué a mi familia a que me llamara «Fiona» durante dos semanas enteras.

Se marchó, dejando tras ella un cómodo silencio. A medida que el aire caliente ascendía y escapaba por la ventana medio abierta, el ambiente se fue enfriando. Quentin se imaginó elevándose en el azul del cielo como una pluma invisible.

—¿Sabes que existió una familia Chatwin? —preguntó él—. En la vida real, quiero decir. Se supone que eran vecinos de Plover.

Alice asintió con la cabeza. Ahora que Janet se había ido, volvió a acercarse a Quentin.

—Es triste.

—¿Por qué?

—¿No sabes lo que les pasó?

Quentin negó con la cabeza.

—Hay un libro que trata de ese tema. La mayoría de los hijos creció para convertirse en personas muy aburridas: amas de casa, agentes de seguros y cosas así. A uno de los hijos lo mataron en la Segunda Guerra Mundial, y otro se casó con una heredera. Pero ¿sabes lo de Martin?

Quentin volvió a negar con la cabeza.

—Bueno, ¿te acuerdas cómo desaparece en el libro? Pues lo mismo. Huyó, sufrió un accidente o algo. Un día desapareció después de desayunar y no regresó nunca más.

—¿El Martin real?

—El Martin real.

—Dios, qué triste.

Intentó imaginárselo. Una familia inglesa de rostros juveniles y melenas cortas —podía imaginarse su retrato en color sepia—, con un vacío abierto en medio del grupo. El sombrío anuncio. La lenta y decorosa aceptación. El prolongado dolor.

—Me hace pensar en mi hermano —dijo Alice de repente.

—Lo sé.

Lo miró fijamente, con dureza, y él le devolvió la mirada. Era cierto, lo sabía.

Se incorporó sobre un codo para mirarla desde una cierta altura. En el aire que los separaba se arremolinaron excitadas motas de polvo.

—Cuando era pequeño —comentó lentamente—, incluso cuando ya no era tan pequeño, envidiaba a Martin.

—Lo sé —respondió ella, sin poder evitar una sonrisa.

—Creía que lo había conseguido. Ya sé que se supone que su desaparición es una tragedia, pero para mí había reventado la banca, había vencido al sistema. Logró quedarse en Fillory para siempre.

—Lo sé, te entiendo. —Apoyó una mano en su pecho—. Eso es lo que te hace distinto del resto de nosotros, que sigues creyendo realmente en la magia. ¿Te das cuenta de que ahora ninguno de nosotros cree en ella? Quiero decir, sabemos que la magia es real, existe, pero tú crees realmente en ella, ¿verdad?

—¿Acaso es algo malo? —preguntó nervioso.

—Sí, Quentin, es algo malo —respondió, sonriendo todavía más ampliamente.

Él la besó, suavemente al principio. Se levantó y cerró la puerta.

Así empezó todo. En realidad había empezado mucho antes, por supuesto. Al principio creyeron que no podrían seguir adelante, que alguien o algo los detendría. Cuando no sucedió nada, cuando vieron que no tenía consecuencias, perdieron el control: se arrancaron la ropa tosca, frenéticamente, no sólo locos de deseo el uno por el otro, sino locos de deseo por perder el control, Fue como una fantasía. El sonido de sus respiraciones y el susurro de sus ropas resonaban como truenos en el pequeño y, hasta entonces, casto dormitorio. Sólo Dios sabía lo que estarían oyendo allá abajo. Él la presionaba para ir más allá, ver si ella estaba tan dispuesta como él, averiguar lo lejos que estaba dispuesta a llegar y lo lejos que le dejaba llegar a él. Ella no sólo no lo detuvo, sino que también lo presionó, incluso más allá de sus expectativas. No era su primera vez, ni siquiera su primera vez con Alice técnicamente hablando, pero sí fue distinta. Esta vez era sexo humano, real y mucho mejor porque no eran animales, sino seres humanos civilizados, y remilgados, y cohibidos, que se transformaban en bestias desnudas, y sudorosas, y lujuriosas, y no mágicamente porque, a cierto nivel, lo deseaban, lo habían estado deseando desde hacía mucho tiempo.

Intentaron ser discretos —en público apenas se dirigían la palabra—, pero los otros lo sabían y siempre encontraban excusas para dejarlos solos. Quentin y Alice las aprovechaban, probablemente aliviados al ver que la tensión entre ellos por fin había desaparecido. A este respecto, que Alice deseara a Quentin tanto como él la deseaba a ella, le pareció tan milagroso como tantas cosas desde que llegara a Brakebills e incluso más difícil de creer, aunque no tuviera otro remedio que hacerlo. Su amor por Julia había sido pasivo, un impulso peligroso que lo remitía al frío y desierto Brooklyn; el amor de Alice era mucho más real, y lo ligaba a su nueva vida, su vida real en Brakebills. Allí y a ningún otro lugar. No era una fantasía, sino algo de carne y hueso.

Y ella lo comprendía. Parecía saberlo todo sobre Quentin, lo que pensaba y sentía, a veces incluso antes que él, y lo quería a pesar de ello... lo quería por ello. Colonizaron sin miramientos el piso superior de la Casita, y sólo salían del dormitorio por asuntos indispensables, dejando bien claro que los intrusos se verían expuestos a intensas demostraciones de amor mutuo, maltrato verbal, y la visión de toda clase de ropa interior desperdigada por los suelos.

No fue el único acontecimiento milagroso de aquel verano. Los tres Físicos mayores se graduaron en Brakebills, incluido Josh, a pesar de sus malas notas. La ceremonia oficial tendría lugar la semana siguiente, una ceremonia privada a la que el resto del grupo no estaba invitado. Por tradición, a los graduados se les permitía permanecer en Brakebills el resto del verano, pero después se verían arrojados al mundo exterior.

Quentin estaba aturdido por ese giro de los acontecimientos. Todos lo estaban. Era difícil imaginarse la vida en Brakebills sin ellos, apenas habían hablado de lo que harían después; al menos, no con Quentin presente.

No era algo de lo que alarmarse. La transición de Brakebills al exterior estaba bien organizada. Existía una extensa red de magos operando en el mundo y, siendo también magos, no corrían peligro de morirse de hambre. Podían hacer más o menos lo que les apeteciera mientras no interfiriera con el trabajo de los demás, el verdadero problema era descubrir lo que te apetecía. Algunos de los alumnos terminaban en servicios públicos —promocionando silenciosamente el éxito de causas humanitarias, manipulando sutilmente el equilibrio de distintos ecosistemas enfermos o participando en el gobierno de la sociedad mágica tal y como era—; otros se decantaban por la investigación: muchas escuelas de magia —aunque no Brakebills— ofrecían programas de estudios para posgraduados y concedían varios títulos avanzados. Unos cuantos incluso se matriculaban en universidades normales, no mágicas. Las aplicaciones de la ciencia convencional a las técnicas mágicas, especialmente la química, era un campo muy solicitado. ¿Quién sabía qué exóticos hechizos podías crear utilizando los nuevos elementos transuránicos?

—He pensado en comentarle el tema al dragón del Támesis —soltó despreocupadamente Eliot una tarde. Estaban sentados en el suelo de la biblioteca, hacía demasiado calor para las sillas.

—¿Con quién? —preguntó Quentin, desconcertado.

—¿Crees que te recibirá? —se interesó Josh.

—Si no lo intento, nunca lo sabré.

—Un momento, un momento —interrumpió Quentin—. ¿Quién o qué es el dragón del Támesis?

—Pues el dragón del Támesis —repitió Eliot—. Ya sabes, el dragón que vive en el Támesis. Seguro que tiene un nombre, un nombre de dragón, pero dudo que podamos pronunciarlo.

—¿Qué estáis diciendo? —Quentin miró a su alrededor en busca de ayuda—. ¿Un dragón de verdad? ¿Estáis diciendo que los dragones existen de verdad? —Nunca sabía si Eliot hablaba en serio o le estaba tomando el pelo.

—¡Vamos, Quentin! —se burló Janet. Habían llegado a la fase de Ofensiva donde se lanzaban cartas a un sombrero. A falta de uno, utilizaban una ensaladera de la cocina.

—Hablo en serio.

—¿De verdad no lo sabes? ¿Es que no te has leído el Mc Cabe? —Alice lo miró incrédula—. Lo tenía Meerck en su clase.

—Pues no, no he leído el McCabe —aseguró Quentin. No sabía si sentirse furioso o excitado—. Podías haberme dicho que los dragones existían.

—Nunca surgió el tema.

Aparentemente sí, los dragones existían aunque eran raros. La mayoría eran dragones de agua, criaturas solitarias que raramente ascendían hasta la superficie y que pasaban la mayor parte del tiempo durmiendo enterrados bajo el fango del lecho. Todos los ríos importantes tenían uno —no más— y, al ser inteligentes y prácticamente inmortales, tendían a repartir toda suerte de perlas de sabiduría. El dragón del Támesis no era tan sociable como el del Ganges, el del Misisipí o el del Neva, pero sí mucho más inteligente e interesante. El Hudson tenía un dragón propio que pasaba la mayor parte del tiempo en un profundo y oscuro remolino a un par de kilómetros de Brakebills, pero hacía casi un siglo que nadie lo veía. El dragón más grande y más viejo conocido era uno blanco y colosal que vivía enroscado en un enorme acuífero de agua potable bajo la capa de hielo antártica y que en toda la historia registrada nunca había hablado con nadie, ni siquiera con uno de su propia especie.

—¿En serio crees que el dragón del Támesis va a darte consejos sobre tu carrera futura? —preguntó Josh.

—No lo sé —reconoció Eliot—. Los dragones son muy raros con esas cosas. Tú quisieras preguntarles sobre temas profundos, de dónde viene la magia, si existen seres extraterrestres o cuáles son los siguientes diez números primos de Mersenne; en cambio, ellos sólo quieren jugar a las damas chinas.

—Me encantan las damas chinas —exclamó Janet.

—Vale, entonces quizá deberías ir tú a hablar con el dragón del Támesis —respondió Eliot, irritado.

—Quizá lo haga —dijo ella alegremente—. Creo que tendríamos muchos temas de que hablar.

Quentin tuvo la impresión de que los Físicos se estaban enamorando unos de otros, no sólo Alice y él. Por la mañana dormían hasta tarde, por las tardes se bañaban en la piscina o navegaban por el Hudson, interpretaban los sueños de los demás o debatían detalles insignificantes de la técnica mágica: discutían sobre las distintas intensidades y resonancias de sus resacas, y competían acaloradamente sobre quién era capaz de hacer la observación más aburrida. Josh se enseñaba a sí mismo a tocar el piano que tenían en el piso superior y se tumbaban en la hierba escuchando su titubeante versión de *Heart and Soul*, una y otra y otra vez. En teoría tenía que ser aburrido pero no lo era, no sabían por qué.

A aquellas alturas contaban con la complicidad del mayordomo, Chambers, que regularmente les suministraba botellas especiales de la bodega de Brakebills, atestada y necesitada de espacio libre. Eliot era el único que poseía sofisticados conocimientos de enología, e intentaba inculcárselos a los demás, pero Quentin toleraba poco el alcohol y por principios se negaba a escupirlo, así que siempre terminaba borracho por las noches y olvidaba lo que fuera que se suponía que debía aprender. Al día siguiente tenía que volver a empezar de cero. Cada mañana, al despertar, le parecía imposible que pudiera beber una sola gota más de alcohol, pero esa convicción se evaporaba hacia las cinco de cada tarde.

Emily Greenstreet

Una tarde, estaban los cinco sentados en círculo con las piernas cruzadas, en medio de la vasta vaciedad del Mar. Era un cálido día de verano, y habían ido hasta allí con la intención de lanzar un hechizo ridículamente complejo de magia en colaboración. Un hechizo a cinco que, si funcionaba, agudizaría la vista y el oído del grupo, e incrementaría su fuerza física durante un par de horas. Era magia vikinga, magia de combate diseñada para una expedición de rapiña, y que, por lo que sabían, nadie había intentado lanzarlo desde hacía mil años. Josh, que dirigía los esfuerzos del grupo, confesó que ni siquiera estaba seguro de que funcionase. Los chamanes vikingos solían fanfarronear demasiado de sus conjuros.

Habían empezado a beber muy pronto, a la hora de comer. Y aunque Josh anunció a mediodía que todo estaba preparado —adelante, vamos, en marcha—, cuando les repartió las páginas con los viejos cánticos escandinavos escritos a mano y en espiral por Josh, con sus típicas runas pequeñas y claras, y hubo preparado el terreno marcando un ondulante y ramificado nudo con arena negra sobre la hierba, ya eran casi las cuatro. Como ni Janet ni Quentin daban con el tono adecuado de los cánticos, interrumpiendo la melodía de los demás, constantemente se veían obligados a comenzar de nuevo.

Por fin consiguieron completar el hechizo y se sentaron a contemplar el cielo, y la hierba, y el dorso de sus manos, y el reloj de la torre en la distancia, intentando descubrir si algo había cambiado. Quentin se alejó hasta el borde del bosque para orinar y, cuando volvió, Janet hablaba de alguien llamada Emily Greenstreet.

—¡No me digas que la conociste! —exclamó Eliot.

—Yo, no. Pero ¿te acuerdas que en primer curso compartí habitación con la estúpida de Emma Curtis? Bien, pues resulta que su primo vive en Los Ángeles, cerca de mis padres. Lo vi durante las vacaciones y me contó toda la historia.

—¿En serio?

—Y ahora vas a contárnosla a nosotros —aseguró Josh.

—Es un secreto. No podéis decírselo a nadie.

—Emma no era una estúpida —protestó Josh—. Y aunque lo fuera, estaba buenísima. Por cierto, ¿te pagó la tintorería cuando te vomitó encima de aquel vestido? —Estaba tumbado de espaldas contemplando el cielo, no parecía importarle si el hechizo había funcionado o no.

—No, no me pagó nada. Y ahora se ha ido a Tajikistán o algo así para salvar no sé qué especie de saltamontes en peligro. Estúpida.

—¿Quién es Emily Greenstreet? —preguntó Alice.

—Emily Greenstreet es... —Janet hizo una pausa teatral, saboreando el satisfactorio chismorreo que iba a compartir— la primera persona en ciento cincuenta años que se marchó voluntariamente de Brakebills.

Las palabras flotaron y se deshicieron en el cálido aire veraniego como el humo de un cigarrillo. Hacía calor en medio del Mar, sin una sombra que los cobijase, pero eran demasiado perezosos para moverse.

—Llegó a Brakebills hace ocho años. Creo que era de Connecticut, pero no de la Connecticut glamurosa, la del dinero y los Kennedy, sino la de la enfermedad de Lyme. Vino de New Haven, Bridgeport o un pueblucho así. Era tranquila, con aspecto de ratoncita...

—¿Cómo sabes qué aspecto tenía? —interrumpió Josh.

—No la interrumpas, quiero oír la historia —protestó Alice,

dándole un manotazo en el brazo. Estaban tumbados sobre una manta a rayas, colocada encima de los restos de la arena de Josh.

—Lo sé porque me lo dijo el primo de Emma. Además, es mi historia, y si digo que tenía aspecto de ratoncita es que tenía cola y vivía en un puto queso suizo, ¿vale?

»Emily Greenstreet es una de esas chicas en las que no se fija nadie y cuyas únicas amigas son las demás chicas en las que no se fija nadie. No gustan ni disgustan a nadie. Tienen barbillas endebles, marcas de viruela o sus gafas son demasiado gruesas. Sé que estoy siendo cruel, pero ya sabéis a lo que me refiero.

»Era buena estudiante. Siempre estaba ocupada estudiando y siguió así hasta tercero, cuando finalmente se enamoró de uno de los profesores.

»Todo el mundo lo hace, claro, al menos la mayoría de las chicas. Todas nos enamoramos de un profesor, pero normalmente es un cuelgue pasajero y termina pronto, y acabamos enamorándonos de algún chalado de nuestra edad. Pero no nuestra Emily. Ella estaba profunda, apasionada, desesperadamente enamorada, un amor fatal a lo *Cumbres borrascosas*. Se quedaba junto a su ventana toda la noche, le hacía pequeños dibujitos en clase, contemplaba la luna y lloraba, hacía pequeños dibujitos de la luna en clase y lloraba.

»Se volvió malhumorada y deprimida. Empezó a vestirse de negro, escuchar música de los Smith y leer a Camus en el francés original. Sus ojos se hundieron progresivamente y las bolsas bajo ellos se agrandaron. Empezó a pasar más tiempo en el Aullido.

Todos gruñeron. El Aullido era una fuente del Laberinto. Su nombre oficial era la fuente de Van Pelt, en honor a un decano del siglo XVIII, pero representaba a Rómulo y Remo mamando de las ubres de una loba, de ahí lo de «el Aullido». Era el lugar de reunión preferido por los góticos y los arty.

—Ahora tenía un Secreto con ese mayúscula. Irónicamente, eso la hacía más atractiva para los demás porque querían averiguar de qué Secreto se trataba. Y claro, no pasó mucho tiempo hasta que un chico, alguien profundamente desgraciado, se enamorase de ella.

»Ese amor no era correspondido, dado que ella guardaba el suyo para el profesor Sexy, pero aquello hizo que se sintiera jodidamente bien, ya que nadie se había enamorado nunca de ella. Incluso flirteaba en público, con la esperanza de que su verdadero amor los viera y se sintiera celoso.

»Vayamos con el tercer vértice de aquel triángulo amoroso. Era de esperar que el profesor fuera completamente impermeable a los encantos de nuestra Emily, que se echara unas risas con sus colegas en la sala de profesores, y a otra cosa, mariposa. Ella ni siquiera estaba buena, pero... Puede que estuviera pasando por la crisis de la mediana edad, puede que creyera que tener un rollo con la señorita Greenstreet le devolvería parte de esa juventud desaparecida mucho tiempo atrás... En fin, ¿quién sabe? Además, el muy idiota estaba casado.

»Nunca sabremos exactamente lo que sucedió o lo lejos que llegaron, sólo que el profesor Sexy recuperó el sentido común. O quizás obtuvo lo que buscaba y después cortó por lo sano.

»No hace falta decir que, al verse abandonada por su amor, Emily se volvió más gótica, más llorosa, y más parecida a un dibujo de Gorey de lo que ya era, y que su pretendiente se enamoró todavía más y la colmó de regalos y flores, y la apoyó más que nunca.

»Quizá ya lo sepáis, yo no lo sabía, pero el Aullido era distinta de las demás fuentes del Laberinto. Los raritos de Brakebills se reunían allí precisamente por eso. Al principio no te dabas cuenta, pero al final terminabas descubriendo que cuando mirabas sus aguas no veías tu propio reflejo, sino el del cielo. Y aunque el cielo que tenías sobre tu cabeza estuviera ese día especialmente nublado, el que veías en la fuente era de un azul luminoso. O viceversa. Que no era un reflejo normal, vamos. De vez en cuando, encontrabas otros rostros que te devolvían la mirada, rostros perplejos, como si ellos estuvieran mirando el reflejo de alguna otra fuente y se sorprendieran al encontrar tu cara y no la suya. O sea, que alguien había encontrado la forma de intercambiar los reflejos de dos fuentes, pero quién, cómo y por qué, y por qué el decano Dean no había lanzado un contrahechizo, no tengo ni idea.

Eliot resopló ruidosamente a modo de protesta.

—A mí no me mires, es lo que dice la gente —se justificó Janet—. El caso es que Emily pasaba mucho tiempo en el Aullido, fumando y llorando por sus penas de amor; de hecho, pasaba tanto tiempo que empezó a reconocer una de las caras de la fuente. Era alguien parecido a ella, alguien que también pasaba mucho tiempo en la otra fuente, la del reflejo. La llamaremos Doris. Tras cierto tiempo, Emily y Doris se reconocían de inmediato, incluso intercambiaban saludos silenciosos por... bueno, por ser amables. Doris probablemente también fuese un poco depresiva. Seguro que creían ser almas gemelas.

»Emily y Doris buscaron una forma de comunicarse. Los detalles exactos le son desconocidos a vuestra intrépida narradora. Quizá mediante signos o algo así. Si eran mensajes escritos, debían escribir delante de un espejo para que la otra pudiera leerlos, ¿no?

»No sé cómo funcionan las cosas en Aullidolandia donde vivía Doris, puede que la magia sea diferente allí. Quizá Doris le estaba tomando el pelo a nuestra Emily, o estaba harta de escuchar los lloriqueos sobre su vida amorosa; quizá Doris era una perturbada o genuinamente malvada. El caso es que un día le sugirió a Emily que si quería recuperar a su amante, el problema podía ser su aspecto. ¿Y si intentaba cambiarlo?

Un escalofrío recorrió el grupo, a pesar de que el sol seguía brillando en el cielo. Incluso Quentin sabía que utilizar la magia para alterar la propia apariencia física era algo que nunca terminaba bien. En el mundo de la teoría mágica era un punto negro: hay algo en la inextricable conexión entre tu rostro y quién eres —tu alma, a falta de una palabra mejor— que hace que el hechizo sea infernalmente difícil y fatalmente impredecible. Cuando Quentin llegó por primera vez a Brakebills se preguntó por qué alumnos y profesores no eran ridículamente guapos. Miraba a los chicos y chicas con defectos físicos —Gretchen y su pierna, o Eliot y su mandíbula torcida— y se preguntaba por el motivo de que no arreglaran sus defectos, como hacía Hermione con sus dientes en la serie de *Harry Potter*. La verdad era que siempre terminaba en desastre.

—Pobre Emily —dijo Janet con un suspiro—. Cuando anotó el hechizo que le mostró Doris en el reflejo de la fuente, creyó haber encontrado la técnica secreta que nadie más había descubierto. Era elaborada y costosa, pero podía funcionar. Tras unas cuantas semanas de preparativos, decidió lanzar el hechizo en su habitación.

»¿Cómo creéis que se sintió al mirarse en el espejo y ver lo que se había hecho a sí misma? —Casi podías descubrir una nota de genuina simpatía en la dura voz de Janet—. No puedo ni imaginármelo. No puedo, de verdad.

Caía la tarde y las sombras del bosque del límite oeste eran lo bastante alargadas para empezar a cubrir su manta.

—Debemos suponer que aún podía hablar, porque consiguió avisar a su enamorado de que se había metido en un lío. Éste acudió a su habitación, y tras muchos susurros preliminares a través de la cerradura, lo dejó entrar. Hay que reconocer el mérito del chico, porque a pesar de su estado se quedó con ella. Emily no dejó que acudiera a los profesores, Dunleavy era decano y la habría echado a patadas sin pensárselo dos veces.

»Así que él le dijo que no se moviera de su habitación, que no hiciera nada que empeorase todavía más las cosas, que iría a la biblioteca e intentaría encontrar algo para ayudarla.

»Volvió poco antes del amanecer. Imaginaos la escena: después de pasar la noche en blanco, los dos se sentaron en su pequeña cama con las piernas cruzadas. Ella, con su cabeza deforme; él, con ocho libros abiertos a su alrededor. El chico mezcló unos cuantos reactivos en tazas de cereales robadas del comedor, mientras ella apoyaba lo que le quedaba de frente contra la pared intentando conservar la calma. El trozo de cielo que podían ver por la ventana se iba haciendo más azul y más brillante a cada segundo, tenían que darse prisa. En aquel momento, ella debía estar más allá del pánico y el arrepentimiento, pero no más allá de la esperanza.

»Pensad en su estado mental. En cierto modo, para él lo sucedido era perfecto, su momento de gloria, su oportunidad para convertirse en un héroe salvando a la chica y conquistando su amor. O, por lo menos, ella se sentiría lo bastante agradecida como para recompensarlo con un poco de sexo. Podría demostrar sus cualidades, que ella las apreciara, lo que siempre había deseado.

»Pero, no sé... Puede que estuviera harto o que sospechase lo que había pasado, que ella había decidido correr un riesgo terrible y no precisamente por él.

»Sea como fuere, no estaba en la mejor forma posible para hacer hechicería mayor: cansado, aterrado y supongo que con el corazón un poquito roto. Quizá sólo estaba desesperado. Lanzó el hechizo reparador (por cierto, sé cuál fue, un arcano mayor del Renacimiento). Demasiada energía y demasiado descontrolada surgió de él, lanzándolo por los aires. Y allí, frente a los ojos de Emily, gritó y gritó mientras ardía envuelto en un fuego azulado. Se convirtió en un *niffin*.

»"De eso hablaba Fogg aquella noche en la enfermería", pensó Quentin. De perder el control. Aparentemente, los otros sabían lo que significaba la palabra *niffin*. Contemplaban inmóviles a Janet como si se hubieran convertido en piedra.

—Bueno, Emily enloqueció. Y digo que enloqueció de verdad. Montó una barricada ante la puerta y no dejó que nadie entrara hasta que apareció su amado profesor. Por entonces, claro, toda la escuela estaba despierta. Sólo puedo imaginarme cómo se sintió aquel profesor, dado que todo aquello era en parte culpa suya. No debió de sentirse muy orgulloso de sí mismo. Supongo que si el *niffin* no quería marcharse intentó hacer que se desvaneciera. Ni siquiera sé si lo consiguió. Creo que el poder de esas cosas no tiene límite.

»Mantuvo a todo el mundo fuera del dormitorio y compuso la cara de Emily allí mismo, lo que no debió de ser fácil. Dejando aparte cuestiones morales, tenía que ser un buen mago porque el hechizo que llegó a través de la fuente era de los más complicados. Además, cuando Emily lo lanzó también debió de trastocarlo un poco. Pero al final logró que la chica quedara razonablemente presentable, aunque dicen que no era lo que fue. No es que quedara deformada ni nada de eso, no, sólo... diferente. Si no la conocías de antes, ni siquiera te dabas cuenta.

»Y eso es más o menos todo. Ni siquiera puedo imaginar qué le dijeron a los padres del chico. Dicen que pertenecía a una familia de magos, así que es posible que les contaran una parte de la verdad. La versión oficial, ya sabéis.

El silencio fue largo. En la lejanía repicó la campana de un barco que navegaba por el río. La sombra de los árboles había seguido avanzando y ya los cubría, deliciosamente fría en aquella calurosa tarde.

Alice se aclaró la garganta.

—¿Qué le pasó al profesor?

—¿No te lo imaginas? —Janet ni siquiera se molestó en ocultar su deleite—. Le dieron a elegir: dimisión y deshonra... o traslado a la Antártida, a Brakebills Sur. Adivina lo que eligió.

—¡Dios mío, era Mayakovsky! —exclamó Josh.

—Eso explica un huevo de cosas.

—¿Y qué le pasó a Emily Greenstreet? —preguntó Alice—. ¿Se fue de la escuela y ya está? —Su voz tenía un tono helado y Quentin no estaba muy seguro de dónde surgía—. ¿Qué le pasó a ella? ¿La enviaron a una escuela normal?

—Dicen que vive en Manhattan y se dedica a los negocios —explicó Janet—. Somos parte de una gran empresa, chicos, así que le ofrecieron un trabajo corporativo. No sé, consultora administrativa o algo así. Mucha magia para tapar el hecho de que no hace nada. Se sienta en su despacho y navega todo el día por la web. Creo que una parte de ella no sobrevivió a todo lo que pasó, ¿sabéis?

Janet dejó de hablar y Quentin derivó entre las nubes. Todo daba vueltas a su alrededor debido al vino, como si la Tierra se hubiera soltado de su base y se tambaleara incontrolablemente. Y al parecer no era el único en sentirse así porque cuando Josh intentó levantarse, perdió el equilibrio y cayó de culo al suelo, provocando unos cuantos aplausos.

Volvió a levantarse, respiró profundamente, dobló una rodilla y de repente dio una perfecta voltereta hacia atrás. Clavó la caída y se irguió abriendo los brazos a modo de saludo.

—¡Funciona! —exclamó—. No puedo creerlo. Retiro todo

lo que dije sobre los chamanes vikingos... ¡el puto hechizo funciona!

Sí, el hechizo había funcionado, pero por alguna razón Josh era el único que sufría los efectos. Mientras recogían los restos del picnic y sacudían la manta, Josh dio vueltas por el campo saltando como un superhéroe bajo la escasa luz del atardecer.

—¡Soy un guerrero vikingo! ¡Temblad ante mi poder! ¡La fuerza de Thor y sus huestes fluye por mis venas! ¡Y me follaré a vuestra madre! ¡Meee... follaréee... a vuestraaa... madreee!

—Está en la gloria —apuntó Eliot fríamente—. Es como si hubiese cocinado algo y hubiera salido exactamente como la foto de la receta.

Josh desapareció entonando el *Himno de batalla* de la República, en busca de otros alumnos ante los que presumir. Janet y Eliot se dirigieron a la Casita, y Alice y Quentin a la Casa, adormilados y todavía medio borrachos.

—Alguien resultará herido —dijo Quentin—. Probablemente, él.

—El hechizo conlleva cierta resistencia al daño. Endurece la piel y el esqueleto, podría atravesar una pared de un puñetazo y seguramente ni se enteraría.

—Seguramente. Y si puede hacerlo, lo hará.

Alice parecía más tranquila de lo habitual. No fue hasta que se internaron en los oscuros callejones del Laberinto cuando Quentin descubrió que su rostro estaba surcado de lágrimas. Su corazón se encogió.

—Alice... Alice, cariño... —Se detuvo y la obligó a que se girase para mirarlo—. ¿Qué ocurre?

Ella escondió la cara en el hombro de Quentin.

—¿Por qué ha tenido que contar esa historia? ¿Por qué es así?

Quentin se sintió inmediatamente culpable por haber disfrutado del relato. Era una historia horrible, pero tenía algo irresistiblemente gótico.

—Es una chismosa —terminó por reconocer—. No le des importancia.

—¿Que no le dé importancia? —Alice le dio un empujón y se enjugó furiosamente las lágrimas con el dorso de las manos—. ¿Que no se la dé? Siempre pensé que mi hermano había muerto en un accidente de coche.

—¿Tu hermano? —Quentin se quedó helado—. No comprendo...

—Era ocho años mayor que yo. Mis padres me dijeron que había muerto en un accidente de coche, pero ése era él. Estoy segura.

—No lo entiendo. ¿Crees que el protagonista de esa historia era tu hermano?

Ella asintió con la cabeza.

—Creo que sí. Sé que sí. —Sus ojos estaban enrojecidos por el dolor y la rabia.

—Dios, sólo es una historia. Ella no tenía forma de saberlo.

—Lo sabe. —Alice siguió caminando—. Todo encaja, hasta el tiempo en que ocurrió. Y él era así. Charlie siempre se estaba enamorando de alguien. Seguro que intentó salvarla de sí misma —sacudió la cabeza amargamente—. Era así de estúpido.

—Puede que Janet no sepa que es él. Puede que no se haya dado cuenta.

—¡Eso es lo que quiere que piense todo el mundo! ¡Así nadie piensa en lo mala puta que puede llegar a ser!

Aquél era un insulto de moda en Brakebills. Quentin estaba a punto de seguir defendiendo a Janet, cuando algo encajó en su mente.

—Por eso no te invitaron a entrar en la escuela —dijo tranquilamente—. Sí, eso es. Por lo que le pasó a tu hermano.

Ella asintió con los ojos todavía desenfocados, con su incansable cerebro funcionando a toda máquina, encajando nuevas piezas en el rompezabezas.

—No querían que me pasara nada parecido. ¡Dios, ¿por qué todo el mundo es tan jodidamente estúpido?!

Se detuvieron a pocos metros de la salida del Laberinto, entre las sombras que se aglomeraban allí donde los setos crecían más cercanos, como si no pudieran enfrentarse de nuevo a la luz del día. Por el momento.

—Al menos ahora ya lo sé —susurró Alice—. ¿Por qué ha contado esa historia, Q? Sabía que me haría daño. ¿Por qué quiere hacerme daño?

Él sacudió la cabeza. La idea de un conflicto interno en su pequeño grupo le hacía sentir incómodo. Quería que todo fuera perfecto. Buscó una explicación desesperadamente.

—Está amargada porque tú eres más guapa —dijo al fin.

Alice resopló.

—Está amargada porque somos felices —replicó—. Y porque está enamorada de Eliot, siempre lo ha estado. Y él no la ama.

—¿Qué? ¡Espera! —Quentin agitó la cabeza, como si por fin hubiera reunido todas las piezas del rompecabezas—. ¿Por qué iba a enamorarse de Eliot?

—¡Porque no puede tenerlo! —exclamó Alice con amargura, sin mirarlo—. Y ella quiere tenerlo todo. Me sorprende que no vaya detrás de ti. ¿Acaso crees que no se ha acostado con Josh?

Salieron del Laberinto y ascendieron las escaleras que conducían hasta la terraza trasera, iluminada por la luz amarilla que se colaba a través de las ventanas francesas y sembrada de prematuras hojas otoñales. Alice se limpió la cara como pudo, tampoco llevaba mucho maquillaje. Sumido en sus propios pensamientos, Quentin le ofreció en silencio un pañuelo para que se sonara la nariz. Ni antes ni ahora dejaba de sorprenderlo lo mucho que de misterioso y oculto tenía el mundo que lo rodeaba.

Quinto curso

Llegó septiembre, y sólo quedaron Quentin y Alice. Los demás se marcharon en medio de un torbellino de hojas caídas y el crujido de las primeras heladas.

Verlos partir supuso una verdadera conmoción. Y mezclada con ella, como el licor en un cóctel, experimentaron una enorme sensación de alivio. Quentin quería que todo fuera bien entre ellos; mejor que bien, perfecto. Pero la perfección es algo delicado, porque cuando descubres el mínimo fallo todo se va al traste. La Perfección con mayúsculas formaba parte de la mitología brakebillsiana, de la historia que Quentin se contaba a sí mismo sobre su vida en la escuela, un discurso tan cuidadosamente construido y veneradamente mantenido por él como el de Fillory. Y no sólo quería ser capaz de decirlo sino de creerlo, algo cada vez más difícil. La presión había ido creciendo en algún ignoto tanque subterráneo y al final las cosas empezaban a desmadrarse. Hasta Quentin lo percibía, a pesar de su casi ilimitada capacidad para ignorar lo obvio. Quizás Alice tenía razón, quizás Janet realmente estaba enamorada de Eliot y la odiaba. O era algo más, algo tan palpablemente obvio que Quentin no podía afrontarlo directamente. De una forma u otra, los lazos que mantenían unido al grupo empezaban a deshilacharse y los haría perder su mágica habilidad para quererse sin esfuerzo aparente. Ahora, aunque las cosas nunca volvieran a ser iguales, aunque nunca estuvieran tan unidos como antes, por lo menos podría recordar cómo habían sido. Los recuerdos permanecen a salvo, sellados para siempre en ámbar.

En cuanto comenzó el semestre, Quentin hizo algo que ya había postergado demasiado tiempo: fue a ver al decano Fogg y le explicó el incidente con Julia. Éste se limitó a fruncir el ceño y asegurarle que se encargaría del asunto. Quentin sintió deseos de saltar por encima de la mesa y abofetearlo por lo que había hecho, por pifiarla con los hechizos de memoria. Intentó explicarle que había hecho sufrir a Julia en una forma que nadie debería soportar, pero el decano se limitó a contemplarlo sin mover un músculo. Al final, lo más que pudo conseguir fue la promesa de que haría todo lo posible por que todo le fuera lo más fácil posible a la chica, pero siempre ateniéndose a las reglas. Salió del despacho de Fogg sintiéndose tan mal como cuando entró.

Ya estuviera sentado a la mesa o paseando entre clases por los polvorientos pasillos, Quentin comprendió por primera vez lo mucho que se habían apartado Alice y él estos dos últimos años del resto de la escuela y qué pocos alumnos conocían realmente. En todos los cursos se formaban grupos, era lógico, pero los Físicos habían sido especialmente estrictos, y ahora Alice y él eran los únicos que quedaban. Evidentemente, seguía asistiendo a clases con otros alumnos de quinto y charlaba con ellos, pero sabía que su lealtad y su atención estaban en otro lugar.

—Deben de creer que somos unos esnobs —comentó Alice un día—. Por la forma en que nos mantenemos apartados de ellos.

Estaban sentados sobre la fría piedra de la fuente que llamaban Sammy, una reproducción del Laocoonte romano, cuyas serpientes también estrangulaban al sacerdote renegado y a sus hijos, pero con agua vertiéndose alegremente por sus bocas. Habían ido para limpiar algunas manchas de la falda de Alice con un poco de magia doméstica y siempre era mejor practicarla al aire libre, pero se habían olvidado de un ingrediente básico, cúrcuma, y no tenían ganas de volver a encerrarse tras los muros de la Casa. Era una preciosa mañana de sábado, y la temperatura se mantenía, en un precario equilibrio, entre cálida y fresca.

—¿De verdad crees eso?

—¿Tú no?

—Seguramente tienes razón —suspiró Quentin—. Qué cabrones. Ellos sí que son unos esnobs.

Alice arrojó una bellota a la fuente. Rebotó en una de las rodillas del sacerdote moribundo y cayó al agua.

—¿Crees que lo somos?, esnobs, quiero decir —preguntó Quentin.

—No sé, no necesariamente. No, creo que no lo somos. Y no tenemos nada contra ellos.

—Exacto. Algunos son muy simpáticos.

—Algunos merecen nuestra más alta estima.

—Exacto. —Quentin jugueteó con los dedos en el agua—. ¿Qué quieres decir? ¿Que deberíamos abrirnos más y hacer nuevos amigos?

Ella se encogió de hombros antes de responder:

—Bueno, son los únicos magos de nuestra misma edad en este continente y los únicos con los que podemos relacionarnos.

El cielo era de un azul luminoso y las ramas de los árboles se recortaban contra él en el nítido pero tembloroso reflejo de la fuente.

—Vale —admitió Quentin—. Pero no con todos.

—Dios, claro que no. Seremos selectivos. De todas formas, ¿quién nos asegura que querrán ser amigos nuestros?

—Tienes razón. ¿A quién elegimos?

—¿Importa?

—Claro que importa, Sexy, no todos son iguales —aseguró Quentin. «Sexy» era un apelativo cariñoso en recuerdo de su interludio antártico.

—Entonces, ¿a quién?

—Surendra.

—Vale, bien. O no, está saliendo con esa horrible chica de segundo. Ya sabes, la de los dientes. Siempre está intentando que la gente haga madrigales después de las comidas. ¿Qué tal Georgia?

—Quizá nos estamos pasando, no podemos forzar una amistad. Dejemos que suceda de forma natural.

—Vale. —Quentin contempló cómo ella se estudiaba las uñas con su intensa concentración habitual. A veces le parecía tan hermosa que no podía creer que tuviera una relación con ella. Apenas podía creer que existiera.

—Pero tendrás que encargarte tú —le advirtió Alice—. Si depende de mí, nunca pasará nada. Sabes lo patética que soy en ese tipo de cosas.

—Sí, lo sé.

Ella le tiró una bellota.

—Se supone que no tendrías que estar de acuerdo.

Y así, con un esfuerzo consciente, salieron de su estupor y se embarcaron en una tardía campaña para relacionarse más con sus compañeros de clase. Al final no fue ni Surendra ni Georgia, sino Gretchen —la chica rubia que necesitaba bastón— quien resultó ser la clave del asunto. Ayudó mucho que Alice y Gretchen fueran delegadas, algo que para ellas era al mismo tiempo fuente de orgullo y de vergüenza. El cargo no comportaba prácticamente ningún deber oficial; era, sobre todo, otra idea absurda e infantil tomada del sistema educativo público inglés, un síntoma de la anglofilia firmemente incrustada en el ADN institucional de Brakebills. El título recaía en los cuatro alumnos de cuarto y quinto con mayor nota media, y su insignia era un pin plateado con forma de abeja. Sus actuales responsabilidades consistían en nimiedades tales como regular el acceso al único teléfono del campus, un monstruo obsoleto que tenía disco y no teclas para marcar los números, situado en una deteriorada cabina telefónica de madera bajo una escalera, donde siempre se sentaban una docena de estudiantes para hacer cola. A cambio, tenían acceso a la Sala de Delegados, un saloncito especial en el lado este de la Casa, con una preciosa ventana alta en forma de arco y un armario repleto de jerez que Quentin y Alice se obligaban a beber.

La Sala de Delegados también era un lugar excelente para el sexo, siempre que se avisara a los demás monitores con antelación, lo que normalmente no suponía ningún problema. Gretchen era comprensiva, ya que también tenía pareja. La tercera delegada era una chica muy popular llamada Beatrice, y que nadie hubiera tomado por especialmente inteligente antes de ser nombrada. De todas formas, nunca utilizaba la sala. El único problema era evitar al cuarto delegado, porque el cuarto delegado era ni más ni menos que Penny.

El anuncio del nombramiento de Penny fue tan universal y asombrosamente sorprendente, que nadie habló de otra cosa todo el resto del día. Quentin apenas había intercambiado una palabra con Penny desde su altercado, aunque tampoco lo intentó mucho. Desde el día de la pelea, Penny se había convertido en un solitario, un fantasma, algo nada fácil en una escuela tan pequeña como Brakebills, pero tenía talento y se salía con la suya: caminaba deprisa entre clases con la mirada fija, engullía las comidas velozmente, daba solitarios paseos, se encerraba en su habitación tras las clases de la tarde, se iba a dormir temprano y se levantaba al amanecer.

Si hacía algo más, nadie lo sabía. Cuando los alumnos de Brakebills fueron divididos en grupos el segundo curso, según su disciplina, Penny no fue asignado a ninguno. El rumor era que seguía una disciplina tan arcana y extravagante que no tenía clasificación en ninguno de los esquemas convencionales. Si era cierto o no, en el listado oficial, junto a su nombre, Fogg simplemente había escrito la palabra INDEPENDIENTE. Apenas lo veían en clase, y cuando asistía se limitaba a acechar silenciosamente desde la última fila con las manos metidas en los bolsillos del chaquetón de Brakebills, sin preguntar nada ni tomar notas. Tenía el aspecto de saber cosas que los demás desconocían. A veces se le veía en compañía de la profesora Van der Weghe, bajo cuya guía se rumoreaba que seguía un estudio tan intensivo como independiente.

La Sala de Delegados era un refugio importante para Quentin y Alice porque su viejo santuario, la Casita, ya no era sacrosanta. Él nunca pensó seriamente en el tema, pero había sido pura cuestión de suerte que el año anterior no ingresara nadie en el grupo de los Físicos, preservando así la integridad de la pequeña camarilla. Pero la sequía tenía que terminar, y terminó. Al final del semestre anterior, no menos de cuatro alumnos de tercero fueron clasificados como Físicos y ahora, aunque le pareciera un error en todos los sentidos posibles, tenían tanto derecho a la Casita como ellos dos.

No obstante, se esforzaron por ser comprensivos. Durante el primer día de clase se sentaron pacientemente en la biblioteca, mientras los nuevos reclutas llevaban a cabo el ritual y se abrían paso al interior. Debatieron largo y tendido sobre qué ofrecer a los recién llegados cuando lograsen entrar, y al final se decidieron por un champán bastante bueno y —no queriendo ser egoístas, aunque se sintieran exactamente así— una obscenamente extensa selección de ostras y caviar, con tostadas y *crème fraîche*.

—¡Genial! —exclamaron al entrar los nuevos miembros del equipo Físico, contemplando con ojos desorbitados el enorme interior e inspeccionando el mobiliario, el piano y el armario de las ramitas alfabetizadas. Parecían imposiblemente jóvenes. Quentin y Alice charlaron con ellos intentando mostrarse simpáticos y comprensivos como, según recordaban, los otros se habían mostrado con ellos cuando llegaron.

Sentados en el sofá, los chicos y chicas de tercero no dejaban de moverse mientras sorbían su champán demasiado deprisa, como niños que tuvieran prisa por marcharse. Hicieron preguntas sobre las pinturas y la biblioteca de la Casita: ¿podían sacar los libros del edificio? ¿Era verdad que tenían una primera edición del *Abecedarian Arcana*, escrita a mano por el propio Pseudo-Dionisio? Claro. ¿Cuándo fue construida la Casita? ¿De verdad? ¡Guau! Pues sí que era vieja...

Después, tras un educado intervalo de tiempo, desaparecieron en masa hacia la sala de billar sin mostrar un interés especial en que Quentin y Alice los acompañasen. Como la pareja tampoco tenía un interés especial en acompañarlos, se quedaron donde estaban. A medida que avanzaba la tarde, escucharon jadeos y gemidos típicos de las relaciones sexuales adolescentes. Resultaba palpable que Quentin y Alice eran reliquias de otra era que habían agotado su bienvenida. Habían cerrado el círculo. Volvían a ser unos marginados.

—Me siento como un profesor anciano —confesó Quentin.

—Ya no me acuerdo ni de sus nombres —lo imitó Alice—. Son como cuatrillizos.

—Podríamos ponerles un número a cada uno y decirles que es una tradición.

—Y llamarlos por el número equivocado. Volverlos locos. O podríamos ponerles a todos el mismo nombre. Alfred, por ejemplo.

—¿Incluso a las chicas?

—Sobre todo a las chicas.

Estaban bebiendo demasiado champán, se estaban emborrachando, pero a Quentin no le importaba. Desde la sala de billar llegaron chasquidos y crujidos de cristal roto —una copa probablemente—, y poco después el ruido de un marco lanzado por los aires, afortunadamente por la ventana.

—El problema de crecer —dijo Quentin— es que una vez que has crecido, la gente ya no te parece tan divertida.

—Debimos quemar esta casa hasta los cimientos —sentenció Alice con tristeza. Estaban definitivamente borrachos—. Salir con los otros y prenderle fuego.

—Y alejarnos hacia el horizonte con el incendio de fondo, como en las películas.

—Es el fin de una era. El fin de una época... ¿El fin de qué, de una era o de una época? ¿Cuál es la diferencia?

Quentin no lo sabía. Tendrían que buscar algo más, pensó trabajosamente. Algo nuevo. No podían seguir allí. No podían volver atrás, sólo seguir hacia delante.

—¿Crees que alguna vez fuimos así? —preguntó Quentin—. Como esos chicos, quiero decir.

—Probablemente. Y hasta peores. No sé cómo los otros pudieron aguantarnos.

—Tienes razón, tienes razón. Dios, eran mucho mejores que nosotros.

Ese invierno, Quentin no fue a casa de sus padres durante las vacaciones. Por Navidades —las Navidades del mundo real—, tuvo la habitual discusión con sus padres por culpa del extraño calendario escolar de Brakebills y que tenía que recordárselo todos los años. Cuando llegó la Navidad al calendario de Brakebills, ya era marzo en el mundo real y no tenía mucho interés en la festividad. Si le hubieran pedido que fuera —si por un solo segundo hubieran demostrado que tenían ganas de verlo o que lamentaban su ausencia—, quizá se lo hubiera pensado. Por un solo segundo, lo habría pensado. Pero mostraron su habitual despreocupación e inconsciencia. Además, así se ahorró informarles de que tenía otros planes, muchas gracias.

De modo que Quentin fue de visita a casa de los padres de Alice. No había sido idea de él sino de ella, aunque no estaba muy seguro del motivo de la invitación, dado que tal posibilidad la ponía de un humor suicidamente incómodo.

—¡No lo sé, no lo sé! —repetía, cuando se lo preguntaba—. ¡Me pareció de ese tipo de cosas que suelen hacer las parejas!

—Bueno, vale. Entonces, no tengo que ir. Me quedaré aquí, diles que tenía trabajos que terminar o algo así. Ya nos veremos en enero.

—¿Es que no quieres venir conmigo? —gimió Alice.

—Claro que sí. Quiero ver de dónde procedes y quiero conocer a tus padres. Aunque Dios sabe que no pienso llevarte a casa de los míos.

—Está bien. —Pero no parecía menos ansiosa—. ¿Me prometes odiar a mis padres tanto como los odio yo?

—Oh, absolutamente —respondió Quentin—. Incluso más, si quieres.

La apertura de los portales vacacionales siempre era un procedimiento complicado y tedioso, que inevitablemente implicaba a montones de estudiantes cargados con montones de maletas encajonados en uno de los estrechos pasillos que conducían al salón principal, donde la profesora Van der Weghe se encargaba de enviarlos allí donde necesitaran ir. Todo el mundo se alegraba de que los exámenes hubieran terminado por fin, y siempre se producían aglomeraciones, empujones, gritos y lanzamientos de hechizos pirotécnicos menores. Quentin y Alice esperaron pacientemente en silencio, él deseando parecer tan respetable como pretendía. Apenas tenía ropa que no fuera el uniforme de Brakebills.

Sabía que Alice era de Illinois, y sabía que Illinois estaba en el Medio Oeste, pero podía ubicar su situación con una aproximación de mil kilómetros. Dejando aparte unas vacaciones en Europa apenas se había movido de la costa Este, y la educación en Brakebills no hacía mucho para mejorar sus conocimientos sobre la geografía norteamericana.

Resultó que apenas pudo ver Illinois, al menos su paisaje. La profesora Van der Weghe preparó el portal para que se abriera directamente en el interior de la casa de los padres de Alice: paredes de piedra, suelos de mosaico, puertas con dintel por todas partes... Se trataba de una exacta recreación de una villa romana tradicional. Fue como correr una cortina y llegar al pasado. La magia solía ser común entre familiares —Quentin era una excepción a este respecto—, y los padres de Alice eran magos. Ella nunca había tenido que mentir acerca de sus estudios como él.

—Bienvenido a la casa que el tiempo olvidó —anunció malhumorada, lanzando sus maletas al rincón de una patada.

Después lo guió por un pasillo oscuro y alarmantemente largo, hasta un salón lleno de cojines y divanes al estilo romano desparramados por todas partes en ángulos extraños y con una pequeña fuente en medio de todos ellos.

—Papá cambia la decoración cada pocos años —explicó—. Su especialidad es la magia arquitectónica. De pequeña, todo era de estilo barroco, con picaportes dorados por todas partes. Casi me parecía bonito. Después tocó estilo japonés, con paredes de papel... ¡se oía todo! Más tarde tuvimos cascadas, a lo Frank Lloyd Wright, ya sabes, hasta que mamá, por alguna razón, se hartó de vivir en medio del moho. Y durante una temporada vivimos en una tienda comunal iroquesa, con suelo de tierra pero sin paredes. Resultaba hilarante. Tuvimos que rogarle que pusiera cuartos de baño de verdad. Si creyó que íbamos a mirar cómo defecaba en un agujero hecho en el suelo, iba listo.

Alice se sentó en un diván romano de cuero, abrió un libro y se concentró en su lectura vacacional.

Quentin comprendió que a veces era mejor esperar que se le pasaran sus períodos negros, que intentar sacarla de ellos a la fuerza. Todo el mundo tenía sus neuras particulares sobre el hogar de su infancia, así que pasó la siguiente hora explorando lo que parecía una casa pompeyana de clase media-alta, incluidos unos cuantos frescos pornográficos. Todo era auténtico excepto los cuartos de baño, obviamente una concesión. La cena, que fue servida por un escuadrón de marionetas de madera de un metro de altura y que emitían un sonido cliqueante al caminar, era repugnante: sesos de ternera, lenguas de loro, una morena asada, todo con suficiente pimienta como para hacerlo intragable, por si acaso la materia prima no lo fuera ya bastante. Por suerte, había mucho vino.

Estaban en el tercer plato, útero de cerda relleno y asado, cuando un hombre bajito, corpulento y de cara redonda apareció en el umbral. Llevaba con elegancia una túnica grisácea que parecía una sábana sin lavar. No se había afeitado desde hacía varios días y su oscura barba casi se extendía hasta la nuca; el poco pelo lo que le quedaba en el cráneo necesitaba un buen corte.

—*Ave atque vales!* —proclamó, efectuando un elaborado saludo romano que, en esencia, era un saludo nazi—. Bienvenidos al *domus* de *Danielus*. —Hizo una mueca que implicaba que era culpa de los demás si la frase no resultaba divertida.

—Hola, papá —lo saludó Alice—. Papá, éste es mi amigo Quentin.

—Hola.

Quentin se puso de pie. Había intentado comer reclinado, al estilo romano, pero resultaba más difícil de lo que parecía y se rindió al sentir punzadas en el costado. El padre de Alice tendió la mano, pero a medio camino pareció olvidar lo que estaba haciendo y quedó realmente sorprendido al encontrarse una extremidad extraña encajada entre sus dedos.

—¿De verdad os estáis comiendo eso? Yo pedí una pizza hace una hora.

—No sabíamos que estabas aquí. ¿Y mamá?

—¿Quién sabe? —respondió el padre de Alice. Enarcó repetidamente las cejas como si fuera un misterio excéntrico—. La última vez que la vi estaba abajo, trabajando en una de sus composiciones. —Dio unos pasos y se sirvió vino de un decantador.

—¿Y cuándo fue eso? ¿En noviembre?

—No me lo preguntes. En esta maldita casa siempre pierdo la noción del tiempo.

—¿Por qué no pusiste ventanas, papá? Aquí dentro siempre se está a oscuras.

—¿Ventanas? —Volvió a mover las cejas, aquel gesto parecía su marca de fábrica—. ¡Hablas de una magia bárbara que los nobles romanos desconocían!

—Es un trabajo sorprendente —intervino Quentin, obsequioso—. Parece auténtico.

—¡Gracias!

El padre de Alice terminó de apurar su copa y se sirvió otra antes de dejarse caer pesadamente en uno de los divanes, salpicando la pechera de su toga con un chorro de vino púrpura. Sus pantorrillas eran blancas y regordetas, llenas de erizados pelos negros que surgían de ellas en extático asombro. Quentin se preguntó cómo era posible que la preciosa Alice compartiera siquiera un par de genes con aquella persona.

—Tardé tres años en terminarla —añadió—. Tres años. ¿Y sabes qué? Dos meses después ya me había cansado de ella. No aguanto este tipo de comida, siempre me mancho la toga y tengo fascitis plantar de caminar por estos suelos de piedra. ¿Qué sentido tiene mi vida? —Miró furioso a Quentin como si realmente esperara una respuesta, como si el chico se la estuviera ocultando—. ¿Puede alguien explicármelo, por favor? Porque yo no tengo ni idea. ¡Ni idea!

Alice contempló a su padre como si en aquel mismo instante hubiera matado a su mascota favorita delante de ella. Quentin no movió un solo músculo, para que el padre de la chica, al igual que ocurriría con un dinosaurio, no pudiera percibirlo. Los tres permanecieron en silencio un buen rato, hasta que el hombre se levantó.

—*Gratias*... y buenas noches.

Se colgó el extremo de la toga en el hombro y salió del comedor. Los pies de las marionetas resonaron en el suelo de piedra mientras limpiaban el vino derramado.

—¡Ése es mi padre! —explotó Alice, moviendo las cejas como si esperase que estallaran carcajadas. Nadie se rio.

En medio de aquel erial doméstico, Alice y Quentin establecieron una cómoda rutina, como unos invasores estableciendo el perímetro de seguridad en territorio hostil. Resultaba extrañamente liberador encontrarse en medio de la agonía doméstica de otro. Quentin captaba las malas vibraciones radiando en todas direcciones, esterilizando todas las superficies con sus venenosas partículas, pero a él lo atravesaban inofensivamente como neutrinos. Allí era como Superman, no pertenecía a aquel planeta y eso hacía que fuera inmune a la villanía local. En cambio, comprobaba su ruinoso efecto en Alice e intentaba escudarla tanto como podía. Conocía las reglas por instinto, sabía de primera mano lo que significaba tener unos padres que te ignoraban sistemáticamente. La única diferencia era que sus padres lo hacían porque se querían; los de Alice, porque se odiaban.

Al menos la casa era tranquila y estaba bien aprovisionada de vino al estilo romano, dulce pero perfectamente bebible. También les permitía una razonable intimidad, Alice y él podían compartir un dormitorio sin que a sus padres les importase o se enterasen siquiera. Y después estaban los baños. El padre de Alice había excavado unos enormes baños romanos subterráneos que disfrutaban en exclusiva: grandes acuíferos oblongos vaciados en la tundra del Medio Oeste. Cada mañana pasaban una hora jugando entre el hirviente *caldarium* y el glacial *frigidarium*, ambos igualmente insoportables, y después se relajaban desnudos en el *tepidarium*.

En las dos semanas Quentin vio a la madre de Alice exactamente una vez. Incluso se parecía menos a ella que el padre: era alta y delgada, más alta que su marido, con un rostro largo, fino y animado, y una estropajosa mata de pelo entre rubio y castaño, anudado en un moño sobre la nuca. Le explicó con total seriedad que estaba realizando una investigación sobre la música feérica que se basaba, según ella, en diminutas campanas y que resultaba inaudible para los seres humanos. La disertación duró casi una hora, sin necesidad de que Quentin la animara y sin preguntarle una sola vez quién era él y qué estaba haciendo en su casa. En cierto momento, uno de sus pequeños senos se escapó de la desabrochada rebeca —no llevaba nada más debajo— y ella lo devolvió a su lugar sin el menor rastro de vergüenza. Quentin tuvo la impresión de que hacía tiempo que no hablaba con nadie.

—Tus padres me preocupan un poco —confesó Quentin aquella tarde—. Creo que están completamente locos.

Se habían refugiado en el dormitorio de Alice, y yacían uno junto al otro en la enorme cama, contemplando el mosaico del techo: en él, Orfeo cantaba ante un carnero, un antílope y un grupo de atentas aves.

—¿Seguro?

—Alice, sé que sabes que son un tanto extraños.

—Sí, supongo. Quiero decir, los odio, pero son mis padres. No los veo como unos dementes, sino como gente cuerda que actúa así deliberadamente para torturarme. Si los defines como mentalmente inestables les estás disculpando de su responsabilidad, los ayudas a librarse de la acusación. De todas formas, supongo que eres capaz de encontrarlos interesantes, sé que todo lo mágico te excita mentalmente. Bien, *voilà*, dos magos de carrera para tu disfrute.

Él se preguntó cuál de los dos lo tenía peor en teoría. Los padres de Alice eran monstruos tóxicos, pero al menos podías darte cuenta de que lo eran. Sus propios padres eran como vampiros u hombres lobo pasando por seres humanos normales. Ya podía divulgar sus atrocidades todo lo que quisiera, los lugareños nunca lo creerían hasta que fuera demasiado tarde.

—Ahora entiendo de dónde vienen sus habilidades sociales —dijo Quentin.

—Tú no sabes lo que es crecer en una familia de magos.

—Es verdad, no sabía que tuvieras que llevar toga.

—No tienes que llevar toga. Precisamente ése es el problema, Q. No tienes que hacer nada. ¡Eso es lo que no comprendes! No conoces a otros magos adultos que no sean nuestros profesores. Ahí fuera no hay más que un erial. Puedes no hacer nada, o hacer algo, o hacerlo todo... y nada importa. Tienes que encontrar algo que realmente te importe para mantenerte motivado. Un montón de magos nunca lo encuentran.

Su voz tenía un tono extrañamente urgente, casi furioso.

—¿Estás diciendo que tus padres no lo encontraron?

—No, no lo consiguieron a pesar de tener dos hijos, lo que les hubiera dado un mínimo de dos buenas opciones. Bueno, creo que podrían haberlo conseguido gracias a Charlie, pero cuando lo perdieron, también perdieron su motivación por completo. Y ahí están.

—¿Qué me dices de tu madre y sus orquestas mágicas? Parece que se toma ese asunto muy en serio.

—Ni siquiera estoy segura de que existan. Sólo lo hace para molestar a mi padre.

De repente, Alice rodó sobre sí misma hasta colocarse sobre él y le puso las manos en los hombros, inmovilizándolo. Su cabello le caía sobre la cara como una fragante cortina haciéndole cosquillas y dándole el aspecto autoritario de una diosa descendiendo de los cielos.

—Tienes que prometerme que nunca seremos como ellos, Quentin. —Sus narices casi se tocaban. El peso de Alice era excitante, pero su rostro permanecía serio, casi furioso—. Sé que crees que todo serán aventuras y dragones, y luchar contra el mal y todo ese rollo, como en Fillory. Sé lo que piensas, pero no será así. Ahí fuera no hay nada de eso.

»Así que tienes que prometérmelo. Prométeme que nunca caeremos en la rutina, que no nos conformaremos con esos estúpidos hobbies que a nadie le importan, haciendo cosas estúpidas y sin sentido todo el día, odiándonos y esperando que llegue la muerte.

—Bueno, es una promesa difícil... pero está bien. Te lo prometo.

—Hablo en serio, Quentin. No voy a ser fácil. Esto será mucho más duro de lo que crees. Ellos ni siquiera lo *saben*, se creen que son felices. Y eso es lo peor.

Desabotonó a tientas la parte inferior de su pijama y se la bajó sin dejar de mirarlo a los ojos. Su bata ya estaba abierta hasta la cintura y no llevaba nada más debajo. Él sabía que Alice estaba diciendo algo importante, pero no conseguía concentrarse. Deslizó las manos bajo la bata sintiendo la suavidad de su espalda, la curva de su cintura. Sus pesados senos se aplastaban contra su pecho. Ellos siempre tendrían magia, la tendrían eternamente, así que...

—Quizá sean felices —se atrevió a aventurar—. Quizá sólo sean... así.

—No, Quentin, no son felices y no son así. —Enterró los dedos en su pelo y tiró de él fuerte, para que doliera—. Dios, a veces eres tan infantil.

Se movieron juntos, respirando acompasadamente. Quentin estaba dentro de ella y Alice sólo repetía:

—Prométemelo, Q. Prométemelo. Sólo prométemelo.

Lo repetía furiosa, insistentemente, una y otra vez, como si él se negara, como si en aquel momento no estuviera de acuerdo con todo lo que ella dijera.

La graduación

En cierta forma fueron unas vacaciones desastrosas. Apenas salieron excepto para dar cortos paseos (siempre a trote ligero) por los helados suburbios de Urbana, tan llanos y vacíos que daban la impresión de haberse caído un segundo antes del inmenso cielo blanquecino. Pero en otros aspectos resultaron perfectas porque propiciaron una mayor intimidad entre Quentin y Alice. No se pelearon ni una sola vez, y aunque únicamente fuera en comparación con el terrorífico ejemplo de los padres de la chica, se sintieron más jóvenes y románticos por contraste. La primera semana ya habían terminado todos sus deberes escolares, y se sintieron libres para holgazanear a su antojo. Cuando transcurrieron las dos semanas estaban listos para afrontar su último semestre en Brakebills.

Durante las vacaciones apenas tuvieron noticias de los demás y Quentin tampoco esperaba tenerlas. Sentía curiosidad por lo que podía estar ocurriendo en el mundo exterior, por supuesto, pero temía que Eliot, Josh y Janet hubieran logrado un nuevo e inconcebible nivel en su potencial, tan por encima de Brakebills como Brakebills lo estaba por encima de Brooklyn o Chesterton, y que él se quedara muy atrás respecto a ellos. Y eso en el caso de que tuvieran tiempo y ganas de mantener el contacto.

Por lo que podía deducir de sus escasos mensajes, vivían juntos en un apartamento de Manhattan. La única corresponsal decente de los tres era Janet, que cada par de semanas enviaba la postal más cursi que podía encontrar con el lema *I ❤ New York*. Siempre escribía con mayúsculas y con la mínima puntuación posible:

QUERIDOS Q & A:

LA SEMANA PASADA FUIMOS A CHINATOWN EN BUSCA DE HIERBAS, ELIOT SE COMPRÓ UN LIBRO DE HECHIZOS MONGOLES QUE ESTÁ ESCRITO EN MONGOL PERO ASEGURA QUE SABE LEERLO AUNQUE YO CREO QUE ES PORNO. JOSH SE COMPRÓ UNA TORTUGUITA VERDE A LA QUE LLAMA GAMERA EN HOMENAJE AL MONSTRUO DE GODZILLA. SE ESTÁ DEJANDO BARBA JOSH NO GAMERA. PRONTO (el resto estaba escrito con una letra minúscula apenas legible, en el espacio dedicado a la dirección) OS DARÉIS CUENTA DE QUE BRAKEBILLS ES COMO UN ESTANQUE MUY PEQUEÑITO AL LADO DE NY QUE ES TODO UN OCÉANO Y ELIOT ESTÁ BEBIENDO COMO UNA ESPONJA STOP OS QUIERO POR ESTO Y OS QUIERO MIL VECES... (Resto ilegible)

CON MUCHO CARIÑO

J*

A pesar de la resistencia general, o posiblemente a causa de ella, el decano Fogg inscribió a Brakebills en un Campeonato Internacional de Welters, y Quentin viajó por primera vez a otras escuelas mágicas extranjeras, aunque sólo vio sus terrenos de juego y, una sola vez, un comedor. Jugaron sobre un campo verde esmeralda, levantado en el patio de un castillo medieval de los neblinosos Cárpatos; y en un terreno de juego creado en la infinita pampa argentina. En la isla de Rishiri, al norte de Hokkaido, jugaron contra sus rivales en el campo de welters más bonito que jamás hubieran visto: las casillas de arena eran cegadoramente blancas y perfectamente niveladas; las de hierba eran de un verde lima y segadas uniformemente a doce milímetros de altura; y las de agua humeaban oscuramente bajo un viento glacial. Los espectadores fueron unos monos extrañamente humanoides, que se aferraban a las ramas ondulantes de unos pinos y cuyas caras rosadas estaban rodeadas de un nevado pelaje blanco.

Pero la gira mundial de Quentin se vio interrumpida cuando, ante el asombro y la vergüenza del profesor Fogg, el equipo de Brakebills perdió sus seis primeros partidos y fue eliminado del torneo. Además, remataron su perfecto récord de derrotas al ser aplastados en el primer partido de consolación por un equipo paneuropeo, capitaneado por una pequeña y feroz luxemburguesa de pelo rizado de la que Quentin, como todos los demás chicos del equipo de Brakebills —y alguna de las chicas— se enamoró instantáneamente.

La temporada de welters terminó el último día de marzo y, de repente, Quentin se encontró ante el final de su carrera en Brakebills con un peligroso margen de sólo dos meses de tiempo. Fue como si hubiera estado caminando por una ciudad gigantesca y reluciente, zigzageando por calles laterales, deambulando por edificios y ocultas plazoletas, siempre pensando que apenas había arañado la superficie, que sólo veía una ínfima parte de un barrio pequeño y entonces, de repente, girabas una esquina y te encontrabas con el límite de la ciudad, con que la dejabas atrás y todo lo que quedaba era una pequeña calle que te sacaba de ella.

Ahora, ante las cosas más insignificantes, Quentin sentía un momentáneo ataque de anticipada nostalgia. Si pasaba frente a una de las ventanas traseras de la Casa, con la típica prisa entre clases, y un pequeño movimiento captaba su atención, el de una distante figura que caminaba con paso vacilante por el Mar embutido en una chaqueta de Brakebills, o un flamenco del topiario que sacudía la capa de nieve depositada sobre su pequeña cabecita verde, sabía que nunca volvería a ver ese particular movimiento. O que si lo hacía, sería en un tiempo futuro y él una persona inimaginablemente distinta.

Había otros momentos en que se sentía harto de Brakebills, harto de todo y de todos, inútil, y lerdo, y claustrofóbico, y desesperado por salir de allí. En cuatro años apenas había puesto un pie fuera del campus de Brakebills. ¡Dios mío, pero si hasta llevaba un uniforme escolar! En el fondo, lo que había hecho era pasar cuatro años en un instituto. Los estudiantes tenían una forma particular de hablar de Brakebills, utilizaban una dicción afectada, muy precisa, casi británica, resultado de tantos ejercicios vocales, como si acabaran de disfrutar de una beca Rhodes y quisieran que todo el mundo se diera cuenta. Eso hacía que Quentin quisiera destriparlos con un arma bien afilada. Y después estaba la obsesión por poner nombres a las cosas. Todas las habitaciones de Brakebills tenían una mesa idéntica, unos monstruos de madera de cerezo pintados de negro, que debieron ser construidos en la segunda mitad del siglo XIX. Estaban llenos de pequeños cajones, bandejas y casilleros, y cada uno de esos cajones, bandejas y casilleros tenía nombre propio. Cada vez que Quentin oía que alguien hacía una referencia a «La Grieta de la Tinta» o a «La Oreja del Viejo Decano», miraba a Alice y hacía girar los ojos. «¡Cielo Santo, ¿hablan en serio?! Tenemos que *largarnos* de este lugar cuanto antes», le decía en silencio.

Pero ¿adónde ir exactamente? No pensaba en ello para no dejar traslucir su pánico o incluso su especial preocupación por la graduación. Pero el mundo post-Brakebills le parecía peligrosamente vago e incierto, y los aburridos y desaliñados espectros de los padres de Alice lo acosaban. ¿Qué iba a hacer? O sea, ¿qué iba a hacer exactamente? Cualquier ambición que hubiera tenido en su vida se había visto cumplida el día en que lo habían admitido en Brakebills, y luchaba por encontrar una nueva en cualquiera de sus especialidades prácticas. Brakebills y el mundo real no eran Fillory, donde siempre tenía que librarse alguna guerra mágica. Allí no existía ninguna Relojera a la que derrotar ni un mal innombrable que doblegar. Y sin eso, todo parecía demasiado mundano y patético. Nadie se atrevería a dar un paso al frente y proclamarlo en voz alta a los cuatro vientos, pero toda la economía del mundo mágico sufría un fuerte desequilibrio: demasiados magos para tan pocos monstruos.

El hecho de que pareciera ser el único a quien aquello le importase, sólo empeoraba la situación. Montones de estudiantes ya se conectaban en red con organizaciones mágicas establecidas, y

Surendra le daba la paliza a todo el que quisiera escucharlo, explicándole la creación de un consorcio de magos —del que ni siquiera había oído hablar, pero del que estaba casi seguro que le garantizaría una plaza—, que pasaba el tiempo en altitudes suborbitales vigilando asteroides extraviados, manchas solares mayores de lo normal y otros potenciales desastres a escala planetaria. Muchos alumnos elegían la investigación académica. Alice, por ejemplo, estudiaba un programa para posgraduados en Glasgow, aunque la idea de estar separados no les atrajera especialmente a ninguno de los dos, ni tampoco a ella la idea de tener a Quentin pegado a sus faldas, en Escocia, sin nada que hacer.

Estaba bien considerado pasarse a la clandestinidad, infiltrarse en gobiernos, gabinetes estratégicos de crisis y ONG, incluso en estamentos militares, y situarse en una posición desde la que poder influenciar desde la sombra, mágicamente, el devenir del mundo real. La gente dedicaba años y años a este empeño. Y existían caminos todavía más exóticos. Unos cuantos magos —ilusionistas en particular— asumían masivos proyectos artísticos, manipulando las auroras boreales y cosas así, encantamientos que tardaban décadas en poder lanzarse y que, al final, su público era una sola persona. También existía una extensa red de aficionados a los juegos de guerra y que anualmente organizaban conflictos mundiales con objetivos tácticos arbitrarios sólo para divertirse, hechiceros contra hechiceros en combates individuales y en equipo, y batallas globales. Jugaban sin restricciones, sin salvaguardas y se sabía que una vez, durante una luna llena, alguien había resultado muerto. Pero la mitad de la emoción, la mitad de la diversión estaba en el riesgo, ¿no?

Y más salidas, y más posibilidades, todas completa y horriblemente plausibles. Cualquiera de las mil opciones le prometía —hasta le garantizaba— un futuro rico, desafiante y satisfactorio. Así que, ¿por qué Quentin sentía como si mirara frenéticamente a su alrededor buscando una salida? ¿Por qué seguía esperando que una gran aventura se presentara ante su puerta? Se estaba ahogando, ¿por qué rechazaba cualquier ayuda de cualquier persona que deseara ayudarlo? Los profesores con los que hablaba no parecían nada interesados. No veían el problema. ¿Qué podía, qué debía hacer? Porque estaba dispuesto a hacer lo que fuera.

Entretanto, Quentin y Alice seguían con sus trabajos obligatorios de fin de carrera, pero con un entusiasmo progresivamente decreciente. Ella intentaba aislar un fotón y congelarlo al instante, frenando en seco su velocidad, la de la luz. Para ello construyó una intrincada trampa de madera y cristal, entretejida con una diabólicamente compleja maraña de reluciente magia índiga. Al final, nadie pudo asegurar fehacientemente si el fotón estaba allí o no, aunque tampoco podían probar lo contrario. En privado, Alice le confesó a Quentin que tampoco estaba segura, y que tenía la esperanza de que el profesorado se pronunciara en su favor, porque aquella incertidumbre la estaba volviendo loca. Tras una semana de debates progresivamente enconados sin llegar a ninguna parte, votaron por darle a Alice el aprobado más justito posible y dejarlo así.

El proyecto de Quentin era volar hasta la Luna y volver. Considerando la distancia, calculó que si tomaba una ruta directa tardaría un par de días, y gracias a su aventura antártica confiaba bastante en sus hechizos caloríficos, aunque no formaran parte de su disciplina. Había dejado de intentar encontrarla. Para él, la idea tenía un cierto sabor romántico, lírico. Se elevó del Mar una brillante, calurosa y húmeda mañana de primavera, con Alice, Gretchen y un par de los nuevos Físicos contemplando su despegue. Los hechizos de protección formaban una burbuja a su alrededor, los sonidos le llegaban distorsionados, y el verde prado y los rostros sonrientes de sus compañeros se deformaron como si los estuviera viendo a través de un ojo de pez. Mientras ascendía, la Tierra cambió gradualmente, de una infinita llanura mate debajo de él a una radiante esfera azul. Las estrellas por encima de él se volvieron más brillantes y aceradas, y menos centelleantes.

Tras seis horas de viaje, su garganta se cerró repentinamente, unos clavos de acero taladraron sus oídos y sus globos oculares amenazaron con salirse de sus órbitas. Había perdido la concentración durante una fracción de segundo y su improvisada burbuja espacial empezaba a fallar. Quentin agitó los brazos como un conductor frenético, *prestíssimo*, y el aire se espesó y se calentó de nuevo, pero para entonces la diversión ya se había terminado. Lo agitaban escalofríos, resuellos, incluso risas nerviosas, y no podía calmarse. «Cristo, ¿alguien más habrá arriesgado su vida por algo tan idiota como esto?», pensó. Sólo Dios sabía cuánta radiación interestelar habría absorbido ya, el espacio estaba lleno de partículas pequeñas y letales.

Dio media vuelta. Pensó esconderse unos cuantos días y fingir que había llegado a la Luna, quizás hasta comprarle a Lovelady algo de polvo lunar y presentarlo como prueba. El aire volvió a tornarse cálido y el cielo, más luminoso; se relajó mientras lo inundaba una mezcla de alivio y vergüenza. El mundo se extendió de nuevo bajo él: la costa detallada fractalmente, la textura del agua azul como metal fundido, la garra de cabo Cod.

Lo peor fue entrar esa noche en el comedor, dos días antes de lo previsto y con un vergonzante «Sí, la cagué», grabado en el rostro completamente sonrojado. Tras la cena, cogió la llave de Alice y se refugió en la Sala de Delegados, donde bebió demasiado jerez sentado a solas frente a la oscura ventana, aunque lo único que podía ver era su propio reflejo en el cristal e imaginarse al Hudson deslizándose en la oscuridad, lento y crecido a causa de las lluvias primaverales. Alice estaba estudiando en su habitación y todos los demás dormían, excepto los participantes de una fiesta y que iba perdiendo paulatinamente alumnos borrachos por parejas o en grupos. Cuando estuvo lo bastante macerado en alcohol y autocompasión, y el amanecer estaba a punto de saltar sobre él, Quentin regresó a su dormitorio ascendiendo por los escalones circulares que conducían a la habitación que solía ser de Eliot. Zigzagueó un poco, bebiendo directamente de la botella de jerez que había cogido en su retirada.

Sintió que su embriaguez se convertía en resaca, esa mareante alquimia neurológica que normalmente tiene lugar durante el sueño. Su abdomen estaba hinchado y repleto de vísceras contaminadas. La gente a la que había traicionado escapó de su mente, donde generalmente permanecía: sus padres, James, Julia, el profesor March, Amanda Orloff. Incluso cadáveres, como el examinador de Princeton, el fallecido Como-se-llamara. Todos lo contemplaban desapasionadamente. En aquel momento todos lo despreciaban.

Se tumbó en la cama con la luz encendida. ¿Es que no existía un hechizo que te hiciera feliz? Seguro que alguien había inventado uno, claro que sí, ¿cómo no lo había pensado antes? ¿Y por qué no lo enseñaban? ¿Estaría en la biblioteca, en un libro que revoloteara fuera del alcance de los usuarios, batiendo sus alas contra una ventana alta? Sintió que la cama se deslizaba hacia abajo y giraba, como un Stuka que se preparara para descender en picado y atacar, una y otra y otra vez. ¡Era tan joven la primera vez que llegó allí! Recordó aquel frío día de noviembre, cuando aceptó el libro que le ofreció la atractiva sanitaria y la nota voló de sus manos hasta aquel jardín, y cómo había corrido tras ella. Ahora nunca sabría lo que estaba escrito en ella. ¿Contendría todas las riquezas, todos los buenos sentimientos que echaba a faltar, incluso después de todo lo que había experimentado? ¿Sería la secreta revelación de Martin Chatwin, el chico que había huido a Fillory y que nunca había vuelto, sobre cómo afrontar el misterio de este mundo? Al estar borracho, pensó en su madre y en cómo lo consoló cuando perdió una de sus figuras de acción por la rejilla de una cloaca y cómo enterró su rostro en la almohada, llorando como si se le hubiera roto el corazón.

Para entonces, sólo faltaban dos semanas para la graduación. El Laberinto era un mundo verde, vívido, floreciente, el aire estaba atestado de motitas flotantes y botes de recreo navegaban río abajo como sirenas, cargados de gente que tomaba el sol ajena a todo. Los alumnos sólo hablaban de lo genial que sería organizar fiestas, dormir hasta tarde o experimentar con hechizos prohibidos. Seguían viéndose, riendo, dándose palmadas en la espalda y agitando alegremente sus cabezas, pero el tiovivo estaba frenando y la música casi había dejado de sonar.

Se organizaron todo tipo de bromas. Una intensa vibración se extendió por los dormitorios. Alguien inventó un nuevo juego con dados y un espejo encantado, que básicamente era una versión mágica del *strip-poker*. Se hacían intentos desesperados y desacertados de acostarse con aquella persona de la que siempre se había estado secreta y desesperadamente enamorado.

La ceremonia de graduación comenzó a las seis de la tarde, con el cielo todavía iluminado por una luz dorada. Se preparó un banquete de once platos y los diecinueve graduados de quinto se miraron los unos a los otros con incredulidad, sintiéndose perdidos y solos; sirvieron vino tinto de unas botellas sin etiquetar que, según Fogg, procedía de las uvas del pequeño viñedo de Brakebills, el que Quentin había descubierto durante su primer año; tradicionalmente, toda la producción del viñedo era consumida por los homenajeados durante la ceremonia de graduación. Tenían que emborracharse, enfatizó Fogg, amenazando oscuramente con lo que podría pasar si quedaba una sola botella sin vaciar. Se trataba de un cabernet-sauvignon suave y algo ácido, pero se lo bebieron igualmente. Quentin dedicó un largo discurso a esa sutil expresión del *terroir* único de Brakebills. Se brindó en recuerdo de Amanda Orloff, y las copas terminaron en la chimenea para asegurarse de que no hubiera ningún otro brindis después de ése. Cuando el viento sopló, las velas parpadearon y dejaron caer gotas de cera fundida sobre el blanco mantel que cubría la mesa.

Mientras servían un plato de quesos, a todos y cada uno de los graduados les regalaron un alfiler de plata en forma de abeja, idéntico al que llevaban los delegados —Quentin no imaginaba ni remotamente una ocasión apropiada para llevarlo—, y una pesada llave de hierro, negra, de sólo dos dientes, que les permitiría regresar a Brakebills si alguna vez lo necesitaban. Entonaron canciones y Chambers sirvió un whisky que Quentin no había visto nunca, incluso alzó su vaso para ver cómo la luz se filtraba a través del misterioso fluido ambarino. Era sorprendente que cualquier cosa en estado líquido supiera a humo y fuego a la vez.

Se inclinó sobre Georgia y estaba explicándole aquella fascinante paradoja, cuando Fogg adoptó una expresión extrañamente grave, despidió a Chambers y pidió a los alumnos que lo siguieran escaleras abajo.

Eso era inesperado. «Escaleras abajo» significaba la bodega, un lugar que Quentin prácticamente no había pisado durante su estancia en Brakebills, apenas un par de veces para conseguir una botella de vino especial, o cuando Alice y él necesitaban desesperadamente un poco de intimidad. Ahora, el profesor Fogg guió a un tropel bromista y ocasionalmente cantor a través de la cocina primero, de una pequeña y sencilla puerta en la despensa después, y más tarde por un conjunto de gastados y polvorientos escalones de madera que, en mitad del descenso, cambiaron a escalones de piedra. Al final, emergieron en un oscuro subsótano con suelo de tierra.

Aquel lugar no era donde Quentin pensaba terminar la fiesta. El ambiente no era precisamente festivo, allí abajo hacía frío y todo estaba silencioso. El suelo parecía sucio, y tanto el techo bajo como los muros, desiguales y sin pulir, absorbían el sonido. Uno a uno, los integrantes del coro de una tradicional canción de Brakebills —un elaborado eufemismo llamado «El prefecto tiene un defecto»— fueron callando, impresionados. Parecía una tumba, pero sin el desagradable olor a humedad.

Fogg se detuvo ante lo que a Quentin le pareció la tapa metálica de un pozo enterrado en el suelo, era de bronce y estaba densamente inscrita con una letra caligráfica. Extrañamente, parecía tan brillante y nueva como una moneda recién acuñada. El decano cogió una palanca y levantó con esfuerzo un arco del disco de bronce. Tenía un espesor de cinco centímetros y necesitaron tres alumnos para apartarlo a un lado.

—Vosotros primero —invitó el decano, resoplando un poco y haciendo un gesto grandilocuente hacia el agujero negro.

Quentin fue el primero. Tanteó a ciegas con los pies entumecidos por el whisky, hasta que encontró un anillo de hierro. Era como si se estuviera sumergiendo en un cálido aceite negro. La escalera condujo a los graduados hasta una cámara circular, lo bastante grande como para que los diecinueve pudieran estar de pie formando círculo, que es lo que hicieron. Fogg llegó el último. Pudieron escuchar cómo arrastraba el disco de bronce hasta colocarlo en su lugar. Después descendió y vieron que la escalera se retiraba como si fuera una escalera de incendios. Tras esto, el silencio fue absoluto.

—No perdamos el momento —dijo Fogg. Encendió una vela y de alguna parte extrajo dos botellas de bourbon que entregó a dos de los alumnos situados en puntos opuestos del círculo. Algo en su gestualidad enervó a Quentin. En Brakebills se autorizaba cierta cantidad de alcohol —en realidad, una cantidad elevada—, pero aquello era demasiado. Parecía forzado.

Bueno, al fin y al cabo se trataba de la graduación. Ya no eran estudiantes, habían crecido, y los iguales bien podían compartir una copa en una mazmorra subterránea secreta en medio de la noche. Quentin tomó un trago y pasó la botella.

El decano Fogg encendió más velas en unos candelabros de bronce, hasta dibujar un círculo dentro del círculo más amplio. No podían estar a más de cincuenta metros de profundidad, pero tenían la impresión de estar a más de un kilómetro, enterrados vivos, olvidados del resto del mundo.

—En caso de que os estéis preguntando por qué estamos aquí —dijo Fogg—, es porque necesitamos estar fuera del Cordón de Seguridad de Brakebills, una barrera mágica defensiva que se extiende desde la Casa en todas direcciones. Esa escotilla de bronce era un portal para atravesarla.

La oscuridad se tragó sus palabras en cuanto las pronunció.

—Es un poco inquietante, ¿verdad? Pero también apropiado porque, a diferencia de mí, vosotros pasaréis el resto de vuestras vidas fuera de Brakebills. Normalmente, el motivo de bajar hasta aquí es asustaros con historias macabras sobre el mundo exterior, pero en vuestro caso no creo que sea necesario. Sabéis de primera mano el poder destructivo que poseen algunas entidades mágicas.

»Es difícil que lleguéis a ver algo tan horrible como lo que pasó el día de la Bestia. Pero recordad que lo que pasó ese día puede repetirse. Aquellos de vosotros, los que estabais en el auditorio, llevaréis esa marca para siempre. Nunca olvidaréis a la Bestia, y puedo aseguraros que ella tampoco os olvidará a vosotros.

»Perdonadme por el sermón, pero es la última oportunidad que tendré de advertiros.

Quentin estaba sentado frente a Fogg, en el lado opuesto del círculo —se habían sentado en el suave suelo de piedra— y su afeitado rostro flotaba en la oscuridad como una aparición. Ambas botellas de whisky llegaron hasta Quentin simultáneamente y él bebió un sorbo de cada una, una en cada mano, antes de pasarlas.

—A veces me pregunto si el hombre estaba destinado a descubrir la magia —reflexionó Fogg, expansivo—. Porque no tiene mucho sentido, ¿sabéis? Todo resulta un poco demasiado perfecto. Si la vida nos enseña alguna lección, es que desear una cosa no la convierte en realidad. Las palabras y las ideas no cambian nada. El lenguaje y la realidad se mantienen apartados; la realidad es dura, implacable, y no importa lo que penséis, sintáis o digáis. O no debería importar. Afrontadlo y seguid con vuestra vida.

»Los niños no lo saben. Pensamiento mágico, así lo llamaba Freud. Una vez que lo descubrís, dejáis de ser niños. La separación de las palabras y las cosas es un hecho esencial sobre el que se basan nuestras vidas adultas.

»Pero en algún lugar, en el corazón de la magia, esa frontera entre las palabras y las cosas se rompe, se cruza, unas fluyen dentro de otras, se fusionan. El lenguaje se entremezcla con el mundo que describe.

»A veces parece como si hubiéramos caído en una falla del sistema, ¿verdad? Un cortocircuito, un error, un extraño bucle. ¿Es posible que la magia sea una fuente de conocimiento del que sería mejor renegar? Decidme: ¿puede madurar realmente un hombre capaz de lanzar hechizos?

Hizo una pausa, pero nadie respondió a la pregunta. ¿Qué diablos podían decir? Ahora que ya habían completado su educación mágica, era un poco tarde para reproches.

—Si me lo permitís, tengo una teoría que me gustaría compartir con vosotros. ¿Qué creéis que os convierte en magos? —Más silencio. Fogg se estaba adentrando en el terreno de las preguntas retóricas. Bajando el tono de voz, prosiguió—: ¿Que sois inteligentes? ¿Que sois buenas personas y valientes? ¿Que sois especiales?

»Es posible, ¿quién sabe? Pero os diré algo. Creo que sois magos porque sois infelices. Un mago es fuerte porque siente dolor, siente la diferencia entre lo que es el mundo y lo que podría ser si él interviniera activamente. ¿Qué pensáis si no que es esa sensación que os oprime el pecho? Un mago es fuerte porque siente más dolor que los demás. Su herida constituye su fuerza.

»La mayoría de las personas llevan ese dolor consigo toda su vida, hasta que consiguen matar el dolor por otros medios o hasta que el dolor los mata a ellos. Pero vosotros, amigos míos, habéis encontrado otro camino, habéis encontrado una forma de utilizar vuestro dolor. Lo quemáis como si fuera combustible al que transformar en luz y calor. Habéis aprendido a doblegar al mundo que quiere doblegaros.

La atención de Quentin se vio atraída por pequeños y parpadeantes puntos de luz diseminados aquí y allá por el techo, tomando la forma de constelaciones que no reconocía, como si estuvieran en otro planeta y vieran las estrellas desde un ángulo distinto al que tendrían desde la Tierra. Alguien se aclaró la garganta.

Fogg reemprendió su discurso.

—Pero, por si eso no es suficiente, cada uno de vosotros abandonará la sala esta noche con una póliza de seguros: un pentagrama tatuado en la espalda, una estrella de cinco puntas bastante decorativa, pero que en realidad será la prisión de un demonio, un amiguito bastante salvaje. Un cacodemonio, técnicamente.

»Son pequeños pendencieros, con la piel tan dura como el hierro. Sinceramente, diría que todos ellos están hechos de hierro. A cada uno os daré una contraseña para liberarlos. Pronunciadla en voz alta y saltará de vuestra espalda. Peleará por vosotros hasta que muera o hasta que mate a quienquiera que os esté causando problemas.

Fogg se dio unas palmadas en las rodillas y los contempló como si acabara de anunciarles que recibirían suministros gratis de la papelería de Brakebills durante todo un año suplementario. Georgia levantó la mano tímidamente.

—¿Es... optativo? Quiero decir, ¿nadie, además de mí, se siente incómodo ante la idea de tener un demonio enfurecido atrapado debajo de su piel?

—Si eso te preocupa, Georgia —dijo Fogg con aspereza—, tendrías que haber ido a una escuela de peluquería. No te preocupes, cuando lo liberes sentirá por ti una gratitud del demonio... por así decirlo. Sólo funcionará una vez, así que elegid bien el momento. Y ésa es otra razón de que nos encontremos aquí: no se pueden conjurar cacodemonios dentro del perímetro del Cordón de Seguridad. Y por eso necesitamos también el bourbon, porque vais a sentir un dolor infernal.

»Bien, ¿quién será el primero? ¿O tendré que hacerlo alfabéticamente?»

A las diez de la mañana del día siguiente celebraron una ceremonia de graduación más convencional en la sala de conferencias más grande de Brakebills. Sería difícil imaginar un grupo de graduados con aspecto más miserable y visiblemente resacoso. Aquélla era una de las raras ocasiones en que se admitían padres en el campus, así que no se permitían despliegues de magia, ni siquiera menciones a la misma. El dolor del tatuaje resultaba casi peor que la resaca. Quentin sentía como si por su espalda se arrastraran cientos de insectos hambrientos y mordisqueantes, que hubieran tropezado con algo especialmente delicioso. A pesar de eso, era exquisitamente consciente de que su padre y su madre estaban sentados una docena de filas detrás de él. Los recuerdos de Quentin de la noche anterior seguían siendo confusos. El decano había invocado a los demonios garabateando anillos concéntricos de sellos en el viejo suelo de piedra con pedazos cortos y gruesos de tiza blanca. Trabajó con rapidez y seguridad, con ambos manos al mismo tiempo. Para recibir los tatuajes se quitaron la camisa y la chaqueta y formaron fila desnudos hasta la cintura, incluidas las chicas... con distintos grados de pudor. Algunas sujetaron su arrugada ropa por encima del pecho; unas cuantas exhibicionistas se desnudaron completa y orgullosamente.

Quentin, en aquella semioscuridad, no pudo ver lo que Fogg utilizaba para dibujar en la piel, pero se trataba de algo fino y brillante. El diseño era intrincado y tenía una cualidad extraña, ópticamente cambiante. El dolor fue asombroso cuando Fogg le desolló la espalda y espolvoreó sal en las heridas, pero quedó compensado por el temor a lo que sucedería a continuación, al momento en que le fuera implantado el demonio. Cuando todos estuvieron preparados, Fogg creó un pequeño montón de brillantes brasas en el centro de los anillos, y la sala se volvió cálida y húmeda. El aire estaba impregnado del olor de la sangre, del humo y del sudor... y de una especie de fiebre orgiástica. Cuando le tocó el turno a la primera chica —alfabéticamente era Alsop, Gretchen—, Fogg se puso un guante de hierro y hurgó en las brasas hasta que atrapó algo.

Un fulgor rojizo iluminó la cara de Fogg desde abajo y, quizá debido a lo distorsionado de sus recuerdos por culpa del alcohol, creyó ver algo que no había visto desde su primer día en Brakebills, algo borracho, cruel y nada paternal. Cuando el decano sujetó lo que estaba buscando, tiró de él y lo sacó de entre las brasas: era un demonio del tamaño de un perro, pesado, enfadado, echando chispas. Aprovechando el movimiento del tirón, y a pesar de que no dejaba de retorcerse, lo metió en la esbelta espalda de Gretchen; incluso tuvo que volver a las brasas, y empujar hacia abajo un miembro gesticulante, sobresaliente. Ella gimió y tensó todo su cuerpo, como si de repente la hubieran bañado con agua helada; después, se retorció un poco para mirar por encima de su hombro, ajena a todo lo demás, dejando que todo el mundo viera sus senos de pálidos pezones. Pero cuando llegó su turno, Quentin no sintió prácticamente nada.

Ahora todo parecía un sueño, aunque lo primero que hiciera Quentin al despertar aquella mañana fue, por supuesto, echarle un vistazo a su espalda en un espejo. Allí estaba, una enorme estrella de cinco puntas dibujada en gruesos trazos rojos y negros, y ligeramente descentrada hacia la izquierda; se suponía que se alineaba más o menos exactamente con el centro de su corazón. Segmentos de la estrella estaban llenos de finos garabatos negros, estrellas más pequeñas, lunas crecientes o menguantes, y otros iconos menos identificables. Parecía no haber sido tatuado sino sellado, como un pasaporte. Cansado, dolorido y resacoso, sonrió al espejo. Tenía toda la pinta de un mal bicho.

Cuando terminó la ceremonia, cambiaron el auditorio por el salón general. Si hubieran tenido sombrero o gorra los habrían lanzado al aire, pero no los tenían; se pudo escuchar el susurro de las conversaciones y un par de exclamaciones, pero eso fue todo. Se había acabado. Fin. No había nada más. Si no estaban graduados la noche anterior, ahora lo estaban. Podían ir a donde quisieran, hacer lo que quisieran. Aquello era la gran despedida.

Quentin y Alice se escaparon por una puerta lateral y pasearon cogidos de la mano hasta llegar junto a un enorme roble. No hacía viento y el sol resultaba demasiado brillante. A Quentin le palpitaba la cabeza. Sus padres estaban cerca y tendría que ir a saludarlos dentro de un segundo. ¿Por qué no se acercaban a saludarlo a él por una vez en la vida? Supuso que aquella noche se celebrarían fiestas, pero él tenía demasiadas a sus espaldas. No le daba la impresión de tener que hacer las maletas por última vez, ni de que iba a volver a Chesterton, o a Brooklyn, o a cualquier otra parte, qué mas daba. No se sentía como si fuera a quedarse, ni tampoco a irse. Miró de reojo a Alice. Parecía tensa. Buscó el amor que estaba acostumbrado a sentir emanando de ella hacia él y lo encontró extrañamente ausente. Si algo deseaba en aquel momento era estar solo, pero no iba a conseguirlo.

Eran pensamientos desagradables, pero no podía o no quería detener el flujo, restañar aquella hemorragia cerebral. Allí estaba, un recién licenciado, establecido y acreditado mago. Había aprendido a lanzar hechizos, visto a la Bestia y sobrevivido, volado hasta la Antártida con sus propias alas y regresado, desnudo, gracias a la fuerza de su voluntad mágica. Llevaba un demonio de hierro en su espalda. ¿Quién hubiera pensado que podría tener, y hacer, y ser todas aquellas cosas, y aun así no sentir nada? ¿Qué estaba fallando? ¿O era él quien fallaba? Si ni siquiera era feliz aquí, si ni siquiera era feliz ahora, ¿el fallo era suyo? En cuanto lograba aferrar un retazo de felicidad, ésta se disolvía y reaparecía en algún otro lugar. Como Fillory, como todo lo bueno, nunca duraba. Darse cuenta era una sensación horrible.

«Por fin he conseguido lo que mi corazón anhelaba —pensó—. Ahora empiezan los problemas.»

—Tenemos toda la vida por delante y lo único que me apetece es echarme una siesta —le susurró Alice.

Tras ellos se produjo un ruido sordo, una burbuja de jabón estallando, un suspiro, un batir de alas.

Quentin dio media vuelta y allí estaban todos. Josh con una incipiente barba rubia que le hacía parecer, más que nunca, un abad sonriente. Janet se había puesto un piercing en la nariz, y probablemente en otras partes ocultas. Eliot llevaba gafas de sol, algo que nunca hizo en Brakebills, y una camisa sorprendente, indescriptiblemente perfecta. Y con ellos venía alguien más, alguien extraño, serio, alto, algo mayor que los demás, oscura y literariamente atractivo.

—Recoged vuestras cosas —indicó Josh. Sonrió ampliamente y extendió los brazos como un profeta—. Vamos a sacaros de aquí y a libraros de todo esto.

LIBRO SEGUNDO

Manhattan

Dos meses después era noviembre. No el noviembre de Baskerbills, sino el real. Quentin aún tenía que hacer un esfuerzo consciente para acordarse de que ahora se encontraba en el mundo normal. Apoyó la sien contra la fría ventana del apartamento. Abajo podía ver un parque rectangular con los árboles teñidos de rojo y marrón. La hierba era rala, con calvas, como una alfombra gastada que mostrara su urdimbre.

Quentin y Alice yacían de espaldas en un amplio sofá-cama junto a la ventana, cogidos de la mano, mirándose y sintiéndose como si hubiesen llegado a la orilla en una balsa, depositada por las olas en la playa de una isla desierta. No habían encendido las luces, pero la blancura lechosa del sol del atardecer se filtraba en la habitación a través de las persianas semicerradas. Los restos de una partida de ajedrez, unas descuidadas y mortíferas tablas, yacían sobre una cercana mesita de café.

El apartamento estaba sin decorar y apenas amueblado por una ecléctica colección de muebles, reunidos a medida que los necesitaban. Se consideraban «okupas», un acuerdo mágico tediosamente complejo les permitía vivir en aquel particular rincón de una infrautilizada propiedad en el Lower East Side, mientras sus legítimos propietarios estuvieran ocupados en otros asuntos.

Un profundo y pesado silencio pendía en el aire, como una rígida sábana blanca en un tendedero. Ninguno de los dos hablaba, ninguno había hablado desde hacía una hora y ninguno de los dos sentía la necesidad de hablar. Estaban en Lotuslandia.

—¿Qué hora es? —preguntó Alice finalmente.

—Las dos. Las dos pasadas. —Quentin volvió la cabeza para mirar al reloj—. No, las dos.

Sonó el timbre de la puerta. Ni él ni ella se movieron.

—Seguramente será Eliot —supuso Quentin.

—¿Volverás pronto?

—Sí, seguramente.

—No me digas que vas a volver pronto.

Quentin se incorporó lentamente hasta quedar sentado, utilizando únicamente los músculos de su estómago y extrayendo el brazo de debajo de la cabeza de Alice.

—Seguramente volveré pronto.

Sólo habían pasado dos meses desde la graduación, pero les parecía toda una vida. Toda otra vida, rectificó Quentin, reflejando el cansancio del que, a los veintiún años, cree que está viviendo su tercera o cuarta vida.

Cuando cambiaron Brakebills por Nueva York, Quentin había esperado ser derribado, atropellado y despedazado por la pura realidad de aquella ciudad: pasar de la enjoyada crisálida de Brakebills a la gran, sucia y desordenada ciudad, donde la gente real llevaba vidas reales en un mundo real y cumplía con un trabajo real por dinero real se le antojó demasiado. Y lo siguió pensando un par de semanas más. Aquello era definitivamente real, si real significaba no mágico, obsesionado por el dinero y espantosamente sucio. Había olvidado por completo lo que significaba vivir a tiempo completo en el mundo real. Nada estaba encantado: todo era lo que era y nada más. Toda superficie concebible se atiborraba de papeles y palabras —anuncios de conciertos, programas, graffitis, mapas, señales, etiquetas, regulaciones de aparcamiento—, pero aquello no significaba nada, no de la misma forma que un hechizo. En Brakebills, cada centímetro cuadrado de la Casa, cada ladrillo, cada arbusto, cada árbol, estaba marinado en magia desde hacía siglos. En el mundo exterior, reinaban las leyes de la física y lo prosaico era una epidemia. Era como un arrecife de coral al que le hubieran extirpado todo su entorno vital, dejando únicamente un esqueleto vacío y estéril. A ojos de un mago, Manhattan era un desierto.

Pero un desierto en el que, si sabías dónde buscar, encontrabas algunos sorprendentes y retorcidos rastros de vida. Existía una cultura mágica en Nueva York más allá del puñado de ex alumnos educados en Brakebills que residían en la ciudad, pero estaba localizada en las afueras, en territorio de inmigrantes. Los Físicos de más edad —un apelativo que habían dejado atrás, en Brakebills, y que nunca volverían a utilizar— les dieron a Quentin y Alice la tradicional gira por los barrios más alejados del centro. En un café sin ventanas situado en un segundo piso del bulevar Queens, vieron a kazajos y *hasidim* interpretar la teoría de los números. Comieron con místicos coreanos en Flushing y contemplaron a los modernos adoradores de Isis ensayar hechizos egipcios en la parte trasera de una bodega de Atlantic Avenue. En cierta ocasión tomaron el ferry hasta Staten Island, donde bailaron alrededor de una deslumbrante piscina azul bebiendo ginebra con tónica en un cónclave de chamanes filipinos.

Pero, tras unas cuantas semanas, la energía de aquellos educativos trabajos de campo se evaporó. Demasiadas cosas los distraían, aunque no tuvieran nada particularmente urgente o importante de lo que distraerse. Si habías trabajado lo bastante duro, la magia siempre estaría ahí. Y él lo había hecho durante mucho tiempo. Lo que Quentin necesitaba ahora era disfrutar de la vida. El movimiento mágico clandestino de Nueva York podía ser limitado, pero el número de bares era prodigioso. Y se podían conseguir drogas... ¡drogas de verdad! Tenían el mundo en sus manos y ninguna necesidad de trabajar. Nada ni nadie los detendría. Podían arrasar la ciudad, y lo hicieron.

Alice no encontraba todo aquello tan excitante. Para poder quedarse en Nueva York con Quentin y los demás, había aplazado las citas con los servicios civiles o los equipos de investigadores en los que habitualmente se enrolaban los alumnos de Brakebills. A pesar de todo, mostraba signos de una no fingida curiosidad académica, lo que provocaba que pasara gran parte del día estudiando magia en lugar de recuperarse de la juerga del día anterior. Quentin se sentía un tanto avergonzado por no seguir su ejemplo, incluso pensó en volver a intentar su fallida expedición lunar, pero no tan avergonzado como para hacer algo al respecto. (Alice aprovechó ese momento para ponerle una serie de apodos relacionados con los viajes espaciales —Scotty, mayor Tom, Laika—, hasta que su falta de progreso los convirtió en algo más humillante que divertido.) Él creía tener derecho a soltar vapor, a sacudirse el polvo de hadas de Brakebills y a «vivir». Y Eliot opinaba lo mismo («¿Acaso no tenemos el hígado para eso?», argumentaba con su exagerado acento de Oregón). Su divergencia de opinión no suponía ningún problema en su relación, Alice y él eran personas distintas. ¿No era precisamente eso lo interesante?

En todo caso, Quentin se sentía fascinado. Durante el primer año tras su graduación, sus necesidades económicas y financieras fueron cubiertas por un inmenso fondo secreto, amasado durante siglos gracias a inversiones aseguradas mágicamente y que pasaba una asignación regular a todos los nuevos magos que la necesitaran. Tras cinco años enclaustrado en Brakebills, el dinero era mágico en sí mismo, una forma de convertir una cosa en otra, de producir algo de la nada, y esa magia abarcaba toda la ciudad. Los que tenían dinero creían que Quentin era un artista, y los artistas, que tenía dinero; todo el mundo pensaba que era listo y guapo, y lo invitaban a todas partes: acontecimientos sociales, clubes de póquer clandestinos, bares, fiestas en tejados, juergas en limusina que duraban toda la noche con acceso a mil drogas distintas... Eliot y él pasaban por hermanos y se convirtieron en la sensación de la temporada. Era la venganza de los empollones.

Noche tras noche, Quentin regresaba a casa hacia el amanecer, siempre solo. Un taxista solitario lo dejaba delante de su edificio como un coche fúnebre pintado de amarillo, en una calle bañada de luz azulada, la delicada radiación ultrasónica del embriónico día, atiborrado de coca o de éxtasis, sintiendo su cuerpo extraño y pesado como un golem creado a partir de algún metal estelar ultradenso que hubiera caído del cielo, enfriado y moldeado para darle una forma humana. Se sentía tan pesado que de un momento a otro se hundiría en el pavimento, lo atravesaría y caería en las cloacas, a menos que pisara suave y precisamente en el centro de cada baldosa de la acera.

De pie en medio del tranquilo y solemne desastre de su apartamento, su corazón rebosaba de arrepentimiento. Creía que toda su vida era un completo desastre. No tendría que haber salido, debió quedarse en casa con Alice, pero... ¡es que entonces se habría aburrido tanto! ¡Y ella se hubiera aburrido tanto si hubiera salido con él! ¿Qué podían hacer? Era imposible seguir así. Pero sentía gratitud hacia ella por no reprocharle los excesos que tan ávidamente satisfacía, las drogas que ingería, los maníacos flirteos en los que se comprometía.

Entonces, él se quitaba la ropa que apestaba a humo de tabaco como un sapo se libraba de su piel, y Alice se estremecía y se sentaba, adormilada, con la sábana resbalando por sus abundantes senos dejándolos al descubierto. Se apoyaba en él sin hablar, con ambas espaldas contra la ondulada y fría cabecera de su cama, y contemplaban la llegada del amanecer mientras un camión de basura se detenía bajo su ventana, con sus bíceps pneumáticos brillando y devorando todo lo que la ciudad expectoraba. Y Quentin sentía lástima por los basureros. Se preguntó qué tendrían sus mediocres vidas que les hiciera pensar que valía la pena vivirlas.

Oyó que Eliot intentaba abrir la puerta, la encontraba cerrada y hurgaba en sus bolsillos en busca de la llave. En realidad compartía un apartamento con Janet en el Soho, pero pasaba tanto tiempo en el de Quentin y Alice que resultó más fácil darle una llave. Quentin paseaba por el apartamento intentando poner un poco de orden, recogiendo los envoltorios de preservativos, la ropa interior sucia y los restos de comida, tirándolo todo al cubo de basura. El piso había sido en tiempos parte de una fábrica y lo reconvirtieron para hacerlo habitable, sin muros de separación, con gruesos suelos de madera barnizada y ventanas en forma de arco. Cuando se trasladaron a Nueva York para vivir juntos, Quentin se sorprendió al descubrir que, mientras que él se mostraba más o menos indiferente respecto a las tareas domésticas, Alice se convertía en la verdadera vaga de la relación.

Se dirigió al dormitorio para vestirse. Alice seguía en pijama.

—Buenos días —dijo Eliot. Llevaba un abrigo largo y un jersey que había sido caro antes de que las polillas cayeran sobre él.

—Hola —respondió Quentin—. Déjame coger el abrigo.

—Ahí fuera está helando. ¿Viene Alice?

—Me da la impresión de que no. ¿Alice? —Alzó la voz—. ¿Alice?

No obtuvo respuesta. Eliot ya había marchado rumbo al pasillo, últimamente no parecía tener mucha paciencia con Alice, ni con cualquiera que no compartiera su rigurosa dedicación a la búsqueda del placer. Quentin suponía que la diligencia no exigente de la chica le recordaba desagradablemente el futuro que prefería ignorar. Él sabía que eso le afectaba.

Dudó en el umbral entre lealtades divididas. Seguramente ella prefería tener tranquilidad para poder estudiar.

—Ya se reunirá con nosotros después —dijo Quentin. Se volvió hacia el dormitorio—. Vale. Adiós. Ya nos veremos.

Ninguna respuesta.

—Adiós, mamá —gritó Eliot.

Y cerraron la puerta.

Eliot, como todo lo demás, era distinto en Nueva York de lo que había sido en Brakebills. En la escuela siempre se mostraba muy distante y autosuficiente; su encanto personal, su aspecto extraño y su talento mágico lo apartaban y elevaban por encima de los demás. Pero desde que Quentin se uniera a él en Manhattan, el equilibrio de poder entre ellos había cambiado, Eliot no había sobrevivido intacto al trasplante, ya no flotaba fácilmente sobre el barro y su humor era más amargo y pueril de lo que recordaba, parecía haberse infantilizado mientras que él había madurado. Necesitaba a Quentin, y eso lo afectaba. Odiaba que lo dejaran al margen de los planes, pero también odiaba que lo incluyeran. Pasaba más tiempo del debido en el tejado de su edificio de apartamentos fumando Merits y Dios sabía qué más; si tenías el dinero suficiente podías encontrar lo que quisieras, y ellos lo tenían. Además, estaba adelgazando, casi siempre se sentía deprimido y podía mostrarse muy desagradable con Quentin si éste pretendía animarlo. Cuando se enfadaba, su frase favorita era: «¡Dios, es increíble que no sea un dipsomaníaco!», para corregirse de inmediato: «Oh, espera, sí lo soy...» La primera vez resultó divertido. Más o menos.

En Brakebills, Eliot empezó a beber en las comidas, un poco antes durante los fines de semana. Eso entraba dentro de una cierta normalidad porque todos los genios bebían en las cenas, aunque no todos cambiaban el postre por otro vaso de vino como hacía él. En Manhattan, sin los profesores encima suyo vigilándolo y sin clases que le exigieran mantenerse sobrio, raramente se le veía sin una copa en la mano. Normalmente, empezaba por algo relativamente inocuo, vino blanco, Campari o un poco de bourbon muy diluido con soda y hielo, pero... Cierta vez, cuando estaba incubando un resfriado, Quentin le comentó que quizá le convendría algo más suave que la tónica con vodka para ayudar a tragar los antigripales.

—Estoy enfermo, no muerto —fue la áspera respuesta de Eliot.

Al menos, uno de los talentos de Eliot sobrevivía a la graduación: seguía siendo un incansable buscador de oscuras y maravillosas botellas de vino. No se había embrutecido tanto como para dejar de ser esnob. Acudía a degustaciones y charlaba con importadores y propietarios de licorerías con un celo que no empleaba en otras tareas. Una vez cada pocas semanas, cuando acumulaba más o menos una docena de botellas de las que se sentía especialmente orgulloso, organizaba una cena especial. Y aquel día Quentin se preparaba para una de ellas.

En aquellas cenas derrochaban una ingente cantidad de esfuerzo, absolutamente desproporcionada con la diversión que obtenían a cambio. El lugar de reunión siempre era el apartamento que Janet y Eliot compartían en el Soho, un vasto laberinto anterior a la guerra con una inverosímil cantidad de dormitorios, un escenario digno de una comedia francesa de enredo. Josh era el chef oficial y Quentin le hacía de pinche, en tanto que Eliot ejercía de sumiller, por supuesto. La contribución de Alice consistía en dejar de leer el tiempo suficiente para poder comer.

Janet se encargaba de la ambientación y dictaba las normas de etiqueta, elegía la música, y no sólo escribía de su puño y letra los menús sorprendentemente preciosos, sino que los ilustraba. También confabulaba para organizar cenas temáticas surrealistas, incluso controvertidas. El tema del día era el Mestizaje, y Janet les prometió —a pesar de las objeciones estéticas, morales y ornitológicas de todos los demás— presentarles a Leda y su cisne como un par de esculturas de hielo mágicamente animadas. Tenía previsto que mientras se fundían lentamente no dejaran de copular.

En veladas como aquéllas, la presunción se volvía molesta al mediar la tarde, antes de que comenzase la cena propiamente dicha. Quentin encontró una falda de hierba en un viejo almacén, que pensó combinar con una camisa de esmoquin y una chaqueta, pero la falda estaba tan deshilachada que tuvo que renunciar a ella. No se le ocurría otra idea, así que pasó el resto de la tarde pensando y esquivando a Josh, que había tardado toda una semana en encontrar recetas que incluyeran sabores, olores y colores lo más opuestos posibles —dulce y salado, blanco y negro, helado y fundido, occidental y oriental—, y ahora estaba abriendo y cerrando frenéticamente hornos, puertas y cajones de armarios, y obligándolo a que lo probara todo. Alice llegó a las cinco y media, y Quentin y Josh también procuraron esquivarla. Cuando llegó el momento de la cena, todos estaban borrachos, hambrientos e irritables.

Pero entonces, como ocurre a veces en ese tipo de reuniones, todo salió misteriosa y espontáneamente perfecto. El día antes, Josh, que ya no llevaba barba («Es como tener que cuidar de una puñetera mascota»), había anunciado que llevaría pareja, lo que añadió presión a los demás para contenerse. Mientras el sol caía sobre el Hudson y sus rayos se teñían de un rosa delicado al atravesar la atmósfera de Nueva Jersey, Eliot repartía cócteles (capas de Lillet, un burdeos francés, y champán sobre fondo de vodka) en copas heladas de martini, y Quentin servía rollitos de langosta agridulces, todo el mundo pareció repentinamente guapo, ingenioso y divertido.

Josh se había negado a revelar la identidad de su invitada, así que cuando se abrieron las puertas del ascensor —tenían todo un piso para ellos solos—, Quentin no tenía ni idea de que ya la conocía: era la chica luxemburguesa, la capitana de pelo corto del equipo europeo que había asestado el golpe definitivo a su carrera como jugador de welters. Resultó que Josh (contaron la historia entre los dos, algo que evidentemente habían trabajado) se había topado con ella en una estación de metro, mientras la chica intentaba hechizar una máquina expendedora para añadir dinero a su Metrocard. Se llamaba Anaïs y llevaba unos pantalones de piel de serpiente, tan deslumbrantes que nadie le preguntó por qué los llevaba, ya que no tenían nada que ver con el tema de la cena. Tenía rizos dorados y una nariz pequeña y puntiaguda, y Josh estaba tan obviamente enamorado de ella que Quentin sintió una intensa punzada de celos.

Apenas habló con Alice en toda la velada, que se pasó entrando y saliendo de la cocina, emplatando y sirviendo la cena. Cuando apareció con los entrantes —costillas de cerdo recubiertas de chocolate amargo— ya había anochecido y Richard estaba soltando un discurso sobre teoría de la magia. El vino, la comida, la música y las velas casi conseguían que lo que decía sonara interesante.

Richard, por supuesto, era el misterioso extranjero que había aparecido con los Físicos el día de la graduación. También había formado parte del grupo, pero pertenecía a la promoción anterior a Eliot, Josh y Janet, y de todos ellos fue el único que entró en el respetable mundo de la magia profesional. Era alto, con una enorme cabeza, cabello oscuro, hombros cuadrados y una enorme mandíbula también cuadrada; era guapo en un estilo frankensteiniano. A Quentin le pareció bastante amistoso: firme apretón de manos, mucho contacto visual con sus grandes y oscuros ojos. Al conversar, le gustaba dirigirse a él como «Quentin», lo que hacía que se sintiera como en una entrevista de trabajo. Richard era un empleado del trust que administraba las finanzas colectivas de la comunidad mágica, bastante vasta. Y, sobre todo, era cristiano. Aunque no excesivamente militante. Los cristianos no eran comunes entre los magos.

Quentin intentó que Richard le cayera bien, ya que le caía bien a todos los demás y así todo sería más fácil, pero era condenadamente serio. No es que fuera estúpido, sino que no tenía el más mínimo rastro de sentido del humor —las bromas lo descolocaban—, así que la conversación se interrumpía constantemente hasta que alguien, solía ser Janet, le explicaba que los demás bromeaban y Richard enarcaba las cejas al mejor estilo vulcaniano, evidentemente consternado ante las debilidades humanas de sus compañeros. Y Janet, que por regla general despellejaba implacablemente a cualquiera que cometiera el error de tomarse algo en serio, se ponía a su servicio sin condiciones. A Quentin le molestaba pensar que ella miraba a Richard de la misma forma con la que él miró, en su momento, a los Físicos veteranos. Tenía la sensación de que Janet se había acostado con Richard una o dos veces en Brakebills, y era muy posible que siguieran durmiendo juntos de vez en cuando.

—La magia es la herramienta —anunció Richard con firmeza—. Es la herramienta del Hacedor. —Casi nunca bebía, y los dos vasos de vino habían sobrepasado su límite. Miró primero a su izquierda y después a su derecha, para asegurarse de que todos los reunidos en torno a la mesa lo estaban escuchando. Menudo gilipollas engreído—. No hay otra forma de verlo. Estamos en un escenario donde una Persona construyó la casa y después se marchó. —Golpeó la mesa con una mano para celebrar el triunfo de la razón—. Y cuando se marchó, dejó sus herramientas en el garaje. Nosotros las encontramos e intentamos deducir cómo funcionan. Ahora estamos aprendiendo a utilizarlas. Eso es la magia.

—Hay tantas cosas equivocadas en ese argumento, que ni siquiera sé por dónde empezar —se oyó decir Quentin.

—Empieza por una. La que quieras.

Quentin dejó los cubiertos en el plato. No tenía ni idea de lo que iba a decir, pero se sentía feliz contradiciendo públicamente a Richard.

—Vale, de acuerdo. El primer problema es la escala. Aquí nadie crea o construye universos. Ni siquiera galaxias, sistemas solares o planetas. Para construir una casa necesitas grúas y bulldozers. Si existe un Hacedor, y yo francamente no he visto muchas pruebas de ello, eso es lo que habría necesitado. Lo que tenemos son herramientas de mano. Black and Deckers. No veo cómo pudo hacer con eso todo lo que estás diciendo.

—Si el problema es de escala, no es insalvable —contraatacó Richard—. Quizá no estamos conectando nuestras herramientas en el enchufe adecuado. Quizás existe un enchufe *mucho mayor*.

—Si estás hablando de electricidad —le interrumpió Alice—, explícame de dónde procede la energía.

«Eso es lo que tendría que haber dicho», pensó Quentin. A Alice le encantaban las discusiones teóricas tanto como a Richard y era mucho mejor que él.

—Al lanzar cualquier hechizo calorífico, es fácilmente demostrable que extraes energía de algún lugar y la aplicas en otro. Si alguien creó el Universo, también tuvo que crear energía de alguna forma.

—De acuerdo, pero...

—Además, yo no siento que la magia sea una herramienta —prosiguió Alice sin dejarle hablar—. ¿Te imaginas lo aburrido que sería si lanzar un hechizo fuera como manejar un taladro eléctrico? No lo es. Es algo irregular y maravilloso. No se trata de algo material, sino de algo más... orgánico. Algo que crece, no que se construye.

Estaba radiante con el vestido de seda negro que sabía que a él le gustaba. ¿Dónde se había metido toda la noche? Quentin olvidaba demasiado a menudo el tesoro que tenía.

—Seguro que es tecnología alienígena —sentenció Josh—. O cuatridimensional, o algo así, y no sabemos de dónde procede. O puede que estemos en una especie de videojuego multijugador de alta tecnología. —Chasqueó los dedos—. Por eso Eliot siempre anda cargando con mi cadáver.

—No necesariamente —apuntó Richard. Todavía estaba asimilando el argumento de Alice—. No es necesariamente irregular. Podría argumentar que pertenece a una regularidad superior, a un orden superior que no se nos permite discernir.

—Sí, ésa es la respuesta —admitió Eliot, visiblemente borracho—. Ésa es la respuesta para todo, ¿no? Dios nos guarde de los magos cristianos. Eres como mis padres. Eso es lo que dirían exactamente mis cristianos padres. Si algo no se ajusta a vuestra teoría, bien, es porque... oh, espera, sí que se ajusta, pero Dios es tan misterioso que no podemos comprenderlo porque somos unos pecadores. ¡Eso es tan jodidamente fácil...!

Picoteó los restos de la escultura de Janet con un largo tenedor de servir. Leda y el cisne eran ya indistinguibles el uno de la otra, dos redondeadas formas de Brancusi follando como dos montículos de nieve rosada.

—¡Joder, deberíamos llamarnos Los *Meta*-Físicos! —exclamó Josh.

—¿Y quién cojones es ese «Hacedor» del que hablas? —escupió Eliot, sordo a los argumentos de los demás y cada vez más vehemente—. ¿Estás hablando de Dios? Porque si estás hablando de Dios, llámalo Dios.

—Está bien, digamos Dios —admitió Richard tranquilamente.

—¿Es un dios moral? ¿Va a castigarnos por usar su sagrada magia? ¿Por ser magos malvados? ¿Va él —¡Ella!, gritó Janet— a volver y a darnos unas palmaditas en el culo porque hemos entrado en el garaje y jugado con las herramientas de papá?

»Porque eso es estúpido. Estúpido y propio de ignorantes. Nadie será castigado por nada. Hacemos cuanto queremos y eso es todo. Y nadie nos lo impedirá porque a nadie le importa una mierda.

—Si Él nos ha dejado sus herramientas, lo ha hecho por alguna razón —sugirió Richard.

—Y supongo que tú sabes cuál es esa razón.

—¿Qué vino toca ahora, Eliot? —preguntó Janet alegremente. Siempre mantenía la cabeza fría en los momentos más acalorados, quizá porque tendía a descontrolarse bastante el resto del tiempo. Esa noche también parecía inusualmente deslumbrante enfundada en una ceñida túnica roja que apenas le llegaba a medio muslo. Era algo que Alice nunca se pondría. No podría, no con su figura.

Ambos, Richard y Eliot, parecían querer celebrar otro asalto de su combate particular; pero el segundo logró controlarse con un visible esfuerzo y aceptó la maniobra de diversión.

—Una pregunta excelente. —Eliot se llevó las manos a las sienes—. Oh, estoy captando una visión divina del Hacedor Todopoderoso sobre... sobre un exquisito y carísimo bourbon que el Creador... lo siento, o la Creadora, me ordena que os sirva de inmediato.

Logró mantenerse en pie, aunque de forma inestable, y se alejó en dirección a la cocina.

Quentin lo encontró sentado en un taburete junto a una ventana abierta, con el rostro encendido y sudoroso. El aire helado penetraba en el comedor, pero Eliot no parecía darse cuenta, contemplaba fijamente la ciudad, cuyas luces se perdían en la distancia hasta la negrura más absoluta. No dijo nada ni se movió, mientras Quentin ayudaba a Richard con el postre, un pastel Alaska (el truco, explicó Richard con su tono de maestro dando una lección, era asegurarse de que el merengue, un excelente aislante del calor, quedara sellado recubriendo el corazón de helado), y Quentin se preguntó si habrían perdido a Eliot para el resto de la noche. Pero unos cuantos minutos después reaccionó y regresó al comedor con una botella de forma extraña, llena de un whisky de color ambarino.

Los ánimos se calmaron. Todos procuraron no provocar otro exabrupto de Eliot u otro sermón de Richard. Poco después, Josh se marchó para acompañar a Anaïs a su casa y Richard se fue solo, dejando a Quentin, Janet y Eliot entre un caos de botellas vacías y servilletas arrugadas. Una de las velas había quemado un agujero en el mantel. ¿Dónde estaba Alice? ¿Se había ido a casa? ¿O dormía en alguna de las habitaciones? La llamó a su móvil. No obtuvo respuesta.

Eliot arrastró un par de otomanas hasta dejarlas junto a la mesa y se tumbó en una de ellas al estilo romano, pero eran demasiado bajas, así que tenía que incorporarse para alcanzar la bebida y Quentin sólo veía su mano aparecer por encima del borde. Janet se tumbó también junto a él.

—¿Café? —preguntó.

—Queso —respondió Eliot—. ¿Tenemos queso? Necesito queso.

En aquel momento, Peggy Lee entonaba los primeros versos de *Is That All There Is?* en el estéreo. Quentin suspiró, preguntándose si Richard tendría razón y existía un Dios furioso y moral, o si por el contrario era Eliot quien estaba en lo cierto; si la magia fue creada con un propósito o si ellos podían hacer lo que quisieran. Sintió algo semejante a un ataque de pánico. Estaban metidos en problemas y no tenían nada a lo que agarrarse. No podían seguir así eternamente.

—Hay Morbière en la cocina —anunció—. Se supone que se ajusta al tema de la cena... ya sabes, las dos capas, la noche lechosa...

—Vale, vale, ya lo capto —lo interrumpió Janet—. Tráelo, Q.

—No, ya voy yo —se adelantó Eliot, pero en lugar de ponerse en pie rodó por el sofá y cayó al suelo. Su cabeza resonó ominosamente al rebotar contra el parquet del suelo.

Quentin y Janet lo recogieron sin dejar de reír. Él lo sujetó por los hombros y ella por los pies, ya olvidado el queso, y maniobraron para sacarlo del comedor y llevarlo a su dormitorio. Cuando intentaron franquear la puerta, la cabeza de Eliot impactó contra el marco de la puerta con otro sonoro *«tunk»*, lo que se les antojó absolutamente hilarante. Empezaron a reír y siguieron riendo hasta que se quedaron sin fuerzas; Janet tuvo que soltarle los pies y Quentin los hombros. La cabeza de Eliot volvió a estrellarse contra el suelo, y esa vez fue mil veces más divertida que las dos primeras.

Tardaron veinte minutos en llevar a Eliot hasta el dormitorio, con sus brazos rodeando su cintura y rebotando pesadamente contra las paredes, como si lucharan contra la corriente en un pasillo inundado del *Titanic*. El mundo se había vuelto más pequeño y de algún modo más ligero: nada significaba nada. Eliot seguía diciendo que estaba bien, y los otros dos insistían en ayudarlo a caminar. Janet anunció que se había meado encima, literalmente, y volvió a estallar en carcajadas. Mientras pasaban por delante de la puerta de Richard, Eliot empezó un soliloquio.

—Soy el Creador Todopoderoso, y os lego mis Sagradas Herramientas porque estoy jodidamente borracho para utilizarlas. Y os deseo buena suerte porque, cuando mañana me levante, será mejor que estén exactamente en el mismo lugar donde las he dejado, exactamente, incluso mi... No, especialmente mi lijadora, porque mañana voy a tener una resaca tan monumental, que cualquiera que haya trasteado con mi lijadora se llevará una buena paliza. Y no le sentará nada bien.

Al final consiguieron soltarlo sobre su cama e intentaron que bebiera un poco de agua mientras lo tapaban con las mantas. Pudo ser el aspecto doméstico de aquella situación —como si Eliot fuera un hijo al que estaban arropando por la noche— o quizás el puro aburrimiento, ese poderoso afrodisíaco que no había desaparecido del todo, ni siquiera durante los mejores momentos de la velada, pero si tenía que ser sincero consigo mismo, Quentin sabía desde hacía por lo menos veinte minutos, incluso mientras luchaba con Eliot en el pasillo, que en cuanto tuviera la más mínima oportunidad se abalanzaría sobre Janet y le arrancaría la ropa.

A la mañana siguiente, Quentin se despertó lentamente. Tanto, que no llegó a estar seguro de que hubiera dormido siquiera. La cama parecía inestable y desconcertantemente flotante, más extraña todavía a causa de las otras dos personas desnudas que la compartían con él. Seguían moviéndose en sueños, y sin darse cuenta lo tocaron y lo empujaron, sintiéndose cohibidos por haberlo hecho.

Al principio, en un primer arrebato, no lamentó lo que había pasado. Tenía que pasar. Eso era vivir la vida a tope. Emborracharse y entregarse a toda clase de pasiones prohibidas. Eso era la vida. ¿Acaso no aprendieron esa lección cuando se convirtieron en zorros? ¡Si Alice tuviera algo de sangre en las venas, se hubiera unido a ellos! Pero no, se había ido a dormir temprano.

Era como Richard. Bueno, Alice, bienvenida al mundo de los magos adultos. La magia no lo resuelve todo, ¿es que no se daba cuenta? ¿No se daba cuenta de que todos estaban muriéndose, que todo era fútil, que lo único que valía la pena era vivir, y beber, y follar con quien fuera y cuando fuera mientras pudieras? Ella misma se lo había dicho en Illinois, mientras estaban en casa de sus padres. ¡Y tenía razón!

Tras un rato ya le pareció algo discutible. En realidad se podía argumentar exactamente lo contrario, como la otra cara de una moneda. Y más tarde todavía creyó que había cometido un fallo desafortunado, una indiscreción; entraba dentro de los límites de lo perdonable, pero había sido definitivamente uno de sus momentos bajos, no de los mejores. Finalmente se convirtió en una indiscreción mayor, un error grave, y el último acto del *striptease* lo reveló como lo que realmente era: una terrible, horrorosa y dolorosa traición.

En algún punto de aquella lenta y acelerada caída de la gracia, Quentin fue consciente de una Alice sentada a los pies de la cama, de espaldas al lecho donde yacían Eliot, Janet y él, con la barbilla apoyada en las manos. Intentó creer que todo aquello no había sido mas que un sueño, que ella no estuvo realmente allí, pero si tenía que ser sincero consigo mismo estaba seguro de que sí. No parecía un producto de su imaginación. Estaba completamente vestida, debía haberse levantado hacía rato.

Hacia las nueve de la mañana, con el cuarto iluminado por la luz del sol, Quentin ya no pudo seguir pretendiendo que volvería a dormirse y se sentó. No llevaba camiseta y no recordaba dónde la había dejado. Tampoco llevaba nada más. Hubiera dado lo que fuera por tener una camiseta y unos calzoncillos.

Con los pies desnudos sobre el suelo de madera se sintió extrañamente insustancial. No podía entender, no podía creer lo que había hecho. No era algo propio de él. Quizá Fogg tenía razón, quizá la magia inhibía el desarrollo moral. Quizá por eso se había vuelto un cabrón. Pero tenía que existir una forma de que Alice comprendiera lo mucho que lo lamentaba. Cogió una manta de la cama de Eliot —Janet se agitó adormilada y se quejó un poco, pero terminó por caer de nuevo en un sueño libre de culpa— y se envolvió en ella. Salió del dormitorio arrastrando los pies. La mesa del comedor parecía los restos de un naufragio; la cocina, el escenario de un crimen. Su pequeño planeta estaba destrozado y no tenía ningún lugar en el que refugiarse. Quentin pensó en el profesor Mayakovsky, en cómo invertía el tiempo, recomponía la esfera de cristal, resucitaba a la araña. Sería estupendo poder invertir el tiempo ahora.

Cuando las puertas del ascensor se abrieron, Quentin creyó que sería Josh volviendo de pasar la noche con Anaïs. Pero se trataba de Penny, pálido y sin aliento por haber estado corriendo, y tan excitado que apenas podía controlarse.

El relato de Penny

Tenía un nuevo peinado mohicano, una tira de pelo verde orgullosamente iridiscente de un par de centímetros de anchura y unos siete de altura, como la cresta del casco de un centurión romano. También había engordado. Parecía extrañamente más joven y blando que en Brakebills; menos un solitario guerrero iroqués y más un gangster de extrarradio sobrealimentado, pero seguía siendo Penny. Ahora, de pie sobre la alfombra oriental del comedor y mirando a su alrededor como un conejo curioso y crítico, intentaba recuperar el aliento. Llevaba una cazadora de cuero negro con tachuelas de cromo incrustadas, vaqueros de un negro desvaído y una mugrienta camiseta blanca. «Dios —pensó Quentin—, ¿aún existen los punkies? Debe de ser el último que queda en Nueva York.»

Penny sorbió aire por la nariz y se la limpió con la manga de su cazadora. Quentin lo conocía y sabía que nunca se rebajaría ante convenciones sociables como saludar, preguntar cómo estabas y explicar qué diablos hacía allí. Y, por una vez, se sintió agradecido. No creía que pudiera soportarlo.

—¿Cómo has entrado? —croó Quentin. Tenía la boca reseca.

—Vuestro portero está dormido. Deberíais despedirlo.

—No es «nuestro» portero. —Intentó aclararse la garganta—. Tienes que haber lanzado un hechizo.

—Sólo el Sigilo de Cholmondeley. —Penny le dio la correcta pronunciación inglesa: *Chumley*.

—Eliot puso un conjuro en todo el piso, yo mismo lo ayudé. Además, el ascensor necesita una llave.

—Necesitaremos lanzar un nuevo conjuro. Lo anulé mientras subía.

—¡Joder! Vale, veamos. Primero, ¿por qué «nosotros»? ¿Quiénes somos «nosotros»? —preguntó Quentin. En aquel momento, su deseo más profundo era disponer de un momento de respiro y sumergir la cara en una pila de agua fría. Y quizá tener a alguien que la mantuviera sumergida hasta que se ahogara—. Y segundo, Penny, hostia, tardamos todo un fin de semana en lanzar ese conjuro.

Hizo un somero pero rápido repaso. Penny tenía razón, los hechizos defensivos que rodeaban el apartamento se habían esfumado y ni siquiera los habían alertado al hacerlo. No podía creérselo. Penny tenía que haber eliminado el conjuro desde el exterior, desde su misma raíz, en menos tiempo del que tardó en subir los veintidós pisos en ascensor. Quentin intentó mantener una expresión neutra, no pensaba darle la satisfacción de mostrar lo impresionado que se sentía.

—¿Y la llave?

Penny la sacó del bolsillo de su cazadora y se la dio a Quentin.

—Se la robé al portero —confesó, encogiéndose de hombros—. Es el tipo de cosas que aprendes en la calle.

Quentin iba a decir algo sobre «la calle» en cuestión y que, de todas formas, tampoco era tan difícil robarle la llave a un portero dormido cuando has lanzado un Sigilo de Cholmondeley, pero no creyó que tuviera la importancia suficiente y las palabras se le antojaban demasiado pesadas para salir de su boca, como bloques de piedra en su estómago que tuviera que regurgitar físicamente. Puto Penny, le estaba haciendo perder el tiempo. Tenía que hablar con Alice.

Por entonces, los demás ya habían oído a Penny. Richard salió de la cocina en la que estaba limpiando, ya despierto e irritantemente duchado, peinado y cepillado. Janet no tardó en salir del dormitorio de Eliot enfundada en una bata, como si nada desacostumbrado hubiera sucedido la noche anterior. Lanzó un gritito de horror al ver a Penny y desapareció en el cuarto de baño.

Quentin comprendió que tenía que vestirse y afrontar la situación. El día había llegado y, con él, el mundo de las apariencias y mentiras, el actuar como si todo fuera maravilloso. Harían huevos revueltos, comentarían sus resacas mientras bebían mimosas y Bloody Maries bien cargados de Tabasco y pimienta negra, y actuarían como si no pasara nada, como si Quentin no hubiera roto el corazón de Alice sin otra razón que la de estar borracho y querer acostarse con Janet. Y por increíble, por impensable que pareciera, escucharían lo que Penny tenía que decirles.

Al final de su cuarto curso, Penny había decidido —explicó, cuando su público estuvo vestido, reunido y atento, con comida y bebida, tumbados en los sofás o sentados con las piernas cruzadas en el suelo, según su estado físico o emocional— que Brakebills ya le había enseñado todo lo que podía enseñarle, así que abandonó la escuela y se trasladó a un pequeño pueblo de Maine, al norte de Bar Harbor y al sur de Bangor. El pueblo se llamaba Oslo, un sórdido centro turístico con una población que se reducía en un 80% al terminar la temporada de vacaciones.

Penny escogió Oslo —ni siquiera Nueva Oslo, como si pensaran que eran los primeros— por su total y absoluta falta de distracciones. Llegó a mediados de septiembre y no tuvo problemas para alquilar una pequeña granja en las afueras, junto a la carretera de un solo carril. Su propietario era un maestro retirado que voló a su residencia de invierno en Carolina del Sur en cuanto le entregó las llaves. Los vecinos más cercanos a ambos lados eran una congregación de la iglesia Pentecostal y un campamento de verano para niños con problemas. Era perfecto. Había encontrado su propio Walden.

Tenía todo lo que necesitaba: silencio, soledad y un tráiler U-Haul lleno con una envidiable biblioteca de códices mágicos, monografías, libros de género, referencias y periódicos. Disponía de una sólida mesa, una habitación bien iluminada y una ventana con una nada atractiva vista al patio trasero de la casa que no ofrecía ninguna tentación particular. Y tenía un proyecto de investigación razonable e intrigantemente peligroso, que mostraba todos los signos posibles de convertirse en algo interesante. Estaba en el paraíso.

Pero una tarde, unas cuantas semanas después, sentado ante su mesa trazando palabras de mucho poder, escritas hace siglos con la pluma de un hipogrifo, Penny descubrió que su mente vagaba. Enarcó las pobladas cejas. Algo perturbaba su poder de concentración. ¿Lo estaba atacando un investigador rival? ¡Cómo se atrevía! Se frotó los ojos e intentó concentrarse con más fuerza, pero su atención volvió a derivar.

Resultó que Penny había descubierto una debilidad en él, un fallo que ni en mil años hubiera sospechado que tuviera; una edad, por cierto, a la que pensaba llegar con unas pocas y cuidadosas modificaciones a las que se sometería cuando tuviera tiempo. El fallo era que se sentía solo.

La idea resultaba escandalosa. Humillante. Él, Penny, era un solitario frío como el hielo, un «desperado». Era el Han Solo de Oslo. Lo sabía y le encantaba. Había pasado interminables años —cuatro, en realidad— en Brakebills rodeado de idiotas —excepto Melanie, que era como llamaba en privado a la profesora Van der Weghe—, y ahora por fin se veía libre de sus incesantes cháchara.

Pero Penny se descubría haciendo cosas, cosas improductivas, sin una razón. Se plantaba en una pequeña presa de cemento cercana a su granja y tiraba piedras para romper la delgada capa de hielo formada en la superficie del estanque. Caminaba varios kilómetros hasta el centro del pueblo y jugaba a videojuegos en el salón recreativo situado tras la farmacia, atiborrándose de chicles junto a adolescentes de ojos muertos, desesperanzados, que rondaban por allí para hacer exactamente lo mismo que él. Cambiaba miradas con el dependiente de la librería, que en realidad vendía sobre todo tarjetas de felicitación y no libros. Le confiaba sus problemas a una penosa manada de cuatro búfalos que vivían en una granja junto a la carretera de Bar Harbor; incluso pensó saltar la cerca y acariciar una de aquellas enormes cabezas en forma de cuña, pero le faltó valor. Eran búfalos bastante grandes y nunca se sabe lo que piensan.

Eso fue en septiembre. En octubre, ya se había comprado un Subaru Impreza color hierba y viajaba regularmente al club de baile de Bangor, bebiendo de una botella de vodka que llevaba en el asiento del pasajero (ya que en el club se admitían menores, y por tanto no se servía alcohol), mientras conducía tres cuartos de hora por senderos boscosos. Los progresos en su proyecto de investigación se habían reducido a prácticamente nada, apenas un par de horas diarias de apático repaso de viejas notas, salpicadas de generosos descansos a base de porno online. Humillante.

El club de baile de Bangor abría únicamente los viernes y los sábados por la noche, y todo lo que hacía allí era jugar al billar en una zona mal iluminada y alejada de la pista de baile, junto a otros machos solitarios como él mismo. Pero fue allí, durante una de esas noches de sábado, donde vio un rostro familiar. El rostro escuálido de un cadáver que tampoco fuera particularmente atractivo en vida, con un horrible bigote sobre su labio superior. Pertenecía al vendedor ambulante llamado Lovelady.

Lovelady estaba en el club de baile de Bangor por las mismas razones que Penny: había huido lo más lejos posible del mundo de Brakebills y de la magia, y ahora se enfrentaba a la soledad. Entre una pinta de Coors Light y unas cuantas partidas de billar que Lovelady ganó con bastante facilidad —no puedes pasarte la vida traficando con falsos objetos mágicos sin aprender unas cuantas habilidades reales— se contaron mutuamente sus penas.

El sistema de vida de Lovelady dependía mucho de la suerte y de la credulidad de la gente. Se pasaba la mayor parte del tiempo recorriendo las tiendas de segunda mano y de saldos, de la misma forma que los pescadores rastrillaban el océano. Se aprovechaba de la vulnerabilidad emocional de las viudas de aquellos magos que habían muerto recientemente y escuchaba las conversaciones de los más sabios, manteniéndose ojo avizor a todo lo que pudiera tener valor o él pudiera hacer pasar por algo que tenía valor. Había pasado los últimos meses en el norte de Inglaterra, viviendo en un apartamento-estudio situado sobre un garaje de la ciudad de Hull, probando suerte en tiendas de antigüedades y librerías de segunda mano. Viajó en autobuses, y en sus peores momentos, en una vieja bicicleta de una sola marcha que había tomado prestada sin permiso del garaje, al que teóricamente no tenía acceso.

En algún momento de su estancia, Lovelady empezó a recibir una atención no buscada. Solía buscar desesperadamente que alguien le prestara atención, no le importaba quién fuera, pero esta vez era distinto. Gente desconocida se quedaba mirándolo fijamente sin razón aparente, el timbre de los teléfonos públicos empezaba a sonar cuando pasaba junto a ellos, miraba la televisión y todo lo que veía era el reflejo de su propia imagen con una misteriosa ciudad vacía de fondo. Lovelady no tenía estudios ni una inteligencia especial, pero sobrevivía gracias a su instinto, y su instinto le decía que allí pasaba algo raro. Y grave.

Solo en su apartamento, sentado en su sofá del color de la sopa de guisantes, Lovelady reflexionó. Su mejor suposición fue que, inadvertidamente, había adquirido un objeto de poder genuino y que algo ahí fuera lo deseaba. Estaba siendo acosado.

Aquella misma noche decidió subir las apuestas. Abandonó su refugio, reunió su vasta selección de amuletos y fetiches, tomó un autobús a Londres, y de allí viajó a París en tren por debajo del canal. Después cruzó el Atlántico para pedir asilo en Brakebills. Pasó una tarde agotadora peinando los bosques del norte de Nueva York, buscando el familiar y acogedor terreno de la escuela.

Mientras el sol se ponía a través de los árboles y los primeros fríos del invierno roían las puntas de sus orejas, descubrió la horrible verdad. Se encontraba en el lugar adecuado, pero Brakebills no aparecía. Los hechizos defensivos de Brakebills detectaban algo, en él o en su mercancía, y la ocultaban. Fuera lo que fuese que llevaba encima, lo convertía en intocable.

Fue entonces cuando huyó a Maine. Era irónico: por una vez en su vida, Lovelady había tenido suerte consiguiendo algo genuinamente poderoso, un premio gordo, pero resultó que era demasiada suerte. Aquello lo superaba. Allí mismo, en medio de los helados bosques, sintió deseos de desprenderse de sus pertenencias, de todas ellas, pero tras una vida de codicia no tuvo el valor suficiente. Eso hubiera roto su avaricioso corazón. En vez de eso, alquiló una cabaña en el bosque por un precio módico de fuera de temporada y realizó un exhaustivo inventario.

Lo descubrió enseguida, en una bolsa de plástico atada con un nudo, mezclado entre un revoltijo de mugrienta joyería. No sabía lo que era, pero su poder resultaba obvio incluso para su ojo desentrenado.

Llevó a Penny hasta un rincón, hurgó en los bolsillos de su sucio abrigo —que no se había quitado en toda la noche—, y depositó una bolsa sobre la mesa redonda de aglomerado. Dirigió a Penny una sonrisa lívida y descolorida. Los botones eran un excedente de botones de época; los había de dos agujeros, de cuatro, de falso cuero, de falso caparazón de tortuga, de baquelita, y unos cuantos eran puros abalorios. Penny se fijó de inmediato en uno de ellos, un botón plano, blanco, opalescente, de un par de centímetros de diámetro. Era más pesado de lo que parecía y prácticamente vibraba con una fuerza mágica apenas contenida.

Sabía que era eso. Lo sabía sin necesidad de tocarlo.

—¿Un botón mágico? —preguntó Janet—. Qué extraño. ¿Qué era?

Llevaba el pelo hecho un desastre, pero parecía obscenamente relajada bebiendo café y mostrando sus largas piernas por debajo de su corto albornoz. Obviamente, se sentía triunfante, saboreaba su conquista y, por extensión, su victoria sobre Alice. En aquel momento, Quentin simplemente la odió.

—¿De verdad no te lo imaginas? —dijo Penny.

Quentin sí se lo imaginaba, pero no pensaba admitirlo en voz alta.

—¿Qué le dijiste? —preguntó en cambio.

—Hice que aquella noche me acompañara hasta mi apartamento. No estaba a salvo y yo, por lo menos, tenía instalado un conjunto básico de hechizos protectores. Llamamos a la mujer que le había vendido los botones, pero ella insistió en que no le constaba que hubieran pasado por sus manos en ningún momento. Al día siguiente fuimos a Boston y le compré todo el lote por ochenta mil dólares. No quería dinero, sólo oro y diamantes. Prácticamente vacié la tienda de Harry Winston, pero mereció la pena. Después le dije que le dieran por culo y se marchó.

—¡Ochenta mil dólares! —exclamó Eliot—. Con eso no vaciarías ni un expositor de Zales, mucho menos uno de Harry Winston.

Penny lo ignoró.

—Eso fue hace dos días. Me quedé a pasar la noche en un hotel de Boston, pero estalló un incendio dos pisos por encima del mío y murió una mujer de la limpieza. No volví a mi habitación. Tomé el autobús Fung Wah en la estación del sur y, una vez aquí, tuve que venir caminando desde Chinatown. Cada vez que me subía a un taxi, le fallaba el motor. Pero lo que importa es que el botón es real y es nuestro.

—¿«Nuestro»? ¿Quiénes somos «nosotros»? —se interesó Richard.

—Eres un puto imbécil —sentenció Quentin.

—Q lo ha pillado —sonrió Penny—. ¿Alguien más?

—¿De qué está hablando, Q?

Un silencioso puñal de hielo atravesó el corazón de Quentin. No había oído entrar a Alice, pero allí estaba, de pie en el borde del círculo, con el cabello sucio y suelto, como una niña que se hubiera despertado en mitad de la noche y apareciera por sorpresa, como un espíritu inseguro, en una fiesta de adultos.

—No saben de qué estás hablando —susurró Quentin, sin atreverse a mirar a la chica. El remordimiento lo ahogaba. Le dolía tanto mirarla que casi se enfureció con ella.

—¿Se lo explicas tú o tengo que hacerlo yo? —dijo Penny.

—Hazlo tú. Yo no podría sin estallar en carcajadas.

—Bueno, que uno de los dos lo suelte de una vez —protestó Eliot—, o me vuelvo a la cama.

—Damas y caballeros —gritó Penny, teatral y grandilocuente—, vamos a viajar a Fillory.

—Al final de *La duna errante* —empezó Penny. Era un discurso que obviamente había preparado—, Helen y Jane Chatwin recibieron un regalo del capitán del barco que habían encontrado en pleno desierto. El regalo consistía en un cofrecito de roble con molduras de bronce y contenía cinco botones mágicos, todos con el poder de hacer que su portador se trasladase a voluntad de la Tierra a Fillory y viceversa.

Todos los que se encontraban en la habitación habían leído las novelas de Fillory, y Quentin varias veces, pero Penny repasó igualmente las reglas. Los botones no te transportaban directamente hasta allí, sino que primero te llevaban a una especie de Ningún Lugar intermedio, una parada interdimensional. De allí podías saltar a Fillory.

Nadie sabía dónde se encontraba ese mundo de transición. Podía ser un plano de existencia alternativo, un lugar intercalado entre planos como una flor colocada y aplastada entre las páginas de un libro, o un plano maestro que contuviera todos los planos, como el lomo que une las páginas y las mantiene unidas. A primera vista parecía una ciudad desierta con una sucesión infinita de vacías plazas de piedra, pero que servía como una especie de tablero multidimensional. En el centro de cada plaza había una fuente que, en vez de agua, vertía un líquido tan negro como la tinta o la brea.

Según la novela, al sumergirte en una de las fuentes te transportabas a otro universo. Había cientos, miles de plazas distintas, posiblemente infinitas, y un número correspondiente de universos alternativos. Los conejitos lo llamaban Ningún Lugar —porque no estaba ni allí ni aquí— o, a veces, la Ciudad.

Pero lo más importante, explicó Penny, era que al final de *La duna errante*, Helen escondía todos los botones en algún lugar de la casa de su tía en Cornualles. Creía que era un sistema demasiado mecánico, demasiado fácil para viajar por él. Tanto poder no estaba bien. Según ella, nadie tendría que ser capaz de llegar a Fillory cuando le apeteciera, como el que coge un autobús. Un viaje a Fillory tenía que ganarse, así había sido siempre. Era una recompensa concedida por Ember y Umber, los dioses-carneros, para aquellos que se lo merecían. Los botones eran una perversión de aquella gracia divina, la usurpaban, rompían las reglas. Ember y Umber no podían controlarlos. Fillory era fundamentalmente una fantasía religiosa, pero los botones no eran precisamente religiosos, sino mágicos; eran herramientas, no valores añadidos. Podías usarlos para lo que quisieras, ya fuera el bien o el mal. Eran tan mágicos que prácticamente resultaban tecnológicos.

Así que los escondió. Jane se volvió inconsolable, algo bastante comprensible, y destrozó media casa buscándolos. Pero, según *La duna errante*, nunca los encontró. Y Plover no escribió ningún libro más de la serie.

La duna errante terminaba en el verano de 1917, quizá de 1918, dados los escasos detalles del mundo real era casi imposible datarlo con exactitud. Tras eso, el paradero de los botones se desconocía. Penny sugirió un experimento: ¿cuánto tiempo podría una simple caja de botones permanecer oculta para una niña de doce años...? ¿Diez años? ¿Cincuenta? Nada quedaba enterrado para siempre. ¿No era posible, casi inevitable, que en las décadas posteriores una criada, un agente de la propiedad u otra niña cualquiera la hubiera encontrado? ¿Y que, tras ser descubierta, se abriera camino hasta el mercado mágico clandestino?

—Siempre pensé que eran botones de solapa —comentó Richard—. Como un pin. O una chapa de esas que dicen «I love algo».

—Mmm, vale, retrocedamos un poco —propuso Quentin animosamente. Tenía el perfecto estado de ánimo para que alguien, cualquiera que no fuera él mismo, lo ridiculizara: Ese alguien podía ser Penny, y si Quentin podía ayudarlo, mucho mejor—. ¿Los libros de Fillory no son ficción? ¿Nada de lo que estamos hablando ha sucedido realmente?

—Sí y no —respondió Penny, sorprendentemente razonable—. Acepto que parte de la narrativa de Plover pueda ser ficción. O realidad ficcionada. Pero he llegado a la convicción que la mecánica básica del viaje interdimensional que describió Plover es bastante real.

—¿En serio? —Quentin conocía lo bastante a Penny como

para saber que no solía marcarse faroles, pero sí era bastante testarudo, impulsado por su propia vileza interna—. ¿Y qué te hace pensar eso?

Penny lo contempló con piedad benevolente mientras preparaba su golpe de efecto.

—Bueno, puedo asegurar que Ningún Lugar es muy real porque me he pasado allí los últimos tres años.

Nadie supo qué responder. Quentin por fin se atrevió a lanzar una mirada a Alice, pero su rostro era una máscara. Casi habría preferido verla furiosa.

—No sé si lo sabéis —siguió Penny—. De hecho, estoy casi seguro de que no, pero la mayor parte de mis estudios en Brakebills se basaron en los viajes entre mundos alternativos. O entre planos, como solemos llamarlos nosotros. Melanie y yo, quiero decir.

»Por lo que hemos averiguado se trata de una disciplina completamente nueva. No es que yo sea la primera persona que ha estudiado el tema, pero sí el primero en tener aptitudes especiales para ello. Mi talento era tan excepcional, que Melanie, la profesora Van der Weghe, decidió sacarme de las clases normales y prepararme un plan de estudios personalizado.

»La hechicería en juego es extremadamente complicada y tuve que improvisar un montón. Os aseguro que gran parte del canon establecido sobre esa materia no tiene ninguna base, ni la más mínima. No capta todo el escenario, y la parte que capta no es ni mucho menos la más importante. Podríais pensar que nuestro amigo Bigby sabe algo del tema, pero tampoco tiene ni idea. Me sorprendí y mucho. Pero sigue habiendo problemas que no he logrado resolver.

—¿Como cuáles? —preguntó Eliot.

—Bueno, de momento únicamente he sido capaz de viajar hasta allí solo. Puedo transportar mi cuerpo, mis ropas y unos cuantos suministros, pero nada ni nadie más. Segundo, puedo llegar hasta Ningún Lugar, pero eso es todo. No consigo avanzar, el multiverso sigue fuera de mi alcance.

—¿Quieres decir que...? —intervino Janet—. Espera, ¿quieres decir que has estado en esa sorprendente ciudad mágica y eso es todo? —Parecía abrumada—. Creí que eras un cabrón «desperado» multidimensional y todo eso.

—No. —Penny podía ponerse a la defensiva cuando se sentía atacado, pero ahora estaba tan autísticamente concentrado que incluso las burlas directas le rebotaban—. He limitado mis exploraciones a la Ciudad. Es un entorno muy rico en sí mismo, algo sorprendentemente complejo para un ojo mágico entrenado. En los libros hay muy poca información. *La duna errante* está narrada a través de los ojos de una niña, y no tengo claro si Plover o los Chatwin tienen algún control de la tecnología que describen. Al principio creí que toda la Ciudad era una chapuza, un entorno virtual que funcionaba gracias a una especie de interfaz tridimensional pirateada de un tablero interdimensional. Y no es que parezca una interfaz, sino que... ¿Un laberinto de plazas idénticas sin identificar ni etiquetar? ¿Nos sirve eso de ayuda? No creo, pero es todo cuanto se me ocurre.

»El asunto es que, cuanto más lo estudio, más creo que se trata exactamente de lo contrario, que nuestro mundo tiene mucha menos sustancia que la Ciudad y que lo que experimentamos como realidad no es más que una nota a pie de página de lo que sucede allí. Un epifenómeno.

»Pero ahora tenemos el botón. —Se dio una palmada en el bolsillo de sus vaqueros—. Podremos descubrir mucho más, llegar mucho más lejos.

—¿Lo has intentado? —preguntó Richard.

Penny dudó. Para alguien que obviamente quería ser visto como un tipo duro y hermético resultaba dolorosamente transparente.

—Por supuesto que no —respondió Quentin, oliendo sangre—. Está cagado de miedo. No tiene ni idea de qué es esa cosa, sólo que es potencialmente muy peligrosa y quiere que uno de nosotros haga de conejillo de Indias.

—¡Eso es una completa mentira! —protestó Penny, cuyas orejas enrojecieron de golpe—. ¡Es mejor estudiar una cosa como ésa con amigos y aliados! ¡Con controles y protecciones adecuadas! Ningún mago razonable...

—Frena, Penny. —Ahora, Quentin podía jugar a ser razonable. Y lo hizo con máximo rencor—. Has llegado a ir tan por delante de ti mismo, que ni siquiera sabes cómo lo has hecho. Has visto una ciudad antigua, y un montón de plazas y fuentes llenas de un líquido negro, vale, y ahora estás buscando un marco en el que todo encaje. Por eso se te ha ocurrido recurrir a Fillory, pero te estás aferrando desesperadamente a una esperanza. Y es una locura. Necesitas retroceder y tomar aliento de nuevo. Te estás quedando sin reservas.

Nadie habló. El escepticismo en la sala podía palparse. Quentin ganaba aquel enfrentamiento y lo sabía. Penny miró alrededor, a su público, incapaz de creer que los estuviera perdiendo.

Alice dio un paso al frente rompiendo el círculo que rodeaba a Penny.

—¡Quentin, siempre has sido tan increíblemente cobarde...! Su voz se quebró mientras hablaba. Sujetó la muñeca de Quentin con una mano y metió la otra en el bolsillo izquierdo de los vaqueros negros de Penny revolviendo un poco su interior.

Y desaparecieron los tres a la vez.

Ningún lugar

Quentin nadaba. O podría nadar, pero la verdad es que sólo flotaba. Su cuerpo era ingrávido, suspendido en aquel líquido casi helado, y la oscuridad prácticamente absoluta. Sus testículos se encogieron intentando escapar del frío.

Tras la primera impresión de frialdad, combinada con la negrura y la falta de peso, se sintió indescriptiblemente a gusto en su cuerpo sucio, enfebrecido y resacoso. En vez de dejarse llevar por el pánico, permaneció flotando con los brazos extendidos. Abrió los ojos y el líquido los bañó con su frescor húmedo y balsámico. Los cerró de nuevo. No había nada que ver.

Fue todo un alivio. El entumecimiento resultaba magnífico, y en un momento tan doloroso para él, el mundo, normalmente tan variable e insensible en esos asuntos, le había concedido el favor de desaparecer completamente.

Tarde o temprano necesitaría aire, pero ya llegaría a ese punto. Por mal que fueran las cosas, ahogarse sería por lo menos rápido. De momento, todo lo que deseaba era permanecer allí eternamente, flotando optimista en aquel vacío amniótico. Ni en el mundo ni fuera de él, ni muerto ni vivo.

De pronto, un grillete de hierro se cerró en torno a su muñeca. Era la mano de Alice, y tiraba implacablemente de él hacia arriba. Estaba claro que no pensaba soltarlo ni rendirse, de modo que la ayudó impulsándose con los pies. Sus dos cabezas asomaron a la superficie al mismo tiempo.

Se encontraban en el centro de una silenciosa y vacía plaza ciudadana, flotando en el agua del estanque de una fuente redonda. Sólo que no era agua, sino algo negro y opaco. El silencio era absoluto y no había viento, pájaros o insectos que lo rompieran. El pavimento estaba formado por piedras anchas y se extendía en todas direcciones, limpio y desnudo como recién fregado. En los cuatro lados de la plaza se levantaban edificios de piedra de una edad indescriptible; no parecían decrépitos, pero sí que daban la impresión de haber estado ocupados hacía mucho, mucho tiempo. Su estilo era vagamente italiano; fácilmente podían haber pertenecido a un barrio romano o veneciano, pero no era así.

El cielo estaba cubierto de nubes bajas que desprendían una finísima lluvia, casi pura niebla, y las gotas abrían pequeños hoyuelos en la calmada superficie del líquido negro-azulado que surgía del cáliz de un gigantesco loto de bronce. La plaza tenía el aspecto de un lugar abandonado rápidamente, fuera cinco minutos o cinco siglos antes. Imposible saberlo.

Quentin disfrutó del líquido negro unos segundos, y después llegó hasta el borde de piedra de una larga brazada. El estanque apenas tenía cinco metros de diámetro y el borde de piedra caliza estaba desgastado y lleno de marcas. Apoyándose con ambas manos, se izó a sí mismo y se dejó caer en terreno seco.

—¡Cristo! —susurró, casi sin aliento—. Maldito Penny. Es real.

No lo dijo únicamente porque odiase a Penny, en realidad no había pensado que pudiera ser verdad. Pero ahora estaban en la Ciudad, en Ningún Lugar, o en algún lugar que se parecía sorprendentemente a ella. Increíble. El más ingenuo, feliz y ñoño sueño de su infancia resultaba ser real. Dios, había estado tan equivocado sobre todo.

Aspiró profundamente. Fue como si una luz blanca fluyera a través de él. No sabía que pudiera ser tan feliz. Todo lo que hasta entonces le abrumaba —Janet, Alice, Penny, todo...— de repente era insustancial por comparación. Y si la Ciudad era real, Fillory también podía serlo. La última noche había resultado un desastre, un Apocalipsis, pero esto era mucho más importante. Les esperaba la mayor de las alegrías.

Se volvió hacia Alice.

—Esto es exactamente...

El puño le impactó en el ojo izquierdo. Alice pegaba como una chica, sin cargar todo su peso en el golpe, pero Quentin no lo había visto venir y la mitad izquierda del mundo desapareció en un estallido de blancura.

Se inclinó medio ciego, tapándose el ojo con la palma de la mano. Ella le lanzó una patada a la espinilla, y otra, y otra más, con una descorazonadora puntería.

—¡Gilipollas! ¡Eres un gilipollas!

El rostro de Alice estaba blanco. Sus dientes castañeteaban.

—¡Cabrón! ¡Puto cobarde!

—A... Alice —consiguió balbucear—. Alice, lo siento. Espera... Escúchame... —intentó señalar el mundo que los rodeaba mientras comprobaba que su córnea seguía intacta.

—¡No me hables! ¡No me dirijas ni una puta palabra! —Le golpeó salvajemente en la cabeza y los hombros con ambas manos, hasta que él se agachó y alzó los brazos para protegerse—. ¡No te atrevas a dirigirme la palabra, cabrón! ¡Cabrón de mierda!

Desconcertado, se alejó unos pasos intentando escapar, pero ella lo persiguió como un enjambre de abejas. Sus voces resonaban débiles y vacías en la plaza sin eco.

—¡Alice! ¡Alice! —Su ojo era un anillo de fuego—. ¡Olvídate de todo por un segundo! ¡Sólo por un segundo! —Cuando lo golpeó, tenía aferrado el botón en su puño. Debía de ser mucho más pesado de lo que parecía—. No lo entiendes, todo fue tan... tan... —Tenía que haber una forma adecuada de explicarlo—. Estaba confuso. La vida me parecía tan vacía... Tú misma lo dijiste, tenemos que vivirla mientras podamos. O eso pensaba. Pero se me escapó de las manos, se me escapó de las manos. —¿Por qué era incapaz de evitar los clichés? Tenía que centrarse. Encontró un argumento—. Estábamos tan borrachos...

—¿De verdad? ¿Demasiado borracho para follártela? —Lo había pillado—. Podría matarte, ¿me oyes? —Su rostro era terrible. En sus sonrojadas mejillas destacaban dos puntos al rojo blanco—. Podría hacerte arder ahí mismo hasta quedar reducido a cenizas. Soy más fuerte que tú. No podrías hacer nada para impedirlo.

—Escucha, Alice —Tenía que conseguir que dejara de hablar, que dejara de alimentar su rabia—. Sé que la cagué. Hice mal, muy mal, y lo siento de verdad. Nunca sabrás cuánto lo siento. Tienes que creerme. ¡Pero es importante que lo comprendas!

—¿Qué eres? ¿Un crío? ¿Estabas confuso...? ¿Por qué no cortaste conmigo, Quentin? Es obvio que hace mucho que perdiste todo interés por mí. Eres un crío, ¿verdad? Es obvio que no eres lo bastante maduro como para tener una relación de verdad. Ni siquiera eres lo bastante maduro como para terminar con una relación de verdad. ¿Es que tengo que hacerlo absolutamente todo por ti?

»¿Sabes lo que ocurre? Lo que ocurre es que te odias tanto a ti mismo, que haces daño a todos los que te aman. Es eso, ¿verdad? Los castigas simplemente por amarte, pero hasta ahora no había querido verlo.

Se detuvo agitando la cabeza, perdida en un sopor incrédulo. Sus propias palabras la habían sorprendido. En aquel silencio, el hecho de que la hubiera engañado —y nada más y nada menos que con Janet— volvió a golpearla tan ferozmente como la primera vez, hacía ya dos horas. Era como si le hubiera disparado un tiro en pleno estómago.

Alice alzó la mano con la palma hacia Quentin, como si se escudase en los ojos de un rostro monstruoso. Un empapado mechón de pelo se aplastaba contra su mejilla. Sus labios estaban blancos, pero seguían moviéndose.

—¿Valió la pena? —preguntó al fin—. Siempre la deseaste, ¿crees que no me daba cuenta? ¿Crees que soy estúpida? Vamos, contesta: ¿crees que soy estúpida? ¡Responde! ¡Quiero saber si crees que soy estúpida!

—No, Alice, no creo que seas estúpida. —Quentin se sentía como un boxeador noqueado pero que aún se mantiene en pie, con la vista borrosa, rogando a Dios que le permita desplomarse. Ella tenía razón, mil veces razón, pero si podía conseguir que viera lo mismo que él, si pudiera exponer las cosas en la perspectiva adecuada... Malditas mujeres.

Alice se alejó hacia uno de los callejones que conducían a otra plaza, dejando un rastro de húmedas pisadas tras ella.

—Por favor, echa un vistazo alrededor —suplicó Quentin, con la voz rota por el agotamiento—. ¿No puedes darte cuenta por un segundo de que está ocurriendo algo más importante que una persona haya metido una parte de su cuerpo dentro de otra?

Pero no lo escuchaba. O quizás estaba decidida a decir lo que tenía que decir.

—¿Sabes? —siguió en un tono más tranquilo, mientras llegaba a la plaza siguiente—. Me parece que creíste que follándotela serías feliz. Saltas de una cosa a la siguiente, creyendo que así lograrás ser feliz. En Brakebills no lo conseguiste. Conmigo no lo conseguiste. ¿Realmente creíste que con Janet lo conseguirías? Sólo es otra fantasía, Quentin.

Se detuvo, abrazándose el estómago con ambos brazos como si padeciera una úlcera gástrica, y sollozó amargamente. Su ropa empapada se le pegaba al cuerpo, y a su alrededor se estaba formando un charquito de aquel líquido negro. Quentin deseó poder confortarla, pero no se atrevía a tocarla. El silencio de la plaza se hizo casi tangible. Según las novelas de Fillory todas las plazas eran idénticas, pero él podía ver que no lo eran ni de lejos. Compartían el mismo estilo criptoitaliano, pero en ésta los edificios tenían columnatas a los lados y la fuente de su centro tenía forma rectangular, no redonda como la que habían dejado atrás. En uno de los lados más cortos, un rostro de mármol blanco vomitaba un torrente de líquido negro.

Sonaron pasos sobre la piedra. Quentin estaba dispuesto a darle la bienvenida a cualquier interrupción, y si era algo carnívoro y lo devoraba vivo, mucho mejor.

—Menuda reunión, ¿eh?

Penny se acercó caminando animadamente por las losas de piedra. La fachada gris de una *piazza* de piedra se erguía sobre ellos, con un ancla y tres llamas como incrustaciones heráldicas. Penny parecía más feliz y relajado de lo que había estado nunca. Estaba en su elemento y relucía de orgullo, Su ropa estaba seca.

—Lo siento. He pasado aquí mucho tiempo, pero nunca lo había compartido con nadie. Pensaréis que eso no tiene importancia, pero sí la tiene. La primera vez que llegué había un cadáver en el suelo. Ahí mismo.

Señaló una losa como si fuera el guía turístico.

—Era humano... o casi, no sé. Quizás un maorí, porque tenía toda la cara tatuada. Llevaría muerto unos días. Seguramente quedó atrapado: llegó y los estanques no lo dejaron salir, vete a saber por qué. Creo que murió de inanición. Cuando regresé por segunda vez, el cadáver ya no estaba.

Penny estudió sus dos caras —las lágrimas de Alice, el ojo negro de Quentin— y su lenguaje corporal, y se dio cuenta de la situación.

—Oh. —Su expresión se suavizó ligeramente. Hizo un gesto y, de repente, las ropas de la pareja quedaron secas y cálidas—. Mirad, aquí tenéis que olvidaros de los malos rollos. Si no prestáis atención, este sitio puede ser muy peligroso. Os daré un ejemplo: ¿Cómo podemos volver a la plaza por la que llegamos?

Alice y Quentin miraron a su alrededor como si fueran obedientes alumnos de Penny. Mientras discutían, habían cortado en ángulo a través de la segunda plaza hasta una tercera. ¿O era una cuarta? La humedad de sus pisadas ya se estaba evaporando. A cada lado de la plaza se abría un callejón, y más allá de ellos se vislumbraban otros callejones irregulares, y fuentes, y plazas, empequeñeciéndose hasta el infinito. Era como un truco de mago con espejos. El sol estaba ocultándose, si es que allí había un sol. Penny estaba en lo cierto: no tenían ni idea de cuál era la plaza y el estanque que los devolvería a la Tierra, ni siquiera de qué dirección habían seguido.

—No os preocupéis, he marcado el camino. Estamos apenas a quinientos metros. Una plaza hacia allí y otra a la derecha. —Penny señaló en dirección opuesta a la que Quentin suponía que era la correcta—. En las novelas caminaban al azar y siempre llegaban a su destino, pero nosotros debemos tener más cuidado. Yo utilizo un espray naranja para indicar el camino, pero tengo que hacerlo cada vez que vengo. La pintura desaparece entre un viaje y otro.

Penny caminó en la dirección que había señalado. Indecisos, sin mirarse mutuamente, Quentin y Alice lo siguieron. Sus ropas empezaban a empaparse de nuevo a causa de la lluvia.

—He elaborado unas cuantas reglas para moverme por aquí. No existen los puntos cardinales típicos, así que me he inventado unos nuevos según los edificios de las plazas, uno por cada lado: palacio, villa, torre e iglesia. En realidad no son iglesias, pero lo parecen. Ahora nos dirigimos en dirección iglesia.

Volvieron a la fuente original, que Penny había marcado con una enorme equis de un naranja fluorescente. Un poco más allá se levantaba un tosco refugio hecho con una lona y un catre. Quentin se preguntó cómo no lo había visto antes.

—Establecí un campamento base con comida, agua y libros. —Penny volvía a sentirse excitado, como un niño rico y marginado que por primera vez llevara a casa a sus amigos para enseñarles sus juguetes. Ni siquiera se daba cuenta de que ni Quentin ni Alice habían dicho una sola palabra—. Siempre creí que la primera que me acompañaría hasta aquí sería Melanie, pero nunca pudo dominar los hechizos. Intenté enseñárselos, pero no es lo bastante poderosa. Casi, pero no. En cierta forma, me alegra que hayáis sido vosotros. ¿Sabéis que sois los únicos amigos que he tenido en Brakebills?

Penny agitó la cabeza, como si fuera algo sorprendente que no le gustara a la gente. Quentin pensó que, doce horas antes, Alice y él apenas habrían podido aguantar la risa ante la sugerencia de ser los mejores amigos de Penny.

—Oh, casi me olvido. Nada de hechizos lumínicos, es una locura. La primera vez que vine, intenté lanzar uno básico de iluminación y me quedé ciego durante dos horas. Es como si el aire estuviera hiperoxigenado con magia. Una chispa y todo se inflama.

Dos escalones de piedra llevaban hasta la fuente. Quentin se sentó en uno de ellos y apoyó la espalda en el borde. Ya no tenía sentido seguir peleando, sólo quería sentarse allí y descansar mientras escuchaba la perorata de Penny.

—No os creeríais lo lejos que he llegado explorando este lugar. Mucho más lejos de lo que llegaron nunca los Chatwin. Una vez vi una fuente que se desbordaba, como si alguien le hubiera puesto un tapón, y la plaza estaba inundada con un palmo de agua, medio palmo en las plazas contiguas. Y por dos veces he visto fuentes tapadas, selladas con una cubierta de bronce como la de un pozo, como si quisieran evitar que la gente pudiera salir de ellas. O entrar. También he llegado a ver pedazos de mármol blanco en el pavimento. Supuse que era una escultura rota e intenté volver a montar las piezas para ver qué representaba, pero no lo conseguí.

»No se puede entrar en los edificios. Lo he intentado de todas las maneras: con ganzúas, con mazos, incluso una vez traje un soplete de acetileno... y nada. Y las ventanas son demasiado oscuras para atisbar a través de ellas. Traje una linterna, no una normal, sino de esas que utilizan los guardacostas. Cuando la encendí, pude vislumbrar algo del interior. Y os diré algo: están llenos de libros. Cualquiera que sea su aspecto; todos y cada uno de los edificios es en realidad una biblioteca.

Quentin no tenía ni idea del tiempo que llevaban allí, pero no era poco. Horas, quizá. Los tres atravesaron plazas y más plazas, como turistas perdidos. Todas compartían un mismo estilo y el aspecto de antiguas, de erosionadas por el tiempo, pero no había dos iguales. Quentin y Alice seguían sin atreverse a mirarse las caras, pero eran incapaces de resistirse a la seducción de aquel lugar inmenso y melancólico. Al menos, la lluvia había cesado.

Pasaron por una plaza pequeña, apenas una cuarta parte del tamaño de las demás, pavimentada con adoquines. Si te situabas en el centro, podías escuchar el océano, el ir y venir de las olas. En otra, Penny señaló una ventana que presentaba marcas de quemaduras en la parte superior, como si el interior del edificio hubiera sufrido un incendio. Quentin se preguntó quiénes habrían construido aquel lugar y dónde estarían ahora. ¿Qué pudo suceder para que lo abandonasen?

Penny describió con muchos detalles técnicos su elaborada aunque inútil odisea para escalar uno de los edificios y tener una perspectiva de la Ciudad desde los tejados. En cierta ocasión consiguió asegurar una cuerda en una pieza de mampostería, pero a medio camino sintió una agobiante sensación de mareo y, cuando logró recuperarse, se encontró descendiendo por la misma pared que había intentado ascender.

En varios momentos llegaron a ver, a una distancia incalculable, un cuadrado verde que parecía ser un jardín, con hileras de lo que parecían limeros, pero no consiguieron llegar hasta esa plaza. A medida que se acercaban, como los callejones estaban ligeramente desalineados unos con otros, se perdían en sus cambiantes perspectivas.

—Deberíamos regresar —propuso por fin Alice con voz apagada. Era la primera vez que hablaba desde que discutiera con Quentin.

—¿Por qué? —preguntó Penny. Se lo estaba pasando de miedo. Debía de haberse sentido terriblemente solitario allí, pensó Quentin—. No importa el tiempo que pasemos en la Ciudad, ¿sabéis? Sea el que sea, en la Tierra no habrá transcurrido ni un segundo. Para los otros, será como si desapareciéramos y reapareciéramos de golpe, *bing, bang*. Ni siquiera habrán tenido tiempo de sorprenderse. Una vez pasé seis meses aquí y nadie se dio cuenta.

—Seguro que nosotros no lo hubiéramos notado —sentenció Quentin, sabiendo que Penny lo ignoraría.

—¿Sabéis que subjetivamente soy más viejo que vosotros, debido a todo el tiempo que he pasado aquí? Mmm... creo que tendría que haber llevado la cuenta.

—Penny, ¿qué estamos haciendo aquí?

Penny pareció desconcertado.

—¿No es obvio, Quentin? Vamos a ir a Fillory. Tenemos que hacerlo. Esto lo cambia todo.

—Vale, vale —Algo lo estaba fastidiando y tenía que expresarlo con palabras, tenía que obligar a su cansado cerebro a procesar sus pensamientos y convertirlos en argumentos inteligibles—. Penny, tenemos que ir más despacio. Estudia el problema en su conjunto. Los Chatwin llegaban a Fillory porque eran los elegidos. Por Ember y Umber, las ovejas mágicas... los carneros, quiero decir. Los convocaban para hacer el bien, para combatir con la Relojera o lo que fuera.

Alice asintió con la cabeza.

—Sólo los reclamaban cuando amenazaba algún peligro —añadió la chica—. La Relojera, la Duna Errante o esa cosa de *El bosque volante*. O para encontrar a Martin. A eso se refería Helen Chatwin. No podemos entrar sin ser invitados. Por eso escondió los botones, porque eran un error. Fillory no es como el mundo real, es un universo perfecto donde todo está organizado para bien. Se supone que Ember y Umber controlan las fronteras.

»Pero, con los botones, cualquiera puede viajar hasta allí. Gente que no son parte de la historia, gente malvada. Los botones no forman parte de la lógica interna de Fillory. Son como un agujero en la frontera, una laguna imprevista.

El mero hecho de que Alice conociera las tradiciones fillorianas a la perfección, sin ninguna duda, aumentaba el sentimiento de culpabilidad de Quentin y el de añoranza por ella. ¿Cómo pudo estar tan confuso como para creer que deseaba más a Janet que a ella?

Penny asentía en actitud semiautista, balanceándose hacia atrás y hacia delante.

—Te olvidas de algo, Alice. Nosotros no somos malvados. —Una luz de fervor volvió a brillar en los ojos de Penny—. Somos los buenos. ¿Se te ha ocurrido que quizás hemos encontrado los botones por eso? Puede que sea porque nos quieren convocar. Puede que Fillory nos necesite desesperadamente.

Esperó alguna reacción.

—Por los pelos, Penny —exclamó finalmente Quentin—. Ese argumento está cogido por los pelos.

—Bueno, ¿y qué? —protestó Penny—. ¿Y si no se trata de Fillory? ¿Y si terminamos en algún otro mundo? Sigue siendo otro mundo, Quentin. Hay un millón de otros mundos. ¡Ningún Lugar es el punto donde confluyen los mundos! ¿Quién sabe qué otros mundos imaginarios puede resultar que son reales? ¡Toda la literatura humana podría ser una guía del multiverso! Una vez marqué cien plazas en una misma dirección y ni siquiera llegué al límite de la Ciudad. Podríamos pasarnos el resto de nuestra vida explorando, y ni siquiera tendríamos el mapa de un uno por ciento de todo esto. ¿No te das cuenta, Quentin? ¡Ésta es la nueva frontera, el reto de nuestra generación y de las próximas cincuenta generaciones!

«Y todo empieza aquí y ahora, Quentin. Con nosotros. Sólo tienes que desearlo. ¿Qué me dices?

Alargó la mano con la palma hacia abajo, como si esperase que Quentin y Alice pusieran las suyas encima como en un equipo de fútbol o de baloncesto. Quentin se sintió tentado de dar media vuelta y dejarlo esperando, pero al final permitió que Penny le diera una floja palmada en la mano. El ojo todavía le palpitaba.

—Deberíamos volver —repitió Alice. Parecía exhausta, la noche anterior no debió de dormir demasiado.

Alice sacó el extraño botón nacarado de su bolsillo. Parecía ridículo —en las novelas sonaba razonable, pero eso era en las novelas y los Chatwin sólo los habían utilizado una vez—, en la vida real era como si estuvieran jugando a algún juego infantil. Era la idea que tendría un niño pequeño de un objeto mágico. Claro que, ¿qué podía esperarse de un puñado de conejitos parlantes?

De vuelta a la primera plaza, se alinearon en el borde de la fuente cogidos de la mano, guardando un equilibrio precario. La idea de empaparse de nuevo era indescriptiblemente deprimente.

Sus reflejos sobre la negra superficie parecían borrosos y distantes, se asemejaban a sombras del inframundo. Aquel líquido negro parecía tinta. Quentin pensó que realmente podía ser tinta, una tinta mágica que no manchaba la ropa. En un rincón de la plaza vio el brote de un joven arbolito que se había abierto camino a través de las losas del pavimento. Crecía doblado y retorcido, casi en forma de hélice, pero estaba vivo. Se preguntó sobre qué habría sido construida la Ciudad y qué descubrirían allí abajo si algún día desaparecía. ¿Un bosque? ¿Volvería a serlo algún día? La Ciudad, como todo, terminaría desapareciendo.

Alice se colocó en un extremo, con Penny en medio, para no tener que tocar a Quentin. Dieron un paso hacia delante al unísono, todos con el pie derecho.

Esta vez el viaje fue distinto. Cayeron a través de la tinta como si fuera aire, después cruzaron la oscuridad, y de repente parecieron caer del cielo hacia un Manhattan que se extendía debajo de ellos en un invernal viernes gris —parques marrones, edificios grises, taxis amarillos esperando en zonas señalizadas de blanco, ríos negros salpicados de remolcadores y barcazas...—, atravesaron un tejado gris y aparecieron en el comedor donde Janet, Eliot y Richard permanecían inmóviles, congelados en medio de su acción, como si Alice acabara de tocar el botón del bolsillo de Penny, como si las últimas tres horas no hubieran existido.

—¡Alice! —exclamó Janet, divertida—. ¡Aparta la mano de los pantalones de Penny!

En el campo

Todo el mundo decidió marcharse. Apenas hicieron alguna observación sobre el ojo amoratado de Quentin («Los nativos eran un poco hostiles», improvisó malhumorado). Minutos después del regreso del trío apareció Josh —al fin y al cabo, había conseguido pasar la noche con Anaïs— y tuvieron que relatar de nuevo su aventura. Entonces se transportaron a la Ciudad en grupos de tres: Josh viajó con Penny y Richard; y Penny repitió, esta vez con Janet y Eliot. Josh llamó a Anaïs y, cuando llegó, cruzó con Penny y con él.

Entretanto, Quentin contemplaba a Janet con odio. Era una vampira, se alimentaba del amor de los demás convirtiéndolo en algo sucio y enfermizo.

Cuando todos hubieron viajado hasta la Ciudad y visto lo que había que ver, nadie supo qué decir. El ambiente que se respiraba en el salón era serio y grave. Todos intercambiaban largas e inquisitivas miradas preñadas de significado, pero nadie se sentía capaz de expresar con palabras la importancia de aquello, sólo estaban de acuerdo en que era algo grande. Muy grande. Y que tenía que ser suyo. De momento, por lo menos, lo mantendrían en secreto, no podía saberlo nadie más. Ante la insistencia de Penny se sentaron en la alfombra del comedor formando círculo y colaboraron para rehacer los conjuros de protección del apartamento. La tendencia de Richard al autoritarismo, que tan a menudo lo hacía insoportable, resultó muy útil en este caso. Dirigió el hechizo de una forma profesional y eficiente, como un director dirigiendo su orquesta de cámara a través de un pasaje especialmente difícil de Bartok.

Tardaron veinte minutos en terminar, y después diez más para añadir unas cuantas capas de ocultación, algo muy prudente dado el alto nivel de interés que atraía el botón en todo el ecosistema mágico. Al final, cuando todo fue revisado y vuelto a revisar, un extraño silencio cayó sobre la sala. Permanecieron sentados, dejando que la magnitud de lo que estaba ocurriendo macerara lentamente en sus mentes. Tras un buen rato, Josh se levantó y se dirigió a la cocina para preparar unos bocadillos; Eliot abrió una ventana y encendió un cigarrillo; y Janet miró a Quentin con frío regocijo.

Éste se tendió en la alfombra y contempló el techo. Necesitaba dormir, pero no tenían tiempo. Distintas emociones luchaban por dominar su cerebro, como ejércitos rivales que tomaran, perdieran y volvieran a tomar la misma colina: excitación, remordimiento, anticipación, aprensión, dolor, rabia... Intentó concentrarse en Fillory, recuperar las buenas sensaciones. Aquello lo cambiaría todo. Sí, su universo se había expandido un millón de veces, pero Fillory era la clave de todo. Esa insidiosa, infecciosa sensación de futilidad que incubaba desde antes incluso de la graduación, había encontrado su bala mágica. Alice todavía no se daba cuenta, pero ya lo haría. Es lo que siempre había estado esperando, lo que los padres de la chica no lograban encontrar. Una somnolienta sonrisa se expandió por su rostro y los años se desprendieron de él como una capa de piel muerta. No es que hubiera malgastado los años pasados en Brakebills, nunca se atrevería a decir algo así, pero habían sido años en los que, a pesar de los sorprendentes regalos recibidos, fue consciente de que aquello no era exactamente lo que quería. Quizá suficiente para merecer la pena. No, seguro que sí. Pero eso lo era todo. Ahora el presente tenía un propósito, el futuro tenía un propósito, incluso el pasado, toda su vida vista retrospectivamente, tenía sentido. Ahora sabía por y para qué estaba allí.

Si no hubiera ocurrido en ese momento, si Penny hubiera

aparecido un día antes... Maldito Penny. Todo se había destrozado completamente y redimido completamente en tan rápida sucesión, que no podía decir cuál de las dos situaciones podía aplicarse en aquel momento. Aunque, visto desde un cierto ángulo, lo que pasara entre Janet y él no se limitaba a ellos dos, ni siquiera a Alice y él. Era un síntoma del mundo vacío y enfermo en el que vivían. Ahora tenían la medicina. Ese mundo enfermo iba a curarse.

Los otros siguieron sentados en el suelo, apoyándose sobre los codos o recostándose contra el sofá, mirándose de vez en cuando y soltando incrédulas risitas. Era como si estuvieran colocados. Quentin se preguntó si los demás sentirían lo mismo que él, si también ellos habían estado esperando aquello sin saberlo. Lo importante es que los salvaría del hastío, de la depresión y del trabajo sin sentido que los acechaba desde la graduación con su rancio aliento a alcohol. Por fin estaba allí, justo a tiempo. No hubieran podido seguir así y ahora no tendrían que hacerlo.

Fue Eliot el que terminó tomando el control de la situación, casi parecía haber recuperado su antiguo yo. Establecieron calendarios. Nadie tenía pendientes obligaciones importantes, nada que se pudiera comparar a esto, nada que no pudiera aplazarse, postergarse o simplemente descartarse. Reclamó atención dando palmadas, repartió órdenes y, para variar, todos parecieron disfrutar trabajando seria y eficientemente.

Nadie conocía bien a Anaïs —ni siquiera Josh—, pero resultó ser muy útil. Su círculo de conocidos incluía a alguien que conocía a alguien que tenía una propiedad al norte del estado, una granja de unas cuarenta hectáreas, lo bastante privada y fácilmente defendible como para utilizarla de base para lo que fueran a hacer a continuación. Y ese primer alguien resultó ser una maga lo bastante poderosa como para abrir un portal a través del que pudieran transportarse. Volvería más tarde, en cuanto terminase el partido de los Nets.

Tendrían que partir desde el tejado, porque los muy efectivos conjuros con los que aquella mañana habían protegido el apartamento (que ahora tendrían que abandonar) impedían cualquier transporte mágico. A las cinco y media de la tarde estaban en el tejado tomando un cóctel y disfrutando del *skyline* de Manhattan sur. Nadie más se atrevería a subir allí en invierno. El tejado, barrido por el viento, estaba lleno de mobiliario cubierto de plásticos y complementos para barbacoas.

Los componentes del grupo se abrazaban a sí mismos y daban pataditas en el suelo para combatir el frío, mientras esperaban que una robusta bruja belga de pelo gris, con los dedos manchados de nicotina y un siniestro fetiche de mimbre colgando de su cuello, terminara de abrir el portal. Se trataba de un portal pentagonal, cuyo lado inferior corría paralelo al suelo y cuyos vértices derramaban pequeñas chispas blancoazuladas. Un toque puramente cosmético, sospechaba Quentin, pero le daba a la escena un aire a la vez melancólico y festivo.

Entre ellos flotaba la sensación de estar viviendo un momento trascendental. Iban a embarcarse en una gran aventura. ¿No era eso lo que significaba estar vivo, maldita sea? Cuando el portal se estabilizó, la mujer de pelo gris besó a Anaïs en las mejillas, dijo algo en francés y se marchó a toda prisa, pero no antes de que Janet hiciera una foto de grupo con una cámara desechable, incluidos los baúles, maletas y bultos llenos de víveres apilados tras ellos.

El grupo —ahora eran ocho— avanzó por un vasto prado castigado por la escarcha. El serio ambiente del tejado neoyorquino se rompió instantáneamente cuando Janet, Anaïs y Josh corrieron hasta el interior de la casa chillando, lanzándose sobre los sofás y discutiendo sobre los dormitorios. Anaïs tenía razón acerca de la casa, era realmente grande, cómoda y, al menos en ciertas partes, antigua. Aparentemente, había sido una granja colonial, pero alguien con una idea arquitectónica progresista mezcló madera y piedra con cristal y titanio, inyectó cemento y añadió televisiones de pantalla plana, sistema de sonido de última tecnología e instalación de gas.

Alice se dirigió directa y silenciosamente al dormitorio principal, que ocupaba casi la mitad de la segunda planta, y cerró la puerta tras de sí espantando a cualquier rival con una mirada que despedía fuego. Exhausto tras una noche casi en blanco, seguida de un día agotador, Quentin encontró una pequeña habitación para invitados en la parte trasera de la casa. Creyó que sus funcionales y antisépticas camas gemelas eran todo cuanto merecía.

Cuando despertó, ya había anochecido. Los dígitos azules del reloj de la radio marcaban las 22.27; en la oscuridad parecían garabatos fosforescentes inscritos en el lomo de algún pez abisal. No pudo encontrar el interruptor de la luz, pero tanteó hasta descubrir la puerta de un pequeño cuarto de baño y consiguió encender la luz situada sobre el espejo. Quentin se lavó la cara y después se internó en la extraña casa.

Excepto Alice y Penny, los demás estaban en el comedor, donde encontró los restos de un banquete de proporciones heroicas desparramados sobre una mesa que parecía construida con los troncos de la Verdadera Cruz, barnizados y unidos con clavos de hierro. Enormes piezas de arte moderno del color y la textura de la sangre seca colgaban de las paredes.

—¡Q! —gritaron en cuanto apareció.

—¿Dónde está Alice?

—Ven y siéntate con nosotros —le invitó Josh—. ¿Qué os pasa? ¿Os habéis peleado o qué?

Él fingió lanzarle un par de puñetazos, obviamente no sabía lo que había pasado. Anaïs, sentada a su lado, apuntó con el puño a su mandíbula. Volvían a estar borrachos, igual que la noche anterior, igual que todas las noches. Nada había cambiado.

—En serio, Q —dijo Janet—. ¿Ha sido ella la que te ha puesto el ojo a la funerala? Tienes toda la pinta de haber recibido una trompada.

Su humor era tan animado y tóxico como siempre, pero tenía los ojos enrojecidos. Quentin se preguntó si había salido del holocausto de la pasada noche tan indemne como quería dar a entender.

—Fueron Ember y Umber, los carneros mágicos, ¿no os

lo ha contado Alice? Me castigaron por ser un pecador sin remedio.

—¿Ah, sí? —dijo Josh—. ¿Y no les pateasteis sus lanudos culos?

—No, puse la otra mejilla. —Quentin no tenía ganas de hablar, pero sí de comer. Buscó un plato en la cocina, se sentó en un extremo de la mesa y rebuscó algo aprovechable entre los restos.

—Estábamos hablando de nuestro siguiente paso —explicó Richard—. ¿Hacemos una lista?

—De acuerdo —aceptó Josh—. ¿Tenemos que enumerar todo lo que necesitamos?

—Comida —comenzó Richard, muy serio—. Y si realmente vamos a viajar hasta Fillory, deberíamos volver a leernos toda la serie.

—Oro —apuntó Anaïs, sumándose al juego—. Y mercancía para comerciar. ¿Qué pueden querer los fillorianos? ¿Cigarrillos?

—No vamos a una Rusia de la era Breznev, Anaïs. ¿Acero?

—¿Pólvora?

—Dios Santo —se alarmó Josh—. Escuchaos, gente. No pienso ser el tipo que introdujo las armas de fuego en Fillory.

—Deberíamos llevar ropa de abrigo, tiendas, toda clase de material que nos proteja del frío —añadió Richard—. No tenemos ni idea de la estación en la que llegaremos. Podría ser pleno invierno.

Ayer —es decir, antes de su siesta—, Quentin creyó que Fillory lo arreglaría todo. Le resultaba difícil concentrarse, volvía a parecer un sueño. Ahora, lo real era el lío con Janet y Alice. Eso lo echaría todo a perder. Hizo un esfuerzo por recuperarse.

—¿De cuánto tiempo estamos hablando?

—¿Un par de días? Si necesitamos algo en lo que no hayamos pensado o se nos haya olvidado, usamos el botón y ya está —sugirió Josh—. Podemos quedarnos allí hasta que nos aburramos.

—¿Y qué haremos una vez que estemos en Fillory?

—Seguramente nos encargarán una misión —dijo Penny—. A los Chatwin siempre les encargaban una.

Todas las cabezas se volvieron hacia él. Penny había aparecido en el umbral vestido con camiseta y pantalones de chándal, parpadeando como un búho y aspecto de recién despertado.

—No sé si podemos contar con eso. —Por alguna razón, el optimista y soñador Penny hacía que Quentin se sintiera furioso—. No podemos decir que los carneros nos han convocado. Quizá ni siquiera sean como en las novelas, que no encarguen misiones ni nada de eso. Lo más probable es que Plover lo plantease así porque le convenía literariamente. Tal vez la caguemos en Fillory como siempre la cagamos aquí.

—No seas aguafiestas porque tu chica te haya dado una paliza —protestó Josh.

Penny sacudió la cabeza.

—No me imagino a Plover inventándose todo lo que sale en las novelas. No es racional. Era un magnate de la alimentación con una formación en química práctica. No tenía ni un solo átomo creativo en todo su cuerpo. Ni hablar. Es la navaja de Occam: lo más probable es que transcribiera lo que vivió.

—¿Así que supones que nos encontraremos con una damisela en apuros? —preguntó Eliot.

—Es posible. No precisamente una damisela, pero... ya sabes, quizás una ninfa o un enano... o un pegaso, yo qué sé. Alguien que necesite ayuda. —Todo el mundo se estaba riendo, pero eso no frenó a Penny. Resultaba casi conmovedor—. No, en serio. En las novelas ocurre siempre.

Josh le ofreció a Quentin un vasito de algo transparente y alcohólico, y él dio un sorbo. Era una especie de *eau-de-vie* afrutada y le supo a un nutriente vital que su cuerpo había ansiado toda la vida.

—La vida real no funciona así —insistió Quentin, convencido de que el tema era importante—. No vamos a correr aventuras, hacer el bien y tener un final feliz. No vamos a ser personajes de novela. No habrá nadie que nos prepare y solucione todo. El mundo real no funciona así.

—Quizá no sea tu mundo —respondió Josh, guiñándole el ojo—, pero ya no estamos en tu mundo.

—No quiero convertir esto en una discusión teológica —añadió Richard con una impresionante dignidad—, pero se puede estar en desacuerdo con ese planteamiento.

—Aunque no creas que este mundo tiene un Dios —concluyó Penny—, hay de admitir que Fillory tiene uno. Incluso dos.

—Lo que nos devuelve, aunque de un modo insensato, a una pregunta muy razonable —dijo Eliot—: ¿Qué haremos cuando lleguemos a Fillory?

—Deberíamos buscar la flor mágica —sugirió Josh—. Ya sabéis, esa que cuando la hueles te hace automáticamente feliz, ¿lo recordáis? Sería algo digno de traer a la Tierra.

Mientras nadie miraba, Janet atrajo la atención de Quentin alzando las cejas y moviendo lascivamente la lengua. Éste sabía que disfrutaba de la situación. Había saboteado la relación entre Alice y él, y estaba encantada. Imágenes de la noche anterior —no, no podía haber sido la noche anterior— estallaron en su cerebro, instantáneas que sobrevivían tozudamente al misericordioso ángel del borrado alcohólico. El sexo con Janet había sido tan diferente del acostumbrado con Alice. El olor, el tacto de su piel, su saber hacer, la vergüenza y el miedo incluso antes de haber terminado, antes de llegar al orgasmo, lo que no hizo que se detuviera.

¿Había estado Eliot despierto toda la noche? Su mente barajó unas cuantas Polaroid fuera de secuencia: una de Janet besando a Eliot, otra de la mano de la chica trabajando diligente entre las piernas de Eliot. ¿Había ella llorado realmente? ¿Había *él* besado a Eliot? Un vívido recuerdo de algo más, algo sorprendentemente rasposo, rozando su mejilla y su labio superior. «Santo Dios —exclamó, mentalmente agotado—. ¿Qué pasó allí?»

Había alcanzado los límites de lo que la Diversión, con mayúscula, podía ofrecerle. Pero el coste era demasiado alto y el camino de vuelta lastimosamente inadecuado. Su mente empezaba a despertar, demasiado tarde, a otras cosas tan importantes como aquello, incluso más. Necesitaba raparse, cubrirse de cenizas, autoflagelarse... Tenía que existir algún ritual adecuado para demostrar cuánto lamentaba lo ocurrido. Si ella se lo pedía, estaba dispuesto a hacer lo que fuera.

—Podríamos buscar a Martin Chatwin —sugirió Richard—. Sus hermanos siempre intentaban encontrarlo.

—Me gustaría llevarle algo de recuerdo a Fogg —dijo Eliot—. Algo para la escuela, un artefacto o algo así.

—¿Y ya está? —Josh parecía atónito—. ¿Vas a viajar hasta Fillory para llevarle una manzana a tu profesor? ¡Dios, a veces eres tan increíblemente patético!

Extrañamente, Eliot no tragó el cebo. Aquello los afectaba de formas muy diferentes.

—Podríamos buscar a la Bestia Buscada —sugirió tranquilamente Quentin.

—¿La qué? —preguntó Josh frunciendo el ceño. No era un experto en Fillory.

—La que sale en *La chica que le habló al tiempo*, ¿no te acuerdas? La Bestia que nunca puede ser atrapada. Helen fue tras ella.

—¿Y qué haces una vez que la atrapas? ¿Te la comes?

—No lo sé. Quizá te guía hasta un tesoro, o comparte contigo un secreto, o algo así. No he acabado de madurarlo. A los Chatwin les parecía importante, pero ahora no recuerdo por qué.

—Nunca la encontrarás —dijo Penny—. En las novelas tampoco la encuentran y Plover no vuelve a mencionarla. Es buena idea, pero estaba pensando que... ya sabéis, quizá quieran convertirnos en reyes. En reyes y reinas. Los Chatwin llegaron a serlo.

En cuanto Penny lo mencionó, Quentin se preguntó por qué no lo había pensado él. Era obvio. Serían reyes y reinas, claro que sí. Si la Ciudad era real, ¿por qué no iba a serlo el resto, incluso eso? Podrían vivir en el castillo Torresblancas. Y Alice sería su reina.

¡Dios, estaba de acuerdo con Penny! Si había alguna señal de peligro, era ésa.

—Esto... ¿no tendríamos que casarnos unos con otros? —La mente de Janet siempre en marcha. Por lo visto, también se estaba tomando todo aquello en serio.

—No necesariamente, los Chawin no lo hicieron. Claro que ellos eran hermanos.

—No sé, a mí me parece que ser reina es un buen trabajo —reflexionó Anaïs—. Aunque probablemente haya que ocuparse de la administración, de la burocracia...

—Una idea lucrativa. Piensa en las ventajas.

—Si las novelas son más o menos exactas y si los tronos están vacantes... Dos síes muy importantes —apuntó Josh—. Además, sólo hay cuatro tronos y nosotros somos ocho. Sobran cuatro.

—Yo te diré lo que necesitamos —intervino Anaïs—. Necesitamos magia de guerra. Magia de combate. Ofensiva y defensiva. De ser necesario, tenemos que poder derrotar a un enemigo.

Janet parecía divertida, como siempre.

—Esa mierda es ilegal, nena —sentenció, impresionada a su pesar—. Y lo sabes.

—No me importa. —Anaïs agitó sus preciosos rizos dorados—. La necesitamos. No tenemos ni idea de lo que encontraremos al cruzar y debemos estar preparados. A menos que nuestros valientes muchachotes sepan manejar una espada... —Nadie respondió y ella hizo una mueca—. *Alors?*

—¿No te enseñan todo eso cuando estás allí? —preguntó Josh, un poco temeroso.

—Supongo que en Europa no somos tan puristas como vosotros, los yanquis.

Penny asentía con la cabeza.

—La magia de combate no es ilegal en Fillory.

—Ni hablar —cortó Richard con sequedad—. ¿No comprendéis lo que estáis diciendo? ¿Quién tiene ganas de enfrentarse al Tribunal de los Magos? ¿Alguien?

—Ya estamos hasta el cuello de mierda, Richard —aseguró Eliot—. ¿Crees que si el Tribunal supiera de la existencia de este botón lo consideraría legal? Si no quieres participar, vete, pero Anaïs tiene razón. No pienso ir ahí empuñando únicamente mi polla.

—Podemos conseguir una dispensa para armas de pequeño calibre —dijo Richard—. Hay precedentes, conozco las normas.

—¿Armas? —Eliot hizo una mueca de desagrado—. ¿Qué

pasa con vosotros? Fillory es una sociedad inmaculada. ¿Es que nunca habéis visto *Star Trek*? Esto es pura Primera Directiva. Tenemos la oportunidad de experimentar un mundo que los gilipollas todavía no han echado a perder. ¿No os dais cuenta de lo importante que es? ¿Ninguno lo ve?

Quentin seguía esperando que Eliot decidiera que era demasiado guay para el proyecto Fillory y empezara a soltar sarcasmos, pero estaba sorprendentemente concentrado y serio. No podía recordar la última vez que Eliot se había mostrado tan abiertamente entusiasta. Era un alivio ver que todavía se preocupaba por algo.

—No quiero estar cerca de Penny si empuña una pistola —dijo firmemente Janet.

—Anaïs tiene razón —concedió Eliot—. Por si acaso, practicaremos algunos hechizos básicos de ataque. Nada demasiado espectacular, sólo lo suficiente como para tener un par de ases en la manga. Además, contamos con nuestros cacodemonios en la espalda, no los olvidéis. Y el botón.

—Y siempre podemos empuñar nuestras pollas —añadió Anaïs con una risita nerviosa.

Al día siguiente, Richard, Eliot, Janet y Anaïs se fueron en coche a Buffalo para comprar suministros; Janet, al ser de Los Ángeles, era la única que tenía carnet de conducir. Se suponía que Quentin, Josh, Alice y Penny debían buscar hechizos de combate, pero la chica seguía sin querer hablar con Quentin —él había llamado a su puerta aquella mañana, pero no quiso abrirle— y los tecnicismos quedaban fuera del alcance de Josh, así que al final Alice y Penny fueron los únicos que se pusieron a trabajar.

La mesa del comedor no tardó en llenarse con libros del tráiler de Penny, y con hojas de papel cubiertas de tablas y gráficos. Siendo como eran los dos magos más capaces del grupo, Alice y Penny se concentraron en el trabajo, intercambiando comentarios en una jerga técnica ad hoc: él transcribía rimas de anotaciones arcaicas y ella asentía con seriedad, mientras miraba por encima de su hombro y hacía ocasionales observaciones. Estaban realizando un trabajo original, creando hechizos prácticamente de la nada. No es que fuera algo especialmente difícil, pero todo lo relacionado con el tema había sido concienzudamente suprimido de su plan de estudios.

Viéndolos trabajar, Quentin se sintió consumido por los celos. Gracias a Dios que era Penny, de cualquier otro habría tenido serias sospechas. Josh y él pasaron la tarde comiendo, bebiendo cervezas y viendo tele por cable en una pantalla plana del tamaño de una pantalla de cine. En Brakebills no tenían televisión y en su apartamento de Manhattan tampoco, así que les parecía algo tan exótico como prohibido.

Eliot los llamó alrededor de las cinco.

—Venid, os vais a perder el gran espectáculo de Penny.

—¿Qué tal Buffalo?

—Como una visión del Apocalipsis. Hemos comprado parkas y cuchillos de caza.

Siguieron a Eliot hasta el jardín trasero. Verlo feliz, contento y razonablemente sobrio, devolvió la fe de Quentin en la posibilidad de que todo se estuviera desarrollando adecuadamente, de que todo lo que se había roto pudiera recomponerse. Se llevó una bufanda y un extraño gorro ruso con orejeras que encontró en un armario.

En la distancia, el sol ya se ocultaba tras las Adirondacks, frío, rojo y desolado a través de la bruma. Los otros estaban agrupados en un extremo del prado. Penny tenía el brazo extendido y señalaba uno de los árboles, mientras Alice medía la distancia con pasos largos y regulares. Llegó hasta él y le susurró algo; después volvió a medir la distancia. Janet permanecía a un lado, junto a Richard, con un aspecto adorable gracias a su parka rosa y su gorra de lana.

—Atención —advirtió Penny—. Atrás todos.

—¿Cuánto más atrás tenemos que ponernos? —preguntó Josh. Estaba sentado en una balaustrada de mármol blanco, un elemento arquitectónico chocante en aquel conjunto. Bebió un trago de una botella de schnapps y se la pasó a Eliot.

—Quedaos atrás, ¿vale? Sólo por precaución.

Como la típica ayudante de un mago vestida con lentejuelas, Alice fue hasta el extremo de una mesa situada en el jardín y colocó sobre ella una botella vacía de vino. Después, se apartó.

Penny tomó aliento y lanzó una rápida secuencia de entrecortadas sílabas, terminando con un seco giro de su mano. Algo —una rociada de tres «algos» muy agrupados y de un gris acerado— surgió de la punta de sus dedos a demasiada velocidad para poder seguirlos, y atravesaron el prado parpadeantes. Dos de ellos fallaron, pero el tercero impactó contra el cuello de la botella cercenándolo limpiamente y dejando la base intacta sobre la mesa.

Penny sonrió. Se oyó un aplauso aislado.

—Lo llamamos Misil Mágico.

—¡Misil Mágico, tío! —aulló Josh, mientras su aliento se expandía en nubes de vapor. Su rostro estaba radiante de excitación—. ¡Esa mierda es de *Dragones y mazmorras*!

Penny asintió.

—Bueno, hemos basado parte de los hechizos en los tradicionales de *Dragones y mazmorras*. En ese juego hay un montón de ideas prácticas.

Quentin no sonreía. ¿Es que nadie iba a decir nada? Aquello era magia negra. Dios sabía que no era un mojigato, pero aquel hechizo implicaba heridas graves para cualquiera que lo recibiera en sus carnes. Estaban cruzando tantas líneas que era difícil imaginarse dónde quedaban. Si alguna vez se veían obligados a lanzar aquella cosa, significaría que ya era demasiado tarde.

—¡Dios, espero que no tengamos que usarlo nunca! —Fue todo lo que pudo decir.

—¡Oh, vamos, *Quentina*! No buscaremos problemas, sólo queremos estar preparados por si acaso. —Josh apenas podía controlarse—. ¡Joder, *Dragones y mazmorras*!

A continuación, Alice apartó rápidamente la mesa y dejó a Penny solo frente a la oscura fila de tilos. Los otros se colocaron tras él, bajo el cielo ya sin sol, prácticamente oculto por las montañas. Sus narices goteaban y sus orejas estaban rojas, pero el frío no parecía tener ningún efecto en Penny, que sólo llevaba la camiseta y los pantalones de chándal. Estaban en medio de la nada y Quentin se había acostumbrado al ruido de fondo de Manhattan. Hasta en Brakebills tenía siempre gente alrededor, siempre había alguien en alguna parte que gritaba, llamaba a una puerta o volaba algo; aquí, cuando el viento no movía las ramas de los árboles, no se oía nada. El mundo era mudo.

Se ató las orejeras de la gorra rusa por debajo de la barbilla.

—Si esto no funciona... —empezó a decir Penny.

—¡Hazlo de una vez! —gritó Janet—. ¡Nos estamos muriendo de frío!

Penny adelantó la pierna doblando la rodilla y escupió en la hierba amarronada. Ahuecó las manos, las juntó y efectuó un movimiento grotesco, frenético, pero acorde con el que Quentin había visto antes. Una luz violeta brilló entre las manos, tan potente que los huesos de sus dedos se hicieron visibles a través de la piel. Gritó algo y terminó alzando las manos por encima de la cabeza.

Una chispa anaranjada surgió de la palma izquierda de Penny y voló a ras de suelo justo por encima de la hierba. Al principio dio la impresión de ser absurdamente inofensiva, como un juguete o un insecto. Pero, al acercarse a los árboles, fue creciendo de tamaño hasta convertirse en una especie de cometa veteado y crepitante del tamaño de una pelota playera. Se expandieron sombras por todo el prado que cambiaban constantemente con el rápido movimiento de la fuente de luz. El calor era intenso, Quentin podía sentirlo en su rostro. Cuando la bola impactó contra uno de los tilos, el árbol saltó por los aires con un crujido seco. Una llamarada ascendió hacia el cielo y desapareció.

—¡Bola de fuego! —gritó Penny, innecesariamente.

Fue una hoguera instantánea. Las chispas volaron increíblemente alto en el cielo crepuscular y el árbol se consumió con rapidez. Janet lanzó vítores mientras saltaba y aplaudía como una animadora deportiva. Penny sonrió levemente e hizo una teatral reverencia.

Se quedaron en la casa unos cuantos días más descansando, organizando barbacoas en el jardín trasero, bebiendo las mejores botellas de vino que pudieron encontrar en la casa, repasando la colección de DVD y relajándose en la enorme bañera. Lo cierto era, según Quentin, que después de toda la ilusión, de toda la preparación, de toda la prisa, habían frenado en seco, esperando que algo les diera un nuevo impulso. Estaban tan excitados, que no se daban cuenta de lo aterrorizados que se sentían. Y cuando pensaba en la felicidad que le esperaba en Fillory, Quentin estaba seguro de que no se la merecía. No estaba preparado. Ember y Umber nunca hubieran convocado a alguien como él.

Entretanto, Alice parecía haber descubierto la forma de no estar nunca en la misma habitación que él. Había desarrollado un sexto sentido y apenas captaba fugazmente su imagen a través de una ventana o atisbaba sus pies mientras desaparecían escaleras arriba. Era casi un juego al que los demás también se apuntaron. Cuando se topaba con ella en terreno abierto —sentada en la encimera de la cocina, balanceando las piernas mientras charlaba con Josh, o inclinado sobre la mesa del comedor con Penny y sus libros, como si todo fuera normal—, no se atrevía a intervenir ya que iría contra las reglas del juego. Verla tan cerca y al mismo tiempo tan infinitamente distante, era como mirar otro universo a través de una puerta, otra dimensión cálida, soleada, tropical en la que vivió hace tiempo, pero de la que ahora había sido expulsado. Cada noche dejaba flores ante la puerta de su dormitorio.

Fue una vergüenza: probablemente ni siquiera se habría dado cuenta de lo que pasó. Podía habérselo perdido fácilmente. Una noche se quedaron jugando a cartas hasta tarde, aun sabiendo que las partidas entre magos solían degenerar en una metacompetición para descubrir quién superaba a los otros haciendo trampas mágicas, y prácticamente todas las manos terminaban enfrentando cuatro ases contra un par de escaleras de color. Bebían grappa y Quentin se sentía un poco mejor. El retorcido nudo de vergüenza y arrepentimiento que sentía en el pecho desde que pasara la noche con Janet iba deshaciéndose gradualmente, o cicatrizando al menos. No había significado nada. La relación entre Alice y él era mucho más importante, podrían superarlo.

Ya era hora de hacérselo ver. Seguro que ella quería verlo. La había cagado y lo lamentaba, pediría perdón y todo quedaría atrás. Sólo necesitaban mirarlos con perspectiva. Probablemente ella estaba esperando que él se lo planteara. Se disculpó y subió las escaleras hasta el tercer piso, donde se encontraba el dormitorio principal que ocupaba Alice. Josh y Eliot no dejaron de animarlo durante todo el trayecto.

—¡Q! ¡Q!¡Q! ¡Q! ¡Q!

Casi llegaba ya a la puerta cuando se detuvo. Habría reconocido aquel ruido en cualquier parte, era el ruido que hacía Alice mientras follaba. Aquello planteaba un reto para su embriagada mente: estaba follando, vale, pero no con él. Se quedó contemplando el dibujo anaranjado de la alfombra. No podía seguir soportando aquel ruido. La sangre le hirvió como si estuviera en medio de un experimento científico y se convirtió en ácido. El ácido se propagó por todo su cuerpo e hizo que ardieran sus brazos, sus piernas, su cerebro. Después llegó hasta su corazón como un letal coágulo de sangre que circulara libremente por su cuerpo anunciando su muerte. Cuando llegó al corazón, éste terminó al rojo blanco.

Obviamente estaba con Penny o con Richard. Acababa de dejar a Josh y a Eliot, y de todas formas ellos nunca le harían algo así. Descendió rígidamente los escalones, como un robot, y llegó hasta el dormitorio de Richard. Abrió la puerta de una patada y encendió la luz. Richard estaba en su cama, solo. Se sentó parpadeando, embutido en un estúpido camisón victoriano. Quentin apagó la luz y salió de la habitación dando un portazo.

Janet apareció en pijama frotándose los ojos.

—¿Qué ocurre aquí?

Él pasó por su lado, dándole un fuerte empujón con el hombro.

—¡Eh! ¡Que eso duele! —le gritó la chica a su espalda.

¿Doler? ¿Qué sabía ella del dolor? Encendió la luz de la habitación de Penny. La cama estaba vacía. Cogió la lámpara y la tiró al suelo. Ésta parpadeó y se apagó. Quentin jamás se había sentido así, era algo sorprendente: su rabia lo había vuelto superpoderoso. Podía hacer lo que se propusiera. No había literalmente nada que no pudiera hacer. O casi. Intentó arrancar las cortinas del cuarto pero resistieron, incluso cuando se colgó de ellas con todo su peso. Entonces abrió la ventana, desgarró las sábanas de la cama y lanzó los jirones al exterior. No estaba mal, pero quería más. Destrozó el despertador de un puñetazo y empezó a tirar los libros de las estanterías.

Penny tenía muchos libros. Tardaría un buen rato en vaciarlas. Bien, no importaba, tenía toda la noche y toda la energía del mundo. Ni siquiera tenía sueño. Era como si hubiera tomado una dosis de *speed*. Excepto que, tras un rato, le resultó más difícil tirar los libros porque Josh y Richard le sujetaban los brazos. Quentin se debatió enloquecido, como un niño pequeño con una rabieta. Lo tuvieron que sacar a rastras.

Era tan estúpido. Era tan obvio. No hacía falta ser muy listo. Él se había follado a Janet y ahora ella se follaba a Penny. Estaban empatados. Pero él estaba borracho cuando lo hizo, ¿cómo podían estar empatados? ¡Apenas sabía lo que estaba haciendo! ¿Cómo podían estar empatados? Y con Penny... ¡Dios! Ojalá hubiera sido con Josh.

Lo encerraron en el estudio, con una botella de grappa y un paquete de DVD. Josh se quedó con él para asegurarse de que no utilizara magia, pero no tardó en dormirse con la mejilla apoyada en el brazo del sillón, como un apóstol durmiente.

A Quentin no le interesaba dormir. El dolor era un sentimiento agónico, como el largo descenso desde el éxtasis, como ese personaje de dibujos animados que se cae de un edificio y *plof*, choca contra un toldo, pero lo atraviesa y *plof*, choca contra otro, y contra otro, y contra otro más. Está seguro de que uno de ellos resistirá y volverá a impulsarlo hacia arriba, o se enrollará sobre su cuerpo, pero ninguno resiste, sólo aparecen toldos endebles, uno tras otro. Y el personaje cae, y cae, y cae. Pasa el tiempo y desea detener su caída de una vez, aunque eso signifique estrellarse contra la acera, pero no se detiene, sigue cayendo, atravesando toldo tras toldo, hundiéndose cada vez más profundamente en el dolor.

Quentin no se molestó en probar los DVD, fue cambiando de canal en la enorme televisión y bebiendo de la botella hasta que la luz del sol se derramó por encima del horizonte como la sangre que manaba de su destrozado corazón, un tambor podrido lleno de residuos tóxicos y abandonado en el fondo de un vertedero, destilando veneno en una corriente subterránea de agua, suficiente veneno como para matar a todo un barrio lleno de niños inocentes.

No podía dormir. La idea se le ocurrió al amanecer y esperó tanto como le fue posible, pero era demasiado buena para guardársela. Era como un niño en Navidad, que no puede esperar a que se despierten los adultos. Papá Noel había llegado y lo arreglaría todo. Salió del estudio a las siete y media, todavía medio borracho, y corrió por los pasillos aporreando las puertas. Incluso, ¡qué diablos!, subió al tercer piso y abrió de una patada la puerta del dormitorio de Alice, llegando a vislumbrar el redondo y blanquecino trasero de Penny, algo que tampoco hubiera querido ver. Aquello le hizo estremecerse y dar media vuelta, pero no callarse.

—¡Vamos, gente! ¡Despertad! ¡Arriba, arriba, arriba! —gritó a pleno pulmón—. ¡Ha llegado la hora! ¡Hoy es el día! ¡Despertaos todos!

Cantó un verso de la estúpida canción escolar de James:

En tiempos antiguos vivió un chico,
joven, fuerte y valiente.

Él era ahora el animador, manejando sus pompones, saltando arriba y abajo, dando volteretas por el parquet, gritando con toda la fuerza de sus pulmones:

—¡Nos! ¡Vamos! ¡A!

»¡Fill!

»¡O!

»¡Ryyyyyyy!

LIBRO TERCERO

Fillory

Formaron un círculo en la sala de estar cogidos de la mano, con las mochilas a la espalda. Parecía la ceremonia de iniciación de una fraternidad, como si fueran a tomarse un ácido, cantar *a capella* o batir algún récord absurdo. El rostro de Anaïs ardía de excitación, y daba saltitos a pesar de la mochila, lo sucedido la noche anterior no le había afectado para nada. Era la única de los reunidos que parecía feliz de estar allí.

Lo más curioso es que había funcionado. Quentin no lo dejó estar, siguió persiguiéndolos y con el tiempo acabaron por ceder, ofreciendo una resistencia sorprendentemente escasa. El día había llegado. En parte porque les aterrorizaban sus brillantes y doloridos ojos, pero también porque en el fondo sabían que tenía razón: era el momento adecuado y sólo esperaban que apareciera alguien para guiarlos, aunque estuviese tan evidentemente borracho y loco como Quentin.

Quentin volvió la vista al pasado, en sentido filosófico, y se dio cuenta de que siempre había pensado que aquél sería un día feliz, el más feliz de su vida. Era curioso las sorpresas que da la vida. Pequeñas jugarretas del destino.

Si no era feliz, al menos se sentía inesperadamente liberado. Al menos ya no estaba encogido por la vergüenza. Lo que sentía era una emoción pura, sin adulterar por recelos, prevenciones o condiciones. Alice ya no era la santa de alabastro, ya no le resultaba tan difícil mirarla a los ojos al otro lado del círculo. ¿Y acaso no era vergüenza lo que asomaba a sus ojos por momentos? Quizás estaba descubriendo lo que era el remordimiento, lo que se sentía. Ahora estaban juntos en el barro.

Pasaron la mañana reunidos y preparando el equipo y los víveres, que de todos modos ya estaban empaquetados, yendo a buscar a los que se perdían en los lavabos, dudando sobre qué zapatos ponerse o por qué tenían que salir al prado sin un motivo claro. Por fin lograron juntarse todos en la sala de estar, cargando el peso en un pie, luego en otro, mirándose y diciendo:

—¿Listo?

—¿Listo?

—¿Todo listo?

—Vamos a hacerlo.

—¡Hagámoslo ya!

—¡Listo!

—¡Listo!

—Vamos...

Y entonces Penny debió de tocar el botón, porque todos ascendieron a la vez a través de la fría negrura de tinta.

Quentin fue el primero en salir del estanque, cargando el lastre de la mochila. Estaba sobrio, de eso estaba muy seguro, pero seguía furioso, furioso y rebosando autocompasión. Déjala fluir. No quería tocar a nadie ni que nadie lo tocara, pero le gustaba estar en la Ciudad. Allí todo era tranquilo y silencioso. Si tan sólo pudiera tumbarse un momento, sobre esas viejas piedras gastadas, sólo un momento, quizá podría dormir algo.

La cara alfombra persa sobre la que habían estado formando un círculo les había seguido flotando hasta la negrura. De algún modo, también la había atravesado accidentalmente. ¿Acaso el botón la había confundido con ropa? Era curioso cómo funcionaban esas cosas.

Quentin esperó, mientras los demás salían forcejeando de la fuente. Se amontonaron en el borde, apoyándose unos en otros, lanzando las mochilas por encima del borde de piedra y arrastrándose luego tras ellas.

Eliot miró rápidamente a su alrededor, asumiendo el mando de la operación.

—Bueno, pasemos a la fase dos.

Penny se había alejado. Estaba estudiando un conjunto de losetas de cerámica en una pared.

—Esto es interesante —dijo Penny—. ¿Qué crees que...?

—Eh, gilipollas. —Quentin chasqueó los dedos ante la cara de Penny. En ese momento no tenía problemas para mostrar su hostilidad claramente. Se sentía muy desinhibido—. ¿No has oído? Fase dos, gilipollas. Vamos.

Esperaba que Penny reaccionara y fuera a por él, conseguir la revancha de su pequeño Club de la Lucha. Pero éste se limitó a mirarlo tranquilamente y dar media vuelta, aprovechando la oportunidad de situarse por encima de él, de ser el adulto, el ganador elegante. Agitó un espray de pintura naranja industrial y marcó el suelo que rodeaba la fuente con cruces; entonces partió en la dirección que él llamaba palacio, más allá del elegante *palazzo* blanco que se veía en la plaza. No era ningún secreto hacia dónde se dirigían: la escena estaba descrita en el libro con la prosa clara y sin ambigüedades de Plover. Los Chatwin necesitaron cruzar tres plazas en dirección palacio y una a la izquierda para llegar a la fuente que conducía a Fillory. Los demás lo siguieron desordenadamente, chapoteando con la ropa mojada.

En el último tramo cruzaron un puente de piedra sobre un estrecho canal. El trazado de la ciudad le recordaba a Quentin un tablero de welters pero en versión gigante. Puede que el juego fuera un reflejo distante y apenas inteligible de Ningún Lugar que se había filtrado hasta la Tierra.

Se detuvieron en una plaza cuidada y más pequeña que la de llegada, dominada por un enorme y digno edificio de piedra que habría podido hacer las veces de ayuntamiento en algún pueblo medieval francés. El reloj en lo alto de la fachada marcaba las doce. ¿Mediodía o medianoche? La lluvia arreció. En el centro de la plaza había una fuente redonda, con la estatua de un Atlas semiaplastado bajo un orbe de bronce.

—¡Bueno! —exclamó Penny, en un tono innecesariamente elevado. Era el gran jefe de pista. Quentin se dio cuenta de que estaba nervioso. Ya no eres tan duro, ¿eh, donjuán?—. Ésta es la que usan en las novelas. Así que voy a cruzarla para comprobar qué tiempo hace.

—¿Qué quieres, un redoble de tambores? —soltó Janet—. ¡Venga, ve!

Penny sacó del bolsillo el botón blanco y lo apretó en el puño. Respiró hondo, subió al borde de la fuente y saltó con las piernas rectas a la tinta negra. En el último momento, un reflejo hizo que se tapara la nariz. Cayó dentro y desapareció. El líquido se lo tragó.

Hubo un largo silencio. El único sonido procedía de las salpicaduras de la fuente creadas por el salto. Pasó todo un minuto hasta que la cabeza de Penny rompió la superficie, escupiendo líquido y resoplando.

—¡Ha funcionado! —gritó—. ¡Hace calor! ¡Es verano! ¡Allí es verano!

—¿Era Fillory? —preguntó Josh.

—¡No lo sé! —Penny sorteó a gatas el borde de la fuente, jadeando—. Es un bosque. Ni rastro de habitantes.

—Me vale —dijo Eliot—. Vamos todos.

Richard ya rebuscaba en las mochilas para sacar la ropa de invierno: las parkas nuevecitas, los gorros de lana y los calcetines de colores eléctricos, formando un creciente montón multicolor.

—Alineaos y sentaos en el borde —dijo por encima del hombro—. Los pies en el agua, cogeos de la mano.

Quentin quiso soltar algún sarcasmo pero no se le ocurrió ninguno. El borde del estanque tenía pesados anillos de hierro oxidado, que habían manchado la piedra con un oscuro tono marrón ferroso. Bajó los pies hasta la tinta. Parecía ligeramente más líquida que el agua, pero más consistente que el alcohol clínico. Miró hacia sus zapatos sumergidos. No consiguió verlos.

Una pequeña parte de su ser seguía cuerda y sabía que estaba descontrolado, pero no era la parte que mandaba en ese momento. Todo lo que decían los demás le parecía tener doble sentido para recordarle lo ocurrido entre Alice y Penny. Incluso el Atlas de la fuente parecía burlarse de él. Estaba aturdido por la falta de sueño y cerró los ojos. Sentía la cabeza enorme, difusa y vacía, como si tuviera una nube sobre sus hombros. Y la nube empezaba a disiparse. Se preguntó si no se desmayaría, le encantaría desmayarse. En su cerebro había un punto muerto, y quería que ese punto se propagara, se metastatizara por toda la cabeza y devorara todos sus dolorosos pensamientos.

—¿Armadura corporal? —estaba diciendo Eliot—. Cielos, Anaïs, ¿has leído las novelas? No vamos a ningún tiroteo. Lo más probable es que acabemos comiendo magdalenas con un conejo parlante.

—Bueno —dijo Penny—. ¿Preparados?

Los ocho estaban sentados alrededor de la fuente formando un semicírculo, inclinados para dejarse caer sin usar las manos, que por cierto aferraban con fuerza los anillos. Janet se recostó en el hombro de Eliot, descubriendo su pálido cuello. A la derecha de Quentin, Josh lo estudiaba preocupado, le dio un fuerte abrazó que lo animó.

—No pasa nada, tío —susurró—. Vamos. Estás bien. Puedes hacerlo.

Miraron a su alrededor por última vez y cerraron los ojos, sintiendo un escalofrío. Eliot citó el *Ulises* de Tennyson, la frase en la que habla de buscar nuevos mundos y navegar hacia la puesta de sol. Alguien lanzó un grito de entusiasmo, quizás Anaïs; ya que tenía acento francófono. Pero Quentin no gritó, se quedó mirando fijamente el regazo y esperó que cada segundo cayera sobre él por turno, como intrusos a los que no has invitado. A una señal de Penny se dejaron caer juntos en la fuente, no muy sincronizados pero casi, con un cierto aire a lo Busby Berkeley. Janet cayó más o menos de cara contra la tinta.

Fue una caída, una zambullida: salir de Ningún Lugar significaba descender, como tirarse en paracaídas, pero caían demasiado deprisa; era algo entre el paracaídas y la caída libre, sin que el viento te azotara. Durante un largo y silencioso momento pudieron verlo todo: un mar de copas de árboles extendiéndose hasta el horizonte, un verdor preindustrial dando paso a prados cuadrados en una dirección que Quentin supuso que era el norte, calculando a partir del pálido sol que flotaba en un cielo blanco. Intentó fijar la vista en él mientras caían. El suelo se precipitó hacia ellos dispuesto a golpearlos.

Entonces, de pronto, ya estaban, habían caído. Quentin flexionó instintivamente las rodillas, pero no tuvo que absorber ningún impacto ni contrarrestar ninguna inercia. Estaban todos allí, de pie.

Pero ¿dónde era allí? No un claro, precisamente. Más bien una zanja poco profunda, con el fondo cubierto de hojas muertas, arcilla, ramitas y otros detritus arbóreos, una trinchera que atravesaba el bosque. Quentin se incorporó apoyando una mano en la inclinada ladera. La luz se filtraba débilmente por entre las masificadas ramas de las alturas. Un pájaro cantó y se alejó. Aparte de eso, el silencio era profundo y espeso.

Se habían dispersado en la transición, como un grupo de paracaidistas tras efectuar un salto, pero todos seguían estando dentro del campo visual de los demás. Richard y Penny forcejeaban para salir de un enorme matorral reseco; Alice y Anaïs estaban sentadas en el tronco de un árbol colosal que atravesaba la zanja, como si fueran muñecas que un niño gigante hubiera colocado allí cuidadosamente; y Janet también estaba sentada en el suelo, con las manos en los muslos, recuperando el aliento.

Toda la escena tenía una profunda sensación de abandono. No era un bosque cuidado o talado, sino primitivo. Así es como crecen los árboles abandonados a sus propios recursos.

—¿Penny? —Josh se encontraba en el borde de la trinchera con las manos en los bolsillos, mirando hacia ellos. Parecía incongruentemente acicalado con su chaqueta y su camisa, pero sin corbata. Como todos, estaba calado hasta los huesos—. Hace frío, Penny. ¿Por qué coño hace frío?

Era verdad. El aire era seco y cortante, y la ropa estaba congelándose rápidamente. Sus alientos brotaban blancos con frígida quietud, una suave nieve caía desde el cielo blanco y el suelo bajo las hojas caídas era duro. Estaban en pleno invierno.

—No lo sé —respondió Penny, frunciendo el ceño y mirando alrededor—. Antes era verano, os lo aseguro. ¡Hace un segundo hacía calor!

—¿Puede alguien ayudarme a bajar, por favor? —Anaïs miraba el suelo desde su posición en el gigantesco tronco de árbol con cierta duda. Josh la cogió galantemente por la estrecha cintura y la bajó; ella soltó un gritito, complacida.

—Es por ese asunto del tiempo, se me acaba de ocurrir... —apuntó Alice—. Igual han pasado seis meses en tiempo de Fillory desde que Penny estuvo aquí. O sesenta años, tal como funcionan aquí las estaciones. Siempre pasaban estas cosas en las novelas. No hay forma de predecirlo.

—Pues yo predigo que en cinco minutos se me habrán helado las tetas —aseguró Janet—. Que alguien vuelva a por los abrigos.

Todos estuvieron de acuerdo en que Penny volviese por las parkas. Estaba a punto de usar el botón, cuando Eliot saltó de repente hacia él y le sujetó el brazo. Indicó, con toda la calma posible, que si las corrientes temporales de Fillory y Ningún Lugar se movían a una velocidad distinta, cuando Penny volviera con ellos podrían haber pasado días o años, al menos desde el punto de vista filloriano. Para entonces podrían haber muerto congelados, de vejez o por la acumulación de incontables problemas igualmente graves. Si iban a por la ropa, debían hacerlo todos juntos.

—Olvidadlo —dijo Janet, negando con la cabeza—. No pienso volver a bañarme en esa mierda negra. Todavía no.

Nadie lo discutió. De todos modos nadie quería irse tan pronto, no cuando por fin estaban en Fillory o donde fuera. No irían a ninguna parte sin echar al menos un vistazo. Penny empezó una ronda con su hechizo para secar la ropa.

—Creo que ya sé por dónde debemos ir —aseguró Alice, que seguía sentada en el tronco de árbol. La nieve empezaba a acumularse en sus oscuros cabellos—. Al otro lado, esta zanja se convierte en un sendero. Y hay algo más. Vais a querer verlo por vosotros mismos.

Si se quitaban la mochila, podían pasar a cuatro patas por debajo del enorme tronco, hundiendo manos y rodillas en la espesa capa de hojas cubiertas de escarcha. Eliot fue el último, tras pasarles las mochilas a los demás. Se incorporaron al otro lado, sacudiéndose la tierra de las manos. Penny se apresuró para ayudar a Alice a bajar del tronco, pero ella lo ignoró y saltó sola, aunque supusiera caer sobre manos y rodillas, y tener que volver a incorporarse. Quentin pensó que no parecía especialmente encantada de la aventura de la noche anterior.

A un lado del camino se veía un pequeño roble de corteza gris oscura, casi negra, con ramas retorcidas y onduladas, y abundantes hojas. Incrustado en el tronco a la altura de sus cabezas, como si el árbol se hubiera limitado a crecer a su alrededor, podía verse la esfera de un reloj de unos treinta centímetros de diámetro.

Sin pronunciar palabra, uno a uno treparon por la ladera para poder verlo más de cerca. Era uno de los árboles-reloj de la Relojera.

Quentin palpó la parte donde la dura y áspera corteza se encontraba con el bisel de plata vieja que contenía la circunferencia. Cerró los ojos y siguió la curva con el dedo. Era sólido, frío y real. Estaba allí de verdad. Estaban en Fillory. Ya no había ninguna duda.

Y ahora que por fin estaban allí, todo saldría bien. Quentin no sabía cómo, pero saldría bien. Tenía que salir bien. Quizá fuera debido a la falta de sueño, pero unas cálidas lágrimas surcaron sus mejillas, dejando un helado rastro tras ellas. Cayó de rodillas en contra de todos sus deseos e instintos, se llevó las manos a la cabeza y hundió la cara en las frías hojas. Un sollozo pugnó por abrirse paso en su garganta y, por un momento, se dejó llevar. Alguien, nunca supo quién —aunque no fue Alice—, le puso una mano en el hombro. Estaban donde debían estar. Aquí lo recogerían, lo limpiarían y volverían a hacer que se sintiera seguro, feliz y completo. ¿Cómo era posible que todo hubiese salido tan mal? ¿Cómo habían podido ser tan estúpidos Alice y él? Bueno, ya no importaba. Ésta era su vida, la vida que siempre había deseado. Por fin la tenía.

Y en su cabeza afloró con repentina urgencia la idea de que Richard tenía razón: debían encontrar a Martin Chatwin, si es que seguía con vida. Ésa era la clave. Y ahora que estaba allí no pensaba volver a rendirse. Quería conocer su secreto para poder quedarse en Fillory para siempre, para que su estancia fuera duradera, permanente.

Quentin se puso en pie avergonzado y se secó las lágrimas con la manga.

—Bueno —dijo por fin Josh, rompiendo el silencio—. Creo que esto es definitivo. Estamos en Fillory.

—Se supone que estos árboles-reloj son cosa de la Relojera —apuntó Quentin, sorbiendo todavía—. Todavía debe de andar por aquí.

—Creí que estaba muerta —dijo Janet.

—Quizás hayamos llegado a una época anterior —sugirió Alice—. Quizás hemos retrocedido en el tiempo. Como *La chica que le habló al tiempo*.

Janet, Quentin y ella seguían sin mirarse al hablar.

—Es posible. Igual dejaron crecer algunos, incluso después de deshacerse de ella. Recordad que vieron uno en *La duna errante*.

—Nunca pude acabar ese libro —gruñó Josh.

—Me pregunto... —dijo Eliot estudiando el árbol—. ¿Creéis que podríamos llevarnos esta cosa a Brakebills? Sería un regalo de la hostia para Fogg.

Nadie más parecía dispuesto a seguir especulando en esa línea. Josh señaló a Eliot con dos dedos y formó con los labios la palabra «capullo».

—¿Será buena la hora que marca? —especuló Richard.

Quentin podría haberse quedado allí todo el día contemplando el árbol-reloj, pero el frío no les permitía quedarse quietos. Las chicas ya se alejaban y, aunque reticente, las siguió. No tardaron en recorrer la trinchera-sendero formando un grupo desigual, internándose en Fillory. El sonido de sus pies arrastrándose entre las hojas secas resultaba ensordecedor en medio de aquel silencio.

Nadie habló. Pese a todos los cuidadosos preparativos, habían hablado muy poco de sus planes u objetivos, pero ahora que estaban allí resultaban obvios. ¿Por qué molestarse en planificar una aventura? Estaban en Fillory... ¡la aventura los encontraría a ellos! A cada paso que daban, esperaban que una aparición o una revelación maravillosa surgiera trotando del bosque a su encuentro, pero de momento brillaban por su ausencia. Era casi anticlimático. ¿O sólo estaban viviendo los prolegómenos de un encuentro realmente asombroso? Los restos de antiguos muros de piedra se perdían entre los arbustos, y los árboles que los rodeaban permanecían inmóviles y testarudamente inanimados, incluso después de que Penny, movido por su espíritu de exploración y descubrimiento, se presentara formalmente ante varios de ellos. Los pájaros gorjeaban aquí y allá, volando y posándose en las ramas altas de los árboles, pero ninguno de ellos les ofreció consejo alguno. Hasta el menor detalle de aquel escenario parecía superluminoso y saturado de significado, como si el mundo que los rodeaba estuviese literalmente compuesto de letras y palabras, grabados en alguna mágica escritura geográfica.

Richard sacó una brújula, pero descubrió que la aguja estaba bloqueada, inmovilizada contra el fondo de cartón, como si el polo magnético de Fillory se encontrase bajo tierra, justo debajo de sus pies. La arrojó a un arbusto. Janet caminaba dando saltitos, con las manos debajo de las axilas para protegerlas del frío. Josh especulaba sobre el hipotético contenido de una imaginaria revista porno para árboles inteligentes que se titularía *Enthouse*.

Caminaron durante veinte minutos, media hora como mucho. Quentin se echaba el aliento en las manos o se las metía dentro de las mangas del jersey. Estaba por completo despierto y sereno, al menos de momento.

—Necesitamos algunos faunos en esta escena —dijo Josh, sin dirigirse a nadie—. O un duelo a espada, o lo que sea.

El camino describió vueltas y revueltas hasta que bruscamente desapareció. Cada vez tenían que dedicar más esfuerzos a abrirse paso entre el follaje, y se produjeron los primeros desacuerdos sobre si aquello era o no un camino, si sólo se trataba de una franja de bosque más desarbolado, o incluso si los árboles se movían de forma sutil e imperceptible para interponerse en su camino. Esta última aportación fue de Penny. Antes de que pudieran alcanzar un consenso llegaron a un riachuelo que se filtraba entre el bosque.

Era un encantador arroyuelo invernal, ancho y poco profundo, resplandeciente, que fluía como encantado de haber encontrado ese cimbreante lecho. Se agruparon en la orilla sin decir palabra. Las piedras que emergían de la superficie estaban coronadas de nieve y los suaves remolinos de las orillas estaban recubiertos de hielo. Una rama que sobresalía del bosque y llegaba hasta el centro del arroyo aparecía cargada en toda su extensión de estalactitas fabulosas y góticos contrafuertes de hielo. No tenía nada de sobrenatural, pero satisfizo temporalmente su apetito por las maravillas. En la Tierra habría sido un riachuelo encantador, nada más, pero el hecho de ver algo como aquello en Fillory, en otro mundo, y que posiblemente fueran los primeros seres humanos en verlo, lo convertía en un milagro resplandeciente.

Se quedaron contemplándolo en arrebatado silencio durante todo un minuto, antes de que Quentin se diera cuenta de que, justo delante de ellos, en la parte más profunda del riachuelo, asomaban la cabeza y los hombros desnudos de una mujer.

—Oh, Dios mío —exclamó, retrocediendo un paso torpemente—. Mierda. Chicos.

Era surrealista. La mujer estaba, casi con total seguridad, muerta. Su cabello era oscuro y aparecía cubierto de pegotes de hielo; sus ojos, que parecían mirarles directamente, tenían un color azul medianoche y no se movían ni pestañeaban, y su venosa piel era de un pálido gris perlado. Tendría dieciséis años como mucho, y las pestañas cuajadas con escarcha.

—¿Está...? —Alice no terminó la pregunta.

—¡Eh! —llamó Janet—. ¿Te encuentras bien?

—Tenemos que ayudarla, hay que sacarla de ahí. —Quentin

intentó acercarse, pero resbaló en una piedra y su pierna se hundió en el agua hasta la rodilla. Luchó por sacarla con el pie ardiendo por el frío—. Necesitamos cuerda. Sacad cuerda. Llevamos cuerda en una de las mochilas.

El arroyo no parecía tan profundo como para que la chica estuviera tan sumergida y Quentin se preguntó, horrorizado, si no estarían viendo un cuerpo cortado por la mitad y arrojado al agua. ¿Una cuerda? ¿En qué estaban pensando? Eran unos puñeteros magos. Dejó la mochila y empezó a recitar un sencillo hechizo cinético que la elevara del agua.

Sintió la calidez premonitoria del hechizo formándose en las yemas de sus dedos, y el peso del cuerpo en su mente. Disfrutaba volviendo a utilizar la magia, consciente de que, a pesar de todo, aún podía concentrarse. Nada más empezar se dio cuenta de lo distintas que eran allí las Circunstancias respecto de la Tierra: diferentes estrellas, diferentes mares, diferente... todo. Gracias a Dios trabajaba principalmente con la voz. Poco a poco, la mujer se elevó chorreando agua. Estaba entera y desnuda. Su cuerpo era esbelto, y los pechos pequeños, adolescentes, con los pezones de un púrpura pálido. Parecía helada, pero se estremeció cuando la magia actuó sobre ella. Sus ojos despertaron y enfocó la mirada. Frunció el ceño mientras alzaba una mano, bloqueando de algún modo el hechizo antes de que terminase, con los pies todavía sumergidos en las gélidas aguas.

—Soy una náyade. No puedo salir del arroyo.

Por su voz, bien podría haber estado todavía en el instituto. Sus ojos se encontraron con los de Quentin.

—Tu magia es torpe —le recriminó.

Era electrizante. Quentin comprendió que no era humana; tenía los pies y las manos palmeados. Oyó un ruido a su izquierda. Penny. Se estaba arrodillando en la nevada orilla.

—Pedimos humildemente perdón —dijo, con la cabeza gacha—. Pedimos humildemente tu perdón.

—¡Por todos los cielos! —susurró Josh—. ¡Será capullo!

La ninfa desvió la mirada e inclinó la cabeza a un lado, como una niña. El agua del arroyo goteaba por su piel desnuda.

—¿Admiras mi belleza, humano? —preguntó dirigiéndose a Penny—. Tengo frío. ¿Querrías calentarme con tu piel ardiente?

—Por favor —suplicó Penny, sonrojándose—. Si quieres encomendarnos una misión, la llevaremos a cabo con entusiasmo, con mucho entusiasmo y... mmm...

Janet acudió en su rescate.

—Venimos de la Tierra —explicó con firmeza—. ¿Hay una ciudad por aquí cerca a la que puedas llevarnos? ¿El castillo de Torresblancas, tal vez?

—... Acataremos todos tus deseos —intervino Penny.

—¿Sirves a los carneros? —preguntó Alice.

—Yo no sirvo a falsos dioses, chica humana. Tampoco a falsas diosas. Sirvo al río, y el río me sirve a mí.

—¿Hay más humanos aquí? —se interesó Anaïs—. ¿Como nosotros?

—¿Como tú? —La ninfa sonrió con picardía y la punta de una sorprendente lengua azul asomó por un instante entre unos dientes con aspecto de ser muy afilados—. Oh, no. Como vosotros no. ¡Ninguno está tan maldito como vosotros!

En ese momento, Quentin sintió que su hechizo telequinético desaparecía. No sabía cómo, pero ella lo había anulado sin una palabra ni un gesto. En ese mismo instante, la náyade giró y se zambulló, alzando al aire sus pálidas nalgas de doncella y desapareciendo en unas aguas demasiado poco profundas para cubrirla.

Un momento después volvió a asomar la cabeza.

—Temo por vosotros, niños humanos. Ésta no es vuestra guerra.

—No somos niños —protestó Janet.

—¿Qué guerra? —preguntó Quentin.

Ella volvió a sonreír. Entre los labios color lavanda asomaron dientes puntiagudos y entrecruzados como los de un pez depredador. Algo goteaba en su mano palmeada.

—Un regalo del río. Usadlo cuando hayáis perdido toda esperanza.

Lo lanzó hacia lo alto y Quentin lo cogió al vuelo con una

mano, sintiéndose desproporcionadamente aliviado por no haber fallado. Gracias a Dios por sus viejos reflejos de malabarista. Cuando volvió a mirar hacia la ninfa, ésta ya había desaparecido. Se quedaron solos junto al susurrante arroyo.

Quentin sostenía un pequeño cuerno de marfil veteado de plata.

—¡Vale! —exclamó Josh. Entrechocó las manos y se las frotó—. Desde luego, ya no estamos en Kansas, Toto.

Se agruparon para estudiar el cuerno. Quentin se lo pasó a Eliot, que lo hizo girar un par de veces, examinando primero un extremo y luego el otro.

—No siento nada —dijo Eliot—. Parece algo que podrías comprar en la tienda de regalos de cualquier aeropuerto.

—No tienes por qué sentir nada —señaló Penny con tono áspero. Cogió el cuerno y lo metió en su mochila.

—Deberíamos haberle preguntado si esto es Fillory —apuntó Alice en voz baja.

—Claro que es Fillory. —Penny parecía indignado por la duda.

—Me gustaría estar segura. Y me gustaría saber por qué estamos malditos.

—¿A qué guerra se referiría? —preguntó Richard, frunciendo el ceño—. Eso provoca muchas preguntas.

—Y no me gustaron esos dientes —dijo Alice.

—¡Cielos! —exclamó Josh—. ¡Cielos! ¡Eso era una náyade, chicos! ¡Acabamos de ver una ninfa del río! ¿A que mola, eh? ¡Estamos en el puto Fillory, tíos!

Agarró a Quentin por los hombros y lo sacudió. Corrió hasta Richard y chocó pecho contra pecho.

—¿Puedo decir que estaba muy buena? —sugirió Janet.

—¡Oh, sí! ¡La prefiero a cualquier fauno! —aseguró Josh. Anaïs le dio un golpecito amistoso con la mano abierta.

—Eh, estáis hablando de la novia de Penny —dijo Janet—. Mostrad algo de respeto.

La tensión se disolvió, y hablaron entre ellos, burlándose unos de otros y asombrándose de lo extrañamente mágico que había sido todo. ¿Se volvía líquida al sumergirse en el arroyo? De no ser así, ¿cómo podía desaparecer en aguas tan poco profundas? ¿Y cómo habría anulado el hechizo de Quentin? ¿Qué función tendría dentro del ecosistema mágico? ¿Y qué era ese cuerno? Alice ya estaba hojeando sus gastados libros de Fillory, buscando alguna referencia... ¿No había encontrado Martin un cuerno mágico en el primer libro?

Pasado un rato empezaron a darse cuenta de que llevaban cuarenta y cinco minutos a la intemperie, en pleno invierno, vistiendo poco más que vaqueros y jerséis. Hasta Janet admitió que era hora de volver a la Ciudad. Eliot reunió a los dispersos, y todos se cogieron de la mano junto a la orilla del riachuelo.

Formaron un círculo, todavía excitados por lo ocurrido, e intercambiaron alegres miradas conspirativas. Entre ellos tenían malos rollos personales, vale, pero eso no tenía por qué estropear su aventura, ¿verdad? Estaban haciendo algo importante, lo que habían esperado y ansiado toda su vida... ¡lo que estaban destinados a hacer! Habían encontrado la puerta mágica, el camino que conducía al jardín secreto. Aquello era una aventura de verdad, y apenas era el principio.

En el silencio que siguió lo oyeron por primera vez: era un sonido seco, rítmico, semejante a un tictac. Apenas se percibía sobre el gorgoteo del arroyo, pero poco a poco fue haciéndose más intenso y distinguible. Empezó a nevar con fuerza.

Era difícil identificarlo fuera de contexto. Alice fue la primera en comprender su significado.

—Es un reloj —dijo—. Es el tictac de un reloj.

Miró a los demás directamente a la cara.

—Un reloj —repitió, esta vez con pánico—. La Relojera. ¡Es la Relojera!

Penny se apresuró a buscar el botón. El tictac se hizo más fuerte, semejante al latido de un monstruoso corazón. Parecía provenir de lo alto, pero era imposible saber de qué dirección. Y entonces dejó de importar, porque se vieron flotando en la fría negrura hacia la salvación.

Esta vez todo fue muy rápido y expeditivo. Una vez en la Ciudad, recuperaron la ropa de invierno, volvieron a la fuente y se sentaron en el borde cogidos de las manos con la facilidad que da la práctica. Janet hizo un chiste sobre Anita Ekberg y *La dolce vita*. Todos asintieron y se dejaron caer hacia atrás a la vez.

Volvieron a Fillory, junto al mismo arroyo que acababan de abandonar, pero ya no había ni rastro de nieve. Estaban a principios de otoño y una cálida neblina flotaba en el aire, la temperatura no debía de llegar a los veinte grados. Era como si, durante su breve ausencia, hubiesen pasado la película de Fillory a cámara rápida: hacía cinco minutos las ramas de los árboles estaban desnudas, y ahora se las veía cubiertas de hojas doradas y rojizas. Una de las primeras, imposiblemente diminuta, flotó hacia las alturas arrastrada por una corriente cálida. La hierba estaba salpicada de cristalinos charcos de lluvia otoñal, seguramente caída pocos minutos antes. Allí estaban, con su hato de parkas y guantes de lana, sintiéndose idiotas.

—Otra vez con ropa de sobra —se lamentó Eliot, soltando la ropa—. La historia de mi vida.

A nadie se le ocurrió una alternativa razonable a dejar la ropa allí. Podían volver a Ningún Lugar para dejarla allí, pero cuando regresaran podía ser invierno de nuevo. Era ridículo, un fallo del sistema, pero no importaba, se sentían llenos de ánimo. Llenaron las cantimploras en el arroyo.

Cincuenta metros más allá, un puente cruzaba el arroyo trazando un suave arco de intrincada y retorcida orfebrería filloriana. Quentin estaba seguro de que no se encontraba allí antes, pero Richard insistió en que sencillamente no lo habían visto por culpa de las ramas cubiertas de nieve. Quentin estudió la burbujeante corriente, no había señales de la ninfa. ¿Cuánto tiempo habría pasado desde que estuvieron aquí? Las estaciones en Fillory bien podían durar todo un siglo. ¿O acaso habían retrocedido en el tiempo? ¿Estaban viviendo la misma aventura o una nueva?

Al otro lado del puente descubrieron un ancho y cuidado sendero que atravesaba el bosque, salpicado por hojas y agujas de pino. Se trataba de un sendero en toda regla, un sendero de verdad. Marcharon con ganas, animados por el buen tiempo y un constante goteo de adrenalina. Esta vez sí estaban en marcha, se acabaron los falsos inicios. No es que Fillory pudiera borrar lo que pasara la noche anterior, aunque igual sí. Allí podía pasar cualquier cosa. Un ciervo de color pardo surgió de entre los árboles y trotó un trecho por delante de ellos, mirando hacia atrás con lo que —todos estuvieron de acuerdo— parecía una inteligencia realmente excepcional; pero si podía hablar prefirió no hacerlo. Intentaron seguirlo —¿Y si los guiaba a una ciudad? ¿Y si era un mensajero de Ember y Umber?—, pero al final se alejó dando saltitos, tal y como lo haría un vulgar ciervo no mágico.

Josh practicó un hechizo que alisó el pelo de Anaïs a distancia. Ella miró alrededor molesta, pero incapaz de localizar la fuente. Janet se situó en medio de Quentin y Eliot, cogiéndolos del brazo, y les hizo avanzar bailando a lo «Sigue el camino de baldosas amarillas». Quentin no estaba seguro, pero creía que Eliot no había bebido en todo el día. ¿Cuándo fue la última vez que había bebido?

El bosque parecía eterno. De vez en cuando, el sol aparecía lo suficiente para proyectar largos y polvorientos haces de luz entre los árboles antes de volver a desaparecer.

—Esto va bien —admitió Penny, mirando a su alrededor deslumbrado. Iba sumido en un trance de extática certeza—. Siento que esto va bien, que se supone que debemos estar aquí.

Janet puso los ojos en blanco.

—¿Tú qué dices, Q? —preguntó Penny—. ¿No sientes que todo es tal como debe ser?

Sin saber exactamente cómo, Quentin terminó cogiendo a Penny de la camiseta. Pesaba más de lo que esperaba, pero aun así logró hacerle perder el equilibrio y lo empujó hacia atrás, hasta que su cabeza chocó contra el húmedo tronco de un pino.

—No vuelvas a hablarme —siseó Quentin con rabia—. ¿Me has entendido? No vuelvas a dirigirte a mí, nunca.

—No quiero pelearme contigo —aseguró Penny—. Es justo lo que pretende la Relojera...

—¿Es que no has oído lo que he dicho? —Quentin volvió a empujar a Penny contra el árbol, esta vez con más fuerza. Oyó que alguien mencionaba su nombre, pero no hizo caso—. ¿Es que no has oído una puta mierda de lo que te he dicho, puto canijo fofo de mierda? ¿Es que no lo he dejado claro?

Se apartó de él sin esperar respuesta. Más valía que Fillory le proporcionara pronto algo contra lo que luchar o perdería por completo la cabeza.

A pesar de todo, la novedad de estar físicamente en Fillory se agotaba por momentos, y se imponía un malhumor general, un ambiente de picnic estropeado. Cada vez que un pájaro se posaba cerca de ellos unos cuantos segundos, Josh decía: «Vale, va a ser éste», o «Creo que intenta decirnos algo», para acabar con un «Vale, gilipollas, vete ya volando, ¿quieres?».

—Al menos no ha aparecido la Relojera —dijo Eliot.

—Si es que se trataba de ella —arriesgó Josh—. En teoría la cogieron en el primer libro, ¿no?

—Sí, lo sé. —Eliot había recogido un puñado de bellotas y las iba lanzando contra los árboles mientras caminaba—. Pero aquí pasa algo raro. No entiendo que esa ninfa no nos diera la vara con Ember y Umber. En los libros no paran de mencionarlos.

—Si aún hay guerra entre los carneros y la Relojera, nos conviene estar del lado de Ember y Umber pero ya —apuntó Alice.

—Oh, sí —convino Janet.

—Si quieren que estemos de su lado, nos buscarán —señaló Penny—. No hay nada que temer por ese lado.

Nadie le contestó. Cada vez resultaba más patente que el encuentro con la ninfa lo había afectado mucho. Así era como se enfrentaba a la realidad de Fillory. Pasaba por una experiencia de conversión, adoptando la actitud de un jugador de rol.

—¡Cuidado, cuidado! —gritó Richard.

Oyeron el retumbar de pezuñas casi demasiado tarde. Un carruaje cerrado y oscuro, tirado por dos caballos, pasó junto a ellos a todo galope, dispersándolos entre los árboles que crecían a los lados del camino. En un costado llevaba lo que parecía un escudo de armas pintado recientemente sobre fondo negro.

El cochero iba envuelto en una capa negra. Él —¿o ella?; resultaba imposible adivinarlo— sofrenó los caballos, que se detuvieron por fin unos treinta metros más allá.

—La trama se complica —dijo Eliot secamente.

Ya era hora de que pasase algo. Quentin, Janet y Anaïs se dirigieron con atrevimiento hacia el vehículo, compitiendo por ver quién era más valiente, quién lograba que progresara la situación. En su actual estado mental, Quentin se sentía más que preparado para llegar el primero y llamar a la puerta del coche, pero se descubrió reduciendo progresivamente el paso. Igual que los demás. El cochero negro tenía un aspecto ominosamente fúnebre.

Una voz apagada surgió del carruaje.

—¿Llevan cuernos?

Era evidente que no se dirigía a ellos sino al cochero, que tenía mejor visión. Si el cochero respondió, él/ella lo hizo de forma inaudible.

—¿Lleváis cuernos?

La voz sonó más alta y clara. Intercambiaron una mirada.

—¿A qué se refiere con cuernos? —exclamó Janet—. No somos de aquí.

Era ridículo. Como hablar con aquel personaje del doctor Seuss, el Once-Ler.

—¿Servís al toro? —Esta vez la voz sonó más chillona, con tonos agudos y gorjeantes.

—¿Quién es el toro? —preguntó Quentin alzando la voz, como si hablara con alguien que no supiera inglés o fuera algo retrasado. En las novelas de Plover no salían toros, así que...—. Estamos visitando su país. No servimos al toro... Ni a nadie, ya puestos.

—No están sordos, Quentin —le recriminó Janet.

Se produjo un largo y tenso silencio. Uno de los caballos, tan negro como el carruaje y sus aparejos, relinchó. La primera voz dijo algo inaudible.

—¿Qué? —Quentin avanzó un paso.

En lo alto del carruaje se abrió de repente una trampilla con un sonido semejante al de un disparo. Por ella asomaron una cabecita inexpresiva y un largo torso de insecto; era como una mantis religiosa que hubiera crecido grotescamente hasta alcanzar el tamaño de un ser humano. Era tan delgada y tenía tantas antenas elegantes y tantas patas de color esmeralda, que al principio Quentin no advirtió que empuñaba un arco verde con una flecha verde a punto de ser disparada.

—¡Mierda! —gritó Quentin. La voz se le quebró. Estaba muy cerca y no tenía tiempo de huir. Se encogió bruscamente, y se arrojó al suelo.

Los caballos partieron al galope en el instante en que la mantis disparaba la flecha. La trampilla se cerró con un golpe. Polvo y ramitas secas se elevaron por los aires al paso del carruaje, cuyas ruedas trazaban nítidos surcos en el camino.

Cuando Quentin se atrevió a mirar, vio a Penny junto a él, inmóvil. Sujetaba la flecha con una mano. Debía de haber usado un hechizo para acelerar sus reflejos, malditas Circunstancias fillorianas, y atrapar la flecha en pleno vuelo. De no haberlo hecho, le habría traspasado un riñón.

Los demás llegaron a tiempo de ver el carruaje perderse en la distancia.

—Espera —dijo Josh con sarcasmo—. Alto.

—Cielos, Penny —dijo Janet—. Bien hecho.

«¿Qué pasa? ¿Ahora también se lo va a tirar a él?», pensó Quentin. Miró jadeante la flecha que seguía en la mano de Penny. Medía un metro de largo y estaba pintada a rayas negras y amarillas, como el cuerpo de una avispa; su punta era doble y muy afilada. No había tenido tiempo ni para asustarse.

Respiró profundamente sin dejar de temblar.

—¿Eso es todo lo que sabes hacer? —le gritó al vehículo que no dejaba de empequeñecerse, demasiado tarde para que resultase gracioso.

Se puso en pie. Sentía las rodillas de goma y no paraban de temblarle.

En un gesto extraño, Penny le ofreció la flecha. Quentin soltó un bufido, furioso, y se alejó, sacudiéndose las hojas de las manos. No quería que Penny lo viera temblar. Y seguro que la flecha no le habría dado.

—Guau —exclamó Janet—. Ese bicho parecía muy enfadado.

El día se acababa. La luz desaparecía del cielo tan rápidamente como la diversión de la tarde. Nadie quería admitir que estaba asustado, así que adoptaron la única opción que les quedaba, volverse irritables. Si no decidían pronto volver a la Ciudad, tendrían que buscar un sitio donde acampar y pasar la noche, lo que en esos momentos no les parecía buena idea. Ninguno de ellos dominaba lo suficiente la magia médica como para curar las heridas que pudiera producir una flecha bífida al clavarse en sus intestinos. Se detuvieron a discutir en medio del polvoriento camino. ¿Debían volver a la Ciudad, a la Tierra, a Buffalo? ¿Y si conseguían algo forrado de kevlar? El número de flechas que Penny podía atrapar en el aire era limitado. ¿Detendría el kevlar el impacto de una flecha?

¿Y qué clase de situación política iban a encontrar? Insectos y toros, ninfas y brujas. ¿Quiénes eran los buenos y quiénes los malos? Todo resultaba mucho menos divertido y más difícil de encajar de lo que esperaban. Quentin tenía los nervios destrozados y no paraba de tocarse el estómago, el lugar que le habría atravesado la flecha. ¿Qué pasaba allí? ¿Es que ahora había estallado la guerra entre los insectos y los mamíferos? De no ser así, ¿por qué iba a pelear una mantis religiosa con un toro? La ninfa les había dicho que aquélla no era su guerra. Quizás estuviese en lo cierto.

Tenía los pies destrozados por las botas nuevas de excursionista. No se había secado el pie que metiera en el arroyo, y ahora lo notaba caliente, húmedo y cubierto de ampollas. Se imaginó cientos de esporas de hongos echando raíces y germinando en la cálida humedad entre sus dedos, y se preguntó cuánto terreno habrían cubierto ya. Hacía más de treinta horas que no dormía.

Tanto Penny como Anaïs votaban resueltamente en contra de volver. La primera se preguntó si los Chatwin habrían dado media vuelta. Ahora eran parte de una historia. ¿Es que nadie había leído esa clase de historias? Afrontaban la parte difícil, la más dura, por la que luego serían recompensados. Tenían que pasar por esta fase. No es que quisiera insistir, pero ¿quiénes eran aquí los buenos? Los buenos eran ellos. Y los buenos siempre sobrevivían.

—¡Despierta de una vez! —gritó Alice—. ¡Esto no es un cuento, no es ninguna «historia»! ¡Esto es una putada tras otra! ¡Hace un momento podría haber muerto alguien!

Evidentemente se refería a Quentin, pero no quería mencionar su nombre.

—Puede que Helen Chatwin tuviera razón —dijo Richard—. Puede que no debamos estar aquí.

—Seguís sin entenderlo, ¿verdad? —intervino Janet, mirándolos fijamente—. Se supone que al principio todo debe ser algo confuso y la situación se aclara con el tiempo. Debemos seguir avanzando, descubriendo cosas. Si renunciamos ahora, cuando volvamos quizás hayan pasado quinientos años y tengamos que volver a empezar desde el principio.

Quentin los observó atentamente: Richard era listo y escéptico; Janet, toda acción y exuberancia. Se volvió hacia Anaïs para preguntarle cuánto camino creía que habían recorrido, basándose en la vaga teoría de que los europeos tenían las ideas más claras a ese respecto que los norteamericanos, pero se dio cuenta de que era el único del grupo que no miraba a la derecha, hacia el bosque. Entre los oscurecidos árboles, siguiendo un camino paralelo al de ellos, se movía la cosa más extraña que hubiera visto en toda su vida.

Era un abedul. Y caminaba. Por el bosque. El tronco se escindía a un metro del suelo formando dos patas sobre las que daba rígidos pero deliberados pasos. Era tan delgado que costaba verlo en la penumbra, pero su corteza blanca resaltaba contra los troncos oscuros que lo rodeaban. Sus delgadas ramas superiores se agitaban, golpeando contra los árboles junto a los que pasaba. Parecía más una máquina o una marioneta que una persona. Quentin se preguntó cómo podía mantener el equilibrio.

—¡Joder! —soltó Josh.

Lo siguieron sin necesidad de cruzar palabra. El árbol no los saludó, pero su copa se torció en su dirección por un instante, como si los mirara por encima de un hombro que no tenía. Quentin estaba convencido de que los ignoraba conscientemente. En el silencio reinante podían oír los chasquidos y crujidos que provocaba su avance, igual que una mecedora.

Tras los cinco primeros minutos de mágico asombro, empezó a resultarles socialmente extraño seguir de forma tan palpable a aquella cosa-espíritu-árbol, pero éste no parecía querer admitir su presencia y ellos no pensaban ceder. Se aferraron a ello como grupo. Quizás aquella cosa pudiera ponerlos al corriente de la situación... siempre que no diera media vuelta y los azotase con sus ramas hasta matarlos.

Janet no perdía de vista a Penny y, cada vez que parecía que iba a decir algo, lo hacía callar.

—Que haga el primer movimiento —le susurró.

—¡Esto es un circo! —se burló Josh—. ¿Qué es esa cosa?

—Una dríada, idiota.

—Creía que eso eran chicas-árbol.

—Se suponía que eran chicas-árbol sexys —apuntó Josh, quejoso.

—Yo diría que las dríadas son robles —dijo Alice—. Y eso es un abedul.

—¿Qué te hace pensar que no es una chica-árbol?

—Sea lo que sea, lo hemos conseguido —apuntó Josh, exultante—. Es una puta cosa-árbol, tío. Lo hemos conseguido, joder.

El árbol era rápido casi saltando sobre sus elásticas patas sin rodillas, hasta el punto que pronto tuvieron que apresurarse para seguir a su altura. Y cuando estaban a punto de perder su única pista prometedora o a convertirla en una persecución muy poco digna, resultó evidente hacia dónde se dirigía.

Humildetambor

Diez minutos después, Quentin se encontraba en el reservado de una taberna escasamente iluminada, sentado ante una pinta de cerveza. Aunque inesperado, se le antojó que parecía un buen desarrollo de los acontecimientos. Taberna, mesa, cerveza. Aquélla era una situación en la que sabía desenvolverse, fuera cual fuese el mundo donde estuviese. Si se había entrenado para algo desde que dejara Brakebills, era para eso. Los demás tenían idénticas pintas de cerveza.

Quentin calculó que debían de ser alrededor de las cinco y media de la tarde, pero ¿cómo estar seguros? ¿Tenía el día veinticuatro horas en Fillory? ¿Por qué iba a tenerlas? Pese a la insistencia de Penny en que el árbol los «guió» hasta allí, estaba claro que habían encontrado la taberna por su cuenta. Se trataba de una cabaña oscura de techo bajo, hecha con troncos, y con un cartel en el que se veían dos lunas crecientes; un delicado mecanismo de relojería hacía que las dos lunas girasen la una alrededor de la otra cuando soplaba el viento. La parte trasera de la cabaña parecía hundirse en la propia ladera de la colina que se alzaba desde el suelo del bosque.

Entraron con precaución por unas puertas giratorias, y descubrieron lo que podría pasar por la reconstrucción de un local similar de la América colonial: una estancia estrecha y alargada con una barra a un lado. A Quentin le recordó las viejas tabernas históricas que había visitado mientras pasaba unos días en casa de sus padres, en Chesterton.

Sólo había otro reservado, ocupado en esos momentos por una familia (?) compuesta por un anciano alto de cabellos blancos, una mujer de pómulos altos que debía de andar por la treintena y una niña pequeña, muy seria. Se trataba de lugareños, evidentemente. Permanecían muy erguidos en completo silencio, mirando pesarosos las copas y los platos vacíos que tenían ante sí. Los entornados ojos de la niña expresaban un conocimiento precoz de la adversidad.

El abedul ambulante había desaparecido, presumiblemente en alguna habitación trasera. El camarero vestía un uniforme extrañamente anticuado, de color negro y con muchos botones de bronce, algo que bien podría haber llevado un policía eduardiano. Tenía un rostro alargado y aburrido, barba de dos días y limpiaba despacio los vasos con un paño blanco, en la actitud típica de los camareros desde tiempo inmemorial. La sala estaba vacía, aparte de ellos y de un gran oso pardo con chaleco, derrumbado sobre una sólida mecedora en un rincón. No quedaba claro si el oso estaba consciente o no.

Richard llevaba consigo varias docenas de pequeños cilindros de oro, con la esperanza de que funcionaran como moneda universal interdimensional. El camarero aceptó una sin más comentarios, la sopesó expertamente en la palma de la mano y le devolvió un puñado de monedas: cuatro ligeras monedas dentadas, estampadas con rostros y animales diversos. Dos de ellas tenían lemas escritos en dos idiomas diferentes e ilegibles, la tercera era un peso mejicano del año 1936, la cuarta resultó ser una ficha de plástico perteneciente a un juego de mesa llamado Risk. Acto seguido, llenó las jarras.

Josh miró la suya dubitativo y olió el contenido con cierto fastidio. Estaba tan nervioso como un niño de tercer curso.

—¡Limítate a beber! —siseó Quentin, irritado. Dios, qué inútil era a veces la gente. Alzó su propia jarra—. Salud.

Saboreó el líquido. Era amargo, carbónico y alcohólico. Cerveza, desde luego. Eso lo llenó de confianza y de un renovado sentimiento de determinación. Había estado asustado, pero era curioso cómo la cerveza ayudaba maravillosamente a enfocar la mente.

Al haber evitado sentarse con Alice, Janet o Penny, compartía mesa con Richard, Josh y Anaïs, quienes se miraban furtivamente por encima de las espumosas pintas. Habían llegado muy lejos desde donde habían empezado esa mañana.

—¡No creo que el oso esté disecado! —susurró Josh, excitado—. ¡Creo que es un oso de verdad! ¿Lo invitamos a una cerveza?

—Yo creo que está dormido —afirmó Quentin. Se sentía valiente—. Pero podría ser la siguiente pista. Si es una cerveza parlante... digo, un oso parlante, podríamos, bueno, hacerle hablar.

—¿De qué?

Quentin se encogió de hombros y echó otro trago.

—De lo que pasa, para enterarnos de la situación. Si no, ¿qué otra cosa hacemos aquí?

Richard y Anaïs no habían tocado sus bebidas. Quentin tomó otro trago, sólo para pincharlos.

—Lo que hacemos es ir sobre seguro —aseguró Richard—. Estamos de reconocimiento, evitemos cualquier contacto innecesario.

—Estás de coña, ¿no? ¿Nos encontramos en Fillory y no quieres hablar con nadie?

—Claro que no —Richard parecía sorprendido ante esa idea—. Hemos establecido contacto con otro plano de existencia. ¿No te basta con eso?

—Sinceramente, no. Una mantis religiosa gigante intentó matarme, y me gustaría saber por qué.

Fillory aún le debía a Quentin el esperado fin de su infelicidad. Que le condenasen si iba a marcharse antes de conseguir lo que buscaba. Sabía que el alivio estaba allí, sólo necesitaba profundizar un poco más y no permitiría que Richard lo retrasara. Tenía que seguir en marcha, dejar atrás su historia en la Tierra, que no iba nada bien, y entrar en la historia de Fillory, donde el éxito era infinitamente mayor. El problema era que, dado su estado de ánimo, estaba dispuesto a ponerse del lado que fuera y aliarse con quien fuese, si eso significaba pelea.

—¡Camarero! —llamó Quentin, en voz más alta de lo necesario. Y a continuación se le ocurrió usar un acento del salvaje Oeste. Si suena bien, adelante con ello. Señaló al oso con el pulgar—. Sírvele otra ronda al amigo oso del rincón.

Un oso en una taberna. Muy bueno. En la otra mesa, Eliot, Alice, Janet y Penny se volvieron para mirarlo. El hombre de uniforme se limitó a asentir cansinamente.

Resultó que el oso sólo bebía licor de melocotón, que sorbía de delicados vasos como dedales, y Quentin supuso que, dado su tamaño, consumiría una cantidad más o menos ilimitada de ellos. Al cabo de dos o tres, se puso tranquilamente a cuatro patas y se unió a ellos. Hincó las garras en el muy castigado tapizado de la mecedora y tiró de ella arrastrándola consigo, era el único elemento del mobiliario capaz de soportar su peso. Parecía demasiado grande para moverse en un espacio cerrado.

El oso se llamaba Humildetambor y, tal como sugería su nombre, era muy modesto. Se trataba de un oso pardo. Con un tono grave y profundo explicó que su especie era más grande que el oso negro, pero mucho, mucho más pequeña que el poderoso grizzly, aunque en realidad el grizzly fuera una variante del oso pardo. Él no era ni la mitad de oso que algunos de esos grizzlys, reiteraba periódicamente.

—No se trata de ser el oso más grande —sugirió Quentin. Conectaban. No estaba muy seguro de lo que pretendía del oso, pero le parecía una buena forma de conseguirlo. Tras terminar su cerveza, se estaba bebiendo la de Richard—. Hay otras formas de ser un buen oso.

Humildetambor asintió entusiasmado.

—Oh, sí. Oh, sí. Soy un buen oso. No quería decir que fuera un mal oso. Soy un buen oso. Respeto los territorios. Soy un oso muy respetuoso. —La garra aterradoramente grande de Humildetambor cayó enfáticamente sobre la mesa y su morro negro se acercó mucho a la nariz de Quentin—. Soy un oso. Muy. Respetuoso.

Los demás permanecían callados o susurraban entre sí, simulando no ser conscientes de que Quentin conversaba con un oso parlante borracho. Richard se había levantado enseguida y cambiado de sitio con la siempre dispuesta Janet. Josh y Anaïs se juntaron mucho y daban la sensación de estar atrapados en su rincón. Si Humildetambor reparó en todo aquello, no pareció molestarle.

Quentin sabía que se estaba pasando del margen de comodidad en el que aceptaba moverse el grupo; con el rabillo del ojo podía ver que Eliot le dirigía miradas de advertencia desde la otra mesa, pero las evitaba. No le importaba. Tenía que hacer progresar la historia, le aterraba quedarse atascado. Ésta era su historia, participaba activamente en ella y seguiría haciéndolo hasta que se acabara. Los demás podían subirse al carro o «botonear» sus culitos a la Ciudad.

Tampoco es que lo que hacía fuera muy fácil. Los intereses de Humildetambor eran limitados hasta el agobio y sus conocimientos abisalmente profundos. Quentin aún recordaba con vaguedad ser ganso, lo mucho que se concentraba en las corrientes de aire y en el verdor acuático, y se dio cuenta de que, en el fondo, todos los animales eran unos plastas insufribles. Y Humildetambor, como mamífero hibernante, tenía un conocimiento profundo de la geología de las cuevas, y en lo referente a la miel era el más sutil y sofisticado de los *gourmets*. Quentin no tardó en aprender a desviar la conversación del tema de las nueces.

—Bueno —dijo Quentin, interrumpiendo en seco una disquisición sobre los aguijones de la dócil abeja carniola (*Apis mellifera carnica*) en contraste con la ligeramente más irritable abeja alemana (*Apis mellifera mellifera*, o abeja negra alemana)—. Sólo para situarnos, estamos en Fillory, ¿verdad?

La conferencia se interrumpió en seco. El enorme ceño de Humildetambor se frunció bajo la piel, produciendo un claro equivalente al desconcierto humano.

—¿El qué, Quentin?

—El lugar donde nos encontramos ahora. Se llama Fillory.

Transcurrió un largo momento. El oso movió sus orejas de oso de peluche imposiblemente redondas y bonitas.

—Fillory —repitió con cautela—. He oído antes ese nombre.

El oso parecía un niño en clase ante una pizarra, calculando las posibilidades de que le hubieran formulado una pregunta con trampa.

—¿Es así? ¿Esto es Fillory?

—Creo que... igual lo fue una vez.

—¿Y cómo lo llamas ahora? —insistió Quentin.

—No, no. Espera. —Humildetambor alzó una zarpa pidiendo silencio, y Quentin sintió una punzada de compasión. Aquel enorme idiota peludo intentaba pensar—. Sí, lo es. Esto es Fillory. ¿O Loria? ¿No estamos en Loria?

—Tiene que ser Fillory —dijo Penny, desde la otra mesa—. Loria es el país malvado al otro lado de las montañas orientales. ¡Ja!, como si no hubiera diferencia. ¿Cómo es que no sabes dónde vives?

El oso seguía negando con el morro.

—Creo que Fillory está en otra parte —dijo.

—Definitivamente, esto no es Loria —aseguró Penny.

—A ver, ¿quién es aquí el oso parlante? —soltó Quentin—. ¿Lo eres tú? ¿Eres el puto oso parlante? No, ¿verdad? Pues cállate de una puta vez.

El sol se había puesto, y fueron entrando otras criaturas. Tres castores sorbían de un plato común en una mesita de café, acompañados por un grillo gordo, verde y de aire extrañamente alerta. En un rincón, una cabra blanca lamía de un bol poco profundo algo que parecía vino amarillo pálido. Un hombre delgado y de aspecto tímido, de cuyo cabello rubio asomaban dos cuernos, se sentó a la barra. Llevaba gafas redondas y tenía la parte inferior del cuerpo cubierta de espeso pelo. Toda la escena tenía la cualidad onírica de un cuadro de Chagall que hubiera cobrado vida. Quentin se dio cuenta de lo turbador que resultaba ver a un hombre con patas de cabra. Las rodillas hacia atrás le recordaban a alguien tullido o terriblemente deforme.

Mientras la taberna se iba llenando, la familia silenciosa se levantó y dejó su mesa, sin abandonar por ello su expresión sombría. ¿Adónde iría?, se preguntó Quentin. No había visto indicios de pueblos o aldeas cerca de allí. Se preguntó si les esperaría una larga caminata e imaginó a la familia bajo la luz de la luna recorriendo el polvoriento camino cubierto de surcos, con la niñita subida a los estrechos hombros del anciano, y cuando estuviera demasiado cansada hasta para eso, dormida y babeando sobre su solapa. Se sintió agredido por su seriedad. Hacían que se sintiera un turista ruidoso, que recorría su país como el borracho que era, un país real habitado por gente real, y no un país de cuento. ¿O sí lo era? ¿Debería ir tras ellos? ¿Qué secretos encerraban? Cuando la mujer de elegantes pómulos fue a abrir la puerta, Quentin se dio cuenta de que había perdido el brazo por encima del codo.

Tras otra ronda de schnapps y más conversación absurda con Humildetambor, el pequeño abedul plateado salió de donde fuera que estuviera y se abrió paso en dirección a ellos, moviéndose sobre patas de enmarañadas raíces que aún llevaban terrones de tierra adheridos a ellas.

—Soy Farvel —saludó con un gorjeo.

Bajo la fuerte luz de la barra resultaba todavía más extraño. Era como una figura hecha de palotes. En las novelas de Fillory se mencionaban árboles parlantes, pero Plover nunca era muy preciso al describir su aspecto. Farvel hablaba por un corte lateral en su corteza, el tipo de hendidura que dejaría un fuerte hachazo. El resto de sus rasgos estaban insinuados por un ramillete de finas ramas, cubiertas de temblorosas hojas verdes, que apenas dibujaban los bordes de un par de ojos y una nariz. Habría parecido un Hombre Verde tallado de una iglesia, de no ser porque su boquita plana le daba una expresión cómicamente agria.

—Por favor, disculpad mi brusquedad anterior, estaba desconcertado. Es muy raro encontrarse con viajeros de otras tierras. —Cogió un taburete y se dobló en posición de sentado. En sí mismo ya parecía una silla—. ¿Qué os trae por aquí, niños humanos?

Por fin lo habían encontrado. El siguiente nivel.

—Oh, no lo sé —dudó Quentin, haciendo un gesto con la

mano que abarcaba toda la mesa. Era evidente que se postulaba como interlocutor, como el miembro especializado del grupo en primeros contactos. El camarero también se unió a ellos, en cuanto fue sustituido por un chimpancé muy digno y solemne de expresión pesarosa—. La curiosidad, sobre todo, supongo. Encontramos un botón que nos permitía viajar entre mundos. Y, de todos modos, en la Tierra nos sentíamos desplazados, así que, bueno... pues vinimos aquí. Para ver todo lo que pueda verse y esas cosas.

Incluso en su estado de semiembriaguez, le pareció que sus palabras sonaban lamentables. Incluso Janet lo miraba preocupada. Dios, ojalá Alice no hubiera oído nada. Sonrió débilmente, intentando parecer amistoso y deseando no haber bebido tanta cerveza con el estómago vacío.

—Claro, claro —dijo Farvel, amistoso—. ¿Y qué habéis visto hasta ahora?

El camarero miró fijamente a Quentin. Estaba sentado en una silla de caña puesta del revés, con las manos colgando ante él sobre el respaldo.

—Bueno, topamos con una ninfa de río que nos dio un cuerno. Un cuerno mágico, creo. Y luego, ese bicho, ese insecto que iba en un carruaje, creo que era una mantis religiosa, me disparó una flecha y casi me mata.

Sabía que debía ser un poco más discreto, pero ¿qué parte exactamente debía callar? ¿Cómo funcionaban esas cosas? El esfuerzo de mantenerse a la altura de Humildetambor le había embotado un tanto la mente. Farvel no pareció molesto, y se limitó a asentir compasivo. El chimpancé salió de detrás de la barra para colocar una vela encendida sobre la mesa junto con otra ronda de pintas, esta vez por cuenta de la casa.

Penny volvió a asomarse por detrás.

—No trabajaréis para la Relojera, ¿verdad? Quiero decir, en secreto. O sea, que no es que queráis, pero que no os quede más remedio.

—Por Dios, Penny. —Josh negó con la cabeza—. Calma.

—Oh, cielos, cielos —exclamó Farvel. Intercambió con el camarero una mirada cargada de significado—. Bueno, supongo que podría decirse... pero no, no debería decirse. Oh, cielos, cielos.

Completamente alterado, el pequeño arbolito era el vivo retrato de la preocupación arbórea: las ramas le caían más que antes y las hojas de su verde corteza se agitaban de ansiedad.

—Me gusta que mi miel tenga un toque de lavanda —comentó Humildetambor a propósito de nada—. Para eso hay que hacer que las abejas aniden cerca de un buen campo de lavanda. Contra el viento, si puede ser. Ése es el truco. Y resumiendo.

Farvel envolvió su vaso con una delgada rama-mano y bebió más cerveza. Tras una visible lucha consigo mismo, el espíritu arbóreo volvió a hablar.

—Todavía no ha conseguido retrasar el paso del tiempo, por el momento. —Miró hacia el crepúsculo, visible a través de la puerta abierta, como asegurándose de que seguía allí—. Pero se muere por hacerlo. Se lo puede ver a veces, pero siempre a distancia. Recorre el bosque y vive en las copas de los árboles. Dicen que ha perdido su varita, pero bien terminará encontrándola o se hará una nueva.

»Y luego ¿qué? ¿Os imagináis cómo será? ¿Un crepúsculo eterno? Todo será confuso. Los animales diurnos y las criaturas de la noche guerrearán al no haber nada que los separe. El bosque morirá. El sol rojo se desangrará sobre la tierra hasta ser tan blanco como la luna.

—Yo creía que la bruja había muerto —dijo Alice—. Que los Chatwin la habían matado.

Así que estaba escuchando. ¿Cómo podía mostrarse tan calmada? Farvel y el camarero intercambiaron otra mirada.

—Bueno, quizá fue así. Pero de eso hace mucho, y la capital queda muy lejos. Hace años que los carneros no vienen por aquí y, en el campo, la diferencia entre lo vivo y lo muerto no es una cuestión sencilla de dilucidar. Sobre todo en lo referente a las brujas. ¡Y ha sido vista!

—¿La Relojera? —Quentin intentaba seguir la conversación. Estaban llegando al meollo de la cuestión, la savia empezaba a correr.

—¡Oh, sí! Humildetambor la ha visto. Era delgada y llevaba velo.

—¡Nosotros la oímos! —exclamó Penny, dejándose llevar por el ambiente general—. ¡Oímos el ruido de un reloj en el bosque!

El oso contemplaba su vasito de licor con ojos pequeños y acuosos.

—Respecto de la Relojera... —añadió Penny, impaciente—. ¿Podemos ayudaros con ese problema?

De pronto, Quentin se sintió enormemente cansado. El alcohol que había ingerido, y que hasta ese momento actuaba de estimulante, sin previo aviso pasó a ser su isomorfo químico y se convirtió en sedante. Si antes ardía como combustible de cohetes, ahora le atascaba la maquinaria y lo tumbaba. Su cerebro empezó a desconectar todas las operaciones no vitales. En alguna parte de su ser dio inicio una cuenta atrás autodestructiva.

Se retrepó en su asiento y dejó que su mirada vagara por la estancia. Ése era el momento en que debía actuar, pero lo estaba dejando pasar y se sumía en la disforia. Daba igual, si Penny quería hacerse cargo de las operaciones, le regalaba la función. Ya tenía a Alice, ¿por qué no podía tener también a Fillory? De todos modos, el momento de hacerse el listo había pasado. El árbol mordió el anzuelo, o lo mordieron ellos, o todos a la vez. En cualquier caso, allí estaba. La aventura había llegado.

Hubo momentos en que ésa fue su mayor esperanza, y toparse con la aventura le habría inundado de felicidad. Era todo tan raro, pensó con tristeza. ¿Cómo es que ahora, cuando por fin estaba en Fillory, su atractivo le resultaba tan vulgar y poco deseable? ¿Tan torpe era? Creía haber dejado atrás esa sensación, muy atrás, en Brooklyn, o al menos en Brakebills. ¿Cómo podía haberlo seguido precisamente hasta allí? ¿Hasta dónde tendría que huir de ella? ¡Si Fillory le fallaba, no le quedaría nada! Lo invadió una oleada de pánico y frustración. Tenía que librarse de ella, romper la pauta. Claro que, quizás era otra cosa. ¿Y si el vacío estaba en Fillory y no en él?

Se alejó de la mesa con paso vacilante, rozando el enorme y

áspero muslo de Humildetambor, y llegó hasta los servicios, un simple y maloliente agujero en el suelo. Por un segundo creyó que iba a vomitar, lo que no era la peor idea que se le podía ocurrir, pero no pasó nada.

Cuando volvió a la mesa, Penny había ocupado su lugar. Quentin se sentó en el lugar de ella y apoyó la barbilla en las manos. Si tan sólo tuvieran drogas. Un colocón en Fillory sería definitivo. Eliot se había acercado a la barra y charlaba con el fauno.

—Lo que necesita esta tierra son reyes y reinas—seguía Farvel, inclinándose sobre la mesa con aire conspirador e invitando a los demás a hacer lo propio—. Los tronos del castillo de Torresblancas llevan demasiado tiempo vacíos, y sólo pueden ocuparlos los hijos e hijas de la Tierra, los de vuestra especie. Pero sólo aquellos que son firmes de corazón pueden aspirar a ganarse esos asientos, ¿entendéis? —dijo con gesto agitado—. Sólo los más firmes de corazón.

Farvel parecía a punto de derramar una viscosa lágrima de savia. ¡Cielos, menudo discurso! Quentin casi podría haber recitado sus frases por él.

Humildetambor se tiró un pedo en tres claras notas.

—¿Y qué implicaría eso exactamente? —preguntó Josh, con un tono de estudiado escepticismo—. Quiero decir, ¿cómo se ganan esos tronos?

Implicaba, explicó Farvel, visitar unas peligrosas ruinas llamadas la Tumba de Ember. En alguna parte de esas ruinas había una corona de plata que una vez, siglos atrás, ciñera la frente del noble rey Martin cuando reinaban los Chatwin. Si conseguían recuperar la corona y devolverla al castillo de Torresblancas, cuatro de ellos al menos podrían ocupar el trono y convertirse en reyes y reinas de Fillory, acabando para siempre con la amenaza de la Relojera. Pero no sería fácil.

—¿Así que necesitamos ineludiblemente esa corona? —preguntó Eliot—. ¿Y si no, qué? ¿No lo conseguiremos?

—Debéis llevar la corona, no hay otro modo. Pero tendréis ayuda. Tendréis guías.

—¿La Tumba de Ember? —repuso Quentin, levantándose

con un último esfuerzo—. Espera un momento. ¿Significa eso que Ember ha muerto? ¿Y qué pasa con Umber?

—¡Oh, no, no, no! —se apresuró a exclamar Farvel—. Es sólo un nombre, un nombre tradicional que no significa nada. Es que hace mucho tiempo que no se ve a Ember por estos lugares.

—¿Ember es el águila? —susurró Humildetambor.

—El carnero —corrigió el camarero de uniforme, hablando por primera vez—. Alasamplias era el águila. Un rey falso.

—¿Cómo puedes no saber quién es Ember? —le preguntó Penny al oso con desagrado.

—Oh, cielos, no —protestó el árbol, acercando a la mesa con tristeza su primaveral y festoneado rostro—. No juzgues con demasiada dureza al oso. Debéis comprender que estamos muy lejos de la capital, y que han sido muchos los que han gobernado o intentado gobernar estas verdes colinas desde la última vez que las hollaron los hijos de la Tierra. Los años plateados de los Chatwin se extinguieron hace mucho. Y los posteriores se han forjado con metales más viles. No podéis ni imaginar el caos que hemos padecido. Primero llegó Alasamplias, el águila, y tras él siguieron el Hombre de Hierro Forjado, la Bruja de Lirio, el Portalanzas y San Anselmo. Y el Cordero Perdido y las salvajes depredaciones del Árbol Muy Alto. Y es que aquí estamos tan lejos de la capital y es todo tan confuso... —se lamentó—. Yo sólo soy un abedul, ¿sabéis? Y uno no muy grande.

Una hoja cayó meciéndose sobre la mesa, una única lágrima verde.

—Tengo una pregunta —intervino Janet, tan poco intimidada como siempre—. Si esa corona es tan jodidamente importante, y Ember y Umber y Amber, o como se llamen, son tan poderosos, ¿por qué no la buscan ellos mismos?

—Ah, es que hay leyes para eso —suspiró Farvel—. No pueden. Hay leyes muy elevadas que atan incluso a los que son como ellos. Debéis ser vosotros los que recuperéis la corona.

—Hemos vivido demasiado tiempo —dijo el camarero con tristeza, sin dirigirse a nadie en particular. Estaba recogiendo las copas con una impresionante eficiencia.

Quentin pensó que todo aquello tenía sentido. La ausencia de Ember y Umber había creado un vacío de poder, y una insurgente Relojera había regresado de la cuasimuerte brujeril donde la mandaron los Chatwin. Al final, resultaba que Penny tenía razón: les habían encargado una misión. Su papel estaba claro. Le recordaba un poco a un parque temático, como si estuvieran en un campamento de vacaciones y aquello fuera una partida de rol, pero todo tenía sentido. Aún había esperanza. Pero debía asegurarse.

—No quisiera sonar vulgar —dijo, alzando la voz—. Pero Ember y Umber siguen siendo aquí los jefazos, ¿no? Quiero decir, de todas esas personas, cosas o lo que sea que has mencionado, ellos son los más poderosos, ¿no? ¿Y los más buenos moralmente hablando? Aclaremos esto, porque quiero estar seguro de que elegimos el caballo correcto... O carnero, o lo que sea.

—¡Pues claro! ¡Sería una locura pensar otra cosa!

Farvel les chistó, mirando preocupado hacia la mesa de los castores, que no parecían prestarles ninguna atención. Nunca se es demasiado precavido. Farvel sacó un cigarrillo de alguna parte y lo encendió con la vela de la mesa, procurando que no prendiese ninguna parte de sí mismo. Sobresalía de la boquita vertical del árbol. Un humo aromático se elevó por la corona de hojas de su rostro.

—No nos juzguéis con demasiada dureza. Los carneros llevan muchos años ausentes. Tuvimos que continuar sin ellos y arreglárnoslas como podíamos. El bosque debía vivir.

Eliot y fauno habían desaparecido, posiblemente juntos. «Ese tío es incorregible», pensó Quentin. Pero se alegró un poco de que al menos uno se lo estuviera pasando bien. En su rincón, la cabra blanca seguía lamiendo ruidosamente su vino amarillo. Humildetambor miraba apenado su schnapps. Quentin recordó, como si casi lo hubiera olvidado, que estaba muy, muy lejos de casa, en una sala llena de animales bebiendo alcohol.

—Hemos vivido demasiado —volvió a decir el barman, con rostro ceniciento—. Los grandes días son cosa del pasado.

Pasaron la noche en la posada. Los cuartos estaban excavados al estilo hobbit en la colina junto a la que se alzaba la cabaña principal. Eran cómodos, sin ventanas, y silenciosos. Quentin durmió como un muerto.

Al día siguiente se sentaron a una larga mesa de la taberna, para comer huevos frescos y tostadas, y beber agua fría en jarras de piedra, con las mochilas amontonadas en una de las mesas de los reservados. Parecía que los cilindros de oro de Richard daban para mucho en la economía filloriana. Quentin se sentía despejado y, milagrosamente, sin resaca. Sus restauradas facultades apreciaban con fría y nueva claridad los muchos aspectos dolorosos de su reciente historia personal, pero también le permitían apreciar casi por primera vez la realidad de su presencia física en Fillory. ¡Todo era tan real y vívido comparado con sus fantasías de cartón piedra! La sala tenía el aspecto mugriento y humillante de un bar visto a plena luz del día, pegajoso y claramente marcado por clientes poseedores de cuchillos y garras. El suelo estaba pavimentado con viejas piedras molino ligeramente recubiertas de paja y las rendijas entre ellas de arena apelmazada. No se veía por ninguna parte a Farvel, Humildetambor o al barman. Les sirvió un enano brusco pero atento.

En el comedor los acompañaban un hombre y una mujer sentados uno frente a la otra, junto a una ventana, bebiendo café en silencio y mirando de vez en cuando hacia la mesa de los magos. Quentin tenía la clara impresión de que sólo mataban el tiempo, esperando a que ellos acabaran de desayunar. Y así fue.

Cuando despejaron la mesa, la pareja se presentó como Dint, el hombre, y Fen, la mujer. Los dos eran cuarentones y estaban curtidos por los elementos, como si pasaran mucho tiempo al aire libre. Eran sus guías, explicó Dint. Llevarían al grupo hasta la Tumba de Ember, en busca de la corona del rey Martin. Dint era alto y flaco, con una enorme nariz que, junto a unas pobladísimas cejas negras, ocupaba la mayor parte de su cara; iba todo vestido de negro, incluida una larga capa negra, al parecer como expresión de la extrema seriedad con que se veía a sí mismo y a sus habilidades. Fen era más baja y musculosa, y llevaba el pelo rubio muy corto. De tener un silbato colgando del cuello, habría podido pasar por profesora de gimnasia en una escuela privada femenina. Llevaba ropa amplia y práctica, a todas luces diseñada para favorecer la libertad de movimientos en situaciones impredecibles. Proyectaba tanta dureza como amabilidad, y llevaba botas de caña con cordones fascinantemente complejos. Según la dudosa capacidad de Quentin para deducir esas cosas, era lesbiana.

El sol otoñal entraba por las estrechas ventanas talladas en los troncos del Dos Lunas. Quentin estaba sobrio y más ansioso que nunca por ponerse en marcha. Miró con dureza a su hermosa y sencilla Alice: la ira que sentía contra ella era una dura pepita que no sabía si podría digerir o expulsar de sí, como un cálculo renal. Quizá cuando fueran reyes y reinas. Quizás entonces podría hacer ejecutar a Penny, un golpe palaciego que, desde luego, no sería incruento.

Penny propuso que hicieran un juramento para celebrar su objetivo común. A Quentin le pareció que se pasaba, y de todos modos no consiguió quórum. Ya se estaban colocando las mochilas cuando Richard anunció de pronto que podían irse si querían, pero que él se quedaba en la taberna.

Nadie supo cómo reaccionar. Janet intentó hacerle desistir con bromas, y cuando no funcionaron, pasó a las súplicas.

—¡Pero, hemos llegado hasta aquí juntos! —le gritó furiosa, aunque intentando no parecerlo. Era la que más odiaba aquel tipo de deslealtad para con el grupo. Cualquier grieta en la fachada colectiva se la tomaba como un ataque personal contra ella—. Si las cosas se ponen difíciles, siempre podemos dar media vuelta. ¡O utilizar el botón como salida de emergencia! Creo que exageras.

—Pues yo creo que tú no te enteras —dijo Richard—. Y creo que las autoridades mágicas también exagerarán cuando sepan lo lejos que estás llevando esto.

—Si lo descubren —señaló Anaïs—. Que no lo descubrirán.

—Cuando lo descubran —apuntó Janet, acalorada—, esto será el hallazgo del siglo y haremos historia, y tú te lo estás perdiendo. Y si no eres capaz de verlo, la verdad, ni siquiera comprendo para qué has venido.

—Vine para impedir que cometierais alguna estupidez, que es lo que intento hacer ahora.

—Como quieras. —Le puso la mano en la cara, antes de alejarse con el rostro desencajado—. A nadie le importa si vienes o no. De todos modos, sólo hay cuatro tronos.

Quentin casi esperaba que Alice se uniera a Richard, pues daba la impresión de aferrarse a su valor con las yemas de los dedos. Se preguntó por qué no había renunciado ya; era demasiado delicada para una situación tan imprevisible como aquélla. En cambio, Quentin opinaba todo lo contrario: para él, el peligro residía en retroceder o no hacer nada. El único camino que le quedaba era seguir hacia delante. El pasado era una ruina, pero el presente seguía existiendo. Si pretendían impedir que fuera a la Tumba de Ember, tendrían que atarlo de pies y manos.

Richard no cedió, así que se marcharon sin él, precedidos por Dint y Fen. Antes de desviarse del camino e internarse en el bosque, siguieron durante un breve tramo las huellas del carruaje del día anterior. Pese a la gloria implícita en su elevado y noble objetivo, daban la impresión de ser una clase de párvulos dando una excursión por la naturaleza, con los niños jugando y los monitores adultos, de aspecto serio y responsable, controlándolos para que volvieran a la fila en cuanto se alejaban demasiado. Se estaban relajando por primera vez desde que llegaron a Fillory, siendo ellos mismos, en vez de jugar a los intrépidos héroes exploradores. Unos muros de piedra de escasa altura atravesaban el bosque, y se turnaron haciendo equilibrios sobre ellos. Nadie sabía quién los había construido ni por qué. Josh protestó, preguntando dónde estaba el Caballo Confortable cuando lo necesitaban. No tardaron mucho en cambiar el bosque por un laberinto de prados bañados por el sol y, más tarde, por campos cultivados.

No le habría costado nada hablar a solas con Alice, pero cada vez que Quentin ensayaba lo que iba a decirle, por bien que empezase, llegaba el momento en que le preguntaba qué había pasado con Penny, y toda la escena se volvía blanca como la filmación de una explosión nuclear. Así que decidió conversar con los guías.

Ninguno de los dos era muy parlanchín. Dint no mostró el menor interés al enterarse de que los visitantes también eran magos, pero resultó que no tenían gran cosa en común. Él sólo conocía la magia de combate, apenas era consciente de que hubiera de otra clase.

Quentin tuvo la impresión de que no quería revelar ningún secreto del oficio. Al menos se mostró franco en una cosa.

—Yo mismo me la cosí —dijo, algo tímidamente, apartando la capa a un lado para mostrarle a Quentin el chaleco bandolera que llevaba debajo, con hileras de bolsillos—. Aquí guardo hierbas, polvos y todo lo que pueda necesitar. Si estoy conjurando un hechizo que necesite un componente material, sólo tengo que hacer así... —Realizó una serie de rápidos movimientos, coger y espolvorear, que evidentemente había practicado durante mucho tiempo—. Y listo.

Después recuperó su expresión severa y volvió a sumergirse en su silencioso meditar. Llevaba una varita, algo que casi nadie usaba en Brakebills, se consideraba algo vergonzante, como una bicicleta de cuatro ruedas o una ayuda marital.

Fen era abiertamente más amistosa, pero también más difícil de entender. No era maga y no parecía llevar arma alguna, pero quedaba claro que era el músculo de la pareja. Por lo que pudo deducir Quentin, era una especie de artista marcial y su disciplina se llamaba *inc aga*, palabras intraducibles, pertenecientes a una lengua de la que Quentin no había oído hablar nunca. Las costumbres de la mujer eran muy estrictas: no podía vestir armadura, ni tocar oro o plata, y casi no comía. A Quentin le resultaba imposible adivinar cómo sería el *inc aga* una vez puesto en práctica, ya que sólo lo describía con metáforas abstractas y elevadas.

Dint y ella eran aventureros de profesión.

—Ya no quedamos muchos —confesó Fen, mientras sus cortas y sólidas piernas conseguían de algún modo devorar las distancias más deprisa que las largas y delgadas de Quentin. No lo miraba al hablar, sus ojos saltones examinaban continuamente el horizonte buscando peligros potenciales—. Humanos, quiero decir. Fillory es un lugar agreste, y cada vez lo es más. El bosque se propaga, y se hace más profundo y oscuro. En verano talamos los árboles, a veces incluso los quemamos, y luego marcamos los límites del bosque. Al verano siguiente, esos límites están enterrados cien metros bosque adentro. Los árboles se tragan las granjas, y los granjeros se van a vivir a los pueblos. ¿Dónde viviremos cuando todo Fillory sea bosque? Cuando yo era niña, el Dos Lunas estaba en un campo abierto. A los animales no les importa —añadió con amargura—. Les gusta así.

Se sumió en el silencio y Quentin creyó que era buen momento para cambiar de tema. Se sentía como el soldado paleto de Dubuque, Iowa, hablando con el veterano vietnamita adjunto a su unidad.

—No quiero parecer vulgar, pero ¿te estamos pagando por esto? ¿O te paga otro?

—El éxito será pago suficiente.

—Pero ¿por qué querrías que alguien de nuestro mundo sea rey? ¿Alguien a quien no conoces? ¿Por qué no un nativo de Fillory?

—Sólo los de tu clase pueden sentarse en los tronos del castillo de Torresblancas. Es la ley. Siempre ha sido así.

—Pues no tiene sentido. Y te lo dice alguien que puede beneficiarse de esa ley.

Fen hizo una mueca. Los ojos saltones y los gruesos labios conferían a su rostro un cierto aire de pescado.

—Los nuestros llevan siglos matándose y traicionándose mutuamente —explicó—. ¿Cómo podéis ser peores? El reinado de los Chatwin es la última época pacífica que puede recordar nadie. Vosotros no conocéis a nadie de aquí, no tenéis historia ni cuentas que saldar. No pertenecéis a ninguna facción. —Miró fijamente al camino que tenían delante, mordiéndose las palabras. La amargura en su voz no tenía fondo—. Tiene un sentido político completo. Hemos alcanzado un punto en que la ignorancia y la negligencia son las únicas virtudes que aspiramos a encontrar en un gobernante.

El resto del día lo pasaron cruzando suaves colinas, con los pulgares enganchados en las correas de las mochilas. Unas veces, siguiendo caminos de piedra; otras, atajando por prados donde los grillos saltaban desde las hierbas altas para apartarse de su camino. El día era fresco y el cielo despejado.

Fue una excursión cómoda, de principiante. Cantaron un poco, y Eliot señaló a un risco que, estaba seguro, «gritaba a los cuatro vientos» ser perfecto para cultivar uvas pinot. En ningún momento vieron un pueblo o a otro viajero. Los árboles y verjas ocasionales junto a los que pasaban proyectaban una sombra precisa, clara y recta, como grabada a fuego. Aquello hizo que Quentin se preguntara cómo funcionaban realmente las cosas en Fillory. Apenas existía gobierno central, por tanto, ¿cuál era la función de un rey? Toda la economía política parecía haberse estancado en una Edad Media feudal, aunque también se percibieran elementos de cierta tecnología victoriana. ¿Quién habría hecho aquel precioso carruaje victoriano que casi los atropella? ¿Qué artesanos fabricaban las entrañas de los relojes, tan ubicuos en Fillory? ¿O esas cosas eran producto de la magia? En todo caso, Fillory debía mantener a propósito un estado agrario preindustrial. Como los *amish*.

A mediodía presenciaron uno de los famosos eclipses diurnos de Fillory, y observaron algo que no describía ninguna de las novelas: la luna de Fillory no era una esfera, sino una luna creciente, un elegante arco plateado que navegaba por el cielo, rotando lentamente alrededor de su vacío centro de gravedad.

Acamparon al anochecer en un deshilachado prado cuadrado. La Tumba de Ember, les informó Dint, se encontraba en el siguiente valle, y era preferible no pasar la noche cerca de ella. Se repartió con Fen los turnos de guardia; Penny se presentó voluntario para cubrir alguno, pero declinaron amablemente la oferta. Comieron unos bocadillos de rosbif que habían preparado en la Tierra, desenrollaron los sacos de dormir y se tumbaron al aire libre, con los cuerpos aplastando la áspera y dura hierba verde debajo de ellos.

La Tumba de Ember

La colina era suave y verde. En su base se abría una entrada, con dos postes a los lados y un montante: dos enormes losas de piedra puestas en pie, con una tercera colocada sobre ellas. Más allá de eso, pura oscuridad. A Quentin le recordó una boca de metro.

Alboreaba, y la puerta estaba situada en la ladera occidental, por lo que la sombra de la colina caía sobre ellos. La hierba aparecía escarchada por el pálido rocío y no se oía sonido alguno. La forma de la colina era la de una ola de un verde esmeralda puro, recortándose contra el cielo que se iluminaba poco a poco. Lo que fuera a pasar, pasaría allí.

Sintiéndose abatidos y sucios, detuvieron la marcha y se agruparon a cien metros de distancia para infundirse valor. La mañana era fresca, por lo que Quentin se frotó las manos e intentó un hechizo calorífico, pero sólo consiguió sentirse febril y con ligeras náuseas. No parecía congeniar con las Circunstancias de Fillory. La noche anterior había dormido profundamente, y el peso del cansancio lo había sumido en vívidos sueños de reinos oscuros y primigenios, azotados por rugientes vientos, y de pequeñas bestias peludas, mamíferos primitivos que se ocultaban temerosos en la alta hierba. Deseó poder quedarse allí fuera un poco más y contemplar cómo la rosada luz iluminaba las gotas de rocío. Todos llevaban un pesado cuchillo de caza, que en la Tierra les había parecido necesario, y que ahora resultaba patéticamente inadecuado.

La forma de la colina despertaba algo en lo más profundo de su memoria. Pensó en la que veían en el espejo encantado de aquel mohoso almacén de Brakebills, donde Alice, Penny y él estudiaran juntos tanto tiempo atrás. Parecía la misma colina, pero también mil colinas más. Sólo era una colina.

—Quisiera aclarar una cosa —dijo Eliot, dirigiéndose a Dint y a Fen—. Se llama la Tumba de Ember, pero Ember no está enterrado aquí. Y no está muerto.

Parecía tan relajado y despreocupado como solía estarlo en Brakebills. Ponía los puntos sobre las íes y aclaraba los detalles, tal como habría resuelto indolentemente un problema que le planteara Bigby o decodificado la apretada letra de una etiqueta de vino. Tenía el control. Cuanto más se adentraban en Fillory, más inseguro se sentía Quentin, todo lo contrario de Eliot, que parecía más tranquilo y seguro de sí mismo. Lo que Quentin creyó que le pasaría a él, y no le estaba pasando.

—Cada época le da a este lugar un uso particular —explicó Fen—. Una mina, una fortaleza, una casa del tesoro, una prisión, una tumba... Algunos cavan y profundizan más, otros tapian las partes que no necesitan o que desean olvidar. Es una de las Ruinas Profundas.

—¿Así que ya has estado aquí? —preguntó Anaïs—. Dentro, quiero decir.

Fen negó con la cabeza.

—Aquí, no. En cien lugares similares.

—Pero la corona está aquí, ¿no? ¿Cómo acabó aquí?

Quentin se había preguntado lo mismo. Si la corona perteneció a Martin, quizá vino a esta colina cuando desapareció, quizá murió aquí.

—La corona está ahí —aseguró Dint—. Entraremos y la cogeremos. Basta de preguntas. —Hizo girar su capa, impaciente.

Alice se encontraba muy cerca de Quentin. Parecía pequeña, callada y frágil.

—Quentin, no quiero entrar —susurró, sin mirarlo.

Durante toda la semana anterior, Quentin dedicó horas y

más horas a fantasear sobre lo que le diría a Alice en caso de que alguna vez volviera a dirigirle la palabra. Pero todos los discursos cuidadosamente preparados desaparecieron ante el sonido de su voz. No, no haría un discurso. Era mucho más sencillo enfadarse, enfadarse lo hacía sentirse más fuerte. Aunque, y esa contradicción no contribuía a disminuir su rabia, sólo se enfadaba porque sabía que su posición era muy débil.

—Entonces, regresa a casa —dijo por toda respuesta.

Tampoco era lo adecuado. Pero ya era demasiado tarde, porque alguien corría hacia ellos.

Lo extraño fue que la entrada a la tumba seguía estando a cien metros de ellos y Quentin pudo ver, durante todo un minuto por lo menos, que dos de las criaturas cubrían esa distancia, corriendo por la húmeda hierba como si hicieran una carrera matutina. Resultaba casi gracioso. No eran humanas y tampoco parecían pertenecer a una misma especie, pero las dos eran muy monas. Una galopaba en cuclillas, y parecía una liebre gigante cubierta de un pelo marrón grisáceo, de metro y medio de alto, y más o menos lo mismo de ancho, y saltaba hacia ellos con decisión. La otra parecía más bien un hurón... ¿O era un suricato? ¿Una comadreja, quizá? Quentin perdió el tiempo pensando a qué animal peludo se parecía más. Fuera cual fuese corría erecto y era alto, medía casi dos metros, la mayoría pertenecía a un torso alargado y sedoso. El rostro carecía de barbilla, pero mostraba unos prominentes dientes delanteros.

La extraña pareja cargó contra ellos en silencio, sin gritos de combate ni banda sonora que rompiera el silencio de la mañana. Al principio creyeron que corrían a recibirlos, pero el conejo enarbolaba dos espadas cortas en las garras anteriores, manteniéndolas firmemente ante él mientras corría, y el hurón sujetaba una pica.

La distancia que los separaba se redujo a cincuenta metros. El grupo de Brakebills retrocedió involuntariamente, como si los recién llegados emitieran un campo de fuerza invisible. Bien, ya estaba: habían llegado al límite de todo lo concebible. Algo iba a ceder. Algo tenía que ceder. Dint y Fen no se movían, y Quentin se dio cuenta de que allí no habría conversaciones ni sorteos tipo piedra-papel-tijera. Aquel encuentro se resolvería a espadazos. Había creído estar preparado, pero no lo estaba. Alguien tenía que detenerlos. Las chicas se agarraban unas a otras como azotadas por un fuerte viento, incluso Alice y Janet.

«Oh, Dios mío —pensó Quentin—. Está pasando de verdad, está pasando de verdad.»

El hurón llegó primero. Frenó en seco, jadeante. Sus enormes ojos pestañearon a medida que balanceaba suavemente la pica, trazando un ocho en el aire. Su bufido llenó el aire.

—¡Eh! —gritó Fen.

—¡Ja! —respondió Dint.

Se situaron uno al lado del otro, como si se dispusieran a levantar algo pesado. Dint dio un paso atrás, cediendo la primera sangre.

—Cristo —se oyó decir a Quentin—. Cristo, Cristo, Cristo. —No estaba preparado para eso. Eso no era magia, era todo lo contrario a la magia. Su mundo se estaba desmoronando.

El hurón fintó y atacó al rostro de Fen. Los dos extremos de la pica brillaron con un ominoso color anaranjado, como la punta de un cigarrillo. Alguien gritó.

Uno de los extremos de la pica salió proyectado hacia delante y Fen tuvo que esquivarlo. Se inclinó hacia delante y giró de forma fluida para convertir elegante, casi perezosamente, el giro en una patada circular. Parecía moverse con lentitud, pero su pie golpeó la débil barbilla del hurón con fuerza suficiente como para que su cabeza diese la vuelta noventa grados.

El hurón sonrió, mientras la sangre manchaba sus grandes dientes, pero todavía le esperaban más malas noticias. Fen no había dejado de girar, y su siguiente patada impactó con dureza en el lateral de su rodilla. Ésta cedió, doblándose como no debería. El hurón se tambaleó y repitió el golpe contra la cara de Fen, que detuvo la chisporroteante pica con las manos desnudas y un ruido que resonó como el disparo de un rifle. Entonces, abandonó la elegancia de las artes marciales para forcejear salvaje y aparatosamente con el hurón por el dominio de la pica.

Permanecieron inmóviles por un segundo sujetando la pica, vibrando por la tensión mientras el hurón, con una lentitud agónica, casi cómica, alargaba el cuello para intentar morder el cuello de la mujer con sus grandes incisivos de roedor. Pero ella era más fuerte y, lentamente, le obligó a bajar la pica hasta quedar a la altura de su barbilla, justo donde debía tener la nuez, sin dejar de golpear repetidamente con el pie derecho la rodilla herida, una y otra vez. El animal jadeó y se apartó, retorciéndose de dolor.

Cuando Quentin creía que no podría seguir contemplando la pelea, el hurón cometió su último error. Apartó un instante la zarpa de la pica para buscar el cuchillo que llevaba envainado en el muslo. Fen aprovechó la ventaja para arrojarlo con dureza contra la hierba, dejándolo sin aire.

—¡Ja! —ladró ella, y lo golpeó dos veces con fuerza en el cuello. A eso le siguió un largo gorgoteo, el primer sonido que Quentin le oía proferir.

Fen se puso en pie de un salto con el rostro rojo bajo su corta melena rubia, claramente acalorada. Recogió la pica, respiró hondo y la partió en dos sobre su rodilla. Arrojó los pedazos a un lado, se agachó y le gritó al hurón a la cara:

—¡Jaaa!

Los extremos rotos de la pica escupieron unas cuantas chispas anaranjadas sobre la hierba. Habían pasado sesenta segundos, puede que menos.

—Cristo, Cristo, Cristo —repitió Quentin.

Alguien vomitaba en la hierba. No se le había ocurrido intentar ayudarla ni una sola vez. No estaba preparado para eso. No había ido hasta allí para eso.

Entretanto, el otro asesino, el conejo musculoso, ni siquiera había conseguido llegar hasta ellos. Dint le había hecho algo al terreno, o quizás a su sentido del equilibrio, porque no conseguía mantenerse en pie. Resbalaba impotente como si la hierba fuera hielo. Fen, dejándose llevar, saltó hacia él pasando por encima del cuerpo del hurón, pero Dint la detuvo con un gesto.

Se volvió hacia el grupo de Brakebills.

—¿Alguno de vosotros quiere encargarse de él? ¿Tal vez con arco y flechas? —Quentin no supo decir si el aventurero estaba molesto porque no lo habían ayudado o si sólo estaba siendo educado al ofrecerles participar de la acción—. ¿Alguien?

Nadie contestó. Lo miraron como si hablara en alguna jerigonza incomprensible. Cada vez que la musculosa liebre intentaba levantarse, sus patas se veían incapaces de sostenerla. Aullaba y lloriqueaba, incluso lanzó un grito gutural al arrojarles una de sus espadas, pero volvió a resbalar y la espada quedó corta y desviada.

Dint esperó una respuesta del grupo, pero terminó apartando la mirada disgustado. Dio un golpecito a su varita con el dedo índice, como si le quitara la ceniza a un cigarrillo, y un hueso del muslo de la liebre emitió un chasquido audible. Su grito terminó en falsete.

—¡Espera! —Era Anaïs, abriéndose paso entre los demás, pasando junto a una Janet que parecía de cera—. Espera. Deja que lo intente yo.

A Quentin le resultó incomprensible que Anaïs pudiera siquiera caminar o hablar en ese momento. Inició un hechizo, pero tartamudeó confusa un par de veces y tuvo que volver a empezar. Dint esperaba, visiblemente impaciente. Al tercer intento consiguió completar un hechizo adormecedor que le enseñara Penny. Los gruñidos del conejo cesaron, y se derrumbó de costado sobre la hierba; de pronto parecía alarmantemente encantador. El hurón seguía jadeando, mirando al cielo con ojos abiertos mientras una espuma roja le brotaba de la boca, pero nadie le prestaba atención. Nada se movía por debajo de su cuello.

Anaïs se agachó y cogió la espada corta que les había arrojado la liebre.

—Ya está —le dijo orgullosa a Dint—. Ahora podemos matarlo sin problemas. —Feliz, sopesó la espada en su mano.

Cuando era adolescente en Brooklyn, Quentin se imaginaba a menudo entablando combates marciales. Pero tras lo ocurrido frente a la Tumba de Ember supo, de forma fría e inmutable, que haría todo lo necesario, sacrificaría lo que fuera y a quien fuera, para no verse expuesto nuevamente a la violencia física. Ni siquiera se avergonzó por ello, ni se le pasó por la cabeza, y abrazó su nueva identidad de cobarde; correría en dirección contraria, se tiraría al suelo, lloraría, se taparía la cabeza con las manos o se haría el muerto. Le daba igual lo que tuviera que hacer, porque lo haría. Y lo haría contento.

Cruzaron la puerta de la tumba tras Dint y Fen, y entraron en la colina.

«Por cierto, ¿qué clase de nombres de retrasados son ésos? ¿Dint y Fen?», pensó Quentin, todavía aturdido. Apenas se fijó en lo que lo rodeaba. El pasillo cuadrado de paredes de piedra se abrió a una enorme cámara abierta, casi tan grande como la colina que la contenía, que debía de ser prácticamente hueca. Una luz tintada de verde se filtraba a través de una abertura circular en la cúspide de la sala, y el aire estaba impregnado de polvo de piedra. En el centro de la sala se veían los restos de un enorme modelo mecánico del sistema solar realizado en bronce, con los esqueléticos brazos desprovistos de planetas. Era como un árbol de Navidad roto y desfoliado, cuyas esferas destrozadas yacían alrededor de su base como adornos caídos.

Nadie se fijó en un enorme lagarto verde —más de tres metros—, inmóvil hasta entonces en medio de restos de mesas y bancos rotos, hasta que se movió y reptó hacia las sombras, arañando el sueño de piedra con sus garras. El horror resultó casi placentero: barrió de su mente a Alice, a Janet y a todo lo demás excepto el horror mismo, como un limpiador potente y abrasivo a la vez.

Vagaron de habitación en habitación, todas vacías, levantando ecos en los pasillos de piedra. El trazado de aquella especie de laberinto era más que caótico. Los estilos de albañilería cambiaban de aspecto y pauta cada veinte minutos, indicando los cambios de las nuevas generaciones de albañiles. Se turnaron para lanzar hechizos lumínicos sobre cuchillos, manos y otras partes más inapropiadas del cuerpo en un intento por romper la tensión.

Tras haber probado sangre, Anaïs seguía ahora a Dint y Fen como un cachorrito, lamiendo cualquier comentario sobre combate cuerpo a cuerpo que pudiera sacarles.

—Nunca tuvieron ninguna oportunidad —dijo Fen con desinterés profesional—. Ni aunque Dint no se hubiera ocupado del segundo, ni siquiera si hubiera estado yo sola. La pica no es un buen arma para un ataque conjunto, requiere demasiado espacio. Una vez atacas con ella, los extremos se mueven a izquierda y derecha, arriba y abajo, y no puedes preocuparte por tu amigo. Sólo tienes que enfrentarte a ellos uno por uno, y después sigues adelante.

—Tendrían que haber esperado a que llegáramos a la gran sala y entonces atacarnos por sorpresa —añadió Dint.

Anaïs asintió, evidentemente fascinada.

—¿Y por qué no lo hicieron? —preguntó—. ¿Por qué vinieron a por nosotros?

—No lo sé —confesó Fen, frunciendo el ceño—. Quizá por una cuestión de honor, o pudo ser un farol, creyendo que huiríamos. Quizás estaban bajo la influencia de un hechizo y no pudieron evitarlo.

—¿Teníamos que matarlos? —saltó Quentin—. No podríamos haberlos... no sé...

—¿Qué? —replicó Anaïs con tono de burla—. ¿Haberlos cogido prisioneros? ¿Haberlos rehabilitado?

—No lo sé —repuso Quentin, descorazonado. No era así como esperaba que salieran las cosas—. Podríamos haberlos... ¿atado, quizá? Mira, creo que no tenía muy claro cómo sería esto en realidad, que tendríamos que matar gente.

Eso le hizo pensar en el día que apareció la Bestia. Tuvo la misma sensación insondable de que lo sucedido ya no tenía remedio, como si se hubiera roto la cuerda que los sostenía y estuvieran en caída libre.

—No eran gente —protestó Anaïs—. No eran gente. Además, ellos intentaron matarnos primero.

—Estamos entrando en su casa.

—La gloria tiene un precio —sentenció Penny—. ¿O no lo sabías antes de buscarla?

—Pues ellos han pagado el precio por nosotros, ¿no?

Para sorpresa de Quentin, también Eliot se puso en su contra.

—¿Qué pasa? ¿Ahora te echas atrás? ¿Precisamente tú? —Eliot dejó escapar una risa amarga—. Necesitas esto casi tanto como yo.

—¡No me estoy echando atrás! ¡Sólo estoy hablando!

Quentin tuvo tiempo de preguntarse por qué necesitaría Eliot «esto» tanto como él, antes de que Anaïs los hiciera callar.

—Oh, Dios. Por favor, ¿podemos no pelearnos? —Agitó su rizada cabeza con desagrado—. ¿Podemos no pelearnos?

Cuatro horas, tres tramos de escaleras, y kilómetro y medio de pasillos vacíos más tarde, Quentin estaba examinando una puerta cuando se abrió de pronto, con fuerza, golpeándolo en la cara. Retrocedió un paso, llevándose la mano al labio superior. Medio aturdido, se preocupaba más por si le sangraba la nariz, que por cómo se había abierto la puerta de golpe o quién lo había hecho. Se llevó el dorso de la mano al labio, lo palpó, volvió a levantar la mano y volvió a palparlo. Sí, estaba sangrando.

Un ser élfico asomó un delgado y enfurecido rostro por la abertura y lo miró. Por puro reflejo, Quentin cerró la puerta de una patada.

Decidió avisar a los demás, ocupados en ese momento examinando una habitación amplia de techo bajo, con un lavamanos seco en el centro. Una planta trepadora, una especie de hiedra, había crecido desde el cuenco, extendiéndose por la mitad de las paredes antes de morir. Allí, la luz del sol no era más que un recuerdo de muchos meses atrás. Quentin veía puntos luminosos aunque cerrase los ojos, y sentía la nariz como un pegote fundido de algo que latía por su cuenta.

La puerta volvió a abrirse con lentitud melodramática, revelando a un hombrecillo menudo de rasgos puntiagudos, vestido con una armadura de cuero negro. No parecía especialmente sorprendido de ver a Quentin. El hombre, elfo o lo que fuera, sacó un estoque del cinto y adoptó una postura formal de esgrima. Quentin retrocedió, con los dientes rechinando de miedo y resignación. Fillory había vomitado otro integrante de su zoo maligno.

Puede que la fatiga embotara el filo de su miedo, pero, casi sin darse cuenta, empezó a recitar el hechizo del proyectil mágico de Penny. Lo había practicado en Nueva York, y ahora intentó lanzarlo mientras retrocedía porque el elfo negro, como lo había bautizado mentalmente, avanzaba hacia él desplazándose en la misma posición de tirador, con la mano libre levantada y la muñeca floja. El terror y el dolor físico habían agudizado y simplificado el universo moral de Quentin, así que lanzó los dardos mágicos contra el pecho de su adversario.

El elfo negro tosió y cayó al suelo de culo. Parecía desmayado. Su rostro quedó a una altura ideal para recibir una patada de kung-fu, así que Quentin, en lo que le pareció un acto de valentía suprema, le pateó salvajemente en la cara. El estoque repiqueteó al chocar contra la piedra.

—¡Aaah! —gritó Quentin.

Sucedió lo mismo que durante su pelea con Penny, cuando el miedo lo abandonó. ¿Era eso lo que llamaban la furia del combate? ¿Iba a convertirse en un exterminador como Fen? Lo único que sabía era que dejar de estar asustado le sentaba de maravilla.

Nadie más se había dado cuenta de lo que pasaba hasta su grito. Ahora, la escena cambió y se tornó una pesadilla. Otros cuatro elfos negros entraron en la sala enarbolando diversas armas, seguidos por dos hombres con piernas de cabra y dos aterradores abejorros gigantes del tamaño de pelotas de baloncesto. También apareció algo carnoso y sin cabeza que se arrastraba sobre cuatro patas, y una figura delgada y silenciosa compuesta de niebla blanca.

Con los dos grupos en sus respectivos lados de la sala, dio inicio un combate de miradas. La situación le recordaba a Quentin el principio de un partido de balón prisionero. Todo el cuerpo le ardía, ansiaba volver a utilizar el hechizo de los proyectiles. Había pasado de sentirse frágil, vulnerable y cobarde, a poderoso, supercargado y protegido por una armadura. Los dos mercenarios susurraban entre sí y señalaban, eligiendo objetivos.

Fen cogió un guijarro y lo lanzó suave, lateralmente, contra uno de los faunos (¿ahora había faunos malos?), que dejó que rebotara inofensivamente contra un escudo redondo de cuero sujeto a su antebrazo. Parecía enfadado.

—El problema es el grimling —oyó que le decía Fen a Dint.

—Sí, pero déjame el pangborn. Tengo algo para él.

Dint sacó una varilla de la capa y pareció escribir con ella en el aire. Después, se acercó la punta a los labios y dijo dos palabras, como si le hablara a un micrófono. Cuando señaló con ella a uno de los faunos, como un director de orquesta orientando a un solista, el hombre con patas de cabra estalló en llamas.

Era como si estuviera hecho de magnesio empapado en gasolina y sólo hubiera esperado una chispa para prenderse fuego. Ardían todos y cada uno de los centímetros de su cuerpo. Dio un paso atrás, se giró hacia el otro hombre-cabra como si fuera a decirle algo, pero se desplomó y Quentin no pudo seguir mirando. Cuando estalló el infierno, intentó aferrarse a la exultante sed de sangre que sintiera momentos antes con tanta claridad, aventarla para que volviera a la vida, pero la había perdido.

Fen disfrutaba, era evidente que se había entrenado para esto. Quentin no se había dado cuenta antes, pero también utilizaba algo de magia cuando combatía; su *inc aga* era una técnica híbrida, un arte marcial completamente integrado con un estilo de hechizos muy especializado. Movía los labios, y estallaban fogonazos blancos allí donde impactaban sus patadas y puñetazos. Mientras tanto, Dint se dirigió hacia la figura fantasmal y neblinosa, musitando algo inaudible que hizo que ésta se agitara y dispersara ante una galerna inaudible e invisible.

Quentin hizo un inventario rápido de sus compañeros. Eliot mostró su utilidad lanzando un hechizo cinético contra el segundo fauno y clavándolo firmemente al techo. Anaïs había sacado la espada corta, que ahora brillaba como la luna gracias a un hechizo filoso, y buscaba impaciente alguien en quien clavarla. Janet se abrazaba a sí misma pegada a la pared, con el rostro húmedo y brillante por las lágrimas, y los ojos en blanco. Se había desmayado.

Pasaban demasiadas cosas a la vez. El estómago le dio un vuelco cuando se dio cuenta de que un elfo había elegido a Alice como objetivo y avanzaba en su dirección a través del lavamanos, haciendo girar un largo cuchillo —¿se llamaban puñales?— en cada mano. Su rostro dejaba muy claro que había olvidado todos los hechizos aprendidos. Se dejó caer sobre una rodilla y se encogió, cruzando las manos en la nuca. Nadie en toda la historia de los conflictos del mundo habría parecido más indefenso.

Sólo tuvo tiempo para sentir cómo toda la ternura que una vez sintió por ella brotaba infinitamente concentrada en un instante y de sorprenderse porque siguiera allí, fresca e intacta bajo su antiestética y chamuscada capa de rabia, antes de ver cómo se rompía la blusa de Alice, y un pequeño y correoso bípedo se abría paso con sus garras por la piel de su espalda. Era un truco de fiesta, una corista saliendo de una tarta. Alice había liberado su cacodemonio.

No había duda de que aquel ser era el más feliz de la sala. Ansiaba participar en aquella fiesta y comenzó por el elfo. Saltó sobre los dedos de los pies, como un tenista profesional disponiéndose a devolver un servicio, con un triple punto de partido a su favor. Resultó evidente que su salto era mucho más rápido de lo que se esperaba su contrincante. Un instante después estaba fuera del alcance de los puñales y aferraba los brazos superiores del elfo, enterrando su horrendo rostro en el suave hueco de su cuello. El elfo boqueó desesperado y atacó futilmente la impenetrable espalda del demonio con sus cuchillos. Quentin volvió a recordarse por centésima vez que no debía subestimar a Alice.

Y de pronto, todo acabó. Ya no tenían contrincantes. Los elfos y los abejorros habían caído, y la sala estaba llena de un humo ácido procedente del fauno quemado. Fen era responsable del mayor número de bajas y ya estaba realizando un ritual poscombate para calmarse, retrocediendo por encima de los enemigos ejecutados durante la breve batalla y susurrando sus nombres. Penny estaba lanzando un hechizo al sátiro que Eliot había pegado al techo, mientras Anaïs aguardaba, impaciente por administrar el golpe de gracia. Quentin se fijó, con la más mezquina de las irritaciones, que aquel sátiro no llevaba escudo, lo que significaba que Dint había quemado al otro y que no podría reclamar el botín. Tenía un bigote de sangre seca por la hemorragia de su nariz.

No había estado tan mal, se dijo a sí mismo. No era tanta pesadilla como pensara. Se arriesgó a lanzar un estremecedor suspiro de alivio. ¿Eso era todo? ¿Habían acabado con todo?

Janet había conseguido recuperarse de su parálisis y estaba ocupada con algo. A diferencia de todo lo que habían visto, la criatura carnosa y sin cabeza que se movía sobre cuatro patas ni era humanoide ni estaba relacionada con ninguna fauna terrestre. Era radialmente simétrica, como una estrella de mar, sin cara o espalda definidas, y ahora permanecía en un rincón, dando repentinos saltitos asustados en direcciones inesperadas. Tenía una gran gema facetada incrustada en la espalda. ¿Puramente decorativa o era su ojo? ¿Su cerebro, quizá?

—¡Eh! —exclamó Fen, chasqueando los dedos en dirección a Janet—. ¡Eh! —Era evidente que había olvidado el nombre de Janet—. Deja eso. Déjanos el grimling a nosotros.

Janet la ignoró y siguió avanzando con cuidado hacia él. Quentin deseó que no lo hiciera. Su estado emocional no era adecuado para echar mano de la magia.

—¡Janet! —gritó.

—Mierda —dijo Dint con claridad.

Era un «mierda» profesional, porque le tocaría limpiar el resultado. Sacó la varita de donde fuese que la tuviera.

Antes de que pudiese actuar, Janet se llevó la mano a la espalda y sacó algo pequeño pero pesado. Lo cogió con ambas manos, hizo un pequeño ajuste y disparó cinco balas contra la criatura. El sonido en aquella sala de techo bajo fue atronador. Uno de los disparos incluso arrancó chispas de la joya del grimling. Se desplomó en el suelo, temblando y desinflándose como un globo en un desfile, siempre inexpresivo, emitiendo tan sólo un silbido agudo y urgente. Al quinto disparo ya estaba clara y definitivamente muerto.

Nada ni nadie se movió en la sala, cuando Janet se dio media vuelta. Las lágrimas que derramara antes estaban secas.

Clavó desafiante la mirada en todos los demás.

—¿Qué coño estáis mirando? —dijo.

A medida que avanzaron el frío se hizo más intenso. Cuando alcanzaron los seis pisos de profundidad, Quentin tiritaba dentro de su grueso jersey y pensaba nostálgicamente en las cálidas y acolchadas parkas que abandonaran junto al soleado arroyo. Hicieron una pausa para descansar en una sala circular, con un hermoso dibujo de lapislázuli en el suelo. De alguna parte emanaba una luz ambiental verde oscura, como la de un acuario. Dint adoptó la posición de loto, se envolvió en la capa y meditó, flotando a quince centímetros del suelo. Fen realizó unos cuantos ejercicios calisténicos. Era evidente que no se habían detenido por ellos; eran como montañeros profesionales, pastoreando con impaciencia a una manada de ricos y obesos gatos por las laderas del Everest. El grupo de Brakebills resultaba un pesado fardo que estaban obligados contractualmente a entregar.

Alice estaba sola en un banco de piedra con la espalda contra una columna, mirando ausente un mosaico de la pared que representaba a un monstruo marino, una especie de pulpo pero mucho más grande y con bastante más de ocho patas. Quentin se sentó a horcajadas en el extremo opuesto del banco sin dejar de mirarla. La chica desvió por un instante la mirada hacia él; en sus ojos no se leía ni un asomo de contrición o perdón. Él se aseguró de que los suyos reflejaran lo mismo.

Contemplaron el mosaico. Los cuadraditos de cerámica que componían la criatura marina se movían muy despacio, recolocándose en la pared, y el azul de las olas se movía gradual y acompasadamente con el monstruo. Era una magia decorativa muy sencilla. En Brakebills tenían un lavabo cuyo suelo ofrecía más o menos el mismo efecto. Quentin sentía como si un agujero negro tirase de él, arrancándole la carne con su gravedad tóxica.

Al final, ella sacó la cantimplora y humedeció con ella uno de los calcetines blancos que llevaba de repuesto.

—A ver qué podemos hacer con tu nariz —dijo.

Alargó la mano para acercar el calcetín a su cara, pero en el último momento se dio cuenta de que él no quería que lo tocara y le entregó la prenda. A medida que se lo pasaba con cuidado por el labio superior fue tiñéndose de rosa.

—¿Cómo fue? —preguntó Quentin. Alice lo miró desconcertada—. Me refiero a cuando dejaste salir al demonio.

Ahora que había pasado la tensión del combate y que ella ya no estaba en peligro, la rabia volvió a él. Le costaba esfuerzo no decir nada insultante. Alice apoyó el pie en el banco y empezó a deshacer los cordones de sus deportivas.

—Me sentí bien —dijo ella con cuidado—. Creí que me dolería pero fue un alivio, como estornudar. Nunca pude respirar bien con esa cosa dentro de mí.

—Interesante. ¿Te sentiste tan bien como cuando te tiraste a Penny?

Había querido pensar que podía ser educado, pero le costaba demasiado. Las palabras acudieron a su boca con una malévola vida propia. Se preguntó qué más podría decir. «Llevo en mi interior toda clase de demonios —pensó—. No sólo uno.»

Si había conseguido herirla, Alice no lo demostró. Se quitó un calcetín, una fea ampolla blanca le cubría media planta del pie. Volvieron a contemplar el mosaico. Un pequeño barco entraba en escena, un bote salvavidas o la lancha de un ballenero abarrotada de personitas. Estaba claro que la criatura marina acabaría destrozando la pequeña lancha con sus muchos brazos largos y verdes.

—Eso fue... —se interrumpió y volvió a empezar—. Eso no estuvo bien.

—¿Por qué lo hiciste entonces?

Alice inclinó, pensativa, la cabeza; estaba pálida.

—Porque quería vengarme de ti. Porque me sentía como una mierda. Porque no creí que pudiera importarte. Porque estaba borracha y él se me echó encima...

—Entonces, te violó.

—No, Quentin, no me violó.

—Da igual. No sigas hablando.

—Creo que no me di cuenta de lo mucho que te dolería...

—Cállate. No puedo seguir hablando contigo. No puedo escuchar lo que estás diciendo.

Empezó la conversación hablando con normalidad y la terminó gritando. En cierta manera, esa clase de peleas era como usar magia. Soltabas las palabras y éstas alteraban el universo. Con sólo hablar podías causar daño y dolor, derramar lágrimas, apartar a la gente, sentirte mejor, empeorar tu vida. Quentin se inclinó hacia delante con los ojos cerrados, hasta apoyar la frente en el frío mármol del banco. Se preguntó qué hora sería. La cabeza le daba vueltas, y pensó que podría quedarse dormido allí mismo. Así, como si nada. Quería escupirle a Alice que no la amaba, pero no podía porque no era cierto. Era la única mentira que no conseguía decir.

—Ojalá esto hubiera acabado ya —dijo Alice en voz baja.

—¿Qué?

—Esta misión, esta aventura o como quieras llamarla. Quiero volver a casa.

—Yo, no.

—Esto va mal, Quentin. Alguien acabará herido.

—Pues, eso espero. Si muero haciendo esto, al menos habré hecho algo. Puede que tú también hagas algo uno de estos días, en vez de ser un ratoncito patético.

Alice respondió algo que él no consiguió oír.

—¿Qué?

—He dicho que no hables de la muerte. No sabes nada de eso.

Una banda elástica que apretaba el pecho de Quentin se relajó ligeramente sin ningún motivo, contra su expresa voluntad, y de él brotó algo a medio camino entre la risa y la tos.

Volvió a apoyarse contra la columna.

—Dios, estoy perdiendo la puta cabeza.

Al otro lado de la sala, Anaïs estaba sentaba junto a Dint, comentando sus progresos sobre un mapa improvisado que el guía había trazado en lo que parecía sospechosamente una hoja cuadriculada. Ahora, Anaïs parecía más parte del equipo de los guías que del grupo de Brakebills. La chica se inclinó sobre el mapa, apoyando deliberadamente un pecho sobre el hombro de Dint. No se veía a Josh por ninguna parte. Penny y Eliot dormitaban en el suelo, en el centro de la sala, con las mochilas debajo de sus cabezas. Eliot había abroncado a Janet por el arma, hasta arrancarle la promesa de que sólo la usaría de forma responsable.

—¿Tú sigues queriendo esto, Quentin? —preguntó Alice—. Me refiero a lo que estamos haciendo aquí, a todo eso de ser reyes y reinas.

—Claro que sí. —Casi se le había olvidado el motivo de que estuvieran allí. Pero era verdad, un trono era justo lo que necesitaba. Quizá, cuando estuvieran instalados en el castillo de Torresblancas, coronados en la gloria y con todas las comodidades posibles, fuera capaz de encontrar fuerzas para asimilarlo todo—. Habría que ser idiota para no quererlo.

—¿Sabes lo más divertido? —Se sentó muy recta, muy animada de pronto—. ¿Lo que es para partirse de risa? Que no es verdad, que ni siquiera lo quieres. Aunque todo esto terminase sin más contratiempos, seguirías sin ser feliz. Te rendiste en Brooklyn y en Brakebills, y cuando llegue el momento, también te rendirás en Fillory. Es lo más fácil, ¿verdad? Y, por supuesto, siempre acabarías rindiéndote con lo nuestro.

«Teníamos problemas, pero podríamos haberlos solucionado. Y eso era demasiado fácil para ti porque podría haber funcionado, ¿y qué sería entonces de ti? Habrías tenido que aguantarme para siempre.

—¿Problemas? ¿Teníamos problemas? —Los demás alzaron la cabeza, y Quentin bajó la voz hasta convertirla en un furioso susurro—. ¡Te acostaste con Penny, joder! ¡Yo diría que eso es más que un puto problema!

Alice hizo caso omiso del comentario. De no conocerla bien, Quentin habría dicho que su tono al responder parecía casi tierno.

—Dejaré de ser un ratón y correré riesgos. Pero sólo si miras tu vida un momento y te das cuenta de lo perfecta que es. Deja de buscar la siguiente puerta secreta que te lleve a tu verdadera vida, deja de esperar. Ya la tienes; no hay otra. Está aquí, y más te vale disfrutarla o seguirás sufriendo vayas donde vayas, hagas lo que hagas el resto de tu vida, eternamente.

—Uno no puede decidir ser feliz.

—No, no puede, pero sí puede decidir que quiere sufrir. ¿Es eso lo que quieres? ¿Quieres ser el gilipollas que fue a Fillory a sufrir por estar allí? ¿Incluso en Fillory? Porque es ahí donde estás ahora.

Lo que decía Alice tenía cierto sentido, pero no conseguía entenderlo. Era demasiado complejo o demasiado simple... demasiado algo. Había pensado lo mismo la primera semana que pasó en Brakebills, cuando salió a navegar con Eliot y vieron otros remeros encogidos y tiritando en lo que para Quentin era un cálido día de verano. Así era como lo veía Alice. Era extraño, Llegó a pensar que hacer magia sería lo más duro que tendría que hacer nunca, pero el resto era mucho más duro. Resultó que la magia era la parte fácil.

—¿Por qué has venido, Alice?

Ella lo miró con calma.

—¿Por qué crees tú, Quentin? Vine por ti. Vine porque quería cuidar de ti.

Quentin miró alrededor. Vio a Janet, con los ojos cerrados y sentada con la espalda contra una pared. Acunaba el revólver en su regazo. No creyó que estuviera dormida. Vestía una camiseta roja con una estrella blanca en el pecho y pantalones caqui. «Debe de tener frío», pensó. Mientras la miraba, ella suspiró y se humedeció los labios sin abrir los ojos, como una niña pequeña.

No quiso mostrarse distante. Alice seguía mirándolo. Detrás de ella, el mosaico era un torbellino de tentáculos verdes, olas espumosas y fragmentos de madera flotantes. Se deslizó por el banco de piedra hasta donde estaba ella y la besó, y le mordió el labio inferior hasta que ella se sobresaltó.

Llegó un momento en que ya no pudieron seguir ignorando que se habían perdido. Los pasillos se retorcían endemoniadamente y se dividían con frecuencia. Estaban en un laberinto y no sabían resolverlo. Dint se había obsesionado con su mapa, que ya ocupaba media docena de hojas de papel cuadriculado, y que examinaba y rectificaba cada vez que doblaban una esquina. En Brakebills aprendieron un hechizo que les permitía dejar huellas brillantes tras ellos, pero Dint les advirtió que eso podría conducir hasta ellos a toda clase de enemigos y depredadores. Las paredes estaban grabadas con hileras de figuras, miles de ellas, desfilando de perfil, cada una sosteniendo un tótem diferente: una hoja de palma, una antorcha, una llave, una espada, una granada...

Estaba muy oscuro. Amontonaban los hechizos luminosos en todo lo que pudiera asimilarlos, pero la luz no parecía durar mucho, y recorrían los pasillos a toda velocidad. El ambiente era el de un picnic amenazado por una tormenta. El pasillo seguía dividiéndose una y otra vez, y a veces interrumpiéndose, lo que obligaba a retroceder. A Quentin le dolían los pies, algo duro le pinchaba el tobillo izquierdo cada vez que daba un paso.

Echó un vistazo atrás. Algo rojizo brillaba tras ellos, algo que proyectaba una luz carmesí oscura en alguna parte del laberinto. Sintió una profunda falta de interés por descubrir qué era.

Diez minutos después se atascaron en una bifurcación. Dint abogaba con fuerza por ir a la derecha, mientras que Josh defendía, admitiendo que no se basaba en nada tangible, que el pasillo de la izquierda parecía «mucho más prometedor» y que «presentía que era lo que buscaban». Las paredes estaban pintadas con paisajes trampantojos extrañamente convincentes, atestados de pequeñas figuritas bailando. En la distancia, unas puertas se abrieron y se cerraron con un portazo.

El pasillo se iluminó detrás de ellos. Esta vez todos se dieron cuenta, era como si acabara de salir un sol subterráneo. La disciplina se hizo añicos, el grupo se partió en una huida descontrolada, pero estaba demasiado oscuro para que Quentin pudiera asegurar que no dejaban nadie atrás. Se concentró en Alice, que jadeaba frente a él. La parte trasera de su blusa se abría a cada paso, allí donde el demonio la había desgarrado para liberarse; podía ver la cinta de su sujetador negro, y se preguntaba cómo había sobrevivido a la operación. Deseó tener una chaqueta que ofrecerle.

Alcanzó a Dint.

—Deberíamos reducir la marcha —sugirió entre jadeos—. Perderemos a alguien.

Dint negó con la cabeza.

—Nos siguen el rastro. Si paramos, nos alcanzarán.

—¿Qué coño pasa, tío? ¿No tenías un plan?

—Éste es el plan, niño de la Tierra —le espetó Dint en respuesta—. Si no te gusta, vete a casa. En Fillory necesitamos reyes y reinas. ¿No vale la pena morir por eso?

«La verdad es que no, gilipollas», pensó Quentin. La ninfa putilla tenía razón. *Ésta no es vuestra guerra.*

Cruzaron en tromba una puerta para darse de bruces con un tapiz, que la ocultaba por el otro lado. Tras el tapiz descubrieron una sala de banquetes iluminada con velas y dispuesta con comida fresca y humeante. Pero estaban solos; era como si los camareros hubieran desaparecido de la vista momentos antes de llegar ellos. La mesa se prolongaba en ambas direcciones sin que vieran el final en ninguno de los extremos. Los tapices eran coloridos y detallados, la cubertería de plata relucía, las jarras de cristal estaban llenas de vino oro oscuro y púrpura arterial.

Se detuvieron y miraron en ambas direcciones, pestañeando. Era como si hubieran tropezado con el sueño de un hombre hambriento.

—¡Que no coma nadie! —exclamó Dint—. ¡No lo toquéis! ¡Que nadie coma ni beba!

—Hay demasiadas entradas —advirtió Anaïs, mirando en todas direcciones—. Pueden atacarnos.

Tenía razón. Una puerta se abrió al fondo del salón, y entraron dos individuos altos y larguiruchos de la familia de los simios, aunque Quentin no habría sabido cómo llamarlos. Por la expresión de sus vidriosos ojos de mono parecían aburridos, pero se movieron en perfecta sincronía al meter las manos en unas bolsas que colgaban de sus hombros y sacar unas bolas de plomo del tamaño de pelotas de golf. Con un giro ensayado de sus hiperdesarrollados hombros y sus brazos excesivamente largos, arrojaron las bolas contra el grupo a la velocidad de una bola rápida de béisbol.

Quentin cogió a Alice de la mano y juntos se agacharon tras el pesado tapiz que encajó el impacto de una de las bolas. La otra partió una vela de la mesa y vaporizó de forma espectacular cuatro vasos de vino dispuestos en fila. Quentin pensó que, en otras circunstancias, aquello habría molado. Eliot se tocó la frente, allí donde le había alcanzado una astilla de cristal, y se miró los dedos ensangrentados.

—¡Quiere alguien hacer el favor de matar a esas cosas, por favor! —exclamó Janet, disgustada. Estaba encogida debajo de la mesa.

—Por favor, esta mierda no es ni mitológica —se quejó Josh con los dientes apretados—. Necesitamos unicornios o algo así en este capítulo.

—¡Janet! —gritó Eliot—. ¡Saca a tu demonio!

—¡Ya me lo saqué la misma noche de la graduación! —respondió ella—. ¡Me daba mucha pena!

Oculto tras la áspera tela del tapiz, Quentin vio que un par de piernas pasaban por su lado sin prisas. Penny caminó confiado hacia los dos lanzadores de bolas mientras se disponían a lanzar una nueva andanada, manteniendo inexpresivo el rostro simiesco. Hacía gestos rápidos con las manos y cantaba una invocación con su clara voz de tenor. Tranquilo y muy serio bajo la cambiante luz de las velas, vestido sólo con vaqueros y camiseta, ya no parecía un simple punk tatuado, sino un mago de combate joven y endurecido. ¿Fue así como lo vio Alice la noche que se acostó con él.

Penny alzó una mano y detuvo una bola de plomo en el aire, y luego una segunda. Flotaron un segundo ante él como sorprendidos colibríes, antes de recuperar su peso y caer al suelo. Con la otra mano, les lanzó una ardiente semilla que creció y se expandió como un paracaídas al desplegarse. Los tapices de ambos lados de la sala ardieron antes que la bola de fuego los rozara. La bola engulló a los dos monos y, al disiparse, habían desaparecido; tres metros de la mesa de banquete eran una hoguera.

—¡Sí! —gritó Penny, entusiasmado—. ¡Cabrones!

—Aficionado —murmuró Dint.

—Como me hayan estropeado el pelo, resucitaré a esas cosas para volver a matarlas —dijo Eliot débilmente.

Retrocedieron por la sala del banquete en dirección opuesta, pasando con incomodidad junto a las sillas de madera de respaldo recto. Era demasiado estrecha, y la mesa no dejaba sitio para que mantuvieran la formación de manera adecuada. Todo producía una absurda sensación a lo *Yellow Submarine*. Quentin retrocedió un poco y en parte saltó, en parte se deslizó sobre la mesa, haciendo volar los platos en su avance, sintiéndose como un héroe de acción que resbala por la capota de su coche estampada con un ave en llamas.

A ambos lados de la sala se congregó un curioso zoológico salido de *Alicia en el país de las maravillas*. Especies y partes corporales parecían haberse fundido en él de forma aparentemente caótica. ¿Tanto había degenerado todo desde que se fueron los Chatwin, al punto de cruzarse animales y humanos? Podían ver hurones y conejos, ratones gigantes, monos saltarines y un martín pescador de aspecto salvaje, pero también hombres y mujeres con cabezas de animales: uno, con una cabeza de zorro que le daba un aire astuto, parecía preparar un hechizo; una mujer de cuello ancho, tenía cabeza de lagarto y enormes ojos que se movían de forma independiente; otro más enarbolaba una pica con aire extrañamente digno, pero sobre cuyos hombros se agitaba el cuello sinuoso y la pequeña cabeza de un flamenco rosa.

Fen cogió un cuchillo afilado de la mesa del banquete, sujetó con cuidado la hoja entre pulgar e índice y lo arrojó girando hasta clavarlo en el ojo del hombre-zorro que comandaba un pequeño grupo.

—¡Moveos! —rugió—. Todos, todo el mundo. Atrás. No dejéis que se nos adelanten. Ya debemos de estar cerca.

Retrocedieron a lo largo de la sala del banquete. La idea era mantener una línea de combate constante y ordenada entre los atacantes y ellos, pero esa línea no paraba de fluctuar. Uno de ellos se retrasaba porque las sillas lo molestaban, o los moradores de la tumba se agrupaban y cargaban contra ellos, o, lo que era peor, uno de sus enemigos irrumpía de pronto en el centro del grupo desde alguna puerta oculta en la pared de la sala. Alice y él lograron seguir cogidos de la mano los primeros diez segundos, pero después les resultó imposible. No fue como los primeros combates, la situación seguía degenerando y cada vez se parecía más a un encierro de San Fermín. La sala parecía prolongarse eternamente, y quizá fuera así. Las velas, los espejos y la comida daban un aire incongruentemente festivo. Aunque decidieran utilizar el botón para volver a casa, les sería difícil reunirse en un mismo sitio para dar el salto.

Quentin corría cuchillo en mano, aunque no sabía si sería capaz de usarlo. Se sentía como en clase de gimnasia, intentando parecer parte del equipo, al tiempo que deseaba desesperadamente que nadie le pasara la pelota. Un gato doméstico gigante saltó desde un tapiz situado frente a él y Fen le salvó la vida al embestirlo temerariamente y rodar con él por el suelo, forcejeando y luchando, hasta dejarlo inconsciente de un furioso cabezazo *inc aga*. Quentin alargó la mano para ayudarla a levantarse y siguieron corriendo.

Dint era todo un espectáculo. Saltó ágilmente sobre la mesa del banquete y corrió a zancadas por ella, recitando percutoras sílabas con una rapidez y una fluidez asombrosas, y la varita encajada en la oreja. Sus largos cabellos negros chisporroteaban y chorros de energía brotaban en fogonazos de las yemas de sus dedos, lanzando en ocasiones hasta dos hechizos distintos a la vez. Quentin se fijó en que era capaz de realizar un ataque primario con una mano, mientras liberaba con la otra un segundo de inferior nivel. Hubo un momento en que hizo crecer tanto sus brazos, que agarró dos sillas con cada una de sus manos y derribó a media docena de contrincantes en tres movimientos precisos, derecha, izquierda, derecha.

Penny se las arregló para embrujar a una parte de la mesa y convencerla de que se encabritara como un ciempiés furioso y atacase a los fillorianos, hasta que éstos la hicieron astillas. Incluso Quentin logró lanzar un par de proyectiles mágicos de sus sudorosas palmas. Fen llevaba la túnica empapada de sudor y sangre, cuando cerró los ojos y unió las palmas de las manos susurrando; cuando las separó, brillaban con una terrible fosforescencia blanca. Gritó al siguiente enemigo con el que se enfrentó —un fibroso ser que enarbolaba una cimitarra y vestía piel de leopardo, o era medio leopardo de cintura para arriba—, y le hundió el puño por el pecho hasta tocar el hombro.

Sin embargo, se encontraban constantemente al borde de la muerte, y a cada segundo se les acercaba más. La situación se desintegraba y necesitaban una salida estratégica. La sala estaba llena de cuerpos y de humo. Quentin apenas podía respirar entre dientes y canturreaba mentalmente una absurda canción psicótica.

Había perdido el cuchillo en algún momento de la batalla, al hundirlo en el vientre de un filloriano peludo. Nunca llegó a ver el rostro de la criatura —porque era una criatura, no una persona, no una persona, no una persona—, pero luego recordaría la sensación, la forma en que la hoja se hundió en los duros y correosos músculos del diafragma, deslizándose después con facilidad por entre las vísceras que había debajo, hasta que un nuevo paquete de músculos dificultó su trayectoria. Apartó la mano de la empuñadura como si estuviera electrificada.

Quentin vio cómo, primero Josh y luego Eliot, se encogían y liberaban sus cacodemonios. El de Eliot tenía un aspecto especialmente impresionante, envuelto de pies a cabeza en cintas amarillas y negras. Se deslizó lateralmente sobre la mesa, removiéndose como un gato irritado y entrando en la refriega con inconsciente alegría, arañando, desgarrando, mordiendo, saltando y volviendo a desgarrar.

—¡Maldita sea! —gritaba Janet—. ¿Qué más? ¿Qué coño más?

—Esto es una mierda —mascculló Eliot, con voz ronca—. ¡Una puerta lateral! ¡Busquemos una puerta lateral y salgamos por ella!

Se produjo un momento de silencio premonitorio, como si alguna de las criaturas sintiera lo que iba a pasar a continuación. Y de repente, el suelo saltó por los aires y un gigante de reluciente hierro al rojo se abrió paso a través de él, empujando con el hombro.

Se llevó una pared por delante. Un ladrillo golpeó a Fen en la cabeza, derribándola como alcanzada por un disparo. El gigante desprendía oleadas de calor difuminando el aire que lo rodeaba, quemando todo lo que tocaba. Al ser demasiado alto para la reducida altura de la sala de banquetes se mantuvo agachado, con las manos apoyadas en el suelo. Sus ojos eran de oro fundido, sin pupilas. Los escombros llenaban el aire. El gigante posó un pie sobre el cuerpo postrado de Fen, que estalló en llamas.

Todos echaron a correr, sabiendo que el que perdiera pie sería pisoteado. El calor que emitía la roja piel del monstruo resultaba insoportable. Quentin habría hecho lo que fuera para poner distancia entre ellos. Las salidas más cercanas estaban bloqueadas por los seres que pretendían huir —el gigante no hacía distingos entre fillorianos y humanos— y Quentin se abrió paso sala adentro. Miró alrededor buscando a Alice, sin ver a nadie humano; se arriesgó a desviar la vista hacia atrás y descubrió a Josh, solo, en medio del paso.

Parecía estar en uno de sus monstruosos arrebatos de poder. Había invocado otro de sus agujeros negros en miniatura, tal y como hiciera el día del partido de welters. Entonces, casi se tragó un árbol; ahora, Quentin vio que un tapiz entero se agitaba hacia él, cómo las anillas de la barra que lo sujetaba se partían con el sonido de una andanada de balas y cómo terminaba por desaparecer por completo en él. La luz de la sala disminuyó, tornándose ambarina. El gigante rojo se detuvo momentáneamente, todavía encogido, estudiando aquella esfera negra, aparentemente fascinado. Era calvo, de expresión ausente. Su enorme y reluciente polla, y sus testículos sin vello, se agitaban entre sus muslos como el badajo de una campana.

Entonces, Quentin se encontró solo y corriendo por un oscuro pasillo lateral. El ruido de la sala había desaparecido como si alguien hubiera apagado un televisor. Del *sprint* pasó a la carrera, a una marcha rápida y, finalmente, al simple caminar. Fin. Ya no podía más. El aire le quemaba en los pulmones. Se inclinó hacia delante y apoyó las manos en las rodillas. La espalda, justo debajo del hombro derecho, le dolía y picaba a la vez, y cuando fue a rascarse, se encontró con una flecha que colgaba del músculo. Se la arrancó sin pensar y un hilo de sangre resbaló por su espalda, pero no sintió mucho dolor. Apenas había penetrado algo más de un centímetro, quizá ni siquiera eso. Casi se alegró de que le doliera, el dolor era algo a lo que aferrarse. Sostuvo el dardo de madera entre los dedos, agradecido por tener algo sólido en las manos. El silencio era asombroso.

Por unos instantes se permitió disfrutar de la sencilla alegría de poder respirar aire fresco, de no correr, de estar solo en la semioscuridad y no en peligro de muerte inmediata. Pero la gravedad de la situación se fue filtrando lentamente, estropeando el momento, hasta que no pudo seguir bloqueándola. Por lo que sabía, quizás era el último que quedaba con vida, y no tenía ni idea de cómo volver a la superficie. Moriría allí abajo. Sintió el peso de la tierra y la piedra sobre su cabeza; estaba enterrado en vida. Y aun en el supuesto de que encontrase el camino de salida, le faltaba el botón. No tenía forma de volver a la Tierra.

Oyó pisadas en la oscuridad, alguien se acercaba. Las manos de la figura ardían con un hechizo lumínico. Quentin inició cansinamente el hechizo de otro proyectil mágico, pero antes de terminarlo se dio cuenta de que se trataba de Eliot. Bajó las manos y se dejó caer al suelo, agotado.

Ninguno de los dos habló, se limitaron a apoyarse contra la pared, codo con codo. La fría piedra apaciguó la pequeña punzada de dolor que sentía a causa de la flecha. Eliot tenía la camisa por fuera y la cara manchada de suciedad. De haber sido consciente de ello, se habría puesto furioso.

—¿Estás bien?

Eliot asintió.

—Fen ha muerto —informó innecesariamente. Respiró hondo y se pasó las luminosas manos por el espeso y ondulado pelo.

—Lo sé. Lo vi.

—No creo que pudiéramos haber hecho nada —dijo—. Ese grandullón rojo nos superaba de largo.

Guardaron silencio. Era como si las propias palabras crearan un vacío en el que carecían de significado. Habían perdido toda conexión con el mundo, o puede que fuera el mundo el que se había apartado de las palabras. Eliot le pasó una botella, bebió de ella y se la devolvió. El líquido era fuerte, y restauró algún lazo entre su cuerpo y él.

Quentin encogió las rodillas y las abrazó.

—Me clavaron una flecha. En la espalda. —En cuanto lo dijo, le pareció una estupidez. Al menos él estaba vivo.

—Deberíamos seguir —propuso Eliot.

—Sí.

—Retroceder. Intentar reunirnos con los demás. Penny tiene el botón.

Resultaba asombroso que Eliot siguiera siendo tan práctico después de todo lo sucedido. Era mucho más fuerte que Quentin.

—Pero está el grandullón brillante.

—Sí.

—Quizá sigue ahí atrás.

Eliot se encogió de hombros.

—Tenemos que llegar hasta Penny. Hasta el botón.

Quentin estaba sediento, pero no tenía agua. No podía recordar cuándo había vaciado la cantimplora.

—Te diré algo gracioso —dijo Eliot al cabo de un rato—. Creo que Anaïs se ha enrollado con Dint.

—¿Qué? —Quentin no pudo evitar sonreír—. ¿Cuándo han tenido tiempo?

—En la pausa para el baño. Tras la segunda pelea.

—Guau. Lo siento por Josh, pero hay que aplaudir su iniciativa.

—Desde luego. Pero a Josh le costará tragarlo.

—Y una mierda.

Era la clase de expresión que solía emplearse en Brakebills.

—Te diré algo más —siguió Eliot—. No lamento haber venido aquí. Incluso ahora, que todo se ha ido a tomar por culo, me alegra haber venido. Puede que sea lo más estúpido que haya dicho nunca, pero es la verdad. Creo que en la Tierra habría seguido emborrachándome hasta matarme.

Era cierto. Eliot no habría tenido otra salida. De algún modo, eso lo mejoró todo un poco.

—Todavía puedes matarte bebiendo aquí.

—A este paso no tendré ocasión de hacerlo.

Quentin se levantó. Sentía las piernas rígidas y doloridas. Echaron a andar por donde habían llegado.

Ya no sentía miedo. Había desaparecido, y sólo sentía preocupación por Alice. También se le había pasado el efecto de la adrenalina. Estaba sediento, le dolían los pies e iba cubierto de arañazos que no recordaba cómo se había hecho. La sangre de la espalda se había secado, pegando la tela a la herida, le tiraba de forma incómoda cada vez que daba un paso.

Pronto resultó evidente que no tenía que preocuparse de nada, porque ni siquiera encontraron el camino de vuelta a la sala del banquete. En algún momento habían girado por donde no debían o elegido la bifurcación equivocada, o ambas cosas a la vez. Se detuvieron e intentaron algo de magia básica para encontrar el camino, pero Quentin tenía la lengua espesa y torpe, y ninguno de los dos consiguió pronunciar bien las palabras. De todos modos hubieran necesitado un plato de aceite de oliva para que funcionara como es debido.

A Quentin no se le ocurría nada que decir. Esperó, mientras Eliot orinaba contra la pared de piedra. Daba la impresión de haber llegado al final, pero no les quedaba más remedio que seguir andando. Igual también formaba parte de la historia, pensó torpemente, la parte mala justo antes de que todo se arregle y llegue el final feliz. Se preguntó qué hora sería en la superficie, le parecía haber pasado toda la noche despierto.

El enlucido de las paredes era tan antiguo que se desmoronaba. En algunos tramos, cortos, sólo quedaba la piedra desnuda y polvorienta de una cueva. Se encontraban en los mismísimos confines de ese universo subterráneo, vagando entre planetas mellados por la erosión y apagadas estrellas en decadencia. El pasillo dejó de bifurcarse, sólo se curvaba suavemente hacia la izquierda, y a Quentin le pareció que la curva era cada vez más cerrada, como una espiral, como los canales internos de la concha de un nautilus. Le pareció razonable pensar, dentro de lo poco razonable que era aquel mundo, que la dichosa curva tendría un límite geométrico antes de llegar a alguna parte. Pronto descubrió que estaba en lo cierto.

El carnero

De repente, todos estaban allí.

Quentin y Eliot se encontraban en el arco de una gran cámara circular, pestañeando ante la intensa luz de unas antorchas. Era distinta de las salas que habían visto hasta el momento porque parecía natural, no excavada. El suelo era arenoso y el techo, rocoso, irregular y sin tallar, con estalactitas y otras excrecencias rocosas con las que nadie querría chocar de cabeza. El aire era frío y la atmósfera, húmeda y estancada. Quentin incluso podía oír el gorgoteo de un río subterráneo, aunque no viera la corriente de agua. El sonido carecía de origen o dirección.

Los demás también estaban, todos menos la pobre Fen: Josh y Alice en otra entrada, un poco más allá; Janet, bajo otra arcada, desaliñada y con aire de perdida; Dint y Anaïs en la siguiente; y Penny en la que había a continuación. Permanecieron inmóviles bajo las entradas, como los participantes de un concurso televisivo, enmarcados por arcos iluminados con bombillas.

Era un milagro. Hasta parecían haber llegado a la vez. Quentin respiró profundamente y el alivio lo inundó como una cálida transfusión de líquido. ¡Estaba tan jodidamente contento de verlos a todos! Incluso a Dint, al bueno de Dint, aquel sabueso cabrón. Incluso a Penny, en parte porque conservaba la mochila y esperaba que el botón estuviese dentro de ella. Al fin y al cabo, la conclusión de la historia seguía pendiente. A pesar de que todo había salido mal, aún podía terminar bien; un desastre, sí, pero de momento un desastre relativo. Era posible que dentro cinco años, cuando más o menos hubieran superado el estrés postraumático, se reirían al reunirse y recordar sus aventuras. Puede que, al final, el Fillory real no fuera tan diferente del Fillory que siempre había ansiado encontrar.

«Reyes y reinas —pensó Quentin—. Reyes y reinas. La gloria tiene un precio. ¿No lo sabías?»

Un bloque de piedra se erguía en el centro de la cámara. Y, sobre él, podía verse una gran oveja velluda. No, tenía cuernos, así que era un carnero. Estaba recogido sobre sí mismo, con los ojos cerrados y las patas debajo del cuerpo. Su mandíbula descansaba sobre una corona, una sencilla diadema dorada encajada entre sus dos peludas patas delanteras. Quentin no supo si estaba dormido o muerto, o si sólo era una estatua muy realista.

Dio un paso vacilante, exploratorio, sintiéndose como el navegante que llega a una playa tras una larga y agotadora tarde en un yate azotado por la tormenta. El suelo de arena parecía tranquilizadoramente sólido.

—No sabía si... —gritó roncamente a Alice—. ¡No sabía si seguías con vida!

Josh creyó que Quentin se dirigía a él. Tenía la cara cenicienta, como la de un fantasma que acabara de ver otro fantasma.

—Lo sé —respondió, escupiendo algo húmedo en su puño.

—¿Qué diablos pasó? ¿Luchaste contra esa cosa?

Todavía tembloroso, Josh asintió con la cabeza.

—Algo así. Capté que me llegaba un gran hechizo y me dejé llevar. Creo que por fin sentí lo mismo que vosotros. Invoqué uno de esos agujeros negros giratorios. Esa cosa lo miró, y luego me miró a mí con sus horribles ojos dorados. Creí que me iba a matar, pero entonces fue absorbido. De cabeza. El agujero se lo tragó. Lo último que vi fueron sus enormes piernas rojas, sobresaliendo y pataleando. Me largué corriendo de allí.

—¿Te fijaste en su polla? ¡Era enorme!

Quentin y Alice se abrazaron en silencio, mientras los demás intercambiaban historias. No sabían exactamente cómo, pero se las habían arreglado para escapar ilesos de la sala del banquete;

bueno, no exactamente ilesos, pero al menos no muy maltrechos. Anaïs le enseñó a todo el mundo la nuca, allí donde se había quemado parte de sus dorados rizos mientras huía. Janet era la única que no había utilizado una puerta lateral, sino que llegó al final de la sala —resultó que tenía un final—, aunque le costó una hora («De algo tenían que servirme tres años de excursiones campo a través», exclamó orgullosa). Hasta se había tomado un vaso de vino sin sufrir ningún efecto pernicioso, fuera de un cierto mareo.

¡Las cosas que habían vivido! Nadie les creería. Quentin estaba tan cansado que apenas podía pensar, más allá de que lo habían conseguido, lo habían conseguido de verdad. Eliot pasó su petaca y todo el mundo bebió un trago. Al principio era una especie de juego, pero luego se convirtió en algo espantosamente real; ahora volvían a sentirse parte de un juego, de algo muy parecido a lo que imaginaran aquella terrible y maravillosa mañana en Manhattan. Una diversión. Una aventura de verdad. Al cabo de un rato agotaron las anécdotas personales y permanecieron en círculo, mirándose unos a otros y moviendo la cabeza con embobadas sonrisas de borrachos.

Una tos seca y profunda los interrumpió.

—Bienvenidos. —Era el carnero. Había abierto los ojos—. Bienvenidos, hijos de la Tierra. Y bienvenido tú también, valiente hijo de Fillory —añadió, al reconocer a Dint—. Soy Ember.

Se estaba sentando. Tenía las extrañas pupilas horizontales y con forma de cacahuete propias de las ovejas. Su espesa lana era de color oro pálido. Las orejas sobresalían de forma cómica bajo los pesados cuernos que se curvaban hacia atrás a partir de su frente.

De todos ellos, sólo Penny supo qué hacer. Soltó la mochila y se acercó al carnero. Se arrodilló en la arena e inclinó la cabeza.

—Buscábamos una corona, pero hemos encontrado un rey —soltó, grandilocuente—. Mi señor Ember, es un honor y un privilegio poder ofreceros mi lealtad.

—Gracias, hijo mío.

Los entornados ojos del carnero tenían una expresión grave y alegre al mismo tiempo. Gracias a Dios, pensó Quentin. Literalmente, gracias a Dios. Era Él de verdad. No encontraba otra explicación. Tampoco es que hubieran hecho algo especialmente heroico para merecerse ese giro de la fortuna, así que Ember debía de haberlos conducido hasta allí. Él los había salvado. Ya estaba, títulos de crédito. Habían ganado. Podía dar comienzo la coronación.

Miró a Penny y al carnero, y otra vez a Penny. Podía oír varios pies removiendo el suelo arenoso. Alguien más aparte de Penny se arrodillaba, pero no se volvió para ver quién era. Él siguió de pie. Por algún motivo no estaba listo para arrodillarse, todavía no. Quizás al cabo de un momento, pero algo le decía que todavía no era ese momento. Habría sido agradable, llevaba tanto tiempo andando. No estaba seguro de qué hacer con las manos, así que las juntó frente a la entrepierna.

Ember estaba hablando, pero la mente de Quentin pasó por alto las palabras. Tenían cierta cualidad estereotipada, y en las novelas también se saltaba los discursos de Ember y Umber. Ahora que lo pensaba, si éste era Ember, ¿dónde estaba Umber? Por regla general, nunca se los veía separados.

—... Con vuestra ayuda. Es hora de que reanudemos nuestra legítima guía sobre esta tierra. Juntos saldremos de este lugar y restauraremos la gloria de Fillory, la gloria de los días de antaño, los grandes días de...

Las palabras le resbalaban, ya se las resumiría luego Alice. En los libros, Ember y Umber siempre le resultaron un tanto siniestros, pero en persona no parecía tan malo. Resultaba incluso agradable, cálido. Comprendía que a los fillorianos no les molestase su presencia. Era como un Papá Noel de grandes almacenes, siempre amable y sonriente, no te lo podías tomar demasiado en serio. Tampoco parecía diferenciarse mucho de un carnero vulgar y corriente, excepto por ser más grande y estar mejor cuidado, y porque lo envolvía un aire de extraña y alerta inteligencia que uno no esperaría en un animal corriente. El resultado resultaba inesperadamente gracioso.

A Quentin le costaba concentrarse en lo que decía Ember.

Estaba borracho por el agotamiento, el alivio y la petaca de Eliot. Le habría encantado saltarse el discurso. Sólo deseaba saber de dónde procedía ese sonido fresco, chorreante, porque estaba muerto de sed.

Allí mismo estaba la corona, entre los cascos de Ember. ¿No debería pedirla alguien? ¿O acaso Él la ofrecería cuando estuviera listo para entregarla? Era ridículo, una mera cuestión de etiqueta en una cena oficial. Supuso que el carnero se la entregaría a Penny en recompensa a su rápido despliegue de adulación, y que todos tendrían que ser sus súbditos. Quizá sólo se necesitara eso. Quentin no tenía una especial predilección por ver a Penny coronado como Rey de Fillory. Después de todo lo que habían pasado, ¿resultaría ser Penny el héroe de aquella pequeña aventura?

—Tengo una pregunta.

La voz interrumpió al viejo carnero en pleno discurso. Quentin se sorprendió al descubrir que era la suya.

Ember hizo una pausa. Era un animal grande, de casi un metro y medio de altura en la cruz. Tenía labios negros y una lana que parecía agradablemente esponjosa, como una nube. A Quentin le habría gustado hundir el rostro en esa lana, llorar sobre ella, dormirse contra ella. Penny se volvió hacia él, abriendo mucho los ojos en señal de alarma.

—No quisiera parecer excesivamente curioso, pero si Tú eres... bueno, si eres Ember, ¿por qué estás en esta mazmorra y no arriba, en la superficie, ayudando a Tu pueblo?

Era un riesgo. No es que le pareciera de una importancia trascendental, pero antes de seguir adelante quería saber por qué habían tenido que pasar por tantas penurias.

—Bueno, ha sonado más melodramático de lo que pretendía, pero... bueno, Tú eres un dios, y ahí arriba las cosas se están yendo a la mierda. Supongo que habrá mucha gente preguntándose dónde te has metido todo este tiempo. Respóndenos sólo a eso. ¿Por qué dejas que Tu pueblo sufra de ese modo?

Habría funcionado mejor exhibiendo una sonrisa de tocapelotas; su intervención estaba resultando un tanto tímida y llorica. Repetía la palabra «bueno» demasiadas veces, pero no pensaba echarse atrás. Ember profirió un extraño balido ininteligible. Su boca se movía más lateralmente que la de un ser humano. Quentin pudo ver su lengua rosada, gorda y rígida de carnero.

—Muestra algo de respeto —susurró Penny.

—No deberíamos tener que recordarte, niño humano, que Nosotros no somos tus sirvientes —dijo Ember, en tono menos amable, levantando una negra pezuña—. Nosotros no servimos a tus necesidades, sino a las Nuestras. No vamos y venimos a tu antojo.

»Es cierto que Nosotros llevamos mucho tiempo bajo tierra. Resulta difícil saber cuánto, tan lejos del sol y de su discurrir, pero unos meses por lo menos. El mal ha llegado a Fillory, debe combatirse, y no hay combate sin precio. Como puedes ver, hemos sufrido la vergüenza en nuestros cuartos traseros.

Volvió su alargada y dorada cabeza, y Quentin vio que tenía dañada una de las patas traseras. Ember la mantenía estirada, rígida, para que la pezuña apenas rozase la piedra. No soportaría su peso.

—Vale, pero no lo entiendo —dijo Janet—. Quentin tiene razón. Eres el Dios de este mundo, o uno de ellos. ¿Eso no te hace todopoderoso?

—Hay leyes que superan tu comprensión, hija mía. Una cosa es el poder de crear y otra el poder de destruir. Siempre están en equilibrio, pero es más fácil destruir que crear. Y hay quienes, por su naturaleza, sólo aman la destrucción.

—Bueno, entonces, ¿por qué has creado algo con el poder de hacerte daño a ti, o hacérselo a cualquiera de tus criaturas? ¿Por qué no nos ayudas? ¿Tienes idea de todo el dolor que padecemos? ¿De cuánto sufrimos?

—Lo sé todo, hija —respondió Él con una mirada severa.

—Entonces, a ver si te enteras. —Janet se llevó las manos a las caderas. Se había topado con una veta inesperada de amargura en su interior y estaba ahondando en ella—. Los seres humanos somos constantemente infelices. Nos odiamos a nosotros mismos y odiamos a los demás, y a veces deseamos que Tú, o Quien sea, nunca nos hubiera creado a nosotros, a este mundo de mierda o a cualquier otro mundo de mierda. ¿Te das cuenta? Así que, la próxima vez, plantéate no hacer un trabajo tan chapucero.

Su estallido de rabia fue seguido de un silencio ensordecedor. Las antorchas de las paredes dejaban en ellas marcas de hollín que se extendían hasta el techo. Lo que había dicho Janet era cierto, y ponía furioso a Quentin. Pero había algo más que le ponía nervioso.

—Estás indignada, hija —dijo Ember con amable expresión.

—No soy tu hija. —Janet se cruzó de brazos—. Y sí, claro que estoy indignada, mierda.

El enorme y viejo carnero suspiró profundamente. Una lágrima se formó en sus acuosos ojos, derramándose y siendo absorbida por la dorada lana de su mejilla. A su pesar, Quentin pensó en el indio orgulloso de los viejos anuncios que promocionaban la limpieza de las calles. Tras él, Josh se apoyó en su hombro y susurró:

—¡Tío, ha hecho llorar a Ember!

—La marea de maldad está en su auge —argumentó el carnero, como un político que machacara incansable su mensaje—. Pero ahora que habéis venido, la marea se retirará.

No, no era así. Quentin se dio cuenta de repente, comprendiéndolo en un fogonazo enfermizo.

—Estás aquí contra Tu voluntad —dijo—. Estás aquí abajo prisionero, ¿a que sí?

Al fin y al cabo, la historia no se había acabado.

—Humano, hay muchas cosas que no entiendes. No eres más que un niño.

Quentin hizo caso omiso de su comentario.

—Es eso, ¿verdad? ¿Estás aquí por eso? Alguien te puso aquí y no puedes salir. Esto no era una misión de búsqueda, sino de rescate.

A su lado, Alice se llevó las manos a la boca.

—¿Dónde está Umber? ¿Dónde está tu hermano?

Nadie se movió. Los labios negros y el morro alargado del carnero se mantuvieron inmóviles e inescrutables.

—Mmm. —Eliot se frotó la barbilla, calibrando la situación con calma—. Sí, es posible.

—Umber ha muerto, ¿verdad? —preguntó Alice, aturdida—. Este lugar no es una tumba sino una prisión.

—O una trampa —apuntó Eliot.

—Escuchadme, niños humanos —dijo Ember—. Hay leyes que superan vuestra comprensión. Nosotros...

—Ya he oído bastante sobre mi comprensión —soltó Janet.

—Pero ¿quién pudo hacerlo? —Con la vista baja, contemplando fijamente la arena, Eliot pensaba a toda máquina—. ¿Quién puede tener el poder necesario para hacerle esto a Ember? ¿Y por qué? Supongo que la Relojera, pero todo esto es muy raro.

Quentin sintió un cosquilleo en los hombros. Miró a su alrededor, hacia los oscuros recovecos de la cueva. Lo que fuera que le había roto la pata a Ember no tardaría mucho en aparecer, y entonces tendrían que volver a pelear. No sabía si podría con otra pelea. Penny seguía de rodillas, pero su nuca estaba roja mientras miraba a Ember.

—Quizá sea el momento de apretar el botón del pánico —dijo Josh—. Volver a Ningún Lugar.

—Tengo una idea mejor —anunció Quentin.

Tenían que asumir el control de la situación. Podían irse, sí, pero la corona estaba allí, justo delante de ellos. Estaban tan cerca de la meta, que todavía podían ganar si encontraban el modo de abrirse paso hasta el final de la historia. Si conseguían superar un capítulo más.

Y se dio cuenta de que sabía cómo hacerlo.

Penny había dejado caer la mochila en la arena. Quentin se agachó y hurgó en su interior. Por supuesto, Penny se había tomado la molestia de envolver y esconder aquella puta cosa hasta el agotamiento, pero la encontró dentro de un pañuelo rojo, entre barritas energéticas, utensilios de cocina y ropa interior de reserva.

El cuerno era más pequeño de lo que recordaba.

—Vale. ¿Os acordáis de lo que dijo la ninfa? —Alzó el cuerno para que todos lo vieran—. Cuando hayáis perdido toda esperanza, o algo así.

—Yo diría que no hemos perdido toda esperanza... —repuso Josh.

—Déjame ver eso —pidió Dint, con tono de mando. Se había mantenido notablemente silencioso desde que despertó Ember, con Anaïs cogida del brazo.

Quentin lo ignoró, pero todos hablaban a la vez. Penny y el carnero se encontraban enzarzados en una especie de pelea de enamorados.

—Interesante, podría funcionar —sugirió Eliot, encogiéndose de hombros—. Preferiría probar esto que volver a la Ciudad. ¿Quién crees que aparecerá?

—Niño humano —llamó el carnero, alzando la voz—. ¡Niño humano!

—Adelante, Q —lo animó Janet. Parecía más pálida de lo normal—. Ha llegado el momento. Adelante.

Alice se limitó a asentir con gravedad.

La boquilla de plata tenía un sabor metálico, como una moneda o una pila. Respiró tan hondo que, al expandirse sus pulmones, la herida del hombro le dio un latigazo de dolor. No estaba muy seguro de lo que debía hacer, si fruncir los labios como un trompetista o limitarse a soplar como lo haría con un silbato, pero el cuerno de marfil emitió una nota clara y firme, tan suave y redonda como la de una trompa tocada por un concertista experto en una sala de conciertos. Todo el mundo calló y se volvió hacia él. No había sonado precisamente fuerte, pero lo bastante para acallar todas las voces a su alrededor, de modo que se convirtió en el único sonido audible de la sala, resonando con su fuerza pura y simple. Era una única nota, natural y perfecta como un gran acorde. Y siguió, y siguió, y siguió. Quentin sopló hasta quedarse sin aire.

El sonido reverberó y desapareció como si nunca hubiera existido, dejando la caverna sumida en el silencio. Quentin se sintió ridículo, como si hubiera soplado por un matasuegras. ¿Qué había esperado conseguir? La verdad era que no lo sabía.

Ember soltó un bufido.

—Oh, niño —exclamó con voz profunda y quejumbrosa—. ¿No sabes lo que has hecho?

—Acabo de sacarnos de este aprieto. Eso es lo que he hecho. El carnero se incorporó.

—Lamento que hayáis venido, hijos de la Tierra —dijo—. Nadie os pidió que vinierais. Lamento que nuestro mundo no sea el paraíso que buscabais, pero no fue creado para vuestra diversión. —La mandíbula le temblaba—. Fillory no es un parque temático al que podáis venir con vuestros amigos, disfrazaros y jugar con espadas y coronas.

Estaba claro que intentaba controlar una emoción poderosa, y Quentin sólo necesitó un segundo para reconocerla. Era miedo. El viejo carnero se ahogaba de miedo.

—No hemos venido aquí para eso, Ember —replicó con calma.

—¿Ah, no? —repuso Ember—. No, claro que no. —Costaba mirar aquellos ojos alienígenas, amarillentos y de pupilas negras como ochos tumbados y convertidos en símbolos de infinito—. Viniste para salvarnos, viniste para ser nuestro rey. Pero, dime una cosa, Quentin: ¿cómo esperas salvarnos cuando no puedes ni salvarte a ti mismo?

Quentin se ahorró la respuesta, porque entonces empezó la catástrofe.

En la cueva apareció un hombrecillo. Vestía un impoluto traje gris y tenía el rostro oculto por una rama llena de hojas que flotaba en el aire, delante de él. El mismo aspecto que recordaba Quentin. El mismo traje, la misma corbata y el mismo no identificable rostro. Parecía contemplar sus manos rosadas y manicuradas. Era como si Quentin nunca hubiera salido del aula donde lo viera por primera vez. Y en cierto modo no lo había hecho. El terror que sentía era tan absoluto, tan abrumador, que resultaba casi tranquilizador: no tenía la sospecha, sino la certeza absoluta de que iban a morir.

—Creo que ésa era la señal para mi entrada —dijo la Bestia—. Hablaba en un tono tranquilo y un aristocrático acento inglés.

Ember rugió. El sonido fue colosal, hizo temblar toda la sala y una estalactita se desprendió del techo haciéndose añicos contra el suelo. En ese momento, el carnero ya no parecía tan ridículo. Bajo la esponjosa lana se adivinaban músculos grandes y abultados, como peñascos cubiertos de musgo, y sus retorcidos cuernos, gruesos y pétreos, se retorcieron hasta que sus dos aguzadas puntas apuntaron hacia delante como las de un toro. Agachó la cabeza y se lanzó desde su pedestal contra el hombre del traje gris.

La Bestia lo apartó de un suave y tranquilo revés, un gesto casi casual. Ember voló como un cohete hasta golpear la pared de piedra con un sonido nauseabundo. La física de lo sucedido parecía equivocada, como si el carnero fuera ligero como una pluma y la Bestia, densa como la materia de una estrella enana. Ember cayó sobre la arena del suelo y quedó inmóvil.

La Bestia cogió con dos dedos una hebra de lana pegada a su inmaculada manga gris.

—Es curioso lo que pasa con los viejos dioses —comentó despreocupadamente—. Crees que, como han vivido tanto, serán difíciles de matar. Pero cuando llega el momento de la batalla, caen como cualquier otro. No son más fuertes, sólo más viejos.

Algo removió la arena detrás de Quentin. Se arriesgó a mirar, y vio que Dint daba media vuelta abandonando la sala. La Bestia no hizo nada por detenerlo. Sospechó que a ellos no les sería tan fácil salir de allí.

—Sí, Dint es uno de los míos —reconoció la Bestia—. Igual que Farvel, por si os interesa. Farvel, el abedul, ¿os acordáis de él? La mayoría de los habitantes del reino lo son. La época del carnero ha pasado. Fillory es ahora mi mundo.

No se jactaba, sólo constataba un hecho. «Puto Dint —pensó Quentin—. Y yo, simulando que me gustaba su estúpido chaleco.»

—Sabía que vendríais a por mí, no es ninguna sorpresa, llevo siglos esperándoos. ¿Ya estáis todos? Es como un chiste malo, no tenéis ninguna posibilidad.

Suspiró.

—Supongo que ya no necesito esto. Lástima, casi me había acostumbrado.

La Bestia cogió descuidadamente la rama que flotaba ante su cara y la apartó a un lado, como quien se quita unas gafas de sol.

Quentin se encogió. No habría querido ver su verdadero rostro, pero ya era tarde. Y resultó que no tenía nada que temer porque era de lo más corriente, bien podía ser la cara de un anodino inspector de seguros: redonda, vulgar, con una barbilla débil y cierto aire infantil.

—¿Nada? ¿No me reconocéis?

La Bestia se dirigió hacia el pedestal de piedra, recogió la corona que seguía allí y se la colocó sobre sus sienes grises.

—¡Dios mío! —exclamó Quentin—. ¡Eres Martin Chatwin!

—En carne y hueso —reconoció la Bestia alegremente—. ¡Cuánto he crecido!

—No lo entiendo —dijo Alice, temblando—. ¿Cómo puedes ser Martin Chatwin?

—¿No lo sabíais? ¿No habéis venido por eso? —Escrutó sus rostros sin obtener respuesta. Estaban paralizados. No por ningún hechizo mágico, sino de miedo. Frunció el ceño—. Bueno, supongo que no importa. Había dado por sentado que ésa era la cuestión, pero... La verdad es que resulta algo insultante.

Puso morritos para su público, como un payaso triste. Resultaba perturbador ver a un hombre de mediana edad haciendo los mismos mohínes que un escolar inglés. Pero era él, era él de verdad. Tenía cierta cualidad asexual, como si fuera una extraña miniatura, como si hubiera dejado de crecer en el mismo instante en que huyó al bosque.

—¿Qué te ha pasado? —preguntó Quentin.

—¿Que qué me ha pasado? —La Bestia abrió los brazos, triunfante—. Que conseguí lo que quería. ¡Vine a Fillory y conseguí quedarme! ¡Conseguí no volver!

Todo se estaba aclarando. Martin Chatwin no fue secuestrado por ningún monstruo, sólo se convirtió en uno. Había encontrado lo que Quentin deseaba para él, una forma de quedarse en Fillory, de abandonar para siempre el mundo real. Pero el precio era demasiado elevado.

—Tras haber vivido en Fillory, no quería volver a la Tierra. No se le puede enseñar el Paraíso a un hombre para luego quitárselo, y eso es lo que hacen los dioses. Pues bien, yo digo: ¡abajo con los dioses!

»Es asombroso lo que puedes conseguir si te empeñas lo suficiente. Hice amigos muy interesantes en los Bosques Oscuros, unos colegas muy útiles. —Hablaba con entusiasmo, de forma expansiva, como el maestro de ceremonias de un banquete—. No sabéis las cosas que hay que hacer para utilizar esa clase de magia. Lo primero que pierdes es la humanidad, uno no sigue siendo un hombre cuando hace las cosas que yo he hecho, cuando sabes las cosas que yo sé. Y, ¿sabéis?, apenas lo echo de menos.

—¿Amigos? ¿Qué amigos? —preguntó Quentin—. ¿Te refieres a la Relojera?

—¡La Relojera! —Martin pareció encontrar aquella observación hilarante—. ¡Oh, cielos, qué divertido! A veces se me olvidan las novelas. Hace mucho tiempo que estoy aquí, ¿sabéis?, hace siglos que no las leo. Claro que no me refiero a la Relojera. Comparada con los seres con los que trato, ella es... bueno, una de vosotros, una aficionada. En fin, basta de charla. ¿Quién tiene el botón?

El botón estaba en la mochila de Penny, a pies de Quentin. «Soy el culpable de todo esto», pensó, mientras un escalofrío le recorría todo el cuerpo. Era la segunda vez que invocaba a la Bestia. «Soy una maldición para todos los que me rodean.»

—El botón, el botón, ¿quién tiene el botón? ¿Quién lo tiene?

Penny se movió lentamente, apartándose de la cosa del traje gris, iniciando un hechizo que Quentin no reconoció. Pero Martin se movió imposiblemente rápido, como un pez venenoso al ataque, sujetando las dos muñecas de Penny con una sola mano. Éste forcejeó salvajemente, doblándose por la cintura y lanzando una patada al estómago de su contrincante, para luego encogerse, apoyar las piernas contra el pecho de la Bestia y empujar para liberarse, gruñendo por el esfuerzo. Martin Chatwin apenas pareció notarlo.

—Me temo que no, querido niño —dijo.

Abrió mucho la boca, demasiado, desencajando la mandíbula como una serpiente, y se metió dentro las dos manos de Penny. Las mordió y las arrancó a la altura de la muñeca.

No fue una mordedura limpia. La Bestia tenía dientes romos, humanos, y no los afilados colmillos de un animal salvaje. Necesitó otro tirón de su cabeza para terminar de aplastar los huesos de las muñecas y arrancar las manos.

Martin soltó a Penny mientras masticaba, y el chico cayó sobre la arena como un muñeco roto. La sangre manaba a chorros de sus muñones y rodó para colocarlos debajo del cuerpo, para presionarlos en un intento desesperado de cortar la hemorragia. No gritó, pero de su boca hundida en la arena brotaban frenéticos resoplidos. Sus deportivas escarbaban el suelo.

La Bestia tragó una vez, dos, subiendo y bajando la nuez. Sonrió, casi avergonzado, y alzó un dedo, como pidiendo que le diesen un momento. Sus ojos se entrecerraron de placer.

—Mierda mierda mierda mierda mierda... —gimió alguien, con una voz aguda y desesperada. Era Anaïs.

—Bueno —dijo Martin Chatwin por fin, cuando pudo volver a hablar—. Quisiera ese botón, por favor.

Se quedaron contemplándolo alucinados.

—¿Por qué? —preguntó Eliot, aturdido—. ¿Qué eres?

Martin sacó un pañuelo y se limpió la comisura de la boca, manchada con la sangre de Penny.

—Soy lo que creísteis que era eso. —Señaló el cuerpo inmóvil de Ember—. Soy un dios.

Quentin sentía su pecho tan tenso, que sólo podía respirar a intervalos cortos e irregulares, aspirar y expirar, aspirar y expirar.

—Pero ¿para qué quieres el botón? —preguntó.

—Oh, para atar cabos sueltos, ¿no es obvio? Los botones es lo único que conozco que puede obligarme a volver a la Tierra. Los he encontrado casi todos, sólo me queda uno además del vuestro. El cielo sabrá de dónde los sacarían los conejos, aún no he conseguido descubrirlo.

»¿Sabéis que la primera vez que me escapé me persiguieron y me cazaron como a un animal? Mis hermanos, sí. Querían llevarme de vuelta a casa. ¡Como un animal, sí! —Su compostura se resquebrajó por un instante—. Después Ember y Umber fueron en mi busca para deportarme, pero ya era tarde, demasiado tarde. Era demasiado poderoso hasta para ellos.

»Esa puñetera guarra de la Relojera sigue intentándolo con esos malditos árboles-reloj que alteran el tiempo. Actualmente, sus raíces recorren medio puto mundo. Después de vosotros, le tocará el turno a ella. Tiene un botón, ¿sabéis? El último. Una vez que caiga en mi poder, no creo que tengan forma de librarse de mí.

Penny rodó sobre un costado. Su rostro, aunque más pálido que nunca y cubierto de arena, parecía sumido en un extraño éxtasis. Tenía los ojos cerrados, y presionaba sus muñones contra el pecho. La camiseta estaba empapada de sangre.

—¿Es muy malo, Q? —preguntó—. No pienso mirar. Dímelo. ¿Tan malo es?

—Te recuperarás, tío —mintió Quentin.

Martin no pudo contener una carcajada al oírlo, antes de seguir hablando.

—He vuelto a la Tierra un par de veces, claro, pero por mi cuenta. Una, para matar a ese mamón de Plover. —Arrugó su lisa frente un segundo, pensativo—. Se lo merecía. Eso y mucho más. Ojalá pudiera matarlo otra vez.

»Y también cuando vuestro profesor March falló un hechizo, sólo para controlar. Creí que en Brakebills planeaban algo, a veces tengo cierta percepción del futuro. Y parece que tenía razón, pero devoré al estudiante equivocado. —Se frotó las manos con ansiosa anticipación.

—En fin, todo eso es agua pasada. Dádmelo ya.

—¡Lo hemos vuelto a esconder! —aulló Alice—. Como hizo tu hermana Helen. Lo enterramos. Mátanos y nunca lo encontrarás.

Mi valiente Alice. Quentin la cogió de la mano, aunque las rodillas le temblaban de forma incontrolable.

—Oh, bien pensado, pequeña. ¿Prefieres que os arranque la cabeza uno a uno? Creo que, antes de que te toque el turno, me dirás dónde está.

—Espera, ¿por qué matarnos? —protestó Quentin—. Te daremos el botón, joder. ¡Basta con que nos dejes en paz!

—Ah, ojalá fuera tan fácil, Quentin. De verdad. Este sitio te cambia, ¿sabes? —Martin suspiró y agitó sus dedos extra. Sus manos parecían pálidas arañas—. Por eso los carneros no quieren que los humanos se queden demasiado tiempo. Y en estos momentos he ido demasiado lejos, le he cogido gusto a la carne humana. No te vayas a ninguna parte, William —añadió, apartando el retorcido cuerpo de Penny con la punta del zapato—. Los faunos no tienen el mismo sabor.

¿William? Debía de ser el verdadero nombre de Penny. Quentin no lo sabía.

—Además, no puedo consentir que andéis correteando por ahí e intentando derrocarme. Eso es traición. ¿Os habéis fijado que he dejado tullido a vuestro principal lanzador de hechizos? ¿Os habéis dado cuenta?

—Patético cabrón —masculló Quentin con calma—. Ni siquiera ha merecido la pena, ¿verdad? Eso es lo gracioso. Viniste aquí por la misma razón que nosotros, pero ¿estás satisfecho? No, ¿verdad? Ya lo has descubierto, ¿eh? No hay forma de esconderse de uno mismo. Ni siquiera en Fillory.

Martin gruñó y de un enorme salto cubrió los diez metros que lo separaban de Quentin. Éste quiso dar media vuelta y echar a correr, pero ya tenía al monstruo encima clavándole los dientes en el hombro, aferrándose a su pecho con los brazos. Las fauces de la Bestia eran como enormes pinzas hambrientas hundidas en su clavícula, que se dobló y crujió de forma nauseabunda.

La Bestia volvió a morder. Quentin emitió un gemido involuntario cuando el aire abandonó sus aplastados pulmones. Siempre había tenido miedo al dolor, pero ahora le preocupaba más la presión, esa presión increíble, insoportable, que no le permitía respirar. Por un instante creyó que podría recurrir a la magia, hacer algo inesperado y espectacular, como su primer día en Brakebills durante el Examen, pero no podía hablar para formular un hechizo. Intentó hundir los pulgares en los ojos de su enemigo o arrancarle las orejas, pero sólo consiguió tirar de su escaso pelo gris.

Los jadeos de Martin reverberaban en el oído de Quentin como los de un amante. Su aspecto seguía siendo básicamente humano, pero a esa distancia era puro animal, olfateando, gruñendo y apestando a almizcle. Las lágrimas brotaron de sus ojos. Esta vez sí se acababa todo, aquél era su gran final, devorado vivo por un Chatwin. Y todo por culpa de un botón. Resultaba hasta gracioso. Siempre creyó que sobreviviría, pero, claro, eso es lo que cree todo el mundo, ¿no? También creyó que todo sería diferente, muy diferente. ¿Cuál fue su primer error? ¿Importaba? ¡Había cometido tantos!

De pronto dejó de sentir la presión y empezaron a zumbarle los oídos. Allí estaba Alice, su Alice, sujetando con las manos el revólver negro azulado de Janet. Pálida, pero con pulso firme. Disparó dos veces más contra las costillas de Martin, que se volvió para mirarla. Una nueva bala reventó el pecho de la Bestia. Trozos pulverizados del traje y de la corbata flotaron unos segundos en el aire.

Quentin se revolvió como un pez primordial que aletease por un banco de arena, intentando respirar, escapar del peligro. Ahora sí sentía auténtico dolor. Arrastraba el brazo derecho, no tan firmemente sujeto al cuerpo como solía estarlo. Notó el sabor de la sangre en la boca, mientras Alice disparaba dos veces más.

Cuando creyó estar lo bastante lejos, se arriesgó a mirar hacia atrás. Su visión periférica se había vuelto gris y se iba cerrando en círculos, como en los últimos segundos de los dibujos animados del cerdo Porky. No obstante, aún podía ver a Alice y Martin Chatwin frente a frente, estudiándose a través de diez metros de arena.

Alice se había quedado sin balas, así que le lanzó el arma a Janet.

—Bien, veamos qué más te enseñaron tus amigos —dijo con calma.

Su voz sonaba muy débil en la silenciosa cueva, pero no asustada. Martin la contempló con divertida curiosidad, inclinando la cabeza. ¿En qué pensaba esa chica? ¿De verdad pretendía enfrentarse a él? Transcurrieron diez largos segundos.

Cuando se arrojó sobre ella sin previo aviso, Alice estaba preparada. En una fracción de segundo pasó de estar inmóvil, en posición de firmes, a ser un borrón de movimiento. Quentin no supo cómo podía reaccionar tan deprisa, cuando él apenas era capaz de seguir los movimientos de Martin, pero antes de que la Bestia estuviera a medio camino, ella ya lo había alzado por los aires, atrapándolo en un férreo hechizo cinético. Lo arrojó contra el suelo tan fuerte que rebotó.

Se puso de pie casi de inmediato, alisándose el traje. Y volvió a atacarla sin preparación previa. Esta vez, se echó a un lado como un torero, y él pasó por su lado. Alice se movía como la Bestia, debía de haber acelerado su tiempo de reacción como hiciera Penny para coger la flecha. Quentin se incorporó con esfuerzo hasta casi conseguir sentarse, pero algo cedió en su pecho y se desplomó de espaldas.

—¿Te das cuenta? —dijo Alice dirigiéndose a Martin. En su voz se percibía una confianza creciente, como si intentara envalentonarse y descubriera que encima estaba disfrutando—. No lo viste venir, ¿verdad? Y todo eso sólo ha sido praxis flamenca, nada más. Todavía no he comenzado con el material oriental.

La Bestia partió una estalagmita por la base con un crujido seco y la lanzó contra Alice, pero la lanza de piedra estalló en el aire antes de alcanzarla. Los fragmentos zumbaron en todas direcciones. Quentin no era capaz de seguir todo lo que ocurría, pero no creyó que aquello fuera cosa de la chica; seguro que los demás la respaldaban. Eran como una falange con Alice como punta de lanza.

Quizás el pobre Penny podría haber seguido el ritmo de Alice;

pero, en esos momentos, ella había alcanzado un nivel inimaginable. Él era un mago, pero ella era otra cosa, una auténtica adepta. No tenía ni idea de que estuviera tan por delante de él. En tiempos habría sentido envidia, pero ahora sólo sentía orgullo. Era su Alice. La arena se elevó siseando del suelo formando una mortaja, como un enjambre de abejas furiosas, y envolvió la cara de Martin, intentando entrar en su boca, en su nariz, en sus oídos. Él se retorció y agitó los brazos frenéticamente.

—Oh, Martin —dijo ella, con una sonrisa que resultaba casi malévola—. Eso es lo malo de los monstruos, que carecen de rigor teórico. Nadie te obligó a repasar los fundamentos de la magia, ¿verdad? Si lo hubieran hecho, no habrías picado...

Cegado como estaba, Martin se metió de cabeza en una bola de fuego al mejor estilo Penny que se había formado sobre él. Alice no esperó al resultado, no podía permitírselo. Sus labios se movían incesantemente, y sus manos no interrumpían sus movimientos fluidos y tranquilos, lanzando un hechizo tras otro. Era como si jugara una partida rápida de ajedrez, pero de alto riesgo. A la bola de fuego siguió una resplandeciente prisión esférica, y luego un granizo tóxico de proyectiles mágicos que debía haber sobrecargado para poder emitir toda una bandada de ellos. La arena que se alzaba del suelo se reunió y fundió en un golem de cristal sin rostro, que propinó a Martin dos puñetazos y un golpe circular antes de que éste lo hiciera añicos con un contragolpe. Pero ahora parecía desorientado. Su pálido rostro inglés tenía un ominoso rojo acalorado. Un peso colosal y abrumador pareció aposentarse sobre sus hombros, como una especie de yugo invisible que le hizo caer de rodillas.

Anaïs le lanzó un relámpago ocre que marcó una ensangrentada imagen en las retinas de Quentin, y Eliot, y Josh, y Janet, se cogieron de las manos para enviar una andanada de piedras que impactaron contra su espalda. La sala era una Babel de encantamientos, pero Martin no parecía notarlo. Sólo veía a Alice.

Saltó hacia ella desde su posición medio agazapada. Una especie de armadura fantasmal, que no se parecía a nada de lo que Quentin hubiera visto jamás, se materializó alrededor de Alice, plateada, translúcida y parpadeante, alternativamente visible e invisible. Los dedos de la Bestia resbalaron sobre ella. La armadura se complementaba con un arma en forma de vara que Alice hizo girar con una mano antes de clavarla en el vientre de su contrincante. Saltaron chispas incandescentes.

—¡La Armadura Espectral de Fergus! —gritó Alice, mirando al otro mortalmente seria y con los ojos enrojecidos—. Te ha gustado, ¿eh? Son principios muy básicos. ¡Temario de segundo curso! Pero nunca te molestaste en ir a clase, ¿verdad, Martin? ¡En Brakebills no habrías durado ni una hora!

A Quentin le resultaba intolerable verla luchar sola, y alzó la mejilla del suelo para intentar recitar un hechizo, el que fuera, aunque sólo sirviera de distracción, pero de sus labios no salían palabras y tenía los dedos dormidos. Frustrado, golpeó el suelo con las manos. Nunca la había querido tanto. Intentó enviarle su apoyo, su fuerza, aunque sabía que ella no podría sentirlos.

Alice y Martin lucharon salvajemente durante todo un minuto. El hechizo de la armadura debía de incluir conocimientos sobre artes marciales porque Alice movía la espada mágica en complicadas pautas, pasándosela de una mano a otra o empuñándola con ambas manos. En la empuñadura presentaba un pincho afilado con el que consiguió verter sangre. El sudor le pegaba el pelo a la frente, pero seguía sin perder la concentración. La armadura desapareció al cabo de otro minuto, al expirar el hechizo, pero hizo algo que congeló el aire alrededor de la Bestia, convirtiéndola en una momia de escarcha. La ropa se le cayó desmenuzada, dejándolo desnudo y blanco como la panza de un pez.

Pero para entonces había conseguido acercarse lo bastante como para sujetarla del brazo. Y de repente volvió a ser una chica pequeña y vulnerable.

Aunque no por mucho tiempo. Alice escupió una feroz secuencia de sílabas y se transformó en una leona con un mechón de pelo bajo la barbilla. Martin y ella cayeron al suelo rugiéndose, intentando clavarse mutuamente los dientes. Ella utilizó sus enormes cuartos traseros para arañar y destripar, bramando furiosa.

Janet daba vueltas en torno a ellos con el revólver intentando recargarlo, pero sus manos temblaban tanto que le resultaba imposible. Además, tampoco tenía un blanco al que apuntar, estaban demasiado juntos. En un momento, la Bestia estaba envuelta por los anillos de una enorme anaconda moteada; y al siguiente, Alice era un águila, y después un enorme oso manchado, y más tarde un aterrador escorpión del tamaño de un hombre, clavando su aguijón venenoso del tamaño de un gancho de grúa en la espalda de Martin Chatwin. Unas luces chisporroteaban y fulguraban a su alrededor, mientras sus cuerpos se alzaban del suelo. La Bestia logró colocarse sobre Alice, pero ésta se expandió de forma monstruosa, convirtiéndose en un esbelto y sinuoso dragón blanco que se posó sobre él, golpeando la arena con sus enormes alas. Y la Bestia creció con ella, de forma que acabó enfrentándose a un gigante. El dragón-Alice lo aferró con sus garras y le vomitó a la cara un torrente de fuego azul que parecía salido de la tobera de un cohete espacial.

Durante un segundo, Martin se retorció en las garras de Alice. No quedaba rastro de sus cejas y tenía el rostro cómicamente ennegrecido. Quentin pudo oír cómo el dragón jadeaba roncamente. La Bestia se estremeció y permaneció inmóvil por un instante. Entonces, pareció recuperarse y golpeó una vez a Alice con fuerza en pleno rostro.

Ella volvió a ser humana instantáneamente, le sangraba la nariz. Martin rodó a un lado y se puso en pie. Pese a estar desnudo, sacó un pañuelo de alguna parte y lo usó para limpiarse parte del hollín de la cara.

—¡Maldición! —gritó Quentin trabajosamente—. ¡Que alguien haga algo! ¡Ayudadla!

Janet consiguió meter una última bala en su pistola y disparó. La bala rebotó en la cabeza de Martin Chatwin sin alterarle el peinado.

—¡Que te jodan! —gritó.

Martin dio un paso hacia Alice. No. Esto tenía que acabar.

—¡Eh, gilipollas! —consiguió decir Quentin—. Se te ha olvidado algo.

Escupió sangre y utilizó su mejor acento cubano sin dejar de reír histéricamente.

—¡Saluda a mi amiguito!

Quentin susurró la palabra que Fogg le enseñara la noche de la graduación. La había analizado letra por letra un centenar de veces, y ahora, al pronunciar la última sílaba, sintió que algo grande y duro forcejeaba bajo su camiseta, arañando la piel de su espalda.

Alzó la vista y descubrió que su cacodemonio tenía unas gafas redondas enganchadas a las puntiagudas orejas. ¿Qué coño...? ¿Su cacodemonio necesitaba gafas? ¡Oh, mierda! La criatura se alzó sobre él, inseguro, pensativo. No sabía a quién enfrentarse.

—Al tío desnudo —ordenó Quentin con un suspiro ronco—. ¡Vamos! ¡Salva a la chica!

El demonio se detuvo a tres metros de su presa y fintó a la izquierda, como si fuera a enfrentarse cara a cara con Martin, antes de encogerse y saltar hacia su cara. Martin lo frenó en pleno salto, alzando una mano con gesto cansino, como queriendo expresar lo injustas que eran todas aquellas molestias que le estaban causando. El demonio intentó atacar sus dedos, pero Martin empezó a metérselo lentamente en la boca por los pies, como una salamanquesa devorando a una araña, mientras el demonio le tiraba del pelo e intentaba sacarle los ojos.

Quentin le hizo a Alice señas frenéticas de que huyera —quizá si todos se desplegaban...—, pero ella no lo miraba. Se humedeció los labios y se puso de pie, echándose el pelo hacia atrás con las manos.

Algo había cambiado en su expresión, como si hubiese tomado una decisión. Movió las manos y empezó a susurrar, iniciando los preliminares de un hechizo muy avanzado. Tanto Martin como el cacodemonio se paralizaron un segundo como respuesta a las palabras de la chica. Martin reaccionó antes y aprovechó la oportunidad para partirle el cuello al demonio, antes de tragarse el resto de su cuerpo.

—¿Así que te consideras el mayor monstruo de esta sala? —preguntó Alice.

—No —dijo Janet, pero Alice no se detuvo. Estaba intentando algo que todos parecían entender menos Quentin.

—¡No, no, no! —dijo Eliot furioso—. ¡Espera!

—Ni siquiera eres un mago, ¿verdad, Martin? No eres más que un crío, sólo eso, nada más. Y es todo lo que llegarás a ser. —Contuvo un sollozo—. Lo siento.

Cerró los ojos y siguió recitando el conjuro. Quentin pudo ver todo lo que afloraba al rostro de Alice: todo lo que habían compartido, todo el daño que se habían hecho, todo lo que habían superado. Estaba mostrando todo eso. Era un gran hechizo, Renacimiento. Magia muy académica. Grandes energías. No se le ocurría de qué podría servir, pero un momento después se dio cuenta de que la cuestión no estaba en el hechizo, sino en los efectos colaterales.

Intentó arrastrarse hacia ella, acercarse más, sin importarle si eso le mataba.

—¡No! —gritó—. ¡No!

El fuego azul nació en las yemas de los dedos de Alice, y empezó a propagarse de forma inexorable por manos y muñecas, iluminándole el rostro. Ella volvió a abrir los ojos. Lo contempló fascinada.

—Estoy ardiendo —dijo, con un tono normal, tranquilo—. No creí que... Estoy ardiendo. —Entonces, lanzó un aullido que tanto podía ser de agonía como de éxtasis—. ¡Estoy ardiendo! ¡Oh, Dios! ¡Oh, Quentin, estoy ardiendo! ¡Me quema!

Martin interrumpió su lento avance para ver cómo Alice se convertía en un *niffin*. Quentin no podía ver su expresión. La chica retrocedió un paso y se sentó en el suelo, sin dejar de contemplarse los brazos. Los tenía envueltos en fuego azul hasta el hombro. Eran como dos bengalas. Su carne no se consumía pero, extrañamente, era reemplazada por el fuego que la devoraba. Dejó de hablar, limitándose a gemir en una nota más aguda y sonora. Por fin, cuando el fuego azul ascendía ya por su cuello, echó la cabeza hacia atrás y abrió la boca, pero no emitió sonido alguno.

El fuego dejó a una nueva Alice, más pequeña y hecha de algo que parecía cristal azul brillante, candente, como si acabase de salir del horno. El proceso inundó la caverna de aquella luz azulada. Alice dejó de tocar el suelo, incluso antes de que la transformación se completara. Ahora era fuego puro, y su rostro tenía esa locura especial que pertenece a las cosas que no están ni vivas ni muertas. Flotó con la misma facilidad con que antes flotaba en una piscina.

El espíritu que había reemplazado a Alice, el *niffin*, los miró de forma neutral con sus ojos de zafiro, vacíos y enloquecidos. Pese a todo su poder, parecía delicado, como soplado en cristal de Murano. Desde su posición, Quentin contempló la escena con un distanciado interés académico a través de una niebla de agonía. Su capacidad para el miedo, el amor, la pena o lo que fuera aparte del dolor, había desaparecido junto a su visión periférica.

Aquello ya no era Alice sino un ángel destructor y justo, azul y desnudo, con una expresión de incontenible hilaridad en el rostro.

Quentin contuvo el aliento. Por un instante, Alice flotó sobre la Bestia que, presintiendo que las tornas se habían vuelto, retrocedió un paso antes de echar a correr con una velocidad cegadora. Pero resultó demasiado lento. El ángel lo cogió por los pocos cabellos que le quedaban, apoyó la otra mano en el hombro y le arrancó la cabeza con un sonido seco y crujiente.

Todo era demasiado agotador para seguir contemplándolo. Quentin se aferraba a ello como una señal de radio que se desvanece, pero le costaba mucho mantener la recepción clara. Al final, rodó lánguidamente sobre su espalda.

Su mente se había convertido en una torpe parodia de sí misma, estirada como un chicle y traslúcida como el celofán. Había sucedido algo indescriptible, algo que no conseguía entender. De algún modo, el mundo, tal y como lo conocía, había dejado de existir. Se las arregló para encontrar un pedazo de suelo arenoso razonablemente cómodo en el que recostarse. Qué atento había sido Martin llevándolos hasta una sala donde la arena era tan deliciosamente fina y fresca. Una pena que esa límpida arena blanca estuviera completamente empapada de sangre, suya y de Penny.

Se preguntó si Penny seguiría con vida, si le sería posible desmayarse, por favor. Quería dormirse, no despertar nunca.

Oyó el roce de un zapato de cuero, y Eliot se interpuso entre la imagen del techo que tenía justo encima y él.

La voz de Ember le llegó desde algún ambiguo lugar del espacio y del tiempo. «Sigue con vida —pensó—. Es duro el cabronazo.» Quizá sólo fuese su imaginación.

—Has ganado —dijo el carnero desde las sombras—. Coge tu premio, héroe.

Eliot cogió la corona dorada de Rey Supremo de Fillory, y con un grito inarticulado, la arrojó a la oscuridad como si de un disco se tratara.

Se había roto el último sueño. Quentin se desmayó o murió, no sabía bien cuál de las dos cosas.

LIBRO CUARTO

El Retiro

Quentin despertó en una preciosa habitación blanca. Por un segundo (¿o fue una hora?, ¿o una semana?) creyó que estaba en su habitación en Brakebills Sur, que había vuelto a la Antártida. Pero entonces vio la ventana abierta y las pesadas cortinas verdes agitadas por un cálido viento veraniego. Decididamente, no era la Antártida.

Permaneció tumbado mirando al techo, dejándose mecer por las narcóticas corrientes mentales. No sentía ni la más remota curiosidad por saber dónde estaba o cómo había llegado hasta allí. Disfrutaba de los detalles insignificantes: el sol, el olor a sábanas limpias, el trozo de cielo azul que veía por la ventana, las retorcidas espirales de las vigas color marrón chocolate que cruzaban el techo encalado. Estaba vivo.

Y esas bonitas cortinas de color verde planta y sorprendente trenzado. Estaban tejidas toscamente, pero no con la familiar y deprimente tosquedad artificial de las casas elegantes de la Tierra, que sólo imitan la auténtica, la tejida a mano por necesidad. Allí, Quentin sólo podía pensar que eran auténticas cortinas tejidas a mano por personas que no conocían otro sistema, que ni siquiera sabían que su estilo era especial, que no se había depreciado y desprovisto de significado. Eso le hizo muy feliz. Era como si llevase toda una eternidad mirando esas cortinas, como si llevara toda la vida esperando despertarse una mañana, en una habitación con ventanas cubiertas por esas cortinas de verde planta tejidas a mano.

De vez en cuando oía, procedente del pasillo, el retumbar de cascos de caballos. El misterio se resolvió cuando una mujer con cuerpo de caballo se asomó a la habitación. El efecto resultó sorprendentemente poco sorprendente. Era una mujer robusta, de piel curtida por el sol y cortos cabellos castaños, unida al cuerpo de una esbelta yegua negra.

—¿Estás consciente? —preguntó.

Quentin intentó aclararse la garganta, pero no lo consiguió del todo. La tenía horriblemente seca, demasiado para hablar, así que se limitó a asentir.

—Tu recuperación casi se ha completado —dijo la centauro, con el aire de una médico residente haciendo la ronda, sin tiempo para alegrarse de los milagros curativos. Dio inicio al lento movimiento de dar media vuelta con elegancia e intención, y volver al pasillo—. Llevas dormido seis meses y dos días —añadió antes de marcharse.

Quentin oyó alejarse el ruido de sus cascos, hasta que todo volvió a quedar en silencio. Hizo lo que pudo para aferrarse a esa sensación de bienestar, pero no lo consiguió.

Los seis meses de su recuperación estaban prácticamente en blanco; sólo tenía una vaga impresión —que se evaporaba con rapidez— de profundidades azules, y sueños complejos y encantados. Pero los recuerdos de lo sucedido en la Tumba de Ember estaban muy claros. Habría sido razonable esperar que aquel día (¿o fue de noche?) quedara sumido en la negrura o, al menos, velado por la piadosa confusión postraumática. Pero no, nada de eso. Podía recordarlo todo con perfecta claridad y definición, y desde todos los ángulos, hasta el instante en que perdió la consciencia.

El shock estalló en su pecho. Le vació los pulmones tal y como hicieron las fauces de la Bestia, no sólo una vez sino otra, y otra, y otra más. Estaba indefenso contra aquello. Yació en la cama y sollozó hasta ahogarse, su débil cuerpo sufrió un espasmo, hizo ruidos que no recordaba haber oído nunca a un ser humano, enterró el rostro en la plana y áspera almohada de paja hasta sentirla húmeda de lágrimas y mocos. Ella había muerto por él, por todos ellos, y ya nunca volvería.

No podía reflexionar en lo que había pasado, sólo repasarlo una y otra vez, como si hubiera alguna posibilidad de que acabara de otro modo, aunque sólo fuera para que le doliera menos, pero cada vez que lo hacía deseaba morir. Le dolía todo su cuerpo semirrecuperado como si tuviera amoratado hasta el esqueleto, pero deseaba que le doliera aún más. No sabía cómo podría vivir en un mundo que permitía que pasaran cosas así. Era un mundo de mierda, un fraude, un timo, y no quería tener nada que ver con él. Cada vez que se dormía, despertaba intentando avisar a alguien de algo, pero nunca sabía a quién de qué, y siempre era demasiado tarde.

Tras la pena llegó la rabia. ¿En qué estaban pensando? ¿Un montón de chicos metiéndose en una guerra civil de un mundo extraño? Alice había muerto (y Fen, y quizá también Penny), y lo peor era que él pudo salvarlos a todos y no lo hizo. Fue él quien les dijo que ya era hora de ir a Fillory, él quien sopló el cuerno que atrajo a la Bestia. Alice había ido por él, para cuidar de él. Pero él no había cuidado de ella.

Los centauros lo veían llorar con despreocupación alienígena, como si fueran peces.

En los días siguientes descubrió que se hallaba en un monasterio o algo así, fue todo lo que pudo sacarle a los centauros que dirigían aquello. No era un lugar de culto, le explicaron con cierto relincho condescendiente, sino una comunidad dedicada a la expresión o encarnación más absoluta (aunque quizá realización era la palabra más adecuada) de los valores agrestes, incomprensiblemente complejos pero infinitamente puros, de la centauría, algo que el fallido cerebro humano de Quentin no podía asimilar. En los centauros había algo claramente germánico.

Dieron a entender, no con mucho tacto, que consideraban a los humanos unos seres inferiores. No era culpa de los humanos, simples seres tullidos, separados de la mitad equina que les correspondía por un desgraciado accidente de nacimiento. Los centauros miraban a Quentin con compasión agradablemente atemperada por una completa carencia de interés. Y parecían constantemente temerosos de que pudiera caerse de lado.

Ninguno de ellos tenía un recuerdo preciso de cómo llegó hasta allí, no prestaban mucha atención a la historia de los humanos heridos que llegaban ocasionalmente a su seno. Quentin presionó a su doctora, una hembra aterradoramente seria llamada Alder Acorn Agnes Allison-madera-fragante, que dijo recordar vagamente a otros humanos, insólitamente sucios y desaliñados, ahora que lo mencionaba, que lo trajeron en una camilla improvisada. Estaba inconsciente y en estado de shock, con la caja torácica aplastada y una de las «patas anteriores» dislocada, prácticamente separada del cuerpo. Semejante trastorno anatómico era muy desagradable para los centauros. Y como no eran ajenos al servicio que los humanos habían prestado a Fillory, librándoles de Martin Chatwin, hicieron lo que pudieron por ayudarlos.

Los humanos se quedaron todo un mes en la zona, quizá dos, mientras los centauros tejían hechizos de magia forestal en el cuerpo tan insultantemente herido y destrozado de Quentin, que parecía improbable que llegase a despertar alguna vez. Y con el tiempo, al no mostrar Quentin señales de recuperar la consciencia, aquellos humanos acabaron yéndose muy a su pesar.

Supuso que podía enfadarse con ellos por haberlo abandonado allí, en Fillory, sin modo de volver a su propio mundo. Pero lo único que sintió fue un alivio profundo y cobarde. No tendría que enfrentarse a ellos, sólo mirarlos habría hecho que la vergüenza le consumiera la piel de la cara. Deseó haber muerto. Y ya que no lo hizo, al menos tenía lo más parecido a la muerte: el aislamiento total, perdido en Fillory para siempre. Estaba roto de un modo que no podía curar magia alguna.

Todavía se sentía débil y pasaba mucho tiempo en cama, descansando los músculos atrofiados. Era como un cascarón vacío, torpemente agujereado por alguna herramienta primitiva, destripado y abandonado como una piel fláccida, sin huesos, pero aún viva. Si lo intentaba, podía invocar recuerdos antiguos. Nada de Fillory o de Brakebills, sólo cosas antiguas de verdad, las más fáciles, las más seguras: El olor de la pintura al óleo de su madre, el espeso verdor del canal de Gowanus, la curiosa manera en que Julia fruncía los labios alrededor de la boquilla de su oboe o el huracán que pasó por Maine durante las vacaciones familiares, cuando debía de tener ocho años y salieron al césped, y tiraron los jerséis al aire, y los vieron alejarse por encima de la verja del vecino arrastrados por el viento, y luego se tiraron al suelo muertos de risa. Frente a su ventana, un hermoso cerezo florecía a la cálida luz de la tarde. Todas sus ramas se movían, se mecían a un ritmo ligeramente diferente. Lo contempló durante largo rato.

Cuando se sentía muy atrevido, pensaba en la época que fue un ganso, volando hacia el sur por la Patagonia, ala con ala con Alice, flotando sobre acolchadas masas de aire caliente, observando con frialdad los ondulantes meandros de los ríos. Pensó que, de hacer ahora ese vuelo, se acordaría de buscar las líneas de Nazca, en Perú. Incluso se planteó si podría acudir a la profesora Van der Weghe y hacer que volviera a cambiarlo, y quedarse así, y vivir y morir como un ganso idiota, y olvidar que alguna vez fue humano. A veces pensaba en el día que pasó con Alice en el tejado de la cabaña; se les ocurrió gastarles una broma a los demás cuando volvieran de donde fuera que hubieran ido, pero nunca volvieron, y Alice y él se pasaron la tarde tumbados sobre los cálidos guijarros, contemplando el cielo sin hablar de nada concreto.

Fueron muchos los días que pasó así. Se curaba con rapidez y se revolvía inquieto, su cerebro despertaba y necesitaba nuevas cosas con que distraerse. No le dejaría en paz mucho tiempo.

Iba mejorando y progresando, no podía evitar sanar. Quentin no tardó en ir de un sitio a otro, en explorar la zona como un esqueleto ambulante. Aislado de su pasado, de todo y todos los que conocía, se sentía tan insustancial como un fantasma. El monasterio, cuyo nombre en centauro era el Retiro, era todo columnas de piedra, árboles enormes y caminos amplios y cuidados. Muy a su pesar sentía un hambre terrible, y aunque los centauros eran vegetarianos estrictos, hacían auténticas maravillas con las ensaladas. Disponían enormes comederos llenos de espinaca, lechuga, rúcula y brotes de diente de león, todo delicadamente preparado y aderezado. También descubrió los baños para centauros, seis piscinas rectangulares de piedra a diferentes temperaturas, cada una lo bastante larga como para recorrerlas de un lado a otro bajo el agua tras dos largas y profundas bocanadas de aire. Le recordaron los baños romanos de la casa de los padres de Alice. Y eran muy profundas: Si se sumergía y nadaba hacia abajo con el vigor necesario, hasta que dejaba de haber luz y su romboencéfalo se quejaba, y la presión del agua le hacía llevarse las manos a los oídos, podía llegar a rozar con los dedos el áspero fondo de piedra.

Su mente era como un estanque helado en constante peligro de deshielo. La recorría sólo por encima, por la superficie peligrosamente resbaladiza y quién sabe cuán fina. Penetrar en ella significaba sumergirse en lo que había debajo; aguas anaeróbicas, oscuras y frías, y furiosos peces con colmillos. Esos peces eran recuerdos. Quería encerrarlos en alguna parte, olvidar que estaban allí, pero no podía. El hielo cedía en los momentos más extraños: cuando una ardilla parlante le miraba inquisitivamente, cuando una enfermera centauro era amable con él sin darse cuenta, cuando se miraba en el espejo... Y entonces, algo horrible y con forma de reptil salía a la luz, se le llenaban los ojos de lágrimas y rápidamente intentaba apartar el recuerdo.

La pena que sentía por Alice no paraba de abrir nuevas dimensiones cuya existencia desconocía. Se sentía como si sólo la hubiera visto y querido, querido de verdad, con todo su ser, con toda su alma, durante las últimas horas. Y ahora que ya no existía, que se había roto como el animalito de cristal que creó el día que se conocieron, el resto de su vida se abría ante él como una postdata árida y sin sentido.

Las primeras semanas tras su resurrección, Quentin sintió dolores agudos en el hombro y en el pecho, que fueron apagándose a medida que pasaban los días. Al principio le sorprendió, y luego le fascinó, descubrir que los centauros habían reemplazado la piel y el tejido muscular perdido a manos de la Bestia, con algo que parecía una madera oscura de grano fino. Las dos terceras partes de la clavícula, y la mayoría del hombro y el bíceps derecho, parecían ahora de madera de árbol frutal, lisa y muy pulida, un cerezo, quizás un manzano. El nuevo tejido era completamente insensible, pero perfectamente capaz de flexionarse y doblarse, donde y cuándo lo necesitara, y se fusionaba elegantemente con la carne que lo rodeaba, sin fisuras. Le gustaba. La rodilla derecha también era de madera. No conseguía recordar cómo se había lesionado esa parte concreta de su anatomía, pero qué más daba, igual le había pasado algo en el camino de vuelta.

Y aquél no era el único cambio en su físico: tenía el pelo completamente blanco, hasta las cejas, como el protagonista de *Un descenso al Maelstrom*, de Poe. Parecía que llevase la típica peluca de Andy Warhol.

Hacía lo que fuera para no estar cruzado de brazos. Practicó con el arco y las flechas en un extenso campo de tiro en desuso, invadido por las malas hierbas. Cuando conseguía captar su atención, hacía que uno de los centauros más jóvenes le enseñara los rudimentos de la monta a caballo y la lucha con sable, siempre en nombre de la terapia física, un argumento que podían entender. Unas veces pretendía que su contrincante era Martin Chatwin, otras no; en cualquier caso, nunca consiguió asestar un golpe certero. Un pequeño contingente de animales parlantes, un tejón y algunos conejos bastante grandes, descubrió la presencia de Quentin en el Retiro. Excitados ante la visión y el olor de un humano, de la Tierra además, se empeñaron en que sería el próximo Rey Supremo de Fillory, y cuando insistió furioso que no lo era y que había perdido todo interés en esa ambición concreta, lo apodaron el Rey Reticente, pero dejaban ante su ventana tributos de nueces, coles y patéticas coronas confeccionadas a mano (o a zarpa), con ramitas adornadas de cristales de cuarzo sin valor. Al verlas, las rompía.

Una pequeña manada de caballos domados recorría a voluntad los amplios prados del Retiro. Al principio, Quentin los tomó por mascotas, pero resultó que era ligeramente más complejo. Los centauros de ambos sexos copulaban con ellos frecuentemente, de forma pública y ruidosa.

Quentin halló sus limitadas posesiones dispuestas en montoncitos, junto a una pared de su habitación. Las metió en un armario y ocuparon exactamente medio cajón de los cinco de que disponía. En la habitación también tenía un castigado escritorio viejo, estilo Florida, pintado de blanco y verde pálido, y un día que Quentin rebuscaba por los deformados y mal encajados cajones, para ver si los anteriores ocupantes se habían dejado algo, se le ocurrió utilizar escritura mágica, una técnica básica de adivinación, para saber qué había sido de los otros. Lo más probable era que no funcionase entre planos, pero nunca se sabía. Eso le permitió encontrar dos sobres junto a varios botones raros, unas nueces secas y exóticos cadáveres de insectos fillorianos. También encontró una rama seca y endurecida con las hojas todavía verdes.

Los sobres eran gruesos y estaban confeccionados con el áspero papel blanco desteñido que fabricaban los centauros. En el primero vio su nombre escrito con una caligrafía elegante, que reconoció perteneciente a Eliot. La visión se le oscureció y tuvo que sentarse.

Contenía una nota. Estaba enrollada alrededor de los restos planchados y deshidratados de lo que fue un cigarrillo Merit Ultra Light, y en ella ponía lo siguiente:

> QUERIDO Q:
>
> SACARTE DE ESAS MAZMORRAS FUE UN INFIERNO. AL FINAL APARECIÓ RICHARD, LO QUE SUPONGO QUE ES DE AGRADECER, AUNQUE DIOS SABE QUE NO NOS LO PUSO NADA FÁCIL.
>
> QUERÍAMOS QUEDARNOS, Q, PERO NOS RESULTABA MUY DURO, Y CADA DÍA MÁS. LOS CENTAUROS DIJERON QUE NO LO CONSEGUIRÍAS. PERO SI ESTÁS LEYENDO ESTO, ES QUE AL FINAL DESPERTASTE. LO SIENTO POR TODO. SÉ QUE TÚ TAMBIÉN LO SIENTES. SÉ QUE DIJE QUE NO NECESITABA NINGUNA FAMILIA PARA CONVERTIRME EN LO QUE

SE SUPONÍA QUE DEBÍA SER, PERO RESULTÓ QUE SÍ QUE LA NECESITABA. Y QUE ESA FAMILIA ERAS TÚ.

VOLVEREMOS A VERNOS.

E.

El otro sobre contenía un cuaderno de notas. Era grueso, de aspecto raro y aplastado por las esquinas. Quentin lo reconoció al punto, aunque no lo veía desde aquella fría tarde de noviembre hacía seis años.

Se sentó en la cama con la mente fría y despejada, y abrió *Los magos*.

El libro resultaba decepcionantemente corto, unas cincuenta páginas escritas a mano, algunas manchadas o estropeadas por el agua, y no estaba escrito con la habitual prosa sencilla, simple y directa de Christopher Plover. Era más vulgar, más graciosa, más pícara, y con indicios de haberse escrito muy aprisa, tenía una buena cantidad de faltas de ortografía y faltaban palabras. Como explicaba el autor en el primer párrafo, era el primer libro de *Fillory y Más Allá*, escrito por alguien que había estado realmente allí. Ese alguien era Jane Chatwin.

Los Magos retomaba la historia justo al final de *La duna errante*, después de que Jane, la menor, y su hermana Helen, «la querida metomentodo siempre en posesión de la verdad», se peleasen porque ésta había escondido los botones mágicos que podía llevarlos de vuelta a Fillory. Al no encontrarlos, Jane se vio obligada a esperar, pero no le llegaba ninguna nueva invitación desde Fillory. Sus hermanos y ella parecían condenados a pasarse el resto de su vida en la Tierra como niños vulgares y corrientes. Tampoco es que eso estuviera mal, ya que, al fin y al cabo, la mayoría de los niños no viaja a Fillory, pero no le parecía justo. Todos sus hermanos habían ido a Fillory dos veces al menos, pero ella sólo una vez.

Y no había que olvidar el problema de Martin; después de tanto tiempo continuaba desaparecido. Hacía mucho que sus padres habían perdido toda esperanza, pero los niños no. Por la noche, Janet y los demás Chatwin se reunían en el dormitorio de uno de ellos para hablar de su hermano, preguntándose qué aventuras estaría viviendo en Fillory y cuándo volvería, porque sabían que acabaría volviendo.

Pasaron los años. Jane cumplió trece y dejó de ser una niña, tenía la misma edad que Martin en el momento de desaparecer, y por fin obtuvo la invitación. La visitó un erizo, muy colaborador y esforzado, llamado Pinchogordo, que la ayudó a recuperar la vieja caja de cigarros que contenía los botones, del pozo seco donde la había arrojado Helen. Pudo avisar a alguno de los otros para que la acompañara, pero regresó sola a Fillory pasando por la Ciudad, la única Chatwin que entraba en ese mundo sin ir acompañada por un hermano.

Encontró Fillory azotado por un poderoso vendaval. El viento soplaba, y soplaba, y no paraba de soplar. Al principio resultó divertido: todo el mundo hacía volar cometas y en la corte real de Torresblancas se puso de moda la ropa amplia que se hinchaba con la brisa. Pero, con el tiempo, el viento no arreciaba, los pájaros se agotaban de tanto luchar contra él, y todo el mundo llevaba el pelo revuelto. Los bosques se quedaban sin hojas, y los árboles se quejaban. Incluso cuando entrabas en casa y cerrabas la puerta, seguías oyendo su gemido, y al cabo de varias horas aún sentías su sensación en la cara. El corazón mecánico del castillo de Torresblancas, movido por energía eólica, amenazaba con girar de forma descontrolada y hubo que desconectarlo de los molinos. Paró por primera vez desde que había memoria.

Un grupo de águilas, grifos y pegasos se dejaron llevar por el viento, convencidos de que los transportaría hasta una tierra fantástica, más mágica incluso que Fillory. Volvieron una semana después, hambrientos, con el pelaje alborotado y quemados por el sol. Se negaron a comentar lo que habían visto.

Jane se procuró un estoque, se recogió el pelo en un moño y se dirigió hacia los Bosques Oscuros sola, decidida, inclinándose contra la galerna, en busca del origen de aquel fenómeno. No tardó en encontrar a Ember en un claro. Estaba herido y muy alterado. Le contó la transformación de Martin y sus esfuerzos para expulsar al niño, que habían terminado con la muerte de Umber. Celebraron un consejo de guerra.

Ember lanzó un balido atronador para llamar al Caballo Confortable. Ambos montaron sobre su ancho lomo aterciopelado, y fueron a visitar a los enanos. Chaqueteros la mayoría de las veces, nunca se podía confiar en que cooperasen con nadie, pero hasta ellos estaban convencidos de la peligrosidad de Martin, además de que tanto viento estaba arrancando la parte superior de sus queridas madrigueras subterráneas. Fabricaron un reloj de plata de bolsillo para Jane, una obra de consumada maestría relojera, tan atiborrada de engranajes, levas y gloriosos muelles en espiral, que su interior era una sólida masa de brillantes mecanismos. Los enanos explicaron que Jane podría utilizarlo para controlar el flujo del tiempo y hacerlo avanzar, retroceder, acelerarlo, aminorarlo... En fin, lo que le apeteciera.

Jane y Ember se marcharon con el reloj de bolsillo, sacudiendo la cabeza. La verdad era que nunca sabían de qué eran capaces los enanos. Se preguntaron que, si lograban construir una máquina del tiempo, ¿por qué no gobernaban ya todo el reino? Quizá ni siquiera les interesaba, supuso la niña.

Quentin pasó la última página, pero el libro acababa allí. Al final de la hoja había firmado la propia Jane.

—Vaya, qué anticlimático —se quejó Quentin en voz alta.

—La verdad no siempre proporciona una buena historia, ¿verdad?

Quentin dio tal salto que casi se salió de la poca piel que le quedaba. Al otro lado de la habitación, sentada rígidamente sobre el escritorio con las piernas cruzadas, vio a una mujer pequeña y guapa, de pelo oscuro y piel pálida.

—Creo que até la mayoría de los cabos sueltos, seguro que puedes deducir el resto a poco que pienses. Al menos, intento hacer buenas entradas.

Vestía como si perteneciera a Fillory: una capa marrón clara sobre un práctico vestido de viaje gris, con aberturas laterales que le permitían enseñar algo de pierna. Pero no había duda que se trataba de ella. De la sanitaria. De la mujer que lo atendiera en la enfermería de Brakebills. Y eso no era todo.

—Eres Jane Chatwin, ¿verdad?

Ella sonrió alegremente y asintió.

—Si quieres, te lo puedo firmar. —Señaló el manuscrito—. Imagina cuánto valdría. A veces me siento tentada de ir a una convención de Fillory sólo por curiosidad, por ver qué pasaría.

—Seguramente creerían que vas disfrazada de hermanita pequeña Chatwin, y que ya eres mayorcita para eso.

Dejó el manuscrito a un lado. La primera vez que la vio era muy joven, pero ya no lo parecía tanto. Como habría dicho su hermano Martin: ¡Cielos, cuánto ha crecido! Incluso su sonrisa ya no era tan irresistible como antes.

—También eras la Relojera, ¿verdad?

—Lo era y lo soy. —Hizo un amago de reverencia, pese a seguir sentada—. Supongo que ya puedo retirarme, ahora que Martin ha muerto. Una lástima, empezaba a disfrutarlo.

Quentin esperaba poder devolverle la sonrisa, pero no se materializó. No le apetecía sonreír. Quentin no habría sabido decir con precisión cómo se sentía.

Jane permaneció muy rígida, estudiándolo como había hecho el día que se conocieron. Su presencia estaba tan cargada de magia, significado e historia que casi brillaba. Pensar que ella había hablado con el mismo Plover, que le había contado las historias con las que había crecido Quentin. La circularidad de toda la situación era mareante. El sol se estaba poniendo y la luz manchó las sábanas blancas de la cama de un rosa anaranjado crepuscular. Con la puesta de sol, los límites de todas las cosas se difuminaban.

—Esto no tiene sentido —dijo Quentin. Nunca se había sentido menos tentado por los encantos de una mujer guapa—. Si eras la Relojera, ¿por qué hacías todas esas cosas? ¿Detener el tiempo y todo eso?

Ella sonrió con ironía.

—Esta cosa no venía con libro de instrucciones. —De alguna parte de la capa ella sacó un reloj de bolsillo de plata, grueso y redondo como una granada—. Tuve que experimentar un poco hasta pillarle el tranquillo, y algunos de los experimentos no tuvieron mucho éxito. Hubo una larga tarde en concreto que... —Hizo una mueca. Su acento era similar al de Martin—. La gente lo interpretó mal. De todas formas, Plover acabó por liarlo todo. ¡Qué imaginación tenía ese hombre! —Sacudió la cabeza, como si los vuelos de la fantasía de Plover fueran la parte más increíble de todo—. Además, cuando empecé sólo tenía trece años y ningún conocimiento de magia. Tuve que descubrirlo todo por mi cuenta.

—Así que todas esas cosas que hizo la Relojera...

—Muchas pasaron de verdad, pero intenté tener cuidado. La Relojera nunca mató a nadie. A veces tomaba atajos a costa de los demás, vale, pero porque tenía otras cosas en mente. Mi trabajo era detener a Martin, e hice lo que tenía que hacer. Incluso esos árboles-reloj... —Resopló—. Menuda idea, nunca hicieron una puñetera cosa. Lo más gracioso es que a Martin le daban un miedo terrible. No conseguía entenderlos. —Perdió la compostura un momento, sólo un momento. Los ojos se le llenaron de lágrimas, y pestañeó—. No paraba de repetirme que lo perdimos aquella primera noche, cuando se internó en el bosque. Después de eso, nunca volvió a ser el mismo. Ahora soy la única Chatwin que queda. Era un monstruo, pero también la única familia que me quedaba.

—Y nosotros lo matamos —remató Quentin con frialdad.

El corazón le latía con fuerza. La sensación que antes no conseguía identificar se estaba aclarando: era rabia. Esa mujer lo había utilizado, los había utilizado a todos como si fueran juguetes. Y si algunos de los juguetes se rompían, ah, mala suerte. Ésa había sido la verdadera finalidad de toda la historia. Los había manipulado, los había enviado a Fillory para que encontrasen a Martin y se había asegurado de que llegasen hasta él. Que supiera, hasta pudo ser ella la que dejó el botón para que lo encontrara Lovelady. Pero eso ya no importaba. Todo había terminado y Alice había muerto.

Se levantó. Una suave brisa vespertina agitaba las verdes cortinas.

—Sí —dijo Jane—. Lo mataste. Ganamos.

—¿Ganamos? —Quentin no se lo podía creer. Y no pudo contenerse más. Todo el dolor y la culpa aislados con primoroso cuidado volvían a él en forma de rabia. El hielo se resquebrajaba. El estanque bullía—. ¿Ganamos? Tienes una puñetera máquina del tiempo en el bolsillo, ¿y eso es cuanto has conseguido? Nos manipulaste, Jane o quien coño seas. Creíamos partir en busca de una aventura, cuando tú nos enviabas a una misión suicida. Y ahora mis amigos han muerto. Alice ha muerto. —Tuvo que tragar saliva con fuerza para continuar—. ¿De verdad no pudiste hacerlo mejor?

Ella clavó la mirada en el suelo.

—Lo siento.

—Lo sientes —dijo Quentin. Esa mujer era increíble—. Bien, pues demuéstrame cuánto lo sientes. Envíame de regreso. Usa el reloj para que retrocedamos en el tiempo. Volvamos a hacerlo. Retrocedamos y arreglémoslo.

—No, Quentin. —Negó ella con gravead—. No podemos volver.

—¿Qué quieres decir con que no podemos volver? Claro que podemos. ¡Podemos y lo haremos!

Mientras hablaba, iba alzando la voz cada vez más, mirándola fijamente, como si pudiera obligarle a hacer lo que quisiera con sólo mirarla y hablarle. ¡Tenía que hacerlo! Y si no conseguía convencerla hablando, la obligaría. Era una mujer pequeña, y estaba dispuesto a apostar lo que fuera a que, reloj al margen, era el doble de mago de lo que ella sería nunca.

Pero ella seguía negando con la cabeza, triste.

—Tienes que entenderlo. —No se amilanaba. Hablaba despacio, como si pudiera aplacarlo, hacerle olvidar—. Soy una bruja, no un dios. He hecho esto tantas veces, he recorrido tantas líneas temporales distintas, he enviado a tanta gente a combatir contra Martin... No me obligues a darte una conferencia sobre los efectos prácticos de la manipulación temporal. Si cambias una variable, las cambias todas. ¿De verdad crees que has sido el primero que se ha enfrentado a Martin en esa sala? ¿De verdad crees que era la primera vez que *tú* te enfrentabas a él en esa sala? Esa batalla se ha librado una y otra vez. Lo he intentando de un millón de formas diferentes, y siempre morían todos. Y siempre tenía que volver a manipular el reloj.

»Por malo que haya sido el resultado, por malo que sea, es el mejor que he conseguido nunca. Nadie había conseguido derrotarlo antes, sólo tus amigos y tú, Quentin. Habéis sido los únicos. Y pienso quedarme con este resultado. No puedo arriesgarme a perder todo lo conseguido.

Quentin se cruzó de brazos. Los músculos de su espalda abultaban, prácticamente vibraba de rabia.

—Entonces iremos hasta el principio. A antes de lo ocurrido en *El mundo entre los muros*. Lo detendremos todo antes de que empiece. Encontraremos una línea temporal en la que Martin no vaya a Fillory.

—¡Lo he intentado, Quentin! ¡Lo he intentado! —exclamó ella en tono de súplica—. ¡Siempre va a Fillory! Lo he intentado una infinidad de veces. No hay ningún mundo en el que no vaya.

»Estoy cansada. Tú has perdido a Alice, yo he perdido a mi hermano. Estoy cansada de combatir a esa cosa que antes fue Martin.

De pronto pareció agotada y sus ojos se desenfocaron, como si mirase a algún otro mundo, uno en el que nunca podría entrar. Eso hizo que a él le costara mantener su rabia en ebullición. Por mucho que la azuzase, empezaba a abandonarlo.

Sin embargo, no acabaría allí. Saltó hacia ella, pero Jane lo vio venir. Él era rápido, pero ella lo era aún más. Quizás habían vivido esta situación en otra línea temporal, o quizás él resultaba demasiado evidente. Antes de haber recorrido media habitación, ella giró sobre sus talones para arrojar el reloj de plata contra la pared y con toda la fuerza de que era capaz.

Fue suficiente. La pared era de piedra, y el reloj se aplastó como una fruta demasiado madura. Sonó como una bolsa llena de monedas. La delicada esfera de cristal se hizo añicos, y los pequeños engranajes y ruedas dentadas saltaron por los aires como perlas de un collar roto.

Jane se volvió retadora hacia él resoplando con fuerza, pero Quentin sólo tenía ojos para el reloj roto.

—Se acabó —sentenció Jane—. Hay que poner punto final a todo esto. Es hora de que vivamos con lo que tenemos y lloremos por lo que hemos perdido. Ojalá pudiera haberte dicho algo más antes de que fuera demasiado tarde, pero te necesitaba demasiado para contarte la verdad.

Ella tuvo un curioso gesto y le cogió las mejillas con ambas manos para bajarle la cabeza y darle un beso en la frente. La habitación estaba casi a oscuras, pero oyó el crujido de la puerta cuando ella la abrió.

—Procura no juzgar a Martin con demasiada dureza —le aconsejó desde el umbral—. Plover solía abusar de él cada vez que se quedaban a solas, creo que por eso fue a Fillory. ¿Por qué si no iba a querer meterse dentro de un reloj de péndulo? Buscaba un lugar donde esconderse.

Y se marchó.

Quentin no fue tras ella. Se quedó mirando la puerta un rato y, cuando se acercó para cerrarla, piezas del reloj roto crujieron bajo sus pies.

Todo es susceptible de empeorar. Sí, acababa de comprobarlo en sus propias carnes. ¿Habría tocado fondo? Miró el cuaderno de notas bajo los últimos rayos de moribunda luz. Entre las páginas descubrió una nota pegada, la misma que le arrebatara el viento la primera vez que intentó leerla. Pero todo lo que ponía era:

¡SORPRESA!

Volvió a sentarse. Al final, Alice y él sólo habían sido comparsas, extras con la mala suerte de que les tocase una escena de batalla entre un hermano y una hermana, que se habían declarado la guerra en el país fantástico de su jardín de infancia. A nadie le importaba que Alice hubiera muerto, y a nadie le importaba que él viviera.

Ahora tenía respuestas, pero no le servían para lo que se supone que sirven las respuestas: no le simplificaban o no le facilitaban las cosas. No lo ayudaban. Sentado en su cama, pensó en Alice, y en el pobre y estúpido Penny, y en el sufrido Eliot, y en ese pobre cabrón de Martin Chatwin. Por supuesto, ahora, por fin, lo entendía todo. Lo había enfocado mal. Nunca debió venir a Fillory. Nunca debió enamorarse de Alice. Ni siquiera debió ir a Brakebills. Debería haberse quedado en Brooklyn, en el mundo real retozando en su depresión y su rencor en la seguridad relativa de la vulgar realidad. De ese modo nunca habría conocido a Alice, pero al menos estaría viva en alguna parte. Podría haber seguido adelante con su triste y desperdiciada vida, a base de películas y libros, y masturbación, y alcohol, como todo el mundo. Nunca habría conocido el horror de conseguir lo que crees querer. Podría haberse ahorrado, y no sólo él sino todos los demás, el precio que pagaron por ello. Si la historia de Martin Chatwin tenía alguna moraleja, era ésa. Vale, quizá puedas hacer realidad tus sueños, pero pueden convertirte en un monstruo. Es preferible quedarse en casa y practicar trucos con naipes en tu dormitorio.

Por supuesto, Jane había tenido parte de culpa. Le había estado empujando en todo momento. Pues bien, no pensaba dejarse engañar otra vez, no le daría esa oportunidad a nadie nunca más. Quentin sintió que una nueva actitud distante se apoderaba de él. Su rabia y su pena se enfriaban hasta formar una brillante capa protectora, un barniz de indiferencia, duro y transparente. Dado que no podía retroceder, avanzaría; pero haciendo las cosas de otra manera. Sí, esa actitud era infinitamente más segura y coherente. El truco consistía en no querer nada. Ése era el poder: la valentía. La valentía de no querer a nadie ni esperar nada.

Lo más curioso era lo fácil que resultaba todo cuando no te importa nada. En las siguientes semanas, el nuevo Quentin, con su pelo blanco a lo Warhol y su hombro de madera a lo Pinocho, reanudó sus estudios de magia. Esta vez buscaba control. Quería ser intocable.

En su pequeña celda practicó cosas que nunca había tenido tiempo de dominar o no se había atrevido a dominar. Volvió a los ejercicios más avanzados de Popper, truculentamente difíciles, y a las lecciones sólo teóricamente factibles que se había saltado en Brakebills. Ahora los practicó una y otra vez, corrigiendo cada duda, cada torpeza, cada inflexión de voz. Inventó versiones nuevas, más crueles, y también las dominó. Disfrutaba con el dolor de sus manos, vivía por él. Sus encantamientos adquirieron una potencia, una precisión y una fluidez que nunca habían tenido. Las yemas de sus dedos dejaban rastros de fuego, chispas y añil.

En el aire quedaban huellas de neón zumbantes y chirriantes, demasiado brillantes para mirarlas directamente. Su cerebro brillaba con un triunfo tan frío como quebradizo. El aislamiento y la tenacidad lo estaban consiguiendo. Por eso Penny se trasladó a Maine, pero al final sería él quien lo conseguiría. Sólo ahora podía manejar de verdad un poder sobrehumano, ahora que había matado sus emociones humanas, ahora que ya no le importaba.

El dulce aire de la primavera se filtraba en su habitación; luego, fue sustituido por el calor infernal del verano, y el sudor le recorrió el rostro, y los centauros trotaron junto a su puerta, dignos e indiferentes, y descubrió la manera en que Mayakowsky había realizado las hazañas que en su momento encontrara desconcertantes. En un prado desierto, deconstruyó cuidadosamente, por ingeniería inversa, el hechizo Bola de Fuego de Penny, localizó y corrigió los errores cometidos durante su viaje a la Luna, su proyecto de fin de curso y, en homenaje a Alice, también terminó su proyecto, aislando y capturando un único fotón, incluso observándolo —al cuerno con Heisenberg—: una pequeña chispa de onda infinitamente preciosa, furiosa, incandescente.

Sentado en la postura del loto, sobre el escritorio estilo Florida ajado por el sol, permitió que su mente se expandiera hasta llegar a un ratón de campo, luego tres más, y por fin hasta seis, mientras se ocupaban de sus ajetreados asuntos en el prado, al otro lado de su ventana. Los llamó para que se sentaran ante él y, con un solo pensamiento, apagó suavemente la corriente eléctrica que vivía en cada uno de ellos. Sus pequeños cuerpecitos velludos quedaron inmóviles y fríos. Y entonces, con la misma facilidad, tocó a cada uno con magia, volviendo a encender instantáneamente sus pequeñas almas, como si aplicase una cerilla al piloto de un horno.

Huyeron asustados en todas direcciones. Los dejó marchar. Solo en su habitación, sonrió ante su secreta grandeza. Se sentía señorial y magnífico. Había jugado con el misterio sagrado de la vida y de la muerte. ¿Que más podía atraer su atención en el mundo? ¿En cualquier mundo?

Junio maduró y se convirtió en julio, y luego reventó, se pudrió, se secó y se convirtió en agosto. Una mañana despertó temprano para descubrir que una fresca neblina cubría el prado al otro lado de su ventana del primer piso. Allí, a simple vista, enorme y etéreo, vio un ciervo blanco. El animal agachó el cuello para cortar la hierba con sus dientes, inclinando la enorme y pesada cornamenta, y pudo ver los músculos tensándose en su cuello. Tenía las orejas más grandes y caídas de lo que esperaba. Alzó la cabeza cuando Quentin apareció en la ventana, consciente de ser observado, y se alejó a saltos por el prado, desapareciendo sin prisas. Quentin frunció el ceño. Volvió a la cama, pero no pudo dormir.

Ese mismo día buscó a Alder Acorn Agnes Allison-madera-fragante. La encontró trabajando en un complicado telar del tamaño de una habitación, construido para aprovechar tanto la fuerza de sus cuartos traseros como la delicada manipulación de sus dedos humanos.

—La Bestia Buscada —le informó, jadeando con fuerza, empujando, sin dejar de tejer—. Es una visión poco común. Sin duda se ha visto atraída por las energías que irradian nuestros valores superiores. Eres afortunado de que se mostrase cuando dio la casualidad de que mirabas.

La Bestia Buscada. De *La chica que le habló al tiempo*. Así que ése era su aspecto, había esperado algo más feroz. Quentin le dio una palmada a Agnes en sus relucientes cuartos traseros negros y se marchó. Ya sabía lo que debía hacer.

Esa noche cogió la rama con hojas que encontrara en el escritorio. Era la rama que flotaba ante la cara de la Bestia, la que tiró a un lado antes de la batalla. La rama estaba muerta y seca, pero seguía teniendo las hojas verdes y lustrosas. Salió al exterior, hundió el tallo en el húmedo césped y amontonó tierra a su alrededor para asegurarse de que se mantuviera recta.

Al día siguiente, Quentin despertó para encontrarse con un árbol adulto ante su ventana. En medio de su tronco se veía la esfera de un reloj que tictaqueaba con suavidad.

Pasó la mano por el áspero y duro tronco gris del árbol, sintiendo su corteza polvorienta y fría. Su estancia allí había terminado. Empaquetó algunas de sus cosas, abandonó otras, robó un arco y un carcaj de flechas del cobertizo junto al campo de tiro, liberó un caballo de la manada sexual de los centauros y abandonó el Retiro.

El ciervo blanco

La persecución de la Bestia Buscada lo llevó hasta los límites del vasto Pantano del Norte; después hacia el sur, bordeando el margen de la Gran Zarza; de nuevo al norte y al oeste a través de los Bosques Oscuros hasta el vasto y gorgoteante Chapoteo Inferior. Fue como visitar lugares que ya viera en sueños. Bebió en arroyos, durmió en el suelo y comió de lo que cazaba. Se había convertido en un arquero aceptable, y cuando sus flechas no conseguían abatir ninguna presa, hacía trampas utilizando la magia.

Forzaba al máximo su caballo, un zaino que no pareció lamentar alejarse de los centauros. La mente de Quentin estaba tan vacía de pensamientos como los bosques y los campos lo estaban de gente. El estanque de su cabeza volvía a estar congelado, y esta vez el espesor del hielo tenía un palmo de grosor. En sus mejores días, podía pasar horas sin pensar en Alice.

Si pensaba en algo era en el ciervo blanco. Tenía una misión, pero esta vez era su misión, de nadie más. Estudiaba el horizonte buscando su cornamenta y los matorrales intentando descubrir su pálido flanco. Sabía lo que estaba haciendo. Era lo que había soñado desde los tiempos de Brooklyn, su fantasía primaria. Cuando terminara, podría cerrar el libro para siempre.

La Bestia Buscada lo arrastró todavía más hacia el oeste, a través de las Colinas de los Agujeros Ruidosos y un paso de montaña amargamente escarpado, más allá de todo lo que conocía y de lo que había leído en las novelas de Fillory. Ahora andaba por territorio virgen, pero no se detuvo a explorar o dar nombre a las montañas. Descendió por un precipicio de piedra caliza hasta una franja de arena negra volcánica, situada en la orilla de un desconocido Mar Occidental. Cuando lo descubrió, el ciervo saltó sobre las olas como si fueran tierra firme, desplazándose por ellas como si pasara de peñasco en peñasco, con la cornamenta alta, agitando su cabeza y expulsando espuma marina por el morro.

Quentin suspiró. Al día siguiente vendió el zaino y buscó la forma de cruzar el Mar Occidental.

Consiguió contratar un ágil balandro llamado *Skywalker*, un nombre bastante embarazoso, con una eficiente tripulación de cuatro personas, tres hermanos taciturnos, y su fornida y morena hermana. Sin mediar palabra se repartieron entre el control del diabólicamente complicado velamen, dos docenas de pequeñas velas latinas que requerían constantes ajustes pequeños. Los marineros se sentían impresionados por sus prótesis de madera. Dos semanas después hicieron escala en un alegre archipiélago tropical —pequeñas pautas de tierra diseminada, llenas de prados y pantanos castigados por el sol— para repostar agua fresca. Una vez llenos los bidones, siguieron su viaje.

Pasaron junto a una isla habitada por furiosas jirafas sedientas de sangre y una bestia flotante que les prometió un año de vida extra a cambio de un dedo (la hermana aceptó la oferta de la bestia, tres veces). Se cruzaron con una ornamentada escalera de madera que descendía en espiral hasta las profundidades del océano y una joven mujer, a la deriva sobre un libro abierto del tamaño de una isla pequeña, en el que garabateaba incesantemente. Ninguna de esas criaturas o aventuras despertó en Quentin nada semejante a la maravilla o la curiosidad. Todo le daba igual.

Tras cinco semanas de travesía, atracaron en una abrasada roca negra y la tripulación amenazó con amotinarse si no daban media vuelta. Quentin se marcó un farol con sus poderes mágicos y prometió quintuplicarles la paga. Siguieron navegando.

Ser valiente resulta fácil cuando prefieres morir a rendirte.

La fatiga no significa nada cuando quieres sufrir. Antes, Quentin nunca viajó en un barco lo bastante grande como para necesitar un foque, pero ahora estaba tan delgado, moreno y manchado de sal como su tripulación. El sol se volvió inmenso y el agua, muy caliente contra la borda del *Skywalker*. Todo parecía cargado de electricidad, los objetos normales emitían extraños efectos ópticos, destellos, manchas solares y coronas solares. Las estrellas eran orbes bajos, ardientes y visiblemente esféricos, preñados de un ilegible significado. Una potente luz dorada se filtraba a través de todo, como si el mundo fuera una delgada pantalla tras la que brillaba un sol esplendoroso. El ciervo seguía saltando por delante de ellos.

Al fin, en el horizonte apareció un continente desconocido. Estaba envuelto en un invierno mágico y espesos abetos que crecían desde la misma orilla, de forma que el agua salada lamía sus retorcidas raíces. Quentin echó el ancla y le dijo a la tripulación, que tiritaba a causa de su ropa para climas más tropicales, que le esperase una semana, y que si por entonces no había vuelto, se marcharan sin él. Les dio el resto del oro prometido, besó a la hermana de siete dedos a modo de despedida, botó el bote del balandro y remó hasta la orilla. Se colgó el arco en la espalda y se internó en el bosque cubierto de nieve. Se alegró de estar de nuevo solo.

La Bestia Buscada apareció la tercera noche. Quentin había montado su campamento en una colina baja que dominaba un estanque de aguas claras y transparentes. Poco antes del amanecer se despertó y lo vio junto al estanque. Su reflejo tembló mientras lamía el agua fría. Esperó un minuto con una rodilla en tierra. Ahí estaba. Por fin. Empuñó el arco y sacó una flecha de su carcaj. Desde su posición y sin viento apenas, ni siquiera era un disparo difícil. En el momento de soltar la cuerda, pensó: «Estoy haciendo aquello que no pudieron hacer los Chatwin, Helen y Rupert», pero no sintió el placer que esperaba. La flecha se enterró en la dura carne del muslo derecho del ciervo blanco.

Se estremeció. Gracias a Dios no había acertado una arteria. No intentó huir, sólo se sentó rígidamente sobre sus ancas como un gato herido. Por su expresión resignada, a Quentin le dio la impresión de que la Bestia Buscada debía de afrontar una situación como aquélla una vez por siglo, aproximadamente. El precio de la fama. Su sangre parecía negra bajo la escasa luz del amanecer.

No mostró miedo cuando Quentin se acercó. Dobló el cuello y aferró firmemente la flecha con sus dientes blancos. Con un movimiento brusco, la arrancó y la escupió a los pies del chico.

—Eso duele —protestó la Bestia Buscada, remarcando lo evidente.

Hacía tres días que Quentin no hablaba con nadie.

—¿Y ahora qué? —preguntó con voz ronca.

—Ahora los deseos, por supuesto. Tienes tres.

—Mi amigo Penny perdió las manos. Devuélveselas.

El ciervo entornó los ojos por un instante mientras pensaba.

—No puedo, lo siento. O está muerto o ha dejado este mundo.

El sol estaba venciendo en su duelo contra el bosque de oscuros abetos. Quentin aspiró profundamente, el aire frío olía a frescor y a trementina.

—Alice. Se convirtió en una especie de espíritu, en un *niffin*. Vuelve a transformarla.

—Tampoco puedo.

—¿Cómo que no puedes? Es un deseo.

—Yo no he escrito las reglas —protestó la Bestia Buscada. Se lamió la sangre que todavía corría por su muslo—. Si no te gustan, búscate otro ciervo mágico y clávale la flecha a él.

—Deseo cambiar las reglas.

—No. Y como soy generoso, contaré las tres negativas como un solo deseo. ¿Cuál es el segundo?

Quentin suspiró. No se había permitido albergar esperanza.

—Paga a mi tripulación. Dóblales lo prometido.

—Hecho —afirmó la Bestia Buscada.

—Eso es diez veces su salario, ya lo había quintuplicado.

—He dicho que está hecho, ¿no? ¿Y el tercero?

Años atrás, Quentin habría sabido exactamente lo que hubiera pedido si le hubieran dado la posibilidad que en ese momento le ofrecía el ciervo. Habría deseado viajar a Fillory y que le permitieran quedarse allí para siempre. Pero eso había sido años atrás.

—Envíame a casa.

La Bestia Buscada cerró lentamente los ojos y volvió a abrirlos. Bajó la cornamenta y la apuntó contra él.

—Hecho.

Quentin pensó que podría haber sido más específico. La Bestia Buscada podía haberlo enviado a Brooklyn, a casa de sus padres en Chesterton o a Brakebills, incluso a la casa desde la que partieron hacia Fillory. Pero se lo había tomado literalmente, y se encontró frente a su última residencia semipermanente, el edificio de apartamentos de Tribeca que había compartido con Alice. Nadie notó su repentina aparición en medio de la acera, en una mañana que parecía veraniega. Se alejó rápidamente, sin mirar siquiera hacia la entrada del edificio. Arrojó el arco y las flechas a un cubo de la basura.

Verse rodeado de nuevo por tantos seres humanos representó casi un trauma. Sus pieles manchadas, sus fisonomías estropeadas y sus vanidades acicaladas eran menos fáciles de ignorar. Quizá se había contagiado del esnobismo de los centauros. Una mezcla de fragancias, orgánicas e inorgánicas, hirió su olfato. La primera página de un diario, que compró en el quiosco de la esquina, le informó que faltaba de la Tierra desde hacía poco más de dos años.

Tenía que llamar a sus padres. Fogg ya se habría encargado de tranquilizarlos, pero aun así... La idea de verlos ahora casi le hizo sonreír. ¿Cómo diablos iba a explicarles lo de su pelo? Los llamaría, sí, pero todavía no. Paseó tranquilamente intentando aclimatarse. Los hechizos necesarios para conseguir dinero de un cajero automático eran un juego de niños para él. Se cortó el pelo y se afeitó en una peluquería, y compró algo de ropa no hecha por centauros y que no pareciera del Renacimiento. Comió en un restaurante especializado en filetes y casi murió de placer al comerse uno. A las tres ya estaba bebiendo un cóctel, una

Mula Moscovita, en un largo, oscuro y desierto bar de Chinatown al que solía ir con los Físicos.

Hacía mucho que no bebía alcohol y le produjo un peligroso efecto descongelador en su helado cerebro. El hielo que mantenía controlados sus sentimientos de culpabilidad y de pena crujió y se cuarteó, pero consiguió mantenerlo firme, y no tardó en sentir una profunda, pura y lujosa tristeza, tan embriagadora y decadente como una droga. El bar empezó a llenarse hacia las cinco, y a las seis, los bebedores que acudían después del trabajo empujaron progresivamente a Quentin hasta el exterior del local. Pudo ver que la luz que caía sobre los escalones de acceso había cambiado. Estaba a punto de salir, cuando se fijó en una chica guapa y delgada con rizos rubios, que se estaba besando con lo que parecía un modelo publicitario de ropa interior. Quentin no conocía al modelo, pero estaba seguro de que la chica era Anaïs.

No era una reunión que hubiera querido, ni la persona que habría elegido para una reunión, pero quizás era mejor así: encontrarse con alguien que no le importaba demasiado y que tampoco él le importaba demasiado a ella. Y confiaba en las Mulas Moscovitas para que cargaran su parte. Se sentaron fuera, en las escaleras. Ella le puso la mano en el brazo y miró con ojos desorbitados su cabello blanco.

—No te lo creerías —dijo. Su acento europeo se había acentuado y su sintaxis inglesa, empeorado desde la última vez que la vio. Posiblemente encajaba mejor en la escena del bar—. Mientras escapábamos, tuvimos un período de tranquilidad, pero después volvieron a la carga. Josh era muy bueno, de verdad. Muy bueno. Nunca había visto lanzar hechizos como lo hizo él. Había una cosa que rondaba en el suelo, bajo las piedras... Una especie de tiburón, supongo, pero de tierra firme. Te mordió la pierna.

—Eso explica esto —admitió Quentin, y le enseñó su rodilla de madera, ante la que volvió a desorbitar los ojos. El alcohol estaba haciendo que fuera mucho más fácil de lo que esperaba. Se sintió inundado por un torrente de emoción, una carga de caballería de dolor en su indefensa paz mental, pero si tenía que llegar no era hora todavía.

—Y luego estaba aquella cosa —un hechizo en las paredes, creo—, así que avanzábamos en círculos. Terminamos otra vez en la cámara de Amber.

—Ember.

—¿Qué he dicho? En fin, que tuvimos que romper el hechizo. —Se detuvo un instante para saludar por la ventana a su pareja, que estaba dentro del bar. Sonaba como si hubiera repetido varias veces aquella historia, hasta el punto de que le resultaba aburrida. Para ella, todo había pasado hacía dos años y a unas personas que apenas conocía—. Y te transportamos todo el camino. Dios mío, creo que no lo habríamos conseguido si Richard no nos hubiera encontrado.

»Casi logró caernos bien, ¿sabes? Tenía una forma de volvernos invisibles para los monstruos. Prácticamente nos sacó de allí. Todavía conservo una cicatriz. —Se recogió la falda, que tampoco era precisamente larga. Una cicatriz de unos quince centímetros recorría su suave y bronceado muslo.

Sorprendentemente, Penny había sobrevivido, al menos un tiempo. Los centauros fueron incapaces de reconstruirle las manos, y sin ellas ya no podía lanzar hechizos. Cuando llegaron a la Ciudad, se separó del resto del grupo, como si estuviera buscando algo, llegó hasta un estrecho *palazzo* de piedra, excepcionalmente viejo y desgastado, se detuvo frente a él y alzó sus muñones en actitud de súplica. Tras un minuto, las puertas del *palazzo* se abrieron. Los otros captaron brevemente filas y filas de estanterías, el cálido y secreto corazón de papel de la Ciudad. Penny entró y las puertas se cerraron tras él.

—¿Puedes creértelo? —dijo—. Fue como un *cauchemar*. Ahora todo ha terminado.

Era extraño: Anaïs no parecía culparlo, ni culparse a sí misma. Había encontrado una forma de asimilar lo que había pasado. O quizá ni siquiera había penetrado en su coraza. Era difícil saber lo que escondían aquellos rizos rubios.

Durante el resto de la historia no dejó de mirar a su modelo de ropa interior por encima del hombro, y al final Quentin se apiadó de ella y dejó que se reuniera con él. Se despidieron —besito, besito— y no se prometieron que seguirían en contacto. ¿Para qué mentir a esas alturas del partido? Como ella misma había dicho, todo había terminado. Se quedó sentado en los escalones, disfrutando del calor de la tarde veraniega, hasta que por su mente cruzó la idea de que no quería volver a cruzarse en el camino de Anaïs cuando saliera del bar.

Estaba oscureciendo y necesitaba algún lugar donde pasar la noche. Podía ir a un hotel, pero ¿para qué molestarse? ¿Y por qué esperar? Había dejado casi todas sus pertenencias en Fillory, pero una de las pocas cosas que conservaba era la llave de hierro que les diera Fogg el día de su graduación. No había funcionado en Fillory —lo intentó—, pero ahora, en aquella calle de Tribeca llena de basura, respirando el espeso y caliente aire neoyorquino, la sacó del bolsillo de sus recién estrenados vaqueros. La sintió tranquilizadoramente pesada. Tuvo una corazonada y se la acercó a la oreja. Desprendía un constante tono musical, un zumbido. Nunca lo había notado.

Sintiéndose solitario y un poco aterrorizado, sujetó la llave con ambas manos, cerró los ojos, se relajó y dejó que tirara de él hacia delante. Era como hacer esquí acuático. La llave captó un sendero invisible que la atrajo y la hizo acelerar a través de una conveniente subdimensión, hasta la terraza de piedra que estaba detrás de la Casa en Brakebills. El dolor de la vuelta era grande, pero la necesidad era todavía mayor. Sólo tenía que solucionar un pequeño problema más, y entonces todo habría terminado realmente para siempre.

Reyes y reinas

Como miembro reciente del equipo contable de PlaxCo, el asesor a la dirección Quentin Coldwater tenía pocas responsabilidades más allá de asistir a reuniones ocasionales y ser amable con los colegas que se encontraba en el ascensor. En las raras ocasiones que los documentos lograban llegar hasta la bandeja de entrada de su ordenador o hasta su mesa de despacho, los marcaba con su sello personal («¡¡¡Me parece bien!!! QC») sin leerlos y los devolvía a su remitente.

La mesa de Quentin era anormalmente grande para un recién llegado de su nivel, sobre todo siendo tan joven como parecía (aunque su desconcertante melena blanca le dotaba de una cierta seriedad, independientemente de los años), y cuya formación e historial profesional resultaba un poco vago. Un día había aparecido y tomado posesión de un despacho, recientemente desocupado por un vicepresidente que le triplicaba la edad; cobraba un buen sueldo y amontonaba dinero en su fondo de pensiones, tenía derecho a un seguro médico y dental, y seis semanas de vacaciones anuales. A cambio, no parecía hacer mucho más que jugar con videojuegos en el monitor ultraplano de pantalla panorámica dejado por su antecesor.

Sin embargo, Quentin tampoco despertaba ningún resentimiento en sus nuevos colegas, ni siquiera una particular curiosidad. Todos pensaban que algún otro conocía su historia, y si al final resultaba que no era la que suponían, representaría la prueba de que alguien por encima del departamento de Recursos Humanos había hecho valer su influencia. De todas formas, se rumoreaba que había sido la superestrella de alguna prestigiosa escuela europea y hablaba todo tipo de idiomas. La empresa tenía suerte de contar con él. Mucha suerte.

Era bastante afable, aunque un poco seco, e inteligente. Por lo menos parecía inteligente. Aunque no lo fuera, seguía siendo miembro del equipo contable de la PlaxCo, y allí, en la consultora de Grunnings Hunsucker Swann, todo el mundo era un jugador de equipo.

El decano Fogg había advertido a Quentin en contra de aquello. Según él, debería tomarse un tiempo, pensarlo bien, quizá seguir algún tipo de terapia. Pero Quentin opinaba que ya se había tomado demasiado tiempo, ya había visto lo suficiente del mundo mágico para el resto de su vida y quería levantar una barrera que ninguna magia pudiera romper. Iba a cortar con todo. Al fin y al cabo, Fogg tenía razón aunque no las agallas de seguir su propio consejo: la gente estaba mejor sin la magia, viviendo en el mundo real y aprendiendo a tomarse las cosas como venían. Quizás ahí fuera había gente que podía manejar el poder de un mago, que incluso se lo merecía, pero Quentin no era uno de ellos. Era tiempo de que madurase y afrontara los hechos.

Fogg le proporcionó un trabajo como administrativo en una empresa creada con las ingentes cantidades de dinero procedentes de la magia, así que Quentin viajaba en metro, usaba los ascensores y compraba comida como el resto de la Humanidad, por más C.I. privilegiado que tuviera. Su curiosidad por los reinos invisibles estaba más que satisfecha, muchísimas gracias. Al menos sus padres estaban encantados. Era un alivio poder decirles lo que hacía para vivir sin mentirles.

Grunnings Hunsucker Swann era absolutamente todo lo que Quentin esperaba que fuera, lo que significaba tan cercano a la nada como pudiera serlo y seguir vivo. Tenía un despacho tranquilo y silencioso, climatizado y con ventanas tintadas desde el suelo hasta el techo. El material de oficina era abundante y de primera calidad, y le dejaban repasar todas las hojas de balances, gráficos organizativos y planos de negocios que quisiera. Para ser sinceros, Quentin se sentía superior a cualquier mago. Que se engañasen a sí mismos si querían, malditos mandarines mágicos, él estaba harto de todo eso. Ya no era un mago, era un hombre, y un hombre que se responsabilizaba de sus actos. Al fin y al cabo estaba trabajando como cualquier persona normal. ¿Fillory? Ya había estado allí y no le había hecho ningún bien, ni a él ni a nadie. En el fondo había tenido una condenada suerte de seguir vivo.

Todas las mañanas Quentin se ponía su traje e iba andando a la estación de metro de Brooklyn. Desde la estación apenas podía ver las pequeñas, brumosas y verdosas puntas de la corona de la Estatua de la Libertad, allá en la bahía. En verano, los espesos nudos de la madera exudaban aromáticas gotas de un alquitranado líquido negro. Invisibles señales provocaban que los cambios de aguja se pusieran en marcha y los convoyes giraban a izquierda y derecha como si (como si, pero en realidad no) los dirigieran manos invisibles. Cerca de allí, pájaros sin identificar gorjeaban interminablemente sobre un sucio y destartalado contenedor de basura.

Todas esas mañanas, los vagones llegaban llenos de jóvenes rusas procedentes de Brighton Beach, aún adormiladas y balanceándose al ritmo de la marcha de los vagones, con su lustrosas melenas negras teñidas de un rubio espantoso. En el recibidor marmóreo del edificio donde trabajaba Quentin, los ascensores ingerían cantidades enormes de personas que luego vomitaban en sus respectivos pisos.

Cuando se marchaba cada día, a las cinco, toda la secuencia se repetía a la inversa.

En cuanto a los fines de semana, los variados entretenimientos y las múltiples distracciones sin sentido que el mundo real podía suministrar a Quentin no tenían fin: videojuegos, porno por internet, gente hablando por sus teléfonos móviles del estado médico de sus parientes, ingrávidas bolsas de plástico de supermercado flotando en las corrientes de aire como hojas de árboles, ancianos sentados y encorvados sin camisa, limpiaparabrisas en los autobuses azules y blancos de la ciudad lanzando enormes gotas de agua a un lado y a otro, a un lado y a otro, a un lado y a otro.

Eso era todo lo que le quedaba, y le parecía suficiente. Como mago, había ocupado su puesto entre la mágica realeza silenciosa del mundo, pero había abdicado de ese trono. Rechazó su corona y la dejó para el siguiente imbécil que quisiera probársela. *Le roi est mort*. Su nueva vida era una especie de encantamiento en sí mismo, el encantamiento definitivo, la madre de todos los encantamientos.

Un día, tras machacar a tres personajes distintos en tres videojuegos distintos, y navegar por todas las páginas web posibles —y algunas teóricamente imposibles—, Quentin se dio cuenta de que el calendario de su Outlook le recordaba que se suponía que debía estar en una reunión desde hacía media hora. Se celebraba en una remota sala del monolito corporativo de GHS, para lo que necesitaría utilizar una batería distinta de ascensores. A pesar de todo, decidió asistir.

El tema de aquella reunión, dedujo Quentin reuniendo pistas del contexto, era informar de una reestructuración en PlaxCo que, aparentemente, había concluido con éxito semanas atrás, aunque él se hubiera perdido aquel detalle crucial. Siguiendo el acta de la reunión, también se discutió un nuevo proyecto que dirigía otro equipo con el que Quentin no había coincidido nunca. Se encontró dirigiendo miradas de soslayo a uno de los miembros de ese equipo. Una mujer.

Era difícil saber lo que le llamó la atención de ella, excepto que fue la única persona, además de Quentin, que no dijo una sola palabra durante toda la reunión. Tenía unos cuantos años más que él y no era especialmente atractiva pero tampoco fea: nariz puntiaguda, boca fina, cabello castaño hasta la mandíbula, aspecto inteligente aunque atemperado por el aburrimiento. No estuvo seguro de cómo lo supo, quizá por sus dedos, que tenían una musculación familiar, o por su mirada. Quizá fueron sus rasgos, que casi parecían una máscara. Pero no tuvo duda de que lo era, de que era otra como él: una antigua alumna de Brakebills encubierta en el mundo real.

La trama se complicaba.

Después, Quentin preguntó a un colega —Dan, Don, Dean, algo así— y descubrió su nombre. Era Emily Greenstreet. La única e infame Emily Greenstreet. La chica por la que había muerto el hermano de Alice.

A Quentin le temblaban las manos al apretar los botones del ascensor. Le dijo a su ayudante que se tomaría libre el resto de la tarde, quizás el resto de la semana.

Sin embargo, era demasiado tarde. Puede que Emily Greenstreet lo hubiera descubierto a él —¿también por los dedos?— porque antes de terminar el día recibió un e-mail. A la mañana siguiente le dejó un mensaje de voz e intentó insertar una cita para comer en el calendario de su Outlook. Cuando él entró en la red, ella lo acosó incansablemente, y por fin —cuando consiguió su número de teléfono gracias a la lista de contactos de emergencia de la compañía—, le envió a su móvil un mensaje de texto:

¿POR QUÉ POSPONES LO INEVITABLE?

«¿Tú, no?», pensó él. Pero sabía que ella tenía razón. No había escapatoria. Si quería verlo, más pronto o más tarde lo conseguiría. Con una sensación de derrota tecleó ACEPTO en la invitación a comer. Se encontraron la semana siguiente, en un carísimo restaurante francés que los ejecutivos de GHS adoraban desde tiempos inmemoriales.

No fue tan malo como había temido. Ella hablaba deprisa; y su delgadez, añadida a una postura rígida, la hacían parecer quebradiza. Sentados uno frente al otro, prácticamente solos en aquella orgía de manteles color crema, cristalerías frágiles y cuberterías de plata tintineantes, intercambiaron chismes acerca de la empresa y el trabajo. Él apenas conocía suficientes nombres como para seguir la conversación, pero ella habló por los dos. Le contó su vida

—bonito apartamento en el Upper East Side, techo impermeabilizado, gatos— y descubrieron que compartían un humor negro muy similar, que cumplir los sueños infantiles siendo adultos era un desastre. ¿Quién podía saberlo mejor que ellos, el hombre que vio morir a Alice y la mujer que prácticamente mató al hermano de Alice? Cuando la miró, se vio a sí mismo ocho años más viejo. No le pareció tan mal.

Y a ella le gustaba tomar una copa, o dos, así que también tenían eso en común. Martinis, botellas de vino y chupitos de whisky fueron acumulándose entre ellos, una metrópolis de cristal en miniatura y colores variados, mientras sus teléfonos móviles y sus Blackberrys intentaban fútil, lastimeramente, atraer su atención.

—Oye, dime —se interesó Emily, cuando ambos estaban lo bastante bebidos como para crear la ilusión de que entre ellos existía una cómoda y antigua intimidad—, ¿lo añoras? Practicar la magia.

—Sinceramente, puedo confesarte que nunca pienso en eso —respondió él—. ¿Por qué? ¿Tú, sí?

—¿El qué? ¿Si lo añoro o si pienso en eso? —Emily se enrolló un mechón de pelo entre dos de sus dedos—. Claro que sí. Ambas cosas.

—¿Y nunca te arrepentiste de abandonar Brakebills?

Ella sacudió la cabeza repetidamente.

—Lo único que lamento es no haberme marchado antes. —Se inclinó hacia él, animada—. Sólo de pensar en ese lugar me dan ganas de gritar. ¡No son más que críos, Quentin! ¡Y con tanto poder! Lo que nos pasó a Charlie y a mí pudo pasarle a cualquiera, cualquier día, cualquier minuto. O cosas peores, mucho peores. Es sorprendente que ese lugar siga en pie. —Se dio cuenta de que ella nunca decía «Brakebills», sólo «ese lugar»—. Ni siquiera me gusta vivir en la costa Este por su culpa. Prácticamente no tienen protecciones. ¡Cada uno de esos chicos es una bomba atómica dispuesta a explotar!

»Alguien tendría que controlar ese lugar. A veces creo que deberíamos exponerlo a la luz pública, para que intervenga el gobierno y lo regule adecuadamente, porque los profesores nunca lo harán. Y el Tribunal de Magos tampoco.

Siguió charlando. Eran como dos alcohólicos en rehabilitación esperando su dosis de cafeína y canciones gospel, y contándose mutuamente lo contentos que estaban de seguir sobrios, y de hablar de lo que fuera menos de la bebida.

Pero, a diferencia de los alcohólicos rehabilitados, podían beber todo el alcohol que quisieran. Y lo hacían. Temporalmente revivido por un *affogato* fundido, Quentin se atrevió con un escocés, que parecía madurado en una barrica de roble al que le hubiera caído un rayo.

—Allí nunca me sentí segura. Nunca, ni un solo minuto. ¿Te sientes seguro ahí fuera, Quentin? ¿En el mundo real?

—Si quieres que te diga la verdad, estos días no siento mucho sobre nada.

Ella frunció el ceño.

—Vaya. Entonces, ¿qué hizo que te rindieras, Quentin? Debiste de tener una buena razón.

—Diría que mis motivos son impecables.

—¿Tan malo fue? —Él enarcó una ceja, flirteando—. Cuéntamelo.

Ella se echó hacia atrás y dejó que la cómoda silla del restaurante la abrazase. No hay nada que le guste más a un adicto en recuperación que otro le cuente lo mal que lo pasó en los viejos tiempos y lo bajo que llegó a caer. Que empiece la fiesta.

Quentin le explicó lo bajo que llegó a caer. Le habló de Alice y el tiempo que compartieron, lo que hicieron juntos y cómo murió. Cuando le contó los detalles del destino de Alice, la sonrisa de Emily desapareció de su boca y vació su martini de un golpe. Al fin y al cabo, Charlie también se convirtió en un *niffin*. La ironía era bastante espantosa, pero no por eso le pidió que dejase de hablar.

Cuando terminó, esperó que lo odiase como él se odiaba a sí mismo, y como Quentin sospechaba que se odiaba a sí misma. Pero en vez de eso, sus ojos brillaron de simpatía.

—Oh, Quentin. —Le cogió la mano por encima de la mesa—.

No puedes culparte, no puedes —una expresión de piedad suavizó sus rasgos—. Necesitas ver que toda esa maldad, toda esa tristeza proviene de la magia. Todos los problemas empiezan con ella. Nadie puede tener tanto poder sin corromperse. A mí me corrompió antes de que me marchara. Es lo más duro que he hecho nunca. —Hizo una pausa y, más tranquila, prosiguió—: Eso es lo que mató a Charlie. Y también mató a tu pobre Alice. Antes o después, la magia conduce al mal. Una vez que te des cuenta, podrás perdonarte a ti mismo. Será más fácil, te lo prometo.

Sus palabras fueron como un bálsamo para el destrozado corazón de Quentin. Se le estaba ofreciendo y estaba allí, al otro lado de la mesa. Todo lo que tenía que hacer era tender la mano.

Llegó la cuenta y Quentin cargó la astronómica suma a su cuenta de gastos. Estaban tan borrachos que tuvieron que ayudarse mutuamente a ponerse sus abrigos. Había estado lloviendo todo el día. No pensaba volver a su despacho, no estaba en condiciones y, de todas formas, ya estaba anocheciendo. Había sido una sobremesa muy larga.

Fuera, bajo el toldo, dudaron. Por un segundo, la boca de Emily Greenstreet quedó inesperadamente cerca de la suya.

—Cena conmigo esta noche. —Su mirada era desarmantemente directa—. Ven a mi apartamento, te prepararé la cena.

—Esta noche, no —dijo balbuceante—. Lo siento. Quizá la próxima vez.

Ella apoyó una mano en su brazo.

—Mira, Quentin, sé que crees no estar preparado para esto...

—Sé que no lo estoy.

—... Y nunca lo estarás. No, hasta que tú mismo decidas estarlo. —Le dio un apretón amistoso en el brazo—. Basta de dramas, Quentin. Déjame ayudarte. Admitir que necesitas ayuda no es nada malo, ¿verdad?

Su amabilidad fue lo más conmovedor que había visto desde que se marchara de Brakebills. Y había prescindido del sexo desde, Dios Santo, desde la última vez que durmiera con Janet. Sería tan fácil ir con ella...

Pero no lo hizo. Incluso mientras estaban allí, de pie, sintió un cosquilleo en las yemas de los dedos, bajo las uñas, un residuo dejado por los miles de hechizos que lanzara en todos aquellos años. Podía sentirlos allí, chispas al rojo blanco que una vez fluyeron libremente por sus manos. Emily se equivocaba: culpar a la magia de la muerte de Alice no lo ayudaría. Era demasiado fácil. Y ya estaba harto de elegir el camino fácil. Se había sentido mejor al recibir el perdón de Emily Greenstreet, pero la responsable de la muerte de Alice era la gente. Jane Chatwin era responsable, y lo era Quentin, y también la propia Alice. Y la gente tenía que responsabilizarse de ello.

Miró a Emily Greenstreet y vio un alma perdida, solitaria en medio de una aullante tierra yerma, no muy distinta de la que había elegido su antiguo amante, el profesor Mayakovsky, en el polo Sur. No estaba preparado para seguirlos hasta allí. Pero ¿adónde más podía ir? ¿Qué hubiera hecho Alice?

Pasó un mes y llegó noviembre. Quentin estaba sentado en un rincón de su despacho bebiendo café y mirando por la ventana. El edificio que tenía delante era más pequeño que el de Grunnings Hunsucker Swann, así que veía perfectamente su tejado, una superficie de grava gris con rejillas grises, que sostenían enormes y complicadas instalaciones de calefacción y aire acondicionado. Con la llegada del frío, el aire acondicionado había dejado de rugir y la calefacción había cobrado vida. Enormes nubes de vapor se enroscaban en remolinos abstractos: hipnóticas, silenciosas y cambiantes formas que nunca cesaban y nunca se repetían, señales de humo enviadas por nadie para nadie que no significaban nada. Últimamente, Quentin pasaba mucho rato observándolas. Su ayudante se había rendido en su intento por que cumpliera con sus citas.

De repente y sin previo aviso, el tintado cristal que iba del suelo al techo, ocupando toda una pared del despacho de Quentin, estalló hacia dentro. Las ultramodernas persianas venecianas saltaron por los aires, retorciéndose por el impacto. El aire frío y los rayos de sol entraron sin obstáculos. Algo pequeño, redondo y muy pesado rodó por la alfombra y se detuvo al tropezar con su zapato.

Quentin se quedó contemplándolo. Era una bola de mármol azulado, la bola que solían utilizar en un partido de welters.

En el exterior, tres personas flotaban en el aire... a treinta pisos de altura.

Janet parecía un poco más vieja, que lo era, pero algo más había cambiado en ella. Sus ojos irradiaban una furia, una energía mística violácea que Quentin no había visto nunca. Llevaba un apretado bustier de cuero negro que corría peligro inminente de reventar. Estrellas plateadas caían a su alrededor.

Eliot había conseguido en alguna parte un par de inmensas alas, ahora desplegadas tras él, como si atrapasen un invisible viento. Sobre su cabeza lucía la corona de oro de Fillory, que Quentin viera por última vez en la cámara subterránea de Ember.

Entre Janet y Eliot flotaba una mujer dolorosamente delgada, alta y de larga melena negra, que ondulaba en el aire como si estuviera bajo el agua. Llevaba los brazos envueltos en seda negra.

—Hola, Quentin —lo saludó Eliot.

—Hola —dijo Janet.

La otra mujer permaneció en silencio. Quentin también.

—Vamos a regresar a Fillory y necesitamos otro rey —anunció Janet—. Ya sabes: dos reyes, dos reinas.

—No puedes ocultarte eternamente, Quentin. Ven con nosotros.

Sin los cristales tintados y con la luz del atardecer entrando a raudales en su oficina, Quentin ya no podía ver nada en su monitor. El climatizador aullaba, intentando combatir el frío del exterior. En algún lugar del edificio empezó a sonar una alarma.

—Esta vez, sin Martin, puede funcionar —aseguró Eliot—. Además, nunca descubriste cuál era tu disciplina. ¿No te importa?

Quentin tardó unos segundos en recuperar la voz.

—¿Y Josh? Pedídselo a él.

—Tiene otro proyecto. —Janet puso los ojos en blanco—.

Cree que puede usar Ningún Lugar para llegar hasta la Tierra Media. Está convencido de que acabará tirándose a una elfa.

—Pensé en convertirme en reina —dijo Eliot—. Resulta que en Fillory son bastante abiertos a ese respecto, pero las reglas son las reglas.

Quentin dejó la taza de café sobre la mesa. Hacía mucho desde que experimentase otras emociones que no fueran la tristeza, la vergüenza y el entumecimiento, así que no acabó de comprender lo que estaba pasando en su interior. A pesar de sí mismo, sintió que las sensaciones volvían de una parte de él que creía muerta para siempre. Dolía. Pero al mismo tiempo quería más.

—¿Por qué hacéis esto? —preguntó lenta, cuidadosamente. Necesitaba aclararlo—. Después de lo que le pasó a Alice, ¿por qué iba a querer volver? ¿Y por qué queréis vosotros que os acompañe? Sólo empeoraréis las cosas.

—¿Qué puede ser peor que esto? —preguntó Eliot, abriendo los brazos para abarcar el despacho de Quentin.

—Sabíamos lo que hacíamos —aseguró Janet—. Tú lo sabías y nosotros también. Y Alice lo sabía, por supuesto. Hicimos nuestra elección, Q. ¿Qué puede pasar ahora? Tienes el pelo blanco. No puedes acabar pareciendo más raro de lo que ya pareces.

Quentin hizo girar su silla para encararlos. Su corazón ardía de alivio y pena, las emociones se fundían convirtiéndose en una luz blanca, brillante, ardiente.

—El problema es que no quisiera marcharme antes de que repartan beneficios.

—Vamos, Quentin, se acabó. Ya has purgado tus pecados. —La sonrisa de Janet tenía una calidez que no le había visto nunca, o quizá no se había fijado—. Todo el mundo te ha perdonado, excepto tú mismo. Y estás tan atrasado con respecto a nosotros.

—Creo que podéis llevaros una sorpresa.

Quentin recogió la pelota del suelo y la estudió.

—Me vuelvo cinco minutos y ya habéis enrolado una bruja nueva.

Eliot se encogió de hombros.

—Tiene cojones.

—Que te jodan —dijo Julia.

Quentin suspiró y se puso de pie.

—¿Era necesario romper la ventana?

—No —reconoció Eliot—. Realmente no.

Quentin avanzó hasta el límite del suelo. Trocitos de cristal crujieron en la alfombra bajo sus zapatos de cuero. Se agachó bajo las rotas persianas y miró al exterior. Era una caída muy larga. Y no había hecho aquello desde hacía mucho tiempo.

Tras quitarse la corbata con una mano, Quentin dio un paso hacia el frío aire invernal y voló.

Índice

LIBRO PRIMERO

LIBRO SEGUNDO

LIBRO TERCERO

LIBRO CUARTO